Raben-Krimi Nr. 4

BOB LEUCI

Abtrünnige

ROMAN

AUS DEM AMERIKANISCHEN
VON
JÜRGEN BÜRGER

HAFFMANS VERLAG

Die Originalausgabe »Fence Jumpers« erschien 1995 bei
St. Martin's Press, New York.

Für meinen Bruder, Richard Leuci.
Noch eine Sache in meinem Leben, die ich bedaure,
daß ich Dich nie wirklich kennengelernt habe.

Deutsche Erstausgabe

Veröffentlicht als
Raben-Krimi Nr. 4, Sommer 1998
Umschlagbild von Nikolaus Heidelbach
Umschlaggestaltung: Atelier Ursula Hiestand, Zürich

Gesamtherstellung: Ebner Ulm
ISBN 3 251 30101 0

Beim Schreiben von *Abtrünnige* bekam ich Hilfe von verschiedener Seite. Am meisten geholfen haben mir meine Erfahrungen während der zwanzig Jahre, die ich beim New York City Police Department verbrachte. Dann meine Kindheit und Jugend in Ozone Park, Freunde aus jenen Jahren, die ich immer noch Freunde nennen kann. Arthur Monty und John Pisciotta, Arty wegen seiner wunderbaren Cop-Geschichten, und John, weil er eben John ist.

Meine Agentin Esther Newberg, Freundin und Fürsprecherin seit über zehn Jahren.

Die International Association of Crime Writers, die mich nach Spanien gebracht hat. Denn dort, in diesem wunderbaren Land, habe ich meine neue Lektorin und liebe Freundin Ruth Cavin kennengelernt.

Und meine liebevolle Familie. Jene, die nicht mehr sind, und jene, die bleiben.

»Mein Gott! Ich hätte Zahnarzt werden können! Ich hätte ein netter Mensch werden können. Aber so war's nicht. Ich habe es vorgezogen, Glücksspiele zu organisieren und dir das Gefühl zu geben, was Besseres zu sein. Schmock.«

»Paß auf deine Freunde auf, und kümmer dich um deine Feinde. Du wirst staunen, wie sehr das alles vereinfacht.«

Joey Gallo

KAPITEL EINS

1969, Queens, New York

In dem Backsteinreihenhaus an der Eighty-fourth Street klingelte das Telefon, und Jimmy Burns schaute auf seine Uhr; es war kurz vor zwei, genau fünf Minuten vor zwei. Er warf einen bösen Blick aufs Telefon und wettete zwanzig Bucks, daß Dante am anderen Ende der Leitung war. Er wandte sich ab, dachte, du kannst warten, und ließ das Telefon aus zwei Gründen klingeln, einem wichtigen und einem weniger wichtigen.

Der weniger wichtige Grund war, daß er gerade leidenschaftlich gegen das Bedürfnis zu pinkeln ankämpfte und sich in diesem Augenblick auf dem Weg zum Bad im ersten Stock befand. Der wichtigere Grund war Dantes unverhohlene Not. Die fiebrige Aufgedrehtheit seines Kumpels machte ihn wahnsinnig, der Typ jammerte und stöhnte andauernd darüber, mit JoJo allein gelassen zu werden. Das verdammte Telefon klingelte weiter, also dachte Dante gar nicht daran aufzugeben. Himmel, er hatte doch eben erst nach einem Gespräch mit dem Schwachkopf aufgelegt, hatte seinem flehenden Kumpel gesagt, daß er unterwegs sei. Er strich sich mit den Fingern durchs Haar und fixierte das Telefon. Eine schreckliche Sekunde lang befürchtete er schon, er könnte aufs Sofa pissen.

Jimmy ging zur Treppe und zählte, wie oft es klingeln mußte, um zu pinkeln, die Wasserspülung zu betätigen und zurückzukommen. Neunmal.

Er ließ sich Zeit beim Abheben des Hörers und lauschte auf diese träge, gedehnte Stimme. Aus den Augenwinkeln heraus sah er seinen Bruder Josh, der mit einer Tasse Kaffee in der Küche stand und alles mit absolut bewegungsloser Miene verfolgte.

In der Küche einer Eisenbahnerwohnung etwa zehn Blocks entfernt hatte Dante O'Donnell sich den Hörer zwischen Schulter und Kinn geklemmt. Er hob eine Flasche Bud an die Lippen, trank einen Schluck und fragte, was machst'n? Jimmy sagte, mit dir reden. Ich bin schon unterwegs, was meinst'n damit, was ich mache? Dante sagte, ey, Kumpel, du bist schon seit drei Stunden unterwegs. Was meinst'n, wie lange wir hier auf dich warten sollen? Jimmy sagte, gerade eben erst hab ich den Stoff gekriegt, und der Pot ist absolute Spitzenqualität. Keine Stengel oder Samen, es ist total clean, sieht total cool aus, das Zeug. Wird dir gefallen, sagte er zu Dante.

»Komm endlich rüber, okay?« sagte Dante. »Wir sind auf dem Dach.«

Jimmy fragte, ist JoJo immer noch von der Rolle wegen dieser Sache mit Nancy? Dante antwortete, ja, klar! Der Typ ist verknallt, Mann. Das geht einem echt auf die Eier. Der Bursche ist total mies drauf, labert an einem Streifen beknackte Scheiße, kein Mensch kann mit ihm reden, außer dir vielleicht.

»Red mit ihm, Gott verdammt noch mal, red vernünftig mit ihm«, sagte Jimmy.

Dante wollte schon sagen, willst du mich verarschen, oder was? Sein Verstand sagte ihm, daß kein Mensch vernünftig mit JoJo Paradiso reden konnte. Er wäre bereit, jetzt einen heißen Tip abzugeben, und auch Geld drauf zu wetten, daß JoJo, noch bevor der Tag zu Ende war, irgendwas total Bekloppteses abziehen, sich irgendwas völlig Abgedrehtes einfallen lassen würde, etwas, das nur JoJo machen konnte. Er konnte schon diesen Ausdruck auf JoJos Gesicht sehen, dieses dreckige Grinsen, das fragte: Seid ihr Typen soweit? Kommt ihr mit oder zischt ihr ab? Dante schwieg kurz, dachte einen Augenblick nach, stellte sich immer und immer wieder genau diese Frage. Seit sie zusammen im Sandkasten gespielt hatten, machte JoJo ihn wahnsinnig.

Jimmy musterte sich im Spiegel auf dem Flur, lauschte auf Dante, hörte ihn, dachte aber an JoJo, fragte sich, wieso sein Kumpel die ganze letzte Woche so still gewesen war. Was zum Geier war los mit ihm? Selbst wenn sie allein waren, bedachte JoJo ihn mit diesem verschlagenen Grinsen wie ein mexikanischer Bandit und sagte nichts. Der letzte Mist, den er von sich gegeben hatte, war: »Jimmy, es wird Zeit, daß du das spirituelle Leben entdeckst. Du brauchst einen Traum oder einen Trip nach London.« Der Typ war in letzter Zeit dauernd stoned, lebte auf einem anderen Stern, nichts drang zu ihm durch.

Jimmy sagte zu Dante, er sei gleich drüben, dann verließ er im Laufschritt das Haus, das Beben in Dantes Stimme und das Fünfdollarpack Panamanian Red in seiner Tasche machten ihm Feuer unterm Arsch.

Schnell überquerte er erst die Pitkin und dann die Sutter Avenue. Es war Mitte Juni, ein perfekter Tag für New York, fast dreißig Grad, recht warm für Juni. Der Himmel glühte, war hellblau und klar. In ein paar Wochen konnten er und seine Kumpels unten in den Rockaways ins Whitehouse einfallen. Es war einer von diesen irischen Schuppen, eine Kneipe, in der man aus Pappbechern Bier vom Faß wegknallte, ordentlich tankte und sich anschließend mit Mäuschen unter die Uferpromenade verzog. Wenn man Glück hatte, konnte man abends zusehen, wie JoJo sich mit Cops herumprügelte, die gerade keinen Dienst hatten. Wie Dante und JoJo war Jimmy neunzehn, und er liebte jede einzelne Stunde jeden einzelnen Tages jeder einzelnen Woche seines Lebens.

Während er dahintrabte, suchte Jimmy mit den Augen die Straße ab und erspähte diesen stattlichen Bastard Bobby Fives mit Tony T und den Zwillingen. Sie hockten auf ihrem Stammplatz vor Rosens Süßigkeitenladen und beobachteten ihn.

Tony brüllte: »Jimmy B, kommst du später noch vorbei?«

Tony hatte einen Arsch so breit wie ein Volkswagen, und er setzte ihn nie in Bewegung. »Meine Freundin Ann Marie«, sagte er, »die kommt auch nicht mehr vorbei. Sagt, ich wär ein Langweiler. 'scheinlich ist es bei dir dasselbe.«

Tony T grinste wie ein Schwachsinniger, aber wenn man die Menge Dope berücksichtigte, die der Typ wegputzte, war es schon ein echtes Wunder, wenn der Bursche noch drei funktionierende Hirnzellen besaß. Seinem Vater gehörte Morton's Drugstore, wodurch T problemlos an alle Medikamente rankam. Der Typ blieb sein ganzes Teenagerleben stoned auf dem Arsch sitzen, und diese Eintönigkeit machte Jimmy ganz benommen.

»Ich komm später noch vorbei«, log Jimmy.

Für ihn war es keine große Sache, Pot zu rauchen. Aber Pillen und Pülverchen machten ihm angst. Man konnte leicht durchknallen von dem irren Zeug, das in letzter Zeit in der Gegend auftauchte. In den schwarzen und puertoricanischen Vierteln war's schon seit Jahren in Umlauf. South O. Z., South Jamaica und Brownsville waren überschwemmt von dem Stoff. Und jetzt kam es hierher. Es lag in der Luft, todsicher kam es, die Leute redeten praktisch pausenlos davon. Junk, so nannten sie es, Heroin. Es verwandelte die Leute in Springmäuse in Laufrädern. Mit der Scheiße wollte er nichts zu tun haben. Aber Pot, Pot war cool, Gras war harmlos, da gab's überhaupt kein Problem. Schlimmstenfalls kriegte er davon Heißhunger auf Clark Bars und Mounds und Almond Joys. Jimmy Burns liebte Almond Joys.

Jimmy hatte das Pot in einem Briefumschlag, einem kleinen Umschlag, ungefähr handflächengroß, in der Gesäßtasche seiner Jeans. Plötzlich dachte er an etwas, das eine Achterbahn vom Gehirn Richtung Füße losschickte. Mit einem beklommenen Gefühl lief er jetzt schneller. Er fragte sich, wieso ausgerechnet er immer das Pot mit sich rumschleppen mußte, wieso eigentlich ausgerechnet immer er seinen Hals riskierte? Vermutlich weil er, also irgendwie, tja, der cleverste von den Typen war. Er baute nie Scheiß. Hatte nie Probleme, in diesem Leben klarzukommen. Mister Clever, so nannte Dante ihn immer.

Jimmy Burns war schon als hübscher Junge auf die Welt gekommen. Er war nicht sicher, ob er auch schon gerissen, großspurig und flink auf die Welt gekommen war oder ob er das erst auf den Straßen von Queens gelernt hatte. Jedenfalls wußte er, daß er ein absolut cooler Typ war. Wahrscheinlich cooler als JoJo und erheblich gerissener als Dante. Jimmy Burns hatte mit Bescheidenheit nichts am Hut.

Jimmy kaufte das Dope bei seinem Bruder Josh, der auf der NYU Zahnmedizin studierte. Manchmal, wenn Jimmy über alles nachdachte, wünschte er sich, daß Josh mehr Zeit in der Uni verbringen würde. Als Josh ihm mit spitzen Fingern den Umschlag gab, hatte er gesagt: »Mit dem Stoff hier werden die winzigen Spatzenhirne von dir und deinen Freunden leuchten wie Sonnen.« Für Jimmy war die Frage völlig offen, wer öfter stoned war – Josh oder Tony T.

Er joggte zwei Blocks und umrundete die Ecke bei Hornet's Nest Bar and Grill. Carmine Joey trat aus der Bar, griff sich zwischen die Beine, hob wie ein beschissener Verkehrspolizist eine Hand und zwang Jimmy stehenzubleiben.

Carmine Joey war ein wandelndes Skelett mit hellblauem Hawaiihemd und Sonnenbrille. Sein schulterlanges, strähniges Haar hatte die Farbe von abgestorbenem Gras. Carmine griff sich dauernd zwischen die Beine. Er glaubte, das würde ihm auf der Straße das Image eines James-Dean-Typen verschaffen.

Carmine fragte Jimmy, wo sein Hippie-Bruder steckte. Sagte Jimmy, er hätte gern was »Erb«. »Erb« – so nannte Carmine Joey Pot.

Ein Streifenwagen mit zwei Bullen kam um die Ecke, bremste ab; die beiden Uniformierten musterten Carmine Joey und Jimmy ausgiebig. Carmine Joey war ein ziemlich finsterer Typ, der dauernd an seinen Eiern rumfummelte und blinzelte. Man ordnete ihn automatisch entweder als Kinderschänder oder als Serienkiller ein. Klug von den Cops, Carmine im Auge zu behalten. Jimmy hingegen lächelte und winkte den Bullen zu, denn cool und clever ist nur der, der es von sich selbst glaubt, und er glaubte es. Die Bullen fuhren weiter. Carmine lächelte nicht. Die prüfenden Blicke der Cops schienen ihn echt beunruhigt zu haben, seine Coolness hatte einen Knacks bekommen. Er bat Jimmy, Josh zu sagen, er sollte ihn mal anrufen, und Jimmy nickte und zockelte weiter.

Josh war ein Jahr älter als Jimmy, und die Leute im Viertel nannten ihn einen Hippie. Sich an die entsprechende Tradition haltend, las er laut Gedichte und rauchte eine Menge Pot. Den Stoff kaufte er in größeren Mengen gegenüber der Uni im Washington Square Park. Seine Connection war ein Schwarzer mit gewaltigem Afro-Look, der immer einen *dashiki* – einen bunten, weiten Kittel in der Art afrikanischer Stammestracht –, Perlenketten und Sandalen trug. Man nannte ihn Razor, und vor ein paar Wochen hatte Jimmy dabeigestanden und zugesehen, wie er Joshs Schulter gepackt, seine Fingernägel in Joshs Arm vergraben und gezischt hatte: »Judenjunge, du bist immer so scheißfreundlich. Aber unter dieser Fassade kannst du meinen schwarzen Arsch auf den Tod nicht ausstehen. Merk dir eins«, sagte er zu Josh, »ich bin kein zahmer Nigger, also sieh dich vor!«

Josh gab Razor das Geld mit den Worten: »Willst du mich verarschen, Mann?« Dann lachte er ein albernes Klein-Jungen-Lachen. Razor drehte sich zu Jimmy, und Jimmy sagte: »Und du merkst dir: Ich bin kein zahmer Jude, also verpiß dich.«

Sosehr es sein Bruder Josh auch versuchte, der Typ konnte einfach nicht cool sein. Aus Gründen, die Jimmy nie ganz verstand, jagte ihm Gewalt eine Scheißangst ein.

In zwei Jahren wird Josh von einer Mine hochgerissen und in den Himmel geschleudert, und sein Name wird in eine schwarze Mauer in der Hauptstadt des Landes eingraviert werden.

Jimmy lief den Bürgersteig vor dem jüdischen Friedhof die Eighty-fourth Street hinunter. Er war ernst, wie in einer Mission unterwegs, spürte den Beat von Musik in seinem Kopf. Unter der »El« Ecke Eighty-fifth und Liberty Avenue lief er Howie Blutstein über den Weg, dem Sohn des Bäckers. Auf Howies Gesicht klebte ein Lächeln, als sei er glücklich, oder was.

Howie erzählte, daß er drei Schnecken von der City Line aufgerissen hatte. Er sagte, er hätte den protzigen, viertürigen roten Buick von seinem Vater und würde rüber zum Pizza King fahren, vielleicht ein bißchen rumfummeln, ein bißchen fingerficken. Howie hatte die Hüfte vorgeschoben, grinste wie ein ausgemachter Doofkopp und kaute nervös auf einem Daumennagel.

Howie sagte, er könnte ruhig mitkommen, wär noch Platz genug für ihn und auch für Dante. Der Typ war echt mager, man könnte auch sagen – zart, und er mochte JoJo Paradiso nicht. JoJo machte Howie angst, jagte Howie seit dem Tag eine Scheißangst ein, als er miterlebt hatte, wie JoJo einem Schulbusfahrer die Scheiße aus dem Leib geprügelt hatte, der so alt und so kräftig wie sein eigener Vater war, ja sogar noch kräftiger.

Jimmy erklärte Howie, daß er und Dante echt viel um die Ohren hätten.

Howie quasselte weiter, und Jimmy hörte ihn wie von ganz weit weg, als würde Howie durch so was wie einen beschissenen Drogennebel mit ihm reden. Jimmy massierte seinen Bauch und wollte schon weitergehen.

Da tauchte Carmine Joey wie aus dem Nichts auf und brüllte von der anderen Straßenseite rüber. »Hey!« Carmine griff sich mit beiden Händen zwischen die Beine, lachte, drehte sich um und verschwand wieder, anscheinend enttäuscht über Jimmys und Howies mangelndes Erstaunen.

»Ich sag dir was, Howie«, sagte Jimmy, der weiter wollte. »Ich sag dir, daß du keinen Geschmack hast, was Mädchen betrifft. Absolut null. Außerdem, wenn du mich und Dante einlädst, solltest du besser auch JoJo einladen. Denn du willst doch bestimmt nicht, daß JoJo glaubt, du hättest keinen Respekt vor ihm, oder? Könnte gut sein, daß er Lust kriegt, dir in deinen mageren Arsch zu treten, wenn du ihn so behandelst.«

»Du wirst schon sehen, Mann«, sagte Howie und hüpfte herum wie jemand, der sich gerade einen Hammer auf den Zeh gedonnert hatte.

Jimmy spreizte die Hände, die Handflächen nach oben, als wollte er kapitulieren. Er hatte die Schnauze voll von diesem Wichser. »Wir sehn uns«, sagte er zu Howie und ging.

Howie rief ihm nach. »Ein Jude muß bescheuert sein, wenn er sich mit Spaghettis rumtreibt. Die Schmalzköppe von der Hundertersten sind ganz üble Typen, Mann. Du wirst schon sehen, die bringen dich noch gewaltig in Schwierigkeiten. Dich und Dante auch.«

Jimmy bog auf die Eighty-fifth ein. Die Sonne stand inzwischen hoch am Himmel, weit und breit keine Wolken zu sehen, und die Hitze, die vom Asphalt zurückstrahlte, ließ ihn schwitzen. Jimmy joggte weiter Richtung 101st Avenue und dachte, stimmt schon, je länger er und Dante mit JoJo zusammen waren, desto größer wurde die Wahrscheinlichkeit, daß sie in echte Schwierigkeiten gerieten. Sonst war keiner aus ihrem Viertel mutig oder dumm genug, zur 101st runterzukommen. Aber die Wahrheit war, er fand diesen Wahnsinn gut und war überzeugt, daß Dante es genauso sah. Aber ganz und gar nicht sicher war er, ob er schon für echten Ärger bereit war. Noch nicht. Wenigstens nicht heute.

Scheiße, es war nicht besonders klug, ausgerechnet in ihrer Hochburg mit den üblen Typen von der Hundertersten herumzualbern. Und das, davon war er überzeugt, war genau, was durch JoJos umnebeltes Hirn geisterte.

Gestern erst, sie waren unten im Park an der Eighty-third Street gewesen und hatten sich die Zeit mit ein bißchen Ballspielen vertrieben, hatte JoJo gesagt, daß er was Pot rauchen und sich auf Touren bringen müsse, um dann loszuziehen, um mit zwei echt miesen Typen die Klingen zu kreuzen. Vergiß, daß sie Vater und Bruder seiner Freundin waren. Vergiß, daß sie als knallharte Typen bekannt waren, wahrscheinlich obendrein auch noch Gangster mit guten Mafia-Connections. Gib JoJo was zu qualmen, und er hat alle Power dieser Welt.

Jimmy lief jetzt wirklich richtig schnell, war wenigstens dankbar für eins: Dante würde auch da sein. Wenn Jimmy daran dachte, mit knallharten Typen die Klingen zu kreuzen, konnte er sich glücklich schätzen, Dante an seiner Seite zu haben. Dante war hart, so hart wie nur was. Genau wie JoJo, aber der war verrückt. Er schätzte, Howie hatte vermutlich recht, wenn er sagte, du kriegst noch echte Schwierigkeiten auf der 101st Avenue. Das Komische war nur, Jimmy war in diesem Augenblick gar nicht sicher, ob es ihm wirklich was ausmachte. So raffiniert wie er war, wie schlimm konnt's da schon werden?

Fünf Minuten später erreichte er die Avenue, verlangsamte sein Tempo und näherte sich JoJos Wohnblock. Beim Gehen musterte er sein Spiegelbild in den Schaufensterscheiben. Er war schlank und groß, knapp einsneunzig. An der Kreuzung 101st Avenue und Eighty-fifth Street standen wie auf Wache Männer, die Arme trotz des sommerlichen Wetters vor der Brust verschränkt, als wäre ihnen kalt. Mit dem geduldigen Interesse von Touristen, die einen fremden Brauch beobachten, beäugten sie Jimmy, als er an ihnen vorbeiging.

Schmalzköppe, er hatte dieses Gefühl, daß der ganze beschissene Block nur so von Schmalzköppen wimmelte. Er schaute die Straße hinauf, dann wieder hinunter. Eine riesige Armee von Pizzafressern tauchte auf, und bei den Blikken, die sie ihm zuwarfen, bekam Jimmy eine Gänsehaut und fühlte sich wie ein Eindringling. Er achtete darauf, sie zu ignorieren. Überall Guidos und Guidetten. So nannte er bei sich die Italiener von der 101st Avenue. Guidos und Guidetten, Pizzafresser und Schmalzköppe.

Vor einem vierstöckigen Wohnhaus blieb er stehen und schaute zum Dach hinauf. Er spürte eine große Erleichterung, daß er es geschafft hatte. Er war da, nur noch wenige Augenblicke von seinen Kumpels getrennt. Die beiden einzigen Menschen auf der Welt, für die er wirklich etwas empfand, Kumpelgefühle, ob's nun gut lief oder nicht. Die guten Kumpels waren da, die Nähe war da. Aber Menschen konnten sich ändern. Und das war etwas, worüber Jimmy nicht gerne nachdachte. Solche Gedanken mochte er überhaupt nicht.

Im Hausinneren ging er die Treppen hinauf, kam an offenstehenden Wohnungstüren vorbei. Es roch intensiv nach Basilikum und Olivenöl, Knoblauch und brutzelndem Fleisch. Das hier waren die Wohnungen hart arbeitender Männer mit großen Familien und übellaunigen Frauen, die an ihre Gasherde gefesselt waren und denen man es auch ansah. Durch die offenen Türen hörte er leises Fluchen und das Geklapper von Töpfen und Pfannen.

Irgendwer schrie einem Kind namens Paulie hinterher.

Auf dem Treppenabsatz im ersten Stock lief er einem Mädchen über den Weg, das er noch von der High School kannte. Sie hieß Victoria, und sie stand auf dem Flur und manikürte ihre Nägel mit einer Feile. Sie schien so mit sich selbst beschäftigt zu sein, daß Jimmy sich unsichtbar vorkam, als er an ihr vorbeiging. Sie gehörte zu der Sorte, die in der Schule immer mit gespreizten Knien dasaß und nie auch nur ein Wort sagte. Als warte sie auf jemanden. Dann lächelte Victoria ihn an, wie eine schlechte Schauspielerin, gab damit zu verstehen: »Was zum Kuckuck machst du denn hier?«

Die Paradisos wohnten in der obersten Etage. Als Jimmy an ihrer Tür vorbeikam und einen Fuß auf die Treppe zum

Dach setzte, spülte eine Woge des Optimismus durch sein Herz, und der Duft von Louise Paradisos Kochkunst schlug über ihm zusammen. JoJos Mutter, mit ihrer leuchtend weißen Haut und diesen schwarzen Augen, die ihn immer so bedeutungsvoll ansahen, ließ ihn nie nach Hause gehen, bevor er nicht irgendwas probiert hatte. Ein Sandwich, ein Teller Pasta. Er aß, was sie ihm vorsetzte, und sagte, lekker, sehr sehr lecker. Sie hatte Beine wie eine Weltklassesprinterin, und manchmal dachte Jimmy auf gewisse Weise an sie und flippte einfach aus. Himmel, Mann, dachte er dann, solche Gedanken konnten einen leicht unter die Erde bringen.

»Jimmy«, sagte sie zum Beispiel, »du bist viel zu dünn, iß was.« Das Problem mit dem italienischen Essen, das sie ihm aufdrängte, bestand einfach darin, daß kaum mal etwas irgendwie vertraut aussah. Am Anfang, als er sie gerade kennengelernt hatte, fühlte er sich immer ziemlich unwohl, wenn er das Essen annahm, das sie ihm anbot. Meistens lehnte er einfach ab. Er war sowieso kein großer Esser. Nein, danke, sagte er dann ganz höflich und mit einem freundlichen Lächeln. Einmal sagte JoJo zu ihm: »Ey, wenn du meine Muter noch einmal beleidigst, reiß ich dir den Arsch auf. Sie bietet dir was zu essen an, und du ißt!«

Seitdem aß Jimmy alles, was Louise Paradiso ihm anbot. Einmal gab sie ihm ein Sandwich mit hartgekochten Eiern eingewickelt in Schweineschwarte. Das war ganz schön hart gewesen. Für einen Juden aus einer koscheren Familie ein verflucht harter Augenblick. Er erinnerte sich, wie JoJo damals gegrinst hatte, wie sie an diesem Tag ein Abkommen getroffen hatten. Bei der Erinnerung daran mußte er lächeln. Dieses Lächeln spielte immer noch um seine Lippen, als er aus dem Treppenhaus aufs Dach trat.

Jimmy und Dante waren zu dem Schluß gelangt, daßJoJos Besessenheit von Nancy Vanzetti das Schlimmste war, was passieren konnte. Seit Nancy JoJo diesen schwülstigen Ichwarte-auf-dich-Blick zugeworfen hatte, war ihr Kumpel nicht mehr derselbe. Er hörte jetzt Sinatra und Peggy Lee und so weiter. Liebe Güte!

Jimmy überquerte das Flachdach und schlich zur Kante. Zu Dante sagte er: »Was liegt an? Wie geht's ihm?«

Dante sah zu JoJo rüber und antwortete Jimmy leise. »Super, echt super. Seit zwei Stunden steht er jetzt hier und brummelt irgendwas vor sich hin. Bleib 'ne Weile, und du wirst schon sehen.«

JoJo und Dante beugten sich über die Brüstung des Daches und schauten auf die Straße hinunter. Sie warteten auf Nancy, warteten darauf, daß sie mit ihren Wahnsinnstitten aus dem Q-10er Bus stieg. Nancy in ihrer braunen Schuluniform von der Dominican Commercial Catholic School. Die Hälfte aller Männer und sämtliche Jungs auf der 101st Avenue würden ihren rechten Arm dafür geben, Nancy zu stöpseln.

Auf dem Dach brannte die Sonne noch heißer als unten auf der Straße. Jimmy atmete tief ein und aus. Er zog sein T-Shirt aus und stellte sich neben Dante, der locker, aber auch aufmerksam am Rand des Daches lehnte und nach unten schaute.

JoJo hatte sich weit vorgebeugt, das Kinn auf die Hand gestützt, den Ellbogen auf der Dachkante. Ein paar Minuten sagte keiner ein Wort, und Jimmy fühlte sich ein klein wenig gehemmt. Dante legte einen Arm um Jimmys Schultern. Er sagte, dicht an seinem Ohr: »Er will das Gras.«

»Sieh dir den Typ doch an! Der Mann kreist jetzt schon im Orbit«, erwiderte Jimmy.

Dante, den Kopf immer noch dicht an Jimmys Ohr, sagte: »Die Liebe, Mann, die Liebe. Eines Tages erwischt's dich auch noch.«

»Für so 'ne Scheiße hab ich keine Zeit.«

»He, was quatscht ihr zwei da?« fragte JoJo.

»Wegen dem Gras bin ich meinem Bruder zwei Tage hinterhergerannt. Okay! Ich hab meinen Arsch hier rübergeschafft, und was machst du? Ich sag dir, was du machst. Du stehst hier wie ein kleiner, deprimierter Junge auf dem Dach rum, glotzt runter auf die Straße und wartest drauf, daß irgend 'ne Schnecke aus dem Bus steigt.«

Schulterzuckend sagte JoJo zu Dante: »Hast du das gehört?«

JoJo hatte eine makellose Haut und lange Haare, die so schwarz waren, daß sie in einem bestimmten Licht bläulich schimmerten. Er hatte die Angewohnheit, sich dauernd mit den Fingern durch die Haare zu streichen, und wenn er das machte, fielen sie sofort wieder perfekt zurück. Tony Curtis, sagten die Leute, JoJo hatte Ähnlichkeit mit dem Filmschauspieler Tony Curtis.

Jimmy hörte JoJo sagen: »Immer mit der Ruhe, okay?«

Er sah weder JoJo noch Dante an. Und schon bald war auch er voll damit beschäftigt, die Straße zu beobachten.

»Das ist er«, sagte JoJo.

»Wo?« fragte Dante.

»Kommt gerade aus dem Sandwich-Laden. Der da, der mit dem Hut, das ist er.«

Ein ganzes Stück die Straße runter, kurz vor der Kreuzung, kam ein dicker, fetter Kerl mit einem breitkrempigen, grauen Hut und einem schwarzen Spazierstock aus Carlinos Sandwich- und Pizza-Imbiß. Er blieb mitten auf dem Bürgersteig stehen, die eine Hand in die Hüfte gestemmt, die andere hielt den Stock hoch. Eine Zigarette klebte an seinen Lippen.

Dante grinste von einem Ohr zum anderen. »Der *Ice Man*«, sagte er.

»Nancys Vater?« fragte Jimmy.

»Wie er leibt und lebt«, bestätigte JoJo.

Jimmys Magen zog sich zusammen. »Der Typ legt dich um«, sagte er. »Der packt dich und reißt dir die Rübe ab. Der Kerl ist ein Gangster, stimmt's?«

»Ein Gangster? Was ist ein Gangster?« fragte JoJo. Er begann auf dem Dach herumzugehen und ein Bein nachzuziehen, als hätte er einen Schlaganfall gehabt. »Die bringt mich noch um. Nancy bringt mich um.«

Der Q-10er Bus rollte langsam bis zum Ende des Blocks und hielt. Nancy stieg aus dem Bus und blieb am Bordstein stehen.

»Nancy!« rief der Ice Man.

Sie sahen, wie sie nickte und dann über die Straße lief, um ihren Vater zu begrüßen. Die Jungs aus dem Viertel, die in der Nähe herumlungerten, würden eine ganze Woche lang ausflippen und Tränen in den Augen haben, weil sie jetzt ihre Titten hüpfen sahen.

Dante nahm die Zigarette aus dem Mund, die er gerade rauchte, und starrte die Asche an ihrem Ende an. Er sagte: »Jede Wette ... Nancy hat keinen Schimmer, was sie den Jungs antut, wenn sie so läuft.«

»Das wette ich auch«, sagte JoJo. »Dreh mir einen Joint, Dante, okay? Ich muß nachdenken.«

Einen Moment blieb JoJo an der Ecke des Daches stehen, war vertieft in Nancys Anblick. Er nahm den Joint von Dante und steckte ihn an.

Durch JoJo Paradisos Kopf fetzte eine wilde Party, als er sich an die letzte Unterhaltung mit seinem Schatz, mit seiner Nancy erinnerte. Sie war angespannt gewesen, machte sich Sorgen um ihn, wie sie sich um alles Sorgen machte. Nancy gab ihm die Drohungen ihrer Familie weiter, und zuerst dachte er noch, daß die Warnungen von ihrem Vater und Bruder nur irgend so eine blöde Scheiße waren, ein bescheuerter Trick, damit Nancy kuschte. Als er später darüber nachdachte, ging ihm das echt an die Nieren, und er wußte, daß er was unternehmen mußte. Es diesen Saftärschen von Vater und Bruder zeigen mußte, mit wem sie sich anlegten, wenn sie seinem Baby so eine Scheißangst einjagten. Sie würden dafür bezahlen müssen, er würde ihnen echt die Scheiße um die Ohren knallen, weil sie Nancy auf ihre verschissene Schmalzlockenart terrorisierten. Nancy, die einzige Frau in ihrem Haus, behandelt wie irgendeine schwarze afrikanische Sklavin, mußte für sie kochen, dieses Dreckloch von einer Wohnung sauberhalten, ganz zu schweigen von bügeln und waschen, und trotzdem setzte es noch Ohrfeigen, wenn sie mal wieder Itakerplörre soffen und sich dann stark fühlten. Er würd's denen schon noch zeigen, ihnen zeigen, was »hart« bedeutet. Da rannten die Typen rum und erzählten überall, sie sind die Bosse hier, und sie würden einem Paradiso den Arsch versohlen, und dabei lachten sie dann, wollten ihn an den Ohren nach Hause schleifen und vor seinem Vater in den Dreck stoßen, hä? Diese Nullen hätten auf der anderen Seite bleiben sollen, wo sie auch hingehörten, wenn sie an einem Streifen von ihrem beschissenen Neapel quatschten, als wär's das gottverdammte Paradies.

Wütend wandte er sich von der Straße ab. Er sah zu Jimmy und Dante hinüber.

Jimmy gab sich gerade Feuer, und Dante nippte an einem weiteren Bier. Dante warf JoJo einen Blick zu und schien zu lächeln. Als er das Bier ausgetrunken hatte, drehte sich Dante selbst einen Joint und sah JoJo direkt an. JoJo verstand genau: So hart bist du gar nicht.

Er wurde nicht schlau aus Dante, war's noch nie geworden, und es interessierte ihn auch nicht besonders, mit was seine durchgeknallte Birne gerade beschäftigt war. Was Jimmy betraf, hatte er in all den Jahren, die er ihn kannte, noch nie erlebt, wie der Typ die Beherrschung verlor. Er war cool wie eine Gurke und hatte einen Verstand so schwarf wie 'n beschissenes Rasiermesser. Wenn man Jimmy haben wollte, kriegte man Dante automatisch dazu, seit der ersten Klasse waren die zwei so unzertrennlich wie siamesische Zwillinge. Allerdings machte es seinen Vater nicht gerade glücklich, daß er mit Dante rumhing, dem Jungen eines Cops. Trotzdem, der Typ war hart wie Nägel und total verrückt, also machte es JoJo nichts aus, mit ihm zu tun zu haben, solange er Jimmy als Zugabe bekam. Bis auf diese eine Kleinigkeit: Wie konnte man dem Jungen eines Cops je wirklich vertrauen? Klar, ein korrupter Cop, aber immer noch ein Cop.

»Was hast'n vor, du harter Typ?« fragte Dante.

»Nachdenken«, sagte JoJo. »Ich werde gründlich über alles nachdenken. Wenn ich soweit bin, kann ich dann auf euch Typen zählen?«

Und Jimmy sagte, während er immer noch auf die Straße runterschaute: »Was meinst'n?«

»Ich hab euch was gefragt.«

Jimmy drückte sich von der Brüstung ab und ging zu JoJo. Er stellte sich ganz dicht vor ihn hin; JoJo spürte seinen Atem.

»Wir sind dabei. Du kannst dich auf uns verlassen«, sagte Jimmy.

Dante und JoJo waren seine besten Freunde, solange er sich erinnern konnte. Eher würde er sich eine Hand abschneiden, bevor er einem von ihnen schadete. Die drei waren, mit anderen Worten, so dicke Freunde, wie drei Teenager es nur sein konnten. Wenn man sich mit einem von ihnen anlegte, bekam man es mit allen dreien zu tun. So war's, und Jimmy dachte, so würde es immer bleiben.

Dante bemerkte, wie Nancy vor ihrem Haus nebenan mit ihrem Bruder sprach. »He, Jimmy«, sagte er. »Komm mal her, okay, und sieh dir das Kaliber von ihrem Bruder an.«

»JoJo«, sagte Jimmy. »Ich hoffe, du hast die Baseballschläger immer noch in deiner Bude.«

JoJo sagte kein Wort, saß einfach nur auf der Brüstung an einer Ecke des Daches. Dante setzte sich neben ihn.

»Ich hab noch keinen Spaghetti gesehen, dem ich nicht den Arsch vermöbeln kann«, sagte er. Und JoJo lächelte ihn an.

Nachdem sie fast eine Stunde rumgesessen und geraucht hatten, sagte JoJo: »Was ist stärker als die Liebe, frage ich mich? Was es auch ist, genau das empfinde ich für Nancy. Meine Nancy mit dem lachenden Gesicht.«

Jimmy schaute brummelnd fort. »Dieser Typ macht mich

noch fertig! JoJo«, sagte er, »eine von diesen italienischen Hexen hat deinen Arsch verflucht, Kumpel.«

Mit ausgestreckten Beinen saßen sie stoned da, bewegten nur ihre Füße ein bißchen in diese Richtung, ein bißchen in die andere Richtung.

»Es ist Zeit«, sagte JoJo. »Ich geh runter, geh übers Dach und dann runter.« Er war zuversichtlich.

»Nein, tust du nicht«, sagte Jimmy. »Bist du bescheuert, oder was? Das sind kräftige Säcke. Die bringen uns um!«

Jimmy und Dante standen auf und redeten über JoJos Kopf hinweg. Dante meinte, es gibt Sachen, die's wert sind, dafür zu sterben, besonders bei einem Mädchen wie Nancy.

JoJo sagte, er würde nicht sterben, er würde jetzt losziehen und Nancy mit dem lachenden Gesicht lieben. »Wir haben keinen Plan«, gab Jimmy zu bedenken.

Dante sagte, JoJo hätte sich schon alles genau überlegt. Er geht übers Dach auf Nancys Haus rüber und zischt dann die Feuerleiter runter. Bei ihr ist nie einer zu Hause. Jedenfalls klopft er an ihr Fenster, sie macht auf, und ... Okay, kein Problem, unser Mann ist drin. Rein in ihr Zimmer, die Tür zumachen, vergiß Vorsicht und gesunden Menschenverstand und all die andere Affenscheiße, die Durchschnittstypen bremsen. JoJo ist ein Held. JoJo will als Held untergehen.

»Ihr seid doch total bescheuert«, sagte Jimmy. Er legte den Kopf schief, beobachtete, wie ein Schwarm Tauben herabstieß, wartete darauf, daß sie sich niederließen oder wegflogen. Einen Augenblick schienen sie genau über seinem Kopf zu schweben.

JoJo zwang sich, Dante in die Augen zu sehen. »Harte Typen fallen genau wie alle anderen auch, wenn man sie an der richtigen Stelle erwischt«, sagte er. Seine Stimme war völlig ruhig.

»Wir geben dir Rückendeckung«, sagte Dante. »Wir werden da sein. Wenn sie auftauchen, treten wir ihnen ordentlich in den Arsch.«

Mit seinem Pot-Grinsen sagte Jimmy: »Ich will euch zwei ja nicht bremsen. Aber so wie ich die Sache sehe ... Dieser fette Bastard von einem Ice Man sieht aus, als würde er total ausflippen und sich vielleicht eine Kanone schnappen, wenn er JoJo zwischen den Schenkelchen seiner süßen Tochter erwischt. Und vergiß nicht den Bruder, der Kerl ist ein Monster.«

»Red nicht so«, sagte JoJo.

»Wie?«

»Red nicht schmutzig über Nancy.«

»He, komm schon«, sagte Jimmy, »jetzt mal ganz im Ernst. Du willst doch nicht wirklich übers Dach in ihre Wohnung, oder? Komm schon, sei vernünftig. Wenn die dich bei ihr erwischen, machen sie Hackfleisch aus dir.«

»Behaltet mich einfach nur im Auge«, sagte JoJo. »Paßt auf und seid da, wenn ich euch brauche.«

»Geritzt, Kumpel, keine Panik«, sagte Dante. »Alles wird laufen wie geschmiert.«

»Und Jimmy B«, sagte JoJo. »Mich hemmt keiner. Dante«, sagte er, »weißt du, was ›hemmen‹ bedeutet?«

»Was meinst'n damit?« antwortete Dante. »Ich wär so hirntot wie du, du bescheuertes Arschloch?« Er packte JoJos Schulter und drückte zu. »Ich könnte dir die Scheiße aus dem Leib hemmen, wenn mir danach wär.«

Der Typ war so beschissen stark, JoJo zuckte ein stechender Schmerz durch den Arm bis ins Handgelenk. Dante redete weiter, und JoJo bekam seine Worte kaum mit, nur das Geräusch davon, wie der Dampf aus einem kaputten Heißwasserrohr.

»Aus dir spricht das Gras«, sagte JoJo.

»So ein knallharter Typ bist du gar nicht, du kleiner Spaghettifresser-Bastard«, sagte Dante. »So knallhart bist du nicht.«

»Du Arschgesicht«, sagte JoJo. »Das Gras. Aus deinem Mund spricht nur das Gras, Dante, das bist nicht du selbst.«

JoJo rappelte sich auf und begann, wie ein Tiger auf und ab zu gehen. »Ich glaub's einfach nicht, daß ich dir erlaubt hab, soviel zu rauchen. Du kommst nicht damit klar, wenn du stoned bist, hast es noch nie gekonnt.«

»Ich brauche nur einen beschissenen Herzschlag, um mit dir klarzukommen!« Ein bösartiges Zischen von Dante.

Er beugte sich kauernd vor, als wollte er JoJo jeden Augenblick anspringen.

JoJo wollte schon sagen: Ach, ja? Kommst du auch damit klar, du großer, blöder irischer Bastard? Überlegte es sich dann aber anders. Schwer atmend griff er hinter sich und spürte den Knauf der Pistole, die er auf dem Kreuz unter den Bund seiner Jeans geschoben hatte, verborgen unter seinem Sweatshirt. JoJo stand völlig ausdruckslos da und kochte innerlich, dachte, nein, das ist meine Überraschung, und Überraschungen behält man am besten für sich.

Jimmy schloß die Augen, kniff sie ganz fest zusammen.

Er sah den Vollmond mit seinem harten, silbernen Schein über dem Park an der Eighty-third Street. Auf einer Parkbank brannte eine Kerze. Ein gelber, weißer Blitz. Sein Bruder, mit einem Gewehr über der Schulter, rauchte einen Joint von der Größe seines Armes. Noch ein Blitz. Ein blaues Dreieck. Wieder Josh, jetzt tanzte er mit Howie Blutstein die Hora. Und Howie, dieser magere Bastard, Howie grinste. Dann ein Kreis und ein Quadrat, die beide nicht ihre Form halten konnten. Der Kreis in dem Quadrat war jetzt leuchtend gelb. Dann war er auf einer Schaukel im Park und holte Schwung, aber seine Lungen waren leer, und er bekam keine Luft. Das Gras im Park war schmutzig grau und tot. Er riß die Augen auf und hatte plötzlich Angst. Sein rechter Arm hing schlaff an seiner Seite.

Das war verdammt kräftiges Zeug, das er da rauchte. Vielleicht war's überhaupt kein Pot, vielleicht war's Opium oder Hasch oder irgendeine andere verrückte Scheiße?

»Spaghettifresser«, sagte Dante. »Hält sich für den härtesten Burschen im Tal. Sag ihm, daß er voll danebenliegt, Jimmy.«

Jimmy befreite sich mit einem Schütteln aus dem High und hielt es glatt für möglich, daß diese beiden es tatsächlich austrugen. Mal sehen, wer der Schwergewichtsmeister war. JoJo, das wußte er, würde bei all dieser »Spaghettifresserscheiße« nicht mehr lange ruhigbleiben. Dante war stark wie ein Ochse, ein paar Zentimeter größer und dreißig Pfund schwerer als JoJo. Aber JoJo war der größte Irre auf diesem Planeten. Und hatte vor nichts und niemandem Angst. Jimmy versuchte, etwas zu sagen, etwas Komisches, um dem Wortwechsel die Schärfe zu nehmen. Er holte tief Luft.

»Es liegt am Gras«, brüllte JoJo. Dann schüttelte er Dantes Hand ab, beugte sich vor und küßte ihn. Jimmy sah, wie JoJo die Hände auf Dantes Wangen legte und ihn auf den Mund küßte.

Dantes Stimme wurde sanfter. »Du bist ein blöder Spinner, JoJo«, sagte er. »Und das macht mir Sorgen.«

JoJo grinste Dante an. Dann sah er auf die Uhr. »Sieh dir das an. Es ist schon halb fünf.«

»Na und?« sagte Dante.

JoJo stand auf und reckte sich, griff nach dem Himmel. Für Jimmy waren seine Augen jetzt anders. Sie waren trügerisch, sie waren ruhig. Am liebsten hätte Jimmy, so laut er konnte, *Verdammt!* gebrüllt. *Verdammt*, lassen wir die Finger davon! Wollte es herausbrüllen. Das ist eine üble Scheiße. Wollte es JoJo ins Gesicht schreien. Doch er senkte nur den Kopf und biß die Zähne zusammen, um keinen Laut von sich zu geben. Das Gras machte mit ihm, was es wollte. In seinem Kopf fand ein Filmfestival statt. Josh, dachte er, was zum Teufel hast du mir da gegeben?

»Ich will meine Nancy nicht länger warten lassen«, sagte JoJo.

»Okay«, sagte Dante. »Aber sei vorsichtig. Ich bin zu jung, um schon auf die Beerdigungen meiner Freunde zu gehen.« Für Jimmy klang Dantes Spruch unecht und gezwungen.

»Verrätst du uns jetzt deinen Plan oder soll's eine Überraschung werden?« fragte Jimmy.

JoJo drehte sich um und schaute zur Straße hinunter. Aus einem offenen Fenster eine Etage tiefer konnten sie Geschrei und Lachen hören. JoJos Bruder John sah sich Trickfilme im Fernsehen an.

JoJo flüsterte mit heiserer Stimme: »Ich spring rüber aufs Dach von Nancys Haus. Dann geh ich die Feuertreppe runter und durchs Fenster in ihr Zimmer. Das hab ich schon oft gemacht, ich weiß genau, was ich tue.«

»Und wir?« fragte Jimmy. »Was sollen wir tun?«

»Haltet mir den Rücken frei.« JoJo ging zur Brüstung und schwang seine Beine rüber, kletterte auf das Dach von Nancys Haus und machte sich auf den Weg die Feuerleiter hinunter. Am Schwanenhals der Feuerleiter blinzelte er.

Dante rief ihm zu. »Ich behalt die Straße im Auge und paß auf, daß ihr alter Herr und ihr Bruder sich nicht heimlich an dich ranschleichen.«

JoJo gab keine Antwort, er winkte einfach nur und kletterte dann die Leiter hinunter, warf Jimmy dieses Lächeln zu, zeigte diese perfekten Zähne. Und Jimmy Burns nickte. Eine Sekunde später tauchte JoJo schon wieder auf.

»Ich verlaß mich auf euch zwei. Ich will keine Überraschungen, wenn ich meine Nancy liebe. Wenn ihr die zwei Trottel kommen seht, setzt ihr eure Ärsche in Bewegung, aber avanti. Apartment 3-A.«

»Wir sind hier«, sagte Jimmy. »Keine Panik, Mann.« Und dachte, du bescheuerter Bastard.

Vorsichtig stieg JoJo die Leiter hinunter. »Mach immer das Richtige, und das Schicksal ist auf deiner Seite«, hatte sein Vater ihm gesagt. »Du bist ein Paradiso, du lehrst diesen Vanzettis Respekt, etwas, das sie nicht vergessen werden.«

Vor Nancys Fenster seufzte JoJo. Er war total stoned. Er

klopfte gegen die Scheibe, sah, wie sich die Gardinen bewegten, und da war Nancy, immer noch in ihrer High-School-Uniform. Er sah, wie sie sich vorbeugte, um das Fenster zu öffnen. Es klemmte, und er half ihr. JoJo wollte sein Baby, wollte seine Nancy, und es war ihm scheißegal, wenn sie beide dabei draufgingen.

Da standen sie, JoJo auf der Feuerleiter, Nancy in ihrem Zimmer, und sie sahen sich in die Augen. So standen sie sehr lange dort, ein fünfminütiger Skorpionstanz.

Als JoJo den ersten Schritt auf die Feuerleiter machte, lehnte sich Jimmy gegen die Brüstung und nahm einen gewaltigen, tiefen Zug von dem Joint, den er in der Hand hielt, und begann, über eine Menge Dinge nachzudenken, über die er gar nicht nachdenken wollte. Zum Beispiel darüber, was er und Dante tun würden.

Dante hatte seine Adleraugen auf Nancys Vater und Bruder. Die beiden Männer waren zu Carlinos Pizzeria zurückgegangen. Er behielt sie scharf im Auge, während sie dastanden und redeten und sich immer wieder umschauten. Wenn ihnen plötzlich in den Sinn kam, nach Hause zu gehen, was dann? Drei Treppen runterrennen und ihnen in das Haus folgen?

Warum nicht?

Jimmy vermutete, daß er, Dante und JoJo schon mit der Sache fertigwerden würden. Den beiden Jammerlappen in die Ärsche treten und dann verduften. Er wanderte auf dem Dach auf und ab. Er fühlte sich komisch. Er stellte sich neben Dante, legte einen Arm um seine Schultern und blickte auf die Straße hinunter. Wieder komisch. Genau wie vorhin unten auf der Straße vor JoJos Haus. Er hatte das Gefühl, nicht hierher zu gehören. Sein Magen verkrampfte sich, seine Hände wurden feucht.

Er haßte das. Wenn JoJo wüßte, was für ein Mensch er wirklich war, wären sie dann auch noch befreundet und dicke Kumpel? Wie stand's damit? Denn die Wahrheit war doch, und er erstarrte, als ganz in der Nähe eine Sirene losjaulte, denn die Wahrheit war: Er war kein Gangster. Kein Streetfighter, kein harter Typ. Er war nicht Dante, fuhr nicht auf Schlägereien ab. Lief nicht davor weg, konnte sich erinnern, in seinem ganzen Leben eine, vielleicht zwei verloren zu haben. Aber jemandem die Scheiße aus dem Leib zu prügeln war einfach nicht seine Lieblingsbeschäftigung. Nein, er war nicht Dante. Lieber lutschte er an einer Titte oder einem Joint, als einem Typen das Ohr abzubeißen. Und todsicher war er nicht JoJo, der Typ hatte Gewalt in den Genen.

JoJos Vater war ein allgemein bekannter *wiseguy*, ein Mafioso. Schon mehr als einmal war sein Foto auf der zweiten Seite der ›News‹ oder des ›Mirror‹ gewesen. Und immer im Gefolge einer Story auf der ersten Seite, bei der es um ein paar andere Mafiosi ging, die mit Löchern im Kopf auf den Vordersitzen irgendeines Autos gefunden worden waren.

Diese Scheiße war gefährlich. Vielleicht, dachte Jimmy, würde er Dante schnappen und einfach abhauen. Sollte JoJo doch zur Abwechslung mal allein klarkommen. Besser noch, er würde einfach gehen und Dante sagen, er solle entweder mitkommen oder bleiben und JoJos Drecksarbeit erledigen. Er hatte keine Lust mehr, noch länger bei JoJos Verrücktheiten mitzuspielen.

Oder vielleicht sollte er auch über das Dach auf Nancys Haus steigen und JoJo eigenhändig dort rausholen. Raus aus dieser Wohnung und weg von all der Scheiße. Sich JoJo vorknöpfen, ihm in die Augen sehen und ihm sagen, was für ein absoluter Spinner er seiner Meinung nach war. Normalerweise hörte JoJo auf ihn. Respektierte, was er zu sagen hatte. Vielleicht tat JoJo ja auch nur so, als hörte er zu, der Typ wurde von irgendwas getrieben, von dem er absolut nichts verstand, und das war die reine Wahrheit. JoJo konnte eine so unglaubliche Wut im Bauch haben. Er liebte es zuzusehen, wenn sich die Leute vor Angst in die Hosen schissen, wenn er auf sie losging. Wie gesund war das? Wie normal? War JoJo vielleicht wirklich ein Fall für die Klapsmühle? Wieder jagte ihm das Bild von den beiden *wiseguys* durch den Kopf, denen Blut übers Gesicht lief.

Vielleicht war's höchste Zeit, ein für allemal einen Schlußstrich zu ziehen. Schluß mit der Heuchelei. Er war nicht JoJo, und Dante auch nicht. Sie waren nicht von der 101st Avenue, wo die Hälfte aller Leute vorbestraft war und Kanonen, Baseballschläger und Ketten in ihren Autos hatten. Vielleicht war der ganze Spaß nur Kinderkram gewesen, und das war jetzt vorbei. Vielleicht war's an der Zeit, einen Schritt zu tun, bevor noch eine wirklich üble Scheiße passierte. Aber andererseits war's dazu vielleicht ja auch schon längst zu spät.

»He, paß auf«, sagte Dante plötzlich. »Sie gehen aufs Haus zu, kommen ziemlich schnell, marschieren mit gerecktem Kinn wie zwei beschissene kleine Mussolinis.«

»Was meinst'n damit, sie kommen?«

»Was meinst'n damit, was ich meine? Die beiden Pisser rollen an, Mann! Und sie kommen schnurstracks her, sehen stinksauer und hundsgemein aus, Mann, das wird 'n Ding, Mann, das wird 'ne Scheiße.«

Jimmy hatte das Gefühl, als tanze sein Herz in seinem Brustkorb eine Polka. »Dann sollten wir jetzt wohl besser los«, sagte er.

»Genau. Ich meine, wir können unserem Kumpel in Anführungszeichen ja wohl kaum sagen, wir hätten dringend geschäftlich weggemußt.«

Mit einem King-Kong-großen Knoten Angst im Bauch folgte Jimmy Dante die drei Treppen nach unten auf die Straße. Weit und breit nichts zu sehen von Nancys Vater und Bruder. Sie traten durch den Hauseingang in die Dunkelheit von Nancys Haus. Jimmy konnte Vater und Bruder irgendwo über ihnen die Treppe hinaufgehen hören. »Die Schläger«, sagte er. »Dante, wir hätten die Baseballschläger mitnehmen sollen.« Er fühlte sich wie unter Strom und war ziemlich sicher, daß die Energie, die er spürte, in nicht unerheblichem Maß von seiner Angst rührte.

»Für ein paar fettärschige Spaghettis brauchen wir keine beschissenen Schläger. Wir treten ihnen einfach in ihre blöden Ärsche.«

Jimmy war sich bewußt, daß Dante lachte: Er wußte, daß im Kopf seines Freundes ein halluzinatorischer Zirkus ablief. Ich werde hier abgeschlachtet, das dachte er.

Jimmy spürte einen unheimlichen Krampf in der Brust, der sich wellenförmig nach unten in seinen Bauch ausbreitete, auf den Unterleib übergriff und die Arschbacken verhärtete. Dann durchfuhr ihn eine berauschende Hochstimmung, und er bekam einen Lachanfall. Er fühlte sich stark wie ein Bulle und hatte so eine Ahnung, daß etwas Gutes passieren würde. Er hörte, wie die Tür zu Nancys Wohnung aufging. Die Geräusche der beiden Männer einen Treppenabsatz über ihm waren nicht von dieser Welt.

In Nancys Zimmer betrachtete JoJo aufmerksam seinen Schatz und versuchte, eine Entscheidung zu treffen.

Das schwarze Haar rahmte ihr Schulmädchengesicht ein. Sie war siebzehn, aber JoJo war sie schon immer älter vorgekommen. Er beugte sich vor und vergrub das Gesicht in ihren Haaren. Nancy duftete nach Erdbeeren und frischer Wäsche. Sie hatte volle Lippen, und nur für ihn machte sie jetzt einen Schmollmund. Sweet Nancys Kußmund. Ihre braunen Augen hatten noch nie so gestrahlt. Sie gab ihm mit einer scharfen Handbewegung zu verstehen, still zu sein, sie hätten, glaubte sie, allerhöchstens fünfzehn, zwanzig Minuten. Seine Gedanken wanderten zu ihrem Vater und Bruder, zu seinen beiden Kumpeln auf dem Dach.

Nancy holte ihn wieder in die Gegenwart zurück, indem sie nach seiner Jeans griff und ihn zu sich zog. JoJo ließ eine Hand ihren Rücken hinauf und hinunter gleiten, und Nancy schloß die Augen.

So behutsam und leise wie möglich schob er sie dann durch das Zimmer, drehte sie um. Sie zog den Reißverschluß seiner Jeans herunter, kniete sich vor ihn.

»Beeil dich«, sagte sie laut.

Nancy schob die Hand in seine Jeans, und JoJo öffnete die Lippen und begann, durch den Mund zu atmen.

Die ganze letzte Woche hatte er sich immer wieder gesagt, daß das, was er tun mußte, so offensichtlich war wie eine Neonreklame. Er hatte es in allen Einzelheiten geplant, und jetzt befand sich alles und jeder an Ort und Stelle. Von dort, wo er in Nancys Schlafzimmer stand, hatte er einen perfekten Blick den Flur hinunter auf die Wohnungstür. Es war gut – nein, besser als gut. Es war perfekt.

Er schloß die Augen, dachte an Nancys Vater und ihren verschissenen Bruder Rocco. Und an den Ausdruck auf ihren Gesichtern, wenn sie diese Tür aufmachten. Und dann schlug er die Augen auf und starrte auf Wände und Decke des Zimmers seiner süßen Nancy. Dann blickte er auf ihren Kopf herab, und was er wollte, was er wirklich wollte, das war Respekt. Affenscheiße – was er wollte, und was er auch bekommen würde, war alles versengende Angst in der Kehle eines Feindes. Aber wieviel? Er stand da und dachte genüßlich über die Angst nach. Wieviel war genug?

Nancy nahm seinen Schwanz aus der Hose und in ihren Mund, hielt ihn mit festem Griff, streichelte ihn, küßte und leckte ihn, machte dabei das Geräusch, das er so liebte, dieses langsame, gedehnte und gottverdammt schöne laute Schnurren. Er packte ihren Kopf und sah sich und die vor ihm kniende Nancy im Spiegel ihres Kleiderschranks, ließ seinen Blick verweilen. Während er ihr Spiegelbild beobachtete, sah er seinen Penis in ihrem Mund verschwinden.

Irgendwann an diesem Punkt hörte JoJo zum erstenmal Schritte die Treppe heraufkommen, oder meinte es wenigstens zu hören. Trotz der Gefahr oder gerade deswegen wollte er den Rock ihrer Schuluniform hochheben und tief in sie eindringen. Höschen und BH und Strümpfe lagen bereits ordentlich auf dem Stuhl vor dem Bett.

»Aufs Bett«, hauchte er. »Steh auf und leg dich aufs Bett.«

So bekam er Respekt, so bekam er alles, was er brauchte.

Nur daß er keine weitere Minute mehr durchhalten würde, das wußte er.

Lächelnd zog Nancy den Kopf von ihm zurück. Sie schob die Unterlippe vor und sagte: »Keine Zeit mehr.« Als sie die Lippen dann wieder um seinen Penis legte, tat sie es mit einer gewissen wilden Gier.

Genau in diesem Moment hörte er den Schlüssel in der Tür.

Dann spürte er etwas anderes, spürte die Hitze ganz deutlich in der Brust. JoJo hatte noch nie auch nur die geringste Bekanntschaft mit Angst gemacht. Er hatte noch kein einziges Mal daran gedacht, daß er schon ziemlich bald sterben könnte. Aber plötzlich spülte eine Welle der Angst über ihn, wie er es noch nie zuvor erlebt hatte. In diesem Augenblick, bei seinem ersten klaren Gedanken in den vergangenen drei Stunden, erinnerte er sich an die Worte seines Vaters: »Zuerst geht es immer nach unserem Willen. Vergiß das nie. Die Menschen respektieren nur, was sie fürchten.«

Vor der Tür war jemand, dessen war er sich absolut sicher.

Außer Bruno Greco, dem Fahrer seines Vaters, wußte niemand, daß JoJo auf dem Kreuz, im Bund der Jeans, unter seinem Sweatshirt, einen .32er Revolver trug. »Es ist nur eine kleine Kanone, die Kanone einer Frau«, hatte Bruno gesagt. »Aber sie macht einen ordentlichen Knall und tötet genausogut wie jede andere. Kleine Kanonen bringen dich zu Gott«, sagte Bruno. »Dafür sind kleine Kanonen da.«

JoJo bewegte sich etwas und schob Nancy so, daß sie von der Wohnungstür deutlich zu sehen sein würde. Er spürte ihre Lippen, ihren gierigen Schulmädchenmund auf sich, und er legte den Kopf zurück.

Genau in diesem Augenblick erkannte JoJo Paradiso, daß er an Gott glauben mußte. Denn es war Gottes Namen, den er ausrief, als sie durch die Tür hereinschlenderten.

Er kam wie der Ätna, zog ihren Kopf an sich, stellte sich auf die Zehenspitzen und hob ab, mit der Angst, der Gefahr und dem großartigen Genuß, den das Lutschen seiner süßen Nancy ihm bereitete.

Rocco Vanzetti schrie als erster.

»Sieh dich an, du dumme Fotze! Sieh nur, was du machst!«

Instinktiv griff JoJo nach hinten, wo die Pistole wartete. Am Ende des Flurs sah er Nancys Vater mit in die Luft gerissenen Armen stehen, und sein Stock berührte die Decke. Rocco schob sich an seinem Vater vorbei, schrie aus Leibeskräften, und der alte Mann stieß einen Schrei und ein paar andere entsetzliche Geräusche aus und folgte seinem Sohn. Sie waren genau da, wo er sie haben wollte. Mit einer Hand hielt er Nancys Kopf umklammert, und mit der anderen zog er die Kanone aus der Jeans. Er riß den Arm hoch und zielte.

Jimmy hörte den ersten Schuß und folgerte daraus zweierlei: daß JoJo wahrscheinlich tot war und daß Howie Blutstein, magerer Bastard, der er war, ein Hellseher sein mußte. Der zweite Schuß löschte das eine oder andere davon aus.

Er hörte JoJos Stimme lauter brüllen als die Schreie der Vanzettis.

Dante stolperte inzwischen weiter die Treppe hinauf. Und der Typ lachte, lachte so heftig, daß er husten mußte. Das Dope, das sie geraucht hatten, war nicht gut für seine Atemwege gewesen.

Die Tür der Wohnung stand weit offen; Jimmy und Dante stürmten hinein. Die Vanzettis, Vater und Sohn, saßen auf dem Boden des Flurs und hielten die Hände auf den Köpfen. JoJo hatte zweimal in die Decke geschossen, und jetzt grinste er Jimmy mit weit aufgerissenen Augen und einem irren Lächeln an.

Impulsiv wollte Jimmy zuerst zu JoJo laufen, doch bevor er dazu kam, wurde er von Dante zur Seite gestoßen. Er krachte gegen die Flurwand, stieß sich den Kopf und taumelte mit blutendem Gesicht zurück.

Zusammengekauert wie ein Tier hockte JoJo über den

Vanzettis. Nancy war verschwunden, hatte sich ins Bad eingeschlossen. Der Vater kreischte, laut und rauh, beinahe klang es wie ein Weinen. Jimmy war dieses Geräusch peinlich.

»Jemand getroffen, wer wurde getroffen?« brüllte Dante.

»Keiner. Noch nicht, wenigstens«, sagte JoJo.

»Okay, okay, beruhig dich wieder«, sagte Nancys Bruder.

Der Vater schüttelte fassungslos den Kopf. Jimmy war sofort klar, daß er nicht verstand, was hier passierte.

»Beruhigen soll ich mich?« schrie JoJo. »Ich werd mich beruhigen. Nachdem ich euch eine beschissene Kugel durch den Kopf gejagt hab!«

JoJo streichelte liebevoll die Pistole in seiner Hand, ließ die Finger über den langen Lauf gleiten, steckte einen Finger in die Mündung. Er fingerfickt die Kanone, dachte Jimmy. Der Kerl ist bescheuert, der Typ hat nicht mehr alle Tassen im Schrank. »Beruhig dich«, sagte Jimmy, dann rutschte er an der Wand entlang auf den Boden.

Rocco schlug seinen Kopf gegen die Wand. JoJo stieß ihm die Pistole ins Ohr.

»Ich sollte dir dein Spatzenhirn wegpusten. Du wolltest mich wie einen Hund verprügeln, mich an den Ohren nach Hause schleifen, stimmt's? Tja, nur leider hast du's mit einem Hund zu tun, der beißt. Vielleicht hast du das jetzt kapiert. Vielleicht hast du wenigstens das kapiert.«

Auf Jimmy machte JoJo den Eindruck, als spielte jemand mit seinem Hirn Hockey. Der Typ war voll durchgeknallt. Er spannte seinen Bauch an, schlug darauf, zog die Schultern hoch. Jimmy sah nur noch ihn. Die Wut in JoJos Augen war total.

Dante griff Jimmy unter die Arme und zog ihn hoch. »Komm«, sagte er, »wir verschwinden von hier.«

»He, wo zum Teufel wollt ihr hin?« rief JoJo.

»Raus hier.«

»Du auch, Jimmy?« fragte JoJo. »Du läßt mich auch allein?« Er ging auf Jimmy zu.

Und Dante sagte: »Tu's nicht.«

»Du hast doch alles fest im Griff«, sagte Jimmy. »Du hast nie was von einer Kanone gesagt. Wenn du was von Kanonen gesagt hättest, JoJo, wären wir gar nicht erst gekommen. Mit Kanonen wollen wir nichts zu tun haben.«

Aus dem Bad begann Nancy zu schreien. »Verschwindet, warum verschwindet ihr nicht einfach alle? Bitte«, schrie sie, »ihr macht mir angst, ihr macht mir alle angst!«

»Komm«, sagte Dante und berührte Jimmys Arm. »Mach's kurz, zischen wir ab.«

»Okay, na los, zischt ab. Verpißt euch, geht doch einfach, los. Ihr seid sowieso nur zwei kleine Arschlöcher«, sagte JoJo.

Nancys Vater und Bruder schienen nichts zu hören. Sie sahen aus, als wären sie weit weg, hätten sich irgendwo in ihre Köpfe zurückgezogen.

Jimmy und Dante gingen hinaus, Jimmy hielt sich den Kopf. Dante führte Jimmy an den Schultern. Er hielt sich dabei zwischen Jimmy und JoJo.

»Zwei kleine Wichser, das seid ihr. Zwei kastrierte Bastarde. Ich brauch euch nicht!«

Jimmy blieb noch einen Moment auf dem Flur stehen und schaute zurück. »Wir seh'n uns, JoJo«, sagte er.

»Ja, klar. Aber nicht, wenn ich euch zuerst sehe.«

Dante führte Jimmy die Treppe hinunter. Jimmys Kopf tat saumäßig weh. »Was glaubst du, was macht er mit den beiden da oben?« fragte er.

»Wen interessiert's einen Furz?« sagte Dante. »Wie mein Vater immer so schön sagt: Den Spaghettis gibt man am besten Kanonen und Messer, dann tritt man zurück und schaut zu, wie das Blut fließt. Scheiß auf sie alle.«

»Ey«, sagte Jimmy. »Deine Mutter ist doch Italienerin, oder bin ich bescheuert?«

Dante lachte und nahm Jimmy in den Arm. »Himmel, um ein Haar hätten wir ganz schön in der Scheiße gesteckt, stimmt's?«

Jimmy grinste breit. »Schätze, wir werden JoJo eine ganze Weile nicht mehr sehen.«

Dante lachte so sehr, daß er zu sabbern begann. Jimmy schob einen Arm um Dantes Taille und drückte ihn an sich.

»Jimmy«, sagte Dante, »du mußt mal mit deinem Bruder reden. Er verkauft in letzter Zeit echt abgedrehte Scheiße.«

Sie gingen die 101st Avenue entlang und bogen rechts auf die Ninetieth Street Richtung Liberty ab. Jimmy hatte ein unheimliches und schreckliches Verlustgefühl. So als würde jetzt nichts mehr so sein wie zuvor. Er preßte die Lippen zusammen und schüttelte den Kopf, genau wie Nancys Vater es gemacht hatte, als er auf dem Boden des Flures saß.

»JoJo«, sagte er, »ist total durchgeknallt. Der Typ bedeutet Ärger.«

Dante sah in die Sonne, dann auf Jimmy mit einem breiten Grinsen.

Plötzlich dämmerte es Jimmy, daß Dante nichts von dem mitgekriegt hatte, was er sagte. Und wenn doch, dann interessierte es ihn nicht weiter. Der Typ war total stoned. Wenigstens glaubte Jimmy, daß er total stoned war. Oder vielleicht, nur vielleicht, interessierte sich Dante O'Donnell einen Scheißdreck für JoJo Paradiso und den Irrsinn, aus dem sein Leben bestand. Während sie die Straße hinuntergingen, schlug Dante ihm vergnügt auf den Rücken.

»Mach dir keine Sorgen um JoJo, der ist total und hundertprozentig bekloppt. Wir kommen aus verschiedenen Welten. Um dir die Wahrheit zu sagen, ich seh das schon eine ganze Weile so. Aber heute hat er das Faß zum Überlaufen gebracht. Für mich ist der Typ Geschichte.«

Jimmy zuckte mit den Schultern. »Wir werden ihn wiedersehen«, sagte er.

»Klar werden wir ihn wiedersehen. Wir beide werden Cops, stimmt's?«

»Cops?«

Dante äffte Jimmys Reaktion nach und lachte sich kringelig. »Genau, Cops«, sagte er. »Wir werden Cops. Ich steh drauf, durch die Gegend zu rennen und diese Cowboy-Scheiße abzuziehen. Aber ich will eine eigene Kanone.«

»Cops?« wiederholte Jimmy. »Wir beide wären ein echt heißes Gespann Cops, stimmt's?«

»Ich mach keine Witze«, sagte Dante.

»Ich weiß, daß du's ernst meinst. Und genau das beunruhigt mich ja so an dir.«

KAPITEL ZWEI

Zwanzig Jahre später

Joseph Paradiso war gut einsachtzig groß, kräftig gebaut und gutaussehend, und wenn er einen direkt ansah und mit einem schrägen Seitenblick dieser schwarzen Augen fixierte, dann drehte man sich weg, wenn man war wie die meisten Menschen. Vieles an ihm wirkte einschüchternd. Er war tadellos gepflegt, und in den Geschäften an der Madison Avenue, wo er seine Kleidung kaufte, und entlang der 101st Avenue in Queens, wo er mit Freunden spazierenging und über seine Geschäfte redete, war er sehr beliebt.

An diesem Junimorgen, als JoJo Queens mit Ziel Florida verließ, betrat ein Zwerg namens Karl Marx Syracusa mit JoJos Anweisungen im Kopf und einer 9mm-Beretta in der Tasche eine Kneipe an der Knickerbocker Avenue in Brooklyn. Der Zwerg jagte dem Mann eine Kugel in den Mund, der es gewagt hatte, vor einer Anklagejury JoJos Namen zu erwähnen.

An diesem Nachmittag stand JoJo mit einer Dose Erdnüsse in der Hand in einem Warteraum auf dem LaGuardia-Flughafen und verfolgte die Lokalnachrichten im Fernsehen. Er lächelte, als der Reporter, ein rothaariger Mann, den JoJo eine Null nannte, sagte: »Mein Informant bei der Polizei behauptet, dieser Mord sei das Werk eines Mafia-Killers.«

»Brillant«, sagte JoJo zu dem Mann rechts neben ihm.

Der Mann drehte sich um und setzte sich in Bewegung, warf noch einen Blick über die Schulter auf den Fernseher. »Kommen Sie, Boss«, sagte er. »Wir müssen den Flieger kriegen.«

Dreißig Stunden später saß JoJo auf dem Beifahrersitz eines gemieteten weißen Chrysler, der auf halbem Weg zwischen dem Orlando Hotel und dem Wet and Wild Water Park am Straßenrand stand.

Draußen wehte ein warmer Wind und starker Regen stand bevor. Die wenigen Palmen, die den Hotelparkplatz säumten, waren vom Wind zerzaust, sahen aus wie gerupft. Bizarre weiße Vögel, die ihn an Möwen erinnerten, aber keine Möwen waren, wanderten in den Lichtkegel einer Straßenlaterne. JoJo musterte sie aufmerksam, warf dann einen Blick zum Wasserpark hinüber, behielt die Hände auf dem übergroßen Diplomatenkoffer auf seinem Schoß. Es war zehn Uhr abends, und auf den Wasser- und Wildwasserbahnen war niemand mehr.

JoJo war leger gekleidet in Jeans und einen blutroten Kaschmirpullover, und zu den beigefarbenen Socken trug er Banfi-Halbschuhe. Seine Haut sah sonnengebräunt aus, doch hatte er von Natur aus einen dunklen Teint; die rabenschwarzen Haare hatte er zurückgegelt. Er hatte New York verlassen und war nach Florida gekommen, um sich mit einem Mann namens Luis Valero zu treffen. Ein Mann, der zu keiner Familie gehörte, ein Mann, der nicht Italiener war. JoJo dachte daran, daß er bald an einem Geschäftsessen teilnehmen würde, das von einem jüdischen Anwalt aus South Miami arrangiert worden war, einem Handelsmagnaten, dem Eigentumswohnungen, Segelyachten und Flugzeuge, zwei Kongreßabgeordnete aus dem Rust Belt des Mittleren Westens und ein Sunshine-State-Senator gehörten, der in Country Clubs ging, wo er Golf spielte und Geschäfte mit einigen der wichtigsten Drogenschmuggler der Welt machte.

JoJo fühlte sich, als wäre er nicht Herr der Dinge, befände sich in den Händen von Fremden. Er war ängstlich, hatte mehr als nur ein bißchen Angst. In dem Diplomatenkoffer befanden sich zweihundertfünfzigtausend in Hundertern und Fünfzigern. Kubanische Drogendealer, das wußte er, können verrückt werden vor Habgier und zu Maschinenpistolen und Kettensägen greifen, wenn sie einem Geld abnehmen wollen. Und es war ihnen völlig schnurz, ob man zur New Yorker Mafia gehörte. JoJo war mit Leib und Seele davon überzeugt, sich am absoluten Tiefpunkt seines Lebens zu befinden, wie er hier saß und drauf und dran war, sich mit einem Reis- und Bohnenfresser im Land der Sonne-und-Spaß-Süchtigen zu treffen und Geschäfte zu machen.

Sie waren vom Lauderdale Airport raufgekommen, hatten die vierstündige Strecke auf dem Florida Turnpike in dem gemieteten Chrysler zurückgelegt und dabei schier endloses Riedgras an sich vorbeirauschen sehen. Bruno Greco, der *consigliere* der Paradiso-Familie, saß am Steuer. JoJo hatte breite Schultern und wirkte kräftig, aber neben Bruno erschien er klein und mickrig. Beide Männer waren über Generationen in der Mafia verwurzelt, und auch wenn Bruno zwanzig Jahre älter war als JoJo, folgte er bereit- und gutwillig allen Anweisungen, die JoJo ihm gab.

JoJo war ein »Unter«, der Unterboss der Mafiafamilie der Paradisos, einer Familie mit Problemen, einer Familie, deren finanzielle Grundlage erodiert war. Eine Familie auf dem besten Weg, Einfluß und Macht zu verlieren. Die Paradisos brauchten dringend einen beträchtlichen und kontinuierlichen Cash-flow, und das schnell.

JoJos Vater Salvatore war ein finsterer Mann mit sterbendem Herzen. Der ältere Paradiso machte keinen Unterschied zwischen Leuten, die versuchten, ihn zu erschießen oder zu erstechen, und solchen, die ihn zum Narren hielten. Der Skipper, wie JoJo seinen Vater nannte, verfluchte wie alle Mafiosi alten Stils in einem Atemzug die Schwarzen und Latinos wegen ihrer Drogengeschäfte und lobte im nächsten ihre Fähigkeit, Geld zu verdienen und Feinde aus dem Weg zu räumen.

JoJo vermutete, daß sein Vater sich schon lange nicht mehr für Alkohol oder Tabak oder Frauen interessierte. An der Wand seines Schlafzimmers hingen Bilder von Jesus, der Jungfrau Maria und Frank Sinatra. Nach dem Tod von JoJos Mutter hatte der Skipper zu Jesus gefunden.

In seiner Jugend war Salvatore bekannt gewesen als »Sally Blue Eyes«, und er hatte mehr als ein paar Leute unter die Erde gebracht. Aber damals war die Familie noch jung, und »Sally« war wild und tobte auf den Straßen. Heute war er ein alter Mann in einer Branche, in der man nicht alt wurde. Als letzter der alten New Yorker Dons lehnte er Drogen strikt ab und verbot jedem Familienmitglied, sich auf das einzulassen, was er das »krankhafte Business« nannte.

JoJo gehörte einer anderen Generation an und hatte seine eigene Sicht der Dinge. Er wußte, daß Mafiageld stets nach oben floß. Familienmitglieder, Mafiosi, die offiziell in den engeren Kreis aufgenommen und damit zu *uomini d'onore* geworden waren, taten, was getan werden mußte, um auf der Straße Geld zu verdienen. Anteile ihrer Einkünfte gaben sie ihren *capidecina* oder Captains weiter. Die *capidecina* wiederum zollten dem Don ihren Tribut in Form von mit Bargeld gefüllten Umschlägen. In einer gut geführten und starken Mafiafamilie herrschten Ordnung und Effizienz. Die Leute verdienten ein Vermögen.

Aber in letzter Zeit versiegte der Geldstrom von der Straße für die Paradisos, und Salvatore Paradiso wußte es nicht einmal. Und falls er es doch wußte, schien es ihn nicht weiter zu kümmern.

Das FBI und die verdeckten Ermittler des NYPD beschrieben die Paradisos als Familie alten Stils mit traditionellen illegalen Betätigungsfeldern: Geldverleih, Glücksspiel, etwas Geld aus den Gewerkschaften, Kidnapping und Überfälle. Sie waren als Familie bekannt, die nicht im Drogenhandel tätig war, eine Unterscheidung, die ihnen keinen geringen Respekt von seiten der Gesetzeshüter einbrachte. Die Familie besaß Mehrheitsanteile an zwei Restaurants, einer Spedition und einer Baufirma in Rhode Island, deren Chef JoJos Bruder John war. John Paradiso ließ sich Dauerwellen legen und färbte die Haare, spielte Golf und Tennis und hielt sich von seinem jüngeren Bruder fern. Sein ganzes

Leben lang hatte JoJo Dinge getan, vor denen John Angst hatte, wenn er nur an sie dachte.

JoJo wußte, daß es Löcher in das Herz des alten Mannes reißen würde, wenn sein Vater von dem Drogendeal erfahren sollte, den er plante. Allerdings war er fest davon überzeugt, daß ihm gar keine andere Wahl blieb. Ihre Familie war den anderen New Yorker Familien zahlenmäßig unterlegen, die sich spöttisch über das Drogenverbot hinwegsetzten. Seine *capidecina* – es waren fünf – litten ausnahmslos unter bedenklich verringertem Einkommen. Schwindende Einnahmen und schwierige Zeiten erzeugen Rebellion, sagte JoJo seinem Vater. Himmel, es war, als würde man sich in einem dunklen Zimmer mit einem Tauben unterhalten.

Der Skipper bekam niente mit, ließ nicht mal mit sich reden; sein Gesicht war purpurrot vor Wut, als er zu JoJo sagte: »Richtig oder falsch, ich leite diese Familie. Und ich sage nein, nicht vielleicht. Ich sage nein.« Dann hatte er JoJo noch ein bissiges »Vergiß die Scheiße besser. Benutz deinen Kopf, diese beschissene Branche ist nichts für uns« hingeworfen.

Wenn er in letzter Zeit mit seinen Leuten sprach, fiel JoJo auf, daß sich einige von ihm distanzierten. Er hatte den unverkennbaren Geruch eines Handstreichs gewittert. Falls es dazu kommen sollte, könnte einem Haufen loyaler Leute der Luxus versagt werden, im Bett zu sterben. Seit Wochen hatte er sich immer wieder ein Szenario ausgemalt, bei dem er und Bruno, erschossen und erstochen, in Müllsäcke gestopft und anschließend auf einer Deponie in Canarsie abgeladen wurden. Aber am meisten Sorgen machte er sich um seinen Vater. Der Mann war alt und nachlässig geworden, war ein leichtes, weil leicht zu treffendes Ziel. Für JoJo alles andere als ein angenehmer Gedanke. Er verschrieb sich ganz der Ansicht, daß sowohl für sein eigenes Überleben als auch das der Familie das Verbot bezüglich Drogenhandel unbedingt überdacht werden mußte. Und zu diesem Zweck hatte er sich vor zwei Wochen erneut mit seinem Vater zusammengesetzt.

JoJo hatte vorgeschlagen, daß sich ein eingeschränktes Engagement im Kokaingeschäft für die ganze Familie als lohnend erweisen würde. Eine solche Expedition könnte ihre alte Macht wiederherstellen.

Man könnte sagen, daß der Skipper nicht beeindruckt gewesen war.

»Äh, Dummkopf«, hatte er gesagt, »ein für allemal, ich sage, das Thema ist erledigt. Und der Grund ist ganz einfach: Das Drogengeschäft ist ein Geschäft der Informanten, eine Branche, in der Verräter geboren werden. Zurückhaltung«, sagte sein Vater, »ist für viele unserer Freunde schwer vorstellbar, aber bei unserer Sache, unserer *borgata*, bedeutet Mäßigung Überleben.« Es gab Momente, da lag eine solche Wut in den blauen Augen seines Vaters, daß JoJo kaum mit ihm reden konnte, ohne den Kopf zu senken.

Auf den Tag genau eine Woche nach ihrer zweiten Unterhaltung wandte sich JoJo an Bruno Greco.

Greco war selbst ein mächtiger Mann mit einer Gruppe von zehn regulären Familienmitgliedern und fünfzig nicht initiierten Mitgliedern hinter sich. JoJo vermutete, daß Bruno den Skipper liebte, da er von Anfang an bei ihm war. Sein Argument mußte überzeugend sein. »Die Familie wird auseinanderbrechen«, hatte JoJo erklärt. »Es wird zu einem Krieg kommen. Sag du mir, wie wir dastehen werden, wenn alle Captains sich gegen uns stellen. Wir werden untergehen. Ich sag's dir, Bruno«, sagte er, »das große Ereignis der kommenden Monate wird ein Massenbegräbnis sein. Ich, du, mein Vater und ein Schwung der anderen werden dabei die Hauptattraktionen sein.« Diese Übung in Realität überzeugte den *consigliere*, und er räumte mürrisch ein, daß es in ihrer aller Interesse lag, wenn JoJo den Schritt ins Drogengeschäft wagte.

Die Connection wurde über einen New Yorker Anwalt hergestellt, einen Harvard-Absolventen, der einen Bruder hatte, der in Miami internationales Recht praktizierte. Es waren Drogenleute höchsten Ranges. Zum ersten Mal in seinem Leben hatte JoJo Paradiso sich einen Schritt von seinem Vater entfernt. Und jetzt stellte er fest, daß er sich zwischen seinem verzweifelten Bedürfnis, die Familie zusammenzuhalten, und der Faszination für das Drogengeschäft an einen düsteren Ort bewegte, von dem es kein Zurück mehr gab. In seinem ganzen Leben hätte er sich nicht vorstellen können, daß er sich einmal dem Urteil seines Vaters widersetzen würde, und doch tat er genau das. Auf eine Art reihte er sich bei denen ein, die sich gegen die Familie stellten. Er war auf sich allein gestellt, hatte eine Grenze überschritten, ein Abtrünniger.

Durch die Windschutzscheibe sah JoJo den Vollmond hoch am Himmel stehen, doch von Osten zogen schnell dunkle, schwere Wolken auf, die bedrückende Schatten warfen. JoJo hatte ein scharfes Auge für heraufziehende Stürme.

»Ich weiß nicht, wie du dich fühlst, Bruno«, sagte er. »Aber ich hab einen Knoten im Bauch so groß wie eine Grapefruit.«

Bruno stieß ein nervöses Schniefen und ein kleines Lachen aus, zeigte vom Nikotin vergilbte Zähne, was JoJo nur noch mehr ängstigte, und er war schon beunruhigt genug. Der Gedanke schob sich in JoJos Kopf, daß die mutigsten Männer, die er kannte, genauso ängstlich waren wie er.

»Hör zu«, sagte Bruno, »die Sache ging den Bach runter. Du mußtest eingreifen.«

»Spielt keine Rolle. Wenn der Skipper Wind davon kriegt, hab ich jede Menge Ärger am Hals.«

Bruno packte energisch seine Schulter. »Red noch mal mit ihm. Gib dir diesmal mehr Mühe.«

»Mit ihm reden? Klar, ich red mit ihm, natürlich werd ich noch mal mit ihm reden. Und anschließend muß ich mich bei dir verstecken.«

Bruno lachte wieder, und JoJo lächelte.

»Joseph, wenn der Deal gelaufen ist, bleibt ihm gar nichts anderes übrig, als sein Okay zu geben.«

»Sagst du. Aber es würde mich keinen Furz überraschen, wenn er mich auf die Abschußliste setzt?«

»Ach, komm, du bist sein Sohn. Er lebt für dich. Die Frage lautet doch eher, mein Junge, was ist mit mir?« Bruno biß sich auf den Daumennagel. »Glaubst du, er läßt mir das durchgehen? Ach, Himmel, was soll ich nur machen? Ich muß mich auf dich verlassen.«

»Er weiß, daß du nur tust, was ich dir sage. Du bist überhaupt kein Problem«, sagte JoJo. Er bedauerte es sofort.

»So sicher bist du nicht«, sagte Bruno. »Auch nicht sicherer als ich. Bei allem Respekt, wenn Sally Blue Eyes durchdreht, verlaß ich besser diesen Planeten, du verstehst, was ich meine? Ich meine, ich hab den Mann schon loslegen sehen; du hast noch nie erlebt, wie er ist, wenn er Gas gibt, ich schon, und schön ist das nicht. Dein Vater fährt auf Hämmer und Äxte ab.«

»Ich werd schon dafür sorgen, daß der alte Mann das versteht. Er hat mir keine Wahl gelassen. Mir bleibt überhaupt nichts anderes übrig.«

Bruno steckte sich eine Zigarette an, legte den Kopf zurück und blies einen perfekten Rauchring unter die Decke. JoJo beobachtete ihn mißtrauisch.

»Was reden wir hier überhaupt«, sagte Bruno dann. »Du bist der Boss. Du bist der nächste in der Reihe. Es ist ein neuer Tag, eine völlig neue Welt. Das hast du selbst gesagt, und du hast recht.«

»Ich weiß«, sagte JoJo. »Trotzdem werd ich das Gefühl einfach nicht los, daß ich den alten Mann aufs Kreuz lege.«

JoJo räusperte sich. »Kannst du mir vielleicht mal sagen, warum ich mich so fühle? Ich mache, was für die Familie richtig ist. Und genau das hat er mir gesagt, genau das hat er mir immer gesagt.«

»Um Himmels willen«, sagte Bruno, »wieso bist du so angespannt? Was kann denn schlimmstenfalls passieren?«

»Wir könnten beide aufwachen und feststellen, daß wir tot sind. Unsere Hände abgeschnitten und Zwanzigdollarscheine in unseren Ärschen. Und als Leiche wach zu werden ist eine Aussicht, über die sich nachzudenken lohnt.« Obwohl die Nachtluft, die durch die offene Seitenscheibe hereinkam, heiß und feucht war, zitterte JoJo. »Der Tod«, sagte er, »ist nicht das Schlimmste, was einem passieren kann, nur das letzte.«

JoJo sah Bruno ins Gesicht und war überzeugt, dort großes Interesse an seinen Worten zu sehen. Es beeindruckte ihn immer wieder, welche Macht er über Leute wie Bruno besaß. Er war zufrieden.

»Ich verlaß mich drauf, daß du die Sache schaukelst«, sagte Bruno. »Gibt überhaupt keinen Grund, daß hier einem was passiert.« Er wischte sich mit der Hand übers Gesicht und schaute zu JoJo hinüber. »Alle anderen Familien sind im Geschäft. Sie fangen an, uns unsere Leute abspenstig zu machen. Die Ramminos, die Biscoglias, dieser Irre Tommy Renina. Alle hocken zusammen und zählen ihre Drogenkohle. Ich weiß ja nicht, wie's mit dir ist, aber mir gefällt diese Vorstellung überhaupt nicht.« Bruno packte wieder JoJos Schulter, und JoJo spürte die Kraft des Mannes; er hielt fest, bis JoJo nickte.

Bruno lächelte und schüttelte den Kopf. »Du machst nichts anderes«, sagte er dann, »als uns zu retten. Joseph, *du* bist damit zu *mir* gekommen.«

JoJo sagte nichts. Es stimmte, diese Sache war seine Idee gewesen. Er hatte es eingefädelt, das Treffen vereinbart und das Geld zusammengebracht. Aber in diesem Augenblick flatterten ihm die Nerven. Er fühlte sich beschissen, fühlte sich, als würde er alles falsch machen.

»Der Boss sollte zurücktreten«, sagte Bruno leise. »Er könnte doch in sein Haus nach Boca ziehen, oder? Der Mann muß nichts mehr beweisen. Mein Gott, er ist siebzig Jahre alt.« Er stieß JoJos Schulter an und ließ die Hand fallen. »Es würde mich umbringen, wenn irgend so ein Abtrünniger ihn fertigmacht. Aber weitermachen wie bisher können wir auch nicht. Es geht einfach nicht.«

JoJo sah auf seine Uhr und öffnete die Wagentür. *»Sangu di me sangu«*, sagte er.

»Ja, genau, du und dein Vater, ihr seid von einem Blut, stimmt. Was aber nicht bedeutet, daß du ihn mehr liebst als ich.«

»Das italienische Wort für Drogen ist *babanya*«, sagte JoJo. »*Babanya* bedeutet Müll. Mein Vater hat mir mal erzählt, es gibt einen Unterschied zwischen Abfall und Müll. Abfall, hat er gesagt, schmeißt man weg. Müll beseitigt man.«

»Eiiiii, Joseph, ich bitte dich, ja? Es war verdammt kniffig, dieses Treffen hier zu arrangieren. Also, wir haben einen weiten Weg hinter uns, und bevor wir diesen Schritt unternommen haben, haben wir alles haarklein durchgesprochen. Mein Gott, wir haben den ganzen letzten Monat über nichts anderes geredet. *Babanya* ist Heroin. Bei dem Deal, den du hier machen willst, geht's aber um Kokain. Das ist ein Unterschied.«

JoJo seufzte tief. »Ich bitte dich«, sagte er.

»He, wenn du dich verabschieden willst, okay, dann gehen wir eben wieder. Du bist der Boss.«

Einen langen Moment saßen sie dann schweigend da. JoJo hielt die Wagentür mit dem Knie einen Spaltbreit geöffnet. »Wenn ich's meinem Vater erzähle, wird's bestimmt spannend, meinst du nicht auch?«

»Wir brauchen keine Spannung«, sagte Bruno mit einem merkwürdigen Grinsen. »*Das* brauchen wir nicht. Du hast murrende *capidecina*, die bereits nach Kanonen greifen und die Messer wetzen.« Angewidert schaute er auf den Parkplatz und das Hotel. »Genau das ist doch der Grund, warum wir jetzt hier sind.« Er schaute einen Augenblick zum Wagenhimmel auf, dieses Lächeln immer noch auf den Lippen, und dann leckte er sich einen Tabakkrümel von der Unterlippe.

JoJo räusperte sich. »Meiner Meinung nach sind allein die jammernden und stöhnenden *capidecina* verantwortlich.« Er hatte gezögert, das auszusprechen, weil er befürchtete, daß solche Gedanken womöglich Schweigen zur Folge haben könnten, und schlimmer noch, Angst bei Bruno, daß er vielleicht auch ihn bedrohte.

»Es ist ihre Schuld, daß ich in diese verschissene Situation geraten bin. Daß ich meinen Vater belügen und ihn zum Narren halten muß.«

»Der Geldstrom versiegt«, sagte Bruno.

»Ist es das, worum's uns geht? Nur um Geld?«

Bruno lächelte höflich. »Du willst mich verarschen, oder?«

»Wir haben Grenzverletzer in dieser Familie«, sagte JoJo. »Mehr als einen.«

»Die Zeiten sind schwierig. Die wollen sich nicht gegen deinen Vater stellen. Aber geh nicht davon aus, daß sie's nicht tun würden. Geschäft ist Geschäft. Aber, das alles weißt du selbst, Joseph. Du bist nicht irgendein beschissener Gernegroß.«

»Wenn wir vielleicht ein Exempel statuieren, ein paar von diesen Saftärschen umlegen, zum Beispiel Tommy Yale und Lilo, vielleicht gehen dann den anderen die beschissenen Augen auf.«

»Toll«, sagte Bruno, steckte sich an der Glut der Zigarette, die er gerade rauchte, eine neue an und gestikulierte damit. Von irgendwo aus dem Hotel wehte Discomusik herüber. »Ein kleiner Familienkrieg ist genau, was uns im Moment noch fehlt. Brillante Idee.«

Behalte deine Gedanken für dich, ermahnte JoJo sich.

»Der Deal, den du hier machen willst, wird deinen Vater retten. In Wahrheit wird er uns alle drei retten. Und unser Laden wird nicht auseinanderbrechen. Dein Vater kann nicht gewinnen, er kann nur sterben.«

»Wenn ich das nicht glaubte, wäre ich jetzt nicht hier«, sagte JoJo.

Als JoJo aus dem Wagen stieg, rief Bruno ihm nach: »Laß dich von dem Spic nicht vorführen. Hol einen guten Deal für uns raus.«

JoJo schüttelte den Kopf. Er lächelte Bruno an. »Unser Leben ist ein Mordsspaß, häh?«

»Klar, Joseph«, sagte Bruno. »Zum Schreien. Mach dich auf die Socken.«

Er brauchte zwei Minuten bis zum Hoteleingang, und als er den Torbogen erreichte, brach das Gewitter los. Der Regen verfinsterte noch die Nacht und glitzerte auf dem Asphalt des Hotelparkplatzes. JoJo konnte weder den Chrysler noch Bruno erkennen, der hinter dem Steuer saß und an seiner Zigarette zog.

Bruno Greco wußte, wenn die Wahrheit erst herauskam, würde er sich mit keiner Ausrede vor Sally Blue Eyes' Wut schützen können. Er dachte über seine verbleibenden zwei Möglichkeiten nach, so wie er während des vergangenen Monats immer wieder seine Alternativen abgewägt hatte: Er könnte sich aus dem Staub machen – Südamerika oder vielleicht Europa wäre eine gute Idee –, oder er könnte als erster zuschlagen. Bruno überlegte, daß er weder jetzt noch früher besonders gut im Weglaufen war.

JoJo betrat das Hotel und schlenderte so beiläufig er konnte an der Rezeption vorbei. Das Gewicht des übergroßen Diplomatenkoffers ließ seine Schulter schmerzen. In dem engen Foyer wimmelte es nur so von erschöpften Touristenfamilien, die von einem Tagesausflug nach Disney World zurückgekehrt waren. Eine dreiköpfige britische Familie ging langsam vor ihm. Der Vater führte mehreren rotgesichtigen Freunden eine einszwanziggroße Mickey Mouse vor.

Vor den Fahrstühlen blieb JoJo stehen und schaute sich um. Ein kalter Schauer lief ihm über den Rücken; die Angst, die an ihm fraß, war unbeschreiblich. Instinktiv wußte er, daß dies sein großer Augenblick war. Sein Leben hatte ihn an diesen Punkt geführt. Und gleichzeitig dachte er, daß dieses Leben, für das er sich entschieden hatte, ein Irrenhaus war. Er erinnerte sich an seinen einundzwanzigsten Geburtstag, an den Abend, an dem er in die Familie aufgenommen worden war. Wie er eine Kanone und ein Messer vom Tisch seines Vaters genommen hatte.

Alle *capidecina* waren anwesend, und es war Bruno Greco, der ein Bild des heiligen Ignatius in JoJos Hand legte und mit diesem angedeuteten Lächeln, das Hand in Hand mit Wissen geht, eine Flamme an das Papier hielt und ihn aufforderte, die Initiationsformel zu sprechen.

»›Ich werde diese Werkzeuge zum Wohle der an diesem Tisch versammelten Menschen und für jeden heute nicht anwesenden Freund einsetzen. Ich soll brennen in der Hölle wie die anderen verlorenen Seelen, wenn ich jemals einen der Anwesenden oder einen heute nicht anwesenden Freund verrate.‹« Es war, wie bei den beschissenen Elks oder im Rotary aufgenommen zu werden. Lächerlich.

Es waren Brunos Lippen, die er nur eine Sekunde nach denen seines Vaters küßte. Er erinnerte sich an die Panik, die später an diesem Abend in ihm aufstieg, als ihm richtig zu Bewußtsein kam, daß er jetzt und für immer, wie sein Vater und beide Großväter vor ihm, ein vollwertiges Mitglied, ein *uomo d'onore* war. Im Foyer des Orlando Hotels erinnerte er sich wieder an all die Umarmungen und Küsse. Wie er sich an diesem Abend von der Atmosphäre hatte mitreißen lassen. Er erinnerte sich auch daran, wie ein Mann brüllt und doch kein Laut zu hören ist, wenn man einen sauberen Kopfschuß plaziert. Blitzartig kehrte die Erinnerung an sein erstes Mal zurück, und sein Adrenalinspiegel bekam einen weiteren Kick. Hinterher kam Bruno zu ihm und sagte: »Laß dich davon nicht fertigmachen. Der Mann war ein Feind deines Vaters. Ein Dealer, ein Mann ohne Ehre.«

Vor Zimmer 137 im ersten Stock blinzelte er und atmete tief ein, als versuche er, eine Entscheidung zu treffen. Er klopfte zweimal an, dann noch einmal und wartete.

KAPITEL DREI

Während JoJo Paradiso versuchte, mit dem wichtigsten Augenblick seines Lebens fertigzuwerden, schrie New York City Police Detective First Grade Dante O'Donnell seinem Freund fürs Leben und Partner Saul Burns, der die letzten siebenundzwanzig Jahre seines Lebens Jimmy genannt wurde, Obszönitäten entgegen. Jimmy deshalb, weil Dantes Vater, Big Dan O'Donnell, damals Sergeant bei der für Prostitution und Glücksspiel zuständigen Public Morals Division des NYPD und stadtweit aktiver Schmiergeldkassierer für sich und seine Kollegen, seinem zwölfjährigen Sohn nicht erlaubte, einen besten Kumpel zu haben, der einen jüdischen Schwulennamen wie Saul trug.

»Du wirst mich nicht dazu bringen, diesen großen, irren, Tabak fressenden Dreckskerl noch mal irgendwohin zu fahren«, schrie Dante. »Ich denke gar nicht dran. Wenn du hin willst, bitte sehr. Nimm den Wagen, amüsier dich. Ich warte hier.«

»Du kommst mit.«

»Tu ich nicht.«

»Ich hab's dem Mann versprochen.«

»Dann geh doch. Freddie Miller ist der einzige Bulle auf der ganzen beschissenen Welt, der keinen Führerschein hat. Der Mann ist doch total bescheuert. Wußtest du, daß die Dienstaufsicht gegen ihn ermittelt, weil er alle Hunde und Katzen seiner Nachbarn umgebracht haben soll?«

»Er behauptet, es war ein Unfall.«

»Ja, ein Unfall. Hat er dir auch von den Tauben erzählt?«

Jimmy begann zu lächeln, strahlte Dante mit diesen leuchtend blauen Augen an. »Was ist mit den Tauben?«

»Die Knallschote will Tierpräparator werden, klar? Ich muß besoffen gewesen sein oder high, was weiß ich. Jedenfalls überzeugt er mich, daß ich ihm helfe, sechs von diesen Gossenadlern zusammenzutreiben. Sagt, er braucht die Vögel zum Üben. Wir greifen uns also unten am Gericht ein halbes Dutzend, benutzen dazu dieses große, alte Netz.«

Jimmys Miene veränderte sich nicht, obwohl das amüsierte Blitzen in seinen Augen stärker zu werden schien.

»Dann bringt der Bekloppte die Vögel nach Hause. So, und dann erzählt er mir, daß er die dreckigen Biester nicht beschädigen möchte. Was tut er also? Er stopft sie in seinen Kühlschrank, denkt sich, er läßt sie da drinnen einfach erfrieren. Vögel in New York City sind nun aber kaltes Wetter gewohnt, du verstehst, was ich meine, ja? Als er am nächsten Morgen die Kühlschranktür aufmacht, kommen die Biester natürlich sofort rausgeschossen. Flattern in seiner Küche rum, scheißen auf alles, was rumsteht. Freddie, durchgeknallt wie er ist, treibt sie zusammen und stopft sie in einen Plastiksack. Mit dem Sack geht er dann in seine Garage und bindet sie an den Auspuff vom Familien-Toyota. Der Irre denkt, er kann sie vergasen. Nur daß der Plastiksack leider zu brennen anfängt, die Vögel rausfliegen und er sein halbes Haus abfackelt. Der Typ ist total neben der Kappe, der hatte schon immer nur den halben Satz Tassen im Schrank. Wie diese Stadt in all ihrer Weisheit ausgerechnet Freddie Miller Kanone und Dienstmarke geben konnte, werde ich nie verstehen.«

Jimmy stieß ein kurzes, boshaftes Lachen aus und schlug mit beiden Händen auf die ovale Kante der Theke. Er räusperte sich. »Ich muß mal telefonieren«, sagte er laut. »Besorg uns zwei Bier und bring sie zum Tisch.«

Sie hatten lange gearbeitet, das Abendessen ausgelassen und waren auf ein Sandwich und ein Bier in Monahan's an der Pitken Avenue gegangen. Für einen Freitagabend war wenig los in dem Laden. Ein paar Stammgäste standen an der Theke, alte Knaben wie Fat Willie, Ronnie P. und die Zwillinge, und natürlich war auch die männermordende Katie the Greek da, trug ihre billige Sonnenbrille, spielte zum sechsmillionsten Mal »Blue Velvet«, jammerte über Bobby Fives und wie er sie sitzengelassen hatte. Sam Mosca, der Barkeeper, war ein unglaublich kleiner Mann, den Freddie Miller »Wipfel« nannte.

Nachdem Jimmy ihn an der Theke hatte stehenlassen, bestellte Dante zwei Bier und einen Whiskey, vergaß das Sandwich und nahm das gleiche noch mal, zwei Bier und einen Whiskey.

Freddie Miller, der nur eine Idee weniger auf die Waage brachte als die Musikbox und der einen mit seinen Fingerspitzen ernstlich verletzen konnte, schob seine Wampe an den Tresen. Er bestellte sich ein Bud vom Faß, leerte es und ließ einen Rülpser los, der aus den tiefsten Tiefen seines Körpers kam, kniff seine irren, grünen Augen zusammen und sagte: »Hat Jimmy dir gesagt, daß mich einer zur 144sten bringen muß?«

Dante war neununddreißig, zwei Jahre jünger als Freddie Miller, und er kam aus einem Reihenhaus in Ozone Park, das nur einen Block runter und zwei Querstraßen weiter von dem Haus entfernt lag, in dem Freddie auf die Welt gekommen war. Eine seiner frühesten Erinnerungen, er war damals fünf oder sechs gewesen, war, wie Freddie die Schwänze zweier Katzen zusammengeklebt und sie dann über eine Wäscheleine geworfen hatte. Als er den wahnsinnigen Freddie jetzt anschaute, erkannte Dante deutlich, wie sich vor seinen Augen ein eher durchschnittlicher Abend in einen ausgesprochen miesen verwandelte.

»Später«, antwortete Dante knapp.

Freddie sah ihn bekümmert und verdutzt an. Er war ein chaotischer Mann, seit zwanzig Jahren eine Legende unter den Cops. »Eigentlich sollte ich arbeiten«, sagte er. »Aber ich bin hier und verstecke mich.«

»Wir fahren dich ja«, sagte Dante. Dann überschüttete er Freddie Miller mit einem Schwall Beschimpfungen, sagte ihm, was für ein bescheuerter Dreckskerl er doch sei. In der vergeblichen Hoffnung, daß Freddie früher oder später an die Decke gehen und sagen würde, sie könnten das vergessen mit dem Fahren, er würde irgendeine andere Möglichkeit finden, rüber in die Bronx zu kommen. Aber Freddie starrte ihn nur mit seinem Nichtlächeln an und sagte: »Du verstehst mich einfach nicht. Hast du noch nie.« Er leerte sein Glas und rief dem Barkeeper zu: »He, Wipfel, spring mal kurz auf einen Stuhl und bring mir noch einen.«

Fünf Minuten später, die Hände um zwei Bier gelegt, durchquerte Dante die Kneipe. Er fragte sich, wo Jimmy steckte, ganz bestimmt an ihrem Tisch, aber wo genau war das und wie sollte er dorthin kommen? Dante O'Donnell hatte ein paar zuviel gebechert, mehr als nur ein paar. Schließlich schaffte er es zu dem Tisch, von dem aus Jimmy ihn mit großen Augen anstarrte und versuchte, völlig ungerührt zu wirken.

»Laut meinen Quellen, Dante, die absolut zuverlässig sind, höre ich, daß du dir wieder ziemlich regelmäßig ordentlich einen hinter die Binde kippst.«

»Wo hast du das gehört?«

»Sieht mir ganz danach aus, daß sie recht hatten. Du bist wieder voll auf Alk, stimmt's?«

Dante zog sich einen Stuhl heran und setzte sich. »Ich mag das nicht, wenn du mir nachspionierst.«

»Da wir seit ungefähr dreißig Jahren Freunde sind, denke ich, daß ich ein Recht dazu habe.«

Es dauerte eine ganze Weile, bis Dante sagte: »Ich finde nicht, daß es dich was angeht, was ich mache.«

»Affenscheiße«, sagte Jimmy.

»Was soll das heißen?«

»Soll ich's dir buchstabieren? Du trinkst zuviel.«

Schweigend saßen sie da. Jimmy starrte Dante an, bis Dante ruhig sagte: »Ich vermisse meinen Sohn, ich hätte nie gedacht, daß ich meinen Jungen so vermissen würde.«

»Ich weiß«, sagte Jimmy. »Du legst einen Eid ab, machst Versprechungen, die du sowieso nicht halten wirst, und dann nimmt Judy dich wieder auf.«

Dante warf ihm einen schrägen Blick zu, dachte: Wenn ich Glück hab, tut sie's vielleicht nicht. »Glaubst du?« Er sprach langsam, überlegt. »Ich hab so das Gefühl, daß sie diesmal wirklich mit mir fertig ist. Und wer kann's ihr verdenken?«

Jimmy tätschelte Dantes Hand und lächelte traurig. »Judy hat dich jetzt schon, wie oft, fünf-, sechsmal vor die Tür gesetzt? Die Frauen, die ich kenne, würden sich deine Scheiße keine Minute gefallen lassen. Judy ist anders, sie ist eine Frau aus dem Viertel, eine der letzten. Hat ein Herz so groß wie das Shea Stadium.«

Und den dazu passenden Arsch, wollte Dante schon sagen, bremste sich dann aber. Statt dessen sagte er zu Jimmy, daß die Frauen, die er kannte, ausnahmslos Schlampen waren. »Was Frauen betrifft, Jimmy, hast du keine großen Fortschritte gemacht, seit du ein kleiner Junge warst.«

»Nicht Schlampen. Unabhängig, das sind sie heute. Aber du hast recht. Ich habe kein Glück bei Frauen. Und das ist auch der Grund, warum ich nicht verheiratet bin.«

»Ich weiß.«

»Aber ich bin glücklich.«

»Sagst du. Hör mal, du erwartest doch nicht allen Ernstes von mir, daß ich Miller in die Bronx fahre, oder?«

»Doch. Ich hab's dem Mann versprochen. Genug geredet.«

In Zeiten, wenn er sein Glück den Bach runtergehen sah, ging Dante auf den Straßen seines alten Viertels spazieren. Er stellte sich dann an die Straßenecken und schaute den Kindern beim Spielen zu. Hin und wieder ging er auch zum Spielplatz an der Eighty-third Street, kletterte auf die Klettergerüste und setzte sich auf die Schaukeln. Manchmal ging er spätnachts in den Park und schaukelte, bis der Morgen graute.

Dante schaute sich in der Kneipe um und seufzte. Jimmy lag voll daneben. Er trank nicht, weil Judy ihn nicht wieder aufnahm, er trank, weil er nicht nach Hause gehen wollte.

Zumindest dachte er, er wollte nicht nach Hause. Er dachte, daß er nicht wußte, was er denken sollte. Als er vor zwei Tagen aus dem Haus gegangen war, hatte er in sich ein deutliches Klicken gespürt, etwas hatte sich gelöst, das sich schon über lange Zeit aufgestaut hatte.

Dann und wann stellte er sich vor den Spiegel und zog mit Daumen und Zeigefinger an seiner Lippe, hatte eine diffuse Angst davor, seinem Vater immer ähnlicher zu werden. Hin und wieder stellte er sich eine auf der Straße liegende Gestalt vor und sah vor seinem geistigen Auge seinen eigenen Tod. In letzter Zeit machten ihm Träume zu schaffen.

»Weißt du«, sagte Dante. »Was ich wirklich gern tun möchte, ist mir ein paar Sixpacks besorgen und, ja, vielleicht sogar einen Joint, rüber in den Park fahren, die Rampe runter und die Five Satins, Dickie Do and the Dont's und – warum nicht? – vielleicht sogar was von Joanie James in den Kassettenrecorder schieben. ›Crying in the Chapel‹ wär geil. Mir einen andödeln und Musik hören. Na, wie klingt das?«

»Ein Joint? Genau das fehlt dir jetzt. Könntest du vielleicht mal aufhören, dauernd in der Vergangenheit zu leben. Wie oft soll ich dir noch sagen, daß es nicht gesund ist, dauernd in die Vergangenheit zurückzukehren?«

»Die Vergangenheit ist das Beste, was ich habe. Manchmal hab ich das Gefühl, das ist überhaupt das einzige, was ich habe.«

»Das war's«, verkündete Jimmy. »Der hier hat genug, Katie. Dante«, sagte er jetzt behutsam, »du bist voll, und du siehst beschissen aus.«

»Danke.«

»Gestern hast du okay ausgesehen.«

»Gestern hat Judy auch nicht ›Ich will dich nie wieder sehen‹ zu mir gesagt. Ich hab versucht, betrunken zu bleiben, und so sehe ich eben aus, wenn ich betrunken bin.«

Katie, ein bißchen verrückt hinter ihrem fröhlichen Lächeln, stellte Schalen mit Chips und Erdnüssen vor sie hin. Freddie Miller winkte ihnen von der Theke aus zu und deutete auf seine Uhr. Er schien vergnügt zu sein und hob sein Bierglas.

Dante lehnte sich zurück, steckte sich eine Zigarette an und streckte sich. »Also fahren wir in die Bronx. Wenn du's dem Kerl versprochen hast, dann fahren wir auch. Aber ich sag dir, und ihm werd ich's später auch noch sagen: Das ist absolut das letzte Mal.«

»Freddie geht nie nach Hause«, sagte Jimmy. Er schaute sich in der Kneipe um und schüttelte den Kopf. »Was für ein Leben, der Typ hat kein Leben.«

Dante stützte das Kinn auf seine Faust. »Er ist nicht der einzige. Cops sind die mit Abstand schlechtesten Ehemänner, die schlechtesten Väter. Sag mir, wer noch schlechter sein könnte.«

»Willst du darauf eine Antwort?«

Dante warf ihm ein dünnes, trauriges Lächeln zu. »Ich hab dir keine Frage gestellt.«

»Und ob du das hast.«

»Na dann, schieß mal los. Wer könnte noch schlechter sein als ein Cop?«

»Mafiosi, Mafiosi sind die schlechtesten Ehemänner. Du weißt ja gar nicht, was Probleme sind, bis du einen Mafioso heiratest.«

»Aber du hast wenigstens Geld.«

»Das mit Sicherheit. Dann mußt du aber rausfinden, wieviel Wert du auf Geld legst. Geld gegen geistige Gesundheit. Ein Mafioso treibt todsicher jeden normalen Menschen in den Wahnsinn.«

Dantes Ellbogen sackte weg. »So wie ich das sehe, bist du nicht mehr normal, wenn du einen Mafioso heiratest. Scheiß auf die Mafiosi.«

»Nein, nein, hör mal zu«, sagte Jimmy. »Nehmen wir mal an, du bist mit einem Mafioso verheiratet. Ist doch klar, daß der Kerl eine, vielleicht auch zwei Frauen nebenbei laufen hat. Er zahlt ihre Rechnungen, kümmert sich um sie. Mafiosi haben keine Lebensversicherung, und früher oder später enden sie eingewickelt in einen Teppich in irgendeinem Kofferraum. Heirate einen Mafioso, und am Ende bist du pleite und allein.«

»Das sind doch Penner, Jimmy. Sind doch alles nur Penner. Scheiß auf die Mafiosi.«

Es lag eine Spur Verachtung in dem Blick, den Jimmy ihm nun zuwarf, und Dante gefiel das nicht. Jimmy wirkte geistesabwesend. Dante war kein Dummkopf, er hielt sich selbst für einen Denker. Und er war in ziemlich guter Verfassung, aber wenn er mit Jimmy zusammen war, kam er sich immer ein wenig langsam und zu schwerfällig vor. Jimmy Burns sah aus wie ein Alt-Hippie. Und bei der Aufnahmeprüfung zur Polizei hatte der Typ fast perfekte achtundneunzig Punkte geschafft. Zehn Punkte mehr als Dante. Seit ihrer Jugend waren die Frauen immer hinter Jimmy her gewesen.

»Mafiosi sind nicht alle Penner, Dante. Das weißt du auch, es sind nicht alle Penner.«

»Das ist eine schwachsinnige Unterhaltung«, sagte Dante. »Ich hasse Gespräche mit dir, wenn du so drauf bist.«

»Du hast eine Frage gestellt, und ich hab sie dir beantwortet. Ganz einfach. Ich vermute, die Unterhaltung gefällt dir nicht, weil du betrunken bist.«

»Ich bin nicht betrunken«, sagte Dante und kippte mit seinem Stuhl nach hinten. »Ich habe getrunken. Ich werde nicht betrunken, gottverdammt.«

»Das sind die Schlimmsten.«

»So schlimm bin ich gar nicht.«

»Nein, du bist ein erstklassiger Mensch«, sagte Jimmy. Dann fügte er mit leiser Stimme hinzu: »Wo wir gerade von Mafiosi reden. Ich nehme an, wir werden JoJo in nächster Zeit noch ziemlich oft zu sehen kriegen.«

»Nehme ich auch an.«

»Mit der Wanze im Club und da das Telefon des alten Herrn abgehört wird, wird sich das wohl kaum vermeiden lassen«, sagte Jimmy.

Dante lächelte, während Jimmy die Stirn runzelte. Er machte eine Vierteldrehung auf seinem Stuhl. Er war Spitze darin, seinen Partner abzuschätzen. Plötzlich sprang er blitzschnell von seinem Stuhl. »Warte«, sagte er. »Katie, bring uns noch eine Runde, sei so lieb.«

»Spül dir diesmal einfach den Mund mit Mineralwasser aus, okay?« sagte Jimmy. »Du kriegst langsam Mundgeruch.«

»Nein, warte, warte, laß mich nachdenken. Ich vermute, du bist wegen dem Paradiso-Fall so komisch drauf. Weil wir den Fall übernommen haben und wegen der Wanzen.«

Katie brachte zwei Bier und für Dante noch einen Jack Daniel's.

»Du trinkst noch ein Bier und einen Whiskey? Was ist mit dir los, verlierst du den Verstand? Ein Bier und einen Whiskey, du trinkst wie ein alter irischer Saufbruder.«

»Tja, genau das bin ich doch auch, oder?«

»Stimmt.«

Dante saugte nachdenklich an einer Erdnuß. »Du gehst mir auf die Eier«, sagte er, »weil du wegen dieser Paradiso-Sache so von der Rolle bist. Hab ich recht?«

»Nein. JoJo ist mir scheißegal.«

»Klar«, sagte Dante. »Hör zu«, sagte er, »ich, du und JoJo sind die letzten Jahre nicht gerade die dicksten Freunde gewesen. Und jetzt setzen wir Wanzen gegen Mafiosi ein. Das ist unser Job. Um Himmels willen, genau das machen wir jetzt schon dreizehn Jahre lang.« Dante nahm den Jack Daniel's mit einer schwungvollen Bewegung vom Tisch und leerte das Glas, ohne mit der Wimper zu zucken. »Ich hasse den Bastard. Schon immer.«

Es folgte ein längeres Schweigen.

»Ich hätte wissen müssen«, sagte Dante, »daß du diese Scheiße abziehst. Wir haben über den Fall gesprochen, bevor wir ihn übernommen haben. Du hast gesagt, schön, schön, machen wir's.«

»Vielleicht hab ich meine Meinung geändert. Mein Gott, wir haben eine Zeitlang im Haus dieses Mannes verkehrt. Seine Mutter hat uns zu essen gegeben. Wie können wir jetzt gegen ihn ermitteln?«

»Moment, jetzt mal ganz langsam. Damals waren wir Kinder. Wir sind keine Kinder mehr, Jimmy. JoJo ist auf die schiefe Bahn geraten, er ist in die Fußstapfen seines Vaters getreten und hat sich zu den Mafiosi ins Bett gelegt.«

»JoJo«, sagte Jimmy. »Der gute, alte JoJo. Paß auf, Kumpel, in dieser Stadt wimmelt es nur so von Mafiosi. Wenn wir uns unbedingt jemanden vorknöpfen müssen, warum dann nicht irgendein Arschloch, das wir nicht kennen? Jemanden, mit dem wir nicht aufgewachsen sind. Was für Menschen sind wir denn eigentlich?«

Dante seufzte und beschloß, daß er noch einen Jack Daniel's brauchte. »Hör zu, du As«, sagte er, »dazu ist es jetzt zu spät. Wir haben uns in die Leitungen eingeklinkt und ziehen es durch.«

»Was für eine Scheiße«, sagte Jimmy. »Was ist das denn für ein Land, wo wir Leuten Wanzen unterjubeln und ihre Telefone anzapfen können?«

Dante richtete seinen Blick auf Jimmy, wie er es auch bei einem Ganoven tun würde, der ihm einen Haufen Scheiße auftischte. Aber Jimmys Blick blieb fest, und er schaute auch nicht weg. Nach einem langen Augenblick sagte Dante: »Es ist ein Land, in dem es als schweres Verbrechen gilt, Mitglied einer Mafiafamilie zu sein.«

»Genau«, sagte Jimmy. »Komm, laß uns Freddie rauf in die Bronx fahren, und vergessen wir JoJo für eine Weile.«

»Gott«, sagte Dante. »Ich hasse die beschissene Bronx. Ich würde nicht eine Stunde überstehen, wenn ich da oben arbeiten müßte.« Dante lächelte Jimmy an, fühlte sich gut. »Machen wir uns auf die Socken.«

»Ich betrete nicht gern ein Revier, wenn wir getrunken

haben«, sagte Dante. »So was ist unklug. Gefährlich ist das. Und ich sag dir noch was, mein Freund. JoJo Paradiso ist ein ausgemachtes Arschloch.«

»Ich sag *dir* was, mein *Freund*«, sagte Jimmy. »Wir haben alle Scheiße gebaut, als wir aufgewachsen sind – aber wir haben gemeinsam Scheiße gebaut.«

Als Dante aufstand, war Jimmy bereits auf dem Weg zur Tür. »Wenn du zum alten 144sten gehst«, sagte er über die Schulter, »kann es nie schaden, leicht angedödelt zu sein.«

Katie nahm ihre Sonnenbrille ab, starrte an die Decke und begann zu singen. Freddie Miller hockte auf der Kante eines Barhockers. Ein Mundwinkel verzog sich zu einem schaurigen Lächeln. »Ich muß ins 144ste«, sagte er.

»Wir bringen dich hin«, sagte Dante, dachte scharf nach. Jimmy nickte. »Ich versuche gerade, die positive Seite unseres kleinen Ausflugs zu finden«, erklärte Dante.

»Mach das, Dante«, sagte Katie. »Vergiß nicht, egal, wie beschissen es aussieht, es gibt immer eine positive Seite.«

Dante lächelte. »Das ist nett, Katie, nett ausgedrückt. Du bist ein Schatz. Leicht beknackt, aber ein Schatz.«

Als die drei Männer durch die Tür gingen, rief Katie ihnen nach: »Ich find ihn nur nie. Den Teil. Den positiven.«

Jimmy sagte: »Du bist doch schon ein großes Mädchen, Katie, versuch's weiter.«

»Wir sind weg«, sagte Dante. »Unterwegs ins Mambo-Land. Zur dunklen Seite des Mondes.« Er hielt die Tür des Streifenwagens offen, während Jimmy die Straße musterte. Freddie stieg hinten ein.

Dante reckte sich, riß die Arme hoch in die Luft. »Wir sind unnerwegs zua dunkle Seide vom Mond. Möge alle Friedfertigkeit schwinden.« Er rutschte hinter das Steuer und wartete, daß Jimmy neben ihm einstieg. »Das machen wir nur für dich, Freddie. Klar?« sagte Dante, als er losfuhr. »Und es ist absolut das letzte Mal. Du machst mich wahnsinnig, und das weißt du auch, du verrückter Bastard.«

»Ach, komm schon«, greinte Freddie wie ein Zehnjähriger.

Eine ganze Weile fuhren sie schweigend, dann sagte Freddie mit einem freundlichen und verspielten Grinsen: »Wußtet ihr Jungs eigentlich, daß wir jedes Jahr genug Aluminium wegschmeißen, um die komplette amerikanische Luftflotte neu zu bauen, so viel Papier, daß es für eine dreieinhalb Meter hohe Mauer von New York nach L. A. reicht, so viel Eisen und Stahl, wie für jedes einzelne Auto, das im Jahr aus Detroit kommt?«

Dante und Jimmy nahmen Freddie im Rückspiegel in ein Kreuzfeuer skeptischer Blicke.

»Jupp«, sagte Freddie. »Jedes Jahr produziert dieses Land einhundertfünfzig Millionen Tonnen Scheiße. Wißt ihr Jungs das? Lest ihr ›Time‹ oder ›Newsweek‹, lest ihr Typen überhaupt irgendwas? Seht ihr euch ab und zu mal das öffentlich-rechtliche Fernsehprogramm an?

Jede Wette, ihr Typen wißt nicht, daß die rumstreunenden Höhlenbewohner hier keinerlei Verantwortung für ihre Taten übernehmen«, fuhr Freddie fort. Dante biß sich auf die Knöchel der geballten Faust. »Die sind nicht anders als Maschinen ohne Gefühl oder Gewissen. Mein Gott, wir leben in einer Zeit der unpersönlichen, kalten Aggression. Der Straßenkriminelle, der Täter, der Straßenparia empfindet keinerlei Beziehung zu seinen Opfern. Wußtet ihr das?«

»Wir wissen's«, sagte Jimmy. »Wir haben davon gehört.«

»Wußtet ihr Jungs auch –«

»Halt verdammt noch mal endlich die Schnauze, Freddie«, sagte Dante.

Von Freddie Miller war ein empörtes Fauchen zu hören.

»Einen Scheißdreck wißt ihr«, sagte er. »Dante, du bist ein blöder Wichser, der einen Furz weiß.«

Dante wußte zumindest soviel: daß er betete, Freddie möge aus der hinteren Tür fallen und krepieren.

»Ein blödes, blindes Arschloch. Das bist du, Dante. Du

hast dich in fünfundzwanzig Jahren nicht die Bohne geändert.«

»Es reicht!« sagte Jimmy.

»Wie auch immer, ich liebe dich, Dante«, sagte Freddie. »Hab dich schon immer geliebt.«

Dante versuchte zu lächeln, doch es gelang nicht. Er fuhr, starrte ausdruckslos auf den Grand Central Parkway, die vor ihm aufragende Triborough Bridge. Etwa in der Mitte der Brücke meinte er Schüsse und Schreie von den Straßen der South Bronx zu hören.

Zwanzig Minuten später erreichten sie das 144ste Revier. Der Bezirk in der South Bronx grenzte an den nördlichen Teil von Harlem, ein Bezirk, dessen gesamte Bevölkerung schwarz war, bis auf einen schmalen Streifen am östlichen Rand, in dem Südamerikaner und Puertoricaner lebten. Die Gegend war ein Kriegsgebiet.

Freddie sprang vom Rücksitz. Er hatte sich einen Sack über die Schulter geworfen. Auf Dante machte er einen ausgesprochen fröhlichen Eindruck. Freddie lief die Stufen zu dem alten Revier hinauf, immer zwei auf einmal, ging durch die Tür und war verschwunden.

Dante und Jimmy stiegen ebenfalls aus, und Dante wollte Freddie schon folgen, als Jimmy ihm einen Arm um die Schulter legte und ihn fest an sich drückte.

»Wir müssen über JoJo reden«, sagte Jimmy. »Ich fühl mich nicht wohl bei dem, was wir machen.«

»Ey, die Sache ist gegessen, Mann. Vergiß JoJo, verdammt. Im Moment müssen wir uns um diesen verrückten Bastard Freddie kümmern.«

»Erinnerst du dich an den Sommer dreiundsiebzig? Kurz bevor wir zur Polizei gegangen sind? Du warst unten im Linden Café und bist diesen Typen von der City Line in die Arme gelaufen. Erinnerst du dich noch?«

»Na und?«

»Weißt du auch noch, wer damals aufgetaucht ist und dich da rausgeholt hat?«

Sie starrten sich eine halbe Minute an.

»Weißt du was, Jimmy? Du machst mich fertig«, sagte Dante leise, schüttelte den Kopf. »Laß uns keine große Sache draus machen. Wir haben über diesen Fall gesprochen und wir haben gemeinsam beschlossen, die Sache durchzuziehen.«

Jimmy zuckte die Schultern und zog eine Schachtel Marlboro aus der Brusttasche. Er schnippte mit dem Daumen den Deckel auf und bot Dante das Päckchen an.

»Schön«, sagte Dante. »JoJo hat mir an diesem Abend wahrscheinlich den Arsch gerettet. Nur, um dir die Wahrheit zu sagen, wäre ich nicht so voll gewesen, wär ich wahrscheinlich auch allein klargekommen.«

»Klargekommen? Du willst mich auf den Arm nehmen. So wie ich die Geschichte gehört hab, hätte man dich in einem Leichensack aus dem Linden getragen, wenn JoJo nicht gewesen wäre.«

»Ach, ja?« sagte Dante schnippisch. Er wurde langsam sauer. Jimmy hielt JoJo immer die Stange. Er packte Jimmys Schulter und verpaßte ihm einen kleinen Schubs. »Ich sag dir, woran ich mich bei diesem Typen erinnere. Ich erinnere mich, wie er sich von so einem Teenie einen blasen ließ und es bewußt so gedreht hat, daß ihr Vater und Bruder dabei zusehen mußten.«

»Er hat den Teenie geheiratet, mein Freund.«

»Na und? Das ändert nichts daran, was er gemacht hat. Der Kerl ist ein Nichts. Punkt. Und ich werde seinen Arsch hinter Gitter bringen.«

»Sicher, sicher.«

»Reiß dich zusammen, Jimmy, okay? Und jetzt komm, wir gehen in dieses beschissene Revier da und sehen zu, wie dein anderer Freund, Klapse-Freddie, seine Nummer abzieht.«

Er hielt die Hand zum Einschlagen hin. Jimmy setzte zu einem Schlag an, der in einem kurzen Griff endete, und dann gingen sie die Treppe hinauf ins Revier.

Freddie Miller zog seine Show in einem umgebauten Lagerraum ab, der als Bugsy's Zimmer bekannt war.

Vor ein paar Jahren hatte die Stadt beschlossen, daß es erheblich klüger und weit billiger sei, das alte Polizeirevier zu renovieren, statt ein neues zu bauen. Damals arbeitete Freddie als Verwaltungsangestellter bei der Kripo. Gemeinsam mit dem Chef des Dezernats, der genauso beknackt war wie er, gelang es ihm irgendwie, die Bauarbeiter davon zu überzeugen, eine geheime Tür in den Lagerraum im ersten Stock und einen Spionspiegel in die Wand einzubauen, die an das Büro des Dezernats grenzte. Die Geheimtür führte auf einen Flur, der vom Büro der Detectives zur Treppe hinunter in die Wache und dem dahinter liegenden Besprechungszimmer führte. Der schäbige Lagerraum wurde gesäubert und staatssicherheitsdienstgrau gestrichen, ein massiver Eichenstuhl am Boden verschraubt. Wenn die Detectives es mit einem ungewöhnlich zähen Brocken zu tun bekamen und unbedingt Informationen aus ihm herausholen mußten, dann riefen sie Freddie Miller. Nur einigen wenigen Auserwählten war es erlaubt, ihm bei seiner Nummer zuzusehen, und die würden sich ein Bein ausreißen, nur um Freddie bei der Arbeit zu erleben.

Die meiste Zeit seiner zwanzig Jahre bei der Polizei war Freddie Miller Verwaltungsangestellter. Aber wie die meisten Polizisten besaß er eine Leidenschaft für Verhöre. Vielleicht der Grund dafür, warum der verrückte Miller schon früh in seiner Polizeikarriere von der Straße genommen und in einem Büro versteckt worden war. Er war ein zwei Meter großer und hundertdreißig Kilo schwerer Irrer, und nur wenige Dinge im Leben bereiteten ihm mehr Vergnügen, als auf dem Kopf eines Wichsers, der sich für besonders hart hielt, einen Steptanz zu veranstalten. Nur hatten sich die Zeiten geändert. Proteste von mißhandelten Häftlingen erregten Aufmerksamkeit und führten zu endlosen Problemen mit der Dienstaufsicht, die nichts lieber tat, als einen übereifrigen Cop in die Mangel zu nehmen. Daher entsprach es dem Zeitgeist, daß Miller sich gezwungen sah, sich den Gag auszudenken, der ihn in der Bronx zu einer lebenden Legende machte.

Dante und Jimmy standen im Büro und beobachteten durch den Spionspiegel zwei schwarze Detectives, der eine klein, der andere groß, ein klassisches Guter-Cop/Böser-Cop-Team. Sie unterhielten sich ruhig und vernünftig mit einem übergewichtigen Killer, der geschnappt worden war, als er gerade den Tatort verlassen wollte. Er hatte einen Drugstore überfallen und den karibischen Inhaber und dessen vierundzwanzigjährigen Sohn abgeknallt. Der Häftling, ein schwarzer Hispanic, war mit Handschellen an den Eichenstuhl gefesselt, und über einen Lautsprecher, der mit einem Sender im Verhörzimmer verbunden war, konnten Dante, Jimmy und der Dezernatschef das Gespräch klar und deutlich verfolgen.

Der große Detective hockte sich neben den Häftling und redete leise auf ihn ein. »Wir wissen, daß du kein Genie bist. Aber du hast ein gutes Gedächtnis. Wir wollen die Namen deiner Komplizen.«

Der Häftling war etwa dreißig Jahre alt und fett. Er trug ein weites Sweatshirt und eine Armeehose. »Ich war einkaufen«, sagte er. »Und da haben diese Typen den Laden überfallen, es wurde wie irre rumgeballert und so Scheiße. Mann, ich war echt fix und fertig, Mann. Ich hab mich sofort auf den Boden geschmissen. Hab absolut null gesehen.«

»Affenscheiße. Wir haben zwei Zeugen, die gesehen haben, daß du eine Kanone in der Hand hattest«, sagte der große Detective. »Kann sein, daß es nicht die Tatwaffe gewesen ist, aber auf jeden Fall steckst du da mit drin. Und du warst bewaffnet.«

»Oh-ooh, sehen Sie jetzt, was ich meine? Ich will ja die Wahrheit sagen, aber ihr Leute wollt sie einfach nicht hören. Was wollt ihr denn hören? Sagt mir einfach, was ich sagen soll, und ich sag's euch.«

»Die Wahrheit, du Pisser«, flüsterte der kleine Detective. »Wir wollen von dir nur die Wahrheit hören.«

Der Häftling schüttelte langsam und fassungslos den Kopf.

»Schön, du wirst darüber nachdenken«, sagte der große Detective. »Wir gehen jetzt raus und besorgen Kaffee. Wir sind nur eine Minute weg. Du bleibst hübsch hier sitzen und denkst über Fragen und Antworten nach.«

Sie verließen das Verhörzimmer und kamen zu Dante, Jimmy und ihrem Chef ins Büro der Detectives. Die fünf Beamten standen in dem dunklen Raum und starrten durch den Spiegel den Häftling an, der in diesem Augenblick den Hals reckte, die Schultern kreisen ließ und versuchte, mit der Zunge seine Nasenspitze zu berühren.

Dann ging die Tür des Schranks im Verhörzimmer langsam auf, und was der Häftling, dessen Name Domingo Valdez Cruz war, später behauptete, gesehen zu haben, genügte, ihn zur Beobachtung in die Psychiatrie des Lincoln Receiving Hospital einzuweisen.

Obszönitäten flüsternd trat ein hundertdreißig Kilo schweres weißes Kaninchen mit Totschläger in der Pfote durch die Tür. Es hoppelte durch den Raum und wirbelte dabei mit dem Totschläger über seinem Kopf herum. Der Häftling wollte aufspringen und glotzte schockiert, als das gigantische weiße Kaninchen vor ihm den Totschläger rücksichtslos kreisen ließ, ihm zuerst auf die rechte Schulter schlug, dann auf die linke. Während der folgenden Sekunden stieß der Häftling mehrere, von panischem Schrecken zeugende Schreie aus. Dann machte der Hase eine saubere Pirouette und verpaßte Domingo Cruz einen perfekten Rückhandschlag quer über die Wange, den er in einem hohen, tadellosen Nachsetzer auslaufen ließ, ein mörderischer Schlag, bei dem es den gackernden Detectives kalt den Rükken runterlief. Freddie Miller hüpfte in seinem Karnickelanzug munter zum Schrank zurück, öffnete die Tür, hopste hinein und flüsterte noch: »Die Wahrheit wird dich erlösen.«

Die Guter-Bulle/Böser-Bulle-Detectives kehrten in das Vernehmungszimmer zurück, wo sie einen hin und her zappelnden, mit den Füßen strampelnden und kreischenden Häftling vorfanden. »Beeil dich, Mann, schnell, ein beschissenes, riesiges Karnickel ist gerade in dem Schrank da verschwunden. Ohne Scheiß, ich sag's euch, der ist da rein.«

»Entschuldige bitte, was hast du gesagt?« fragte der Böse Bulle.

»Bist du verrückt geworden?« fragte der Gute Bulle.

»Macht doch einfach den beschissenen Schrank auf, er ist da drin. Aber seid vorsichtig, Mann, der hat diesen Totschläger dabei, und er hat große, irre, grüne Augen.«

Der große Detective öffnete die Schranktür, während sein Partner mit verschränkten Armen stehenblieb und immer wieder sagte: »Übergeschnappt! Du bist übergeschnappt.«

Der Schrank war so leer wie das Herz eines Zuhälters, nachdem der verrückte Miller auf Händen und Knien durch die Geheimtür rausgekrochen war; nun stand er in seiner flauschigen Montur neben Jimmy, Dante und dem Dezernatschef, während sich die beiden Detectives vor Lachen krümmten.

»Ey, du Arschgesicht«, sagte der große Detective, »versuch erst gar nicht, bei uns diese Beklopptenmasche abzuziehen.«

»Er braucht noch was Zeit«, sagte der kleine Detective.

»Das hier ist ja ein Irrenhaus«, kreischte der Häftling. »Ich sag's euch Idioten, in diesem Schrank da steckt ein Riesenkarnickel. Es ist da rein. Ich hab es doch mit eigenen Augen reingehen sehen, ein großes, weißes Arschloch von einem Karnickel.«

»Ist das wahr?« sagte der große Detective. Vorsichtig machte er den Schrank wieder auf und lächelte zufrieden, während Domingo Cruz sich auf seinem Stuhl bei dem Versuch abkasperte, einen Blick in den Schrank werfen zu können.

»Alles klar, Mann«, sagte der kleine Detective, »wir sind gleich zurück.« Er lächelte geduldig und setzte sich zur Tür in Bewegung, gefolgt von seinem Partner, der immer noch langsam und eindringlich auf den Häftling einredete.

»Du armes, gequältes Arschloch. Du glaubst wirklich, du hättest hier einen Hasen gesehen. Da siehst du mal, was für Streiche einem ein schlechtes Gewissen spielen kann, was? Läutere dich. Sag die Wahrheit!«

»Geht nicht weg!« schrie Domingo Cruz. »Dieses Biest kommt bestimmt zurück. Mann, ich weiß es!« Wieder allein, lachte der Häftling, aber sein Lachen war mehr als nur ein bißchen gezwungen.

Da flog die Schranktür wieder auf, und Freddie Miller, jetzt mit zwei Knüppeln bewaffnet, hoppelte in den Raum. Dante trat vom Spiegel zurück und ging zu einem Schreibtisch, der übersät war mit Akten und Fotos und Fingerabdruckformularen. In dem Durcheinander befand sich ein fleckiges, verschmiertes Polaroidfoto, das von Angehörigen des Dezernats für Kapitalverbrechen am Tatort des Raubüberfalls geschossen worden war.

Dante achtete darauf, daß keiner der anderen Detectives etwas mitbekam, und nahm das Foto in die Hand. Die Aufnahme in seiner Hand war überwältigend grausig. Es auf Armeslänge vor sich haltend, stand er starr vor Entsetzen da. Während die lachenden, schnatternden Detectives die kreativen Mätzchen des verrückten Miller verfolgten, studierte Dante die Folgen eines Schusses mit einer Schrotflinte aus kürzester Entfernung. Ein Schwarzer mittleren Alters lag, alle viere von sich gestreckt, mit einem klaffenden Loch in der Brust in einer Ecke; der Sohn des Toten, die Arme über das Gesicht hochgerissen, hatte nur noch einen Krater, wo einmal sein Hinterkopf gewesen war. Auf den Wänden und dem Boden hinter der Ladentheke Urin und Erbrochenes, verspritztes Blut und Knochensplitter. Dante dachte, das ist die Hölle, genau so und nicht anders ist die Hölle.

Dante schaute auf und sah die Rücken des Chefs und

des Guter-Bulle/Böser-Bulle-Gespanns, und war wirklich froh, Jimmys lächelndes Gesicht zu sehen. Er stand mit verschränkten Armen da, hatte den Kopf zur Seite geneigt und betrachtete ihn.

»Ganz schön schlimm, was?« fragte Jimmy.

»Schlimmer.«

Ein entsetzlicher Schrei kam von dem Häftling, als Freddie Miller das Kinn des Mannes in eine seiner pelzigen Pfoten nahm, dessen Hinterkopf mit der anderen abstützte und ihm dann schnell, mit einer gewissen Portion Leidenschaft, in den Hals biß. Dann schlug er dem Häftling mit einer gigantischen Pranke quer übers Gesicht und hoppelte in den Schrank zurück, wobei er freudig verkündete: »Die Wahrheit, nur die Wahrheit wird dich erlösen!«

Als die beiden Detectives wieder das Zimmer betraten, versuchte der Häftling sich buchstäblich von dem angeschraubten Eichenstuhl fortzureißen. Er brüllte; irre Nervenheilanstaltslaute kamen aus seiner Kehle.

»Himmel, Mann«, brüllte er. »Los, stellt mir eure Fragen. Ich sag euch alles, was passiert ist, Mann. Ich war's ja sowieso nicht. Das war der Gangster Blue Moon. Der war's, der die beiden Leute allegemacht hat. Ich sag euch, wo ihr ihn findet. Laßt nur diesen verrückten Dreckskerl von einem Karnickel nicht mehr hier rein.«

Guter-Bulle/Böser-Bulle lächelten wissend zum Spiegel, stimmten lautlos dem kichernden Lieutenant zu, der strahlte, als wäre er stolz auf Freddie.

»Man nennt ihn Satan«, sagte Dante. »Das steht auf den Fingerabdruckkarten da. Auf der Straße wird der Typ Satan genannt.«

Der Chef der Detectives schlich sich näher an den Spiegel, summte dabei leise vor sich hin. Es war ein Stück von den Doors, eine von Dantes Lieblingsnummern.

»He, Lieutenant«, sagte Jimmy leise. »Könnten Sie dafür sorgen, daß irgendwer den verrückten Miller zurück nach Queens fährt?«

Der Lieutenant drehte sich um und lächelte böse.

»Nenn ihn nicht verrückt«, sagte der Chef. Dann kehrte er Jimmy wieder den Rücken zu und stellte sich ganz dicht vor den Spiegel, wollte sich nicht eine Sekunde der sehr persönlichen Vergeltung entgehen lassen. »Nenn den Mann nie wieder verrückt. Laut meiner Theorie ist Officer Miller der Racheengel des Herrn.«

»Im Karnickelskostüm«, sagte Dante.

»*Zingo bingo bang!* Wenn's funktioniert«, sagte der Vorgesetzte. »Wir sind hier in der South Bronx. Wenn ihr gesunden Menschenverstand sucht, seid ihr am falschen Ort.« Er drehte sich mit einem breiten Lächeln um, dem Jimmy und Dante mit steinernem Schweigen begegneten.

»Ihr Jungs könnt abzischen. Wir werden Officer Miller nach Hause bringen.«

»Gut«, sagte Jimmy.

»Toll«, sagte Dante.

»Aber bevor ihr geht, schaut noch auf einen Sprung beim Büro des Captains rein. Dort sitzt ein Detective vom Drogendezernat namens Pope.«

»Felix Pope?« fragte Dante.

»Kennst du ihn?« sagte der Lieutenant, wobei sich seine Lippen zu einem verschlagenen Lächeln weiteten. »Sagt Detective Pope, daß ich ihn auch noch gern sprechen würde.«

Der Lieutenant hörte auf zu lächeln; mit wippendem Kopf begann er auf und ab zu gehen, führte Selbstgespräche, kratzte sich zwischen den Beinen. Dann begann er eine Melodie zu summen, die weder Jimmy noch Dante identifizieren konnten.

KAPITEL VIER

Detective Felix Pope schwitzte hinter einem großen, olivgrünen Schreibtisch. Die einzigen anderen Einrichtungsgegenstände in seinem Büro waren eine Wand voll Aktenschränke, eine altmodische Holzgarderobe und eine Kaffeemaschine. Auf dem Schreibtisch ausgebreitet lagen Geldstapel; Detective Pope saß hinter Reihen gestapelter Zehner, Zwanziger, Fünfziger und Hunderter. In einer Pappschachtel auf dem Boden neben seinem Bein befanden sich zusammengerollte Bündel Einer, die von leuchtendroten Gummibändern zusammengehalten wurden.

»Ich würde euch ja einen Stuhl anbieten«, sagte er, »aber wie ihr seht, gibt's nur einen, und auf dem sitze ich. Pech.«

»Felix! Mein Gott, alter Freund, du hast einen Sechser im Lotto gelandet«, sagte Jimmy. »Kumpel, ich kann dir nur raten: Sei hier drinnen vorsichtig. Laß immer das Licht an und halt deine Kanone griffbereit, du könntest überfallen werden, wär nicht das erste Mal.«

»Wir haben das Crackhaus einer Gruppe Kids ausgehoben.« Felix sagte es laut und wiederholte es.

»Wieviel?« fragte Dante.

»Viel«, sagte Jimmy.

»Im Moment bin ich bei fünfundzwanzig Riesen. Es müssen, Scheiße, Mann, ich weiß nicht, mindestens dreimal soviel sein.«

Er erzählte ihnen von der Drogenfabrik am Southern Boulevard. Das Geld war eine Überraschung. Paff, eine Tür geht einfach so auf, Kartons voller Geld liegen auf dem Boden.

Keiner sagte ein Wort.

In dem Moment, als Dante seinen Fuß in Felix' Büro gesetzt und all das Bargeld gesehen hatte, überzeugte er sich davon, daß die Loopings, die sein Magen drehte, eine körperliche Reaktion auf die vier Liter Bier und mehrere JDs war. Und doch verstärkte sich das Gefühl, nun als er dort stand. Er war auch früher schon in die Nähe von viel Geld gekommen, hatte größere Summen beschlagnahmter Gelder gesehen. Nur war er noch nie zuvor so pleite gewesen. Er war dieses Gefühl, das nach seinem Hals griff und ihn erstickte, nicht gewohnt. Gib's doch zu, sagte er sich. Unter den richtigen Umständen, wenn Mond und Planeten genau die richtige Konstellation hätten, würdest du dir was davon greifen.

Er war permanent pleite, das gehörte einfach zu seinem Leben, war noch nie anders gewesen. Er führte endlose Kämpfe mit Judy wegen der Notwendigkeit, jeden Dollar zweimal umzudrehen. Das Haus, das er letztes Jahr weit draußen auf Long Island gekauft hatte, die Hypotheken, der zweite Wagen für Judy, die Versicherungen und die Benzinrechnungen als Pendler machten ihm ordentlich Feuer unter dem Arsch. Noch sieben Tage bis zum nächsten Zahltag, und er hatte noch – wieviel? – zwanzig Mäuse in der Tasche? Sein Girokonto rotierte um Null. Ein Schwarzes Loch, so nannte er das neue Haus. Ein Loch, eine bodenlose Grube, eine Geldfreßmaschine.

Als könnte er Dantes Gedanken lesen, sagte Jimmy: »Ein einziger Treffer wie der, Partner, und deine Liquiditätsprobleme wären gelöst.«

Dante zuckte innerlich zusammen. »Falls du mal beschließt, Outlaw zu werden, Jimmy, sag mir einfach Bescheid. Wir kriegen das schon gebügelt.«

»Einfach so? Klingt kinderleicht.«

»War nur Spaß. Du weißt, daß ich's nicht ernst meine.«

Und Jimmy sagte: »Klar weiß ich das. Ich kenn dich doch.« Er wirkte jedoch erleichtert mit einem Hauch Mißtrauen.

»Die Härte, häh?« sagte Felix Pope. »Das älteste Mitglied dieser Dealerbande ist achtzehn. Stellt euch das vor, ein achtzehnjähriges spuckendes, stotterndes Kid mit knapp hundert Riesen in der Tasche.«

»Er hat sein Ding durchgezogen, du deins«, sagte Jimmy. »Er ist jetzt da drinnen und mampft Käsesandwiches, du bist hier draußen und zählst sein Geld. Wer ist der Gewinner?«

Felix beugte sich über den Schreibtisch und stützte sich auf die Ellbogen. »Sag du's mir. Der Schwachkopf ist morgen wieder draußen, und ich latsch mir mit zwölf Mäusen bis zum Zahltag die Hacken ab.« Er unterbrach sich einen Moment, musterte die Geldstapel. Dann zuckte er die Schultern. »Dieser Krieg gegen Drogen ist verloren«, preßte er heraus. »Wird Zeit, daß wir das endlich akzeptieren. Die Menschen sind nicht zu ändern. Wenn ich nicht der wäre, der ich bin, würde ich einen Haufen von dieser guten Kohle als Belohnung dafür behalten, daß ich diesen Zirkus überhaupt mitmache.«

Dante lächelte. »Ich verstehe, was du meinst. Glaub mir, diese Scheiße von wegen arm, aber glücklich ist langsam überholt.« Er zwinkerte Jimmy zu. »Bist du's auch satt, arm zu sein, Jimmy?«

»Nee«, sagte Jimmy. Er lächelte ebenfalls und zuckte verlegen die Schultern.

»War nur Spaß«, sagte Dante.

»Gut«, erwiderte Jimmy. »Dann muß ich mir ja keine Gedanken darüber machen, einen neuen Partner einzuarbeiten, weil meinem alten das Hirn aus dem Ohr gefallen ist.« Er schenkte Dante ein Ich-bin-müde-Lächeln. »Und das ist mein Ernst.«

Das Revier war ein rotes Ziegelgebäude, das mitten zwischen den Ruinen der South Bronx an der Bathgate Avenue stand. Im Licht der Laternen und des Vollmonds wirkte die Straße, als läge sie in der Beiruter Innenstadt. An der Fahrertür des Streifenwagens stehend, spielte Dante gedankenverloren mit den Wagenschlüsseln. »Für diesen verschissenen Trip werde ich Miller bestrafen«, sagte er zu Jimmy.

»Es ist vorbei«, erwiderte Jimmy. »Steig in den Wagen und bring uns zurück nach Queens. Ich bin ausgepowert. Weck mich, wenn wir da sind.«

Der Gedanke an eine verlorene Nacht in der Bronx, damit zugebracht, dem bekloppten Miller zuzusehen, wie er in seiner Karnickelkluft herumsprang, während ein Trio nicht minder bescheuerter Detectives darüber lachte und in die Hände klatschte, ließ Dante innerlich kochen. Und als sie Pope sagten, der Lieutenant wolle ihn sprechen, wurde ihr Verdacht bestätigt, daß auch der Chef des Dezernats über die Kante gefallen war. »Der Lieutenant ist bekloppt«, hatte er gesagt. »Der redet mit Elvis und Malcolm X. Die Bronx wimmelt von Irren.«

Das 144ste, dachte Dante immer wieder, war immer ein Knaller. Ausgebrannte Menschen und Häuser, das ganze Viertel war verloren und zum Tode verurteilt. Irgendwas war schiefgegangen.

Auf der Rückfahrt nach Queens, während Jimmy still auf dem Sitz neben ihm schlief, dachte Dante über sein Leben nach. Sein Zuhause lag derzeit in Ozone Park bei seiner Mutter – apropos Abwärtstrend. Wenigstens bewies das zehnminütige Leeren seiner Blase, daß sein Körper, zusammen mit dem irischen Herzen seines Vaters, immer noch mit vier Litern Bier und ein paar Gläsern stärkerem Stoff fertig wurde.

Und wenigstens hatten sie noch sich, dachte er, während seine Gedanken zu Judy und seinem Sohn Danny wanderten. Wenn er genug Kohle hätte, nur ein bißchen mehr, wenn sie nicht ständig jeden Dollar zweimal umdrehen müßten ... Wie er zu seiner Mutter sagte: »Würde ich mir erlauben, ab und zu mal einen Dollar nebenbei zu machen, wär alles nicht so übel.« Seine Mutter verstand nicht, was er damit meinte. Auch wenn sie dreißig Jahre mit Dan O'Donnell verheiratet gewesen war, einem Cop, vor dem nichts sicher war, was nicht niet- und nagelfest war, verstand sie trotzdem nicht. Aber Dante, der in letzter Zeit viel über Geld nachgedacht hatte, wußte was er sagte.

An der Zahlstelle der Triborough Bridge dachte er über Jimmy nach. Der Mann war immer bei Kasse. Schon als sie noch Kinder gewesen waren und gemeinsam die Straßen unsicher gemacht hatten. Jimmy behauptete, es sei eine Bestätigung seiner genügsamen Einstellung dem Leben im allgemeinen gegenüber. Dante zog es vor, es als dramatischen Beweis für die Fähigkeit eines Juden anzusehen, selbst dann noch zahlungsfähig zu bleiben, wenn alle anderen um ihn herum bereits auf dem letzten Loch pfiffen.

Er fuhr zu Monahan's zurück, achtete darauf, Jimmy nicht zu wecken, der mit dem Kopf an die Seitenscheibe gelehnt eingeschlafen war. Um zwei Uhr morgens trafen sie dort wieder ein und fanden Jimmys Wagen an der Bushaltestelle parkend vor, wo sie ihn verlassen hatten. Jimmy wachte sofort auf, die instinktive Reaktion eines ehemaligen Streifenpolizisten, wenn ein fahrendes Auto plötzlich auf den Straßen einer Stadt anhält, auf denen man erschossen werden könnte, wenn man sich nicht bewegte.

»Was denkste?« fragte Dante.

»Ich denke, daß du heute nacht wenigstens nicht mehr die weite Fahrt raus in die Karpaten machen mußt.«

Sie saßen im Streifenwagen. Die Straße war verlassen, niemand war zu Fuß unterwegs, keine Autos auf der Pitkin Avenue. Das Gefühl der Leere machte Dante unruhig. Es war ihr altes Viertel, die Straßen, in denen sie aufgewachsen waren. Menschen lebten hier. Trotzdem hatte Dante dieses merkwürdige Gefühl der Leere.

»Ich werde hier bei meiner Mutter bleiben«, sagte er.

»Gibt Schlimmeres«, meinte Jimmy.

»Weißt du, während der Fahrt hab ich nachgedacht.«

»Ach, Scheiße, mach doch so was nicht. Ich hab's dir nicht erlaubt.«

»Nein, Mann, hör auf damit. Weißt du, ich mein's ernst. Wenn wir die Gelegenheit hätten, vielleicht sollten wir dann mal drüber nachdenken.«

»Wovon zum Kuckuck redest du?«

»Weißt du, nehmen wir mal an, uns würde sich die Gelegenheit bieten, an echte Kohle ranzukommen, vielleicht sollten wir uns dann nicht ganz so schnell abwenden. Ich meine, wir arbeiten jetzt neunzehn Jahre in diesem Job, und nie haben wir uns auch nur einen Furz zuschulden kommen lassen. Haben nie einen Dollar eingesteckt.«

Jimmy warf den Kopf zurück und lachte. »Ich verstehe. Du hast gedacht, wär vielleicht gar nicht so schlecht, mal Dieb zu spielen.«

»Nein, kein Dieb. Du weißt, was ich meine. Ich bin immer pleite. Ich bin permanent abgebrannt.«

»Tut mir ja so leid«, sagte Jimmy ernst. Dann räusperte er sich und sagte es wieder, diesmal mit mehr Nachdruck.

»Geld ist ein Problem«, sagte Dante.

»Du verdienst doch fünfzig Riesen pro Jahr, das ist ein Haufen Schotter.«

Dante beobachtete Jimmy aufmerksam, versuchte von der Stimme auf die Stimmung zu schließen.

»Hat dich jemand gezwungen«, fragte Jimmy, »nach Stony Brook, Long Island, rauszuziehen und dir j. w. d. ein Bauernhaus zu kaufen?« Auf Dante wirkte er fiebrig und erschöpft wie nach einer Vierundzwanzig-Stunden-Schicht.

»Du hast ja überhaupt keine Ahnung, Jimmy«, sagte Dante. »Dieses Haus ist ein Schwarzes Loch. Ich sag's dir, ich hab wirklich nicht den geringsten Schimmer, wie ich noch zurechtkommen soll.«

Jimmy Burns hörte zu, während Dante von dem Dilemma des Großstadtcops erzählte, der in die Vororte gezogen war. Warum er raus nach Long Island gezogen war, in eine Kleinstadt, wo sein Kind abseits von Crackpfeifen und Straßendieben aufwachsen und gedeihen konnte. Und, Scheiße, Mann, er verdiente keine fünfzig Riesen. Sein Nettolohn war beträchtlich niedriger. Dante erzählte Jimmy, daß er sich vorkomme wie ein sterbender Baum in einem Waldbrand, mit all den Darlehen auf seine Rente, den Autos, den Steuern, einer monatlichen Benzinrechnung, an der ein Pferd ersticken könnte.

»Du hast getrunken. Du bist besoffen. Ich hätte dich nie fahren lassen dürfen, so betrunken wie du bist.«

Jimmy lächelte einen Augenblick. Dante zuckte die Schultern, versuchte nicht zu lächeln.

»Komm schon, paß auf«, sagte Jimmy. »Wenn du die Tür findest, geh ich mit dir durch. Wenn wir dann über ordentlich gestapelte Bündel Fünfziger und Hunderter stolpern, reden wir drüber.«

Dante seufzte, spielte mit dem Zigarettenanzünder. »Ich weiß einfach nicht, ob du nur Quatsch redest oder es ernst meinst.«

Jimmy streckte beide Hände mit nach oben gedrehten Handflächen aus. »Du bist absolut voller Scheiße. Wem willst du was vormachen? Mir? Versuchst du mir was vorzumachen? Ich dachte, du hättest aufgehört, mir was vorzumachen, als du vierzehn warst. Seit wann bist du so scharf drauf, einen Dollar nebenbei zu machen? Seit wann?«

»Seit mir die Kohle ausgegangen ist und ich angefangen hab, meine Mutter anzupumpen.«

»Wenn du so gottverdammt pleite bist, warum kommst du dann nicht zu mir? Oder besser noch, sag Judy, sie soll ihren Arsch in Bewegung setzen und sich einen Job suchen, na, warum machst du das nicht?«

»Klar, sicher. Ich hab sie ja erst tausendmal darum gebeten. Und du! Wann hab ich dich schon mal um Geld angepumpt? Du weißt genau, daß ich das nie tun könnte. Wo du ja Geld wie Heu hast, werde ich das wahrscheinlich ewig zu hören kriegen.«

»Das ist doch Scheiße. Wenn du nicht weiter weißt, kommst du zu mir. Für dich treib ich immer irgendwo Geld auf.«

»Klar.«

»Das ist mein Ernst.«

Sie saßen schweigend da, nickten und lachten leise in sich hinein.

Einerseits, dachte Dante, könnte er Jimmy sagen, daß Judy überhaupt keine Zeit für einen Job hatte, nicht mit Dannys Little League und wenn sie den Jungen ständig irgendwohin fahren mußte, zum Musikunterricht und allem. Andererseits würde er bestimmt keinen Pokal für große Klugheit gewinnen, wenn er mit Jimmy über die finanziellen Probleme der Familie sprach. Das würde Jimmy nur noch angespannter machen, falls das überhaupt noch möglich war. Und doch war er drauf und dran, alles rauszulassen, seinem besten Freund zu erzählen, was er wirklich davon hielt, verheiratet zu sein, in den Vororten zu leben, Rasen zu mähen, Sträucher zu pflanzen, mit Nachbarn die letzte Scheiße über Gott und die Welt zu quatschen.

Dante lehnte sich zurück und beobachtete Jimmys Lächeln. »Ich hab das Gefühl, ich kann nicht mehr ich selbst sein. Na, was sagst du dazu? Weißt du, wie's ist, wenn du nicht mehr du selbst sein kannst?« Er sah es seinem Gesicht an, wie Jimmy Kraft für die Antwort sammelte. Urplötzlich schämte Dante sich unendlich, war angewidert vom Klang seiner eigenen Stimme. »Ich bin schon okay«, sagte er. »Einfach nur ein bißchen daneben.«

Jimmy kramte in seiner Brieftasche. »Guck mal hier«, sagte er.

Er hielt ein kleines Farbfoto hoch. Dante erkannte auf dem Bild den Seiteneingang von Monahan's. Die Aufnahme war an einem heißen Sommertag vor langer, langer Zeit geschossen worden, nach dem Koreakrieg, aber noch vor Vietnam und den Rolling Stones. Da war eine Ziegelmauer, und auf dieser Mauer befand sich eine Namensliste der VFW, deren Rahmen in majestätischem Rot und Gold leuchtete. Die Namen waren in blauer Schreibschrift; neben mehreren Namen strahlten goldene Sterne in der Nachmittagssonne.

Die drei Jungs auf dem Foto standen zur Feier des Zeitgeistes der Sechziger im lässig-provokativen Straßenecken-stil herum. Was kostet die Welt? Sie waren vierzehn Jahre alt, man schrieb das Jahr 1964.

Dante sah sich selbst, wie seine Haare oben ganz kurz geschnitten waren und länger an den Seiten, wo sie sich nach hinten zu einer sinnlichen Deluxeausgabe eines Entenarschs wellten. Sein Lächeln war breit und strahlend und durch und durch unecht. Jimmy lächelte mit einstudierter Lässigkeit. Seine Haare waren eher blond als wie heute hellbraun, und sie waren kraus genug, um als Judenafro durchgehen zu können. JoJo, dunkelhäutig und mit glatten Haaren, hatte die Daumen unter den Bund seiner Jeans gehakt. Er starrte den Fotografen mit offensichtlicher Arroganz an. Auf dem Schnappschuß drückte Jimmy JoJos Schulter. Wir standen uns näher als Brüder, dachte Dante, und hatten die Gesetze des Viertels voll drauf. Wir waren keine Brüder, in unseren Adern floß nicht das gleiche Blut, aber wir kamen aus der gleichen Gegend, und damals zählte das eine Menge. Dante lächelte bei der Erinnerung.

Jimmy saß mit bewegungslosem Gesicht da und starrte durch die Windschutzscheibe, sah Carmine Joey aus Katies Erdgeschoßwohnung kommen. Carmine warf dem Streifenwagen einen Blick zu. Er blieb kurz stehen, als wäge er die Möglichkeiten ab, dann packte er sich zwischen die Beine.

»Der dumme Arsch ändert sich auch nie, häh?«

Dante nickte ernst. »Carmine ist eben Carmine«, sagte er.

»Wieviel hast du in der Tasche?« fragte Jimmy. »Zwanzig Mäuse? Ich hab vierzig. Aber ich habe kein Haus, kein Kind, keine Frau. Was willst du wetten, daß unser alter Kumpel JoJo genau in diesem Augenblick ein paar Tausender bei sich hat?«

»Garantiert.«

»Was willst du wetten, daß er sich heute nacht, wenn er nach Hause geht und sich hinlegt, zuerst vergewissert, ob seine Kanone unter dem Kopfkissen liegt? Und sein Herz – du weißt, JoJo hat ein großes Herz –, tja, ich wette mit dir, sein Herz schlägt ihm bis zum Hals. Es schlägt ihm bis zum Hals, weil er nämlich einschläft und auf das Klopfen an der Tür wartet.«

»Hör auf«, sagte Dante.

»Halt den Mund und hör zu«, sagte Jimmy und schlug mit der Faust auf das Armaturenbrett. »Weißt du, wenn's dann anklopft – und es wird anklopfen –, werd ich das sein, oder du, oder sonst irgendwer, der ihm sagt, es ist Zeit zu gehen. Das passiert aber nur, wenn er Glück hat und nicht auf der Straße zu Klump geschossen wird.«

»Okay, okay, okay. Ich hab laut gedacht, Mann. Wenn ich nicht mehr laut denken und mit dir reden kann, mit wem soll ich dann reden?«

Jimmy neigte den Kopf und strahlte Dante an. »So, das ist es, das ist JoJos Leben«, sagte er. »Hast du mich verstanden? Hörst du, was ich sage?«

»Bin ich vielleicht taub?« fauchte Dante. Er konnte nicht sagen, ob Jimmys Wut gegen ihn oder gegen sich selbst gerichtet war.

Jimmy seufzte und spielte mit dem Zigarettenanzünder. »Dieses Leben«, sagte er, »ist ein kriminelles Leben. Es ist nicht meines, und es ist todsicher nicht deines. Ich kenne dich, Partner, du würdest im Knast bestenfalls zwei Minuten durchhalten.«

»Ich? Scheiße, ich würde meine Kanone lutschen, lange bevor sie mich einsperren, Kumpel.«

Es war eine unmittelbare Sache, zum Greifen deutlich, der Gedanke, verhaftet zu werden, in Handschellen abgeführt zu werden. Sie würden vor Tagesanbruch kommen, an die Tür hämmern, ihm den Haftbefehl zeigen. Eine unbeholfene Umarmung von Judy und Danny, wenn sie ihn abführten. Nachbarn, Pendler unterwegs zu ihren Fahrgemeinschaften, würden nach ihren Instamatics greifen. Einen Schnappschuß von dem Cop machen, der in den

Knast wanderte, während er versuchte, seinen Kopf unter Dannys Little-League-Jacke zu verbergen.

»Du würdest dir eine Kugel in den Kopf jagen? O ja. Das wär toll, einfach perfekt. Super für deinen Jungen, phantastisch für Judy und für mich der absolute Kick.«

Dante steckte sich eine Zigarette an und nahm einen Zug. Er zwang sich, ganz beiläufig zu klingen. »Hör auf.«

»Was, hör auf! Wie dein alter Herr würdest du dir eine Ladung ins Hirn ballern. Und du erwartest von mir, daß ich mit dir durch eine Tür gehe, ein bißchen Kohle finde und dir noch dabei helfe?«

»Moment! Ich hab nur Spaß gemacht.«

»Ach, leck mich, Dante. Such dir einen anderen Partner, Partner.«

Dante war zutiefst erschüttert. »War nur 'n Witz«, sagte er.

»Ich kenn dich. Du machst keine Witze. Und wo ist da überhaupt der Witz? Was ist daran so komisch? Ich weiß nicht, manchmal redest du die schwachsinnigste Scheiße. Aber ich blicke durch, ich weiß, was du wirklich meinst. Für dich ist alles Tagtraum und Bockmist, alles nur Phantasie.«

»Jetzt mach mal 'ne Pause!« sagte Dante. »Reagier doch nicht gleich so blöd. Das macht doch jeder.«

»Ja, wer denn zum Beispiel?«

»Alle.«

»Scheiße.«

Dante schaute auf, blickte einen Moment zum Wagenhimmel. Dann lächelte er. »War nur Spaß, war nur Spaß, war nur Spaß. Beruhige dich wieder, Mann. Vergiß, was ich gesagt hab, vergiß es einfach.«

Sie schwiegen. Noch einen Augenblick zuvor war der Gedanke an Kisten voll Geld berauschend für Dante gewesen; jetzt jagten ihm Gedanken an seinen Vater Angst ein. Seine Mutter hatte versucht, es ihm zu erklären, hatte gesagt, daß gewisse Dinge zu anderen Dingen führten und daß dann diese Dinge außer Kontrolle gerieten. »Dein Vater ist einfach nicht damit fertig geworden. Mit der Schande und allem.« Alles außerhalb menschlicher Macht.

»Siehst du«, sagte Jimmy. »Wenn ich dich trinken lasse, kriege ich, was ich verdiene.«

Dante rutschte in seinem Sitz nach unten. Jimmy warf ihm wieder diesen Ich-bin-müde-Blick zu und öffnete dann die Tür des Streifenwagens.

»Früher haben wir nie über Geld geredet. Das sind nicht wir, hast du gesagt. Ich hab gesehen, was es aus meinem alten Herrn gemacht hat, hast du gesagt, und mir wird das nicht passieren. Das hast du mir immer gesagt.«

Jimmy stieg aus. Er schloß die Tür und legte die Hände auf das Wagendach, beugte sich herab, sagte durch die geöffnete Seitenscheibe: »Morgen gehen wir wieder an die Arbeit. Die Wanzen sind heute angebracht worden, und morgen legen wir los. Ich war von Anfang an nicht scharf auf diesen Fall. Aber ich sag dir was, jetzt will ich's durchziehen. Ich will ganz nah und dicht an JoJo ran. Mal sehen, was für ein Leben der führt.«

Dante war wütend auf sich selbst, es tat ihm leid, überhaupt den Mund aufgemacht zu haben. »Hör zu«, sagte er, »vielleicht hast du ja recht. Vielleicht sollten wir diesen Fall abgeben.«

»Nein, nein, nein. Jetzt will *ich* gegen JoJo ermitteln. Ich glaube, es ist wirklich wichtig, daß wir ganz dicht an ihn rankommen. Vielleicht lernst du was dabei, Dante«, sagte er mit einem unheimlichen Grinsen. »Mein Bruder. Unter den richtigen Umständen, möglicherweise, nur vielleicht, denke ich darüber nach, ein paar Mäuse zu machen. Wer braucht nicht Geld? Aber ich weiß, du kämst damit nicht klar. Du spuckst große Töne, Dante, das große As. Aber du würdest nicht damit fertig, du großer, dummer irischer Katholik.«

»Okay, okay.«

»All die Schuld, all diese bizarre Scheiße, die an dir frißt, würde dich die Wände hochgehen lassen«, setzte Jimmy unerbittlich nach. »Und ich stehe dann da und kann die Scherben einsammeln. Ich kenne dich. Ich kenne dich besser, als *du* dich kennst.«

»Ey, Jimmy«, sagte Dante. »Vielleicht hätte ich das Geld nicht erwähnen sollen, okay?«

»Geh zu deiner Mutter und schlaf dich aus. Vergiß es.«

Dante lachte. »Weißt du«, sagte er, »als wir noch Kinder waren, hast du das dauernd gesagt. Geh zu deiner Mutter. Wenn wir noch spät abends unterwegs waren, wenn ich noch einen losmachen wollte, vielleicht ein bißchen Dope rauchen, dann hast du immer gesagt, vergiß es, geh nach Hause, vergiß es. Und ich hab's getan, bin nach Hause gegangen, nur damit du zufrieden warst. Ich hab eine Menge Scheiße gemacht, nur damit du zufrieden warst.«

»Ich weiß, Kumpel, ich weiß. Und ich weiß auch, wie sentimental du wirst, wenn du zuviel trinkst und versuchst zurückzugehen. Und du gehst gern zurück und wirst sentimental.«

Dante schüttelte den Kopf, lachte über sich selbst. Jetzt spürte er auch die vier Liter Bier und den Whiskey in seinen Adern. »Ich möchte auf ein Dach steigen und mit Golfbällen nach dem Mond werfen«, sagte er.

»Dante, wir sind keine Kinder mehr. Wir sind eine ganze Menge, aber Kinder sind wir nicht mehr.«

Dante schürzte die Lippen und schaute nach oben. Er legte einen Gang ein und fuhr los, überraschend gut.

JoJo trat einen Schritt zurück, als die Hotelzimmertür geöffnet wurde. Er sah den Kubaner zu ihm aufschauen und mit dem Anflug eines Lächelns nicken. Der Typ hatte schöne, weiße Zähne, und die zeigte er. In der einen Hand hielt er ein Päckchen Zigaretten und ein goldenes Feuerzeug in der anderen.

»Joseph?« war alles, was der Kubaner sagte, und er sagte es leise.

Den Kubaner mit dem Hauch eines Akzents seinen Namen sagen hören war schrecklich für JoJo, denn es beschwor Visionen seines Vaters herauf. JoJo erinnerte sich, daß der Mund des alten Herrn selbst unter günstigen Umständen schmal und verkniffen geworden war, wenn JoJo etwas auf eigene Verantwortung unternommen hatte. Und die guten Zeiten für ihn und den Skipper waren vorbei, und das wußte er. Er konnte den alten Herrn sagen hören: Ein Spic? Du, mein Sohn, machst Geschäfte mit einem Mambo-Tänzer? Hab ich dir das beigebracht? Suchst du dir so deine Freunde? Du Narr.

Der Kubaner hielt die Tür auf und beobachtete JoJo, als er eintrat, dann wurde sein Lächeln breiter, und er bot eine Hand an, als wären sie auf die eine oder andere Weise alte Freunde.

»Ich bin Luis Valero.«

JoJo lächelte. »Ich weiß, wer Sie sind.«

Es roch in dem Raum nach Eau de Cologne, frischer Bettwäsche und Leder. Und JoJo registrierte außerdem den Geruch parfümierter Kerzen. Der Geruch des Raumes war so intensiv, daß er einen Augenblick an Barneys Herrenbekleidungsgeschäft denken mußte. An die hellhäutige Negerbraut mit Stachelfrisur, die dort arbeitete. Die Schlampe hatte gelbe Augen und einen sagenhaften Arsch.

Wenn JoJo sich einen kubanischen Dealer vorstellte, dann stellte er sich einen dunkelhäutigen Burschen mit verschlagenem Blick und zurückgegelten, zu einem Pferdeschwanz gebundenen Haaren vor, der irgendwelche weißen Klamotten trug, wobei das Hemd bis zum Bauchnabel aufgeknöpft war. Goldketten auf mahagonifarbener Haut, irre schwarze Augen, die vor lauter Speed loderten, eine Maschinenpistole in der einen, eine goldene Schale Koks in der anderen Hand. Irgendeinen durchgeknallten, cholerischen Typ, der einen von einer Sekunde auf die andere umlegen konnte. Einen Burschen, der immer Verrat ausheckte. Und dann sah er Don Johnson mit diesen *Miami-Vice*-Typen auf einer Yacht in die Szene gondeln.

Es war die absolute Härte dahinterzukommen, wer diese Leute waren und was sie machten. Eine Kollektion schmieriger Typen mit massenhaft Kohle und großen Kanonen, so hatte er es sich immer vorgestellt. Männer, die ein mieses und riskantes Geschäft betrieben und keine Gefangenen machten. Er dachte an Pacino in *Scarface.* Und doch bekam man einen völlig anderen Eindruck, wenn man diese Typen aus der Nähe und in der Wirklichkeit erlebte.

Plötzlich erfüllte der lächelnde Kubaner und der süßlich duftende Raum sein Herz mit einer gespenstischen Angst. Blutbefleckte Kleidung und Pulvergeruch. Ein Bild, das wußte er, das von Dauer war.

Sein Vater würde ihn umbringen. Er hatte hundert verschiedene Möglichkeiten in Erwägung gezogen, das alles hier zu erklären, und genau so sah es am Ende immer wieder aus.

Der Kubaner sah ihn ernst an. »Mit Ihnen alles in Ordnung?« fragte er.

»Mir geht's blendend.« Er zwinkerte Luis zu: Alles ist gut.

Ein Eiskübel, Club Soda und Tonic standen auf einem Tisch bereit. Es gab weiße Leinenservietten, etwas Käse und frisches Obst. Eine Flasche weißer Rum und eine Flasche Wodka standen daneben. Das Hotelzimmer war nicht sonderlich groß, gerade geräumig genug für den Tisch, ein Sofa, ein Bett, einen Polstersessel und einen Fernsehschrank aus Walnußholzimitat. Hinter dem Tisch befand sich eine breite Glasschiebetür, die auf einen Balkon führte. Für eine Person war es ein komfortables Zimmer, und Luis schien sich wohl zu fühlen.

Der Ausdruck auf Luis' Gesicht schien ein Lächeln zu sein, aber sicher war sich JoJo nicht. Das Gesicht des Kubaners war faltenlos und glattrasiert. Er trug eine hellblaue Guayabera, in deren Tasche ein goldener Stift geklemmt war. Er trug eine weiße Hose aus einem weich fließenden Material, von dem JoJo vermutete, daß es Seide sein müsse.

Und er trug Schmuck. Eine goldene Gliederhalskette, eine goldene Rolex. Seine Haut war rötlichbraun, und er hatte krauses, hellbraunes Haar. Etwa einsachtzig groß, ungefähr fünfundsiebzig Kilo schwer. Gutaussehend. Nein, nicht gutaussehend, vertraut, vielleicht war's das.

JoJo starrte ihn an, dachte: Ich weiß, wie du aussiehst, wenn du Geschäfte machst. Er dachte an andere Männer, dunkelhäutig und schielend, die zur Seite traten, wenn Luis einen Raum betrat. Für JoJo sah er aus wie ein ziemlich ausgekochter Hund. JoJos Gedanken schweiften ab, er stellte sich vor, wie Luis' Leute zu ihm kamen, seine Hand ergriffen, ihm auf den Rücken klopften. Er konnte sich genau vorstellen, wie der Typ dastand mit verschränkten Armen, sicher ging, daß jeder genau wußte, was von ihm erwartet wurde.

JoJo empfand sofort eine gewisse Verwandtschaft. Ganz sicher sah der Bursche nicht aus wie ein Erzkrimineller oder ein harter Typ, so wie er ihn jetzt mit einem freundlichen, herzlichen Lächeln betrachtete. Eher wie ein Denker. Er bewegte sich bedächtig und wirkte selbstsicher. Er mochte den Typen auf Anhieb. Falls überhaupt irgendwas, dann erinnerte der Kubaner JoJo an Mario, den Bruder seiner Mutter, und auf JoJo hatte Mario schon immer eher wie ein Latinosänger gewirkt als wie ein Kredithai, wie auch immer ein Kredithai aussah. Luis, folgerte JoJo, hätte genausogut statt in Havanna in Cinisi auf die Welt gekommen sein können. Der Kerl sah verdammt gut aus. Das ließ ihn denken, dieser Luis kommt aus einer Welt, von der ich was verstehe.

»Schon zu Abend gegessen?« fragte Luis.

»Hmh.« JoJo versuchte schwungvoll und dynamisch zu klingen.

»Sind Sie sicher? Ich kann uns was kommen lassen.«

Luis zog einen Stuhl unter dem Tisch hervor und nahm Platz.

»Ich bin sicher«, sagte JoJo. »Um die Wahrheit zu sagen, mir wär's lieber, wenn Sie niemanden anriefen.«

Luis lachte. »Wie wär's dann mit einem Drink?«

»Gern.«

JoJo machte es sich auf dem Sofa bequem, während Luis die Drinks zubereitete. Er stellte den großen Diplomatenkoffer zwischen die Beine auf den Boden.

Er nahm Luis den Wodka ab und sagte: *»Salud.«* Dabei mußte er lächeln. Immerhin war's das erste Mal in seinem Leben, daß er Spanisch mit einem spanischen Typen redete.

»Was haben Sie da in der Tasche?« erkundigte sich Luis.

»Worauf wir uns geeinigt haben. Zweihundertfünfzig K in Fünfzigern und Hundertern.«

»Joseph, Sie wissen, daß das Geld nicht für mich ist. Es ist für den Freund in Miami, der dieses Treffen arrangiert hat.«

JoJo lächelte beifällig, denn Joseph Paradiso war eine Person mit einem kriminellen Status, ein Outlaw, der die Rolle von Outlaw-Anwälten verstand.

»Anwälte«, sagte JoJo, »verdienen immer Geld.«

»Amen«, sagte Luis. »Wissen Sie, daß es eine ziemliche Überraschung für mich gewesen ist? Ich weiß ein wenig über Sie und Ihre Leute. Sie waren bislang noch nicht in dieser Branche tätig.«

JoJo überlegte hin und her, ob er ihn fragen sollte, woher wissen Sie das über mich? Doch die Augen des Burschen sagten ihm, daß der Mann genau wußte, wovon er redete. JoJo nickte. Er fühlte sich cool und locker, er war in seinem Metier, ein wichtiger Mann machte wichtige Geschäfte.

Luis schaute zur Decke auf und warf beide Hände in die Luft wie jemand, der sich ergeben will. Er blinzelte JoJo an. »Was ich am wenigsten gebrauchen kann, ist Ärger. Sie verstehen, was ich meine?«

JoJo setzte eine aufrichtig besorgte Miene auf. »Ärger? Auf Ärger kann ich verzichten, kein Mensch braucht Ärger.«

Luis trank einen Schluck, wirkte nachdenklich. Er musterte JoJo aufmerksam.

»Darf ich Sie etwas fragen?« sagte JoJo.

»Natürlich.«

»Sie haben praktisch keinen Akzent. Ich weiß nicht, wen oder was ich erwartet habe, aber Sie waren's ganz bestimmt nicht.«

Luis stellte sein Glas ab und strich sich langsam mit einer Hand über den Mund. »Ich weiß nicht, was Sie erwartet haben, mein Freund, aber mich haben Sie gekriegt.« Er lächelte und nickte. Die Hände hatte er auf die Knie gelegt. Er holte tief Luft, dann legte er los. »Ich habe den größten Teil meines Lebens in den Staaten verbracht. Ich bin Anfang der fünfziger Jahre mit meiner Mutter nach New York gekommen. Wir haben unter all den Spaghettifressern in der Lower East Side gewohnt.«

JoJo rutschte unruhig hin und her.

»War eine ganz schön harte Zeit. Meine Mutter ist nicht zurechtgekommen, also sind wir nach Kuba zurück. Ich bin einundsechzig abgehauen.« Er schnippte mit den Fingern. »Ich bin mit den Kommies nicht klargekommen, also bin ich zurückgekommen, bin in Miami an Land gegangen und dort geblieben. Ich war zuerst Drucker, danach Vertreter für eine Druckerei. Ich habe ganz Lateinamerika bereist, eine Menge wichtige Leute kennengelernt.«

Er sprach, als würde er seinen Text ablesen, als hätte er seine Lebensgeschichte bereits hundertmal erzählt.

JoJo starrte ihn ausdruckslos an. Scheiße, der Typ ist allerdings ein Amerikaner. Er zuckte die Schultern und versuchte zu lächeln.

Luis stand auf, schenkte sich noch einen Rum ein und setzte sich wieder. Er nahm einen langen, tiefen Schluck, leerte das Glas. »Was brauchen Sie?« fragte er ruhig.

»Ware, Stoff. Sie wissen, was ich brauche«, sagte JoJo.

»Ware und Stoff sind nicht das Problem. Ich kann Ihnen alles besorgen, was Sie haben wollen. Ich kann Ihnen einen Berg Stoff besorgen. Der Transport ist das Problem, und der Transport bestimmt den Preis.«

»Schießen Sie los, ich bin hier, um zuzuhören.«

»Sehen Sie, die Leute, mit denen ich geschäftlich zusammenarbeite, haben tonnenweise Ware, und sie bringen mir absolutes Vertrauen entgegen. Ich bin zuversichtlich, ein Geschäft auf Kommissionsbasis für Sie einfädeln zu können.«

»Das wäre ausgezeichnet, Sie sind ein Gentleman.«

Luis nickte, erwiderte das Kompliment jedoch nicht. »Zehnfünf das Kilo, geliefert auf die Bahamas. Zwölf bis nach Miami, und fünfzehn-fünf bis nach New York. Hundert K ist das Minimum.« Luis, der JoJo immer noch beobachtete, begann zu lächeln; er beugte sich vor. »Was du denken, *big man*«, sagte er.

»Ich denke, Sie könnten ein besseres Angebot machen.« JoJo stand auf, ging zu dem Tisch und mixte sich einen weiteren Absolut-Tonic.

»Denken Sie das?« sagte Luis.

»Ich weiß es.«

Luis zuckte die Schultern und seufzte. »Oh, Sie denken nicht, Sie wissen.«

JoJo hob die Hand in einer bittenden Geste. »Luis, tun Sie nicht so, als wäre ich ein Trottel. Ich bin für niemanden der Trottel.«

Je mehr er über die Idee dieses Kokaindeals nachdachte, die Sache mit Luis durchzuziehen und alles, desto besser gefiel es ihm. Der Typ war geradeheraus, unkompliziert. Er faselte nicht verschwörerisch um den heißen Brei herum, benutzte keine Worte und Gesichtsausdrücke mit doppelter und dreifacher Bedeutung. Luis war kein Sizilianer.

JoJo hatte verschiedene Geschäftsbeziehungen mit Zips, Mafiosi, die auf Sizilien geboren waren und ihre Bindungen zur alten Heimat aufrechterhielten. Sie hielten einen auf Zack mit ihren versteckten Blicken und einer gewissen Mimik, einem Funkeln in den Augen, das sagt, du bist ein Amateur und langsam und ich verputz dich zum Mittagessen, du Trottel. Zips ließen einen niemals wissen, was sie wirklich dachten. Ein paar von denen waren total irre. In ihrem Leben ging es nur darum, Leute umzulegen. Ein guter Grund, von dem Geschäft mit Heroin die Finger zu lassen: Wollte man ins Heroingeschäft einsteigen, mußte man mit Zips verhandeln.

Und dann, praktisch im gleichen Gedanken, überlegte er, daß dieses Geschäft jetzt gut war, besser als alles andere, was er bislang gemacht hatte. Das Problem war nur, daß es bei der ganzen Sache letzten Endes auf seinen Vater ankommen würde, darauf, ob er genug Zeit haben würde, die positive Seite davon zu erklären, bevor der alte Mann zur Furie wurde und sich eine Axt schnappte. Scheiße, wenn er einen erstklassigen Deal auf die Beine stellte, konnte sein Vater gar nicht anders als es gut finden. Solche Überlegungen belasteten ihn, und JoJo begann zu schwitzen. Im Grunde genommen hing diese ganze Sache davon ab, wie stark seine Nerven waren, wieviel Courage er hatte, ob er der Sache gewachsen war, ob er sie bis zum Ende durchziehen konnte, ob er den Mumm besaß, es bis zum Ende durchzuziehen?

JoJo konnte die Herkunft seiner Familie bis zur sizilianischen Hafenstadt Castellamare del Golfo zurückverfolgen. Es war die Heimatstadt vieler amerikanischer Mafiosi. Es hieß, daß Männer aus dieser Stadt schonungslos und verbissen waren, ein Herz aus Granit hatten, wenn sie unter Druck standen.

»Ich will«, sagte JoJo, »das bestmögliche Geschäft mit Ihnen abschließen.«

Luis schien sehr interessiert. Er beugte sich vor, die Ellbogen auf den Knien, das Kinn auf den Fäusten abgestützt. Er wirkte entspannt, als liefe zwischen ihnen alles bestens, zwei *pisans*, die sich unterhielten.

»Sie besorgen mir Heroin«, sagte Luis vertraulich, »ich besorge Ihnen Koks. Drei zu eins: Drei K Koks für ein K Heroin. Das ist der bestmögliche Deal, den wir machen können.«

»Mit der Branche hab ich nichts zu tun.«

»Ich weiß. Aber das ist nur eine Frage des Wollens. Sie können sich mühelos soviel verschaffen, wie Sie brauchen.«

JoJo holte tief Luft, behielt sie eine Weile in der Lunge und stieß sie dann mit einem belegten Flüstern wieder aus: »So was mache ich nicht.«

Luis legte den Kopf in den Nacken und warf einen Blick in JoJos Richtung. Er schien gekränkt. »Aber ich.«

Gutmütig schüttelte JoJo den Kopf. »Darüber müßte ich wirklich erst noch gründlich nachdenken.«

Luis starrte ihn nur an.

JoJo leerte sein Glas und lehnte sich auf dem Sofa zurück. Es schien ihm, daß er sich Lichtjahre vom Rat seines Vaters entfernte.

»Sagen Sie was«, sagte Luis.

JoJo senkte die Stimme. »Hören Sie, mh, lassen Sie mich das erklären. Die Paradisos hatten bislang nie etwas mit dem Drogengeschäft zu tun. Leider haben sich Zeit und Umstände geändert, daher werden wir uns jetzt im Kokaingeschäft engagieren. Es ist erforderlich, und ich denke, es ist ein guter Schritt. Allerdings werden wir uns nicht am Heroinhandel beteiligen. Dieses Geschäft haben wir immer für eine *infamita* gehalten. Verstehen Sie das Wort *infamita*?«

»Ja, natürlich. Aber das ist doch Affenscheiße, das wissen wir beide. Also reden Sie nicht so mit mir, es ist beleidigend. Die Intelligenteren unter Ihnen verschieben seit mehr als dreißig Jahren Stoff. Sie können die Drogen Koks oder Heroin nennen, es ist die gleiche Scheiße. Machen Sie sich doch nichts vor.« Luis setzte eine Miene der gequälten Mißbilligung auf, interessanterweise eine ausgesprochen italienische Geste.

JoJo war über die Leidenschaftlichkeit der Antwort des Kubaners überrascht. »Wir werden uns noch einmal treffen müssen«, sagte er und beobachtete dabei Luis' Augen. Der Ausdruck, der darin lag, löste bei ihm ein merkwürdiges Gefühl aus. Er hatte diesen Ausdruck schon einmal gesehen, er kannte diesen Blick. Fixierende schwarze Augen, die einem ins Herz schauten. Ein Blick, bei dem man den Kopf abwenden sollte.

Luis nickte. »Wir vereinbaren ein weiteres Treffen. Hören Sie«, sagte er dann leiser, eindringlicher. »Ich denke, da ist noch etwas, worüber wir sprechen sollten. Etwas, das wir möglicherweise gemeinsam tragen könnten.«

»Schießen Sie los«, sagte JoJo.

»Nun«, sagte Luis. »Das hier ist kein Geschäft, das man mit verbundenen Augen machen sollte.«

»Soll heißen?«

»Es hilft, Freunde bei der Polizei zu haben. Die sind überall, dessen müssen Sie sich bewußt sein. In dieser Branche weiß man nie, mit wem man es zu tun hat.«

»Ich rede mit niemandem, den ich nicht kenne. Es sei denn, natürlich, es ist jemand mit ausgesprochen guten Empfehlungen. Wie Sie.«

»Gut, gut. Und Sie haben doch den einen oder anderen Kontakt zur Polizei, hm? Sie besitzen Einfluß, oder? Ich meine, bei den Gerichten und der Polizei?«

Sieh an, sagte sich JoJo stolz, diese angeblich ach so große Nummer unter den Dealern braucht meine Hilfe. Er rieb sein Kinn an der Schulter und spürte seinen Körper sich entspannen. JoJo wurde um eine Gefälligkeit gebeten. Und das war gut.

Fältchen tauchten in Luis Augenwinkeln auf, er sprang auf, wie von der Tarantel gestochen, und sagte laut: »Es geht um Domingo, meinen Schwiegersohn. Er ist in New York City verhaftet worden, in Jackson Heights. Kennen Sie das?«

JoJo nickte.

»Die Anklage ist unbegründet, und er wird ohne die Möglichkeit einer Kautionsstellung in Haft gehalten. Ich meine, ich dachte, es müßte eine Kaution festgesetzt werden, was jedoch nicht gemacht worden ist. Domingo hat niemanden umgebracht. Ich weiß das.«

JoJo dachte, daß er jetzt am besten den Mund hielt und den Burschen reden ließ.

Luis lächelte ihn an. »Sie helfen Domingo, ich mache Sie zum Kokain-König.«

Zum erstenmal versetzte Luis ihn in Erstaunen. Eine wirklich wichtige Figur ließ persönliche Erwägungen bei Geschäften außen vor. Wenn er eines gelernt hatte, dann war es, daß persönliche Gefühle unbedingt aus geschäftlichen Dingen herausgehalten werden mußten. Wenn man in ihrer Branche Zeit und Energie darauf verwendete, sich wegen persönlichen Dingen Sorgen zu machen, dann war die Show für einen gelaufen, ehe man sich's versah. Andererseits genossen die Paradisos den Ruf, niemals ein Familienmitglied oder einen Freund hängenzulassen. Sicher, er besaß Kontakte zur Polizei und auch zu den Gerichten. Er dachte gar nicht daran, das mit Luis zu teilen, wenigstens noch nicht. Himmel, er kannte den Burschen kaum. Und doch sah er in Luis' Augen ein glühendes Interesse. Der Typ wirkte gequält. Und das war gut so, eine Karte, die er ausspielen konnte.

»Meine Tochter ist schwanger, sie braucht ihren Mann zu Hause.«

»Und wo ist dieses Zuhause?«

»In Spanien, meine Tochter und Domingo leben bei mir in Spanien. Für Domingo muß eine Kaution festgesetzt werden, die setzen eine Kaution fest, und ich erledige den Rest.«

Luis flüsterte etwas, das JoJo nicht mitbekam.

»Was sagten Sie?« JoJo rutschte auf dem Sofa nach vorn.

»Ich sagte, wenn die eine Kaution festsetzen, habe ich Domingo noch am gleichen Tag in Spanien.«

JoJo wollte Luis schon sagen, dies sei genau das, was das Gericht auch vermutete, weswegen sie keine Kaution festsetzen würden, aber er bremste sich und hielt den Mund.

Luis verdrehte die Augen und schüttelte traurig den Kopf. Er schaute fort. »Im Augenblick ist mir nichts wichtiger, als Domingo zu helfen. Für meine Tochter, verstehen Sie?«

»Natürlich, das ist nur verständlich.«

Sie füllten wieder ihre Gläser und tranken auf JoJos Wohl und auf die neue Partnerschaft. Unvermittelt stand JoJo auf.

»Ich muß los«, sagte er zu Luis. »Ich habe Verständnis für Ihre Probleme, und vielleicht kann ich Ihnen helfen. Wir werden sehen.«

Sie schüttelten sich die Hand und versprachen, in Verbindung zu bleiben. JoJo verließ das Zimmer und fuhr mit Bruno zu ihrem Hotel. Am nächsten Morgen flogen sie zurück, landeten auf dem Newark Airport. Vom Flughafen rief er Barry Cooper an, den Familienanwalt und ihr Mann bei Gericht. Es war Barry gewesen, der über seinen Bruder in Miami das Treffen mit Luis eingefädelt hatte.

JoJo sagte Barry, er solle sich die kommenden Tage freihalten. Sagte, vielleicht hätte er für ihn einen Mordfall in Queens. Mit einem leicht albernen Unterton fragte er Barry, ob er Spanisch spreche. Barry antwortete, er spreche cash. JoJo sagte, was gibt's sonst Neues?

KAPITEL FÜNF

Es war ein kühler, kristallklarer Morgen, wie sie Anfang Frühling in Queens vorkommen, ein Morgen, bei dem Dante sich den Herbst vorstellte, mit einer steifen Brise, die von den Brechern am Rockaway Beach herüberwehten und den Geschmack des schmutzigen Wassers der Jamaica Bay mit sich führte. Ein Morgen, der ihn zu den Tagen und Nächten auf der Broad Channel Bridge zurückführte, wo er auf Streifenbarsch und Frühjahrsflunder angelte und Aale und Spinnenkrabben erwischte. Von wo aus er zuschaute, wie Jimmy durchdrehte, wenn JoJo diese häßlichen schwarzen Krabben unter die Räder vorbeifahrender Autos warf. Kaltes Bier und irische Bräute mit langen Beinen und blonden Haaren, und Muscheln aus Schalenhälften in Fuazys Hütte unten am Wasser.

Für Dante schien diese Zeit hundert Jahre zurückzuliegen. Er fragte sich, ob die Mädchen von der Stella Morris immer noch beim Pizza King auf den Rücksitzen von Autos zappelten so wie früher, so wie er sich immer daran zurückerinnern würde. Er fragte, ob es immer noch eine Stella Morris High School gab. Vielleicht hatte man die Türen verriegelt und den Laden geschlossen, genau wie so viele andere gute Einrichtungen in dieser beschissenen Stadt dichtgemacht wurden. Trotzdem war er bereit, ein ganzes Jahresgehalt zu verwetten, daß an einem Morgen wie diesem Kids auf der Brücke standen und angelten. Und einer würde unter ihnen sein, ein unbändiger Junge wie JoJo, der mit Spinnenkrabben nach vorbeifahrenden Autos warf. Vor seinem geistigen Auge sah Dante JoJo, erinnerte sich daran, daß JoJo schon immer anders gewesen war. Der Typ hatte irre Augen, und er schien sich mit Dingen auszukennen, die andere Kinder niemals wahrnahmen.

Nur daß JoJo vom ersten Tag an nicht wußte, wann Schluß war.

Als Dante in der Nacht zuvor im Haus seiner Mutter versuchte einzuschlafen, stellte er fest, daß der Schwindel zurückkehrte, wenn er die Augen schloß, was zur Folge hatte, daß er sich im Bett drehte und wälzte, gequält wurde von Gedanken an seine scheiternde Ehe, die nie versiegenden Rechnungen, sein schwindsüchtiges Bankkonto. Als er endlich durch die Oberfläche des Schlafs glitt, sangen die Vögel und die Sonne ging auf.

Irgendwann gegen acht wurde er aus seinen Träumen gerissen. Jimmy rief an, um ihn daran zu erinnern, daß sie um zehn einen Termin hatten und er besser in die Gänge kam. Lange stand er unter der Dusche, das Gesicht in den Wasserstrahl gedreht, sah dieselben bläulich-grünen Wasserflecken an der Decke, die er schon mit zwölf angestarrt hatte. Vielleicht war dieser Tag der Beginn einer Glückssträhne. Obwohl er keinen großen Unterschied zu dem Tag davor und dem Tag davor sah. Er dachte, daß er heute abend Judy wieder anrufen würde. Mit ihr reden, mal sehen, wie die Aktien standen, vielleicht würde er nach Hause fahren.

Seine Mutter stand vor der Badezimmertür und rief: »Du bist hier jederzeit willkommen. Solange du willst. Aber wir wissen beide, wohin du gehörst. Du hast eine Familie. Fang gar nicht erst damit an, von zu Hause wegzubleiben.«

»Es ist nicht meine Entscheidung«, sagte Dante trotzig. »Überhaupt nicht meine Entscheidung.«

»Ein italienisches Mädchen, du hättest ein italienisches Mädchen heiraten sollen.«

»Eine wie dich, Ma, häh?«

»Bei deinem Vater war's was anderes. Er war ein guter Ire.«

Ein guter Ire, dachte Dante. Was macht einen guten Iren aus? Bewegungslos starrte er in den Spiegel, zog an seiner Lippe, und ihm war nach Weinen zumute. Er konnte nie die Gedanken an seinen Vater abschütteln, niemals.

Als er dann die Old South Road entlangfuhr und links abbog, was sie auf den Cross Bay Boulevard brachte, und Jimmy einen Blick zuwarf, der neben ihm auf dem Beifahrersitz saß, hatte Dante wenig Energie für und kaum Interesse an Arbeit. Trotzdem war er sich bewußt, daß er den Tag irgendwie hinter sich bringen mußte. Doch sein Hals war steif, sein Magen schmerzte und er fühlte sich ein wenig fiebrig. Er hatte das Gefühl, als könne er unmöglich mit allem fertigwerden. Himmel, er fühlte sich beschissen. Er dachte, daß es ihm morgen bestimmt wieder bessergehen würde. Für Dante O'Donnell waren Gedanken an morgen immer eine Verbesserung.

Die zehn Minuten zum Woodhaven Diner fuhren sie schweigend. Er parkte schräg vor dem Palisadenzaun, er und Jimmy stiegen aus und gingen auf das Diner zu. Im Gehen bemerkte er die Zahl der neuen Autos auf dem Platz. Warum hatte Jimmy beschlossen, ausgerechnet hier zu frühstücken? Warum trafen sie sich hier mit Ray? Es gab Zeiten, da hatte Jimmy Löcher im Kopf. Das Lokal war ein bekannter Mafiosi-Treff, und Dante haßte den verfluchten Laden.

In der Eingangshalle befanden sich drei Münztelefone und ein Zigarettenautomat. Auf zwei Telefonen klebte ein Pappschild: AUSSER BETRIEB. Es klingelte permanent, und dieser fleischige Blonde namens Blackie ging ran. Blackie nahm Sportwetten an und verlieh Geld. Offene Rechnungen trieb er mit dem Baseballschläger ein.

Dante war in Spitzenlaune, er fühlte sich angespannt wie ein Flitzebogen. Plötzlich hatte er Energie, diese nervöse Energie, die durch einen diffusen Zorn entsteht oder wenn man nicht geschlafen hatte.

Die Männer in dem Lokal trugen die Haute Couture des Viertels: Seidenhosen und italienische Polohemden und Halbschuhe aus weichem Leder mit Troddeln. Manche trugen leuchtend blaue und grüne Trainingsanzüge. Für Dante strahlten alle, bis auf den letzten Mann, eine Art zufriedene

Ziellosigkeit aus. Ein Haufen dumpfbackiger Mafiosi und Möchtegern-Gangster begann seinen Tag.

Ray Velasquez, er wirkte ein wenig gebeugt und müde, wartete in der hintersten Sitznische auf sie, von der aus man auf den Woodhaven Boulevard, den Parkplatz und auf das Cross-Bay-Kino dahinter schauen konnte. Er redete mit einer Kellnerin, die breit lächelte und dabei neu überkronte Zähne zeigte.

Dante nickte Ray zu, schenkte ihm sein Guten-Morgen-Grinsen und nahm Platz. Jimmy setzte sich neben ihn.

Von Zeit zu Zeit warf ihnen der Typ an der Kasse nervöse Blicke zu. Dante kannte ihn, er wußte, daß er ihn kannte, konnte ihn aber nicht einordnen. Als sie in das Diner kamen, war ihm die Tätowierung des Burschen aufgefallen, eine Katze mit bösartig grünen Augen auf dem Handrükken. Der Kerl hatte die typische Knastfarbe, das stumpfe, graue Aussehen eines kleinen Gangsters, der gerade entlassen worden war. Schlechte, schiefe Zähne, ein kleiner Bursche mit hastigen Bewegungen, angespannt und nervös. Und als er ihn nun aus den Augenwinkeln beobachtete, ertappte Dante ihn dabei, daß er grinste wie eine ausgehungerte, streunende Katze.

Soweit Dante wußte, trafen sie sich hier mit Ray, einem der besten Techniker des Departments, um die Ermittlung zu besprechen. Ray hatte die Wanzen bei den Paradisos installiert, und er war das dritte Mitglied der aus vier Beamten bestehenden Sonderkommission. Ray sprach besser Italienisch als die meisten radebrechend Englisch sprechenden Italiener, gegen die sie ermittelten. Spanischsprechend aufgewachsen, war er ein intelligenter und neugieriger Mann. Er hatte Italienisch auf der New School gelernt, hatte sich verschiedene italienische Tonbänder gekauft und italienisches Fernsehen gesehen. Ray traute den italienischen Übersetzern der Polizei ungefähr so weit über den Weg, wie er seinen Streifenwagen werfen konnte, also übersetzte er seine Bänder ausnahmslos selbst. Aufgewachsen in dem drogenverseuchten Barrio von East Harlem haßte er die Mafiosi. Außerdem haßte er die Regierung und ihren verlogenen Krieg gegen die Drogen, Richter und ganz besonders Anwälte; außerdem professionelle Kautionssteller, Reporter und gewisse Angehörige des Departments. Es hieß, daß er Dante und Jimmy mochte, aber sicher war Dante sich da nicht.

Das vierte Teammitglied war Detective Kathy Gibbons. An diesem Morgen war sie direkt in die »Wanzenbude« gegangen, ein leerstehendes Apartment über einem Geschäft gegenüber von JoJos Club an der 101st Avenue.

Der Club war JoJos Operationsbasis, wo er sich mit Freunden und Freunden von Freunden traf, ein Ort, an dem er seinen Geschäften nachgehen konnte. Ein Ort, den er einmal wöchentlich nach Wanzen absuchen ließ.

Jimmy erzählte, daß Kathy gegen sechs Uhr morgens in der Wohnung sein wollte. Sie sollte von dort aus observieren und Fotos mit einer Nikon schießen, die mit einem 200mm-Objektiv mit 4fach-Konverter, Nachtsichtgerät und Restlichtverstärker ausgestattet war. Wenn nur ein einziger Stern am Himmel stand oder nur eine Straßenlaterne brannte, konnte man Aufnahmen machen, auf denen noch die Lachfältchen auf den Gesichtern der Clubbesucher zu erkennen waren.

Die Observierungsteams des Organized Crime Control Bureau bestanden im allgemeinen aus vier bis sechs Beamten. Gelegentlich schlossen sich Spezialagenten des FBI und der DEA den Teams an und arbeiteten mit den Detectives des NYPD in einer locker organisierten, gemeinsamen Sondereinheit zusammen. Dante und Jimmy waren die erfahrensten Detectives der Abteilung, und ihr Chef, Inspector Arthur Martin, teilte sie mit niemandem.

Zwei Jahre zuvor hatte der leitende Agent der New Yorker Außenstelle des FBI Dantes und Jimmys Dienste für eine Langzeitermittlung gegen die fünf New Yorker Mafiafamilien angefordert. Inspector Martin sagte ihm, sie seien ausgelastet mit Ermittlungen gegen kolumbianische Drogenringe in Jackson Heights.

Wenn Dienststellen übergreifende Sonderkommissionen bildeten und Detectives abgestellt wurden, um mit Bundesagenten zu arbeiten, dann schickte Inspector Martin ausschließlich seine unproduktivsten Beamten. Die besten behielt er in seiner Nähe und unter seinem Kommando. Der FBI-Agent verstand das nicht, aber Inspector Martin, der sich jede Woche mit dem Polizeipräsidenten traf, um ausführlich über seine eigenen Erfolge zu berichten, wußte genau, was er tat.

Das Woodhaven Diner war ein griechisches Lokal, und wie die meisten griechischen Lokale besaß es verspiegelte Wände und mit roten Bändern verzierte Topfpflanzen, es gab selbstgemachte Kuchen und Pasteten. Gerahmte Schwarzweißfotos von Spielern der Mets und Yankees, alle signiert, hingen an den Wänden. Und auch ein paar Filmstars: Pacino und Dustin Hoffman hingen über dem Kaffeeautomaten. Hinter der Kasse ein Ölgemälde von Athen, und auf der Theke stand ein Pokal der Little League. An der Wand über der Sitznische, wo Dante, Jimmy und Raymond saßen, hing ein auf schwarzen Samt gedrucktes Bild von Elvis in voller Aktion. Die Musikbox spielte »Unchained Melody« von den Platters.

Dante bat Jimmy, sich den Burschen an der Kasse anzusehen, vielleicht hatten sie schon mal gegen ihn ermittelt. »Wir kennen doch den Knaben an der Kasse, oder?« Dante gefiel nicht, wie der Typ ihn ansah, ihn dauernd schräg von der Seite beäugte. Jimmy war mit seinem Kaffee beschäftigt und gab keine Antwort. Er fragte Ray, ob der ihn schon mal gesehen habe. Ray sagte, klar kennst du den. Er war eine ganze Weile nicht in der Gegend, wahrscheinlich war er im Norden auf Knasturlaub. Ja, sagte Dante, aber wer ist er? Und wieso zum Geier glotzt mich der Kerl so an?

Der Mann an der Kasse hieß Michael Pappa. Mike war nach drei Jahren einer sieben- bis zehnjährigen Haftstrafe wegen Entführung seit einem Monat wieder draußen, und sein Bewährungshelfer hatte ihm gesagt: Mike, du schuldest uns vier. Wenn mir zu Ohren kommt, daß du mit irgendwem aus der alten Basile-Truppe Kontakt aufnimmst, sorge ich dafür, daß du von der Bildfläche verschwindest. Es dauert keinen Herzschlag, und ich hab dich wieder in der Kiste, dann kannst du wieder Steine kloppen, dann bist du wieder da, wo du hingehörst, kannst Familie mit deinem Zellenkumpan spielen, einem Kerl, der aussieht wie Mr. T auf Speed.

Mike Pappa hatte gut zugehört, denn wenn man es genau betrachtete, dann hatte er nur gesessen, die Monate, Tage und Stunden gezählt, bis er vor den Bewährungsausschuß treten konnte. Schon beim erstenmal hatte er Glück, schon beim erstenmal schickten sie ihn nach Hause. Dreißig Tage zu Hause, und er war vorsichtig, nicht, daß er Jesus gefunden hatte und ein ehrliches Leben führte, er war einfach nur vorsichtig.

Doch in der Nacht zuvor hatte er an der Ecke Liberty und Woodhaven gestanden, und sieh mal einer an, Little Ralphie Basile war angerauscht gekommen, hatte ihn mit seinem roten BMW abgeholt, von dem Mike wußte, daß er heiß war. Little Ralph hatte sich auf den Diebstahl von BMWs spezialisiert. Also fuhren sie in der Gegend herum, und Ralphie erzählte ihm von einem umwerfend einfachen Ding auf dem Flughafen. Ralphie war gewieft, achtete darauf, daß sie in den dunklen Seitenstraßen von Rockaway Beach blieben, und schniefte ein bißchen Koks vom Armaturenbrett. Aber Mike war heute morgen wackelig auf den Beinen, und ihm war zum Kotzen zumute, weil da in der hintersten Sitznische des Diner drei Cops saßen und ihm diese verschlagenen Bullenblicke zuwarfen, die unmißverständlich sagten, wir haben dich gesehen letzte Nacht, wir haben dich mit Little Ralphie gesehen, und wir werden dich bei deinem Bewährungshelfer verpfeifen. Und dann machen wir ein Steptänzchen, wenn sie deinen Arsch zurück in den Knast schleifen, wo Mr. T dir dein Arschloch auseinanderreißen kann.

Mike Pappa war Grieche, und seinem Onkel George gehörte das Diner. George sprach Englisch mit starkem Akzent, aber er erkannte einen Cop, wenn er einen sah, und seinem Neffen sagte er, sagte er immer wieder: »Michael, siehst du die Typen da hinten, das sind Bullen. Ich weiß, daß es Bullen sind, weil der eine eine Kanone in seinem Stiefel, der andere Handschellen dabei und der dritte drei Tassen heißes Wasser bestellt hat und denselben Teebeutel, wie oft, zwei-, dreimal benutzt. Nur Griechen und Bullen sind so schäbig, und wie Griechen sehen dic drei nicht aus.«

Mike Pappa war der Typ Mann, für den Gefängnisse gebaut wurden. Er konnte nicht das Richtige tun, weil er Unrecht tat, und er wußte mit jeder Faser seines Körpers, daß das Bullentrio am hinteren Tisch ihn überprüfte, als säßen sie in einem Streifenwagen und er hätte gerade ein Stoppschild ignoriert.

Dante richtete den Blick auf den Typen. Er konnte ihn immer noch nicht einordnen, und das trieb in beinahe in den Wahnsinn.

»Jimmy, wir kennen diesen lockenköpfigen Wichser hinter der Kasse von früher, stimmt's?«

Jimmy sagte: »Was?«

»Ich hab dich gefragt, wer der Typ ist. Das macht mich noch verrückt. Ich krieg ihn einfach nicht unter.«

»Das ist Mike der Grieche, mein Gott.«

»Ein Lastwagendieb«, sagte Ray. »Treibt sich mit der Basile-Truppe aus South Brooklyn rum. Für die ist der Flughafen so was wie ein Einkaufszentrum. Die sind auch bewaffnet, ein ausgesprochen übler Haufen. Der Kerl ist ein echtes Arschloch.«

»Hör auf, ihn dauernd so anzustarren«, sagte Jimmy. »Du machst ihn nervös.«

»Mike der Grieche«, sagte Dante. »Ein Arschloch, allerdings. Ich kenne den Typen.«

Detective Raymond Velasquez sah sie über den Tisch an. »Scheiß auf den Griechen. Könnt ihr mir vielleicht mal richtig zuhören? Ich bin die ganze Nacht auf gewesen und hab die Wanzen und das Telefon überwacht. Alles ist bereit. Der alte Mann hat gegen Mitternacht ein Gespräch geführt. Ferngespräch nach Rhode Island.«

Ray hatte einen dichten, weißen Schnauzer, und seine Haut war dunkelbraun. Seine Army-Kampfjacke sah an den Ellbogen abgetragen aus, und er hielt den Reißverschluß immer hochgezogen. Er trug Jeans und Cowboystiefel. Seine Stimme war ein wummernder Baß, und er sprach mit kaum merklichen Akzent. Er hatte volles, krauses Haar, man könnte sagen gewellt, und es war so weiß wie die funkelnagelneue Schürze von Mike dem Griechen. Wie Dante und Jimmy galt auch er als Fachmann für das organisierte Verbrechen. Er spezialisierte sich auf die Renina- und Biscoglia-Familien, kannte aber die Paradisos so gut, daß er für Dante und Jimmy der ideale Mann war, mit dem gemeinsam man JoJo in die Zange nehmen konnte.

Raymond Velasquez hatte vor vielen Jahren beschlossen, während seiner Zeit beim Drogendezernat, daß er kein Krimineller war. Er wollte helfen, das Image puertoricanischer Cops zu verbessern, also blieb er sauber und anständig. Er richtete sich auf ein unkompliziertes und bescheidenes Leben ein, lebte in einer mietpreisgebundenen Wohnung in der Bronx. Seine Frau, mit der er seit achtzehn Jahren verheiratet war, war Sonderschullehrerin und Sozialarbeiterin. Sein Gehalt war das einzige Geld, das er nach Hause bringen, und seine Frau war die einzige Frau, zwischen deren Beine er sich legen wollte. Ehrlichkeit sollte Raymond Velasquez' zum Schicksal werden.

Vor einer Woche, nach ein paar Gläschen in Monahan's, hatte Dante zu Jimmy gesagt: »Ein ehrlicher Mann kann einen mit seiner Anständigkeit anstecken, wenn man nur lange genug mit ihm zusammen ist. Leute wie Ray mit ihrer Rechtschaffenheit können einen wirklich fertigmachen.«

Jimmy hatte ihm geantwortet, jeder könne einem manchmal was vormachen.

Detective Velasquez schüttelte den Kopf. »Ihr wißt, daß wir diese Sache überwachen und minimieren sollen. Wir sollen die Maschine nicht allein laufenlassen. Mit so einer Scheiße kriegt man nichts als Schwierigkeiten. Also ehrlich.«

Dante, der sich reckte und einzudösen schien, setzte sich auf. Er sagte: »Bates hatte recht, was dich betraf.«

Dante bezog sich auf einen Captain namens Jack Bates, der rumerzählt hatte, daß Raymond Velasquez ein schwaches Glied sei. Bates war zu dem Schluß gelangt, daß Ray nicht das Zeug zu einem Bullen hatte. Der Beweis war, daß er eine liberale Judenbraut geheiratet hatte, die die meisten Cops für Nazis hielt. Velasquez, erzählte er jedem, der es hören wollte, würde für jeden Nigger oder Spic gegen seine Kollegen Partei ergreifen. Der Kerl war Gewerkschaftsmitglied, ein Unruhestifter. Um Himmels willen, der Kerl sprach Französisch. Wahrscheinlich war er ein kommunistischer Maulwurf innerhalb des Departments. Bates hatte das alles nicht nur ein oder zwei Leuten erzählt, er verbreitete seine Ansichten überall. Das ging so weit, daß Ray für dreißig Tage vom Dienst suspendiert wurde, weil er seine Ehre verteidigt hatte: Er brach einem Detective von der Mordkommission den Kiefer, nachdem dieser ihn beschuldigt hatte, ein Feigling zu sein. Ray war fast soweit, seinen Abschied von der Polizei zu nehmen. Dann fand er seine Berufung.

Detective Raymond Velasquez war vor vierundzwanzig Jahren zum NYPD gekommen. Captain Bates schnappte ihn direkt von der Polizeiakademie weg und steckte ihn in die Undercovereinheit des Drogendezernats. Im Handumdrehen wurde er zum Star. Er war in einer Zeit zur Polizei gekommen, in der man als Puertoricaner mit weißen Haaren und Schnauzer unter zumeist großen, hauptsächlich weißen irisch- und deutschstämmigen Cops unübersehbar war. Er habe mit seinen Klassenkameraden auf der Akademie zusammen gestanden, hatte er Dante erzählt; zwei Tage später sollte er zu einem Revier in Harlem abkommandiert werden. Bates, damals Sergeant beim Drogendezernat, legte einen Arm um seine Schulter und flüsterte: »Hey, Kleiner, ich hab dir ein Geschäft vorzuschlagen. Du wirst staunen.« Bates steckte ihn sofort zu den verdeckten Drogenermittlern.

Schon als kleiner Junge auf den Straßen von East Harlem wollte Raymond Velasquez immer Cop werden. Er wollte diese Uniform tragen und mit all den Spielzeugen spielen, der Kanone, der Pfeife, dem Gummiknüppel, dem Auto mit den Lichtern oben drauf, die sich drehten und drehten. Er träumte davon, in sein altes Viertel zurückzukehren und das Knüppelchen auf den Köpfen der Dealer tanzen zu lassen. Wie das Schicksal es wollte, kam er dann doch nie dazu, mit diesen Spielsachen zu spielen. Er war der geborene Undercover-Cop, der die Leute davon überzeugte, daß er alles war, nur eben kein Polizeibeamter.

Beim Drogendezernat verbrachte er seine Zeit damit, Dope von Junkies zu kaufen, völlig zugeknallte Leute, die sich wahrscheinlich selig umdrehten und gegen Laternenmasten oder vor Busse rannten, wenn sie einem Heroin verkauft hatten. Verbrauchte und kranke Menschen, ein Haufen Nobodys, die einfach versuchten, sich durchzuschlagen. Alle mit Angewohnheiten, die sogar ein Pferd umbringen konnten. Keine echte Herausforderung, kein Wettkampf für einen ausgebufften Undercover-Cop. Damals lochte er jeden Monat vierzig oder fünfzig Pusher von der Straße ein. Und es waren fast immer Schwarze oder Latinos.

Ray wußte, daß er einen Scheißdreck gegen das Drogenproblem ausrichtete, und ganz sicher half er nicht seinen eigenen Leuten. Er haßte es, durch ausgebrannte Straßen voll durchgeknallter Menschen zu gehen, die Dope kauften. Er haßte den Job als Undercover-Cop beim Drogendezernat. Immer wieder beantragte er seine Versetzung.

Aber das NYPD versetzt keine Undercover-Cops des Drogendezernats, die vierzig oder fünfzig Festnahmen pro Monat vorzuweisen hatten. Schließlich drohte er mit seinem Abschied. Gegen kranke Menschen zu ermitteln, die selbst an einem guten Tag ihre Hände und Füße nicht finden konnten, war nicht das, weswegen er Polizist geworden war. Und Bates sagte, hey, man tut, was man kann. Man zieht los und bringt Quoten. Dafür sind wir da. Und jeder Cop, der damit Probleme hat, muß eine Schraube locker haben. Oder schlimmer noch, er muß ein gottverdammter Sozialarbeiter sein, der sich in der Haut eines Cops versteckt. Ein Abtrünniger, ein Verräter, eine Schande für das Corps.

Ray versuchte Bates zu erklären, daß er seit seiner Jugend in East Harlem mitbekommen hatte, wie Drogen seine Leute kaputtmachten, und er wollte etwas Entscheidendes dagegen unternehmen. Er wollte gegen die Weißen ermitteln, die dicken, fetten Typen in ihren Mercedes und Cadillacs. Die Typen, die in großen Villen in Jersey und auf Long Island wohnten. Das Pack des organisierten Verbrechens, das seinen eigenen Bruder vergiftet hatte.

Bates antwortete ihm damals, er hätte schon an dem Tag, an dem sie sich kennenlernten, geahnt, daß Ray ein Unruhestifter sei.

Schließlich wurde Raymond ein Vorstellungsgespräch bei dem Organized Crime Control Bureau gewährt. Erzählte dem zuständigen Beamten, daß er Italienisch, Spanisch und Französisch spreche. Erzählte Inspector Martin, daß er die Leute ins Gefängnis bringen wollte, die mehr Amerikaner unter die Erde brachten als alle Kriege zusammen, in die Amerika jemals verwickelt war. Erzählte Martin, daß die Jagd auf kleine Junkies lächerlich sei, und falls das Department in all seiner Weisheit ihn genau das weiterhin tun ließ, dann würde er seinen Abschied nehmen und wahrscheinlich ein Buch schreiben, die Geschichte seiner Laufbahn bei der Polizei erzählen. Raul Julia davon überzeugen, seine Rolle in dem Film zu spielen, bei Donahue auftreten und bei Oprah.

Nein, nein, bleiben Sie Polizist, erwiderte Inspector Martin. Kommen Sie zu mir und ermitteln Sie gegen die Itaker. Wir ziehen Sie von der Straße ab, damit Sie nicht von irgendeinem durchgeknallten Nigger umgelegt werden, und Sie werden große Fälle gegen fette Weiße kriegen. Sie werden mich berühmt machen.

Ray Velasquez war eher schwarz als weiß; trotzdem ließ Inspector Martins Angebot ihn lächeln.

Nach der Versetzung zum OCCB eignete er sich die Handhabung von Nachtsichtgeräten, Kameras und Objektiven, Abhörgeräten und Wanzen an. Er entwickelte sich zu einem geschickten Schlosser, er besuchte die FBI-Akademie, ihre technische Schule, und schloß als einer der Besten seines Kurses ab. Er wurde ein Abhörexperte, der Beste auf seinem Gebiet, liebte es, Leuten zuzuhören, die mit gedämpften Stimmen völlig emotionslos über Mord, Korruption und Drogengeschäfte redeten. Liebte die Vorstellung, daß die meisten Leute, für deren Festnahme er verantwortlich war, Anzüge trugen und für so lange Zeit hinter Gitter wanderten, daß sie entweder in einer Kiste oder erst im nächsten Jahrhundert wieder nach Hause kommen würden. Und er liebte es, mit Dante und Jimmy zu arbeiten.

»Apropos Bates«, sagte Dante. »Habt ihr schon gehört, was er derzeit macht?«

Sowohl Jimmy als auch Ray sahen ihn ausdruckslos an.

»Himmel, der Typ arbeitet heute als Privatdetektiv. Hat eine große Firma. Der macht mehr Geld damit, den bösen Jungs zu helfen, als er sich während seiner Zeit als Cop zusammengeklaut hat. Schon erschreckend, wenn man sich klarmachen muß, daß Verbrechen sich lohnt«, sagte er leidenschaftlich.

»Ich fürchte, das Zeitalter der guten Helden ist vorbei«, kommentierte Ray.

Dante schaute auf die Uhr an der Wand hinter den Kaffeekesseln. Halb elf. »Wir haben Kathy eine Nachricht hinterlassen, daß wir um elf wieder in der Observierungswohnung beim Club sind.«

»Willst du einen Muffin?« fragte Ray. Er bot Jimmy sein Frühstück an. Jimmy lehnte ab.

»Ich geh' nach Hause«, sagte Raymond. »Ich kontrollier das Tonbandgerät heute abend. Ist einer von euch da?«

»Ich«, sagte Dante.

Mike der Grieche schaute in dem Augenblick herüber, als Dante zu ihm hinübersah, schenkte Dante sein rundgesichtiges, dümmliches Grinsen, schiefe Zähne, schmierige, schwarze Locken hingen über sein blaues Polohemd. Dante hörte Ray sagen: »Ich hab noch nie gern mit Frauen zusammengearbeitet.«

»Wieso das?« fragte Jimmy.

»Ich weiß nicht, wahrscheinlich liegt's an meiner Erziehung. Aber Kathy ist in Ordnung. Kompetent, kennt den Job, eine Einzelgängerin. Und die Tatsache, daß sie mit einem FBI-Agenten geht, kann auch nicht schaden.«

»Ich dachte, sie wäre lesbisch«, sagte Jimmy.

Und Dante sagte: »'türlich ist die lesbisch.«

»Ich habe nicht gesagt, sie ist lesbisch oder hetero, ich habe gesagt, sie geht mit einem FBI-Agenten.«

»Eine Frau?« fragte Jimmy.

»Ja.«

Dante bemerkte einen Kerl an einem der Tische in der Nähe der Tür, der versuchte Mike den Griechen auf sich aufmerksam zu machen. Er rief: »Mike, he, Mike. Kannst du mir mal einen Gefallen tun? Der Tisch ist dreckig.«

Dante rutschte aus der Sitznische und ging auf die Herrentoilette. Er war überhaupt nicht sicher, was ihre Zusammenarbeit mit Kathy betraf. Die Frau versuchte ständig den Eindruck zu vermitteln, sie sei ein Bullenbeißer, erzählte Geschichten aus ihrer uniformierten Zeit und sagte dauernd *Yo. Yo*, ich hab ein paar Typen ordentlich in den Arsch getreten, als ich noch Uniform trug, hab mir von keinem

Scheißer was gefallen lassen. Bei diesem Fall hätten sie keine Hilfe anfordern sollen. Also, vielleicht Ray, um einen Teil der Observierungsarbeit und des Schreibkrams zu übernehmen. Aber sie hätten nicht Kathy anfordern sollen.

Er wusch Hände und Gesicht und starrte in den Spiegel. Es war, als würde er ein Foto seines Vaters ansehen. Big Dan O'Donnell. Er kniff die Augen zusammen und setzte den gemeinen Blick seines Vaters auf. Fragte sich, was der Mann wohl gedacht hatte, als er die Kanone an seinen Kopf hielt. Wer war er? Dieser Dreckskerl, läßt mich einfach mit einer zutiefst verletzten Mutter und mit Albträumen zurück. Dantes eigener Sohn war zwölf. Er hatte ihn seit einer Woche nicht mehr gesehen. Er hatte angerufen, kurz mit seiner Frau gesprochen. Sie wollte nicht, daß er zurück nach Hause kam. Noch nicht jedenfalls. Wann? hatte er sie gefragt. Wann kann ich wieder nach Hause kommen? Sie hatte ihm keine Antwort gegeben, hatte einfach nur geseufzt und aufgelegt.

Als er von der Toilette zurückkam, war Ray fort.

»Wir machen uns besser auch auf die Socken«, sagte Jimmy. »Ich übernehm die Rechnung.«

»Nein«, sagte Dante. »Ich erledige das, du übernimmst die hohen. Okay?«

An der Kasse bezahlte er die Rechnung mit dem Zwanziger, den er sich von seiner Mutter geborgt hatte. Mike Pappa nahm den Schein und gab ihm ohne mit der Wimper zu zukken das Wechselgeld heraus. Dante empfand die Notwendigkeit, etwas zu sagen und vielleicht auch zu tun. Ein bißchen Adrenalin in die Adern pumpen, vielleicht so seinen blockierten Kopf wieder freibekommen.

»Gibt's in diesem Laden auch echte Männer?« blökte Dante los. »Irgendwelche echten Amerikaner, du weißt schon, Leute mit Arbeit?«

Jimmy stand in der Tür und sagte nur: »Oh-oooh.«

»Hier gibt's nur Gespenster«, erwiderte Mike Pappa. »Die Leute hier sind unsichtbar.«

»Dafür sehe ich aber, wie du mich dauernd schräg von der Seite angeglotzt hast, und das gefällt mir gar nicht.«

»Was?«

»Was? Was? Ich sag dir, was. Du wolltest mir den bösen Blick anhängen. Was ist, wenn ich dir sage, daß ich jedem einzelnen Itaker in diesem Land Feuer unterm Arsch machen kann?«

»Entschuldige bitte«, sagte Jimmy, »aber findest du nicht, daß es langsam Zeit wird, mal mit einem neuen Spruch zu kommen?«

»Ich hab der widerlichen Fettlocke hier gerade gesagt, daß ich jedem einzelnen schmalzlockigen Itaker-Wichser in diesem Laden Feuer unterm Arsch machen kann. Genau das hab ich gesagt.«

»Bringen Sie Ihren Freund hier raus«, sagte Mike zu Jimmy.

»He, Wichser, ich rede mit dir«, sagte Dante. »Hast du mich verstanden?«

»Ich bin nicht sicher, ob du kräftig genug bist, so zu reden«, antwortete Mike der Grieche.

Dante legte die Handflächen auf die Theke. »So wie ich das sehe«, sagte er, »sag ich alles, was ich sagen will.«

Mike drehte sich zu den Männern um, die in den Sitznischen und an der Theke saßen und stirnrunzelnd zuschauten.

»Du bist ein amüsanter Kerl«, sagte Mike zu Dante. Wobei *amüsant* sein Wort für dampfender Haufen Bullenscheiße war. »Aber du solltest besser richtig hart sein, wenn du hier so eine Scheiße laberst.«

Dantes Augen verrieten Mike Pappa, daß sich hier die größte anzunehmende Katastrophe anbahnte. Er hatte es mit einem irren Cop zu tun.

»Junge«, sagte Jimmy, der sich jetzt hinter Dante stellte, »du siehst hier den gemeinsten Typ im Tal vor dir. Ich an deiner Stelle würde ihm sein Wechselgeld geben und ihm einen guten Tag wünschen.«

»Ich hab ihm sein Wechselgeld schon gegeben«, sagte Mike. »Was soll ich denn machen, soll ich vor dem Kerl vielleicht Angst haben?«

Jimmy sah Mike an, der mit gespreizten Beinen auf der anderen Seite der Theke stand, die Hände in die Hüften gestemmt. Jimmy sah ihn an und schüttelte den Kopf.

Dante legte eine Hand auf Jimmys Schulter. »Dieser Schmock hat mich schon komisch angesehen, als ich hier reinkam. Er hat mich angesehen und angelächelt, als würde er mich mögen.«

Jimmy zuckte die Schultern und zog ein Päckchen Marlboro aus seiner Brusttasche.

Dante beugte sich zu Mike vor. »Magst du mich? Bist du vielleicht eine Schwuchtel? So wie du mich anstarrst, muß ich doch denken, du bist entweder ein gerissener Bastard oder aber eine Schwuchtel.«

»Was ist mit dir los, bist du bescheuert, oder was?« antwortete Mike der Grieche. Und Blackie mit dem Stiernakken und seinen einsdreiundachtzig wuchtete sich aus seiner Sitznische.

»Ich seh nur zwei von euch Typen«, sagte Blackie.

Niemand bemerkte, daß Ray Velasquez wieder hereingekommen war und jetzt in der Tür stand. Er stand da mit verschränkten Armen. »Wir sind die größte Gang der Welt«, sagte Ray. »Wollt ihr mal sehen, wie schnell die anderen hiersein können?«

»Ich will keinen Ärger«, sagte Mike dann.

Dantes Augen wurden klein, und plötzlich drehte er sich zu Blackie um. »Nimm die gottverdammten Schilder von den Telefonen. Wenn ich diese Schilder noch mal an den Telefonen sehe, bring ich deinen Arsch wegen grobem Unfug hinter Gitter.«

»Cops?« fragte Blackie. »Sind das beschissene Cops?«

»Was denkst'n du«, sagte Mike der Grieche, »reden so normale Menschen?«

»Und wo liegt dann hier das Problem«, fragte Blackie.

»Ihr Typen seid Cops, okay. Was wollt ihr, geht ihr mit dem Hut rum oder was?«

Dante richtete seinen Blick auf Blackie, als wäre er gezwungen etwas anzusehen, das überhaupt nicht wert war, angesehen zu werden. »Was hast du gesagt?« fragte er.

»Ey, ich spendier euch Typen ein Frühstück, und ich darf die Schilder an den Telefonen lassen. Wie sieht's aus, häh?«

Dante drehte sich unvermittelt um, ging in die Eingangshalle und riß die Schilder von den Telefonen. Er sah Ray Velasquez an, der ihn von der Tür beobachtete, die Arme immer noch verschränkt.

»Was ist?« fragte Dante Ray.

Ray hielt die Hand vor die Augen. »Nichts«, sagte er. »Ich versuch nur gerade mich daran zu erinnern, wie viele Tassen Kaffee du getrunken hast.«

Dante fluchte leise vor sich hin. Ein älteres Paar, das gerade in das Diner kam, schlug einen Bogen um ihn. Jimmy kam aus dem Lokal heraus und hakte sich bei Dante unter. »Reiß dich zusammen, Kumpel. Komm schon, wir machen uns an die Arbeit, fahren in die Wohnung, tun was, sind lieb und brav.«

Dante schüttelte Jimmys Arm ab und kehrte in das Diner zurück. »Los geht's«, hörte er Jimmy hinter sich sagen.

Ein halbes Dutzend Gäste saßen über ihren Kaffee gebeugt an der Theke. Blackie und Mike hatten sich verdrückt, sie waren nirgends zu sehen. Dante wollte schon gehen, doch als er sich umdrehte, erhaschte er einen flüchtigen Blick von Mike, der aus der Küche zu ihm herausstarrte. Dante fletschte die Zähne und stieß ein unglaubliches Fauchen aus. Er nahm einen Aschenbecher von der Theke und pfefferte einen hohen Inside Fastball auf Mikes Kopf.

»Okay, genug von der Scheiße«, sagte Jimmy schnell und deutlich. Er packte Dante an der Schulter und zog ihn aus dem Diner, lotste ihn die Stufen hinunter und blieb erst vor dem blauen Dienst-Pontiac wieder stehen.

Jimmy führte langsam beide Handflächen zusammen.

»Ich bete«, sagte er, »daß was immer an dir frißt, jetzt satt ist, und du wieder einen klaren Kopf hast.«

»Was zum Kuckuck sollte das alles?« fragte Ray.

»Das sind Dreckskerle«, sagte Dante. »Versager und Bastarde.«

»Heutzutage«, meinte Ray, »kannst du das von jedem sagen.«

»Ein Haufen Penner, für die die Gefängnisse gebaut worden sind«, fuhr Dante fort. »Ob wir mit dem Hut rumgehen? Der Penner will mir zwanzig Mäuse geben, damit er ein Schild an ein Telefon hängen kann. Bastarde.«

Ray spielte mit seinen Autoschlüsseln. Er war ein Mann, der es vorzog, seine Arbeit ruhig und ohne Ärger zu erledigen. Er lächelte und drehte sich zu Jimmy um. »Es liegt am Koffein und am Zucker. Halt deinen Partner von Koffein fern.«

»Es ist nichts Ernstes«, erwiderte Jimmy. »Passiert ab und zu. Kommt von seinem niedrigen IQ.«

»Wieso verpißt ihr zwei Typen euch nicht einfach?« zischte Dante.

Und Jimmy sagte: »Klar.«

KAPITEL SECHS

JoJo verbrachte einen geruhsamen Samstagmorgen im Nestor Club, und zum erstenmal seit Tagen fühlte er sich erleichtert. Er war in jedem Sinn zu Hause, in seiner Welt, unter seinen Leuten, auf seinen Straßen. Kids nickten ihm zu, lächelten ihn an und schüttelten ihm die Hand, auch alte Frauen in Schwarz, die sich bekreuzigten und Taschentücher drehten, wenn sie ihn sahen. Und Geschäftsleute aus dem Viertel, Leute aus der ehrlichen und anständigen Welt, machten ihm gegenüber absurde Freundschaftsbekundungen. Manche liebten ihn nicht, andere schon, und wer ihn nicht liebte, hielt den Mund. Seine Leute, diejenigen, die sich ihm verschrieben hatten, wußten, daß die Zugehörigkeit zur Familie ihnen eine Identität gab, die sie nirgendwo sonst finden konnten.

Sicher, er hatte auch Feinde, richtig, sogar innerhalb der Familie gab es manche, die ihn liebend gern unter der Erde gesehen hätten. Sicher, es gab jene, die meinten, er hätte seine Machtposition nicht verdient. Und es gab städtische Cops und Bundesagenten, die versuchten, ihn festzunageln, ihn in ihr Fadenkreuz zu bekommen. Richtig, alles absolut richtig, aber er hatte dieses Leben lieben gelernt, und er würde es meistern und sich mit weniger nicht mehr zufriedengeben. Sich mit all seiner Macht und seinem Einfluß auf der 101st Avenue in Queens zu zeigen, bedeutete für ihn, sich lebendig zu fühlen. Er war ein Mann, dem man mit Respekt begegnete, und unter allen Menschen auf der Straße und im Club war nicht einer, der bezweifelte, daß er etwas Besonderes war. JoJo war das alles bewußt. Und in Einklang mit seiner Position als Unterboss und designierter Erbe der Paradiso-Familie trat er auf und verhielt sich wie ein *uomo d'onore*, ein Gangster mit Führungsqualitäten.

Als solcher besaß er beträchtliche Macht und Freiheit. Und sein jüngster Vertrauensbruch seinem Vater gegenüber, sein Verrat an der Familie, fiel genau in diesen Spielraum, hatte er für sich entschieden. Nach JoJos Vorstellungen und Maßstäben erweckte ein Führer Ergebenheit, war extravagant, kühn und tödlich, und er tanzte zu Melodien, die andere einfach nicht hörten. Ein Führer, sagte er sich, packte die Welt an den Hammelbeinen und schüttelte sie.

Es war elf Uhr morgens, und er stand an der Straßenecke und genoß das Leben, betrachtete die Leute, die vor dem Club vorbeigingen, während Bruno und Frankie F'n Furillo, Brunos Mann, hinter ihm standen. JoJo ließ die Schultern kreisen, setzte ein breites Grinsen auf. Er war ein knallharter Bursche, der Chef, er war Gott. Er konnte jeden töten, den er töten wollte.

Wenn er diese Familie leiten sollte, und diese Familie würde er leiten, dann konnte er kaum erwarten, von allen geliebt zu werden. Die Wahrheit war, einzig und allein sein Vater interessierte ihn, nur die Liebe des Skippers war von Bedeutung. Allein die Autorität seines Vaters hatte er anerkannt, weder das Gesetz, von dem er wußte, daß es käuflich war, noch die Regeln der ehrlichen Welt. Die Gesetze und Regeln anderer Menschen bedeuteten ihm nichts. Und wenn er also das Wort seines Vaters nicht länger als heiliges Gesetz ansah, wer sonst konnte ihm da noch vorschreiben, was er tun und lassen sollte?

Wie er da an der Ecke stand, sich cool und locker fühlte, spürte er plötzlich, für einen kurzen Augenblick, Panik in sich aufsteigen. Er hatte keine bewußte Entscheidung für dieses kriminelle Leben getroffen. Er tat, was sein Vater von ihm verlangte, und der Skipper mußte wissen, daß er eines Tages sein eigener Herr sein würde. Jetzt war es also soweit. Er hatte sich von seinem Vater gelöst. Der Skipper konnte ihn jetzt nur noch aufhalten, indem er ihn tötete.

Eine Gruppe Jungs aus dem Viertel schlenderte auf dem Bürgersteig vor dem Club vorbei, sie gingen fast wie auf Zehenspitzen in einem leicht vornübergebeugten Gang. Sie nickten in seine Richtung, versuchten ihn auf sich aufmerksam zu machen und riefen seinen Namen. JoJo hörte einen von ihnen etwas sagen wie: »Das ist er, der große Mann, der Boss.«

Er sah sie an und lächelte. Für die Jungs war er so was wie der König von Queens, ein bedeutender Mafioso. Er war ihr Idol.

Sieg oder Niederlage, JoJo hatte beschlossen, seinem Vater nicht nachzugeben. Seine Zeit war gekommen. Er hatte sich davon überzeugt, daß erstklassige Ergebnisse die Folge von klugen Handlungen waren. Schon bald würde er sich in der Lage befinden, genau das zu tun, was er wollte, und dieser Gedanke gefiel ihm.

An diesem Morgen voll Frühlingsversprechen wirkten alle Passanten auf der Straße und alle Typen im Club gutgelaunt. Jeder hatte ein Lächeln für JoJo Paradiso. Sogar Frankie F'n Furillo wirkte glücklich, spürte den Rhythmus der Straße, gab vorbeigehenden Typen und denen, die rumhingen, groovy kleine Klapse mit der Hand.

Zweimal im Monat vertrat JoJo am Samstagmorgen seinen Vater und hielt Hof an einem Tisch im Nestor Club. An diesem Morgen saß er da, trank eine Kanne Kaffee und aß italienisches Brot gefüllt mit Rührei. Er saß da und prüfte Anträge von drei Männern, die in die Familie aufgenommen werden wollten. Es waren Penner, drei Versager, unterstützt von Mario Madonna, einem aggressiven Leutnant in Brunos Gruppe. Bruno Greco saß JoJo auf der anderen Seite des Tisches gegenüber, und JoJo fixierte ihn, sah nur ihm in die Augen, während Mario seinen Sermon erzählte. Mario hatte auf einem Stuhl Platz genommen und saß vornübergebeugt da, die Ellbogen auf den Knien, vertrat sein Anliegen.

»Ich will Geld verdienen«, sagte Mario. »Wir alle wollen Geld verdienen, richtig?«

Bruno nickte JoJo zu, ein süffisantes Lächeln auf dem Gesicht, als hätte er seine Gedanken gelesen.

»Du hast diese Penner bereits zweimal vorgeschlagen«, sagte Bruno.

»Ey«, sagte Mario. »Ich könnte die Jungs gebrauchen. Also bring ich ihre Namen wieder ins Spiel.«

»Stunatu«, sagte JoJo.

»Ich bin nicht bekloppt«, verteidigte sich Mario. »Ich brauche frisches Blut, und diese Jungs, die machen Geld, die fahren Kohle ein.«

Mario war dick und hatte hängende Schultern, er hatte kurz geschnittenes, krauses Haar und große, spitze Ohren. Seine Hände zitterten, also behielt er sie unter dem Tisch.

»Du hörst nicht zu«, sagte JoJo. »Du weigerst dich einfach, mich ernst zu nehmen. Diese Typen sind durchgeknallt. Sie nehmen Dope, sind immer zugekokst.«

Bruno nickte enthusiastisch und sah Mario an. »Was soll er denn noch machen? Mein Gott, soll er's dir schriftlich geben?«

JoJo beobachtete, wie Marios weicher Mund sich anspannte. »Es ist nicht leicht, neue Rekruten zu finden«, sagte er.

JoJo entließ ihn mit einer kurzen Handbewegung. »Verpiß dich«, sagte er. »Geh und tu dir selbst einen Gefallen, finde ein paar gute Leute. Leute, denen du vertrauen kannst, Leute mit Mumm. Komm nicht noch mal mit solchen Wichsern zu mir.«

Mario lächelte und stand auf. »Ich dachte, ich geb ihnen noch eine Chance. Ich dachte, könnte nicht schaden.«

»Du hast dich verdacht«, sagte Bruno. Seine Augen zuckten zur Tür.

Mario stützte sich auf den Tisch und umklammerte die Kanten so fest, daß seine Knöchel weiß hervortraten.

»Sie werden zu den Ramminos gehen. Die werden sich diesen Bastarden anschließen«, sagte Mario.

JoJo nippte an seinem Kaffee. »Gut«, sagte er. »Da passen sie auch hin.«

Mario drehte sich um und ging auf die Straße.

»Er versucht's immer wieder«, sagte Bruno.

»Klar«, sagte JoJo, »aber nicht gut genug.«

Am zweiten Samstag im Monat kamen Leute aus dem Viertel in den Club, um aus dem einen oder anderen Grund JoJos Hilfe zu erbitten. Er gab Ratschläge, verlieh Geld und sprach auf eine zwanglose Weise Recht im Viertel. Die meisten Bitten waren banal, nur wenige ernst.

Nachdem er sich mit Sandwich und Kaffee erst einmal an den Tisch gesetzt hatte, sprach es sich schnell auf der Straße herum, daß JoJo Paradiso bereit war, zuzuhören. Dann fand sich eine kleine Menge ein und bildete eine Schlange vor dem Club, wartete auf eine Audienz. Wenn er seinen Vater vertrat, fühlte JoJo sich wie gesalbt, wie der neue Boss der Paradiso-Familie.

Ein Geschäftsmann mittleren Alters, der dem Aussehen nach ein wenig an einen Angestellten erinnerte, wollte seinen durchschnittlichen Sohn auf einer überdurchschnittlichen juristischen Fakultät unterbringen. Der Mann trug ein goldenes Brillengestell, einen teuren Anzug und benutzte viel zuviel Rasierwasser. »Ich werd sehen, was ich tun kann«, sagte JoJo.

»Yale«, schlug der Mann vor. »Wir haben Familie in New Haven. Yale wäre nicht schlecht.«

JoJo nahm einen Schluck Kaffee. »Warum nicht Harvard?« fragte er.

»Um Ihnen die Wahrheit zu sagen, Harvard wäre ausgesprochen gut, aber ich glaube kaum, daß Johnny Boy, das ist mein Sohn, Johnny Boy, ich bezweifle, daß er es auf Harvard schaffen würde.«

»Aber Yale«, sagte JoJo. »Sie meinen, Johnny Boy wird's auf der Yale bringen.«

Der Mann zuckte die Schultern.

»Es gibt auch gute juristische Fakultäten in Florida«, schlug JoJo vor. »Hätte Johnny Boy was dagegen, nach Florida zu gehen?«

»O nein«, erwiderte der Mann. »Er wird hingehen, wohin Sie ihn schicken.«

JoJo dachte darüber nach, über einen Jungen, der sich Johnny Boy nannte und der auf jede juristische Fakultät gehen würde, die er vorschlug. Bruno machte sich Notizen und sah den Mann nicht ein einziges Mal an.

Nachdem der Mann den Club verlassen hatte, fragte Bruno JoJo: »Was willst du für den Knaben tun?«

»Keine Ahnung«, sagte JoJo. »Vielleicht kann Barry seinem Bruder in Florida die Bewerbung des Jungen schikken.«

Als ein hoffnungslos kompromittierter Anwalt gehörte Barry Cooper genauso zur Familie wie jedes vollwertige Mitglied. Ähnlich Cops, die vom Weg abkommen und zur anderen Seite wechseln, Spiegelbilder derjenigen Leute werden, die sie eigentlich überwachen sollten, können auch Rechtsanwälte zu Abziehbildern ihrer Mandanten werden. Der Mann bewegte sich im gleichen Milieu und redete die gleiche Sprache, war ein gerissener Winkeladvokat, ein Eingeweihter, ein Mann, der eine hundsmiserable Achtung vor seinem eigenen Berufsethos hatte. Ein Mafioso eben. Dieses Bild hatte einen Platz in seinem Herzen gefunden, und jetzt gehörte seine Seele JoJo.

Als JoJo damals zu ihm gesagt hatte, du bist einer von uns, da hatte es richtig geklungen, beinahe denkwürdig, doch als er später darüber nachdachte, hatte Barry seine Probleme damit gehabt, sich selbst als einen der Bösen zu sehen. Er hatte sich nie für einen Gangster gehalten, und doch war er genau das. Im wahrsten Sinne des Wortes war er ein Mitglied der Paradiso-Familie, ein Rechtsanwalt, den die Paradisos für immer aufgenommen hatten. Barry trug keine Waffe, Waffen jagten ihm eine Scheißangst ein. Andererseits brauchte er auch keine, sein Kumpel JoJo Paradiso konnte ihm jederzeit Hunderte Bewaffnete zur Verfügung stellen, und als Gegenleistung verlangte JoJo nicht mehr als ewige Loyalität der Familie gegenüber.

Barry kaufte seine Kleidung in denselben Geschäften wie JoJo, ließ sich vom gleichen Friseur die Haare schneiden, kaufte seinen Mercedes bei demselben Händler. Er nahm Geschenke an. Eine Rolex und einen Saphir mit Sternenschliff für den kleinen Finger, beides trug er mit einem Stolz, der aufrichtig und ehrlich wirkte, aber die Wirklichkeit war eine andere Geschichte. Der Glamour der Mafiosi hatte ihn fasziniert, als er jung und noch von sich selbst eingenommen gewesen war, und jetzt, Jahre später, wenn er sich in den verspiegelten Wänden seines Badezimmers ansah, dann wurde ihm ein wenig übel beim Anblick des geschniegelten Kerls, der ihm entgegensah. Barry erkannte, daß er nur sehr wenige Optionen besaß, denn es war verdammt schwer, sich aus der Mafia zurückzuziehen, wenigstens wenn man auf beiden Beinen bleiben wollte.

»Barry wird dem Jungen auch nicht helfen können. Ich kenne Johnny Boy, der Junge hat früher Wetten für mich kassiert. Er ist ein Schwachkopf«, sagte Bruno.

»Na, das ist ja fabelhaft«, sagte JoJo. »Und wieso läßt du mich dann meine Zeit mit seinem alten Herrn verplempern?«

»Dem Kerl gehört eine Leasingfirma für Autos. Wir benutzen ab und zu seine Wagen.«

»In Ordnung, schick Barry die Bewerbung des Jungen. Wir müssen unseren Freunden helfen.«

»Ich sag dir, der Junge ist ein Volltrottel. Was für ein Anwalt sollte aus dem schon werden?«

JoJo griff über den Tisch und kniff Brunos Wange. »Was denn, du kennst keine dummen Anwälte?«

»Ich schick's ihm.«

»Wer ist der nächste?«

Ein ehrbarer Handwerker wollte seinen Sohn in einer Ortsgruppe der Zimmermanngewerkschaft unterbringen. JoJo riet dem Mann, seinen Schwager aufzusuchen, Nicky Napoli. Bruno schrieb ihm eine Telefonnummer auf, unter der Nicky zu erreichen war, und gab sie dem Mann.

Der Mann sagte, leise und mit gesenktem Kopf: »Mein Sohn ist kein Genie, aber er ist ein guter Junge und arbeitet hart. Er hat mir nie Scherereien gemacht. Für Jungs in seinem Alter gibt es keine Jobs mehr. Er hat nichts anderes zu tun, als an den Straßenecken rumzulungern. Ich mache mir Sorgen um ihn und seine Zukunft.«

»Nicky wird ihn irgendwohin schicken, und er wird ein anständiges Handwerk lernen«, sagte JoJo. »Er wird lernen, wie man Rigipswände setzt und verputzt. Es ist eine harte Arbeit, aber er wird zehn, zwanzig Dollar die Stunde verdienen, und samstags das Doppelte. Er wird sich eine Existenz aufbauen.«

»Er ist kein Genie«, sagte der Mann wieder. »Aber er achtet seine Eltern.«

JoJo zuckte die Schultern, sah den Mann stirnrunzelnd an. »Vielleicht ist er viel cleverer, als du denkst. Hast du schon mal daran gedacht, daß er seine cleveren Gedanken vielleicht für sich behalten könnte? Hast du daran schon mal gedacht?«

»Wie sagt man noch schnell?« sagte der Mann. »Einfühlsam. Das ist mein Junge, er ist sensibel.«

»Sag ihm, er soll Nicky anrufen, Nicky mag einfühlsame Kids«, sagte JoJo ihm.

»Einfühlsam ist gut«, sagte Bruno.

»Genau wie du«, sagte JoJo.

»Ja«, sagte der Mann. »Ich hab gehört, daß Bruno ein sehr einfühlsamer Mann ist.« Sagte es voller Überzeugung mit einem breiten Lächeln.

»Ja«, meinte Bruno. »Wer zum Henker hat dir das gesagt?«

Eine Hausfrau mit einer unverheirateten und hochschwangeren Tochter trat an den Tisch. Bruno saß inzwischen neben JoJo, flüsterte, sagte ihm, nicht zu vergessen, daß um zwei Uhr Lilo Santamaria kommen wollte. Und dann war da noch Frankie F'n Furillo, auch er hatte ein Problem.

Die Frau baute sich theatralisch vor dem Tisch auf und musterte den Raum. Sie wollte finanzielle Unterstützung von dem bereits verheirateten Vater des noch ungeborenen Babys ihrer Tochter.

»Und der Mann?« fragte JoJo. »Wer ist er?« Die Frau erzählte ihm, ihre Tochter arbeite bei der Telefongesellschaft. Erklärte JoJo, daß der Mann, der ihrer Tochter ein Kind gemacht hatte, der Vorgesetzte ihrer Tochter war. Ein wichtiger Mann bei der Telefongesellschaft.

JoJo gab der Frau die Visitenkarte seines Anwalts. »Dieser Mann«, sagte JoJo, »heißt Barry Cooper. Er ist ein guter Rechtsanwalt. Gehen Sie zu ihm, er wird Ihnen kein Honorar berechnen.«

Die Frau saß bewegungslos und still da, hielt die Karte einen langen Augenblick in der Hand. »Ich dachte, Sie könnten vielleicht jemanden zu ihm schicken«, sagte sie schließlich.

»Um was zu tun?« fragte Bruno.

»Sie wissen schon.«

»Was?« sagte JoJo. »Was sollen wir tun?«

»Ey«, sagte die Frau. »Dieser Mann ist fünfzig Jahre alt. Er hat ein Verhältnis mit meiner Tochter angefangen, wo er doch eine Frau zu Hause hat. Er braucht einen Tritt in den Hintern.«

Bruno hatte ein müdes Lächeln auf den Lippen. »Wie viele Knochen sollen ihm denn gebrochen werden?« fragte er. Und JoJo dachte, jetzt kommt's.

»Ich weiß nicht. Vielleicht ein Arm, ein Bein. Was immer«, sagte die Frau.

»Nein, nein, warten Sie«, sagte JoJo. »Ich sag Ihnen was. Wie wär's, wenn ich ein paar Leute vorbeischicke, die diesen Burschen festhalten, und dann können Sie ihn selbst mit einem Knüppel verdreschen? Wie wär das?«

»Nicht so gut«, sagte die Frau. »Wie Sie sehen, bin ich nicht sehr stark.«

JoJo formte mit Daumen und Zeigefinger einen Kreis.

»Nehmen Sie die Karte, die ich Ihnen gegeben habe. Gehen Sie zu diesem Anwalt. Sein Kugelschreiber ist besser als ein Knüppel.«

Die Frau starrte JoJo empört an.

»Es gibt keine Gerechtigkeit mehr«, schimpfte sie. »Dieser Mann hat keine Klasse, keine Selbstachtung. Er braucht eine Tracht Prügel.«

JoJo schaute zu der Schlange von Leuten, die immer noch auf der Straße warteten.

»Also schön«, sagte die Frau unwirsch, »dann gehe ich eben zu diesem Anwalt.«

»Gut«, sagte JoJo.

Es gab Arztrechnungen und Mietrückstände; Menschen mit und ohne finanzielle Mittel kamen zu JoJo. Die von seinem Vater begründete Tradition war zu einer angenehmen Gewohnheit für JoJo geworden und machte ihn beliebt bei zahlreichen ehrlichen Menschen, die ihm daraufhin natürlich Gefälligkeiten schuldeten. Wie die Benutzung sicherer Telefone, Erscheinen vor Gericht, saubere Autos und sichere Wohnungen.

JoJo kam in den Sinn, daß sich seine Verabredung um zwei Uhr mit dem arroganten, sich in Pose werfenden Großmaul Lilo Santamaria zu einem ausgesprochenen Nerv entwickeln könnte. Lilo war einer der *capodecina* innerhalb ihrer Familie, hatte nicht alle Tassen im Schrank und wollte, wie JoJo erfahren hatte, einen von JoJos jüngeren Lieblingssoldaten umbringen. Er beabsichtigte, Lilo diesbezüglich umzustimmen, sich anschließend die Haare schneiden zu lassen und dann unangemeldet bei seinem Vater vorbeizuschauen. Dann setzte Frankie F'n Furillo sich an den Tisch und ließ die Bombe platzen.

»Ich hab auf den richtigen Moment gewartet, um dir zu sagen, was hier passiert ist«, sagte Frankie. »Ich denke, jetzt ist es soweit.«

Bruno schenkte sich eine Tasse Kaffee ein, und JoJo sah Frankie in die Augen. »Was gibt's?« fragte JoJo.

»Ich mußte einen Typen umlegen.«

JoJo stand auf. Er spürte Brunos Hand auf seinem Arm.

»Joseph . . .«

»Ist schon in Ordnung. Ich gehe nur raus, frische Luft schnappen. Kommt, ihr zwei, gehen wir spazieren.« Sein Tonfall war leise, vertraulich und einschmeichelnd. »Jungs, laßt es mich anders ausdrücken.« Immer noch ganz ruhig. »Verschwindet gottverdammt nach draußen und laßt uns spazierengehen und dann reden.«

Auf der Straße vor dem Club gab JoJo Frankie F'n Furillo eine Ohrfeige. »Seit wann reden wir im Club über Mord?«

»Jesus«, sagte Frankie. »Ich hab's gottverdammt vergessen. Tut mir leid, JoJo. Ich hab's gottverdammt total vergessen. So nervös bin ich und alles.«

JoJo legte eine Hand auf Frankies Arm, und sie gingen los, und Frankie erzählte.

»Weißt du, ich hab Kohle ausstehen. Diesen gottverdammten Kredit an diesen gottverdammten Typ aus dem gottverdammten Sheepshead Bay.«

»Sag uns einfach, warum du ihn umgelegt hast«, sagte Bruno, und JoJo sagte: »Und sprich leise, okay?«

Frankie F'n Furillo erzählte JoJo und Bruno, daß er einem Russen aus Sheepshead Bay ein Darlehen gegeben hatte. Der Mann besaß eine Mietwagenfirma, und er hatte sich zehntausend geliehen, zahlte einen Tausender Zinsen die Woche. Er war drei Wochen im Rückstand, also waren die Ratenzahlungen auf 1250 Dollar pro Woche gestiegen, womit sich allein seine Zinsschuld auf 3750 Dollar belief, die eigentliche Kreditsumme gar nicht mitgerechnet. Irgendwann in der vergangenen Woche, erzählte Frankie, sei er dann zu der Mietwagenfirma rausgefahren, um bei dem Russen, der Uri hieß, Geld zu kassieren. Spielsüchtiger Zocker, der er war, befand Uri sich mitten in einer Pokerpartie mit hohen Einsätzen.

»Er war betrunken und hat mich beleidigt«, sagte Frankie. »Beleidigungen, die ich mit einem Lächeln weggesteckt habe. Ich war da, um Geld zu kassieren, nicht um Ärger zu suchen.«

Im Verlauf dieses Treffens schlug Uri Frankie dann vor, ihm seine Frau für eine Nacht auszuleihen, wenn Frankie ihm als Gegenleistung einen Tausender von der offenen Rechnung erließ. Das Angebot verschlug Frankie die Sprache. »Weißt du«, sagte Frankie, »ich hatte schon ein Auge auf diese Frau geworfen. Und ein paar Leute wußten das.«

Die Frau wußte es auch. Sie lächelte Frankie an, wann immer sie sich zufällig über den Weg liefen.

»Du hast es getan. Du hast mit der Frau geschlafen und die Rechnung reduziert«, sagte Bruno, und JoJo sagte: »Laß ihn ausreden.«

Ja, erzählte Frankie, er verabredete sich mit Uris Frau in der Bar des Golden Gate Motel. Er nahm ein Zimmer, wo sie einige Stunden verbrachten. Sie war, wie Frankie es ausdrückte, »gottverdammt sagenhaft«.

Eine Woche später, letzten Freitag, besuchte Frankie wieder die Mietwagenfirma. Uri erwartete ihn bereits. Wieder betrunken, wieder mitten in einer Partie Poker, führte er Frankie in sein Büro, wo ein junges Mädchen saß. Uri erzählte Frankie, das junge Mädchen sei seine Tochter, und für die Raten von zwei Wochen, für 2400 Dollar, könnte er sie auch haben. Frankie erzählte JoJo und Bruno, daß er darüber gottverdammt ausgerastet sei. Er verließ die Mietwagenfirma und kehrte am späten Abend mit Cockeyed Paulie zurück. Sie erwischten Uri, als er den Laden gerade zumachen wollte. Frankie stach mit einem Eispickel auf ihn ein, während Paulie ihn erschoß. Die Leiche ließen sie auf der Straße vor der Mietwagenfirma liegen. Es sollte wie ein Straßenraub aussehen.

»Ich an deiner Stelle«, sagte Bruno, »ich hätte den Kerl auch umgelegt.«

Nach ein paar Augenblicken meinte JoJo: »Frankie, du hast getan, was du getan hast, und jetzt ist es eben passiert. Du weißt, daß du damit die offene Rechnung des Mannes übernommen hast. Du schuldest Bruno Geld, wieviel? Vierzehn, fünfzehn Riesen. Ich hoffe, die Frau ist es wert.«

»Oh, sie ist es gottverdammt wert, Joseph. Das ist mal eine nette Frau, eine echte Dame. Sie hat geweint, als wir's gemacht haben.«

JoJo legte einen Arm um Brunos Schultern, und sie gingen ein paar Schritte.

»Herr im Himmel«, sagte Bruno. »Ich weiß nicht, was ich dem Kerl sagen soll. Bestraf ich ihn oder was?«

»Hör auf mit der Scheiße, okay?« sagte JoJo. »Soll ich vielleicht glauben, Frankie hätte diesen Uri ausgeknipst, ohne daß du zustimmend genickt hast?«

»Tja, ich dachte, könnte nicht schaden, wenn du die Geschichte direkt von Frankie hörst.«

»Und was soll ich jetzt tun?«

»Nichts. Ich möchte nicht, daß du irgendwas unternimmst.«

»Hab ich auch nicht vor. Das sind deine Kopfschmerzen, Bruno. All das Gerede mit mir ist doch nur ein Haufen Scheiße. Die Sache ist gelaufen. Komm nicht zu mir, wenn eine Sache bereits gelaufen ist. Verstehst du, was ich meine?«

»Ich sag dir was«, sagte Bruno. »Du hast heutzutage soviel um die Ohren, da muß ich meine Entscheidungen allein treffen. Bleibt mir gar nichts anderes übrig.«

»Du meinst, du triffst Entscheidungen in Familienangelegenheiten ohne mein Okay?«

»In gewissen Bereichen, ja. Ich meine, dein Vater hat mir vertraut, solche Entscheidungen allein treffen zu können.«

»Diese Mietwagenfirma«, sagte JoJo, »dir gehört doch ein Anteil davon, oder?«

Bruno nickte.

»Erstaunlich«, sagte JoJo. »Für was hältst du mich eigentlich, für einen Volltrottel?«

Der Satz stand zwischen ihnen, dort auf der Straße mit all den vorbeifahrenden Autos und Bussen, und der Tag wurde wärmer. Er hörte Bruno sagen: »Mach dir um mich keine

Sorgen. Ich steh zu dir, bis zum Ende. Mach dir um mich keine Sorgen.«

JoJo gab ihm keine Antwort.

»Joseph, du kriegst jeden Monat einen Scheck. Die White Nights Cab Company. Du kriegst monatlich zwei Riesen von denen.«

»Von jetzt an vier«, sagte JoJo.

»Drei«, sagte Bruno.

JoJo lächelte.

Eine Stunde später saß JoJo am Tisch vor dem Fenster, eine frische Tasse Kaffee in der Hand, und wartete auf Lilo Santamaria. Dieser Tag würde nicht leicht werden. Und jetzt Lilo. Bruno hatte ihn gewarnt, daß Lilo einfach nur kommen würde, um seinen Respekt zu erweisen, er würde ein bißchen Small talk machen, die Schultern zucken, lächeln und nicken. Er würde zuhören, was JoJo zu sagen hatte, dann würde er gehen und den Jungen umlegen. Der Junge, Vinny Rapino, meinte Bruno zu JoJo, kann sich eigentlich nur noch selbst auszählen, fertig. »Nun, ich werd Lilo einen guten Rat geben«, erwiderte JoJo. »Ich werd ihm sagen, wie sehr ich den Jungen mag.«

»Schön, schön«, sagte Bruno. »Das wird nur nichts bringen. Lilo wird den Jungen umlegen, mit oder ohne deine Zustimmung.«

Ein vollwertiges Familienmitglied umzubringen war keine harmlose Sache. Es gab Regeln, und in der Paradiso-Familie wurde auf Einhaltung der Regeln geachtet. Vinny Rapino war ein vollwertiges Mitglied, ein Soldat in Lilos Gruppe, der mit seinem Boss häufig in den Nestor Club kam. JoJo fand den Jungen umwerfend komisch, er brachte ihn zum Lachen. Wie er cool und wie ein Filmstar durch die Straßen stolzierte. Als echter Charmeur war Vinny Rapino von sich eingenommen und machte sich überhaupt nicht bewußt, daß sein Bettgehüpfe ihn schnell unter die Erde bringen könnte.

»Der Junge ist ein emsiger Bursche«, sagte JoJo zu Bruno. »Er hat einen Schwanz wie ein Montiereisen und ungefähr genausoviel Verstand. Aber er ist ein guter Junge, bringt gutes Geld rein. Ich mag ihn, ich will nicht, daß ihm was zustößt.«

»Er ist unvorsichtig«, sagte Bruno. »Nicky hat mir gesagt, er hätte ihn einmal abends mit drei Bräuten in Lilos Spielhölle gesehen. Ich meine, der Junge ist mit Lilos Tochter verlobt. Jeder Bursche in dem Laden hat ihn gewarnt.«

Es war eine persönliche Sache, eine Frage des Respekts. Als Captain mit einer Gruppe Männer, die viel Geld einfuhren, konnte Lilo Little Vinny auch ohne JoJos Zustimmung umbringen, es war nach den Regeln möglich. Trotzdem wußte JoJo, daß Lilo gestreichelt werden wollte, der Neandertal-Henker würde seinen Segen dazu haben wollen.

Lilo andererseits verstand, daß es selbst für einen mächtigen *capodecina* wie ihn unklug war, JoJo Paradiso gegen sich aufzubringen. Der Unterboss der Familie hatte ein leicht aufbrausendes Temperament und eine Armee Killer, angeführt von Bruno und Karl Marx Syracusa. Und dann war da noch der Dancer, Rudy Randazzo, mit einer Gruppe von fünfzig, JoJo treu ergebenen Soldaten, sowie JoJos Schwager Nicodemo Napoli.

Nicky Black Napoli war der Mann von Patricia Paradiso, JoJos Schwester. Der schwarze Mann – JoJo sprach von seinem Schwager immer als dem schwarzen Mann – wäre begeistert über die Gelegenheit, für JoJo in den Krieg zu ziehen. Und er würde in den Krieg ziehen und in der ganzen Stadt Leichen hinterlassen, gleichzeitig aber seinen eigenen Verrat planen. Nicky trug immer schwarz: schwarze Hosen, Jacketts und Hemden. Er hielt sich für einen aufgehenden Stern; für JoJo war er gleichbleibend unerträglich. Der Kerl machte ihn wahnsinnig. Vielleicht lag es an seinen Klamotten, an dem schwarzen Caddy, den er fuhr, oder vielleicht war es auch das kubanische Mäuschen, das er sich in Jackson Heights hielt. Der Kerl war zu ausgebufft. Aber aus

Gründen, die JoJo nicht fassen konnte, liebte seine Schwester diesen Widerling. JoJo hatte für Nicky Blacky sogar noch weniger Verwendung als für Lilo, und für Lilo hatte er gar keine. Wie Patricia sich mit dem Wichser hatte einlassen können, ging über seinen Verstand.

JoJo glaubte, daß dieses Leben ein tödliches Spiel war. Es war eine Hundsarbeit, immer einen Schritt weiter zu sein und all seine Feinde im Auge zu behalten, die Cops, die Penner in der Familie, die nichts anderes im Sinn hatten, als ihr eigenes Ding durchzuziehen und ihn immer wieder herauszufordern. Trotzdem spielte er alle Spiele, um zu gewinnen. Und wenn man gewann, war alles bestens, Erklärungen waren nicht nötig. Er mußte wachsam bleiben und sich mit treuen Freunden umgeben.

Niemandem zu trauen schien gar keine so schlechte Idee zu sein. Du mußt Augen überall haben, hatte sein Vater ihm eingeschärft. Augen und Ohren. Das war vermutlich der beste Rat, den er je erhalten hatte. Trotzdem war Vertrauen in dieser Branche eine Stärke, und davon hatte JoJo eine ganze Wagenladung. Vor Jahren hatte er beschlossen, dieses Leben intensiv zu leben. Begnüge dich mit weniger, sagte er sich, und du stirbst durchsiebt in irgendeiner Gosse oder, schlimmer noch, landest für ein Jahrhundert im Knast.

Lilo, das wußte JoJo, war ein verräterischer Bastard, ein Mann, von dem er glaubte, daß er sich an einer Revolte beteiligen würde. Wie Tommy Yale, sein zweiter Brooklyner *capodecina*, hatte Lilo schon immer in den Drogenhandel einsteigen wollen. Sowohl Yales als auch Lilos Loyalität der Familie gegenüber hing an einem seidenen Faden. Sie waren dem Skipper verpflichtet, aber in ihren Herzen hatte sich keiner von ihnen unterworfen. Trotzdem waren sie klug genug zu wissen, daß ein Showdown mit JoJo den Skipper zum Ausrasten bringen würde. Es mit der ganzen Familie aufzunehmen war der reinste Selbstmord. Der Skipper konnte, wenn er mußte, die anderen Familien ansprechen und mühelos tausend Bewaffnete auf die Straße bringen.

Lilo verstand was von Zahlen. Er wußte, daß er zahlenmäßig unterlegen war, und zahlenmäßig unterlegen zu sein bedeutete, waffenmäßig unterlegen zu sein. Solange der Skipper lebte, würde er sich JoJo unterordnen. Ohne seinen Vater, davon war Lilo überzeugt, würde JoJos Stärke schnell schwinden, die Familie würde auseinanderbrechen, und er konnte die anderen *capos* auf seine Seite bringen. Das war es, was Lilo glaubte, und deshalb dachte er gar nicht daran, JoJo zu respektieren und zu dienen. Er würde bei der Familie bleiben, solange der alte Mann lebte und keinen Augenblick länger.

JoJo hatte Little Vinny schon immer gemocht, einen gutaussehenden Jungen mit einem wachen Kopf. Ein verflucht guter Lastwagendieb, der sich endgültig einen Namen gemacht hatte, als er einen abtrünnigen Kidnapper in Jersey erschoß. Vinny Rapino war weltmännisch und kleidete sich gut, ein Junge auf dem Weg nach oben. Er besaß das Herz eines Bären und wurde schon vor seinem fünfundzwanzigsten Geburtstag in die Familie aufgenommen. Angesehene Familienmitglieder prophezeiten, daß Vinnys Schwanz ihn eines Tages unter die Erde bringen würde.

Was Lilo betraf, er war schon immer ein bißchen verrückt, ein Mafia-Killer der alten Schule, der einen Spielclub und eine illegale Glücksspielbank an der President Street in Brooklyn unterhielt. Er hatte eine Menge Geld verliehen, und seine Gruppe war stark in der Fälschungsbranche aktiv. Lilos Bande spezialisierte sich außerdem auf die Entführung von Lastwagenladungen mit Fernsehern, Pelzen, Fleisch und Meeresfrüchten. Durch die Lotterie hatte Lilo außerdem Zugang zu den Schwarzen in Bedford-Stuyvesant, den Puertoricanern und Dominikanern in Red Hook. Die besten Straßen der Stadt, wenn man Drogen verschieben wollte.

Lilo hatte Geld, aus seinem Geld wurde mehr Geld. Für Lilo lag das Geld auf der Straße. Trotzdem war es nie genug. Lilo hörte Geschichten über die riesigen Geldsummen, die im Drogenhandel gemacht wurden und in denen die Sizilianer und Kolumbianer schwammen. Diese Geschichten brannten ihm in den Ohren wie Waldbrände. Das von JoJo und seinem Vater verhängte Verbot bezüglich des Drogenhandels machte ihn wahnsinnig, es weckte in Lilo die Lust, in den Kampf zu ziehen.

JoJo war dahintergekommen, daß Lilo vor einer Weile Annäherungsversuche an die Rammino-Familie gemacht hatte. Es war kein Geheimnis, daß Armond Rammino ein internationaler Dealer war, und Lilo hatte sich mehrmals mit ihm getroffen. Grund genug, unterstrich JoJo, Lilo zu beseitigen. Der Skipper wollte sich nicht darauf einlassen. Laß ihn machen, hatte der Skipper gesagt, Lilo ist seit vielen Jahren loyal und hat einen Fehltritt gut. Aber nur einen, hatte JoJo klargestellt, ein einziger Fehltritt ist alles, was er bekommt. Ich werde ihn warnen, hatte der Skipper gesagt, und JoJo hatte seinem Vater geantwortet, nein, keine Warnungen, Pop. Wenn Lilo sich noch einmal ohne Erlaubnis mit den Ramminos trifft, hol ich mir seinen Kopf.

Lilo war Anfang Fünfzig, hatte eine helle Haut, kurzes, rotes Haar, einen Bauch, kräftige Schultern und Unterarme, die er sich in jüngeren Jahren als Möbelpacker erworben hatte. Er hatte einen vollkommen runden Kopf auf einem kurzen, stämmigen Hals, dazu ein Naturell, das nur noch von Brunos übertroffen wurde. Er war ein in Brooklyn geborener Sizilianer und hatte vor Jahren starke Bindungen zu der alten, abtrünnigen Gallo-Familie. Lilo besaß viel vom Geist der Gallos. Aber er hatte mehr Geld als Crazy Joey Gallo und mehr Männer auf der Straße als Larry Gallo. Anders als die Gallo-Brüder glaubte Lilo, einen Krieg mit der Familie durchstehen und wahrscheinlich auch überleben zu können. Es war dieses »wahrscheinlich«, das ihn noch zurückhielt. Eines Tages, glaubte er, würde er mit vernichtender Härte gegen JoJo losschlagen. Ihn töten und den Namen der Familie ändern. Eines Tages, sagte er seinem Komplizen Tommy Yale, kommt unser Tag.

Lilo hielt JoJo für einen Papiertiger, für einen Mann wie Joe Colombo, einen Mafiaboss, der eine ganze Familie als Geschenk erhalten hatte. Ein Mann, von dem Lilo glaubte, daß er sich nicht die Bohne verdient hatte außer der Kugel, die seinen Kopf fand. Für JoJo bedeutete Lilo nichts als Ärger.

Lilo schlenderte kurz vor zwei in einem blauen Trainingsanzug, an einer Zigarre lutschend, in den Club. Lilo bevorzugte italienische Zigarren. Das schwarze Ding hing wie ein Tampon aus einem Mundwinkel, und in der Hand baumelte eine große Papiereinkaufstüte. Er wirkte angespannt, als er sagte: »Ich hab hier zwei schöne Roastbeefs, eins für dich und eins für deinen Vater. Einer der Jungs soll sie in den Kühlschrank legen.«

Du raffinierter Hund, dachte JoJo, das hast du dir hübsch zurechtgelegt. Bringst Geschenke, läßt die Leute denken, dir würde stets nur das Wohlergehen vom Boss am Herzen liegen. Sei aalglatt und besonnen, entrichte deinen Tribut mit einem Lächeln. Du ausgekochtes Miststück, dachte JoJo, ausgekochter Hund. Geld konnte jeder bringen. Aber Lebensmittel waren ein aufmerksames Geschenk, und der Skipper würde es zu schätzen wissen.

»Komm«, sagte JoJo im Stehen. »Laß uns spazierengehen.«

Lilo putzte sich unsicher die Nase. Er gab die Tüte Frankie F'n Furillo, räusperte sich, zuckte die Schultern und wirkte unglücklich.

»Okay«, sagte Lilo. »Wenn du gehen und reden willst, dann gehen und reden wir. Aber ich habe mich entschieden, und ich hoffe, bei allem Respekt, Joseph, ich bin nicht hier, um von dir unter Druck gesetzt zu werden.«

JoJo ging zur Tür, wo er feststellen mußte, daß Lilo sich nicht von der Stelle rührte.

»Lilo«, sagte er. »Komm.«

Im Club trafen sich die Leute, um über Geschäfte und Erträge zu diskutieren, über Familienangelegenheiten. Aber

JoJo hatte die Vorschrift erlassen, daß innerhalb der Wände des Clubs keine wichtigen geschäftlichen Unterhaltungen stattfanden. Wände, sagte JoJo seinen Leuten, haben Ohren. Wenn es um Geschäftliches geht, dann redet bei einem Spaziergang.

Vor zwei Jahren hatte JoJo das Telefon an der Wand ins Visier genommen. Wenn ihr telefonieren müßt oder einen Anruf erwartet, dann benutzt die Münzfernsprecher im Süßigkeitenladen unten an der Ecke.

Sonny the Hawk, ein Herumtreiber, der in seiner Jugend so viel Dope geschossen hatte, daß er halb hirntot war, arbeitete im Süßigkeitenladen und nahm Nachrichten entgegen. Der Hawk brachte auch Kaffee, Sandwiches und Bier zu den endlosen Kartenspielen im Hinterzimmer des Clubs. Es gab einen Fünfzig-Tassen-Kaffeeautomaten, den kein Mensch benutzte. JoJo meinte mal scherzhaft, daß ein Verräter die ganze *borgata* ausradieren könnte, indem er nur ein paar Tropfen Gift in den Kaffeeautomaten kippte. Die eine Hälfte seiner Leute hörte ganz auf, Kaffee zu trinken, die andere Hälfte ließ sich von da an den Kaffee kommen.

Es war Brauch bei den Paradisos, einmal wöchentlich alle *capos* zum Abendessen zu versammeln, und jede Woche wurde dieses Dinner in einem anderen Restaurant abgehalten. Erst eine Stunde vor dem Essen wurde den *capos* gesagt, wo sie essen würden. Der Restaurantbesitzer schloß dann das Lokal für ihre Privatveranstaltung. Die Türen wurden verriegelt, Wachen wurden postiert. Auch wenn die Familie in Manhattan willkommen war, wurden die abendlichen Treffen doch in Queens abgehalten. Und obwohl unter der Woche Mitglieder verschiedener Gruppen in den Club kamen, um sich dort herumzutreiben und Karten zu spielen, waren Mitglieder anderer Familien weder willkommen noch kamen sie vorbei, wenn sie nicht ausdrücklich eingeladen waren.

Mafiosi aus dem Club waren höflich und freundlich zu

Ladenbesitzern und Bewohnern des Viertels. Die ehrbarsten Bürger des Viertels hielten die Antennen ausgefahren für einen fremden Wagen oder ein unbekanntes Gesicht; der Club wurde gewarnt, wenn ein Fremder die Straße betrat. Sonntags morgens und nachmittags war der Club geschlossen; sonntags versammelten sich die Familien der Familie zur Sonntagsmahlzeit. So wollte es die Tradition.

Lilo folgte JoJo unwillig und drehte sich dann noch einmal um. »Frankie«, sagte er, »wenn du einen Anruf für mich kriegst, kommst du mich holen. Ich erwarte einen Anruf.«

Jetzt versucht er, ganz hart zu klingen, dachte JoJo, wie ein nüchtern-sachlicher, hartgesottener Boss. Der Kerl war ein gottverdammter Schmierenkomödiant, ein Schauspieler.

JoJo glaubte, daß er ihm sagen müsse, wie sehr er Vinny Rapino mochte. Lilo bitten, doch mal einen Moment nachzudenken, sich klarzumachen, daß es keinen Sinn ergab, aus persönlichen Gründen einen Mann umzulegen, der gutes Geld einfuhr.

Im Gehen hatte Lilo gesagt: »Ey, der Kerl ist in meiner Truppe, und er hat mich beleidigt. *Mich* hat er beleidigt, und ich werde ihn unter die Erde bringen.«

»Vinny ist ein guter Junge«, sagte JoJo. »Warum willst du das machen? Wozu, Lilo?«

»Ein guter Junge?« wiederholte Lilo. Er sah JoJo mitleidig an.

Die Leute grüßten JoJo, während er mit einem Arm um Lilos Schultern die Straße hinunterging. Eine Gruppe Teenager stand dicht zusammengedrängt an der Ecke in der Nähe des Süßigkeitenladens. Einer von ihnen rauchte eine Marihuanazigarette. »Schluck das sofort runter«, befahl JoJo ihm. Versteinerte Teenagermienen wurden sanft, als JoJo lächelte. »Schluck's«, wiederholte er. Auf dem dunklen, pockennarbigen Gesicht des Jungen tauchte der Schatten müder Belustigung auf.

Es gab hektische Bewegungen und Händedrücken, als

JoJo mitten in die Gruppe trat. »Schluck's«, sagte er wieder. Der Junge mit dem Spliff zuckte die Schultern und schluckte den Joint, dann starrte er JoJo an. JoJo griff in seine Tasche und zog einen Zwanzigdollarschein heraus. Er gab den Zwanziger dem Jungen, dessen Gesicht ein wenig blaß geworden war.

»Na los«, sagte er. »Tu dir einen Gefallen und sieh dir einen Film an. Lad deine Kumpel hier ein. Laß mal richtig was springen.«

»Mit einem Zwanziger kann ich nicht viel springen lassen«, antwortete der Junge und lächelte ihn wie ein braves Kind an.

»Ach, ja?«

»Entschuldigen Sie, Mr. Paradiso, aber wir sind zu siebt. Das Kino kostet fünf Mäuse pro Kopf. Dann sind da die Freundinnen und Limo und Popcorn, anschließend vielleicht noch eine Pizza. Sie verstehen, was ich meine, ja?«

»Du trinkst keine Limo. Und du ißt kein beschissenes Popcorn. Wem machst du was vor?«

»Ey«, sagte das Kid. »Ich hab's wenigstens versucht.«

Einen langen Augenblick sagte niemand mehr ein Wort. Dann lachte JoJo, lachte in die Sonne, warf den Kopf zurück, lachte wie ein Betrunkener oder ein Irrer.

»Was soll ich machen, Lilo?« fragte JoJo. »Der Junge hat Mumm. Vielleicht haben wir hier einen neuen Rekruten.«

»Nimm den Zwanziger und geh«, sagte Lilo dem Jungen.

Der Junge drehte sich zu JoJo, und JoJo nickte.

»Weißt du«, sagte Lilo, »du kennst diese Kids selbst. Die machen alles, was du willst.«

»Ja, Kids kann ich dazu bringen, das zu tun, was ich will. Aber bei meinen Captains habe ich Probleme.«

Sie gingen an einem *granita*-Verkäufer vorbei, der einen Karren mit zerstoßenem Eis schob.

»Willst du ein Eis?« fragte JoJo.

»Nein«, sagte Lilo. »Ich eß das Zeug nicht. Ich klecker mich voll damit.«

Lilo hatte den Ruf, grimmig und bösartig zu sein. Er war nicht ganz so übel wie Bruno Greco, aber er war böse genug, um jedem die Knie weich werden zu lassen, zu dem er sich umdrehte. Im Gehen machte Lilo das Zeichen einer Kanone.

»Vinny, dieses Stück Scheiße, hat mich beleidigt, und jetzt muß er verschwinden.«

»Weshalb?« fragte JoJo.

»Weshalb? Weshalb?« Lilo schüttelte den Kopf mit gespielt vorwurfsvollem Blick. »Weil ich's so will, deshalb.«

JoJo blieb regungslos stehen und starrte ihn an. Lilo lachte leise.

»Komm schon«, sagte JoJo.

»Nein, nicht komm schon. Er ist mit meiner Tochter verlobt. Sie sollten nächsten Monat heiraten. Ich hab die ganze Sache schon arrangiert. Die Italian Gardens draußen auf dem Northern Boulevard. Dreihundert Leute, wird mich ein Vermögen kosten, diese Scheiße. Ich hab Jimmy Roselli engagiert, er wird ›My Buddy‹ singen und alles.«

»Jimmy Roselli? Machst du Witze? Mein Vater liebt Jimmy Roselli. Wie bist du an den rangekommen?«

»Der Mann ist ein alter Kumpel von meinem Cousin Baldo. Die beiden sind dicke miteinander. Die tun alles füreinander. Er wollte zur Hochzeit kommen. Ich meine, das ist der Gipfel der Beleidigung.«

»Also setzt du den Jungen auf die Abschußliste. Diesen fünfundzwanzigjährigen Jungen, der – du hast es selbst gesagt – so vielversprechend ist. Der Junge ist smart, er ist der beste Entführer, den du hast.«

»Er ist kein Junge mehr, Joseph. Du weißt selbst, Vinny ist kein Junge mehr, er ist ein Mann, und ich werde ihn umlegen. Und fertig.«

»Ich hab dabei nichts mitzureden?«

»Joseph, du bist der Unterboss. Wenn du nein sagst, muß ich noch mal drüber nachdenken. Aber es ist meine Gruppe, Joseph, und es ist eine persönliche Angelegenheit.«

JoJo warf Lilo einen Blick zu und sprach auf italienisch weiter. »Ich bitte dich, sieh es als persönliche Gefälligkeit an, und überdenke es noch einmal. Wart einfach ab, bis dein Ärger sich legt«, sagte er.

Lilos Augenbrauen schoben sich zusammen, als würde er Geld zählen. »Wir reden hier über meine Tochter, Joseph. Du hast keine Kinder. Vielleicht ist es deshalb für dich schwer zu verstehen.«

JoJo nickte energisch. »Wo du recht hast, hast du recht. Ich habe keine Kinder, aber ich denke, ich kann dennoch den Schmerz eines Vaters nachvollziehen. Ich bitte dich ja auch nur darum, es noch einmal zu überdenken.«

»Was soll ich überdenken?«

»Hör zu«, sagte JoJo. »Was bringt Vinny im Monat ein?«

»Zehn, zwölf Riesen.«

»Und was sehe ich davon?«

»Zwanzig, fünfundzwanzig Prozent.«

»Das sind zwanzig Riesen im Jahr, mein Gott. Der Junge ist fünfundzwanzig Jahre alt. Wenn er nicht von einem Bus überfahren wird oder so, dann ist er noch, sagen wir, weitere fünfundzwanzig, dreißig Jahre im Geschäft. Weißt du, auf wieviel sich das beläuft?«

Lilo trat einen Schritt zurück und streckte die Arme aus. »Eine Menge«, sagte er. »Ich bin nicht dumm, ich weiß, daß es eine Menge ist, aber Geld ist nicht alles, Joseph. Das hier ist eine persönliche Sache. Eine Frage des Respekts.«

»Allmächtiger. Die Zeiten haben sich geändert. Man bringt heute keinen mehr wegen Bockmist um. Und das hier ist Bockmist, absoluter Bockmist.«

»Meine Tochter ist kein Bockmist, Joseph.«

»Ich bitte dich«, sagte JoJo. Er hakte sich bei Lilo unter und zog ihn ungestüm an sich. »Ich weiß, daß der Junge dich beleidigt hat. Er hat dich richtig übel beleidigt, hm?«

Lilo zuckte die Schultern. »Es gibt Möglichkeiten, Dinge zu regeln, du verstehst, was ich meine?«

Während er diesen Laden schmiß, der die Paradiso-Familie genannt wurde, war JoJo zu mehreren Einsichten gekommen. Eine Einsicht war, daß die abgefeimtesten Männer, Männer, die zu brutaler Folter und Mord fähig waren, Männer, die einem bei der geringsten Beleidigung an die Kehle springen würden, gleichzeitig auch Männer waren, deren Herzen beim Lächeln einer Frau, einem Lied oder der Berührung einer Kinderhand dahinschmelzen konnten. Männer so tückisch und unberechenbar wie tollwütige Hunde, Männer, deren Seelen befeuert wurden von willkürlicher Gewalttätigkeit, verrückte und gefährliche Männer konnten angerührt werden durch die schwachsinnigsten Zeilen eines längst vergessenen Gedichts. War schon eine verrückte Show, dieses Leben; war außerdem alles, was er kannte.

Eine Weile schlenderten JoJo und Lilo Santamaria schweigend weiter. JoJo beobachtete, wie Lilo die Zigarre aus dem Mund nahm. Er hob sie hoch, musterte sie, warf sie dann fort. Ruhig sagte er: »Meine Tochter wird mindestens eine Woche flennen. Ihre Mutter wird durchdrehen.«

Er klang schlicht und einfach wie ein leidgeprüfter Vater, beschrieb, mit tief empfundener Traurigkeit, das Unglück seiner Tochter und den Zorn seiner Frau.

»Der Bastard«, fuhr Lilo fort. »Vierzig Riesen hab ich ausgegeben für die Renovierung des Hauses. Sie sollten bei mir wohnen. Du müßtest die Küche sehen, die ich für sie im Keller eingebaut habe.«

»Kinder denken manchmal nicht nach«, sagte JoJo.

»Tu mir einen Gefallen, Joseph, hör endlich auf, den Dreckskerl ein Kind zu nennen, okay?«

JoJo drehte Lilo den Rücken zu, schaute zur anderen Straßenseite hinüber und verschränkte die Arme.

»Was, wenn der Junge dich durchschaut?« verkündete JoJo. »Was, wenn Vinny es sich anders überlegt und beschließt, deine hübsche Tochter doch zu heiraten?«

Lilo Santamaria war sein ganzes Leben ein Straßenkämpfer gewesen, und er sah sich selbst gern als einen Mann, der mit einem einzigen Blick Angst und Schrecken verbreiten konnte. Er kam aus dem italienischen Ghetto von South Brooklyn, hatte mit fünfundzwanzig bereits seine eigene Bande. Einen Namen hatte er sich während der Gallo-Profaci-Kriege gemacht, als er fünf Mitglieder einer rivalisierenden Gang tötete. Dann hatte er sich mit der Paradiso-Familie zusammengetan, sich gegen die Gallos gewandt und bei der Aufnahme in die Familie seine gesamte Mannschaft mitgebracht. JoJo hatte seinen Vater bei mehr als einer Gelegenheit daran erinnert, daß Lilo im Grunde seines Herzens ein Verräter war. Sein Bruder, ein ehemaliger Hafenarbeiter und Killer, besaß den Ruf, noch gewalttätiger zu sein. Lilo und sein Bruder Sonny hatten sich bei den Brooklyner Kriegen verschiedenen Seiten angeschlossen. Es hieß, daß Lilo persönlich den Hinterhalt arrangiert hatte, bei dem Sonny und zwei andere Männer Gallos von Schrotflinten durchsiebt worden waren.

»Wenn Vinny das Richtige tut, vergißt du die Sache dann?« fragte JoJo schließlich.

»Wird er aber nicht.«

Vom Fenster der Wohnung auf der anderen Straßenseite aus betrachtet, waren sie zwei Männer, die gemütlich miteinander schwatzten.

»Und wenn doch?« fragte JoJo auf englisch mit einer lächelnden Selbstzufriedenheit. »Vielleicht kann ich helfen.«

»Ich glaube, er hat seinen Standpunkt eingenommen. Und deswegen wird er untergehen.«

»Aber was ist, wenn er sein Verhalten ändert und nach Hause zu deiner Tochter zurückkehrt?«

Lilo zuckte die Schultern, nahm eine neue Zigarre aus der Tasche und steckte sie an. Er lachte, als wäre schon allein die Vorstellung absurd. »Er hat gesagt, er hätte sich in eine andere Frau verliebt. Eine andere Frau, kannst du dir so was vorstellen?« Auf italienisch fuhr Lilo fort. »In meinen Augen ist jeder Mann, der sich nicht um zwei Frauen kümmern kann, kein Mann.«

»Schick ihn zu mir«, sagte JoJo. »Ich brauche einen Fahrer. Schick ihn mir ein, zwei Wochen. Ich kenne Vinny, er ist manchmal ein bißchen verwirrt. Vielleicht kann ich ihn wieder auf die richtige Bahn bringen. Dann verliert deine Tochter nicht den Mann, den sie liebt, und ich verliere keinen Mann, der gutes Geld einfährt.«

»Du willst, daß ich ihn vorbeischicke? Zu dir?«

»Das habe ich gerade gesagt.«

Lilo nahm einen gewaltigen Zug an seiner Zigarre. Er kniff die Augen zu. »Okay«, sagte er. »Wenn er nicht sofort zu meiner Tochter zurückkommt, legst du ihn um.«

»Abgemacht«, sagte JoJo.

»Und seine Schulden«, sagte Lilo. »Du legst ihn um und übernimmst seine Schulden. Er schuldet mir fünfundzwanzig Riesen.«

»Moment!« sagte JoJo mit einem breiten Grinsen. »Das mit der offenen Rechnung wußte ich nicht. Er schuldet nur dir Geld. Mit seinen Rechnungen habe ich nichts zu tun.«

»So lauten die Regeln«, sagte Lilo. »Du bringst ihn um, also übernimmst du auch seine Schulden.«

»Um Himmels willen«, sagte JoJo. »Ich will ihn doch gar nicht umbringen, sondern du.«

»Dieser Penner« – Lilo zeigte auf JoJo – »ist ein Hirntumor. Und Tumore muß man entfernen.«

Sie gingen weiter. JoJo machte darauf aufmerksam, wie schwierig und undankbar es sein kann, ein Vater zu sein. Er wartete darauf, wieder etwas ruhiger zu werden. Er hatte kurz davor gestanden zu drohen. Der Anblick einiger seiner Männer, die auf dem Bürgersteig vor dem Club standen, erfüllte ihn mit Angst. Er war ihr Boss, sie verließen sich darauf, daß er führte. Lilos Worte, den Mann umbringen zu wollen, den seine einzige Tochter liebte, gingen ihm nicht aus dem Kopf. Er dachte an seinen eigenen Vater und wie er ihn betrog.

»Und, Lilo«, sagte er schließlich. »Nicht jetzt, nicht in diesem Augenblick, aber ich will in ein paar Tagen von dir hören. Und was ich hören will ist, wieviel Koks genau du verschieben könntest, wenn du alles hättest, was du brauchst.«

Lilo schnippte die Zigarre, die er eben erst angesteckt hatte, auf die Straße. Es dauerte einige Sekunden, bis er sich wieder so weit im Griff hatte, daß er etwas sagen konnte. Er klatschte in die Hände, hob sie dann zu JoJos Wangen. »Ist das dein Ernst?«

JoJo starrte ihn an und schaute sich auf der Straße um.

»Wurde auch Zeit«, sagte Lilo.

»Und«, sagte JoJo, »ich möchte, daß du für mich ein Treffen mit Armond Rammino arrangierst. Ich weiß, du kannst das. Ich will nicht darüber diskutieren. Mach's einfach.«

Lilo schenkte ihm einen Willst-du-mich-verarschen-Blick. Dieses ausdruckslose, gemeine Lächeln. Trotzdem sah JoJo auch echte Erschütterung. Der Grenzverletzer auf frischer Tat ertappt.

»Ich werde machen, um was du mich bittest. Ich werde das Treffen für dich arrangieren. Ich denke, das ist zu machen.«

Sicher kannst du das, du mieser kleiner Sack, dachte JoJo. Er stand in der Mitte des Bürgersteigs und reckte sich. »Himmel, bin ich müde«, sagte er.

Lilos Augen waren ausdruckslos. Er sah benommen aus, ein wenig verloren, und tatsächlich fühlte er sich ertappt. Jedermanns Judas.

»Ich schick dir den Jungen«, sagte er. »Wenn du willst, daß ich mit Armond Kontakt aufnehme, werde ich das tun. Aber wie kommst du drauf, daß es leicht für mich wäre, so ein Treffen zu arrangieren?«

»Instinkt«, erwiderte JoJo.

KAPITEL SIEBEN

Dante hatte erst zweimal mit Kathy Gibbons zusammengearbeitet, dem vierten Mitglied der Sonderkommission Paradiso. Jedesmal hatte er andere Eindrücke mitgenommen: eine Manhattan-Klugscheißerin, eine attraktive Frau mit einer bösartigen Ader, eine Hexe, ein verdammt guter Cop. Er vermutete, daß, was immer er von ihr wußte, nicht die ganze Wahrheit war, und doch war es seine Sichtweise von ihr. Da er niemand war, der unter den bisweilen merkwürdigen Eigenheiten von Partnern auf Zeit litt, wußte er seit ihrem letzten gemeinsamen Auftrag kaum etwas über Kathy Gibbons.

Dante schaute eine Weile aus dem Fenster der Observierungswohnung zum Nestor Club hinüber, dann warf er Kathy einen Blick zu.

Sie saß auf einem hohen Barhocker vor einem Fenster auf die 101st Avenue, und sie schoß in schneller Folge Fotos, benutzte die Nikon wie das Gewehr eines Heckenschützen. Von ihrem Platz hatte sie den Süßigkeitenladen an der Ecke und den unmittelbar daran anschließenden Club perfekt im Bild.

Kathy gewährte ihm gütigerweise ein kurzes, ungeduldiges Lächeln, dann beugte sie den Kopf wieder über die Nikon. Er stand da und schaute zu, wie sie mit der Kamera ihre Arbeit machte, und fragte sich, warum er sie früher nicht genauer angesehen hatte. Ihre Frisur gefiel ihm, wie sie die Haare zu einem blonden Pferdeschwanz zusammengebunden hatte. Und diese Jeans und das violette T-Shirt, gar nicht übel, wie sie beides nett ausfüllte. Wie er Kathy jetzt so betrachtete, empfand Dante eine gewisse sexuelle Erregung. Es war, als hätte jemand in ihm einen Schalter umgelegt. Seit Monaten lief in seiner Ehe praktisch nichts mehr. Daher verblüffte ihn das plötzliche Ziehen im Unterleib. Diese Frau war immerhin lesbisch. Und praktisch gleichzeitig fragte er sich: Wie kann man so was schon mit Sicherheit sagen?

Sie hatte sich ein rotes Halstuch umgebunden, war etwa einsfünfundsechzig groß und wog wahrscheinlich fünfundfünfzig Kilo. Eine absolute Wucht, wenn man auf athletische Bräute stand. Eine echte Perle, dachte er, todsicher eine hundertprozentige Perle.

»Wie läuft's denn?« fragte Dante. »Siehst du was Aufregendes?«

»Sieht aus wie ein beschissenes Fitnesscenter in Rom. Ich hab noch nie so viel schwarze Haare und Muskeln auf einem Haufen gesehen. Aber hauptsächlich Haare.«

Sie ging mit dem Teleobjektiv ganz nah ran, glühte vor Begeisterung. »Ich hab ein Dutzend Schnappschüsse von Joseph. O Scheiße«, sagte sie. »Jetzt gibt er diesem scheußlichen, kleinen, fetten Widerling einen dieser Sons-of-Italy-Küsse.«

Jimmy nahm ein Fernglas und schaute durch die Jalousie. »Das ist Lilo Santamaria. Komm her, Dante«, sagte er und reichte Dante das Fernglas. »Das ist doch Lilo, oder? Ein Mafioso aus Brooklyn, ein *capodecina*.«

»Ja, wie er leibt und lebt«, bestätigte Dante.

»O nein!« schrie Kathy auf. Kichernd knipste sie munter weiter. »Der Fettsack klopft sich auf die Brust. Der sieht aus wie ein Gorilla mit Hut und Zigarre.«

»Lilo hat ungefähr zwanzig Leute auf dem Gewissen, Süße«, sagte Dante und gab Jimmy das Fernglas zurück. »Besonders lustig ist der Typ nicht.«

»Oh, das wird lustig«, sagte Kathy. »Und nenn mich bitte nicht Süße.«

»JoJo sieht gut aus«, sagte Jimmy, drehte sich zu Dante um und schenkte ihm sein Nimm-dich-in-acht-Lächeln.

Kathy warf ihm einen kurzen Blick zu.

»Tut mir leid«, sagte er.

»Was?«

»Daß ich dich Süße genannt hab.«

»Vergiß es.« Sich wieder ihrem Teleobjektiv widmend, flüsterte sie: »JoJo Paradiso, der schöne Prinz der One-hundred-and-first Avenue. Der Typ ist schon den ganzen Morgen hier, läuft auf der Straße rum, als gehöre ihm die Welt und sie schulde ihm ein Auskommen.«

»In seiner Welt ist das auch so«, sagte Dante.

»Wenn ich aber«, sagte sie, »mit diesem Ding hier richtig nah rangehe, dann sehe ich Sorgenfalten auf seinem hübschen Gesicht. Wie alt ist der Typ?«

»Neununddreißig«, sagten Jimmy und Dante wie aus einem Mund.

»Die Wanzen?« sagte Jimmy. »Wie steht's mit denen?«

»Zimmerwanzen«, sagte Kathy. »Die sind nie so besonders, aber wir kriegen genug rein.«

Vergangene Nacht hatte Ray Velasquez sich Zugang zum Club verschafft. Er war die Gasse hinunter zum Hintereingang gegangen und hatte sich ein schwarzes Laken umgehängt. Mit Hilfe einer Stiftlampe und seiner kleinen Trickkiste knackte er das Schloß.

Er benötigte exakt zwölf Minuten, um systematisch Wanzen im Nestor anzubringen. Drei Minuten brauchte er für die Tür. Es gab keine Alarmanlage; hätte es eine gegeben, würde er vielleicht weitere fünf Minuten benötigt haben. Im Inneren entfernte er die Fußleistensteckdose unter der Kaffeemaschine und ersetzte sie durch ein Duplikat. Vier Minuten.

Das Herz der neuen Steckdose war ein Sender. An der Zwischenwand, die den Clubraum von dem kleineren Hinterzimmer trennte, entdeckte er ein Wandtelefon. Die Kabel zum Telefon waren durchtrennt; allem Anschein nach war die Sache mit einem Beil erledigt worden. Die Wand war schartig. Obwohl nutzlos, war das Telefon selbst nicht beschädigt. Er entfernte die Sprechmuschel und ließ einen

Sender hineinfallen. Zwei Minuten. Ray ging davon aus, daß beide Wanzen nicht entdeckt werden konnten. Die Wanze in der Fußleistensteckdose besaß eine eigene Stromquelle, und die andere in der Sprechmuschel strahlte ein so schwaches Signal ab, daß sie niemals von einem Wanzensuchgerät aufgespürt werden würde. Korrektur – fast nie.

Er ging weiter zur Toilette und überprüfte das Fenster. Es war zugenagelt. Über dem Fenster befand sich eine Metallstange, an der zwei geblümte Gardinen hingen. Dahinter klebte er eine Wanze. Diese Wanze wurde von einer 10-Volt-Batterie gespeist, die etwa alle zehn Tage ausgewechselt werden mußte. Drei Minuten. Wenn ein Mafioso diese Toilette benutzte, konnte er Intimsphäre vergessen. Im Nestor Club würden die Stimmen und Körperfunktionen der Männer der Paradiso-Familie abgehört.

Ray stand in der Tür der Toilette und starrte auf den Lichtkegel seiner Stiftlampe. Es gab Augenblicke, besonders wenn er müde war, da meinte er, daß sein gesamtes Leben aus nichts anderem als Belauschen bestand. Trotzdem konnte er das reine, oberflächliche Vergnügen nicht abschütteln, das seine Arbeit ihm bereitete. Er träumte nicht von Schießereien und wilden Verfolgungsjagden, nicht von Ordensverleihungen im Präsidium vor großem Publikum und Reportern. Ray Velasquez phantasierte davon, ruhig seine Netze auswerfen und dann vorsichtig die bösen Jungs einholen zu können.

In einer Woche, vielleicht in zweien, so vermutete er, würden die Paradisos eine, sogar zwei der Wanzen finden. Aber alle würden sie nie entdecken. Da Mafiosi nun mal waren, wie sie waren, würde sich in ihnen ein Gefühl der Unverwundbarkeit breitmachen, sobald sie ein Abhörgerät gefunden hatten, denn sie rechneten durchaus damit, abgehört zu werden. Verstanden? Ein richtiger Denkertrupp. Wenn Mafiosi glauben, sie wüßten, was abläuft, kann nichts mehr ihre Meinung ändern. Deshalb werden sie auch von Freunden mit einem Lächeln umgebracht, deshalb werden sie auch erwischt und wandern für zehn oder zwanzig Jahre hinter Gitter.

Es war Rays eigene, private Daumenregel: Wenn man andere Räumlichkeiten als eine Familienresidenz verwanzt, dann verteilt man seine Ausrüstung gleichmäßig. Der übelste Dreckskerl von einem Killer hatte in seinem eigenen Haus das Recht auf eine gewisse Privatsphäre; Ray ließ die Finger von Schlafzimmern und Bädern. Aber in einem Club der Mafia nahm man jede sich bietende Möglichkeit.

Vor allen Dingen war Ray bewußt, daß mitgeschnittene Unterhaltungen, wenn sie in einem Strafverfahren Verwendung fanden, allen Beklagten zugänglich gemacht werden. Angeklagte haben ausnahmslos das Recht, die gerichtlich angeordneten Aufzeichnungen ihres Geschwätzes zu prüfen, und nur wenige Dinge bereiteten ihm mehr Vergnügen, als gemeinsam mit diesen Schwachköpfen die Worte zu hören, die von ihren besten Freunden und Partnern benutzt wurden. Besonders wenn diese Worte ihre intimsten Beschreibungen voneinander enthielten. In einem unvergeßlichen Fall beschrieb ein brutaler Killer, ein Soldat der Renina-Familie, seinen *capodecina* als »Penner, Schwuchtel und Babyficker, der es ohne die Verbindungen seiner Frau zu nichts gebracht hätte«.

Als Niederschriften der durch Wanzen aufgezeichneten Gespräche in Umlauf gebracht wurden, tauchten kurz darauf Leichen auf. Es fiel auf wenig Begeisterung, als der Renina-*capo* die blumigen Beschreibungen seines Soldaten hörte. Der Typ verschwand sehr schnell und auf Dauer von der Bildfläche.

Das Problem für die Sonderkommission Paradiso bestand darin, daß jede von Ray installierte Wanze ein eigenes Signal an einen speziellen Empfänger sendete. Überwachungsprotokolle, Niederschriften, mußten für jedes einzelne Gerät geführt werden. Keine kleine Aufgabe; wer wußte besser als Dante und Jimmy, daß Mafiosi, alle Mafiosi, quasselten wie verrückt. Sie verbrachten ihr Leben mit stundenlangen, bedeutungslosen Unterhaltungen. Um die Protokolle nicht auf die Ausmaße des Manhattaner Telefonbuchs anschwellen zu lassen, einigten sie sich auf die Verwendung der Kennzeichnung »allgemeine, nicht ermittlungsrelevante Unterhaltung« für jedes Gespräch, von dem sie kein Wortprotokoll anfertigen wollten. Das Gesetz räumte ihnen einen beträchtlichen Ermessensspielraum ein, was relevant war und was nicht.

Ihre Überwachungszentrale war eine leerstehende Dreizimmerwohnung über einem Teppichgeschäft. In der Küche gab es einen Gasherd und einen Kühlschrank, einen Resopaltisch und vier Stühle. Auf dem Tisch standen drei UKW-Empfänger, die an die Tonbandgeräte angeschlossen waren. Die Übertragungen waren nicht sauber, sie wurden immer wieder unterbrochen und von statischem Rauschen gestört, aber die Gespräche waren verständlich, und es war klar, daß es, wie sie erwartet hatten, jede Menge Gerede geben würde.

Der Raum, aus dem sie die Straße, den Nestor Club und den Süßigkeitenladen observieren würden, besaß drei altmodische Fenster, die von oben und unten geöffnet werden konnten. Kathy Gibbons hatte die Nikon und das Stativ vor dem mittleren Fenster aufgebaut. Jalousien schützten sie vor Einblick von der Straße. Links und rechts neben dem Stativ standen Barhocker, und in der Mitte des ansonsten leeren Zimmers stand ein Spieltisch. Auf dem Tisch lag ein Buch mit Polizeifotos jedes bekannten Mitglieds, Freundes oder Geschäftspartners der Paradiso-Familie. Auf der ersten Seite befand sich Salvatore Paradiso; die Aufnahme war dreißig Jahre alt. Damals war er dreiundvierzig gewesen. Unter dem Bild des Vaters ein Polizeifoto von JoJo. Es folgten – in alphabetischer Reihenfolge – die verschiedenen *capos*, die *soldati* ihrer Gruppen von *uomine d'onore*, Partner, Freunde und häufig benutzte Anwälte, Banker und ansonsten unbescholtene Geschäftsleute aus der etablierten Welt.

Die verschiedenen Familienbücher der Mafia waren zusammengestellt worden von Chief Inspector Martin, dem Leiter des Organized Crime Control Bureau. Dante hatte ihn an jenem Tag begleitet, als er sie dem First Deputy Police Commissioner übergab.

Sichtlich erschüttert, mit aschfahlem Gesicht fragte der Commissioner: »Begreifen Sie, in welch gigantischem Dilemma wir uns alle wiederfinden, wenn diese Bücher einem Journalisten in die Hände fallen sollten? Sie haben Leute hier drin, die noch nie verhaftet worden sind; bekannte, angesehene und politisch einflußreiche Menschen.« Dante erinnerte sich, wie der Commissioner noch hinzufügte: »Behalten Sie bei jedem Schritt Ihre Karriere im Auge, Inspector. Seien Sie vorsichtig.«

Inspector Martin ließ sich nicht leicht einschüchtern. Er verdeutlichte seine Ansichten ruhig und selbstbewußt.

»Es gibt in diesem Land viele kluge Menschen, die beträchtliche Summen durch das organisierte Verbrechen verdienen«, sagte er dem Commissioner. »Anwälte, Banker, Politiker und, ja, sogar der eine oder andere Cop. Aber niemand stellt diesen Leuten die richtigen Fragen. Mafiosi sind der Feind unseres Volkes, und Menschen, die mit dem Feind meines Volkes verkehren und sich anfreunden, werden zu meinen Feinden.«

»Wissen Sie, was ich denke, Inspector?« erwiderte der Commissioner. »Ich denke, Sie haben etwas von einem verrückten Eiferer. Ein Mann nach meinem Geschmack.«

Dante erinnerte sich, wie der Inspector gelächelt hatte, wie er ihm zugezwinkert und gegrinst hatte. Er erinnerte sich, wie er dachte, dann gibt es also noch Hoffnung.

Als er jetzt am Fenster stand, die Straße betrachtete, hörte er, wie Jimmy die Seiten des Familienbuchs der Paradisos durchblätterte und dabei leise pfiff. Wenn Jimmy pfiff, dann wußte Dante, daß er sich unwohl fühlte.

Über die Jahre war Dante klar geworden, daß Jimmy, anders als er selbst, die Welt nicht in Gut und Böse aufgeteilt hatte. Für Jimmy Burns existierte daneben noch eine riesige Grauzone. »Die Gesellschaft ist durch und durch korrupt«, sagte Jimmy einmal zu ihm. »Wie sonst will man das Drogen- und Gewaltproblem dieses Landes erklären?« Manchmal kam es Dante vor, daß Jimmy die Polizeiarbeit langweilte. Ganz sicher war Jimmy nicht wegen des Geldes dabei. Seine Eltern hatten ihm, soweit Dante wußte, ein stattliches Vermögen hinterlassen. Jimmy Burns war ein schrecklich ehrlicher Mann, davon war Dante überzeugt. Was ihn selbst betraf, würde er nicht laut zugeben, daß es nicht eine bestimmte Kombination von Umständen geben könnte, unter denen er es drauf ankommen lassen und sich etwas Geld einstecken würde. Andererseits war da die Erinnerung an seinen Vater, an die Kugel, die er sich in den Kopf gejagt hatte. Dante war zu der Erkenntnis gelangt, daß Gedanken, Phantasien und Tagträumereien nicht Handeln waren, nicht wirklich waren. Möglicherweise gab es so etwas wie die perfekte Kombination von Umständen gar nicht.

Für Dante war Jimmy Burns ein Mann der Tat, ein ehrlicher, harter Kerl in einer Zeit, in der harte Cops aus der Mode kamen. Auch wenn sie seit ihrer Kindheit eng befreundet waren, glaubte er doch, daß es eine dunkle Stelle in Jimmys Leben gab, die ihm unbekannt war.

An diesem Tag bereitete ihm wieder Geld Kopfzerbrechen. In Jimmys Gegenwart zwang er sich, das Thema nicht anzuschneiden, aber es verursachte ihm doch beträchtliche Magenschmerzen. Die Rechnungen des letzten Monats hatte er noch einmal begleichen können, indem er ein weiteres Darlehen auf seine Pension aufgenommen und sich ein paar Hunderter von seiner Mutter geborgt hatte. Er war bis über beide Ohren verschuldet.

Judy hatte das MasterCard-Konto bis zum Limit ausgereizt, als sie in das Haus gezogen waren, durch die Möbel und die Teppiche und eine Einbauküche von Macy's. Sie brauchten einen zweiten Wagen, also besorgte er sich ein

Autodarlehen und kaufte einen Nissan. Es kostete ihn fünftausend; Banken lieben es, Cops Kredite zu geben. Seine Sunoco-Karte war seit drei Monaten abgelaufen, und er hatte bislang weder die Versicherung für den Nissan noch für den Chevy bezahlt. Beim nächsten Zahltag rechnete er mit einem zweiten Scheck für die Überstunden, die er Weihnachten und Neujahr gemacht hatte; trotzdem, wie er da am Fenster stand und auf die 101st Avenue hinausschaute, ging er davon aus, seine Mutter um ein weiteres Darlehen anhauen zu müssen.

»Geht ihr kurz rüber und kontrolliert das Tonband mit dem angezapften Telefon?« fragte Kathy. »Oder soll ich das machen?«

»Wir sollten Verstärkung beantragen«, sagte Jimmy. »Du könntest einen Partner brauchen.«

»Ich habe drei Partner, wir brauchen keinen mehr«, sagte Kathy lächelnd.

»Die meiste Zeit wirst du allein arbeiten müssen«, sagte Dante.

»Feste Arbeitszeiten, sind gar nicht so übel. Und ich arbeite gern allein. Ich bin Einzelgängerin, wißt ihr.«

»Ray wird Überstunden einlegen. Ihr kennt ja Ray, wir werden ihn kaum bändigen können, wenn die Sache erst in Fahrt kommt«, sagte Jimmy.

»Und jetzt, wo mich meine Frau vor die Tür gesetzt hat, hab ich auch jede Menge Zeit«, sagte Dante.

Kathy schirmte die Augen ab und starrte auf die Straße hinunter. »Das geht vorbei«, tröstete sie. »Ray hat mir erzählt, es war nicht das erstemal.«

»Ach, ja? Und woher zum Kuckuck weiß er das? Wer hat ihm das erzählt?«

»Der Inspector hat es ihm erzählt«, sagte Kathy. »Irgendwer muß es dem Boss erzählt haben.«

»Wer denn zum Beispiel?«

»Du selbst«, sagte Jimmy. »Du hast es ihm neulich selbst erzählt. Vielleicht erinnerst du dich nicht mehr, ist aber wahr. Du hast ihm die ganze beschissene Geschichte erzählt, ich war dabei.«

»Ich hab's dir doch erst gestern abend erzählt, um Himmels willen. Neulich hab ich noch gar nicht gewußt, daß sie mich auf die Straße setzen würde.«

»Was hab ich dir gestern abend gesagt?« fragte Jimmy. »Hab ich dir nicht gesagt, du hättest getrunken, und du weißt, wenn du trinkst, dann hast du diese kleinen Aussetzer, kleine Blackouts.«

Kathy drehte sich zu Dante um und warf ihm ein kleines, nettes Lächeln zu.

»Bist du bescheuert?« sagte Dante. »Ich bin kein Alkoholiker, so viel trinke ich nicht.«

Jimmy senkte das Fernglas und starrte Dante einen Augenblick an. Er räusperte sich und setzte dann die Observierung der Straße fort.

»Tja«, sagte Dante.

»Ich will dich vor Kathy nicht in Verlegenheit bringen.«

»Schon okay«, sagte Kathy. »Bring ihn in Verlegenheit.«

»Na los, mach schon. Ich kann's verkraften, sag, was du zu sagen hast.«

»Judy hat dich letzte Woche rausgeschmissen. Aber du bist drei Nächte hintereinander zurück nach Hause gekrochen, hast gebittet und gebettelt, und sie hat dich reingelassen. Letzte Woche, Kumpel, hat dein Ärger angefangen, und jetzt steckst du echt in der Scheiße. Du hast es mir erzählt. Du hast es in meiner Gegenwart dem Boss erzählt.«

»Ja, und, was soll's?« fragte Dante freundlich, während er Kathy die Nikon abnahm.

»Vielleicht will er damit sagen, daß es nichts zu sagen gibt«, sagte Kathy. »Die meisten Cops, die ich kenne, wären sowieso besser nicht verheiratet.«

Dante grunzte und schüttelte den Kopf. Es erstaunte ihn, daß er sich überhaupt nicht mehr an die Unterhaltung mit dem Inspector erinnern konnte. »Du hast recht, Kathy«, sagte er. »Ich sage schon seit Jahren, daß Cops die schlechtesten Ehemänner abgeben.«

»Und Ehefrauen, vergiß die Frauen nicht«, sagte sie.

»Bei dieser Ermittlung, die wir hier laufen haben, kommt nichts raus«, sagte Jimmy. »Davon bin ich überzeugt – das heißt, nichts, außer daß Sie, Detective Gibbons, uns nicht die Frauen vergessen lassen werden.«

»Hast du kein besseres Thema, Jimmy?« konterte Kathy trocken und nahm die Nikon von Dante zurück, knipste die Typen unten auf der Straße. »So wie ich das sehe, gehören Frauen zu den wenigen Dingen in diesem Leben, die es wert sind, über sie nachzudenken.«

»Siehst du das so?« fragte Dante, wobei er es vermied, Kathy direkt anzusehen, schaute statt dessen auf die Straße.

»Worauf du einen lassen kannst«, sagte sie. Dann fuhr sie fort, ohne Unterbrechung. »Weißt du, Dante, du siehst gut aus. Trainierst du? Du siehst, ich weiß auch nicht, irgendwie sexy aus. Deine Haare sehen toll aus, deine Haut sieht toll aus, du hast keinen Bauch, und du hast diese großen, schwarzen Schlafzimmeraugen.«

Es munterte ihn auf, bewundert zu werden. Er sah Kathy kurz an, dann schaute er fort. »Willst du mich anmachen?«

»Es ist Frühling«, sagte sie. »Ich hab romantische Gefühle. Ich wache gern in den Armen von jemandem auf.«

»Tun wir das nicht alle?« fragte Jimmy.

»Entschuldige bitte, aber darf ich dir mal eine persönliche Frage stellen?« sagte Dante.

»Redest du mit mir?« fragte Kathy.

»Ich hab keine persönlichen Fragen an Jimmy, auf die ich die Antworten nicht schon längst kenne.«

»Ich würde nicht drauf wetten, Partner«, sagte Jimmy.

Dante zuckte die Schultern. »Kathy, ich würde dir gern eine persönliche Frage stellen.«

Jimmy fixierte ihn scharf. Dann schaute er sich schnell um. »Haben wir hier schon Telefon?«

»Das an der Wand in der Küche ist geschaltet«, sagte Kathy. »Wie persönlich?«

Jimmy schenkte Dante ein trauriges Lächeln, schüttelte den Kopf und verschwand in die Küche.

»Ziemlich«, sagte Dante.

»Äh, klar, ich denke schon. Warum nicht?«

»Gehst du mit irgendwem? Ich meine, hast du einen festen Freund?«

Sie sah ihn bewundernd an, ein Lächeln breitete sich auf ihren Lippen aus. »Ab und an auf die erste Frage, und nein auf die zweite. Genügt dir das?«

»Du gehst also manchmal mit jemandem«, sagte er und legte zur Betonung seine Hand auf ihre. »Aber du hast keinen festen Freund. Hab ich das richtig verstanden?«

»Wie jeder andere im Büro würdest du schrecklich gerne wissen, ob ich lesbisch bin.«

»Klar.«

»Tja, im Gegensatz zu den anderen hast du wenigstens den Mut, damit herauszurücken und zu fragen. Das gefällt mir.« Sie nickte wissend.

»Du wirst es mir nicht sagen, stimmt's?« fragte Dante.

Kathy schluckte und schüttelte unter seinem starren Blick langsam den Kopf.

»Heißt das, nein, du bist nicht lesbisch? Oder heißt es, nein, du wirst es mir nicht sagen?«

Kathy drehte sich um und sah ihn direkt an, streckte eine Hand aus und legte sie zwischen seine Beine. Kathy drückte einmal kurz zu, was ihn veranlaßte, zurückzuspringen und herumzuwirbeln. Damit hatte er nicht gerechnet, und es machte ihm ein bißchen Angst. »Mo-ment!« sagte er. »Sachte, immer schön sachte, Mädchen.«

»Ich wette, du denkst, ich hätte auch gern einen.«

»Ey, Dante«, rief Jimmy, »bist du fertig? Können wir jetzt gehen? Ich will rüber zum Telefonabhören. Der Boss wird auch da sein, er will mit uns reden.«

»Ich komme, ich komme«, sagte Dante.

»Oha«, sagte Kathy, »schön für dich.«

»Na dann«, sagte Dante, hielt seine Hand hin.

Kathy schlug ein: »Du bist in Ordnung, Dante, du bist okay.«

In diesem Moment wußte Dante, daß er's drauf ankommen lassen und versuchen würde, dieser Frau an die Wäsche zu gehen. Allerdings war jetzt nicht der richtige Zeitpunkt dafür.

»O ja, Kathy«, sagte Jimmy, »unser Junge hier ist ein echter Prinz.«

KAPITEL ACHT

Es wurde sieben Uhr, bis JoJo an diesem Abend das Haus seines Vaters erreichte. Er parkte auf der Zufahrt und stieg aus. Er konnte sich an keinen schöneren Abend erinnern. Sicher, es war heiß, ein bißchen zu heiß für Juni, aber er haßte nun einmal Kälte. Florida war angenehm, da war es warm. Gut und warm.

JoJo wollte im Grunde nichts anderes, als seine Gedanken in Ordnung bringen, denn er fühlte sich, als hinge er in der Luft. Du machst zu viele verschiedene Dinge auf einmal. Du machst dies und das, verausgabst dich, dachte JoJo. »Ja, und warum ist das so?« sagte er laut. »Weil alles erledigt werden muß – so einfach ist das.« In letzter Zeit ertappte JoJo sich immer wieder bei Selbstgesprächen. Er stand da und dachte weiter über das Leben nach und wie es geführt werden konnte, wenn man es einfach anpackte und lebte. Er schaute zum Haus seines Vaters auf, zu Monty Montana, dem Fahrer und Leibwächter seines Vaters, der mit seiner undurchsichtigen Sonnenbrille neben dem Jaguar stand. Sein Vater liebte diesen Wagen, den waldgrünen Jag mit den Sattelledersitzen.

Es war im allgemeinen zutreffend, daß Mafiosi von Salvatore Paradisos Kaliber sich ein angenehmes Leben machen konnten. Nach allgemeinen Maßstäben war er ein reicher Mann. Trotzdem bevorzugte er es, bescheiden zu leben. Es gab keine Anwesen, keine Landhäuser, keine Yachten, Flugzeuge oder Weltreisen. Genaugenommen machte er überhaupt nur sehr selten Urlaub. Sicherlich besaß der alte Mann Geld, es gab reichlich Bargeld, Bargeld für teure Kleidung. Er besaß ein Dutzend Anzüge, ungefähr fünfzig italienische Hemden und zwanzig Paar Schuhe. Es gab zwei Luxuslimousinen, den Jaguar und einen schwarzen Mercedes mit getönten Scheiben. Der Mercedes war JoJos Lieblingswagen. Die Autos waren auf die Baufirma seines Bruders John geleast und in Rhode Island zugelassen. Offiziell arbeitete JoJo als Firmenrepräsentant für Paradiso Construction. Er verfügte über ein dem Finanzamt bekanntes Einkommen von fünfundsiebzigtausend Dollar im Jahr und hatte nicht den blassesten Schimmer, wieviel er wirklich verdiente. John Paradiso kümmerte sich um die Bücher, die Geldwäsche und das Vermögen der Familie.

Salvatore Paradiso besaß einen Diamantring, ein goldenes Armband und eine Tiffany-Uhr, alles Geschenke von seiner Frau und seiner Tochter Patricia. Er aß zu Hause, hatte daher keine hohen Restaurantrechnungen, und er beteiligte sich niemals am Glücksspiel. Tatsache war, Salvatore Paradiso war ein genaues Ebenbild, eine Kopie all der altmodischen Mafiosi, die fest an die elementare Regel glaubten, daß man seine Zeit damit verbrachte, Loyalitäten zu zementieren, und sich ansonsten so bedeckt wie möglich hielt. Das war die *via vecchia*, der alte Weg, der kluge Weg. Urlaub machte er ausschließlich in seinem eigenen Haus in Boca Raton. Der Mann haßte es zu reisen, und wenn die Geschäfte Reisen erforderlich machten, dann schickte er JoJo. Mißtrauisch und scheu außerhalb seines Viertels, war er sich all seiner Fehler sehr bewußt, seines Mangels an Bildung, seiner Unfähigkeit, mehr als intelligenten Small talk mit jemandem zu führen, der nichts mit der Mafia zu tun hatte. Also blieb er zu Hause, sein Zuhause war so sicher wie nur was und erheblich gemütlicher als die meisten anderen Orte. Zu Hause war er der König, der Herrscher, der Don.

Bevor JoJo das Haus betrat, wechselte er ein paar Worte mit Monty Montana. Er erklärte JoJo, daß er auf Lina warte, um sie nach Hause zu fahren. JoJo war überrascht zu hören, daß Lina Santangelo, Haushälterin und Köchin seines Vaters, um sieben Uhr immer noch da war. Die scharfe alte Dame hatte ein Auge auf seinen Vater geworfen; JoJo wußte es und lächelte bei dem Gedanken.

»Willst du mal 'ne verrückte Scheiße hören? Dann geh in die Küche«, sagte Monty, »geh und hör dir an, wie dein Vater versucht, Rosalina zu erklären, wie er seine Mahlzeiten gekocht haben will. Er sagt, ich will's so oder so, und sie sagt, ich weiß selbst, was ich tue, laß mich in Ruhe. Ich meine, ist 'n Mordsspaß, denen zuzuhören.«

Monty war Vietnamveteran, Fallschirmspringer, ein Special-Forces-Typ, der mit siebzehn zur Army gegangen war. Ein knallhartes Kid aus dem Viertel, das was lernen, die Welt sehen und Abenteuer erleben wollte. In zehn Jahren Militärdienst lernte Monty nur wenig mehr außer Menschen umzubringen. Er hatte nichts, als er nach Hause kam, aber er war clever, ruhig und drehte nicht durch. Er konnte zehn, zwölf Stunden hintereinander stillsitzen wie eine Eule, es warf JoJo einfach um, wie still Monty sitzen konnte. Und er konnte, ohne mit der Wimper zu zucken, töten. JoJo hatte mit ihm gesprochen, kurz nachdem er von Bruno angeworben worden war, er fragte Monty, ob er jemanden töten könne. Und Monty antwortete, das weiß man immer erst, wenn's soweit ist. Aber könntest du? hatte JoJo unbeirrt nachgehakt. Und Monty sagte, klar, es macht mir einen Scheißdreck aus.

JoJo betrat das Haus mit seinem eigenen Schlüssel und schlenderte in die Küche. Er lächelte, als er seinen Vater und Lina begrüßte. Sein Vater, nahm er an, würde höchstwahrscheinlich wütend sein. Er hatte sich zwei Tage nicht mehr bei dem Skipper gemeldet. JoJos Lächeln wurde breiter, als sein Vater ihm erzählte, wie zermürbend es war, zu versuchen, dieser Neapolitanerin das Kochen beizubringen. Lina ergriff JoJos Hände, und mit verschränkten Fingern standen sie da; ihr erstaunter Gesichtsausdruck ließ ihn lachen.

»Ruf Nancy an«, sagte sein Vater.

»Später«, antwortete JoJo. Er ging zum Küchentisch und stellte die Tüte mit den beiden Roastbeefs ab, die Lilo ihm gegeben hatte. Er stellte die Tüte so, daß sein Vater sie sehen konnte. Lina nickte ernst.

»Sie hat seit einem Monat nichts von dir gehört«, fuhr sein Vater fort. Es folgte ein längeres Schweigen. Sein Vater richtete sein leeres, starres Lächeln auf ihn, ein Lächeln, das auf tausend Jahren Mißtrauen gründete.

»Sie bekommt jede Woche ihren Umschlag«, sagte JoJo. »Mehr will sie nicht, mehr hat sie nie gewollt.«

Sein Vater ging zum Tisch und warf einen Blick in die Tüte. Er griff hinein und tastete herum. »Fleisch von Lilo?« fragte er.

JoJo nickte.

»Ruf Nancy an. Menschen, denen du etwas bedeutest, sollten wissen, wo du bist.«

»Später«, sagte JoJo wieder, ging zum Kühlschrank und nahm sich ein Bier. Er setzte sich an den Küchentisch, steckte sich eine Zigarette an und rauchte, beobachtete, wie Rosalina Santangelo Kochanweisungen von seinem Vater entgegennahm.

JoJo lebte seit fünf Jahren von Nancy getrennt. Nicht geschieden, einfach nur getrennt. Sie würden sich scheiden lassen, wenn sein Vater starb, nicht früher. Er rief sie ein-, gelegentlich zweimal im Monat an, schickte ihr jede Woche tausend Dollar in Hundertern. Wenn Nancy mehr wollte, würde sie fragen. Was sie auch häufig tat, sie fragte, und JoJo schickte ihr dann, was immer sie brauchte, aber abgemacht war ein Tausender pro Woche. Nichts Schriftliches, es war einfach eine Abmachung zwischen ihnen.

Rosalina Santangelo, die von allen nur Lina genannt wurde, war mit einem langjährigen Soldaten der Familie namens Red verheiratet gewesen. Red Santangelo war vor drei Monaten mit Magenkrämpfen von einer Geschäftsreise für die Familie nach Rhode Island zurückgekehrt. Er klagte über eine Erkältung, sagte zu Lina, ihm sei so kalt, kälter, als ihm je gewesen sei. Sein Magen, sagte er ihr, bringe ihn noch um. Wahrscheinlich lag's an den scheißfrittierten Rhode-Island-Muschelpasteten, die er gegessen hatte. Red zog sich aus und ging ins Bett. Irgendwann nach Mitternacht rollte er aus dem Bett, und noch bevor Red Santangelo den Boden berührte, war er tot.

Fünfundsechzig Jahre alt und keinen einzigen Tag in seinem Leben krank gewesen, eine kleine Erkältung, ein bißchen Magenschmerzen, und peng, er war weg vom Fenster. Red Santangelo verließ sein Haus mit dem Leichenbestatter, hinterließ eine Metalldose mit ihren gemeinsamen Ersparnissen, genau zehntausend Dollar in Hundertern. Leute kamen zu seiner Totenwache und gaben Lina Umschläge mit darin gefalteten Geldscheinen. Die Männer, die kamen, flüsterten und nickten. Red mochte noch zu jung zum Sterben gewesen sein, aber wenn man das Leben bedachte, das er geführt hatte, dann war ein Herzinfarkt im Bett mit seiner Frau ein Geschenk, sagten manche, ein Geschenk Gottes.

Der Skipper war in seinem schwarzen Anzug zu Reds Totenwache gekommen. Die Klageweiber zogen immer wieder an Reds Sarg vorbei. Als der Don den Raum betrat, hörte alles auf. Lina Santangelo stand auf, als der Don sich ihr näherte. Sie hatte O-Beine und riesige Brüste. Als der Don sie küßte, begann sie zu weinen; vorher hatte sie nicht geweint. Als sie Lina heulen hörten, stimmten die bezahlten Klageweiber ein. JoJo erinnerte sich, daß es ein ziemlicher Zirkus gewesen war. Als der Don ihr zuflüsterte, daß sie nach einer angemessenen Trauerzeit in sein Haus kommen und seine Mahlzeiten kochen könne, und für diesen Dienst würde er ihr dreihundert Dollar wöchentlich zahlen, hörte Lina auf zu weinen und schenkte ihrem Don ein Lächeln.

Red Santangelo war dreißig Jahre lang ein loyaler Soldat gewesen. Er und Lina und der Skipper waren Freunde aus alten Tagen, und der Skipper schätzte beide sehr. Obwohl ein wenig klein und ein bißchen rundlich, war Lina Santangelo keine unattraktive Frau. Und das Wissen, daß der Don seit fast fünf Jahren Witwer war, gab ihr eine gewisse Hoffnung.

Sie wartete, daß der Geist von Red ihr Haus verließ. Das dauerte zwei Monate.

Monty Montana holte Lina jeden Morgen um sechs mit dem blauen Mercedes mit den getönten Scheiben ab und brachte sie für gewöhnlich gegen zwei wieder zurück. Wie sich herausstellte, gab es ein kleines Problem mit Linas Kochkünsten. Sie war Neapolitanerin, die wahre Wunder vollbringen konnte, wenn es um schwere Soßen ging, die sie Tunke und *ragu* nannte. Sie kochte mit Pancetta, luftgetrocknetem Speck, und viel Olivenöl und *lardo*, gesalzenem Schweinespeck. Sie machte selbst Würste, aß und kochte leidenschaftlich gern mit Prosciutto und verschiedenen Sorten Salami, luftgetrocknetem und geräuchertem Schwein. Zum Backen und Frittieren benutzte sie statt Butter *strutto*, ausgelassenes Schweineschmalz. Der Skipper, dessen Arterien so verstopft waren wie der Long Island Expressway an einem Freitagabend, aß nichts von alledem.

Lina und der Skipper stritten sich häufig, führten gutmütige Debatten. Der Skipper erklärte ihr, er sei Sizilianer, esse meistens Meeresfrüchte, wolle leichtes Öl und weiße Weine. Er liebte Gemüse, Broccoli, Endivien, Spinat, Zucchini, grüne Bohnen und Pilze, Fenchel und natürlich Auberginen. Lina erinnerte ihn, daß Sizilianer ihre Eier in Olivenöl brieten. Sizilianer, sagte sie, kochen wie Araber und sind berühmt für ihre schweren Gerichte.

Aber ich nicht, sagte er ihr. Ich habe ein krankes Herz, was hast du vor, willst du mein Herz auch so in die Luft jagen, wie du's bei deinem Mann gemacht hast? Ey, antwortete sie. Was willst du, ewig leben?

Es fehlte nicht an Respekt zwischen Lina und dem Skipper, sie war eine Frau der alten Schule, die ihren Platz in der Welt kannte, in der zu leben sie sich entschieden hatte. Immerhin hatte sie ihr Leben in den Armen eines Mafia-Soldaten verbracht.

Geboren in einem kleinen Bergdorf außerhalb von Neapel, war sie im Alter von fünf Jahren nach Amerika gekommen.

»In Italien«, erzählte sie einmal dem Skipper, »nehmen

die Männer den Frauen die Luft zum Atmen.« Lina riß dann die Augen weit auf und legte die Hände um ihren Hals, manchmal streckte sie dann auch die Zunge heraus. Sie konnte das Gesicht so verziehen, daß Mund und Nase sich berührten. Lina Santangelo brachte den Skipper zum Lachen, seit er sie kannte, und er kannte sie seit dreißig Jahren. Und Salvatore Paradiso liebte Kochgerüche und das Lachen.

»Jetzt hör mir zu«, sagte er ihr. »Willst du mir zuhören oder willst du weiter deinen Kopf wegdrehen? Zuerst nimmst du die Miesmuscheln, legst sie in ein Sieb und wäschst sie. Es sitzen winzige Algenstückchen in dem Spalt, und manchmal haben sich auch winzige Meeresmuscheln angeklammert.«

Lina drehte sich zu JoJo. »Weil er ein Mann ist, bildet er sich ein, er weiß alles«, sagte sie.

Die Vergnügtheit, mit der sie das sagte, veranlaßte Salvatore, seine Unterweisungen für einen Moment zu vergessen und zu lachen.

»Moment«, sagte er. »Hörst du mir jetzt bitte zu?«

»Nur zu«, antwortete sie.

»Du wäschst das alles, das dauert eine Minute. Dann stellst du sie beiseite. Du schneidest eine Zwiebel, du hackst etwas Knoblauch. Ich mag Knoblauch, also nimmst du für mich etwas mehr.«

Lina schaute von dem Blatt, auf dem der Skipper schrieb, auf und sah zuerst ihn und dann JoJo an. »Ich koche seit vierzig Jahren«, sagte sie. »Er will *mir* was von Knoblauch erzählen?«

»Dann«, fuhr der Skipper fort, »schneidest du eine rote Paprika in Streifen. Hack ein bißchen Petersilie, kein Basilikum. Basilikum ist zu intensiv für diese Soße, also läßt du die Finger von Basilikum. Du hast schon deiner Tochter Basilikum in den Schoß gesteckt, als sie schwanger war, daran kann ich mich noch erinnern. Ich weiß, daß du Basilikum verwenden möchtest, du tust in alles Basilikum, aber nicht in eine Miesmuschelsoße, okay? In einen schönen, schweren Topf kippst du dann ein paar Tropfen Olivenöl, und für mich noch ein Scheibchen Margarine. Ich will keine Butter, und ich will auch nicht zuviel Olivenöl, okay? Wenn du mehr Flüssigkeit brauchst, fügst du etwas Weißwein hinzu. Jetzt röstest du die Zwiebeln, den Knoblauch, die rote Paprika, die Petersilie. Füge ungefähr eine halbe Tasse Weißwein hinzu. Dann die Muscheln dazu, den Deckel drauf, und das Ganze läßt du ungefähr zehn Minuten kochen. Wenn du Dampf aus dem Topf entweichen siehst, schaust du nach, prüfst, ob die Muscheln offen sind. Du gibst die Muscheln wieder in das Sieb, öffnest sie und holst das Fleisch raus. Das Fleisch gibst du dann wieder in den Topf und fügst importierte Tomaten zu, *ohne* – hörst du mir bitte zu? – Basilikum. Das läßt du dann weitere zwanzig Minuten kochen. Du machst deine Pasta, importierte Linguine oder Spaghettini. Beide esse ich gern al dente. Du schüttest die Soße drüber, und fertig.«

»Und fertig?« sagte Lina.

»Fertig.«

»Kein Basilikum?«

»Nichts.«

Die Frau schüttelte sich angewidert.

»So, morgen ist Sonntag. Morgen lasse ich mir ein paar Dutzend Miesmuscheln frisch aus Sheepshead Bay bringen. Ich will meine Pasta mit den Muscheln, und als Beilage vielleicht Endivien, dazu ein Laib frisches Brot, und das ist alles, *fini.*«

»Ich wollte dir Spaghetti al Vesuvio machen, und gebratenes Hühnchen mit Kartoffeln.«

»Zuviel Essen. Ich will es nicht. Und du wirst mir keine Spaghetti machen, die nach einem Vulkan benannt sind.«

Plötzlich brachte Lina ihre Hüften in Bewegung. »Zuviel Essen«, sagte sie. »Kein Hühnchen und Kartoffeln. Nur ein paar schwarze Muscheln und Tomate, ein bißchen faserige Endivien.«

Lina hatte langes, schwarzes, graumeliertes Haar, das sie hochgesteckt trug. Sie trug ein dermaßen strenges und tristes schwarzes Kleid, daß man leicht denken konnte, es sei im letzten Jahrhundert gemacht worden. Sie hatte breite Hüften, die sie, wie JoJo bemerkt hatte, gern bewegte, und sie hatte einen guten Hüftschwung. Und mit dem Schwung ihrer Hüften wogten ihre Brüste hierhin und dahin.

All diese Bewegungen entgingen Salvatore Paradiso nicht, der sich allerdings weniger für schwingende Hüften und wogende Brüste als vielmehr für eine gute Mahlzeit bestehend aus Miesmuscheln und Pasta interessierte.

»Kommst du morgen nun oder nicht?« fragte Salvatore.

»Kommen? Kommen? Ey, ich bin seit zwanzig Jahren nicht mehr gekommen.«

»He«, sagte Salvatore. »So ein Gerede mag ich nicht. Du bist eine ehrbare Frau, warum redest du so?«

»Reden ist einfach, Don Paradiso. Reden, reden, reden. Ich bin nicht tot, weißt du. Mein Mann Red, der ist tot, nicht ich.«

»Tu mir einen Gefallen«, sagte Salvatore. »Nenn mich nicht Don Paradiso, das klingt dumm.« Er schenkte ihr ein Glas Wein aus einer offenen Flasche ein, die auf der Arbeitsfläche stand. »Hier«, sagte er. »Trink ein Glas Wein mit mir, und dann lasse ich dich von Monty nach Hause fahren.«

Über sein Bier beobachtete JoJo, wie sie mit seinem Vater flirtete. Ihre Anwesenheit erleichterte ihn; er hatte noch nicht entschieden, ob er dem Skipper von seinem Treffen mit dem Kubaner erzählen sollte. Während des Vortrags über Muschelsoße hatte sich der Gedanke in JoJo herauskristallisiert, daß sein Schritt zum Kokainhandel richtig gewesen war. Es war an der Zeit, daß er diese Familie übernahm.

Seinen Vater beobachtend, versuchte JoJo den Eindruck zu beurteilen, den dieser Mann bei Familienmitgliedern hinterließ, und wie er auf ihn selbst wirkte. Er wußte, daß sein Vater ein ausgesprochen umgänglicher Mensch sein konnte. Aber er konnte auch ein Tiger sein. Seine Größe und die stahlblauen Augen fesselten jeden, und sein Auftreten, seine Bewegungen, flößten erheblichen Respekt ein. Doch in letzter Zeit hatte JoJo einen sanften Zug an dem alten Mann bemerkt. Es war eine Eigenschaft, die er bei niemandem sonst in dieser Branche sah, dachte er, was den Skipper unvorsichtig machen und ihn das Leben kosten konnte.

Die Unterhaltung zwischen Lina und dem Skipper war so komisch, daß JoJo davon in Bann gezogen wurde, und er lächelte Lina an wie ein liebender Sohn. Seine leibliche Mutter war seit fünf Jahren tot, und urplötzlich verstand er das Gefühl, das sich in seiner Brust regte. Es war die Sehnsucht nach diesem Lachen, diesem tollen Lächeln, dieser wunderbaren Stimme. Ein entferntes, aber ähnliches Lächeln sah er nun auf dem Gesicht von Lina Santangelo. Seine Mutter war allerdings erheblich schöner gewesen. Carolina Paradiso war eine große Schönheit, viele sagten, sie habe ein Gesicht gehabt, das Erinnerungen an Sophia Loren weckte.

»Ich werde morgen früh hier sein, deine Wäsche waschen und deine Muscheln zubereiten«, sagte Lina gerade seinem Vater. »Meine Bedürfnisse werden sich immer den deinen subordinieren.«

»Was zum Teufel redest du da?« sagte Salvatore. »Subordinieren, wo hast du das Wort denn her?«

»Die Emanzen«, sagte sie, »benutzen das dauernd.«

»Was willst du mir damit sagen?« fragte Salvatore.

»Morgen ist Sonntag. Der dritte Sonntag des Monats. Am dritten Sonntag besuche ich gern meinen Sohn auf Staten Island.«

»Dann besuch doch deinen Sohn. Ich mach mir meine Muscheln selbst. Vielleicht solltest du gleich auf Staten Island bleiben. Zieh doch zu deinem Sohn, wohn doch im Keller. Er hat gesagt, er will ihn für dich ausbauen, also solltest du vielleicht rüberfahren und bei ihm bleiben.«

Salvatore Paradiso trank einen Schluck Wein, während

Lina den Kopf senkte und die Kochanweisungen auf dem Block vor sich las.

»Ich hasse seine Frau«, sagte sie. »Die Frau hat Fingernägel bis hier. Glotzt den ganzen Tag Fernsehen. Um dir die Wahrheit zu sagen, ich bin auch nicht direkt verrückt auf meinen Sohn. Vielen Dank, aber ich lehne das Angebot dankend ab. Ich werde in meinem eigenen Haus in Queens bleiben.«

»Tu, was du nicht lassen kannst.«

»Morgen früh.« Sie lächelte süffisant, schaute nicht auf. »Punkt neun steh ich in deiner Küche.«

»Gut.«

»Und wenn ich hier fertig bin, kannst du mich von Monty in dem großen Wagen nach Staten Island fahren lassen. Wenn ich aus dem Fond von dem Wagen steige, verschlägt's denen auf Staten Island glatt die Sprache. Denen fällt die Kinnlade bis hierhin runter.« Lina richtete sich auf, drückte die Schultern nach hinten, stemmte die Hände in die Hüften. Sie öffnete den Mund und hielt ihn ziemlich lange offen.

Zwei Stunden später, er saß immer noch am Küchentisch, plauderte mit seinem Vater über Lilo, Tommy Yale, Frankie F'n Furillo und den Jungen Vinny Rapino, wurde JoJo klar, daß er ihm unmöglich von dem Kubaner erzählen konnte. Warum sich selbst Ärger einhandeln? Bald, ja, schon sehr bald würde er es ihm erzählen müssen, aber nicht jetzt, nicht heute abend. Heute abend war einfach noch zu früh.

Sein Vater hatte Lina die Tüte mit den beiden Roastbeefs mitgegeben. Und bevor sie ging, hatte der Skipper sie zweimal geküßt, einmal auf die Wange, und dann noch einmal auf die Stirn.

Das Telefon klingelte. Nicky Black rief an, um seinem Schwiegervater mitzuteilen, daß er morgen vorbeikäme, und dann rief JoJos Bruder John an, nur um hallo zu sagen. Sein Vater wollte von JoJo wissen, ob Nicky immer noch mit dieser Frau in Jackson Heights zusammen war. JoJo nickte, sagte aber nichts. Sein Vater nickte ebenfalls, in deutlicher, aber stummer Mißbilligung. Einmal hatte JoJo seinen Vater gefragt, ob er Nickys Liebschaft ein Ende setzen sollte, und sein Vater hatte geantwortet, daß er Nicky eines Tages vielleicht ein bißchen weh tun müsse, um ihm das eine oder andere beizubringen. Aber er würde entscheiden, wann, es bestand kein Grund zur Eile. Als JoJo seinem Vater von Frankie Furillos Schlag gegen den Russen erzählte, saß Salvatore Paradiso mit auf dem Tisch gefalteten Händen da und hörte aufmerksam zu, starrte JoJo mit seinen alten sizilianischen Augen auf eine Weise an, daß JoJo den Kopf senkte.

Als JoJo über sich nachdachte, konnte er sich selbst nicht verstehen. Im einen Moment war er aufsässig und herausfordernd, er meinte, alles fest im Griff zu haben, und glaubte, die Verantwortung übernehmen zu können. Aber er machte sich nur was vor und wußte es auch. Und wohin er auch immer schaute, überall sah er diese gottverdammten Schlangenaugen. Als er Frankie F'n Furillos Coup zu erklären versuchte, kam von seinem Vater nur weiteres Schweigen und tiefes Atmen durch die Nase.

KAPITEL NEUN

Drei Tage waren vergangen.

Jimmy stand hinter einem Stativ in der Observierungswohnung, blickte auf den Eingang von JoJos Club hinab. Es war früher Vormittag, und es schien, daß dem Club ein geschäftiger Tag bevorstand. Ein steter Strom von Gangmitgliedern war hineingegangen und wieder herausgekommen. Über die versteckten Mikros kamen Geräusche und Bruchstücke von Mafiosi-Gesprächen. Dante war in der Küche und machte gerade Kaffee, als er hörte, wie sich auf der anderen Straßenseite unterbelichtete Schwachköpfe unterhielten.

»Ey, Frankie, es ist unglaublich, du kennst doch den Typ, wie heißt er noch schnell von da drüben? Drüben auf der First, der Typ? Looo, Louie, kennst du den Kerl? Tja, jedenfalls, ich glaub, der ist 'ne Schwuchtel.« Und die Antwort: »Nein, der ist keine Schwuchtel, der ist nur voll der Debile.«

»Ja, also, der geht aber wie 'ne echte Schwuchtel.«

»Ach, ja«, sagte Dante, schürzte die Lippen und nickte. »Weise Worte von der kriminellen Bedrohung der Nation. La Cosa Nostra. Was für ein Haufen Blödmänner.«

Jimmy und Dante waren an diesem Morgen um sechs zum Dienst gekommen, und gegen sieben, halb acht meldete sich Jimmys Pieper. Es war Inspector Martin, das wußte er, aber er wollte dem Boss solange wie möglich aus dem Weg gehen. Es war Monatsende, sein Bürokram war fällig, er war eine Woche mit seinen Tagesberichten im Rückstand und drei Monate mit seiner Spesenabrechnung.

»Können wir diese Kameras eigentlich nicht auf Automatik stellen?« fragte Jimmy. Er beugte sich über die Nikon und schraubte den Vierfachkonverter auf, hatte dabei seine muskulösen Arme um das Stativ gelegt. Kathy Gibbons saß ihm gegenüber, knipste mit ihrer eigenen Kamera munter vor sich hin.

Gegen zehn kam Ray durch die Tür, die ›New York Post‹ zusammengefaltet unter dem Arm, eine Tüte Bagels in der Hand.

Ray richtete Jimmy aus, daß Inspector Martin ihn sprechen wolle. »Ruf ihn an«, sagte Ray. »Der Mann piept dich schon seit einer Stunde an. Er hat mich heute morgen um sechs zu Hause angerufen, hat gesagt, er könnte dich nicht erreichen.«

Dante wollte von Ray wissen, was denn los sei. Ray sagte, er habe keinen Schimmer.

»Ich weiß, was er will«, sagte Jimmy. »Er will meine Tagesberichte und die Spesenabrechnung.«

Dante drehte sich um und schaute quer durch den Raum zu Jimmy, der schließlich zufrieden war, daß die Kamera, die er bediente, endlich so funktionierte, wie er es wollte. Jimmy bemerkte Dantes fragenden Blick, zuckte die Schultern und beugte sich wieder zur Kamera. Dante bot Ray eine Tasse Kaffee an.

»Rufst du den Boss an, Jimmy?« fragte Dante. »Oder soll ich das tun?«

Jimmy nickte, beantwortete dann die Frage in Dantes Augen. »Er wird uns bitten, mit ihm zu Mittag zu essen, Dante«, sagte er. »Es gibt zwei Dinge, die mir den Tag versauen könnten. Das eine ist, eine Kugel ins Maul zu kriegen, und das andere, mit dem Chef zu Mittag zu essen.«

Dante erwiderte nichts, drehte Jimmy den Rücken zu. Kathy kam mit ihrer Tasse in die Küche, und er schenkte ihr Kaffee nach.

Jimmy verließ das Stativ, kam rüber und riß verärgert den Hörer des Wandtelefons in der Küche von der Gabel. Dante schlürfte seinen Kaffee, fragte sich, was wichtig genug war, daß der Chef so früh rumtelefonierte. Er wurde nervös, beschloß, Kathy Gibbons zum Abendessen einzuladen. Er bemerkte, wie sie ihn anstarrte, während sie trank, und bekam einen dicken Knoten im Bauch. Er konnte sie bereits schmecken, die Abfuhr. Kathy wirbelte herum und ging hinaus in den Observierungsraum. Was für einen tollen Arsch die Frau hat, dachte Dante. Ray folgte ihr und begann zu fotografieren, was auf der Straße los war. Ray, wie es seine Art war, war äußerst gewissenhaft, überprüfte Blenden und Filmempfindlichkeit, versuchte das zur Verfügung stehende Licht zu beurteilen und so weiter. Die Leute in und um den Nestor Club waren ebenfalls gewissenhaft, intrigierten, heckten aus, schmiedeten Pläne. Mafiosi heckten permanent irgendwas aus. Ihre Tage und Nächte waren ausgefüllt mit einer nie endenden Abfolge von bedeutungslosen Besprechungen und Treffen. Aufstehen, anziehen, in den Club gehen, Tony abholen. Dann mit Vinny und Joe zum Frühstück rüber zum Griechen fahren. Speck, Eier und Gequatsche. Dann rüber nach Brooklyn, Treffen mit Louie auf einen Kaffee und noch mehr Geschwätz. Anschließend zurück nach Queens zum Mittagessen mit Willie und Tom, mal hören, was ansteht. Und so geht's weiter bis in den Abend, manchmal die ganze Nacht durch. Hier und da und überall, und die ganze Zeit schwatzen, schwatzen, schwatzen.

»Der Inspector sagt, wir haben die Bestätigung. Es gibt einen Informanten bei den Paradisos«, sagte Jimmy.

Dante zuckte die Schultern. »Spielt keine Rolle«, sagte er. »Warum sollte uns das betreffen?«

»Tut's nicht. Wir fangen gerade erst an. Was die Feds tun oder lassen, ist für uns irrelevant.«

Dante sah, wie Jimmy ihm einen Blick zuwarf, nur einen kurzen Blick. Er reichte Jimmy eine Tasse Kaffee, beobachtete, wie er sie trank, als wollte er eigentlich gar keinen Kaffee. Er dachte an das Treffen mit Inspector Martin bei der Telefonabhöreinrichtung am vergangenen Samstag; seitdem hatte er jeden Tag an dieses Treffen gedacht. Wie der Inspector lächelnd dort stand und sagte, dieser Paradiso-Fall kann sich noch zu einem ganz großen Ding entwickeln. Irgendwas regt sich in den Familien. Das FBI geht davon aus, daß es womöglich zu einem Krieg kommen könnte.

Für New Yorks Mafiosi war es die Jahreszeit. Die Pistolen ölen, die verspannten Gelenke in Schwung bringen und vom Rost befreien. Zeit, die Reihen zu lichten, Zeit für Taschentücher und Handschellen. Und aufgepaßt, ob *Der Pate I*, *II* oder *III* ins Kabelfernsehen kam. Mafiosi endeten der Länge nach ausgestreckt auf den Straßen, wenn diese Filme gezeigt wurden.

Es schien, als kämen kleinliche Eifersüchteleien im Frühling zum Ausbruch. Splittergruppen der Clans griffen nach mehr Macht und Prestige. Jeder wirkliche oder eingebildete Anlaß schickte rivalisierende Gangster in den Krieg.

New Yorker Mafiosi hatten keinen Sinn für Ort oder Geschichte, keine Liebe für das alte, arme und erschöpfte Land, das die *contadini* hervorgebracht hatte, die ihre Eltern und Großeltern waren. Sie waren amerikanische Gangster, nur sehr wenige sprachen überhaupt noch die Sprache ihrer Ahnen. Aber sie liebten die Idee der Mafia, das Konzept der Erbschaft, spürten auf irgendeine Weise, daß sie zu etwas Besonderem und Geheimem gehörten. Sie waren nur einfach nicht ganz sicher, was das war.

Als Antwort auf die Gangkriege starteten Bundesregierung und ortsansässige Bezirksstaatsanwälte jedes Frühjahr eine Offensive gegen die fünf New Yorker Familien. Wir werden besser, hatte Inspector Martin zu Dante und Jimmy gemeint. Das FBI zum Beispiel hat überall Informanten. Einer davon befand sich, so glaubte er, in unmittelbarer Nähe von Joseph Paradiso.

Die Feds vertrauten Inspector Martin und erzählten ihm so ziemlich alles, was sie wegen der Familien des organisierten Verbrechens unternahmen. Der Inspector wiederum erzählte dem FBI so wenig wie möglich. Inspector Martin ging es durchaus nicht darum, Informationen zurückzuhalten, er wollte nur ganz einfach die Feds nicht in alles einweihen, was er machte. Manchmal kam sich der Inspector als Betrüger vor, als würde er die Feds nicht fair behandeln. Manchmal, aber nicht oft. Er hatte auf der John Jay School of Criminal Justice zuerst den Magister gemacht und anschließend promoviert. Als klassischer Cop und in der North Bronx geborener Ire war der Inspector knallhart und durch und durch ehrlich. Katholisch bis in die Haarspitzen und politisch so weit rechts, wie ein zurechnungsfähiger Mensch rechts stehen konnte. Jeder, der ihn kannte, hielt Inspector Martin für einen außergewöhnlich anständigen Menschen. Außer wenn er trank. Wenn er trank, setzte Arthur Martin einem einen Absatz auf die Kehle, wenn man ihn verärgerte. Wenn er trank, genügte schon ein schiefes Lächeln, um ihn zu reizen. Er strich sich dann mit den Händen durch die Haare, und kluge Menschen, solche, die ihn kannten, verließen dann den Raum, das Haus, den Bundesstaat.

Es gab eine Zeit in seiner Jugend, da glaubten Freunde, der Inspector würde als Priester enden. Dieser Gedanke erledigte sich, als er ein Mädchen aus der Nachbarschaft kennenlernte, heiratete und sieben Kinder in die Welt setzte, ausnahmslos Jungs. Vor ein paar Jahren kam sein ältester Sohn in den Frühjahrssemesterferien vom Boston College nach Hause. Er fuhr eine Honda, ein schweres Motorrad, und hätte eigentlich von dem Fahrer des Sattelschleppers gesehen werden müssen, der ihn zu Tode quetschte. Nach außen schien der Inspector gut damit fertig geworden zu sein, schien Rückhalt in seiner Religion gefunden zu haben. Und er hatte ja noch sechs weitere Kinder.

Dante wußte es besser. Der Mann drehte völlig durch, sprang in eine Flasche Jack Daniel's und blieb eine ganze Weile drin. Mehr als nur ein paar Nächte hielt Dante ihn im Arm, hielt ihn fest. Damals dachte Dante, daß niemand, der Schmerzen hatte, so weinen konnte wie ein Ire. Der Inspector liebte diesen Jungen. Er liebte ihn nur ein kleines bißchen mehr als Dante O'Donnell. Und Dante vermutete, daß er den Inspector so sehr mochte wie jeden anderen außer Jimmy: nicht besonders. Die Wahrheit war, nachdem sein

Vater sich diese Kanone an den Kopf gesetzt hatte, konnte Dante niemandem mehr nahe stehen. Jeder, dachte er, war letzten Endes auf sich allein gestellt. Andererseits waren da seine Frau Judy und sein Sohn Danny. Er wollte sich nicht vorstellen, wie das Leben ohne die zwei sein würde.

Dante stand in der Küche und hörte Jimmy eine Weile zu, der hauptsächlich über den Informanten der Bundesbehörden redete. Wenn sie an ihn herankämen, wenn die Feds ihren V-Mann teilten, dann könnten sie hier richtig zur Sache kommen. Dante nickte ein-, zweimal, und seine Laune verschlechterte sich rapide, während Jimmy dastand und Scheiße redete.

»Du träumst wohl«, sagte er zu Jimmy. »Seit wann teilt das FBI einen V-Mann?«

»Vielleicht«, sagte Jimmy, »wenn man es richtig anstellt, wenn man sie darum bittet, Aufzeichnungen zu vergleichen. Irgendwas in der Richtung.« Jimmy klopfte mit dem Zeigefinger gegen seine Zähne. »Wir sollten uns was einfallen lassen, wie wir den Inspector dazu kriegen, die Feds anzusprechen.«

Dante registrierte beiläufig das Surren eines Motors; der Kühlschrankmotor. Und er empfand diese merkwürdige Nervosität. Merkwürdig, weil es keinerlei Grund dazu gab. Wen interessierte, was die Feds machten? Die ziehen ihr Ding durch und wir unseres, dachte er.

»Es ist ein Rätsel«, sagte Jimmy.

»Was ist ein Rätsel?«

»Wie wir an diesen Informanten rankommen, was sonst?«

Dante sah Jimmy an, und Jimmy erwiderte den Blick eigenartig. »Es ist dumm, sich darüber den Kopf zu zerbrechen, was die Feds vorhaben«, sagte Jimmy schließlich.

»Du hast mich reingelegt«, sagte Dante. »Ich dachte, genau das würdest du im Moment tun.«

Jimmy lächelte, und sein Lächeln breitete sich langsam über sein ganzes Gesicht aus. Dieses hübsche Gesicht. Es war eines dieser Lächeln, wie er es bei Jimmy kannte, seit sie Kinder waren, ein Lächeln, bei dem Dante sich wünschte, er könnte genauso zurücklächeln. Auch JoJo, erinnerte er sich, hatte dieses Lächeln.

»He.« Jimmys Stimme wurde leise und vertraulich. »Wem mach ich was vor, ich weiß, daß die Feds nicht teilen. Und die Wahrheit ist, wir brauchen sie nicht. Ich und du, großer Junge. Wer könnte besser sein als wir?«

Dante sah ihn an, ließ es aber dabei bewenden.

Dante kam der Gedanke, daß er JoJo Paradiso haßte, schon immer gehaßt hatte. *Hassen* war ein bißchen zu dick. Er *haßte* den Burschen nicht, er respektierte ihn nicht. Das war es, er hatte keinen Respekt vor JoJo Paradiso. Der Typ war verkorkst. Suchte immer nach dem leichten Weg. Jimmy mochte ihn. Hatte ihn schon immer gemocht. Ein altes, vertrautes Gefühl stieg in ihm auf: Eifersucht. Er war schon immer eifersüchtig gewesen auf Jimmy und JoJos Freundschaft, ihre Intimität. Die – ihm fiel kein besseres Wort ein – Schrulligkeit, die sie miteinander verband. Er dachte darüber nach, daß Jungs und Männer aus unterschiedlichen Gründen Freunde werden. Es war die menschliche Natur. Er hütete sich aber davor, zu lange über die menschliche Natur nachzudenken. Er verbannte alle Gedanken an die menschliche Natur aus seinem Kopf, fürchtete sich davor, wo sie ihn hinführen mochten.

Dann rief Kathy ihnen zu. »Kommt her, ihr zwei. Seht euch den Burschen an. Er ist jetzt den zweiten Tag hier, den zweiten Tag fährt er den Sohn Paradiso.«

Auf dem Weg zum Fenster steckte Dante sich eine Zigarette an. Er sah den schwarzen Mercedes vor dem Süßigkeitenladen parken. Zwei in Anzüge gekleidete Männer kamen aus dem Club und blieben neben dem Wagen stehen. Dann stieg JoJo auf der Beifahrerseite aus, schaute die Straße hinauf und hinunter, schlenderte auf den Club zu und winkte, als er zu Sonny the Hawk ging. Der Fahrer, er trug eine marineblaue Windjacke, folgte ihm.

»Boh«, sagte Kathy, die durch das Teleobjektiv schaute und ein Dutzend Aufnahmen machte. »Der Typ sieht mal gut aus.«

»Kenn ich nicht«, sagte Dante.

»Hab ihn noch nie gesehen«, sagte Jimmy.

»Ich schon«, sagte Ray. »Aber mir fällt sein Name nicht ein. Ein aalglatter Kerl, sieht aus wie ein Filmstar.«

Die Spulen des Tonbandgeräts hatten sich den ganzen Morgen gedreht. Dante und Ray gingen in die Küche und hörten zu. Die Männer im Club machten Sandwiches, sie aßen, und Dante hörte sich den Small talk an, wollte, daß ein Name gerufen wurde, ein Name, den er noch nie gehört hatte. Die Unterhaltung war gedämpft. Eine Stimme, die ihm vertraut war, bestellte ein Bier. Dann lachte jemand. Dante hörte zu, ohne wirklich zuzuhören: Sandwiches wurden gegessen, jemand fragte, ob irgendwer übers Wochenende nach Atlantic City fuhr, fragte dann nach der Brooklyner Nummer. Die Stimme klang jetzt nervös, eine Stimme, die Dante noch nie gehört hatte. Er berührte Rays Arm. Ray nickte.

»Hat irgendwer die ›News‹ oder die ›Post‹?« fragte die Stimme. »Ich brauch die Nummer.«

»Vinny«, rief JoJo laut, »du kriegst die Nummer später, erzähl ihnen erst mal von der Hochzeit. Na los, erzähl's ihnen. Die flippen aus.«

»Nee, die wollen das gar nicht hören.«

Ray ging zum Tisch hinüber und öffnete das Buch mit den Polizeifotos der Paradiso-Familie, blätterte schnell die Seiten durch. »Vinny Rapino«, sagte er. Klang dabei wie ein Staatsanwalt oder ein Gerichtsdiener.

»Hab schon von dem Burschen gehört«, sagte Dante leise.

»Erzähl's ihnen«, wiederholte JoJo.

»Ich hab's schon mal erzählt.«

»Mr. JoJo«, rief eine Stimme, die Dante als die von Sonny the Hawk identifizierte. »Ein Anruf für Sie.«

»Wir müssen uns unbedingt in diese Leitung einklinken«, sagte Dante. »Wir müssen das Telefon im Süßigkeitenladen anzapfen.«

»Das ist ein öffentlicher Münzfernsprecher«, sagte Ray. »Es ist die absolute Hölle, einen Richter davon zu überzeugen, die Abhörgenehmigung für ein öffentliches Telefon zu unterschreiben.«

»Wir brauchen's aber«, sagte Dante.

»Könnten wir eine kriegen?« fragte Jimmy.

Kathy unterbrach sie. »Unser Junge verläßt jetzt den Club und geht in den Süßigkeitenladen.«

»Ray«, sagte Jimmy, »warum versuchen wir's nicht einfach? Mehr als nein sagen können sie nicht.«

»Übernimmst du den Papierkram? Wir reden hier von zwei, drei Tagen Schreibtischarbeit, um die Anträge aufzusetzen. Und die Aussichten, daß ein Richter sich darauf einläßt, sind gering bis null«, antwortete Ray.

»Wenn wir einen Richter auf der Gehaltsliste hätten wie diese Mafiosi, vielleicht würden wir dann alles kriegen, was wir haben wollten«, sagte Jimmy. Er warf Dante ein freundliches Lächeln zu, und Dante nickte.

Plötzlich lachten alle unten im Club, und das Gelächter perlte aus den Lautsprechern der Funkempfänger.

»Von Ehe hab ich nie gesprochen«, hörten sie Vinnys Stimme. »Ich hab nur gesagt, Baby, ich glaub, ich liebe dich. Ich meine, zu der Zeit hab ich sie gebumst. Man sagt solche Sachen, wenn man die Beine einer Frau in der Luft hat. Ich meine, ich wenigstens. Und eh ich mich verseh, zack, schon baut ihr Vater den Keller um. Ich soll in Lilos Keller leben? Könnt ihr euch so eine Scheiße vorstellen?«

»Ich schon.« Bruno Grecos Stimme.

»Bruno, bei allem Respekt«, sagte Vinny, »ich wohne im Keller von niemandem. Ich werde überhaupt nirgendwo mit einer Frau zusammenwohnen, die einen Schnurrbart hat und mehr Muskeln als ich. Vorher würde ich euch bitten, mich umzulegen. Mein Gott!«

Es wurde still im Raum. Einen Moment lang lauschten sie auf das leise Summen der Tonbandspulen, die eine volle Umdrehung machten.

In geringer Entfernung von der Telefonwanze wieder Brunos Stimme: »Bitte nie um Dinge, die du nicht wirklich willst.«

»Herr im Himmel«, sagte Ray. »Dieser Typ ist beinhart, dieser Bruno Greco. Der schneidet dir das Herz raus und trinkt dein Blut. Der Typ ist böse, Mann.«

Dante trank seinen Kaffee aus und schenkte sich eine neue Tasse ein, diesmal verzichtete er auf Zucker und Sahne, wollte die volle Ladung Koffein.

»Dieser verschissene Greco«, grunzte Dante. »Der ist schon seit Urzeiten dabei. Wieso hat eigentlich noch keiner den Trottel in einen Teppich gewickelt?«

»Weißt du, in wie vielen Schlachten der Mann schon gekämpft hat?« fragte Jimmy. »Von den Gallo-Kriegen bis zur Revolution der Renina-Familie letztes Jahr – der Kerl ist angeschossen, abgestochen und von einem Laster angefahren worden. Einmal, hab ich gehört, hatten sie ihn in einem Raum mit drei hundsgemeinen Killern, die auf sein Blut aus waren. Raus kam er wieder mit ein paar Kratzern, und die Reninas hatten drei Soldaten weniger. Sie sagen, wenn die Nazis ihn im letzten Krieg auf ihrer Seite gehabt hätten, würden wir heute alle Deutsch reden.«

»Ach, ja?« fragte Dante. »Wer hat das gesagt? Wo hörst du all diese Scheiße?«

»Das ist Allgemeinwissen, mein Freund«, sagte Jimmy. »Das ist Allgemeinwissen.«

Dante verzog das Gesicht. »Affenscheiße. Was machst du, Partner, erfindest du diesen Mist einfach? Ich sag dir was, Jimmy. Heute in ein paar Wochen geh ich in diesen Club und schnapp mir diesen Spaghettipisser an den Ohren. Und ich werde sagen: ›Komm mit, Mister knallharter Bruno Greco.‹ Scheiß auf den Kerl. Und das ist erst der Anfang, wenn ich mir sein Ohr schnappe. Anschließend schleif ich ihn rauf in die Bronx und überlaß ihn eine Weile dem irren Freddie Miller. Wir werden ja sehen, wie böse der gute alte Bruno Greco ist. Ich pack ihn am Ohr, und Freddie nimmt ihn in die Mangel. Wir werden ja sehen, wie hart er ist. Scheiß auf den Kerl.«

»Tja, er ist nun mal wirklich ein harter Bursche«, sagte Jimmy.

»Scheiß auch auf dich«, wütete Dante. »Das ist das Problem mit den meisten Leuten, die mit diesen Wichsern zu tun haben: Sie glauben ihrer Publicity.«

»Ist das das Problem?« fragte Ray Velasquez.

»Ja, worauf du deinen Arsch verwetten kannst«, knurrte Dante und hatte das Gefühl, vielleicht eine Idee zuviel gesagt zu haben.

Kathy rutschte von ihrem Barhocker, kam herüber und stellte sich neben Dante. Leise und ruhig sagte sie: »Die sind wie Kinder, die sind nie erwachsen geworden. Ein Haufen ungebildeter Gassenjungen, die nie rauskommen, außer vielleicht ins Gefängnis oder auf den Friedhof.«

»Sag's ihnen, Kathy«, sagte Dante. »Du bist hier die einzige mit Verstand. Und«, fügte er listig hinzu, »wenn du richtig schlau bist, dann gehst du heute abend mit mir essen.«

»Aufgepaßt«, sagte Jimmy. »Mein Partner zieht seine Anmache ab.«

»Klar«, sagte Kathy. »Solange du nicht versuchst, die Rechnung zu übernehmen und später eine Gegenleistung dafür verlangst.«

»Ich bezweifle, daß das ein Problem wird«, sagte Jimmy.

»Abgemacht«, sagte Dante.

Jimmy sah sowohl amüsiert als auch verärgert aus, als Dante seinen Arm um Kathys Schultern legte und sie aus der Küche führte, und Pläne für das Abendessen schmiedete. Die andere Hand hielt er hinter den Rücken und zeigte Jimmy den Finger.

An diesem Abend, gegen zehn Uhr, verließ JoJo mit Vinny sein Haus. Als sie sicher waren, daß sie nicht beschattet wurden, sagte er Vinny, er solle den Block verlassen und nach Rockaway fahren. Vinny Rapino trat das Gaspedal des Mercedes durch und fuhr JoJo über die Cross Bay Bridge, dann über die Broad Channel Bridge nach Rockaway Beach.

An der Ecke Beach Channel Drive und 110th Street saßen sie im Wagen und warteten. Es verblüffte JoJo, daß Vinny immer wie aus dem Ei gepellt aussah, nagelneu, frisch geduscht, gut, das Hemd in einer ordentlich gebügelten Hose, die Schuhe immer auf Hochglanz poliert, das Gesicht frisch rasiert. Er war ungefähr einsachtzig groß und knapp siebzig Kilo schwer. So gut auszusehen, dachte JoJo, ist gefährlich.

Als es Punkt halb elf war, ging JoJo in eine Telefonzelle und wählte eine Nummer.

Das Telefon klingelte einmal. Sein Freund bei der Polizei meldete sich, sagte: »Wie geht's?«

»Verglichen mit was?« fragte JoJo.

»Ich hab Neuigkeiten, und zwar ausnahmslos schlechte«, sagte sein Polizeifreund.

»Warum läßt du mich nicht entscheiden, wie schlecht sie sind?«

»Das Telefon deines Vaters wird abgehört. Der Nestor Club ist völlig verwanzt, und die Feds haben einen Informanten in deiner unmittelbaren Nähe, so nah, daß er dir an die Wäsche könnte.«

»So gut sieht's also aus, hm?« fragte JoJo.

»Übel, Kumpel, ausgesprochen übel. Was wirst du unternehmen?«

»Was würdest du unternehmen?«

»Ich, ich würde wahrscheinlich irgendwen umbringen.«

»Tja, wenn du sonst nichts bist, mein Freund, originell bist du ganz bestimmt.«

Ein großer, dünner Bursche in einer Armyjacke kam um die Ecke und schlenderte mit in den Taschen vergrabenen

Händen an JoJo vorbei. Vinny sprang aus dem Wagen, und der Bursche sah ihn überrascht an. Und JoJo wußte, wenn er Vinny Rapino jetzt zunickte, würde er den Kerl erschießen. JoJo starrte Vinny an, sah ihm einen langen Moment in die Augen. Vinny Rapino schürzte die Lippen und nickte langsam.

»Nun, was wirst du tun?« fragte sein Polizeifreund wieder.

»Weißt du«, sagte JoJo in die Sprechmuschel, »manchmal denke ich, ich kann sehen, wo alle anderen blind sind. Manchmal bin ich richtig unheimlich. Ich hatte schon so ein Gefühl, daß sich was Merkwürdiges anbahnt. Hatte ich wirklich, ich hatte dieses komische Gefühl.«

Der Bursche in der Armyjacke verschränkte die Arme, als wäre ihm kalt, und ging weiter. Er torkelte leicht. Könnte ein Cop sein, dachte JoJo, wahrscheinlich aber nicht, wahrscheinlich nur ein Betrunkener, der einen Spaziergang macht, aber vielleicht auch ein Cop. Wer weiß, wen interessiert's. Was für ein unglaublicher Nerv, dachte er.

Wieder im Mercedes sagte JoJo: »Was war mit diesem Typ vorhin?« Ohne auf eine Antwort zu warten, fragte er Vinny, ob er schon mal in Rhode Island gewesen sei.

»Das ist in der Nähe von Maine, stimmt's?«

»Näher an Boston.«

»Moment«, sagte Vinny. »Ich hab eine Braut in Boston, eine von diesen amerikanischen Schlampen mit glatten, blonden Haaren, die würde dich aus den Latschen hauen.« Er gab Gas, fuhr einen Block und wendete rasant. Nicht schlecht, allerdings war auch kein anderes Auto auf der Straße. »Ich fahre wahnsinnig gern«, sagte er.

»Bring mich zurück zum Haus meines Vaters«, sagte JoJo. »Und hör auf, wie ein Bekloppter zu fahren. Du hast eine Pistole, oder?«

»Ja, klar.«

»Also, wir können darauf verzichten, angehalten und wegen einer Kanone eingelocht zu werden. Fahr, bring mich zügig hin, aber sei vorsichtig.«

Vinny lächelte verlegen und fügte eilig hinzu: »Der Typ in der Jacke war komisch, Mann. Meinst du, das war ein Cop oder so was?«

JoJo spielte seine Überraschung schlecht. »Ein Cop?« fragte er. »Warum sollte mir ein Cop nachspionieren?«

Ein Himmel-bewahr-uns-Ausdruck trat auf Vinnys Gesicht. »Gibt überhaupt keinen Grund«, sagte er. »Mir fällt da gar nichts ein, Boss«, sagte er. »Diese Braut, die ich oben in Boston habe, sie heißt Annie Sheldon, für ein amerikanisches Mädchen eine echte Schönheit. Ich sag dir, Boss, du kippst echt aus den Latschen, wenn du die siehst. Wohnt direkt in Boston.«

»Tja, es gibt eine Menge Dinge, die ich im Moment brauche, Vinny«, sagte JoJo. »Aber aus den Latschen zu kippen, gehört sicher nicht dazu.«

Vinny Rapino nickte. »Du setzt mich auf einen Sprung bei meinem Vater ab«, sagte JoJo. »Dauert nur eine Minute. Wenn ich wieder rauskomme, fährst du auf die 95 und weiter Richtung Norden. Wir sind dann erst mal weg. Ich muß irgendwohin, wo ich nachdenken kann, ein bißchen ausruhen. Ich bin total geschafft.«

Vinny zuckte die Schultern auf eine Art, die bedeutete, natürlich bist du das.

KAPITEL ZEHN

Später in dieser Nacht hatten mehrere Leute beunruhigende Erlebnisse.

Zuerst war JoJo dran, später war es Dante, und noch später, in den frühen Morgenstunden, irgendwann kurz vor Sonnenaufgang, während die Möwen von der Jamaica Bay auf einem blassen, grau-rosa Himmel kreisten, verabschiedete sich Kathy Gibbons logisches Denken samt jeder Beherrschung.

JoJo hatte wirklich sofort zum Haus seines Vaters zurückkehren und dem alten Mann sagen wollen, er solle nicht mehr die Telefone benutzen und über einen kurzen Urlaub nachdenken. Vergiß das Nachdenken, er würde ihm sagen, daß es Zeit für eine Reise zu seinem Haus in Florida war. Ihm sagen, du verläßt die Stadt, Pop. Es ist klug, hin und wieder zu verschwinden, sollten sich Feinde und Cops doch den Kopf zerbrechen. Er probte, führte ein kleines Selbstgespräch, bezwang seine Nervosität. Pop, wir haben einen Spitzel unter uns. Wie ein beschissenes Krebsgeschwür sitzt eine Ratte in den Eingeweiden der Familie. Schon allein der Gedanke daran machte ihn wahnsinnig. Spul noch mal die Unterhaltung ab, die du mit deinem Polizeifreund hattest, denk drüber nach, wer noch Bescheid wissen mußte, und fertig. Als er über die Brücke zurück nach Broad Channel kam, sagte er zu Vinny, er solle vor dem Chaplin's halten. Er spürte plötzlich Besorgnis in sich aufsteigen, sagte sich, er brauche eine Minute, um die ganze Sache noch mal gründlich zu durchdenken. Vinny sollte im Wagen warten.

Das Lokal war frisch renoviert und erinnerte an ein Austern-Restaurant; Grünlilien und Palmen in den Fensterplätzen, Kupferkessel hingen von der Decke, Captain's chairs an schweren Ahornholztischen, an die unverputzten Ziegelwände montierte Ruder und eine vom Salzwasser grau gewordene Vertäfelung aus Schiffsplanken. Das Lokal weckte in JoJo Erinnerungen an Reisen, daran, auf dem weiten Meer zu segeln. Abenteuer, alles hinter sich lassen. Es gab Drucke von Ozeandampfern, Schonern und zwei- und dreimastigen Segelschiffen. Er nahm an einem Tisch im hinteren Teil des Lokals Platz, achtete darauf, mit dem Rücken zur Wand zu sitzen. Über seinem Kopf drehte sich träge ein elektrischer Deckenventilator. JoJo hatte schon immer das Meer geliebt. Natürlich liebst du es, sagte sein Vater zu ihm, du hast es in den Genen. JoJos Urgroßvater war ein Seemann, der China und Japan gesehen hatte, ein sizilianischer Abenteurer, der in der Südsee gewesen war.

An der Bar stand ein Pärchen mittleren Alters, und zwei Frauen mit sehr kurzen Haaren saßen lange, schwarze Zigaretten rauchend an einem Tisch neben der Tür. Eine dieser Frauen trug eine blaue Regenjacke, Trainingshose und neue Tennisschuhe. Sie trank Bier. Ihre Freundin trug eine aquamarinfarbene Jacke und verwaschene Jeans; ein rosafarbenes Button-down-Hemd bedeckte, was JoJo ein Brett mit Erbsen nennen würde. Die Frau ohne Busen quasselte monoton weiter, erzählte ihrer Freundin, wie sehr sie New York haßte und ihren Bruder. JoJo ordnete sie in die Brie-und-Chablis-Truppe ein. Leute, mit denen er noch kein einziges Mal in seinem Leben ein Wort gewechselt hatte. Er wußte nichts von solchen Leuten, verstand überhaupt nichts von ihnen. Leute wie sie lebten in einer anderen Dimension, an einem Ort, der ihm so fremd war wie die Monde des Saturn. Auf dem Boden zwischen den beiden Frauen lag ein Rucksack.

Am entfernten Ende der Bar stand ein Schwarzer in karierter Hose, Lederjacke und schwarzer Ledermütze. Niemand in dem Lokal schien den anderen zu kennen, und das gefiel ihm.

Eine Kellnerin mit kurzen, schwarzen Haaren und Mittelscheitel kam an seinen Tisch und brachte ihm eine Schale mit kandierten Erdnüssen und Bretzeln. Sie fragte, ob er etwas trinken wolle. JoJo antwortete, das sei exakt das, was ihm vorschwebe. Sie fragte, was darf's denn sein? Und JoJo sagte, ein Wodka-Martini pur mit etwas Eis. Sie war klein und schmal, vielleicht fünfundzwanzig, sah nett aus in der schwarzen Jeans und der weißen Baumwollweste mit handgestickten roten Blumen über den Brüsten. Wahrscheinlich kann sie nicht mal einen Penner mit den Trinkgeldern bestechen, die sie in diesem Laden macht, dachte er.

Er mußte Bruno und seinen Schwager Nicky Black erreichen. Sie warnen, ihnen sagen, sich für eine Weile still zu verhalten. Und die anderen, all die anderen. Frustriert schlug er leicht mit der Faust auf den Tisch. Wem sollte er es noch sagen? Sprich mit jemandem, und es könnte sein, daß du mit einer Ratte redest. Er versuchte sich zu zwingen, ganz ruhig zu werden. Vielleicht, dachte er, einfach nur Bruno, sollte Bruno doch entscheiden, wem man es noch sagte.

Als JoJo der Kellnerin nachschaute, verstärkte sich seine Unzufriedenheit. Er war schon nicht mehr mit einer Frau zusammen gewesen, seit, Himmel, er konnte sich nicht erinnern, seit wann. In letzter Zeit bereitete ihm sogar schon das Flirten Mühe. JoJo unterdrückte diese unangenehmen Gefühle und dachte über sein Leben nach. Ein tolles, beschissenes Leben: Geld, Bräute, Spaß. Mordsmäßig viel Spaß. Was für eine ausgemachte Scheiße. Das Mädchen kam mit seinem Drink und ging wieder. Er trank den ersten Schluck von seinem Martini. Großer Gangster, dachte er. Was für ein Piß. Er stürzte den Martini runter, er hatte die Schnauze voll davon, daß jeder ihm auf irgendeine Art nur Probleme machte. Er dachte über seinen Freund bei der Polizei nach und fragte sich, ob er sich noch einmal mit ihm in Verbindung setzen sollte. Wer ist der Spitzel, diese Ratte an meiner Seite? Der Penner ist in meiner unmittelbaren Nähe. Er spricht mit mir. Wer ist es? JoJo wurde einen Augenblick überwältigt von dem Gefühl, sich in einem bodenlosen Zauberhut zu befinden, in dem alles spurlos verschwand.

Wie benommen von der Frage, wer der Informant sein könnte, saß JoJo eine Stunde an seinem Tisch. Er trank drei Martinis. Er hörte die Frau in der blauen Regenjacke sagen: »Klingt für mich nach Zen.« Sie hatte einen runden Kopf, volle Wangen und Schlafzimmeraugen, und dann noch diese wirklich kurzen Haare, wie ein männliches Modell in einer dieser Friseurmagazine. Sie rauchte nonstop.

Spontan ging er zum Telefon an der Wand und wählte die Nummer seines Polizeifreundes. »Bist du verrückt?« sagte der Freund sofort. »Von wo aus rufst du an?«

JoJo legte die Stirn gegen das Telefon. »Hör zu«, sagte er. »Tut mir leid, kein Grund zur Panik. Ich stehe hier an einem Münzfernsprecher im Chaplin's.«

Wieder die Stimme seines Freundes, ruhig und leise und persönlich. »Sei einfach nur vorsichtiger. Ich weiß nicht, was ich dir sagen soll.«

»Ich weiß, ich weiß. Du kannst mir nicht noch mehr sagen, hm? Wer ist dieser Drecksack? Nur ein kleiner Scheißhaufen oder einer meiner engsten Mitarbeiter? Wie nahe steht er mir?«

»Das FBI hat ihn. Er ist kein kleiner Scheißer. Ich weiß nicht, wer es ist. Freund«, sagte sein Freund, achtete darauf, nicht seinen Namen zu benutzen, »mir gefällt das nicht, ich mag's nicht, wenn du mich anrufst. Es ist nicht sicher.«

JoJo war es im Augenblick scheißegal, ob es sicher war oder nicht. Er empfand eine Mischung aus Panik und Zorn, und dann war da auch noch eine gewisse Erleichterung, als sein Freund sagte: »Ey, ich werd nicht zulassen, daß dir was passiert. Das weißt du. Ich halt die Augen offen, ich werde dir den Rücken freihalten, so gut ich kann. Aber ich kann nicht alles wissen, was abläuft, also sei einfach vorsichtiger.«

JoJo massierte seine Stirn. Laß es dabei bewenden.

»Ey«, sagte er, »tut mir leid, daß ich angerufen hab.«

»Tut mir leid, daß du das Gefühl hattest, noch mal anrufen zu müssen.«

Plötzlich war JoJo sehr müde. Er senkte den Kopf und zuckte die Schultern. »Wir sehn uns«, sagte er.

»Und du bist demnächst vorsichtiger, okay?«

»Danke«, sagte JoJo.

»Bedank dich nicht bei mir. Du brauchst dich nie bei mir zu bedanken. Das weißt du.«

»Ja, schön, trotzdem danke.«

Leg auf, leg auf, leg *auf*. Plötzlich fühlte er sich hundsmiserabel, wahnsinnig, wahnsinniger als üblich, seine Konzentration war dahin vor Wut und Angst. Er hatte sich inzwischen mit dem Rücken an die Wand gelehnt, hielt den Hörer in der Hand. Es war das furchterregendste Gefühl, das er je erlebt hatte. Er konnte den gottverdammten Hörer einfach nicht auflegen.

Er sah sie durch die Tür hereinkommen, erkannte den Burschen sofort, schaute dann schnell weg. Die Frau ging voraus, als wüßte sie, wohin sie wollte. Er konnte nicht anders, er drehte sich um und sah sie direkt an, während der Telefonhörer immer noch an seiner Hand klebte. Scheinwerfer flammten in JoJos Kopf auf; er konnte es nicht ausstehen, überrascht zu werden. Er fühlte sich, als säße er in einem Flugzeug und donnerte auf einen Berg zu. Seine Hand, seine Hand war an dem Hörer festgefroren.

Die Frau wandte sich ihm zu, lächelte ihn kurz an. Ein nervöses Lächeln. JoJo drehte sich eine Idee zur Seite, nahm den Hörer und legte auf. Die Kehle zog sich ihm zusammen, dennoch zwang er sich zu einem Grinsen. Ignorier sie, dachte er, geh einfach wieder an deinen Tisch, laß einen Zwanziger liegen und verschwinde. Auf dem Weg zu seinem Tisch griff er in seine Tasche und warf dem Pärchen wieder einen Blick zu. Wie dumm, Mann, wie ausgesprochen blöd. Er schaute fort und suchte den Raum nach seiner Kellnerin ab. Schlangenauge kam ihm wieder in den Kopf, dieser Dreckskerl Schlangenauge, und dieses flaue Gefühl in seinem Bauch verstärkte sich noch. Er drehte sich wieder um, und Dante starrte ihn an, als wäre er eine gottverdammte Fata Morgana. Schlangenauge.

Es mußte ihm anzusehen gewesen sein, denn Dantes Tonfall war leise und persönlich, als er sich näherte.

»Hey, JoJo, wie geht's denn so? Du siehst verdammt gut aus. Du siehst immer verdammt gut aus.« Ein großes Lächeln von Dante. Die Frau stand mit großen Augen da, als wollte sie sagen: Heilige Scheiße.

»Mir geht's gut, Dante«, sagte er. »Du siehst selbst aber auch nicht übel aus.«

Sie plauderten fünf Minuten, er schüttelte Dante und auch der Frau die Hand. Die Frau, bemerkte er, hatte einen verdammt festen Griff. Sie hieß Kathy. Dante war verheiratet, das wußte er. Er hatte Judy Dingsbums aus Richmond Hill geheiratet.

JoJo hatte Angst und wußte nicht, warum. Er sammelte sich und dachte: Was zum Kuckuck soll's? Er konzentrierte sich auf die letzten paar Sekunden dessen, was Dante sagte. Dante klang wie ein Typ in einem Film oder so, redete über die Zeit, als sie noch Kinder waren. Auch er war nervös. JoJo unterbrach ihn, indem er seine Hand nahm.

»Mann«, sagte Dante, »ist toll, dich mal wieder zu sehen. Wir sollten uns mal treffen. Ich sag Jimmy Bescheid, und dann gehen wir drei irgendwohin auf ein Bier oder so.«

Was für ein Haufen Affenscheiße. »Ja, ja, ja«, sagte JoJo. »Jederzeit.«

»Wo kann ich dich erreichen?«

»Ich bin immer im Club.«

»Die alte Adresse, hä?«

»Ja, ich bin so oft in dem Laden, ich gehör schon zum Inventar.«

»Ich komme mal vorbei.«

»Hör zu«, sagte JoJo. »Ich kenne den Typen, dem der Laden hier gehört. Was sagt ihr, wenn ich euch zum Abendessen einlade?« Er drehte sich um, suchte wieder nach der

Kellnerin und spürte, wie Dante seinen Ellbogen ergriff. JoJo sah Dante in die Augen. »Nur das Abendessen«, sagte er. Er war unsicher, wußte nicht, was er sagen sollte. Sie hatten beinahe Nase an Nase dagestanden; Dante trat einen Schritt zurück. Er verschränkte die Arme, und auf JoJo wirkte er unnatürlich. Aber immer noch derselbe alte Dante, hart wie Stein, während in seinem Kopf der Teufel los war. Man konnte nie sagen, was der Junge, also der Mann dachte. JoJo nickte bedächtig, als wäre dies ein Zeichen seines Verständnisses von Dantes durchgeknalltem Kopf.

»Du bist immer noch Bulle, Kumpel, stimmt's?« fragte JoJo.

»Sicher.«

»Ey, wir sind alte Freunde. Ich kann dich zum Abendessen einladen. Ich werd's auch keinem verraten«, sagte JoJo beiläufig, hauptsächlich um die Stimmung aufzulockern, die langsam düster wurde.

»Danke für die Einladung, Kumpel«, sagte Dante. »Aber diesmal sag ich nein. Beim nächsten Mal gehen wir in einen richtig teuren Laden in der City.«

Er versuchte, locker und freundlich zu klingen.

»Von mir aus.«

»War nett, Sie kennenzulernen«, sagte Kathy. Sie klang sehr höflich.

»Sind Sie auch ein Bulle?« fragte JoJo.

»Mein Leben ist ein Geheimnis«, antwortete sie mit einem breiten Grinsen.

»Meins auch«, erwiderte JoJo. Alle stießen ein kurzes, unechtes Lachen aus. »Wenigstens hoffe ich das«, flüsterte er und zielte diesmal auf einen echten Lacher ab. »Paßt auf«, sagte er, »ich muß mich auf die Socken machen. War toll, dich mal wieder zu sehen, Dante. Und, Kathy, es war interessant, jemanden mit einem geheimnisvollen Leben kennenzulernen.« Ihr Gesicht hatte einen ruhigen, verträumten Ausdruck, wirkte gefaßt. JoJo drehte sich um, er wollte so schnell wie möglich durch die Tür.

Kathy rief ihm nach: »Netten Wagen haben Sie da draußen.«

»Geliehen«, rief JoJo zurück.

Dante winkte der Kellnerin zu.

Scheiße, dachte JoJo, die Braut kennt meinen Wagen. Scheiße.

Dante saß mit gefalteten Händen da und starrte auf die Tür des Restaurants. Neben ihm starrte Kathy ihn an, während sie eine Virgin Mary trank. Kathy trank zuviel, und diese Tatsache war Dante bislang entgangen. Ihr Alkoholproblem war nur einigen wenigen im Department bekannt. Inspector Martin wußte es, und solange sie trocken blieb, konnte ihn kaum weniger interessieren. Er genehmigte sich selbst gern einen und verstand sie, wenigstens dachte er das. Was er nicht wußte und auch nie verstehen würde, war, daß sie auch schon einmal ein heftiges Kokainproblem gehabt hatte.

Dante lehnte sich zurück, steckte sich eine Zigarette an und faltete die Hände über dem Bauch. »Das ist ein Ding«, sagte er. »Ich kann's immer noch nicht fassen, daß wir dem Kerl begegnet sind.«

»Hör auf, die Tür anzustarren«, sagte Kathy. »Mach nicht so ein Gesicht. Ich glaube nicht, daß er noch mal zurückkommt.«

»Das ist ein Ding. In zehn Jahren bin ich dem Kerl nicht ein einziges Mal über den Weg gelaufen. Das ist vielleicht ein Ding«, sagte Dante. »Er hat nervös gewirkt, fandest du nicht auch?«

Sie antwortete ihm, indem sie eine Hand auf seine legte. »Du hast recht«, sagte sie. »Er war blaß wie ein Gespenst. Aber er scheint dich zu mögen. Wirklich.«

»Der Geist der vergangenen Weihnacht«, sagte Dante. Er lachte und schüttelte den Kopf.

Kathy strich Butter auf ein Roggenbrötchen, es war hart, mehr als nur altbacken, und sagte: »Du kennst ihn, hm?«

»Ob ich ihn kenne? Und wie wir uns kennen. Ich und Jimmy und JoJo Paradiso sind zusammen aufgewachsen«, sagte Dante.

»Das ist nicht dein Ernst.«

Dante schien sie nicht zu hören.

»Er hat nervös und blaß ausgesehen. Ich hab JoJo noch nie blaß gesehen. Der Mann hat vor irgendwas Angst. Warum und wovor, das ist die große Frage. Warum hat es ihm so einen Schock versetzt, mich zu sehen? Es ist sein Leben, vermute ich. In seinem Leben kann jederzeit der Tod durch die Tür treten. Ich nehme an, wenn man von jemandem überrascht wird, der unerwartet durch eine Tür kommt –«

»Ich wußte nicht, ob er den Mercedes dabei hat«, sagte sie. »Ich hab ihn nicht auf der Straße gesehen. Ich dachte, ich piesacke ihn ein bißchen. Laß ihn wissen, daß ich seinen Wagen kenne. Da hat der gerissene Bastard was zu beißen.«

Dante sah sie einen Moment an, dann trank er sein Bier aus. »Hör zu, Kathy«, sagte er. »Als wir reinkamen, hat er telefoniert.« Er suchte das Restaurant ab. »Von diesem Wandtelefon aus, dort hat er gestanden.«

»Ja, hat er.«

Dante stellte sein Glas ab.

»Falls er einen Anruf von hier aus gemacht hat, meinst du, wir können rauskriegen, welche Nummer er angerufen hat?«

»Da bin ich überfragt, ich hab keinen Schimmer von diesem Kram. Wir können Ray fragen. Der wird's wissen. Wir notieren uns die Nummer des Apparates und schreiben uns die Uhrzeit auf. Wann war das, um elf, fünf nach elf?«

Dante zog einen Kugelschreiber aus seiner Hemdtasche und schrieb *zwischen 23 Uhr 00 und 23 Uhr 05* in seinen Block, dann malte er eine Reihe Ausrufezeichen dahinter. Er fühlte sich jetzt vollkommen ruhig.

Die Kellnerin kam zurück, und sie bestellten weitere Getränke, ein dunkles Beck's für Dante, und für Kathy ihren

Virgin Mary. Dante bestellte ein Schwertfisch-Steak mit Salat, Kathy nahm gegrilltes Hähnchen mit Frühkartoffeln.

Als JoJo zum Haus seines Vaters zurückkehrte, schlief der alte Mann bereits. Er setzte sich auf die Bettkante, weckte seinen Vater und wiederholte das Telefongespräch mit seinem Freund bei der Polizei, sagte seinem Vater, es sei Zeit für einen Urlaub. »Die Sache ist«, sagte er, »ich weiß nicht, wem ich es sonst noch erzählen soll. Diese Ratte kann jeder sein. Ich sag's dir«, fuhr er fort, bevor sein Vater protestieren konnte, »es könnte gottverdammt jeder sein. Wem können wir vertrauen? Ich halte es nicht für klug, die üblichen Leute zusammenzutrommeln. Könnte gut sein, daß dieser Bastard sich ganz in unserer Nähe befindet.«

»In einer perfekten Welt, mein Sohn«, sagte sein Vater, »könnten wir mit allen Lügendetektortests machen.« Er lächelte.

Was ist er, dachte JoJo, ein unschuldiges Baby im dunklen Wald? Findet er das wirklich witzig? Sprachlos zuckte JoJo nur mit den Schultern.

»Ich bitte dich, Joseph«, sagte der Skipper jetzt leiser, als könnte sie jemand belauschen. »Du glaubst doch nicht im Ernst, daß es Bruno ist oder Nicky Black oder der Zwerg. Auch der Dancer kommt nicht in Frage. Er hat nicht gesagt, wer's ist?«

»Er hat nur gesagt, der Bursche wäre ein wichtiger Bursche. Die Feds geben sich nicht mit einem zweitklassigen Scheißhaufen ab.«

»Ein wichtiger Bursche? Was zum Kuckuck soll das heißen? Wieso bist du so blaß?«

JoJo zuckte die Schultern, schaute sich um. »Ich, blaß? Ich bin nicht blaß, Pop. Ich bin stinksauer, aber blaß bin ich nicht.«

»Komm her«, sagte sein Vater. Er legte einen Arm um JoJos Hals und zog ihn zu sich herunter. »Ich beiße nicht. Komm her.« Er drückte mit dem Arm um JoJos Hals fester zu und küßte ihn auf die Wange. Sein Bart war rauh, und er hatte leichten Mundgeruch. In JoJo machte sich ein Gefühl der Wärme und Zuneigung breit, er war den Tränen nahe. »Laß dich von dieser Scheiße nicht fertigmachen«, sagte sein Vater. »Was wollen Sie tun? Sie setzen irgend so einen Gernegroß vor eine Anklagejury. Soll er doch quatschen. Die können uns nichts. Die Welt um uns ist die Welt, die uns schützt. Hör auf, dir Sorgen zu machen.«

»Du fährst nach Florida, Pop. Du nimmst Monty und vielleicht noch einen der anderen mit und fährst runter.«

»Okay, ich fahr. Natürlich fahr ich. Ich nehme Monty mit, und Lina auch. Weißt du, diese Frau ist seit ihrer Ankunft in Amerika noch nie aus New York City rausgekommen.«

»Gut. Nimm alle mit, die du mitnehmen willst, fahr nach Boca, amüsier dich, Pop. Ein Urlaub wird dir guttun.«

Sein Vater schüttelte langsam den Kopf. »Ich fühle mich schon eine Weile angespannt, du weißt schon, verkrampft«, sagte er. »Ein, zwei Wochen in Florida könnten genau das Richtige sein. Und du, was machst du?«

»Ich fahr zu John rauf.«

Sein Vater nickte kurz. »Gute Idee. Geh und besuch deinen Bruder. Grüß ihn von mir.«

»Ja.« JoJo grinste. »Wenn du mich brauchst, benutzt du einfach Johns Pieper.«

»Du findest schon heraus, wer dieser Verräter ist. Erinnerst du dich noch, wie wir vor ein paar Jahren Philly Rags aus der Reserve gelockt haben? Erinnerst du dich noch, wie wir das gemacht haben? Benutz deinen Kopf, mach etwas, wie wir es bei Philly gemacht haben.«

JoJo nickte, fühlte sich jetzt auf eine diffuse Art wieder zuversichtlicher, wollte aufbrechen. »Du hast recht, Pop. Falls es eine Gerechtigkeit gibt, werde ich diesen Arsch von einer Ratte nageln.«

»Gibt es die? Glaubst du, es gibt irgendwo noch Gerechtigkeit, JoJo?«

»Ja, sicher. Sobald gutes Geld im Spiel ist, findest du immer Gerechtigkeit.«

Sein Vater drückte ihn noch einmal, von all der Drückerei bekam JoJo regelrecht eine Gänsehaut.

»Paß auf dich auf«, sagte sein Vater. »Du bist der Beste, den es gibt. Der Beste, den ich habe.«

Auf der Fahrt nach Manhattan versuchte Dante sich vorzustellen, wie er Kathy nach dieser Lesbensache fragen konnte. War sie oder war sie nicht? Aber er brachte nicht mal den Mut auf, sich die Worte zurechtzulegen, die er benutzen würde. Ich bin, äh, neugierig, was diese Lesbensache betrifft. Ich bin, äh, neugierig ... Du würdest nicht glauben, was man mir über dich erzählt hat, ha-ha. Vergiß es, dachte er, laß es einfach dabei bewenden.

Dante fühlte sich nach dem Bier beschwingt. Er phantasierte davon, richtig auszuflippen, sich hackezu zu saufen, vollzudröhnen, einen zu packen. Er fragte sich, was Jimmy vorhatte. Er fragte sich, wie Kathy unter ihren Klamotten aussah. Sie kam ihm vor wie eine kräftig gebaute Frau mit breiten Schultern und riesigen Brüsten, in Jeans wirkten ihre Schenkel muskulös und stark, und sie hatte einen dieser herzförmigen, hochsitzenden Ärsche, wie man sie oft in Harlem sieht.

Sie parkten auf der Straße kurz hinter der Ecke First Avenue und Fifty-fourth Street. Das Sheridan's war angeblich ein ziemlich gutes Lokal zum Trinken. Es war eingerichtet wie ein irisches Pub. Dunkle Holztheke und Drucke von der alten Heimat; Kupferkessel und kleinere landwirtschaftliche Werkzeuge hingen von der Balkendecke. Zwei Barkeeper in weißen Hemden; ein kleiner Farbfernseher über der Theke in der Ecke neben der Tür.

Es war fast eins, und der Laden war gerammelt voll. Es gab keine freien Barhocker mehr, also standen er und Kathy an einer brusthohen Trennwand aus Eiche, auf die sie ihre Gläser stellten, der Gin des Hauses auf Eis für ihn, Club

Soda für Kathy. Sie standen sich gegenüber, sie mit dem Rücken zur Tür. Hinter ihm an der Theke saßen drei Frauen mit eingefrorenen Lächeln auf den Lippen und taten, als sähen sie einigermaßen konzentriert fern. Der Ton war abgedreht. Dante konnte nicht sagen, welche Sendung gerade lief, eine dieser Talkshows aus dem Kabelfernsehen; ein Mann saß auf einem Sofa und hörte höflich zu, während ein in Leder gekleideter Spinner mit rasiertem Schädel lautlos vermutlich irgendein wirres Zeug faselte.

»Trinke ich heute abend allein oder was?« fragte Dante.

»Ich trinke doch«, sagte Kathy. Ihr Blick schoß im Raum hin und her. Sie sah ihm ins Gesicht, starrte ihn direkt an, dann blickte sie an ihm vorbei zur Theke hinter seinem Rücken.

»Was zum Kuckuck glotzt du an?« Er drehte sich um und sah lediglich eine Kneipe voll Menschen, vielleicht fünfzehn Kerle und acht Frauen.

Kathy schüttelte den Kopf und lächelte.

Ein großes, dünnes Mädchen kam herein. Sie trug einen dieser Bodysuits unter einem weiten grünen Pullover. Die Typen in ihrer Nähe machten plötzlich Platz. Kathy runzelte die Stirn, schien sich in sich zurückzuziehen.

Während der Fahrt in die City hatten sie über berufliche Dinge geredet und viel gelacht, hatten den spießigen Ray und Inspector Martin auseinandergenommen. Dante hatte ihr von seinen Jahren mit Jimmy erzählt, daß sie sich so nahe standen wie Brüder. Gutes Cop-Gerede, daß jeder andere ein Schmock war und blödes Zeug redete, daß die Welt außerhalb ihrer Welt knüppelvoll mit Menschen war, die sie ankotzten. Sie hatten gelacht und sich gegenseitig die Ellbogen in die Rippen gestoßen. Bevor sie das Sheridan's betraten, hatten sie sich in die erhobenen Hände geschlagen, los, schnappen wir sie uns. Jetzt kam Kathy wieder auf den Boden der Wirklichkeit runter und wurde ernst.

»Siehst du die Frau da?« fragte sie ihn.

»Die mit dem Pullover?«

»Hm-hm. Weißt du, ich hab' mich den ganzen Abend gefragt, wie ich's dir sagen sollte, also werde ich's jetzt ganz einfach sagen.« Sie blinzelte Dante an, wie um das alberne Lächeln zu interpretieren, das sich auf sein Gesicht geschlichen und dort niedergelassen hatte. Dante schaute fort. Kathy ließ ihren Arm auf seine Schultern fallen, und als er sich zu ihr umdrehte, fixierte sie ihn.

»Diese Frau«, sagte sie, »diese Frau in dem Bodysuit. Also ...«

Sie murmelte irgendwas, und Dante zuckte zusammen.

»Was hast du gesagt?« fragte er.

»Ich sagte, das ist mal eine gutaussehende Frau. Und um dir die Wahrheit zu sagen, ich läg lieber zwischen ihren Beinen als zwischen deinen.«

Na also. Dante ging zur Herrentoilette.

Vinny Rapino fuhr mit dem Mercedes zehn Meilen über der Geschwindigkeitsbegrenzung; es war noch nicht zwei, als sie von der Interstate auf eine Straße abbogen, die sie in die Stadt namens Narragansett in Rhode Island brachte.

Den größten Teil der Strecke hatte JoJo Sinatra-Kassetten gehört oder geschlafen, sich an einen herrlichen Abend in Fort Lauderdale erinnert, als er Karten für die erste Reihe eines Konzerts mit Liza Minnelli und Sinatra hatte. Jetzt war er wach, beschrieb Vinny, wie er zum Haus seines Bruders fahren mußte. Hörte sich an, wie Vinny über sein Leben stöhnte und sich wunderte, daß kleine Fehler einen richtig in die Scheiße reiten können.

»Ich krieg einen Anruf von Lilo, okay?« erzählte Vinny. »So, ich bin die ganze Nacht auf Achse gewesen, ich meine, die ganze Nacht. Ich hatte vielleicht gerade mal eine Stunde geschlafen, als das Telefon klingelt.«

JoJo starrte aus dem Fenster, hörte Vinny nicht wirklich zu. Es war eine zweispurige Landstraße; es gab keine Straßenlaternen, und die Straße verlief in sanften Kurven. Hier und da ein Haus, Ackerland und Schilder am Straßenrand, auf denen für einheimischen Mais und frische Eier geworben wurde, und auf einem stand HUMMER.

»Weißt du«, sagte Vinny, »ich bin kein Schmarotzer. Ich verdiene Kohle, und ich regle meine Sachen selbst. Jedenfalls, ich krieg also diesen Anruf, es war vielleicht sechs Uhr morgens. Der Kerl behauptet, Lilo hätte ihm gesagt, er soll mich anrufen. Ich sage, okay, er sagt, er fährt mit ein paar Leuten nach Atlantic City runter, ob ich vielleicht dafür sorgen kann, daß im Sands ein paar Frauen auf ihn warten. Ich sage, für was hältst du mich, für einen beschissenen Loddel oder was? Er sagt, was soll das werden? Ist das so was wie ein Witz? Ich sage, ich bin kein Loddel, wer bist du? Er sagt, du bist ein Arschloch. Also, so was lasse ich mir doch von keinem sagen. Ich sag, der einzige Grund, warum ich um diese Uhrzeit überhaupt mit ihm rede, ist, daß er einen Namen erwähnt hat. Du weißt schon, er hat Lilo erwähnt.«

Mit einem Mal interessiert, fragte JoJo nach. »Wer war er?«

»Wer er war? Das war Tony Conti, der *consigliere* der Ramminos. Ein dicker, verschissener Kerl. Mann, woher sollte ich das wissen? Laß es mich andersrum sagen: Woher sollte ich denn wissen, mit wem ich redete. Der Kerl hat noch nie mit mir geredet.«

JoJo begann zu lachen. »Und, was hast du dem Kerl gesagt?«

»Ich hab ihm gesagt, ich geb ihm eine Nummer. Er sagt, was für eine Nummer? Ich sag, die Telefonnummer von einer Braut unten in Atlantic City, die ihm weiterhelfen kann. Er sagt, ich will keine Nummer, du Arschloch, ich will drei Bräute. Ich sage, ich geb dir mein ganzes, verschissenes Buch, nimm's mit ins Bett und veranstalte eine Orgie, du Nervsack. Und dann leg ich einfach auf.«

JoJo lachte so sehr, daß er husten mußte, er hustete und verschluckte sich und hustete noch mehr. Vinny drehte sich um und blinzelte ihn an. »Joseph«, sagte er, »Sie rauchen zuviel, wissen Sie das?«

JoJo lachte und hustete weiter, dachte, als er sich wieder verschluckte, daß Vinny mit einem Mann gesprochen hatte, der so weit oben in einer Familie stand, wie man nur kommen konnte, und er hatte ihn wie einen Niemand behandelt. Er nannte den Kerl einen Nervsack. Und zur Krönung – er konnte es nicht glauben – legte er einfach auf. Vinny war ein Wahnsinniger, er hatte einen ausgeprägten Todestrieb.

»Ich war wirklich davon überzeugt«, fuhr Vinny fort, »nichts Falsches gemacht zu haben. Als Lilo mir sagte, wer der Mann war, hab ich mich entschuldigt.«

»Ja«, sagte JoJo. »Und was hat Lilo gesagt?«

»Tut mir leid, Joseph«, sagte Vinny. »Aber bei allem gebührenden Respekt, Sie kennen Lilo nicht so gut wie ich. Er kann, Sie wissen schon, ein bißchen anfangen zu spinnen. Jedenfalls, er scheint meine Entschuldigung nicht besonders gut aufzunehmen, denn er rennt mit einem beschissenen Baseballknüppel hinter mir her, seit ich ihm das erzählt habe.«

JoJo fiel beinahe vom Sitz, so lachte er – dann hörte er unvermittelt auf.

»Was zum Teufel macht Lilo, daß er den *consigliere* der Ramminos bewirtet, das wüßte ich gern mal«, sagte JoJo.

Little Vinny Rapino zuckte die Achseln. »Keinen Schimmer«, sagte er.

JoJo nickte, er nickte und lachte leise. »Lilo ist ein Wichser«, sagte er.

Vinny gab keine Antwort. Lilo war sein Boss, sein *capodecina.* Er schaute einfach nur zu JoJo, als wüßte er nicht, was er dazu sagen sollte.

Sie bogen auf die Ocean Road ein, die an einem Steilufer oberhalb der Narragansett Bay verlief. JoJo sagte Vinny, er solle nach der vierten Einfahrt links suchen; als sie sie erreichten, schwang das elektrische Tor auf. Pilzlampen beleuchteten die Zufahrt, und im Haus brannte Licht.

»*Marrone*«, sagte Vinny. »Das ist ja 'n Scheißschloß!«

Es war fast ein Uhr, als Dante wieder von der Herrentoilette im Sheridan's Pub kam und sich einen Weg durch die Singles bahnte, die, wie er vermutete, nach Frauen und Männern suchten, die sie schon mal gehabt hatten oder erst noch zu haben hofften und vermutlich nie haben würden.

Er fühlte sich auf eigenartige Weise wohl, nachdem er jetzt sicher wußte, daß Kathy lesbisch war. Er konnte nicht genau sagen, warum, es war nur so ein Gefühl. Vielleicht würden er und Kathy gute Freunde. Er lachte leise vor sich hin, als er Kathy an der Theke stehen und mit der Frau in dem grünen Pullover und dem Bodysuit reden sah. Dante hielt sich einen Augenblick abseits, beobachtete Kathys Versuch, bei der Frau zu landen. Die Männer und Frauen, die sich an der Theke drängten, rochen nach Deo, Puder und Parfüm. Für Dante sahen alle aus, als suchten sie eine Abwechslung von Tristesse und Einsamkeit. Das gute Gefühl, das er vorhin noch gehabt hatte, löste sich wieder in nichts auf. Er dachte an Judy, Danny, Jimmy und den verfluchten JoJo. Er stellte sich vor, wie er mit Kathy schlief. Wie er sie um den Verstand vögelte. Sofort würde sie alle Frauen vergessen. Schieb ihr einen Braten in die Röhre, mach was anderes aus ihr als das, was sie ist.

Um ihn herum machten Männer die Frauen an wie Haie im Freßrausch. Benutzten Sprüche, die sogar *er* schon gehört hatte. Die Frauen schienen sogar zuzuhören.

»Ich bin zum erstenmal hier. Normalerweise bin ich eigentlich lieber in der Piano-Bar im Drake, dachte mir, vielleicht mache ich heute mal einen Zug durch die Gemeinde.«

Angesichts von soviel Plumpheit und Dummheit fühlte er sich gleich wieder besser.

Ein Typ, der sich einen weißen Pullover über die Schultern geworfen hatte, baggerte eine Frau mit Titten groß wie Honigmelonen an.

»Vielleicht fahr ich diesen Sommer nach Frankreich. Schon mal da gewesen, schon mal in Paris gewesen, Paris in Frankreich? Letzten Sommer hab ich mit zwei Kumpeln von mir, die spielen übrigens bei den Jets, also, jedenfalls, wir haben uns ein Haus draußen in den Hamptons gemietet. Einer von denen hat mich heute morgen angerufen und mich angefleht, diesen Sommer wieder mitzumachen. Schon mal dort gewesen, draußen in den Hamptons?«

Kein Wunder, dachte Dante, daß keiner zum Fick kommt.

Kathys Blicke schossen, während er sie beobachtete, wieder blitzschnell in der Kneipe hin und her. Als sie ihn sah, lächelte sie. Die Frau in dem grünen Pullover drehte sich um und widmete sich dem stummen Fernseher.

Mit einem Drink in der Hand löste Kathy sich von der Theke. Sie drängte sich durch die Menge.

»Weißt du«, sagte Kathy zu ihm, »ich hab fünfzehn Minuten hier gestanden und mich gefragt, wohin zum Kukkuck du verschwunden bist.«

»Meinst du, es ist schwer, hier jemanden zum Bumsen zu finden?« raunte Dante ihr aus dem Mundwinkel zu.

Kathy gab ihm einen Knuff in den Arm, wie um zu sagen: Lächle mal wieder. Seine Laune besserte sich. Es konnte doch noch eine gute Nacht werden.

Sie überquerten die Straße zum Mayfair. Kathy schien die Hälfte der Leute zu kennen. Dante nahm noch einen Wodka Tonic, Kathy trank einen Stinger. Sie gingen und latschten fünf Blocks nach Norden. Auf den Straßen wimmelte es von gutgekleideten Leuten, die durch die Bars zogen.

Sie betraten ein kleines mexikanisches Restaurant mit Bar, weil Kathy sagte, sie brauche einen Drink. Der Laden hieß Tio Javier; es gab Live-Musik, einen umherwandernden Gitarrenspieler, ein kleines, ruhiges Publikum und eine gute, lange Eichentheke.

Der Barkeeper war ein fünf- oder sechsundzwanzigjähriger Mann mit einem langen, blonden Pferdeschwanz. Er trug Sonnenbrille und ein weißes Hemd. Dante und Kathy fanden Plätze an der Theke, als der Barkeeper gerade eine

Frau mit geblümter Bluse und ekelhaft grünen Shorts bediente. Sie hatte einen riesigen Arsch und Schenkel vom Durchmesser eines gesunden Ahornbaums.

Dante deutete mit dem Kinn auf sie. »Wenn die Frau dich dabei erwischt, wie du sie anschaust, macht sie sich in die Hose«, sagte er.

»Es ist erstaunlich, wie dumm und gemein manche Männer sein können«, sagte Kathy. Sie klang defensiv.

»War nur Spaß, war nur Spaß«, sagte Dante. Er wollte ihr sagen, daß es kein Spaß war, kniff aber.

Kathy bestellte sich einen weiteren Stinger. Dann drehte sie sich wieder zu Dante und lächelte ihn träge an. »Du machst für meinen Geschmack ein bißchen zu viele Späße. Also«, sagte sie. »Wer bist du, Dante O'Donnell?«

Plötzlich war Dante sehr müde. Er würde nicht mit Kathy bumsen, das wußte er. Warum also noch länger rumhängen und sich mit ihr vollaufen lassen? Und sich vollaufen lassen, war, so schien es ihm wenigstens, genau das, was Kathy vorhatte. Im Moment fühlte er sich, als könnte er genausogut nach Hause gehen und sich richtig ausschlafen.

»Wer bist du, Dante?« fragte sie wieder. »Komm schon, erzähl mir, was für ein Mann du bist.«

»Vermutlich, Kathy, bin ich einfach nur ein ganz normaler Mann in einer unnormalen Situation.«

»Was soll das heißen?«

»Keine Ahnung«, sagte er. Er kniff die Augen zusammen und schaute sich um.

»Komm schon«, sagte sie, wobei sie jetzt ein wenig energischer klang. »Gib mir ein Gefühl für deine innersten Überzeugungen.«

»Ich hab keine«, sagte er. »Laß uns von hier verschwinden und in die Stadt fahren. Ich kenne einen Schuppen in Little Italy, wo ganz normale Mafiosi rumhängen. Vielleicht ein bißchen langweilig für dich. Könnte dir trotzdem gefallen.«

Kathy saß da und starrte lange ihr Glas an. Dante berührte ihren Hinterkopf. »Komm«, sagte er, wobei sein Tonfall so sanft und so persönlich war, wie er es zuwege brachte. »Gehen wir.«

Sie nickte einmal, erhob sich vom Barhocker und trank ihren Cocktail aus. Wie von Zauberhand, zapp, weg war er.

Sie fuhren downtown, nahmen an der Sixty-second Street den FDR. Dante fühlte sich jetzt allem gewachsen, was vor ihm lag, aber gleichzeitig war er auch wütend. Er wollte diese Frau.

Nach fünf Minuten einer absolut belanglosen Konversation drehte sie den Kopf von ihm fort, öffnete die Seitenscheibe, sah ihn dann wieder an und erklärte ihm, daß die Freude und der Triumph und die Hölle ihres Lebens der Alkohol sei. Sie gestand, sie sei Alkoholikerin und daß sie seit drei Jahren kein Glas mehr angerührt habe. Heute abend war das erste Mal, das erste Mal seit drei Jahren.

Sie fuhren unter der Fifty-ninth Street Bridge durch, wo ein brauner Wagen am Bordstein in Flammen stand. Der beißende Geruch von brennendem Gummi drang in ihren Wagen.

»Du weißt, das war gelogen, was ich dir gerade gesagt habe, oder?« fragte sie.

»Woher soll ich wissen, ob es stimmt oder nicht? Wie auch immer«, sagte Dante, »es tut mir leid, wenn du wegen mir was getrunken hast.«

»Nein«, sagte Kathy. »Ich glaube nicht, daß ich wegen dir getrunken habe. Kein Mensch bringt einen anderen dazu, zu trinken oder sonstwelche Drogen zu nehmen. Ich hab in letzter Zeit öfter mal ein Gläschen getrunken. Nur ab und zu.«

Es war etwa auf Höhe der Fourteenth Street, daß sie total aufgekratzt wirkte. Sie redete wie ein Wasserfall über ihre Anfangszeit als Cop, all den Bockmist, den Dante gar nicht hören wollte.

»Direkt nach der Ausbildung hat man mich zur TPF gesteckt. Ich hielt das damals für einen echten Glücksgriff. Ich meine, es gab jede Menge Anfänger, die liebend gern dort gearbeitet hätten.«

Dante war selbst bei der Tactical Police Force gewesen, und Jimmy ebenfalls. Ein alter Freund seines Vaters war damals Chef dieser Spezialeinheit, bestehend aus lauter jungen, aggressiven Polizeibeamten, und hatte dafür gesorgt, daß beide dorthin versetzt wurden. Aber das war lange bevor Kathy dazukam, wahrscheinlich hatte sie zu dem Zeitpunkt noch nicht mal die High School hinter sich.

Während sie sprach, dachte Dante, daß er ihr vielleicht antworten, sich an der Unterhaltung beteiligen sollte. Aber die Frau machte Hochgeschwindigkeitsquatschen und ihn wahnsinnig. Er nickte nur, während sie fortfuhr. Nickte und lächelte.

»Ich hatte diesen Captain, Captain Cantrell. Kennst du ihn?«

Dante nickte, und das ließ ihn endgültig ausflippen. Er hatte noch nie von dem Kerl gehört.

»Jedenfalls, er trommelt meine Einheit zu einer Einsatzbesprechung zusammen. Erzählt uns, daß er einen Lockvogel plus Rückendeckung in den Central Park schicken will. Er machte einen auf den verfluchten John Wayne. Nachts, sagt er, werden im Park Frauen zusammengeschlagen. Damals hab ich noch gedacht, und, was ist daran neu? Mein Gott, Leute werden dort umgebracht. Ich will diese Schläger, sagt er. Ich will nicht so einen Scheiß, wie Schwule einlochen, keine Schwanzwedler oder so was. Ich will die miesen Schläger. Uns geht's hier um Körperverletzung und Überfälle auf Frauen. Alles andere könnt ihr vergessen. Gibbons, sagt er, Sie werden das für uns erledigen. Wir geben Ihnen Rückendeckung, Sie werden nicht allein sein.

Wenn irgendwer ein Opfer von Körperverletzung und Raubüberfall im Park werden könnte, dann wahrscheinlich ich. Du verstehst, was ich meine?«

Dante nickte. Langam wurde es ihm unangenehm. Er haßte es, die Kriegsgeschichten anderer Leute zu hören.

»Jedenfalls, wir überwachen eine Bank unmittelbar am Eingang One-hundred-and-tenth Street, die immer wieder Ort von Straftaten war. Die Stelle war eine erstklassige Stelle für Schläger. Es gab ein bißchen, aber nicht zuviel Licht. Man war schnell auf der Central Park West und in der U-Bahn an der Straßenecke. Es gab Bäume, alte Eichen und Ahorn, jede Menge Unterholz. Der Weg nur schwach beleuchtet. Also schlendere ich zu der Bank, irgendwo hinter mir drei Kollegen Verstärkung, bullige Typen, starke Typen. Ich trage diese Pumps mit zehn Zentimeter hohen Absätzen, unter dem Arm eine Handtasche.«

Dante ließ Schultern und Kopf kreisen, er fühlte sich angespannt und verkrampft, irgendwas schien mit seinem Rücken nicht zu stimmen. Er lächelte sie an.

»Du mußt wissen, Dante«, fuhr sie fort, »ich hatte Schiß, war aber bereit. Ich weiß, daß diese miesen bepißten Dreckskerle schnell und ohne Vorwarnung zuschlagen. Das wußte ich.« Sie blinzelte ihn an.

Dante nickte.

»Der Park war menschenleer. Meine Rückendeckung versteckt sich mit Baseballschlägern bewaffnet hinter ein paar Bäumen in der Nähe der Bank.«

Dante wurde müde. Kathy würde nicht aufhören. Morgen, dachte er, morgen schlaf ich lange aus.

»Jedenfalls, ich sitze da wie eine Statue, und je länger ich da sitze, desto mehr Angst kriege ich. Ich spürte, wie ich am ganzen Leib zitterte.«

Dante machte in der Ferne die Lichter der Brooklyn Bridge aus. Der Hafen und die Skyline von Manhattan waren hell erleuchtet vom reflektierten Licht der Stadt. Seine Stimmung war auf dem absoluten Tiefpunkt angelangt; er sehnte sich nach mehr Alkohol. Dann gähnte er.

Kathy sah ihn stirnrunzelnd an. »Langweile ich dich?«

»He, nein. Nein!« Was redest du für einen Scheiß? dachte er. Er wollte übers Bumsen reden. Er hatte dieses Gefühl, dieses unbändige Verlangen, ihr die Jeans auszuziehen.

Trotz seiner Müdigkeit mußte er wissen, ob eine lesbische Frau vielleicht, nur vielleicht, ab und zu mal mit einem Mann schlief. Er hatte haufenweise Cops getroffen, die gern den letzten Scheiß erzählten, aber eine Quasselstrippe wie Kathy, das hatte er noch nicht erlebt.

»Also, wenn ich dich langweile, mußt du's mir sagen.«

»Kathy«, sagte er. »Du kannst alles mit mir anstellen. Aber mit Sicherheit nicht mich langweilen.«

»Gut«, sagte sie. »Denn die Geschichte hat eine Pointe.«

»Eine Pointe, ja?« Er warf ihr einen schrägen Blick zu.

»Ich sitze eine Stunde auf dieser Bank, als ich schließlich von irgendwo auf dem Weg Stimmen höre.«

Okay, dachte er, es gibt Schlimmeres als Cop-Geschichten. Dante kniff sich in den Handrücken und bekam einen sagenhaften Krampf im Nacken. Er fuhr inzwischen auf der Grand Street Richtung Mott und Hester, und dieses warme Gefühl in seinem Unterleib wurde stärker.

»Ich sehe drei Männer mit verschränkten Armen dastehen, solche Baseballkappen auf den Köpfen, vielleicht drei Meter entfernt von da, wo ich sitze. Sie stehen so gerade eben nicht mehr in dem Lichtkegel der Straßenlaterne. Sie waren jung, und ich kann dir sagen, die sahen stark aus. Nimm die Tasche, dachte ich, schnapp dir deine verdammte Tasche und geh. Der größte der drei kam auf mich zu, blieb stehen, drehte sich um und kehrte zu seinen Freunden zurück. Weißt du, Dante, diese Wichser nehmen niemals einfach nur eine Handtasche und zischen dann ab. Ich hatte die Akademie einen Monat hinter mir und bereits die Lektion gelernt, die alle Cops überall lernen: bepißte Dreckskerle fahren darauf ab, ihren Opfern weh zu tun. Natürlich wollten sie das Geld, und sie würden es sich auch nehmen, aber was sie wirklich wollten, worauf sie total abfuhren, das waren Angstschreie und Schmerzen. Mann, ich hatte selbst schon gesehen, wie sie juchzten und brüllten und in die Luft sprangen, nachdem sie Leute übel zusammengeschlagen hatten. Sie jagten mir eine Todesangst ein.«

Dante fand eine Parklücke direkt gegenüber von Ferraras Café an der Grand Street und parkte ein. Die letzten paar Sätze von dem, was Kathy sagte, drangen in sein Bewußtsein. Sie klang wie ein absoluter Anfänger. Er suchte nach einem Weg, nach irgendeiner Möglichkeit, ihr das Wort abzuschneiden.

»Was machst'n hier im Park, Lady? Es ist schon spät, Mann, es ist gefährlich hier. Das hat einer von diesen Wichsern zu mir gesagt. Ich hatte meine Privatkanone in der Jakkentasche, und ich kann dir sagen, die Kanone fühlte sich verdammt gut an in meiner Hand. Stillzusitzen und cool zu sein, das Opfer zu spielen, das war schwer, schwerer als alles, was ich je gemacht hatte – he, sieh mal!« Kathy schlug auf das Armaturenbrett.

Dante schaute durch die Windschutzscheibe auf die ruhige, nächtliche Straße hinaus. Er drehte den Kopf wieder zu Kathy, dann zurück zur Straße, als würde er sich ein Tennisspiel ansehen.

»Dieser Wichser kommt zurück, und er fängt an, mich anzuschreien. Du raffinierte kleine Schlampe! brüllt er. Du hast Geld in der Tasche da, und das Geld gehört mir. Er baut sich direkt vor mir auf, Mann, ich konnte seinen Atem riechen. Der Typ hält ein gottverdammtes Rasiermesser in der Hand. Ich glaube, sagt er, wir werden heute nacht eine Lektion lernen, wie man den großen O Man richtig behandelt, er lächelte mich an. Sein Straßenname war O Man. Das hab ich dann später erfahren. Was für ein beschissener Name, O Man. Dante«, sagte sie, »hast du schon mal körperlich panische Angst empfunden, ich meine, eine so gottverdammt große Angst, daß du hättest kotzen können?«

Dante rieb mit dem Handgelenk über seine Stirn und stellte fest, daß sein Arm eingeschlafen war. Er nickte.

»Du bist ein Opfer, wenn die panische Angst dein Herz so packt, dann bist du ein Opfer, und fertig.«

»Was ist dann passiert?« fragte Dante.

»Ich hab auf ihn geschossen. Bamm! Ein Schuß in die

Brust, mehr war nicht nötig. Bamm in die Brust, und er ist gefallen wie ein Stein.«

»Gut«, sagte Dante. »Hast du ihn umgebracht?«

»Toter konnte er nicht mehr werden.«

»Kathy«, sagte er, »um Himmels willen, meinst du, es besteht noch eine Chance, daß ich heute nacht gebumst werde?«

Sie packte mit zitternden Händen seine Schultern und sagte: »Die Pointe dieser Geschichte ist, daß ich für niemanden das Opfer bin. Für niemanden. Was das betrifft, daß du gebumst wirst, das kannst du total vergessen. Also.« Sie nahm sein Gesicht in die Hände. »Also, wenn ich vorher noch einen Drink kriege, könnte ich mich hinlegen, und wenn ich dir nicht zuhören muß oder dich ansehen muß, liege ich einfach da und tu so, als wär ich tot. Meinst du, das könnte dir gefallen?«

Dante öffnete die Wagentür und trat hinaus auf die nächtliche Straße. Er warf Kathy einen Blick zu, die inzwischen auch auf dem Bürgersteig stand, zog ein Päckchen Zigaretten aus der Tasche und steckte sich eine an. Er hatte den ersten Zug noch nicht getan, als er sie über das Wagendach anschaute, und sie lächelte, ein Kinderlächeln, offen, mit unendlicher Zärtlichkeit.

KAPITEL ELF

Beim Frühstück redete John Paradiso, und JoJo hörte zu. Von Zeit zu Zeit lächelte er. Am späten vergangenen Abend, in derselben strahlend weißen Küche mit deckenhohen Fenstern, die einen Blick auf die Narragansett Bay, Goat Island und Jamestown dahinter boten, hatte er zugehört, wie John von der Baufirma der Familie erzählte, über Verhandlungen mit den Gewerkschaften, staatlichen Inspektoren und darüber, Aufträge zu finden. JoJo hatte viel gelächelt, denn er wußte, wie sein Bruder sich fühlte; und JoJo fragte sich, wie das wohl war, ein Leben außerhalb des Familienkampfes und der Geschäfte auf der Straße, was für ein Gefühl das wäre, einfach all das hinter sich zu lassen und in das Geschäft seines Bruders einzusteigen, nach Rhode Island zu ziehen, in der Bay segeln zu gehen, Gelbflossenthunfische zu angeln und Streifenbarsch, Golf und Tennis zu spielen. Heute morgen lächelte er, um höflich zu sein, empfand nichts außer ein klein bißchen Zorn, als er Johns Schilderungen zuhörte, wie hart sein Leben sei, seine täglichen Probleme im Geschäft, mit seiner Frau und den Töchtern, die beide auf Internaten waren. JoJo nickte und dachte: Arme, abgefuckte Kids.

John fuhr fort: »Seit Moms Tod ist der alte Herr nicht mehr zu mir gekommen. Was hat er denn von mir erwartet? Ich konnte nicht das Geschäft verlassen und jede Woche runterfliegen. Mich in seinen Geschäften engagieren, von denen ich so wenig verstehe? Ich bin für das Geld verantwortlich; ich kümmere mich so gut es geht darum. Ich bin kein Straßentyp, kein Mann wie du oder Nicky Black. Verdammt, nein, ich bleibe hier und kümmere mich um die wirklich wichtigen Dinge. Die Investitionen und Anlagen der Familie, um dein Geld, um Pops Geld.«

JoJo nickte voller Bewunderung, um zu zeigen, daß er es verstand, als John ihm von der Weigerung des alten Mannes erzählte, in den Ruhestand zu gehen, seine Einstellung zu dem eigentlichen Geschäft der Familie, seinem schlechten Herzen. John klang so, als berührte es ihn wirklich. Was JoJo bezweifelte, aber sein Bruder hatte es gut drauf, diesen Tonfall des einfühlsamen guten Sohns und Bruders.

»Ich rede dauernd mit Barry Cooper«, fuhr John fort. »Er wollte auch raufkommen und mit dir sprechen, aber er hat ziemlich viel um die Ohren.« Er schwieg kurz. »Seine Kanzlei hat viel zu tun. Anwalt, du verstehst schon. Hat einen ziemlich vollen Terminkalender. Er sagt mir, daß du ihn ständig mit diesen kleinen Aufträgen zumüllst. Kids aus dem Viertel auf juristischen Fakultäten unterzubringen, Leuten Anwälte fürs Familiengericht zu besorgen und so weiter.«

Während er zuhörte und immer wieder nickte, kam es JoJo in den Sinn, daß John offenbar mehr mit dem Familienanwalt sprach als er. John schenkte ihm Kaffee aus der italienischen Kaffeemaschine ein, die er letztes Jahr zu Weihnachten in Rom gekauft hatte. Sein Bruder besaß Selbstsicherheit, Stil, war ein aufgeweckter Bursche, was Anlagen betraf und alles. Was noch? Er redete zuviel über Familienangelegenheiten mit Barry. Aber das war nicht weiter schlimm. Barry hatte einige gute Ideen.

John führte ihn in den obersten Stock des Hauses, in sein Arbeitszimmer, das fast kahl war bis auf ein großes, geschwungenes Sofa, ein Fernrohr mit Stativ, durch das John Segelboote mit Kurs auf die Westpassage beobachtete, einen kleinen runden Tisch mit vier Stühlen. Die Wände bestanden fast nur aus Glas. John Paradisos Haus lag auf einem etwa anderthalb Hektar großen Gelände mit Bäumen und Gartenanlagen, die ursprünglich von der Witwe eines längst verstorbenen Kapitäns angelegt und von John erweitert und verschönert worden waren. Die Luft war getränkt von Düften, die JoJo noch nie gerochen hatte. In jedem der zwanzig Zimmer des Hauses gab es Perserteppiche, wuchtige Sofas und Mahagonistühle mit hohen Rückenlehnen. Das Haus mit seinen Balkendecken wirkte markig und rauh; seit JoJo es das erstemal gesehen hatte, erinnerte er sich, daß es in allen Zimmern nach Holz roch, das in offenen Kaminen verbrannt worden war. Das gefiel ihm. Er mochte diesen Geruch nach brennendem Holz vermischt mit der salzigen Meeresluft, die durch die geöffneten Fenster hereinwehte.

»Ich habe dich und Pop reich gemacht, das weißt du doch, oder?« sagte er. »Du und Pop, ihr zwei seid wohlhabend.«

John war kleiner als JoJo, hatte die zarten Gesichtszüge seiner Mutter. Er war schlank, hatte ein glattes, unbehaartes Gesicht. Wenn John Paradiso sich eine Woche nicht rasierte, würde es keinem Menschen auffallen. Seine Hände waren schmal und so zart wie sein Gesicht.

»Es gefällt mir, Geld zu besitzen«, sagte JoJo. »Aber das ist für uns noch nie ein Problem gewesen, oder?«

»Du erinnerst dich nicht mehr an die schweren Zeiten. JoJo, das war bei dir schon immer so, du hast ein selektives Gedächtnis.« Er zögerte, sah JoJo ernst an. »Warum bist du gekommen? Du bringst mir schlechte Nachrichten, stimmt's? Ich meine, du bist hier jederzeit willkommen, selbst wenn du einen deiner Leute mitbringst. Ich habe dich gebeten, keinen dieser Typen mit herzubringen. Sie machen Penny nervös.«

Penny war Johns Frau, die er auf Cape Cod kennengelernt hatte. Das amerikanische Mädchen, so nannte sein Vater sie. Eine Frau, in deren Adern schottisches, irisches, deutsches und ein bißchen englisches Blut floß. Eine Frau, bei der JoJo sich am Kopf kratzen mußte. Für JoJo eine Unperson.

»JoJo«, sagte er, »warum gibst du dieses Leben nicht auf? Überzeug Pop, sich zur Ruhe zu setzen, und dann ziehst du her. Arbeite bei mir, wenn du willst. Die Wahrheit ist, du brauchst überhaupt nicht mehr zu arbeiten. Mein Gott, wie alt bist du, neununddreißig, vierzig? Du könntest dich zur Ruhe setzen, wenn du wolltest.«

»Für dich arbeiten?«

»Mit mir arbeiten. Das heißt, natürlich nur, wenn du willst.«

»Ich versteh nichts davon.«

»Genausowenig wie die meisten Menschen, die große Unternehmen leiten. Du kennst Leute, weißt, wie man mit Menschen umzugehen hat. Mehr ist nicht nötig.« John sah ihn über den Rand seiner Kaffeetasse an. »Was ist los? Irgendwas ist doch los, ich spür's.«

»Sag Barry, er soll seinen Arsch hierher in Bewegung setzen. Sag ihm, ich will ihn sprechen. Ich will nichts davon hören, daß er zu tun hat. Ich hoffe zumindest ganz schwer, daß ich mir nicht anhören muß, er sei zu beschäftigt, um sich mit mir zu treffen.«

»Okay, ich ruf ihn an. Ich rufe ihn sofort an.«

»Sag ihm, er soll die erste Maschine nehmen. Sag ihm, ich bin stinksauer, mehr nicht. Sag ihm, er soll herkommen.«

»Jesus Christus«, stöhnte John und starrte aus dem Fenster hinaus aufs Meer, wobei sich seine Miene änderte. Er schien zu grinsen. »Aber warum bist du so wütend? Du machst mich nervös, wenn du so sauer wirst.«

»Mann, du hast wirklich deinen Spaß, John.« JoJo stand auf und trat an das Fernrohr. »Das alles hier. Du bist heute sogar noch dümmer, als du als Kind gewesen bist, und als Kind warst du schon blöd.«

»JoJo!«

»Fick dich. Was glaubst du eigentlich, woher das alles hier kommt? Aus deiner verschissenen kleinen Baufirma vielleicht? Du solltest es dir besser klarmachen, Mann, klarmachen, woher das alles hier kommt. Du diskutierst nicht mit Barry Cooper über mich und was ich ihm sage, was er tun oder lassen soll. Du hörst dir seine Scheiße nicht an. Weißt du eigentlich, wieviel Geld wir dem Mann letztes Jahr eingebracht haben? Ruf ihn jetzt an und sag ihm, er soll herkommen.«

Es war kurz vor fünf Uhr morgens, als Dante und Kathy aus dem Fahrstuhl in Kathys Wohnblock traten und den muffigen Flur zu Apartment 14H hinuntergingen. Kathy kämpfte ungefähr eine Minute mit ihren Schlüsseln, bevor sie den richtigen fand. »Ich schlafe nicht auf einem Sofa«, sagte Dante, als sie die Tür aufschloß.

Sie gab ihm keine Antwort, ging einfach in die Wohnung und ließ ihn vor der offenen Tür stehen. Er trat einige Schritte in den Raum und hob die Stimme. »Bitte, laß mich nicht auf dem Sofa schlafen. Ich bin auch ganz brav. Versprochen. Ich werde dich nicht anrühren.«

Sie starrte ihn an, und ein merkwürdiger Ausdruck tauchte um ihren Mund auf, ein komisches, häßliches Grinsen. Dantes Hirn schrie auf: Blödmann, wie bescheuert du dich anhörst.

»Hm-hm«, grunzte Kathy, ohne durchblicken zu lassen, wo er denn nun schlafen würde.

Die Wohnung beeindruckte ihn. Es war ein L-förmiges Studio mit jeder Menge Fenstern. Dante haßte dunkle Löcher. Die Wohnung befand sich in einem Hochhaus in Rego Park mit Blick auf den Queens Boulevard. Die Schlafcouch war aufgebaut und nahm einen großen Teil des Raums ein. Auf der Wand über der aufgeklappten Couch hing eine Lithographie, die zwei Rednecks mit Schrotflinten in den Händen darstellte; der eine trug eine Mütze mit dem Aufdruck I LOVE YOU EL PASO. In Schreibschrift standen am unteren Bildrand die Worte: *Unsere Waffen kriegen sie nur, wenn sie sie unseren kalten, toten Händen entreißen.* Der Künstler war ein Typ namens Robertson. Dante gefiel das Bild, es gefiel ihm sogar ausgesprochen gut. Auf dem Fernseher stand ein Videorecorder, und auf einem kleinen runden Tisch eine Schale mit gelben Äpfeln. An einer Schrankwand hingen gerahmte Familienfotos, eines davon ein

Hochzeitsfoto, das mindestens fünfzig Jahre alt sein mußte. Es gab Bücher von Danielle Steel, Jackie Collins, drei von Le Carré, zwei von Wambaugh und dann noch Robert Daleys *Target Blue.* Auf dem Nachttisch lag ein Jeffrey Archer und eine Taschenbuchanthologie moderner amerikanischer Gedichte.

Als er im Badezimmer sein müdes Gesicht im Spiegel betrachtete, beschloß Dante, daß er wenigstens den Anschein wahren sollte. Ihr noch eine Chance geben wollte, die Qualität seines Liebesspiels schätzen zu lernen. Was für ein Albtraum. Er hätte nach Hause fahren sollen.

Aber wo war zu Hause? Das Haus seiner Mutter? Dante erschrak bei dem Gedanken, daß er im Moment kein Zuhause hatte.

Jeden Tag seit dem Abend, an dem Judy ihn auf die Straße gesetzt hatte, quälte ihn das verrückte Gefühl, nicht mehr zurückgehen zu können. Ich werde auf der Straße sterben, und ich werde meinen Sohn nie mehr wiedersehen.

Auf der Fahrt von Manhattan nach Queens phantasierte er, daß er in Kathys Wohnung kommen und sie ihm sagen würde, alles sei nur ein Scherz, ich hab dich nur auf den Arm genommen, ich nehme jeden auf den Arm, ich bin keine Lesbe, du Trottel. Und, Schätzchen, ich liebe den Sex, und jetzt brauche ich wilden, hemmungslosen Sex mit dir. Er hatte das Gefühl, den richtigen Schritt noch nicht gemacht zu haben. Aber der Augenblick kam näher. Er spürte ein unbestimmbares Etwas, etwas Gutes und Starkes. Einen Augenblick lang fühlte er sich desorientiert und begann, in dem winzigen Bad auf und ab zu gehen, er war geil wie eine Kröte und völlig von der Kappe. Das jetzt konnte gut, konnte schlecht, konnte ein Albtraum werden. Es gehörte einfach zum Leben dazu. Ein Abenteuer.

Dante verließ das Bad, strich sich mit den Händen durchs Haar, fühlte sich cool und locker, wäre Platz gewesen, hätte er einen kleinen Steptanz aufs Parkett gelegt. Zum Teufel mit Judy. Und sein Sohn Danny? Er konnte ihn an seinen freien Tagen besuchen. Himmel, die Hälfte aller Cops, die er kannte, waren geschieden. Er würde sich eine echte New Yorker Frau besorgen. Laß das Löwenzahn und die Little League und Rechnungen hinter dir zurück, schließ dich der City-Szene an. Find einen Pub, in dem du Stammgast wirst, einen Laden, wo dich jeder beim Namen nennt. Sonntags mit guten Kumpeln Football sehen und Bier vom Faß trinken.

Er dankte Gott für das gute Aussehen seines Vaters. Er pirschte ins Wohnzimmer wie ein Einbrecher. Hinter dem kleinen Beistelltisch brannte ein Nachtlicht. Als er das Geräusch hörte, meinte er zu sterben. Nach einem Moment nichtblinzelnder Lähmung schoß ihm der Gedanke durch den Kopf, daß er zu lange in diesem gottverdammten Bad mit der leuchtend blauen Toilettenbrille verbracht hatte. Er griff sich zwischen die Beine und starrte auf die Digitaluhr auf dem Beistelltisch. Halb sechs, natürlich mußte sie da schlafen. Jeder würde um halb sechs morgens schlafen. Aber dieses Geräusch, dieses dumpfe, schwere Geräusch, Himmel, das war das Schnarchen eines Mannes. Er tastete sich zur Bettkante vor und zog sich bis auf die Unterhose aus. In einem langsamen Bogen hob er seine Beine, zog sie herum und unter das Laken.

Sie trug so was wie eine Trainingshose und ein T-Shirt, wenigstens fühlte es sich an wie ein T-Shirt. Er drückte seinen Bauch gegen ihren Rücken, und sie brummte verärgert, rührte sich aber nicht, wachte nicht auf, gar nichts. Mit einem tiefen Seufzer legte er die Hände auf ihre Schultern und rüttelte behutsam. Ihm war nach Brüllen zumute, he, he, bist du wach?

»Kathy?« sagte er mit normaler Stimme. Schnell hob sie den Kopf vom Kissen und drehte sich zu ihm. »Dante, ich möchte, daß du mir eine Frage beantwortest«, sagte sie. »Wenn du schlafen würdest und Jimmy Burns käm zu dir ins Bett gekrochen und versuchte, dir seinen Schwanz in den Arsch zu schieben, wie würdest du dich dann fühlen?«

Er rollte sich auf den Rücken und starrte an die Decke. Oh, großartig gemacht, dachte er, was für eine tolle Art, die Nacht zu beenden.

Irgendwann gegen sieben, halb acht drehte Kathy sich auf die Seite und begann, ihm den Rücken zu massieren. Blitzschnell drehte er sich zu ihr.

»Dreh dich wieder um, Dummkopf«, sagte sie.

Was er dann auch tat, ja, er rückte sogar weit von ihr, spielte Rührmichnichtan. Sie schob sich wieder dichter an ihn, massierte noch ein bißchen mehr seinen Rücken. Er begann wieder einzudösen, er hörte sie gähnen und spürte einen Daumen auf seinen Schulterblättern. Sie warf ein Bein über seine Hüfte und massierte weiter, und das fühlte sich toll an, runter zu seinem Kreuz und den Hüften. Er hatte ein schlechtes Gewissen. Dante stieß einen unglaublich tiefen Seufzer aus und fiel durch die Oberfläche des Schlafs.

Vinny Rapino verließ Narragansett irgendwann gegen Mittag, nahm die alte Boston Neck Road und bog links auf die 138 ab, dann vorbei an der Großbaustelle der neuen Jamestown Bridge weiter zur Route 4 und auf die I-95 nach Norden Richtung Providence. Fünfzehn Minuten später sah er das Hinweisschild auf den Green Airport und gab Gas. Keine halbe Stunde nachdem er Johns Haus verlassen hatte, stellte er den Mercedes auf dem Parkplatz für Kurzparker ab. Dieses Rhode Island kam ihm wie eine Gegend vor, in der man mal Pinkelpause machte, um Himmels willen, in fünfundvierzig Minuten konnte man quer durch den ganzen Bundesstaat brettern. Und die Freunde, erklärte JoJo ihm, die Mafiosi von hier oben, die zogen ihren Laden in einer Wäscherei in einem Ort auf, den sie Hill nannten. Ein Haufen Cowboys, das dachte Vinny.

Als er durch das Terminal ging, hielt er die Augen auf nach einem kleinen, dünnen Juden in einem grauen, dreiteiligen Anzug. Es war ziemlich voll hier, aber da stand er ja, neben einem Schuhputzerstand, ließ seine goldene Armbanduhr blitzen und den Ring am kleinen Finger funkeln.

»Barry?« fragte Vinny.

»Genau der.«

»Haben Sie Gepäck?«

»Warum?«

Er hatte diesen verängstigten Oh-oooh-Blick. *Uffa*, dachte Vinny, der Bursche hat ein Problem. Vinny blickte immer noch nicht so ganz durch, was er überhaupt bei JoJo machte. Eine Leihgabe bist du, hatte Lilo ihm erklärt. Ich werd dich eine Weile ausleihen. Sollte ihm recht sein, JoJo war ein Bursche mit Niveau, erste Sahne, ein beschissener Prinz verglichen mit der tauben Nuß Lilo. Doch er vermutete, in Wirklichkeit steckte irgendwie dahinter, daß er sich aus der Hochzeit mit Lilos Tochter Sophia herauslavieren wollte. Der verfluchte Lilo traute nicht den Fingern seiner linken Hand und argwöhnte gleich, sie schmiedeten Verrat gegen die rechte Hand. Der Typ war hundert Prozent nehmen-nehmen, niemals geben. Aber Lilo liebte Sophia, und Vinny hatte sie gebumst, hatte den einzigen Menschen flachgelegt, den dieser verrückte Hund liebte. Jesus, das war nicht klug gewesen. Muschisüchtig, genau das war er. Also mußte er jetzt bezahlen. Treib dich ein bißchen mit JoJo rum, laß dich zum Fahrer und Leibwächter degradieren. Na und, er würde schon irgendeine Möglichkeit finden, ein paar Dollar zu machen und vielleicht jemanden zu bumsen. Ja, Mann, sogar hier in Rhode Island.

»Wenn Sie kein Gepäck haben, der Wagen steht direkt vorne, wir können sofort los.«

»Nein, ich habe kein Gepäck. Ich gedenke nicht, solange hier zu bleiben, daß ich Gepäck brauche. Weißt du irgendwas, das ich nicht weiß, mein Junge?«

Im Wagen auf der Rückfahrt stellte Barry Fragen, und Vinny zuckte die Schultern. Dieser Typ war ein Außenstehender, und Vinny würde außer über das Wetter, das einfach perfekt war, über nichts mit dem Kerl reden.

»Woher kommst du, Vinny?«

»Aus der Stadt.«

»Gefällt's dir hier? Würdest du gern hier oben leben?«

Schulterzucken.

»Ich könnte hier nicht leben. Hier oben gibt's gar nichts. Wohin gehst du hier zum Essen?«

Schulterzucken.

»Sieht John gut aus? Wie geht's ihm? Du weißt ja, er hat ein kleines Herzproblem, genau wie sein Vater. Er muß Übungen machen und darauf achten, was er ißt. Klar, er spielt Golf, aber, verdammt, er fährt in einem Karren durch die Gegend. Und dann all der Streß, der Mann hat tonnenweise Streß mit seiner Baufirma.«

Zweimal Schulterzucken.

»Ach, entschuldige, Vinny. Aber besonders viel hast du nicht zu sagen, was?«

»Ey, ich fahre nur den Wagen.«

Barry nahm ein Erfrischungstuch aus seiner Aktentasche und wischte sich über die Stirn. »Was ich brauche«, sagte er, »ist eine Woche auf den Bermudas. Wir brauchen alle unseren Urlaub. Urlaub ist wichtig. Mal abschalten, sich entspannen. Zeit, seine Gedanken zu ordnen. Stimmt's nicht, Vinny?«

Vinny dachte über Rhode Island, Lilo und Sophia nach.

»Stimmt's nicht, Vinny?«

»Worauf Sie einen lassen können.«

Therapie, dachte Barry. Was diese Typen brauchen, was alle Mafiosi brauchen, ist eine anständige Encounter-Therapie, jede Menge freies Assoziieren. Die sind alle so gottverdammt unnahbar. Er fragte sich, ob er in Schwierigkeiten steckte. Falls ja, dann gibt's immer eine Möglichkeit, es wieder in Ordnung zu bringen. Regel Nummer eins, es gibt immer eine Möglichkeit, seine Haut zu retten, handle einfach in gutem Glauben. Sei schlau und gerissen, sei vorsichtig, und falls irgend möglich handle in gutem Glauben. Natürlich, wenn man mit ausgesprochen unangenehmen Leuten zu tun hatte, flog Regel Nummer eins aus dem Fenster, das mit dem guten Glauben. Wenn man nicht ohne guten oder triftigen Grund sterben will, dann muß man sich großkotzig rauslavieren und immer ein Hintertürchen offenhalten, wenn man mit unangenehmen Leuten zu tun hat.

Sie fuhren langsam die Ocean Road entlang, der Himmel war nichts als strahlend blau; Bäume standen voll im Laub, überall Blumengärten mit Krokus und Tulpen. Alles sah ziemlich genau so aus, wie Barry es in Erinnerung hatte, aber er kannte den Winter, kahle Bäume und peitschender Regen. Unvermittelt fuhren sie zwischen Villen auf der linken und immer noch teuren Häusern auf der rechten Seite; die Rasenflächen waren weitläufig, und auf der Meeresseite der Straße lagen die Häuser weit zurück. Die Ocean Road stellte eine Grenze dar zwischen durchschnittlich Begüterten und echtem Geld. John Paradiso wohnte auf der Seite des echten Geldes. Von der Terrasse hinter seinem Haus konnte man die Sonne über dem Meer aufgehen sehen, auf dem die Wikinger einst zu einem Land segelten, das sie Vinland nannten; Verrazano ankerte in dem heute Newport Harbor genannten Gewässer.

JoJo und sein Bruder schauten zu, als Vinny den Mercedes parkte. Sie waren merkwürdig ähnlich gekleidet, beide trugen weiße Shorts zu blauen Baumwollhemden, Tennisschuhen und Tennissocken. Barry starrte durch die Windschutzscheibe zu ihnen hinüber, und dann lächelte er. Sie erwiderten seinen Blick ohne Begrüßung.

Vinny schaltete den Motor aus und sah Barry an.

Dante aß den letzten Bissen eines Muffin und bestellte sich Pfannkuchen und Virginia-Schinken, fand sich damit ab, bei einer zweiten Tasse Kaffee warten zu müssen, war überzeugt, sich noch nie in seinem Leben mieser gefühlt zu haben. Nach ein paar jämmerlichen Stunden Schlaf war er total erschöpft, nervös und ausgepowert.

Er war um neun aufgestanden. Kathy hatte noch geschlafen. Er verließ leise die Wohnung und ging ins Café Lock and Key, von wo aus er Jimmy in der Observierungswohnung anrief. Er sollte gegen Mittag dort sein.

Dante schwirrte immer noch ein wenig der Kopf nach der Massage, die Kathy ihm verpaßt hatte, wie es sich auf seinem Rücken und Hals und den Hüften angefühlt hatte. Scharf war er und einsam. Er fragte sich, wie Judy und Danny ihren Morgen verbrachten, und zum erstenmal seit langer Zeit dachte er, daß er vielleicht den falschen Beruf hatte.

Ray ging ans Telefon und sagte, Jimmy säße am Küchentisch und fertigte die Niederschrift der Gespräche im Club von der vergangenen Nacht an. »Sag Jimmy, ich löse ihn später ab.« Dante rieb sich die Augen und versuchte, seine Gedanken auf die Reihe zu bekommen. Er redete von einer Menge Arbeit. Niederschriften von bescheuerten Unterhaltungen zwischen einem Haufen dumpfbackiger Pistolenhelden anzufertigen, würde ihn und Jimmy den ganzen Tag beanspruchen, mindestens fünf oder sechs Stunden.

»Ray«, sagte er, »warum kommst du nicht rüber und frühstückst mit mir?«

»Klar«, sagte Ray. »'ne Kleinigkeit essen. Warum nicht? Bin gleich da. He«, sagte er, »weißt du zufälligerweise, ob Kathy heute reinkommt?«

»Nee. Denke schon. Warum sollte sie nicht?«

»Kein Mensch hat was von ihr gehört. War sie gestern nacht mit dir zusammen?«

»Mit mir? Warum sollte sie mit mir zusammen gewesen sein?« Dante wußte, ganz ehrlich, nicht, warum zum Teufel er log.

»Was machst du, hast du einen Filmriß, oder was?« fragte Ray. »Sie ist mit dir gegangen. Hallo? Dante, du bist gestern abend zusammen mit Kathy hier rausgegangen.«

»Wir haben zusammen zu Abend gegessen.« Dante fühlte sich wieder schläfrig. Er wußte nicht, was er sagen sollte. Er fühlte sich beschissen und niedergeschlagen, körperlich fix und fertig; ihm war nach einem Drink zumute. Das, überlegte er, könnte ein Problem werden. Himmel, es war noch nicht mal elf. An einem Samstagmorgen im Juni.

Er saß in der hintersten Nische des Lock and Key, einem Café direkt gegenüber dem Gerichtsgebäude in Queens. Ein Lokal, in dem Cops, Anwälte, Opfer und hirntote Angeklagte sich beim Frühstück trafen. Ray kam herein, als eine Kellnerin Dante gerade die vierte Tasse Kaffee einschenkte. Er nahm Platz, gähnte in die Hand.

»Hab die ganze Nacht nicht geschlafen«, sagte er. »Meine Kinder haben beide einen Virus oder so.«

»Ich auch nicht. Ich fühle mich beschissen.«

»Wo bist du gewesen?«

»Vergiß es.«

Ray bestellte sich beidseitig gebratene Spiegeleier. Seine Miene war merklich säuerlich. »Tolle Nacht gehabt, hm?«

»Keine tolle Nacht. Ich hab einfach nicht gut geschlafen. Ray, darf ich dich mal was fragen? Ich und Kathy haben gestern abend im Chaplin's was gegessen. Du kennst doch das Lokal?«

»Sicher, ja. Warum? Du und Kathy, hm?«

»Nur zu Abend gegessen. Jedenfalls, da sind wir JoJo Paradiso begegnet.«

»Was?«

»Wir sind JoJo begegnet. Ich bin fast ausgeflippt, daß der Bursche in dem Laden war.« Dante brüllte beinahe.

»Das ist ein dicker Hund. Hat er irgendwas zu dir gesagt?«

»Ja, klar, ich kenn den Burschen. Du weißt, daß ich den Burschen kenne. Jedenfalls, er hat von dem Münztelefon aus telefoniert, als wir reinkamen. Wir haben uns die Nummer von dem Ding aufgeschrieben. Ray, können wir herausbekommen, mit wem er gesprochen hat, welche Nummer er gewählt hat?«

»Woher weißt du, daß er angerufen hat? Kann doch auch sein, daß er dort angerufen wurde.«

»Ich weiß nicht, ob er angerufen hat. Aber sagen wir einfach mal, er hat. Könnten wir die Nummer rauskriegen?«

»Wenn's ein Ferngespräch war, dann ja. Hast du die Uhrzeit, zu der der Anruf geführt wurde?«

»Nicht genau, aber ziemlich genau.«

»Bei einem Ferngespräch kriegen wir's raus. Wenn's aber ein Ortsgespräch war, vergiß es. Gib mir die Uhrzeit und Nummer. Ich werde meinen Kontaktmann bei der Telefongesellschaft anrufen. Vielleicht brauche ich eine richterliche Anordnung oder irgendwas Offizielles. Ich werd mich drum kümmern.«

»Es könnte wichtig sein.«

Die Kellnerin kam, um Kaffee nachzuschenken. Dante massierte sein Gesicht. Ray sagte: »Ich hab den Papierkram für einen Nummernregistrierer bei dem Münzfernsprecher im Süßigkeitenladen erledigt.«

»Toll«, sagte Dante und nickte anerkennend.

Ein Nummernregistrierer zeichnete keine Unterhaltungen auf, speicherte aber sämtliche Telefonnummern, die von dem jeweiligen Apparat aus geführt wurden. Ein großartiges Gerät zur Informationsbeschaffung, und es war erheblich einfacher als bei einer normalen Abhöreinrichtung, dafür die Genehmigung eines Gerichts zu erhalten. Eine verdammt gute Idee.

»Wir hätten das schon längst machen sollen«, sagte Dante.

»Tja, jetzt machen wir's ja«, sagte Ray. »Und jetzt erzähl mir doch mal, wo du gelandet bist, na? Ich meine, letzte Nacht. Wo hast du geschlafen?«

»In den Armen einer Fremden, mein Freund. In den liebevollen Armen einer fremden Frau.«

»Kathy?«

Dante fuhr mit der Außenseite des Ringfingers den Rand seiner Tassc cntlang.

»Mann, ich hoffe nur, du hast eine wichtige Freundschaft nicht durch Sex kaputt gemacht«, sagte Ray mit gespielter

Heiterkeit. Für lange lange, zwanzig Sekunden folgte dann Schweigen. »Warum gehst du nicht einfach nach Hause, Kumpel? Du bist jetzt lange genug weg gewesen.«

»Keine Ahnung«, sagte Dante. »Ich glaub nicht, daß ich's kann. Ich meine, ich höre nie was von ihr. Würde ich nicht anrufen, würden wir uns überhaupt nicht mehr sprechen.«

»Willst du zurück oder nicht?«

Dante wand sich ab.

Ray sagte: »Du redest doch nur davon, wie sehr du deinen Sohn vermißt, und wie einsam du bist, und wie's deiner Familie wohl geht. Ist das alles Affenscheiße, oder was?«

»Nein! Nein! Ich mein's wirklich so, aber . . .«

Er glaubte nicht, daß er Ray, dem Typen, der ihm lächelnd und ernst gegenüber saß, seine Lebensgeschichte erzählen konnte, selbst wenn er es wollte. »Ich hab gemeint, was ich gesagt hab, ich vermisse meine Familie. Ich weiß nur einfach nicht, was ich machen soll.«

»Paß auf«, sagte Ray, »du kannst nicht so leben wie dein Partner. Jimmy ist sein ganzes Leben Einzelgänger gewesen. Du kannst nicht so leben wie er. Ich meine, gibt es in seinem Leben jemanden? Entschuldige bitte, Dante«, sagte Ray, »ich weiß, wie eng befreundet ihr zwei seid. Aber du mußt doch zugeben, der Typ ist irgendwie komisch.«

»Ja, du hast recht, er ist komisch«, sagte Dante. Er suchte nach etwas, was er dem hinzufügen konnte, und wurde gerettet, als Rays Pieper sich meldete. Sein eigener Pieper war, wo er immer war, im Kofferraum seines Wagens. Er schaute Ray nach, der zu einem Münztelefon ging. Er beschloß, einfach bei sich zu Hause aufzukreuzen. Was zum Kuckuck könnte Judy denn schon machen? Die Cops rufen? Er dachte an Jimmy, fragte sich, wie komisch er eigentlich wirklich war? Er fragte sich, ob er bewußt vergaß, wie ausgesprochen seltsam dieser Mann sein konnte, mit dem er schon ein Leben lang befreundet war.

Ray kehrte zurück, bestellte bei der Kellnerin eine weitere Tasse Kaffee und sagte, praktisch ohne die Lippen zu bewegen: »Das war Jimmy, er glaubt, JoJo wäre weg, und der alte Mann auch. Er glaubt, beide hätten die Stadt verlassen.«

»Woher zum Teufel weiß er das?« Dante warf einen Blick über die Schulter ins Café. Es wurde langsam voll, eine lärmende Truppe Cops kam zum Frühstück oder frühen Lunch herein, ihre Stimmen beherrschten den Laden. Eine junge Schwarze in Uniform ging zur Musikbox und wählte ein paar fröhliche Nummern.

»Jimmy hat gesagt, es wär deutlich auf den Bändern rauszuhören. Die Wichser versuchen, ganz cool und alles zu sein, reden in Codes, diese blöden Scheißer. Aber es ist nicht zu überhören, hat er gesagt. Jimmy glaubt, die haben sich verpißt.«

Dante fragte sich, ob er JoJo ungewollt einen Tip gegeben hatte, als sie sich letzte Nacht zufällig über den Weg gelaufen waren. Er wußte nicht, was er denken sollte.

»Dreh dich nicht um. Freddie Miller ist gerade von der Herrentoilette gekommen. Er setzt sich jetzt hin, zwei Nischen weiter.«

»Freddie?« Dante drehte sich um und schaute hin. »Ich seh ihn nicht.«

»Zwei Nischen weiter, wie kannst du ihn übersehen? Sieh nicht hin, Mann, sieh den Typ nicht an. Der macht mich wahnsinnig. Ich hasse diesen rassistischen Dreckskerl.«

»Komm schon«, sagte Dante, »Freddie ist gar kein so übler Bursche.«

Er sah den Rücken, so breit wie ein Kleinwagen, die Schultern hängend. »Freddie«, rief er. »Wie geht's dir, alter Kumpel?«

Freddie drehte sich von seinen beiden Stapeln Pfannkuchen um und reckte die Faust.

»Na prächtig«, sagte Ray. »Jetzt kommt dieses Tier garantiert her.«

Freddie setzte sich zu ihnen und machte eine kleine

Nummer mit den Augenbrauen. »Hi«, sagte er. »Wie geht's euch Jungs denn so?«

»Freddie«, sagte Ray, »ich hab von dieser Scheiße mit den Schwanzabdrücken gehört. Ist das wirklich wahr?«

»Schwanzabdruck?« fragte Dante. »Was ist ein Schwanzabdruck?«

»Erzähl's ihm, Freddie.«

»Nein, nein. Moment, Moment«, sagte Freddie. »Ich hab einen neuen Witz. Kennt ihr Jungs schon den von dem Juden und der Pizza?«

»Meine Frau ist Jüdin«, sagte Ray. »Meine Kinder sind halbe Juden. Ich glaube kaum, daß ich deinen Witz hören möchte.«

Aber wenn Freddie aufgedreht war von zuviel Kaffee oder was auch immer, dann war es unmöglich, ihm den Mund zu verbieten. »Und ob du den hören willst«, sagte er. »Was ist der Unterschied zwischen einer Pizza und einem Juden?«

Ray holte tief Luft und verzog das Gesicht.

»Eine Pizza schreit nicht, wenn man sie in den Ofen schiebt.«

»Erzähl den Witz mal Jimmy Burns, okay?« sagte Dante. »Der zieht dir dafür mit dem Knüppel einen Scheitel, du großer Trottel.«

Freddie zuckte die Schultern. »Ist doch nur ein Witz.«

»Und was war das jetzt mit diesen Schwanzabdrücken«, fragte Dante. »Wieder eine von deinen hirnverbrannten Ideen, häh?«

»Mach schon«, sagte Ray, »erzähl's ihm. Das mußt du gehört haben. Anschließend sagst du mir dann, ob dieser Bekloppte nicht in eine Gummizelle gehört.«

»Nee, ist überhaupt keine große Sache.« Freddie klang sehr ernst.

»Erzählst du die gottverdammte Geschichte jetzt endlich?« brüllte Dante. Dann fragte er in den Raum: »Ist das nicht eine Scheiße?«

»Ich vermute, du hast schon mal gehört, daß es oben in der Bronx einen Haufen Kinderschänder gibt. Ich schätze, ihr Jungs wißt das schon?«

»Das ist ein nationales Problem, eine beschissene nationale Schande ist das«, sagte Ray.

»Ja, aber oben in der Bronx ist es schlimmer. Jedenfalls, ich und der Chef vom Dienst sind auf diese Idee gekommen. Ich meine, ich bin auf die Idee gekommen, und der Lieutenant, tja, ist dann eingestiegen.«

»Ich hab den Kerl schon mal getroffen, der hat nicht mehr alle Tassen im Schrank«, sagte Dante. »Ray, ich und Jimmy haben diesen Lieutenant kennengelernt.« Seine Stimme wurde vertraulich leise. »Der Typ hat voll einen an der Hacke.«

»Ein guter, anständiger Schwarzer«, sagte Freddie. »Gibt nicht viele von der Sorte, aber er ist einer.«

»Ich kenne den Burschen«, sagte Ray. »Man hat schon mehr als einmal versucht, den Typ einzuweisen. Ein perfekter Boss für unseren Freddie hier.«

Freddie breitete die Arme wie ein Flugzeug aus und blieb so. »Ray«, sagte er, »Kindesmißbrauch in diesem Revier hat einen Sturzflug angetreten, und ich glaube, das ist mir zu verdanken.«

»Was hast du gemacht?« fragte Dante.

»Ich nehme Schwanzabdrücke.«

»Was?«

»Wenn ein Typ wegen Kindesmißhandlung eingelocht wird, bringen sie ihn zu mir, und ich nehm einen Abdruck von seinem Schwanz. Ich sag dem Wichser, daß Schwänze genauso Abdrücke hinterlassen wie Finger. Ich sitze an diesem alten Holzschreibtisch, so einer mit einem Brett für Fingerabdrücke, ihr kennt die. Jedenfalls, ich sitze an dem Schreibtisch, der Straftäter steht neben mir. Ich erledige den Papierkram wegen der Verhaftung, und dann sage ich, er soll die Hose runterlassen. Sag ihm, ich muß einen Abdruck von seinem Schwanz nehmen, um seinen Schwanzabdruck mit anderen Abdrücken zu vergleichen, die wir von verschiedenen Ärschen und Mündern von Opfern genommen haben. Jedenfalls, diese Wichser tun's. Sie tun's alle, Dante, sie lassen ihre Hose fallen, und ich greif mir die Schwänze und roll sie wie einen Daumen oder so über eine Abdruckkarte. Dann greif ich mir den Schwanz von dem Typen und hau einmal ordentlich mit einer Klatsche drauf, die ich in der obersten Schreibtischschublade aufbewahre. Eine gute Dreihundert-Gramm-Klatsche. Mann, das müßtet ihr sehen, wie diese Typen dann rumhüpfen, ist schon ein toller Anblick. Sie hüpfen und brüllen und führen einen ordentlichen Tanz auf quer durchs Büro. Ein echter Anblick, Mann, kann ich euch sagen.«

Dante glotzte mit offenem Mund.

»Und was soll ich sagen«, sagte Freddie, dessen riesiger Mund sich zu einem breiten Grinsen verzog. »Verhaftungen wegen Kindesmißbrauch sind im Zuständigkeitsbereich des Reviers zurückgegangen. Wißt ihr, ein Säugling lutscht an allem, was man in sein Bettchen steckt. Wißt ihr was, Jungs? Ein Säugling lutscht an allem. Ich hatte einen von denen, so ein Stück Scheiße ist in das Zimmer vom Baby seiner Freundin gelatscht und –«

»O Gott«, sagte Ray. »Es reicht. Halt verdammt noch mal dein Maul, Freddie.«

»Tja, du willst es nicht hören, aber wahr ist's trotzdem.«

Ray sagte: »Dante, sag doch was, verdammt.«

»Dreckskerl«, sagte Dante.

KAPITEL ZWÖLF

Als der Mercedes am späten Nachmittag den Scheitelpunkt der Jamestown Bridge erreichte, fand Barry Cooper sich auf dem Beifahrersitz wieder und blickte auf die Bucht hinaus. Das Glitzern des reflektierten Sonnenlichts zwang ihn, eine Hand über die Augen zu legen. Rechts von ihm, wenn auch in einiger Entfernung, ging die Bucht in den Atlantik über. Die Sonne stand hoch und brannte vom Himmel herab; der Ozean hatte ein kaltes Dunkelblau, das in der Nähe der Küste zu einem matten Blaugrün verblaßte. Das Meer wirkte rauh, die Wellen trugen Schaumkronen, und es herrschte starker Seegang. Irgendwo dort draußen lag Block Island, und auch Paris. Barry Cooper war einmal auf Block Island gewesen, und in Paris zweimal. In beides hatte er sich verliebt. Und an diesem Nachmittag, mit JoJo auf dem Rücksitz des Mercedes und diesem unterbelichteten Vinny am Steuer, hätte Barry liebend gern fünf Jahre seines Lebens gegeben, um an dem einen oder anderen Ort zu sein: oder an jedem anderen Ort zu sein, nur nicht dort, wo er war.

Von irgendwo roch es nach brennendem Asphalt, als stünde die Straße in Flammen, auf der sie fuhren. Immer wieder mußte er an Zeilen aus einem Buch denken, ein Roman oder vielleicht war es auch ein Gedicht, das er vor einigen Jahren gelesen hatte: *Die Menschen beobachten dich. Immer. Böse Menschen, die dir Böses wünschen, beobachten dich. Du bist nicht unter Freunden.*

Unmittelbar nach Barrys Ankunft in Johns Haus hatte sich John entschuldigt, er werde im Büro gebraucht. JoJo hatte ihn hinaus zum Wagen begleitet, und Barry beobachtete durchs Fenster, wie JoJo sich mit John besprach, geraume Zeit und leidenschaftlich auf ihn einredete. Er hatte den Eindruck, daß John schmollte. Er brauchte einen Augenblick, bis er verstand, daß er einer Vorstellung zusah. JoJo machte unmißverständlich klar, daß er der Boss war. Soweit es Barry betraf, hatte daran nie ein Zweifel bestanden. Es war JoJo, der ihn zum Gästezimmer führte und sagte, er solle sich etwas Bequemeres anziehen. Flüchtig hatte Barry daran gedacht zu protestieren. Er konnte JoJo sagen, er habe geschäftlich in New York City zu tun, müsse eine Aussage unter Eid aufnehmen oder irgend etwas in der Richtung. Er wußte nicht, was hier los war. In welcher verkorksten Lage er sich befand, wie sehr er Ereignissen ausgeliefert war, über die er keine Kontrolle hatte.

Im Gästezimmer hatte Barry einen Trainingsanzug gefunden, ein Sweatshirt und Turnschuhe. »Zieh die Turnschuhe an«, hatte JoJo gesagt. »Du wirst Turnschuhe brauchen, da wo wir hingehen.« Er schien ziemlich guter Dinge zu sein, und er wirkte ausgeruht, aber in beiden Punkten war Barry nicht sicher. Er war beunruhigt, und es war schwierig, eigentlich sogar unmöglich, von JoJo eine klare Antwort zu erhalten, was den Grund seines Trips hierher betraf. Warum konnten sie sich nicht am gewohnten Ort in der Stadt treffen?

»Ich bin hergekommen, weil ich mal Tapetenwechsel brauche, etwas Ruhe. Aber wir müssen uns unterhalten«, hatte JoJo beiläufig gesagt. Das war's, keine weiteren Erklärungen.

Nachdem Barry sich umgezogen hatte, hatte JoJo gesagt, sie würden einen kleinen Ausflug machen. Schon allein der Klang dieses Satzes löste bei ihm die Renneritis aus.

Am Fuß der Jamestown Bridge bemerkte Barry all die schweren Baumaschinen, gigantische Bagger und Bulldozer. Arbeiter liefen umher. Er sah einen Mann in Latzhose mit einem blauen Halstuch, der eine Schaufel trug. Der Gedanke kam ihm, daß John Paradiso wahrscheinlich einen Teil der Aufträge zu diesem Bauvorhaben besaß.

An der Kreuzung bog Vinny rechts ab. Allmählich veränderte sich die Landschaft; die Straße verlief durch sanft wogende Hügel, auf beiden Seiten gesäumt von dichtem Wald. Dunkle und scheinbar verlassene Feldwege zweigten in Abständen von etwa einer Viertelmeile ab. Etwas später fuhren sie über Weideland, kamen an einem Haus der Quaker vorbei, an einem schmucken, von Meeresluft, Wind und Sonne silbergrau gewordenen Cottage, an dem auf einem Schild für einheimischen Hummer geworben wurde.

Hübsch, dachte Barry. Aber was zum Teufel machte er hier?

Es geschah nicht einfach so, daß JoJo John anrufen und ihm sagen ließ, er habe zu erscheinen, kein Wenn und Aber. Bei JoJo geschah nichts einfach so. Er ließ Dinge geschehen. Er ließ alles geschehen, was diese Familie betraf. Der alte Mann war praktisch weg vom Fenster, erledigt. Und John war eben John. JoJo war der Boss, Punkt. Trotzdem, Barry wußte, daß er, Barry, etwas Besonderes war. Das war nicht einfach nur seine Ansicht, es war auch JoJos Ansicht, JoJo hielt Barry für etwas Besonderes. Es gab eine ganze Menge besonderer Menschen in JoJos Leben. Aber nur weil JoJo Barry für etwas Besonderes hielt, bedeutete noch lange nicht, daß er Bruno nicht den Auftrag geben könnte, ihm den Schädel einzuschlagen, falls er Barry für einen Verräter hielt.

Doch seine Bande zu JoJo waren alt und stark. Sie hatten sich vor zehn Jahren kennengelernt. Barry arbeitete damals als stellvertretender Ankläger bei der Brooklyner Bezirksstaatsanwaltschaft. JoJo war über einen anderen korrupten Anwalt an ihn herangetreten, der eine Kanzlei an der Court Street hatte. Der Mann war klein und dünn und hatte die Siebzig bereits überschritten; er trug jeden Tag seines Lebens einen Anzug. Als Onkel eines kleinen Leutnants in Brunos Bande war er der Familie stets loyal verbunden, doch er wurde alt und hatte die schlechte Angewohnheit, zuviel mit Fremden zu plaudern. Auf jeden Fall hatte er eine Besprechung mit Barry eingefädelt.

Bei diesem Treffen überreichte JoJo Barry zehntausend Dollar. Als Gegenleistung lieferte Barry das Versprechen, in Zukunft behilflich zu sein. Man hätte damals Barry zu dem Thema hören müssen, ein Mafioso beziehungsweise Teil des organisierten Verbrechens zu sein. Als Barry die Bezirksstaatsanwaltschaft verließ und sich selbständig machte, fragte JoJo, was ein angemessenes Fixum sei, wenn er und seine Freunde Barrys einzige Mandanten wären. Barry zuckte die Schultern, und JoJo bot ihm hundert Riesen an. Barry verlangte hundertfünfzig, und JoJo erwiderte, du bist ein anständiger Kerl. Ich vertraue dir, ich gebe dir zweihundertfünfzig. Barry sagte: Scheiße! und JoJo sagte, mach dir um nichts Sorgen; ich mag dich.

JoJo mochte ihn allerdings. Er hielt ihn für ehrgeizig und mutig, was ihn gefährlich werden lassen konnte. Trotzdem, er war charmant und loyal – JoJo hatte ihn mehr als einmal auf die Probe gestellt. Und was noch wichtiger war, er war intelligent, intelligenter und gewitzter als jeder andere, den JoJo kennengelernt hatte, mit Ausnahme des alten Herrn. Er wußte, wie die Cops und das Gericht funktionierten. Er wußte, mit welchen Detectives Geschäfte zu machen waren. Er kannte Richter und Politiker, und er hatte einen Bruder, der als erfolgreicher Anwalt in Süd-Florida tätig war. Eine Gegend, in der das Geld auf Orangenbäumen zu wachsen schien. Also mußte gefährlicher Ehrgeiz gegen Verbindungen und Loyalität abgewägt werden. Aber er war ein Jude. Der smarteste und härteste Mann, den ich je kennengelernt habe, sagte sein Vater ihm, war Meyer Lansky. Der hatte mehr Verstand und mehr Mumm als jeder Mafioso, der mir je begegnet ist.

Und so kam es, daß Barry Cooper der Anwalt der Familie wurde. Und so blieb es auch. Sein gegenwärtiges Fixum betrug eine Million Dollar, davon die Hälfte steuerfrei in bar, die andere Hälfte über Johns Baufirma.

Das Schild nach Beavertail wies auf eine gut gepflasterte Straße, die zu einem Leuchtturm führte. Die Straße schlängelte sich eine Weile durch Kiefernhaine und dichte Rosenhecken, und plötzlich stießen sie auf den Leuchtturm und einen Parkplatz.

JoJo legte von hinten freundlich eine Hand auf Barrys Schulter. Barry machte beinahe einen Satz durch die Wagendecke.

»Komm, Barry«, sagte JoJo. »Machen wir einen kleinen Spaziergang. Vinny«, sagte er, »wir sind bald zurück.«

Irgendwie beruhigt, daß er nicht hier war, um getötet zu werden, ging Barry los; JoJo folgte ihm, achtete auf seine Schritte. Vom Meer blies ein steifer Wind. Barry ging bis zum Rand der Steilküste und schaute übers Meer hinaus.

»Warum konnten wir uns nicht in der Stadt treffen?« fragte Barry. »Hier ist es zwar wunderschön, aber warum ausgerechnet hier?«

JoJo holte tief Luft und schaute aufs Meer hinaus.

»Du machst mich nervös«, sagte Barry. »Was ist los?«

JoJo schaute weiter aufs Meer hinaus. Sie hörten das Läuten einer Glockenboje, und die blauen und gelben und grünen Marker von zahllosen Hummerfallen schaukelten auf der aufgewühlten See. Am Horizont standen ein Trawler und Segelboote.

»Es passieren einige gute Dinge, aber es gibt auch Probleme. Einige große Probleme«, sagte JoJo.

»Deine Probleme sind auch meine«, antwortete Barry.

JoJo lachte, und Barry ebenfalls.

»Komm schon«, sagte Barry. »Was ist los? Wie ist der Trip nach Florida verlaufen?«

»Gut«, sagte JoJo. »Es ist sogar besser gelaufen, als ich dachte.«

»Dann wirst du es also machen? Du wirst den Schritt tun?«

»Vielleicht.« JoJo lächelte, dachte, es stand Barry überhaupt nicht zu, diese Frage zu stellen. Er legte eine andere Gangart ein, sprach nun schneller, erzählte Barry von dem Schwiegersohn des Kubaners, bat ihn, einen Blick auf die

Einzelheiten der Festnahme zu werfen, mal zu sehen, ob sie irgend etwas tun konnten. Dann drehte er sich zu Barry um; langsam und deutlich, damit seine Worte auch wirklich verstanden wurden, sagte er: »Ich hab einen Anruf erhalten. In meiner unmittelbaren Nähe gibt es einen Spitzel.«

Barry schien amüsiert. »Wer hat dir das denn gesagt?«

JoJo antwortete nicht.

»Darf ich dir mal was sagen?« Barrys Stimme war leise und dienstbeflissen. »Er muß sogar in deiner unmittelbaren Nähe sein, um dir schaden zu können.«

»Meinst du?« fragte JoJo scharf.

»Meines Wissens sprichst du nur mit deinen Captains, richtig? Ich meine, du besprichst geschäftliche Dinge nicht mit jedem.«

»Ich rede jeden Tag mit allen möglichen Leuten. Wovon redest du?«

»Joseph, wenn sie jemanden haben, der bereit ist, vor einer Anklagejury auszusagen, und wenn dieser Jemand jemand ist, der deine Geschäfte kennt, der dich kennt und der seine Aussage auch mit Beweisen untermauern kann, dann könntest du ein ernstes Problem haben.«

»Das weiß ich.«

»Und dein Vater auch.«

»Ich weiß, ich weiß.«

»Hör zu«, sagte Barry. »Vielleicht ist deine Information schlecht. Vielleicht redet dein Verbindungsmann einfach nur, ist auf mehr Geld aus.«

JoJo schüttelte den Kopf. Mann, liebend gern hätte er das geglaubt, aber er wußte es besser.

»Hör zu, Barry, dieser Kubaner. Er will, daß ich ihm Heroin besorge. Er will Heroin gegen Kokain tauschen. Auch wenn das nicht meine Branche ist, weiß ich doch, daß es sich dabei um einen erstklassigen Deal handelt. In dieser Scheiße steckt haufenweise Geld.«

»Und das Geld weiß nicht, woher es kommt. Geld ist Geld ist Geld. Richtig?«

»Klar.«

»Kannst du das? Kannst du das unauffällig durchziehen, kannst du das vor deinem Vater geheimhalten?«

Stirnrunzelnd schloß JoJo die Augen. »Todsicher. Morgen werde ich fünfzig Kilo von dem Stoff in einem Mietwagen in Manhattan deponieren.«

Das war eine Lüge. Ein Test, der erste von mehreren, die bewährte Freunde ohne ihr Wissen über sich ergehen lassen mußten. »Du kennst das Parkhaus«, sagte er. »Da, wo ich meinen Wagen immer abstelle, wenn ich in deine Kanzlei komme.«

»Joseph, du stehst hier und erzählst mir, daß du einhundert Pfund Heroin in einem Auto deponiert hast?«

JoJo legte eine Hand auf Barrys Schulter. »Genau das habe ich doch gesagt, oder?«

»Dann hast du es also, du hast die Ware, du kannst diese Sache durchziehen?« Eine Spur Skepsis trat in Barrys Augen.

»Ich frage dich das jetzt, weil ich deinen Rat hören möchte, mein Freund: Meinst du, ich sollte diese Sache durchziehen oder lieber nicht?«

»Ich werde dir nicht sagen, was du tun oder nicht tun solltest, Joseph. Ich kann dir sagen, in welche exponierte Lage du dich damit gebracht hast, aber das ist dann auch schon alles, was ich dir sagen kann.«

»Ey, hör zu. Ich frage dich nach deiner Meinung. Dein Bruder hat sich für diesen Burschen verbürgt, habe ich recht?«

Barry warf einen Blick über die Schulter. »Michael hat seit Jahren geschäftlich mit dem Mann zu tun«, sagte er mit gesenkter Stimme. »Er versichert mir, daß der Mann echt ist. Der Mann operiert international, besitzt Verbindungen in Kolumbien, Spanien und Mexiko.«

JoJo nickte nachdenklich. Er entfernte sich ein Stück von Barry. Sein Anwalt war nähergetreten, und er roch den Schweiß. Angstschweiß.

»Groß ist gut. Groß ist wichtig. Aber kann man dem Mann auch vertrauen?«

Barry hob die Hand. »Jesus, was soll ich jetzt sagen, Joseph. Mein Bruder setzt Vertrauen in den Burschen. Michael ist mein Blut, was willst du von mir hören?«

»Sag mir, daß ich ihm vertrauen kann, das will ich von dir hören.«

Barry legte den Kopf in den Nacken. »Ich glaube, du kannst ihm vertrauen.«

»Du glaubst?«

Barry atmete schwer aus, dann sprach er irgendwie niedergeschlagen weiter. »Du mußt *mir* vertrauen, Joseph. Ich meine, was sonst?«

»Barry, ich sehe, daß du nervös bist, und mir ist nicht ganz klar, weswegen. Falls es hier so was wie ein Problem gibt, sag's mir. Wir arbeiten nun schon eine ganze Weile zusammen, ich kenne dich. Also, warum ist mein Freund und Anwalt nervös? Du hast bestimmt keine finanziellen Probleme. Wie solltest du auch Geldprobleme haben? Soweit ich weiß, ist bei dir zu Hause alles in Ordnung. Also muß ich doch denken, es ist etwas anderes. Ich muß doch denken, daß mein Freund in einem Dilemma steckt, von dem er mir nichts erzählen will. Ich muß doch denken –«

»Keine Probleme, ich habe keine Probleme.« Barry unterbrach ihn. »Die Wahrheit ist, ich bin ausgesprochen zufrieden.« Seine Augen waren groß, und auf seinem Gesicht stand ein dickes Lächeln, und seine Stimme hob sich fast zu einem Brüllen.

»Dann ist also alles bestens? Du bist glücklich bei mir, mit unserem Arrangement?«

»So glücklich ein Mann nur sein kann.« Barrys Stimme wurde heiter und unbeschwert, aber da war auch ein leichtes Beben. Er warf JoJo einen kurzen Blick zu und schaute dann wieder aufs Meer hinaus, schaute zu, wie die aufgewühlten Wellen sich an den Felsen brachen, sah die Segelboote und Trawler am Horizont.

»Joseph?«

JoJo hörte seinen Namen nicht. Er überlegte hin und her, ob er diesem Burschen glauben sollte oder nicht.

»Okay, hör zu«, sagte JoJo. »Ich werde das nicht zweimal sagen. Tu mir einen Gefallen. In Zukunft sprichst du mit John nicht mehr über Angelegenheiten, die nur dich und mich betreffen. Du hast meinem Bruder Dinge erzählt, die ihn nichts angehen. Mach das nie wieder.«

Barry war sprachlos. »Ich bin nicht sicher, was du meinst, aber ich kann dir versichern –«

JoJo stieß einen Finger in die Mitte von Barrys Brust. »Du redest mit ihm über die Baufirma, und fertig.«

Barry zuckte die Schultern.

»Was ist jetzt?« fragte JoJo.

»Vergiß es.«

»Nein, schieß los.«

»Vergiß es, ich versteh schon.«

»Ja, aber du bist empfindlich wie nur was, und das macht mich wahnsinnig. Was ist los?«

Barry sagte, jetzt beinahe flehend: »Versetz dich doch mal in meine Lage, Joseph. Ich erhalte einen Anruf, nach Rhode Island zu kommen. Keine Erklärungen, gar nichts. Ich weiß nicht, was los ist. Ich bin verwirrt.« Barry schien zu wachsen, zeigte jetzt eine gewisse Stärke. »Mir wird gesagt, ich soll herkommen, du willst mich sprechen, und das sofort. Aus was bin ich, aus Stein vielleicht? Du kannst deinen Arsch drauf wetten, daß ich mir Sorgen mache, wenn ich so einen Anruf erhalte.«

JoJo sah die Aufrichtigkeit in Barrys Augen und verlor seine Beklommenheit.

Barry war in Ordnung. Kein Problem von dieser Seite. Dennoch, er würde ihn auf die Probe stellen.

Sie standen dort und redeten noch weitere zwanzig Minuten. JoJo sagte Barry, er solle nicht vergessen, sich mit jemandem in Verbindung zu setzen, der Luis' Schwiegersohn helfen konnte. Barry antwortete, daß es eine Menge kosten würde. JoJo sagte, egal. Barry wurde stärker, je länger sie sich unterhielten, ließ sogar ein wenig die Muskeln spielen, sagte JoJo, der Kokaindeal sei nicht ungefährlich, riet ihm, sich soweit wie nur möglich von der Ware fernzuhalten, war jetzt ganz cool, einer der Jungs eben. Auf der Rückfahrt zu Johns Haus driftete JoJo auf dem Rücksitz des Mercedes in seine eigene Welt ab, watete durch Erinnerungen auf der Suche nach Bildern der Menschen in seiner Nähe, Bilder, die ihm irgendwie einen Hinweis gaben, wer der Informant sein könnte. Vinny hinter dem Steuer warf gelegentlich einen Blick in den Rückspiegel zu JoJo und dann von JoJo zu Barry, dessen Blick von der Landstraße zu der Salzmarsch und den Teichen und dem Vogelschutzgebiet rechts der Straße wanderte.

JoJo fiel niemand ein, der ihn verraten könnte, der ein elender Verräter sein könnte. Er erinnerte sich an die Zeit vor drei Jahren, als er und Bruno diese drei Soldaten in seiner Gruppe auf die Probe gestellt hatten. Einer der drei, dessen waren sie sicher, war zu den Cops übergelaufen.

Bruno nahm jeden einzelnen Soldaten beiseite, setzte sich mit hin und erklärte, er wolle für zahlungskräftige Zocker einen Würfelabend um hohe Einsätze arrangieren. Jeder erhielt von Bruno eine Anschrift, und jedem sagte er, die Sache für sich zu behalten.

Nur daß es kein Spiel gab. Die Adressen waren Wohnungen von Freunden aus der normalen Welt. Als dann später die Cops bei einer dieser Wohnungen eine Razzia machten, mit Vorschlaghämmern und zwanzig Mann anrückten, die Wohnungstür eines ehrlichen Angestellten der Stadtreinigung einschlugen, da wußte Bruno, daß er die Ratte genagelt hatte.

Schließlich wurde JoJo klar, daß der Spitzel irgendwann auftauchen *mußte*; früher oder später würde er wissen, wer der Verräter war. Es war nur eine Frage der Zeit. Dann erinnerte er sich wieder, wie Bruno den Burschen vor drei Jahren dazu gebracht hatte, alles zu gestehen.

Sein Name war Philip Ranieri, aber alle nannten ihn Philly Rags. JoJo sagte zu Rags, daß er Bruno zum Abendessen einladen wolle, bat Rags, ob er sie zu diesem Fischrestaurant draußen auf City Island fahren könne. Er saß auf dem Beifahrersitz von Rags neuem Buick, und Bruno saß hinter Rags. JoJo erinnerte sich, wie beschissen das Wetter an diesem Abend gewesen war. Regnerisch und windig, eiskalt, wenig Verkehr und kein Mensch unterwegs, ein Abend, den man getrost vergessen konnte.

Während der Fahrt zum Restaurant redete Bruno an einem Streifen davon, was sie mit einem Verräter machen würden, wenn sie ihn entdeckten. Angespannt und ohne ein Lächeln fuhr Rags und hörte zu, wie Bruno flüsterte, als säße er in einer Kirche. Seine Worte, seine Art, wie er sprach, machten selbst JoJo nervös.

»Wie fühlst du dich heute?« hatte Bruno von hinten in Rags Ohr geflüstert. Es war eher eine Warnung als eine Frage. Zu diesem Zeitpunkt kam JoJo der Gedanke, daß Brunos Stimme, sein Atmen in Philly Rags Ohr, wie ein Wahrheitsserum wirken mußte.

»Weißt du, ich schneid dir was ab. Ein großes Stück, wenn du mir nicht die Wahrheit sagst.«

»Was denn für 'ne Wahrheit, Boss, was denn für 'ne Wahrheit?«

»GRRrrrrrr«, knurrte Bruno. Einfach so – »GRRRrrrrrr.«

Philly Rags begann zu zittern, ein gutes und böses Zeichen. Ein gutes Zeichen für Bruno, er wußte nun, daß er den richtigen Burschen hatte. Ein schlechtes Omen für Rags. Er konnte nicht mehr klar denken, wußte nicht, was er sagen sollte.

»Himmel, wenn ich irgendwas gemacht hab, worüber du mit mir reden willst, dann sag's mir.«

Er hatte sich zu JoJo umgedreht, während eine Hand zwischen seine Beine wanderte, als müsse er pinkeln. JoJo dachte: Schuldig . . .

Wie er jetzt in dem Mercedes saß, Sinatra im Kassettenrecorder, Vinny summte und Barry zurückgelehnt und mit verschränkten Armen dasaß, erinnerte JoJo sich daran, wie Rags auf den leeren Parkplatz gefahren war, wie seine Augen riesig wurden, als er verstand, daß das Restaurant geschlossen war.

Selbst in diesem Augenblick, drei Jahre später, erinnerte er sich noch genau, wie Phillys Mund zu einem schmalen Strich wurde, wie sein Blick zwischen JoJo und Bruno hin und her schoß. Wie er anfing, seine Komplizen schlechtzumachen, sagte, man könnte ihnen nicht vertrauen, wie er JoJo und Bruno an all seine gute Arbeit erinnerte, an seine Ergebenheit der Familie gegenüber. Wie sich sein Blick auf den leeren Parkplatz richtete. Wie er in die Ferne starrte, als er aus dem Wagen stieg, und dann ein paar Schritte lief, seine Taktik aber sofort bedauerte. Wie er auf die Knie fiel, wie er bettelte, wie er die Beherrschung verlor und sich in die Hose machte. JoJo erinnerte sich an das alles, beobachtete den armen Burschen, einen guten Jungen, den die Cops zu einem Spitzel gemacht hatten, sah ihn bitten und betteln, hörte ihn wieder weinen wie ein Kind. Begann jetzt vielleicht zum erstenmal, Philly Rags wirklich zu verstehen. Erinnerte sich, wie er ausgerufen hatte: »Ich hatte keine Wahl, wußte nicht mehr wohin.«

»Na los, ihr Arschlöcher, macht schon«, sagte er schließlich. »Erlöst mich, ich bin diese ganze Scheiße satt, und es ist mir scheißegal.« Und JoJo erinnerte sich, wie Bruno auf den Boden spuckte, nachdem er ihn erschossen hatte, auf den Boden direkt neben der Stelle spuckte, wo Philly Rags Körper zuckend lag, seine Fersen auf den Boden traten und trommelten, auf dem er lag.

Seit ihrer Rückkehr in Johns Haus hatte JoJo still für sich auf der Terrasse gesessen, Wein getrunken und hinaus aufs Meer geschaut. Die Tatsache, daß es dabei anscheinend um eine Entscheidungsfindung ging, trug nicht dazu bei, Barry zu beruhigen, ja, er hatte sogar eine gottverdammte Scheißangst und wollte so schnell wie möglich weg von dort, fort von Rhode Island, er wollte zurück nach New York City, zurück an einen Ort, wo er sich sicher fühlte. In JoJos Nähe war, soweit er das sagen konnte, jeder nervös.

Vinny und John waren in der Küche und machten Pasta mit Hummer, wobei Vinny John erklärte, er selbst sei ein echter Stadtmensch, und wenn John hier oben glücklich unter diesen Fischern und Kleinstädtern lebte, dann hielt er es für ziemlich wahrscheinlich, daß John langsam den Verstand verlieren mußte. John sah zu Vinny hinüber und lächelte. Barry hatte den Eindruck, daß John auf eine merkwürdige Art Angst vor Vinny hatte, und die Bedeutung dieser Angst verstand er nicht. Immerhin war John JoJos älterer Bruder und hätte sich keine Sorgen wegen eines kleinen Ganoven wie Vinny machen müssen.

Es war fünf Uhr. Barry würde die Sieben-Uhr-Maschine von Providence zurück nach La Guardia erwischen. Er hatte Wein getrunken und fühlte sich leicht angesäuselt, aber auch wieder nicht angesäuselt genug. Diese Leute machten ihm angst. Als er sich ihnen vor zehn Jahren anschloß, hatte er noch keine Vorstellung davon gehabt, welch schreckliche Angst er bekommen konnte. JoJo und diese Leute lebten in einer anderen Zeit, einem anderen Jahrhundert und in einem Teil der Welt, der ihn an Mexiko erinnerte, an einen finsteren und geheimnisvollen Ort, unversöhnlich und bedrohlich. An einen Ort, den er auf keinen Fall besuchen wollte, geschweige denn dort leben. Er hatte festgestellt, daß mit Mafiosi zusammen zu sein bedeutete, mit ihnen zu leben, und das war in Ordnung, wenn man die von Angst erfüllten Tage und die schlaflosen Nächte voll übelster Albträume nicht mitrechnete. Sich den Paradisos zu verschreiben war nicht die intelligenteste Entscheidung, die er je getroffen hatte.

Als die Platte mit Pasta und Lobster herausgebracht wurde, betrachtete jeder sie voller Bewunderung. JoJo schenkte Wein ein. Barry legte einen Arm um John und spürte, daß er zitterte.

»Gutes Essen«, sagte JoJo. »Guter Wein, gute Freunde.«

»Salute«, sagte Vinny.

Und John trank auf ihre Gesundheit und auf Wohlstand.

JoJo lächelte.

»Auf die Freunde«, sagte Barry. »Die anwesenden und die, die jetzt nicht bei uns sein können, um dieses Festmahl zu genießen. Auf all unsere Freunde.«

Später an diesem Abend, irgendwann gegen neun Uhr, rief JoJo Vinny auf die Terrasse hinter dem Haus. Er nahm ihn halbherzig in den Arm.

»Sag mal, Vinny«, sagte er, »was hältst du von Barry?«

Vinny sah ihn an, wollte schon antworten, bremste sich dann aber und machte dicht.

»Ich habe dir eine Frage gestellt.«

»Er ist Ihr Mann, Boss, was wollen Sie da von mir hören?«

»Ey, komm schon. Sag mir einfach, was du von ihm hältst.«

»Er ist ein beschissener Anwalt, ein Dieb im Grunde seines Herzens. Ich denke, er ist schon okay.«

»Würdest du ihm vertrauen?«

»Ich? Einem Anwalt vertrauen? Vergessen Sie's.«

»Morgen, Vinny, wirst du in die Stadt zurückkehren und diesen Burschen hier ausfindig machen.« Er gab Vinny die Visitenkarte des Mannes, der im Nestor Club zu ihm gekommen war und um Hilfe für seinen Sohn gebeten hatte, der sanfte Bursche, der seinen Sohn Jura studieren lassen wollte. »Dieser Bursche besitzt eine Leasingfirma für Autos. Du besorgst dir einen Wagen von ihm, und ich möchte, daß du fünfzig Pfundbeutel Mehl in den Kofferraum dieses Wagens packst. Leg sie in einen Koffer.«

»Mehl?« fragte Vinny.

»Dann möchte ich, daß du den Wagen nimmst und ihn in diesem Parkhaus abstellst.« Er gab Vinny einen Zettel. Darauf befand sich die Adresse eines Parkhauses gegenüber von Barry Coopers Anwaltskanzlei.

»Nachdem du den Wagen geparkt hast, möchte ich, daß du unangemeldet in Barrys Büro gehst.«

Vinny nickte.

JoJo hob einen Finger. »Unangemeldet, das bedeutet, du gehst einfach in sein Büro, ohne vorher anzurufen oder irgendwas.«

Vinny starrte JoJo einen Augenblick an, dann sagte er: »Hab verstanden.«

»Gut, gut. Wenn du in seinem Büro bist, lädst du ihn zum Mittagessen ein oder irgendwas. Ich will, daß du mich schlechtmachst. Zieh über mich her.«

»Ich glaube kaum, daß er mir das abkaufen wird, Boss.«

»Vinny, ich möchte, daß du exakt das tust, was ich dir sage. Keine Diskussionen, okay?«

Vinny nickte.

»Wenn ich sage, mach mich schlecht, dann will ich, daß du ordentlich vom Leder ziehst. Beklag dich lautstark darüber, daß du mit einem beschissenen Kofferraum voll Junk durch die Gegend kutschieren mußt. Sag ihm, es geht hier um lebenslänglich Knast. Sag ihm, ich wär deiner Meinung nach völlig durchgedreht. Es ist mir scheißegal, was du sagst. Überzeug ihn nur einfach, daß du Angst hast.«

Vinny steckte sich eine Zigarette in den Mund, um sein Lächeln zu verbergen.

»Hast du das kapiert, Vinny? Kannst du tun, was ich dir sage?«

Vinny sammelte sich. »Klingt nicht besonders kompliziert, Boss.«

JoJo grinste und wandte sich ab; er schaute zum Nachthimmel auf.

Vinny dachte: Tja, vielleicht ist der Typ ja wirklich durchgeknallt. »Spielt's irgendeine Rolle, welche Sorte Mehl ich in die Tüten packe?« fragte er.

»Was meinst du?«

»Nix.«

»Wieso stellst du mir dann so eine bescheuerte Frage? Du bist doch nicht blöd, Vinny. Spiel bei mir nicht den Blödmann, das nervt.«

»Tut mir leid, Boss. Darf ich Sie mal was fragen?«

»Schieß los.«

»Wenn ich den Auftrag erledigt hab, kann ich dann mal eine Pause einschieben?«

»Wenn du fertig bist, fährst du zum Club und holst meinen Schwager und Bruno ab, die werden da auf dich warten. Hol sie ab und bring sie her. Und was soll das heißen: eine Pause einschieben?«

»Ich meine, bevor ich die Jungs abhole, kann ich da mal Pause machen? Sie wissen schon, eine Pause eben.«

»Vinny, du hast keine Zeit zum Bumsen. Du hast zu tun. Hör auf, dauernd daran zu denken, all diese Bräute zu vögeln, du hast zu tun.«

»Boooaaaaaa Joseph, aber die müßten Sie sehen. Ich hab diese Alte in Queens, zweiundzwanzig ist sie.«

JoJo stand mit verschränkten Armen da, starrte Vinny an und wippte auf den Fußballen. Vinny lächelte.

»Wenn du mit der Scheiße weitermachst, geh ich noch zu deiner Totenwache. Hast du gehört? Laß wenigstens eine Weile die Finger von den Bräuten.«

»Ach, kommen Sie, Joseph, mein Gott.« Ein Anflug von Panik schob sich in Vinnys Stimme. JoJo fixierte ihn lange und unerbittlich. »Das ist nicht Ihr Ernst, oder?«

»Ungefähr so ernst wie ein Beil im Kopf, du Trottel. Kapierst du denn nicht, daß ein heißblütiger kleiner Spaghetti mit einer großen Kanone ziemlich sauer auf dich ist?«

Vinny spürte dieses alte, vertraute Gefühl, diese große Rastlosigkeit zwischen seinen Schenkeln, und schlagartig war er deprimiert.

»Lilo wird schon noch drüber wegkommen. Ist doch überhaupt keine große Sache. Ist doch nur eine Hochzeit, die nicht laufen wird, das ist alles.«

JoJo sagte, genau davon spreche er. Niemand höre ihm zu. Man rede, nur um sich selbst reden zu hören. Es wären nicht die lahmarschigen Cops oder die durchgeknallten Feds oder der verschissene Spitzel, die ihn letzten Endes fertigmachen würden, es wären seine eigenen Leute, die ihm Probleme machten. Ein Betonkopf wie Vinny, der mit seinem Schwanz dachte; und es wäre unmöglich, sich vor Betonköpfen zu schützen.

Vinny hörte fasziniert zu. Er dachte daran, eins klarzustellen: Er war kein Betonkopf. Er machte, was man ihm sagte, hielt den Mund und hatte Eier so groß wie die von einem Bullen. Aber JoJo redete immer weiter, und später, als Vinny noch mal darüber nachdachte, beschloß er, daß die hohen Tiere wie JoJo und Lilo darauf abfuhren, Geldstapel zu streicheln, daß ihnen der Geruch von Geld viel besser gefiel als zwei gute, kräftige Frauenbeine über ihren Schultern. Schön für sie, die denken, sie hätten was laufen; aber die hatten gar nichts laufen. Was zum Teufel hatte man denn von der ganzen Kohle, wenn man keinen Spaß mehr hatte? Wenn man nicht mehr die Zeit fand, seinen Kopf zwischen die Beine irgendeiner herrlichen, wunderbaren Frau zu stecken, was sollte das dann alles überhaupt? Und Lilo, dieser krankhafte Irre, versuchte tatsächlich, ihn mit seiner Tochter in einen Keller zu stecken. Der Mann mußte doch bescheuert sein. Sophia war schon okay, aber todsicher würde er mit ihr nicht wie ein Hund in irgendeinem Kellerloch hausen. Der abgefuckte Lilo, man wurde aus dem Kerl einfach nicht schlau, nur weil er, Vinny, jetzt mit einer anderen Braut in die Federn wollte, wollte der Typ ihn umlegen. Ein hirnverbrannter Wichser, dieser Lilo. Das war er.

Vinny erinnerte sich noch an Lilo aus der Zeit, als er als Kind in South Brooklyn hauste. Lilos Bruder Sonny und Lilo selbst waren Legenden in South Brooklyn. Sie hielten im Keller ihres Hauses einen Löwen. Man konnte die President Street runtergehen und roch diesen Löwen schon aus einem Block Entfernung. Wenn man ihnen zum Beispiel

Geld schuldete und mit einer Zahlung in Verzug war, dann mußte man mit dem beschissenen Löwen Fangen spielen. Die beiden Fettklöße machten einen Scheiß, es war kaum zu glauben. Bei Sonnys Totenwache, als er mit Bergen von Blumen aufgebahrt war, drehte Lilo durch. Und er, der falsche Hund, war doch derjenige gewesen, der Sonny reingelegt hatte. Der Penner sorgte dafür, daß sein eigener Bruder mit Schrotflinten gesiebt wurde. Sonny, heulte er, washamdienurmitdirgemacht? Sogar auf dem Mond wird noch Blut fließen, Sonny. Dieser verrückte Bastard, und er war doch derjenige, der den Hinterhalt angeordnet hatte. Lilo, mit seinen kleinen Augen und der spitzen Nase. Vinny haßte Menschen mit kleinen Augen und spitzen Nasen. Sie erinnerten ihn an Ratten.

Bald schon sollte Vinny sich bewußt werden, daß er vergessen hatte, sich bewußt zu machen, daß man auf einen verrückten Hund wie Lilo immer gefaßt sein mußte.

KAPITEL DREIZEHN

Den ganzen Nachmittag waren Dante, Ray, Kathy und Jimmy mit der Niederschrift der Tonbänder beschäftigt und hörten sich das Geschwafel der Mafiosi im Club an. Es war ein strahlender, warmer Tag, ein Tag, an dem man nur an Gutes dachte. Überall in Queens machten die Leute die Fenster auf, versuchten etwas von der frischen Frühlingsbrise einzufangen. Vor dem Club saßen drei Männer auf Plastikküchenstühlen, und Passanten lächelten die Männer an, wenn sie zaghaft vorbeigingen. Ein Versuch, höflich zu sein, gegen den sich die Natur eines Mafioso sträubte. Von ihnen kam nicht das geringste Lächeln.

Die Unterhaltungen im Club waren kurz, und die Mafiosi klangen beunruhigt. Niemand schien zu wissen, wo JoJo steckte. Sogar Bruno Greco stand vor einem Rätsel, fragte Nicky Black und den verrückten Killerzwerg Karl Marx Syracusa, ob sie JoJo gesehen oder von ihm gehört hätten. Alle rannten herum wie ein Haufen betäubter Schafe, liefen hintereinander her in den Süßigkeitenladen an der Ecke, benutzten die Münzfernsprecher, klickten mit ihren Geräten herum, mit denen sie telefonieren konnten, ohne bezahlen zu müssen. Ihre Gesichter waren zementiert von grimmiger Entschlossenheit. Eine Vierergruppe stand auf dem Bürgersteig vor dem Süßigkeitenladen. Der mit der Pilotenbrille, Dante wußte, es war Frankie F'n Furillo, wirkte besorgt, schüttelte immer wieder den Kopf und schaute sich ständig um, als säße er in einer Falle. Dante beobachtete sie alle und registrierte die beklommenen Mienen auf ihren Gesichtern; er nickte und dachte, irgendwas stimmt da nicht, jemand fehlt, jemand Wichtiges ist verschollen.

Er war mit Ray vom Frühstück zurückgekehrt und hatte Kathy und Jimmy mit den Niederschriften beschäftigt angetroffen; Jimmys Blicke folgten ihm, als er die Observierungswohnung betrat, ein amüsiertes Grinsen auf dem Gesicht, als wüßte er etwas. Dante trat ans Fenster; er hatte das Geschehen auf der Straße etwa fünfzehn Minuten verfolgt, als Jimmy zu ihm kam.

»Irgendwas ist los da unten. Ich weiß nicht was, aber irgendwas ist nicht in Ordnung«, sagte Jimmy.

»Hast du das Haus überprüft? Ist der alte Mann zu Hause? Ist der Wagen in der Nähe? Was ist mit dem Telefon? Irgendwas von dem abgehörten Telefon?«

»Sie sind weg, Dante, beide sind weg«, sagte Jimmy und klang ein wenig außer Atem.

Jimmy nahm ein Fernglas und suchte die Straße ab. »Nicky Black ist vor ungefähr einer Stunde aufgetaucht, Bruno ist schon den ganzen Morgen hier, und der Zwerg ist auch im Club. Sieht aus, als wär der größte Teil der Bande hier, aber kein JoJo und kein alter Mann.«

»Tja, der alte Mann hält sich sowieso vom Club fern.«

»Richtig, aber sein Haus ist auch leer. Kein Wagen da, kein Leibwächter. Ich habe angerufen, und niemand ist rangegangen.«

»Wir sollten von Tagesanbruch bis Mitternacht an JoJo kleben«, rief Kathy aus der Küche. »Wir sollten ihn rund um die Uhr überwachen.«

»Wir haben nicht genug Leute«, sagte Jimmy. »Wir könnten vielleicht Hilfe beantragen.« Jimmy wartete auf eine Antwort. Nichts. Er wandte sich vom Fenster ab und kehrte in die Küche zurück, ließ Dante stehen, der sich wunderte, daß er, Jimmy, sich nicht nach letzter Nacht erkundigt hatte.

Dante fragte sich, was er sagen könnte, empfand plötzlich ein angenehmes Gefühl, als er sich an diese tolle Massage erinnerte. Er schob sich auf den Barhocker und beobachtete weiter die Straße. Vor seinem geistigen Auge sah er Kathy in ihrem T-Shirt, kein BH, die schönen, starken Beine der Frau, das Couchbett in ihrer Wohnung und stellte sich vor, wie sie wohl nackt aussehen mochte, wollte sie auf sich sehen, wie sie ihn ritt. Dann dachte er, was zum Kuckuck machst du da? Und er versuchte sich vorzustellen, was Kathy Jimmy erzählt hatte. Ließ noch einmal die letzte Nacht Revue passieren, der Zug durch die Stadt, wie sie zufällig den guten alten JoJo getroffen, sich betrunken hatten und in Kathys Bett gelandet waren. Fragte sich, was zum Teufel mit JoJo los war. Der Bursche war dauernd hier im Club, jeden Tag gegen elf.

Dante ließ die Straße nicht aus den Augen. Vielleicht war JoJo auch auf der Rolle gewesen. Der Typ mochte schon immer Partys. Dante dachte, daß JoJo nicht in Partylaune gewesen war, als er ihn gestern abend getroffen hat. Er fragte sich, was Jimmy in seiner Freizeit machte, darüber redeten sie irgendwie nie, darüber, wie Jimmy seine Freizeit verbrachte. Eine Freundschaft konnte sich unbemerkt in Nichts auflösen, wenn man nicht miteinander redete. In diesem Moment dachte er nur über Jimmy nach, und über nichts anderes.

Ray und Kathy starrten ihn an. Ray sagte: »Wir fahren rüber zum Abhörgerät des Telefons. Anschließend überprüf ich die Telefonnummer, die du mir gegeben hast.«

»Welche Nummer?« fragte Jimmy.

»Wir sind gestern abend JoJo über den Weg gelaufen«, sagte Kathy. »Ich und Dante, der Typ hat aus dem Chaplin's telefoniert. Wir meinen, die Nummer, die er angerufen hat, könnte wichtig sein.«

»Ihr habt JoJo getroffen?« Jimmy lachte, als wüßte er, was passiert sein mußte, als Dante und JoJo sich gegenüberstanden.

»Sehr merkwürdig. Um dir die Wahrheit zu sagen, Jimmy, der Typ hat sich nicht sehr verändert. Hat vielleicht ein bißchen zugenommen, das ist alles. Jedenfalls, er hat telefoniert, und ich denke, was können wir schon verlieren, wenn wir die Nummer überprüfen, die er angerufen hat?«

Jimmy zog die Schultern hoch und starrte stumm aus

dem Fenster zu einer Gruppe von JoJos Männern auf der Straße. »Du hast recht, was können wir schon verlieren?«

Fünf Minuten später standen Jimmy und Dante allein am Fenster, Jimmy zappelte herum, als müsse er zur Toilette. Kathy und Ray waren fort, um die Abhöreinrichtung zu überprüfen.

»Mensch, ich hasse es, mit einer Frau zu arbeiten«, sagte Jimmy. »Wirklich.«

»Bislang hattest du damit doch noch kein Problem.«

Jimmy starrte an die Decke, holte tief Luft. »Ich weiß nicht, sie nervt mich. Und Ray auch. Mit seiner verdammten Masche auf anständiger Kerl. Wir hätten allein an dem Fall arbeiten sollen.«

»An diesem Fall? Machst du Witze? Was ist los mit dir? Wie in aller Welt hätten wir diesen Fall allein bearbeiten sollen?« Dante sagte es mehr als Feststellung denn als Frage.

Jimmy zuckte die Schultern.

»Tu mir einen Gefallen, ja? Komm mir nicht mit deinem Schulterzucken. Wenn dir was auf die Eier geht, dann sag's mir. Und zuck nicht die Schultern.«

»Wach auf, Mann!« sagte Jimmy. »Wir haben hier einen Fall, bei dem wir nicht gewinnen können. Je mehr ich davon sehe, desto mehr bin ich davon überzeugt, daß der uns nichts als Ärger bereiten wird.«

»Falsch«, sagte Dante. »Die gute Nachricht ist, wir hören endlich auf, nur passiv zu sein. Wir werden aktiv, wir ziehen los und rücken ein paar Leuten auf den Pelz.«

»Zum Beispiel?«

»Lilo Santamaria, zum Beispiel. Wir rücken dem Kerl auf den Pelz und finden heraus, was er vorhat.«

»Tun wir das, ja?«

»Hast du ein Problem damit?«

»Kein Problem, ich bin bereit, packen wir's an. Laß uns was tun. Ist mir scheißegal, alles ist besser, als hier rumzuhängen und die Wichser da unten zu beobachten.«

Dante empfand eine plötzliche und unerklärliche Besorgnis, er fühlte sich nicht gut. Irgendwas war nicht in Ordnung, aber er machte nicht mal den Versuch zu raten, was es sein könnte.

»Und, was hast du letzte Nacht getrieben?« Dante versuchte beiläufig zu klingen.

»Ich hab gemacht, was ich immer mache: bin nach Hause gegangen, hab mir ein Abendessen kommen lassen und ein bißchen ferngesehen. Warum?«

»Reine Neugier«, sagte Dante. »Sonst nichts.«

»Und du? Eine Nacht mit Kathy, hm? Wie war's?«

»Ziemlich alkoholhaltig.« Er fuhr ungefähr zehn Minuten fort, schilderte detailliert die Erlebnisse der vergangenen Nacht, gab auch noch Kathys Kriegsgeschichte zum besten. »Jedenfalls«, sagte er schließlich, »sind wir am Schluß in ihrer Wohnung gelandet, und ich bin irgendwie ausgeflippt, wollte sie unbedingt bumsen und alles, und sie sagt mir, sie ist lesbisch. Die Frau ist lesbisch, Jimmy, trotzdem denke ich immer noch, also, du weißt schon . . .« Dante ließ den Satz unbeendet ausklingen, war wütend auf sich selbst, Jimmy jede Einzelheit seiner Nacht in der Stadt erzählt zu haben, wütend auf sich, weil er Kathys Vertrauen verraten hatte. Stocksauer auf sich wegen seiner unaufhörlichen Versuche, von Jimmy geachtet oder womöglich bewundert zu werden. Aber Jimmy brachte ihn ständig aus dem Gleichgewicht. Er würde alles preisgeben, was in ihm war, all seine Geheimnisse, jeden Schatten in seinem Kopf und seinem Herzen, all seine Ängste, die in die Tausende gingen, all seine Hoffnungen und Träume. Und Jimmy, so wie es schon immer gewesen war, seit sie als Kinder auf der Straße mit dem Besenstiel Baseball gespielt hatten, Jimmy gab absolut nichts von sich preis.

»Ich habe nachgedacht«, sagte Dante.

»O Scheiße. Jetzt kriegen wir echt Schwierigkeiten.«

Mit einem gespielt wütenden Ausdruck auf dem Gesicht murrte Dante: »Halt's Maul. Wir müssen raus auf die Straße, verstehst du. Da raus.«

»Ja, und dann tun wir was?«

»Knöpfen wir uns den Zwerg vor, oder Bruno. Wie wär's mit Nicky Black? Wie wär's mit Lilo, der sitzt in diesem Café in Brooklyn auf seinem breiten Arsch. Knöpfen wir uns den mal vor.«

Jimmy zuckte wieder die Schultern. »Sie ist wirklich lesbisch, was?«

»Ja, ja, ich glaub schon.«

»Du glaubst es?«

»Ich glaube es. Wen interessiert das? Es ist allein ihre Sache. Sie arbeitet gut, was anderes interessiert mich nicht.«

»Du bist bescheuert, weißt du das, Dante? Du hattest schon als Kind eine Schraube locker, und du bist immer noch ein Fall für die Klapse.«

»Was redest du da?«

»Vergiß es.«

»Laß mich jetzt mal was richtigstellen, damit du es auch verstehst«, sagte Dante. Er drehte sich um, deutete mit dem Kopf auf die Straße runter. »Kathys Sexleben interessiert mich nicht. Was mich aber interessiert, ist dieser beschissene Fall. Ich wollte diesen Fall. Dieser Fall, mein Freund, war meine Idee. Jetzt haben wir ihn, und wir werden ihn zu Ende bringen. Es ist nicht nur irgendein Fall, egal was ich mir selbst einrede. Ich will JoJo festnageln, und das ist die Wahrheit. Aber dazu brauche ich deine Hilfe. Du bist mein Partner, mein bester Freund. Und wie sich die Dinge in diesem Zirkus entwickeln, den ich mein Leben nenne, kann's gut sein, daß du mein einziger Freund bist.«

»Himmel, spricht da dein Vater aus dir oder was?«

»Was meinst'n damit schon wieder?«

»Dieser ganze irische Stuß. Mein bester Freund, der einzige Freund, den ich auf dieser bösen, bösen Welt habe. Ich bitte dich!«

»He, Jimmy, das ist kein Scheiß.«

»Ich bin ein New York City Police Detective. Ich müßte Wahrheit von Lüge unterscheiden können, wenn ich's höre.

Wir arbeiten jetzt an diesem Fall seit, wie lange, einer Woche, anderthalb Wochen? Dieser Fall ist die beste Ausrede, die dir einfällt, um nicht nach Hause gehen zu müssen. Es geht nicht um den Fall, es geht nicht um JoJo, es geht nicht darum, daß du irgendwas beweisen willst, es geht darum, daß du nicht nach Hause willst. Tu mir einen Gefallen und hör auf, mir Scheiße zu erzählen, okay?«

Dante nickte, fühlte sich klein, versuchte einen Weg zu finden, sein Gesicht zu wahren. Jimmy redete weiter, und seine Stimme klang bitter. Dante war wütend. Jimmy irrte sich, und er hatte recht; Dante fragte sich, ob sein Partner ihn ertappt hatte. Andererseits wies er es sofort von der Hand. Es ist JoJo, dachte er, es ist dieser nichtsnutzige Bastard, den ich haben will. Er wollte sehen, wie dieses schleimige Lächeln verschwand, wenn er ihm sagte, du bist verhaftet, Arschloch.

»Wenn du aus dem Fall aussteigen möchtest, dann steigen wir aus«, sagte Dante.

Jimmy kniff die Augen zusammen, als hätte er Schmerzen. »Wer hat gesagt, ich will den Schwanz einziehen und den Fall sausen lassen? Hörst du mir eigentlich zu oder was? Ich sage dir, du sollst den Job nicht dazu benutzen, dein Privatleben in Ordnung zu bringen. Die Leute tun so was, weißt du, sie tun es andauernd, benutzen den Job als Vorwand, sich nicht mit all ihrer persönlichen Scheiße auseinandersetzen zu müssen.«

»Warum bist du so sauer? Komisch, wie sauer du in letzter Zeit werden kannst.«

»Ach ja? Sieh mich an. Kling ich sauer? Du verstehst nicht, worum es geht. Du mußt nicht meiner Meinung sein, aber so sehe ich das nun mal.«

Jimmy redete weiter. Dante verlor das Interesse und begann, auf und ab zu gehen, war in Gedanken mit dem nächsten Schritt beschäftigt, den sie unternehmen sollten, um JoJo festzunageln. Er warf einen vorsichtigen Blick durch die Jalousien.

»Ich sehe nur einfach nicht, wohin dieser Fall führt«, sagte Jimmy. »Du weißt, es ist durchaus möglich, daß JoJo einfach gar nichts macht. Vielleicht haben wir ihn in der flauen Jahreszeit erwischt.«

»Das ist nicht dein Ernst, oder?« sagte Dante. Dann sagte er langsam und ruhig: »Jimmy, geh mal rüber, ob du was hören kannst. Ich hab gerade gesehen, wie Bruno in den Club gelaufen ist. Es sieht aus, als würde er gleich in die Erdumlaufbahn gehen.«

Die Stimme von Bruno Greco, dem mächtigsten *capodecina* des Paradiso-Clans, kam aus dem Funkgerät. »Alle raus hier«, sagte der *consigliere.*

Jimmys Miene verfinsterte sich, er drehte den Kopf und reckte sich.

»Mach lauter«, sagte Dante.

»Bist du taub oder was?«

»Mach das verdammte Ding lauter, Jimmy, okay?«

Dante starrte auf die Straße hinunter, lauschte konzentriert. Hinter ihm drehten sich ruhig die Spulen des Tonbandgeräts.

»Nicky«, sagte Bruno, er sprach mit Nicky Black, JoJos Schwager, »mußt du nicht rüber? Zu deiner neuen Baustelle? Hast du mir nicht gesagt, du müßtest um vier dort sein?«

»Was? Häh?« machte Nicky Black. »Oh, ja, ja. Gut, daß du mich dran erinnerst. Ich seh dich dann später, Bruno, ich mach mich jetzt besser auf die Socken.«

Dann waren es der Zwerg und Frankie F'n Furillo, die unter lahmen Ausreden den Club verließen. Dann wieder Bruno. »Ich will, daß all diese abgewichsten Schwachköpfe hier verschwinden. Der Club ist geschlossen. Ich werde den Laden neu streichen lassen. Hier sieht's langsam aus wie auf einer Müllkippe.«

»Vielleicht sollten wir den Laden einfach abfackeln«, meinte ganz aufgeregt einer der Kerle, die immer dort rumhingen.

»Was bist du, bescheuert, oder was?« sagte eine andere, eine ängstlichere Stimme. »Das ist doch verboten, du Idiot. Und jetzt verpiß dich, der Laden ist geschlossen.«

Die Nase zwischen den Lamellen der Jalousie, die Hand auf dem Fensterrahmen, starrte Dante auf die Straße hinunter und murmelte wie ein Mantra: »Was ist los, was ist los, was ist los?« Er drehte sich um und warf Jimmy einen kurzen, ausdruckslosen Blick zu. »Wie spät ist es, drei, vier?«

»Vier.«

»Schreib ins Protokoll, daß wir um vier Uhr nachmittags am zehnten Juni abgeschmiert worden sind.«

»Entschuldige bitte?«

»Wir können die Wanzen wieder einsammeln. Wir brauchen sie nicht mehr.«

»Was redest du da?«

»Ich sage, daß irgendein verräterischer Bastard uns verpfiffen hat. Die Typen verlassen das sinkende Schiff, zischen aus dem Club ab, als hätten sie Feuer unter dem Arsch. Wir sind verpfiffen worden, mein Freund.«

»Das weißt du aber nicht.«

Jimmy suchte Dantes Blick und war erschrocken über die lodernde Wut, die er dort sah. Er zögerte, etwas zu sagen, aus Angst vor dem, was er sagen könnte.

»Dante«, sagte Jimmy, »mit Sicherheit weißt du das aber nicht.«

Dante stand da, hatte die Hände in die Hüften gestemmt, starrte auf die Straße hinunter. In der Observierungswohnung gab es für ihn nichts mehr zu tun, in diesem Augenblick auch nirgendwo sonst in New York City, und seine Gedanken machten ihn wahnsinnig. Er merkte, daß er grinste. Langsam und ohne ein Wort verließ er die Wohnung, registrierte kaum, daß Jimmy hinter ihm ging. Im Streifenwagen sagte er zu Jimmy: »Ich fahre nach Hause, raus auf die Insel. Ich will meinen Jungen sehen.«

Er sah, wie sich Jimmys strahlend blaue Augen kurz auf

ihn richteten. Vielleicht war nichts dran, nichts dran an den verrückten Gedanken, die durch seinen Kopf rasten.

Jimmy fuhr und starrte wieder auf die Straße, verzog keine Miene bis auf das leichte Pulsieren an seinem Kinn. »Dieser Fall macht uns fertig, wir brauchen eine Verschnaufpause«, sagte er. »Geh nach Hause, vielleicht nimmt Judy dich ja wieder auf. Das ist es, was du willst, das ist es, was du brauchst.« Er sah Dante an, der nickte und den Blick erwiderte.

»Ich werde morgen früh um elf, halb zwölf gegenüber von Lilos Laden sein«, sagte Dante. »Wir treffen uns da.«

»Klar.«

»Gut, das ist gut. Denn ich sag dir, mein Freund, ich werde diese Bastarde festnageln, und ich werde sie ein für allemal festnageln, und wenn ich rausfinde, wer uns verpfiffen hat, werde ich seinen Arsch quer durch Queens treten.«

Dante ging vom Streifenwagen zu seinem Auto, übellaunig und mit gesenktem Kopf ging er hinüber. Er hatte langsam die Schnauze voll von diesem Fall, davon, über JoJo nachzudenken, über Jimmy und Kathy. Alle hatten es darauf abgesehen, ihn fertigzumachen. Er dachte an Judy und seinen Sohn Danny, fragte sich, ob er anrufen sollte, bevor er hinausfuhr. Zum Teufel damit, er würde jetzt nach Hause fahren, einfach aufkreuzen und Judy mit etwas Herzlichkeit und Zärtlichkeit im Sturm zurückerobern.

Es war durchaus nicht so, daß er ihr gegenüber romantische Gefühle hegte. Im Augenblick empfand er zu niemandem große Zuneigung. Die Sache war, er hatte keinen Schimmer, wie sie ihre gemeinsame Zukunft sah. Das letztemal hatten sie vor ungefähr fünf Wochen über ihre Ehe geredet. Judy hatte gleichzeitig wütend und verletzt ausgesehen. Sie begann an einem Freitagabend zu schmollen und hörte nicht mehr auf, bis er Montagmorgen zur Arbeit ging und das Haus verließ. Judy war ein Weltmeister im Schmollen, ihre Schultern sackten permanent herab, und sie konnte ihm tagelang vorwurfsvolle stumme Blicke zuwerfen, schlich in dieser Stimmung durchs Haus und wartete auf einen Showdown.

Als er jetzt auf der Straße stand, war er sich ganz sicher, daß etwas bevorstand. Schlechte Schwingungen lagen in der Luft. Er hielt es für das Beste, einfach nach Hause zu gehen und ein paar Versprechungen zu machen. Judy zu küssen und sie in den Arm zu nehmen und vielleicht eine positivere Einstellung zu seinem Leben zu finden. Sich den Arsch aufreißen und die zweistündige Fahrt raus in die finsterste Provinz machen, sich wenigstens den Anschein geben, ein guter vorstädtischer Ehemann und Vater zu sein, damit er sich irgendwann in der Zukunft sagen konnte, er hatte es wenigstens versucht.

Der Siebzig-Meilen-Umzug ins Niemandsland war keine besonders intelligente Idee gewesen. Was das betraf, hatte Jimmy hundertprozentig recht. Aber traurige Tatsache blieb, daß er es viel zu spät erkannt hatte. Er dachte gern daran, wie gut alles mit Judy gelaufen war, als sie sich noch verstanden. Früher, als er in Glendale wohnte, konnte er in zwanzig Minuten zu Hause sein, in einer halben Stunde zu Hause und im Bett mit Judy. Das Leben war einfacher in Glendale, sie hatten ein Reihenhaus mit sechs Zimmern in einer Straße mit anderen städtischen Angestellten. Aber Judy bekam immer mehr Angst, das Viertel veränderte sich. Eines Nachts im letzten Januar hörte sie Schüsse, und damit war es aus.

Dante seufzte, schaute sich verträumt in dem alten Viertel um und schüttelte bedauernd den Kopf. Dann kreisten seine Gedanken wieder um Jimmy und brachten ihn in Rage. Sein Kumpel benahm sich nervös von der Minute an, da sie den Fall übernommen hatten. Sicher, er war auch vorher schon nervös gewesen, schon oft. Aber das jetzt war eine andere Art Nervosität. Es machte ihm angst, diese nervöse und seltsame Nummer, die Jimmy abzog. An der Ecke Pitkin Avenue und Eighty-fifth Street stehend, dachte

Dante über die Situation nach. Er hatte plötzlich das Gefühl, als verwandle sich sein Leben in eine große Varietévorstellung. Er stand bei der ganzen Welt in der Kreide. Seine Ehe war beschissen, es gab überhaupt keine Ehe mehr. Er erledigte seine Arbeit unter Vorspiegelung falscher Tatsachen, und sein bester Freund, ein Typ, für den er einen Arm geben würde, schien auf einem der Saturnmonde zu leben. Und das Tollste, die Krönung, das Beste der letzten Woche war, daß er eine Frau gefunden hatte, die ihn wirklich anmachte, mehr als Judy, mehr als irgendeine Frau, die er seit sehr langer Zeit kennengelernt hatte, und sie war eine lesbische Alkoholikerin. Weiter so, Dante, dachte er, weiter so.

Als er in den Taschen nach seinem Autoschlüssel kramte, hielt Jimmy mit dem Streifenwagen neben ihm.

»Alles okay?«

»Ja, alles bestens«, sagte Dante. »Mir geht's blendend, absolut blendend.«

»Falls du mich brauchst, ich bin zu Hause, ruf mich an. Ich bin für dich da, Kumpel.«

Dante hob eine Hand, wußte nicht, was er sagen sollte, nickte übertrieben. »Wir sehn uns«, sagte er.

Während der Fahrt nach Long Island klammerte sich Dante an die Aufrichtigkeit in Jimmys Ton. Aber eine Taubheit machte sich in seinem Körper breit. Irgend etwas sehr Merkwürdiges passierte mit Jimmy, und er war daran nicht beteiligt. Es war dieses Sich-Abkapseln, was ihn am meisten störte. Er wollte an Jimmys Leben teilhaben, so wie Jimmy an seinem teilhatte, mehr wollte er nicht. Der Typ war in letzter Zeit so gottverdammt zu und angespannt, daß er einfach glauben mußte, es hatte etwas mit JoJo zu tun, mit dem Fall und mit JoJo.

Dante hatte nie die kindliche Angst abgeschüttelt, seinen besten Freund zu verlieren. Manchmal bemitleidete er sich selbst, hatte das Gefühl, zehn Jahre alt und nicht in der Lage zu sein, ohne seinen Kumpel mit dem Leben fertig zu werden. Was, wenn mehr dahintersteckte? Was, wenn Jimmys unheimliches Verhalten der jüngsten Zeit verwickelter war, als er dachte? Was, wenn er tatsächlich zu JoJo übergelaufen war? Das war nicht möglich. Das, dachte er, war nicht plausibel, es wäre die Hölle. Mein Gott, es war viel wahrscheinlicher, daß er, Dante, etwas unternahm und sich Geld einsteckte als Jimmy. Wenigstens stellte er sich gern vor, daß er es tun könnte, ein knallharter Typ zu sein und sich Kohle einzusacken. Ja, ja. Er würde sich bis zum Hals in der Scheiße wiederfinden, genau wie sein alter Herr. Dante fuhr mit offenen Fenstern, ließ sich vom Fahrtwind abkühlen, und er sagte laut: »Kumpel, du bist nicht zum Dieb geboren, und das ist die reine Wahrheit.«

Unvermittelt fühlte er sich zutiefst entspannt, weil er etwas Ehrliches gesagt hatte, und eine ganze Weile fühlte er sich wohl. Aber dann dachte er: Was ist, wenn morgen die Sonne nicht mehr scheint, was ist, wenn morgen die Bombe platzt und du herausfindest, daß Jimmy zu JoJo übergelaufen ist? Ein Mordsalbtraum. Sein Vater hatte immer gesagt, es gebe niemanden, an den man nicht rankommt. Selbst der Papst hatte seinen Preis.

In der Zeit, als sein Vater bei der Polizei war, mischte jeder in dem Spiel mit. Sie hielten alle die Hände offen. Sein Vater konnte all seine Vorgesetzten mit Vornamen anreden, weil er ihnen gegenüber »das Richtige« gemacht hatte. Und das »Richtige« für seinen Vater und eine ganze Menge andere in der Zeit der Korruption war ein mit Geld gefüllter Briefumschlag, zugestellt am Ende des Monats. Gott sei Dank hatten sich die Zeiten geändert. Mit dieser Scheiße käme er niemals klar. Leute gaben ihm Briefumschläge, Leute kauften seine Dienstmarke. Ein Haufen Scheiße.

Jesus, sein Vater war verrückt! Als die Dienstaufsicht sein Telefon abhörte, nachdem ein paar von denen ihre eigene Zeit auf der Straße vergessen hatten, als sie noch selbst Geld eingesteckt hatten, hörten sie jede Menge Unterhaltungen mit Captains und Inspectors und Chief Inspectors, ganz zu schweigen von den einfachen Streifenbeamten, den

Sergeants und Lieutenants und all den anderen Detectives, um die sich sein Vater jahrelang gekümmert hatte. Die Ermittler der Dienstaufsicht mit ihren Kopfhörern und Notizblöcken konnten nicht glauben, was sie da zu hören bekamen. Sie hätten sämtliche hohen Offiziere des Departments zu Fall bringen können. Die Leute, die die Niederschriften machten, wollten die Niederschriften nicht machen; statt dessen streckten sie die Hand aus und schnappten sich seinen Vater und sagten zu Big Dan, du wirst den Bach runtergehen und du wirst ganz groß den Bach runtergehen. Und es wäre für alle Beteiligten besser, wenn er allein den Bach runterging.

Während er nun im leichten Verkehr auf der Long Island Expressway fuhr, kam Dante die Nacht, in der es geschah, wieder lebhaft in Erinnerung. Es war um Weihnachten herum. Er erinnerte sich an Schneeflocken und Lieder über kluge Männer. Er war neunzehn, tanzte langsam und eng mit Mary Marlucci zu »I Saw Mommy Kissing Santa Claus«, es war auf Gloria Goodmans Party. Jimmy kam herein, er erinnerte sich genau an den Ausdruck auf seinem Gesicht, wie blaß er war. Jimmy packte seine Schulter und flüsterte: »Komm, wir müssen weg. Ich muß mit dir sprechen.«

Und diese Nacht bei ihm zu Hause, seine Schwester schlief im Zimmer neben seinem, seine Mutter, die Kopfkissen im Rücken, in dem Schlafzimmer, das sie mit Big Dan teilte, blicklos auf die *Tonight Show* im Fernseher starrend. Er erinnerte sich, wie er sich gegen das Kopfteil des Doppelbetts lehnte. Jimmy stand still draußen auf dem Flur. Seine Mutter lag einfach da, die Hände überkreuzt und auf die Schultern gelegt, als schütze sie ihre Brüste vor der Welt. Ein goldgerahmtes Bild seines Vaters auf ihrem Schoß. Er erinnerte sich, damals gedacht zu haben, in ihren Augen ist kein Licht, sie sieht verwundert und wütend aus, aber da ist keine Traurigkeit.

Sie deutete mit dem Kopf auf das Foto auf ihrem Schoß,

schnitt eine Grimasse, als hätte sie seine Gedanken gelesen. »Dein Vater hat sich nicht mal verabschiedet«, war alles, was sie sagte.

Er erinnerte sich, ins Wohnzimmer zurückgegangen zu sein, wie er bis morgens auf dem Sofa saß, Jimmy, direkt neben ihm, klopfte ihm auf die Schulter und rieb ihm den Nacken, wie man eine Katze oder einen Hund oder irgendwas streichelt. Er erinnerte sich, wie Jimmy gegen sieben Uhr morgens irgendwas gesagt hatte. »Ich werde JoJo anrufen. Ich wette, er kann herausfinden, was passiert ist.«

Wie er jetzt so fuhr und irgendeine schlichte, ohrenbetäubende Country-Musik aus dem Radio plärrte, erinnerte er sich an seinen Vater als einen erbärmlichen Feigling, und er vermißte ihn wie verrückt. Er wollte aufschreien: »Ich brauche dich, du Mistkerl, ich brauche dich jetzt, und, Gott, ich vermisse dich, du großer Hurensohn.«

Er war noch vielleicht drei, vier Meilen von zu Hause entfernt, als sein Pieper losging. Bevor er Queens verlassen hatte, hatte er ihn aus dem Kofferraum geholt und auf den Beifahrersitz gelegt. Dante warf einen Blick darauf, sah, wie ihn die Nummer anblinkte, unter der die Stelle mit der Abhörvorrichtung des Telefons zu erreichen war.

Auf die vorbeiziehende Landschaft hinausblickend, dachte er, ich werde anrufen, sobald ich zu Hause bin. Dann meldete sich der Pieper wieder, und er beschloß, an der nächsten Ausfahrt abzufahren und sofort anzurufen. Er vermutete, daß es Kathy war. Vielleicht war es aber auch Ray, vielleicht hatte sich was ergeben.

Als er die Nummer wählte, spürte er ein mächtiges Klikken in seinem Inneren.

»Was gibt's?« fragte er. Dante drückte die Handfläche auf den Bauch und rieb ihn in kleinen Kreisen.

»Du solltest besser in die Stadt zurückkommen.« Es war Kathy.

»Was gibt's denn?«

»Ich weiß nicht, was los ist. Ray hat mit seinem Mann bei

der Telefongesellschaft gesprochen, und ich sage dir, Ray hat ausgesehen wie der Tod persönlich.«

»Was ist passiert?«

»Er hat's mir nicht gesagt. Er hat überhaupt nichts gesagt, nur soviel, daß er weg müsse und mit jemandem sprechen. Dann hat er mich hier allein zurückgelassen.«

»Hat das Abhören irgendwas ergeben? Ist irgendwas los?«

»Nichts, Dante, alle Leitungen sind tot. Der letzte Anruf ging nach Rhode Island. Nur einmal klingeln lassen, dann wurde wieder aufgelegt. Komm zurück, hörst du, irgendwas passiert hier, und ich weiß nicht, was es ist.«

Er stand auf und hörte zu und fragte sich, was er jetzt tun sollte.

»Ich bin praktisch zu Hause. Ich bin hundemüde, Kathy. Wo zum Teufel steckt Ray?«

»Ich weiß es nicht. Er hat's mir nicht gesagt. Mir gefällt das nicht, Dante. Mir gefällt das überhaupt nicht. Ich arbeite nicht so.«

Dante bückte sich, um ein Fünfundzwanzigcentstück aufzuheben, das neben seinem Fuß glänzte. »Es ist wahrscheinlich nichts, Kathy.«

»Nein, nein, nein. Das hier ist nicht nichts, das hier ist etwas. Ich weiß es.«

»Du weißt einen Scheißdreck, Kathy. Hör auf, so gottverdammt weiblich zu sein, hör auf, dir wegen jeder Kleinigkeit Sorgen zu machen. Wo ist Jimmy? Hast du's bei ihm zu Hause versucht?«

Kathy sagte einen langen Augenblick nichts. Dante schniefte.

»Ich werde Jimmy anrufen«, sagte sie. Sie klang sehr weit entfernt.

»In Ordnung. Hör zu, ich komme zurück. Sagen wir, ich treffe dich in der Observierungswohnung in ungefähr, ich weiß nicht, anderthalb, zwei Stunden. Wann auch immer, da treffen wir uns.«

»Fährst du vorher noch nach Hause?«

»Wozu?«

»Vielleicht solltest du das tun, trink einen Kaffee. Du klingst ausgelaugt.«

»Ich steig jetzt einfach in den Wagen und komm zurück.« Dante versuchte, neutral zu klingen, als wäre die Idee einer einhundertvierzig Meilen langen Rundreise völlig vernünftig. Aber die Vorstellung, umzukehren und zurück nach Queens zu fahren, widerte ihn an.

»Hör zu, es ist deine Entscheidung. Aber ich finde, du solltest zurückkommen. Warum zum Teufel wohnst du überhaupt so weit draußen?«

Angesichts der Beklommenheit in Kathys Stimme und seiner eigenen Angst, Judy gegenüberzutreten, entschied sich Dante, einfach wieder in den Wagen zu steigen und nach Queens zurückzufahren. Er holte tief Luft, um Energie zu tanken, spürte aber nur um so deutlicher seine Erschöpfung. Er sagte: »Kathy, es ist richtig, daß du dir Sorgen machst, aber ich denke, alles ist okay. Ich werde jetzt nach Hause fahren und mich etwas ausruhen, dann rufe ich dich wieder an. In der Zwischenzeit werde ich Ray anpiepen und auch mal sehen, ob ich Jimmy erreichen kann. Mehr kann ich im Moment nicht tun. Ich kann nicht mehr. Ich brauche eine Pause. Ich würde weder dir noch jemand anderem nützen, so wie ich mich im Moment fühle.«

»Ruf mich später an«, murmelte sie.

JoJo ging ins Wohnzimmer, wo John die Füße auf den Couchtisch gelegt hatte, ein Sandwich aß und die Spätnachrichten im Fernsehen verfolgte. Er wirkte klein und verlassen in seinem großen Haus. Was JoJo wütend machte. Johns Frau Penny war die Mädchen in ihrem Internat in Vermont besuchen. John schlurfte mißmutig durchs Haus, kochte sich sein Essen selbst, machte sein Bett, benahm sich wie ein Mann der neunziger Jahre, übernahm seinen Teil der Hausarbeit. Wie ein amerikanischer Ehemann. Wenn JoJo an

Johns Frau dachte, stellte er sich seinen Vater vor, wie er ihm wissend zugenickt und aus dem Mundwinkel zugeraunt hatte: »Amerikanisches Mädchen.«

Vor Jahren, als John Penny kennengelernt, sich in sie verliebt und anschließend Pläne geschmiedet hatte, sie zu heiraten, beauftragte der Skipper JoJo, mit ihm zu reden. JoJos Vater wollte nicht den Anschein erwecken, als mische er sich in das Liebesleben seines ältesten Sohnes ein. Aber natürlich wollte er genau das tun. Er überließ es JoJo, seiner Enttäuschung Ausdruck zu verleihen. Und John tat, was ihm gesagt wurde. Er machte John darauf aufmerksam, daß Penny aus einer anderen Welt kam, eine echte Fremde war. Nicht nur, daß sie keine Italienerin war; sie war keine Jüdin, nicht einmal Irin. Solche Leute konnten Konflikte in der Familie verursachen, sagte er ihm. Sie verstehen unsere Sitten und Gebräuche nicht, unsere Beziehungen, sie wissen absolut nichts von dem Wert des Zusammengehörigkeitsgefühls und von Loyalität. Penny ist eine sympathische und liebenswerte Person, aber findest du nicht auch, du solltest dir lieber ein gutes, zuverlässiges italienisches Mädchen suchen?

John war in sein amerikanisches Mädchen verliebt, in ihre glatten, blonden Haare und runden, blauen Augen, ihre kleinen Titten und ihre Spargelbeine. Und zum ersten und letzten Mal in seinem Leben behauptete er sich gegen seinen jüngeren Bruder und dem gar nicht so geringen Druck von seinem Vater.

»Ich werde sie heiraten«, sagte er JoJo. »Hör zu, ich liebe Penny. Du mußt Pop überzeugen, daß ich keinen Fehler mache. Du bist mein Bruder, stärk mir ausnahmsweise mal den Rücken.«

»Was immer du willst, Bruder, was immer dich glücklich macht. Aber du wirst sehen, du wirst Sandwiches zum Abendbrot essen, und du wirst dir selbst dein Bett machen müssen. Aber wenn's das ist, was du willst, nur zu.«

Als er jetzt, ungefähr siebzehn Jahre später, in Johns Wohnzimmer stand, spürte JoJo, wie er sich anspannte. Zu jedem anderen Zeitpunkt hätte er darauf hingewiesen, daß Penny das Haus verlassen hatte, ohne Essen vorzubereiten. Sie hätte ein Hühnchen grillen können, meine Güte, oder eine Lasagne vorbereiten, irgendwas, das John einfach in die Mikrowelle schieben konnte. Er war sauer und drauf und dran, John zu sagen, was für ein bescheuerter Schritt es gewesen war, diese Frau zu heiraten. Er hatte gerade genug Wein intus, um es ganz beiläufig rauszubringen, aber dann dachte er, warum sollte er John beunruhigen. Der Bursche wirkte ohnehin schon zittrig genug, seit JoJo da war. Und die Wahrheit war, seit ihrer Heirat war es John gelungen, Penny fast vollständig aus dem Leben der Familie herauszuhalten. JoJo konnte sich nicht erinnern, wann er sie oder die Kids das letztemal gesehen hatte. Nicht, daß er einen von ihnen besonders vermißte. Genau wie bei ihrer alten Dame lief ihm auch bei den Kids eine Gänsehaut über den Rücken, mit ihren kleinen blonden Köpfen und dem dümmlichen Grinsen, wie sie »Mensch« und »Manno« und »wie süß« sagten. Dämliche Kids.

»Ich muß mal weg«, sagte JoJo. »Ich muß ein paar Anrufe machen.«

John beobachtete JoJo, wie er dort mit den Händen in den Taschen stand. Er wirkte ruhig, nicht mehr so erregt wie zuvor.

»Warum benutzt du nicht einfach mein Büro? Oder das Telefon in der Küche. Hier ist sonst niemand, JoJo, fühl dich ganz wie zu Hause.« John schien seinen Bruder nur ungern anzusehen. Immer wieder wanderte sein Blick durch den Raum, als erwarte er jemanden. »Wo ist Vinny?« sagte er schließlich.

»Er sieht im Gästezimmer fern. Vinny wird morgen früh abreisen. Paß auf«, sagte JoJo, »ich will diese Telefone nicht benutzen. Gibt's hier irgendwo in der Nähe eine Telefonzelle?«

»Mensch, ich weiß nicht. Was meinst du damit, du willst die Telefone hier nicht benutzen?«

JoJo schüttelte den Kopf und lächelte, als würde John es einfach nicht kapieren.

»Du denkst, meine Telefone könnten abgehört werden?« Die Worte kamen mit einem winzigen Stöhnen heraus.

»Wieso, machst du irgendwas Ungesetzliches?«

John zuckte die Schultern, schaute fort.

JoJo dachte nicht daran, John von all seinen Problemen zu erzählen. Angenommen, er erklärte ihm alles, erzählte ihm sogar von dem Schritt ins Drogengeschäft, von dem Informanten der Bullen, nur mal angenommen. Himmel, am Ende kriegte John noch einen Herzinfarkt oder so was. Ein Bild von John, der bei Penny Familiengeheimnisse austratschte, kam ihm in den Kopf, und er schüttelte es sofort ab. Nicht mal John war so blöd.

Er erzählte seinem Bruder nur solche Dinge, die ihn betrafen, und fertig. Im allgemeinen sprachen sie über Geldtransfers. Wenn die Familie auf der Gewinnerseite stand, wenn die Geschäfte gut liefen, schickte er jeden Monat dreihunderttausend nach Rhode Island, bar und in Schachteln, Tüten und Koffern verpackt, zugestellt per Lieferwagen an das Büro von Johns Baufirma. Aber während des letzten Jahres oder so, bei flauen Geschäften, konnte er froh sein, wenn er hundert Riesen im Monat raufschickte.

»Entschuldige bitte«, sagte John und rutschte auf dem Sofa nach vorn, auf dem er saß. »Ich habe gefragt, ob deiner Meinung nach mein Telefon abgehört wird.«

»Dein Telefon wird nicht abgehört, John. Ich fühle mich einfach nur besser, wenn ich ein Münztelefon benutze. *Capisci?*«

John lächelte und schüttelte den Kopf, als wäre es JoJo, der es einfach nicht kapierte.

»Was ist da so komisch?«

John drehte den Kopf fort und murmelte etwas, das JoJo nicht mitbekam.

»Na, komm«, sagte JoJo. »Wo finde ich die nächste Telefonzelle?«

»JoJo, falls sich Ärger zusammenbraut, will ich es wissen. Ich möchte helfen, wenn ich kann.«

»Ja, wie willst du denn helfen? Willst du eine Pistole in die Hand nehmen, vielleicht jemanden in die Luft jagen oder so? Konzentrier dich auf deine Angelegenheiten, John, überlaß mir den Kleinscheiß, okay?«

John schüttelte ungeduldig den Kopf. »Du würdest staunen, was ich tun könnte. Wozu ich fähig bin, wenn ich mich bedroht fühle.«

»Ja, John, du bist ein echter, gottverdammter Killer, das bist du. Ich geh zur Hauptstraße runter, oder was? Zum Telefon, wie muß ich da gehen?«

»Fahr die Zufahrt runter, und dann hältst du dich rechts. Unten bei Heffie's, bei der Eisdiele, gibt's eine Tankstelle. Da findest du eine Telefonzelle.«

John folgte ihm hinaus zu dem Mercedes, der in der Zufahrt parkte. »Du würdest staunen«, sagte John wieder, als JoJo Anstalten machte zu gehen. »Ich mache jede Wette, du wärst verblüfft, wozu ich fähig bin.« John sprach so leise, daß JoJo Schwierigkeiten hatte zu verstehen, was er sagte.

»Hör zu«, sagte JoJo, »ich liebe dich, Bruder. Ich weiß, daß du ein bißchen von der Kappe bist, aber ich liebe dich trotzdem. Ich glaube, ich würde dich sogar lieben, wenn du nicht mein Bruder wärst.«

Während der Fahrt dachte JoJo über John nach. Sein Bruder war schon immer so gewesen: ruhig, in sich gekehrt und gleichzeitig gefühlsbetont. Er konnte verdammt hart sein und einem einen Blick zuwerfen, bei dem man ins Grübeln kam, bei dem man den Mund hielt und dachte, er würde was Wichtiges sagen. Trotzdem war John kein Kämpfer. Er machte sich zu viele Sorgen um seine Frau und die Kinder. Wenn John auch nur die Hälfte von der Scheiße wüßte, die JoJo tun mußte, um die Familie zusammenzuhalten, würde der Typ zerbrechen. Er würde ein Jahr lang die Scheißerei haben. Einen kurzen Augenblick dachte JoJo über sich selbst nach, über all die schrecklichen Sachen, die er tun mußte, um die Familie über Wasser zu halten, um dieses Leben zu finanzieren, um am Leben zu bleiben.

Bruno Greco, Nicky Black, der Zwerg und ein paar andere hatten Pieper. JoJo würde sie nicht direkt anrufen. Wann immer er seine Leute erreichen mußte, rief er eine Kontaktperson an, ein Familienmitglied, einen Freund, wen auch immer. Bei Bruno war es seine Schwester. JoJo wählte die Nummer, und als Laura Greco sich meldete, sagte er: »Hi, wie geht's, wie steht's?« Er nannte ihr die Nummer der Telefonzelle und wartete. Zehn Minuten später sprach er mit seinem *consigliere*.

»Vinny wird dich morgen abholen. Schnapp dir Nicky und bring ihn mit.«

»Ich hab den Club geräumt«, sagte Bruno. »Als ich gesehen hab, daß du und dein Vater euch vom Acker gemacht habt, da hab ich den Club geschlossen.«

»Gut, gut. Hast du jemanden in der Nähe gesehen? Irgendwelche Cops oder so?«

»Ich hab keinen gesehen. Sollen die hier sein oder was?«

»Könnte sein. Ich sehe dich morgen, okay?«

»Bis später.«

Dann wählte er die Nummer des Zeitungsstandes an der Ecke gegenüber von Lilos Club. Er sagte dem Jungen namens Fat Ronnie, er solle rüber in Lilos Club laufen und ihm die Nummer der Telefonzelle geben.

Während er auf Lilos Rückruf wartete, fragte er sich, ob Lilo sich bereits mit Armond Rammino in Verbindung gesetzt hatte, dem Heroinimporteur, und gleichzeitig überdachte er noch einmal diesen Schritt ins Drogengeschäft. Es war vielleicht nicht klug, die Sache im Augenblick weiter durchzuziehen. Aber er hatte keine andere Wahl, er steckte bis zur Halskrause drin, und er mußte die Sache zu Ende bringen. Diese verfluchte romantische Illusion seines Vaters, heute noch eine Familie führen zu können, ohne im Drogengeschäft aktiv zu sein, war Bockmist. Trotzdem, er mußte den Spitzel berücksichtigen, der Bastard konnte buchstäblich jeder sein. Er würde sich verraten, das tun sie immer. Er schüttelte den Kopf, versuchte den Gedanken loszuwerden, daß die Ratte tatsächlich jeder sein konnte.

Er wußte nicht, was er von Lilo halten sollte. Der Kerl hatte dafür gesorgt, daß sein eigener Bruder umgelegt wurde, und irgendwas an dieser Geschichte ging ihm bis in die Knochen. Er würde Vinny umlegen, gar keine Frage. Lilo war ein Spinner, und fertig. Nachdem er die letzten paar Tage mit dem Jungen verbracht hatte, war ihm klargeworden, daß man Vinny nur schreiend und um sich schlagend zurück zu Lilos Tochter schleifen konnte. Das Problem ging ihm ausgesprochen auf den Sack. Auf gar keinen Fall würde er dieses Mädchen heiraten. Soweit würde es nicht kommen. Es war vorstellbar, daß er Lilo überreden konnte, Vinny in Ruhe zu lassen, bei dem Jungen ein Auge zuzudrücken und Vinny bei JoJo bleiben zu lassen. *Uffa*, dieser Vinny machte ihn noch wahnsinnig. Neben all dem anderen Schwachsinn, dem Informanten und allem, mußte er sich auch noch den Kopf über Loverboy zerbrechen.

Das Telefon klingelte. JoJo meldete sich, und Lilo sagte: »He, was gibt's?«

»Ich will, daß du die Sache durchziehst, die wir besprochen haben. Geh zu dem Burschen, versuch eine Besprechung zu arrangieren.«

»Schon erledigt.«

JoJo mußte lachen.

»Dachte mir schon, daß du das schnell erledigt haben wolltest. Also hab ich mich drum gekümmert. Nenn mir einfach noch Ort und Zeit, er wird da sein. Er freut sich, mit dir zu sprechen, Joseph. Du weißt ja, daß er dich mag.«

JoJo zögerte einen Moment, überlegte, was sonst noch zu sagen war, als Lilo hinzufügte: »Das ist mit Abstand das Beste, was wir tun können. Jetzt wird sich alles ändern.«

»Außerhalb der Stadt«, sagte JoJo.

»Moment. Das bezweifle ich. Der Typ verläßt Brooklyn nie.«

»Er weiß, um was es geht, also wird er auch kommen. Ich werde dir noch sagen, wann und wo. Du hörst morgen oder spätestens übermorgen von mir.«

»Der Mann tut dir einen Gefallen. Er braucht das Geld nicht, Joseph.«

Sie schwiegen. JoJo dachte, was für ein Bockmist, das ist doch alles ein einziger Haufen Scheiße. »Sag ihm, wenn er sich mit mir treffen will, dann muß er zu mir kommen. Ich werde eine Weile nicht in der Stadt sein.«

»Mensch, ich weiß nicht, Joseph.«

JoJo verlor die Geduld und redete auf italienisch weiter: »Erklär mir bitte mal, Lilo, auf wessen Seite du verdammt noch mal eigentlich stehst?« Er sagte es, wie sein Vater es gesagt hätte, mit tiefer und bedächtiger Stimme.

Auf italienisch antwortete Lilo schnell: »Auf deiner, auf deiner. Ich versuch ja nur, hier das Richtige zu tun.«

Es gab keinen Mafioso, der diesen Namen wert war, der nicht wußte, wann ihm gedroht wurde. Und Lilo war todsicher ein Mafioso. Er zog sich blitzschnell zurück und war nur noch höflich und freundlich und zuvorkommend.

»Ey«, sagte er. »Ich werde tun, worum du mich bittest. Was immer es ist, ich stehe auf deiner Seite, das weißt du. Was soll ich für dich tun?«

»Sag deinem Freund, daß ich bereit bin, einige große Geschäfte mit ihm durchzuziehen. Sag ihm, es ist Zeit, daß wir uns zusammensetzen und uns unterhalten. Sag ihm, ich bin bereit, ihn zu einem sehr reichen Mann zu machen.«

»Ja, ja, ja, natürlich, Joseph.« Lilos Stimme war immer noch sehr höflich und formell. »Der Mann ist nicht mein Freund. Ich kenne ihn, natürlich kenne ich ihn, wir sind hier in Brooklyn Schulter an Schulter. Aber mein Freund ist er nicht, Joseph.«

JoJo fühlte sich erleichtert. Er benutzte seinen Kopf, fragte sich, was er jetzt mit Lilo anfangen sollte. Der Kerl war ein Abtrünniger, davon war er überzeugt. Aber das Wie und Wo war ihm ein Rätsel. Er fragte sich gerade, wie er es durchziehen sollte, als Lilo hastig verkündete, daß es seiner Tochter Sophia blendend ging.

Lilo erzählte von einem Typ, den seine Tochter anscheinend über einen Geschäftsfreund kennengelernt hatte. Ihm gehörte das Golden Rooster, ein Restaurant in Sheepshead Bay, ein richtiges Restaurant, nicht so eine Muschel-und-Fisch-Bude wie an der Emmons Avenue. Ein echtes Restaurant mit Koch und Kellnern, und der Barkeeper, sagte er, trägt Jackett und Krawatte. Plötzlich interessierte er sich überhaupt nicht mehr für Vinny, alles war einfach prima.

JoJo hatte das Gefühl, wie ein Stein zu sinken. Lilo log, der Wichser hatte irgendwas laufen. Aber was, was? Aus seiner Verwirrung wurde Wut, und JoJo war wütend auf sich selbst, war ausgesprochen unglücklich darüber, daß er seinem ersten Impuls nicht nachgegeben und reagiert hatte, als er erkannte, daß eine Revolte in der Luft lag und dieser Bastard daran beteiligt war. Er hätte Lilo ein Ding verpassen sollen, und Tommy Yale gleich mit. Vielleicht würde er das immer noch tun.

»Freut mich für deine Tochter«, sagte er. »Freut mich ganz besonders für deine Frau, deine Tochter und natürlich auch für dich, Lilo. Ich freue mich für euch alle.«

»Ja, ja. Sehr nett von dir, Joseph. Ich schätze, du kannst Vinny dann wohl sagen, daß er außer Gefahr ist. Das Leben ist viel zu kurz für all den Zorn. Ey, Joseph? Ist es nicht so?«

JoJo seufzte und lehnte die Stirn gegen das Telefon. Er fühlte sich beschissen und niedergeschlagen und ein bißchen in Schwierigkeiten. Aber hauptsächlich spürte er eine anschwellende Wut. Er steckte sich eine Zigarette in den Mund und starrte auf die ausgestorbene Rhode-Island-Kreuzung hinaus. Es sah aus, als hätte eine Neutronenbombe den Ort erwischt. Null Leben hier, niemand mehr da, nichts rührte sich, absolute Stille. Ein Zufluchtsort, ein guter Ort, um unterzutauchen.

Vor seinem geistigen Auge sah er Lilo in seinen Arbeitsstiefeln vor sich, wie er sich dies und jenes aus den Fingern sog, wie er ihn vom anderen Ende der Leitung höhnisch angrinste. Er versuchte sich vorzustellen, welchen Plan der Kerl hatte.

»Es ist wahr, Lilo, du hast recht. Zorn bringt einem nichts ein. Tu mir einen Gefallen, Freund, arrangier dieses Treffen für mich. Ich schick dir in ein paar Tagen Bruno vorbei, er kennt dann den Ort und die Zeit des Treffens. Okay?«

»Alles klar.«

JoJo legte auf und machte drei weitere Anrufe. Ein Anruf ging nach Miami, zu einer Nummer, die er erhalten hatte, wenn er Luis, den kubanischen Dealer, erreichen wollte. Eine Frau mit starkem Akzent meldete sich und nannte ihm eine Telefonnummer in Spanien. Sie machte ihn darauf aufmerksam, daß er Luis wegen des Zeitunterschiedes erst am nächsten Tag anrufen sollte. Dann sagte sie noch, daß Luis auf seinen Anruf warte. Er legte auf, starrte einen Moment seine Fingernägel an, nahm den Hörer wieder ab und tippte die Nummer ein.

Zweimaliges Klingeln, und ein Anrufbeantworter schaltete sich ein. JoJo sprach niemals freiwillig auf Band. Er tippte die Nummer seines Freundes bei der Polizei ein. Es war fast Mitternacht, das Telefon klingelte vielleicht neunmal, niemand meldete sich. »Scheißbullen«, sagte er laut, »nie sind sie da, wenn man sie braucht.«

KAPITEL VIERZEHN

Ray Velasquez saß fast zwei Stunden in seinem Jeep, das Fenster zuerst geschlossen, dann eine Weile geöffnet, und rauchte eine nach der anderen, was er ungefähr zehn Jahre nicht mehr getan hatte. Er saß da und verfolgte im Radio ein Spiel der Yankees, dann schaltete er, gelangweilt, auf einen Classic-Rock-Sender um, spürte bei »Hey Jude« eine Flut alter Erinnerungen in sich aufsteigen, wehrte sie schnell ab und fand einen Sender mit leichter Unterhaltungsmusik, bei dem er dann blieb.

Der Typ ist ein As, sagte er sich immer wieder, gilt als einer der besten verdeckten Ermittler der Polizei. Und als Freund, als treuer Freund, ein Mordskerl, ein verflucht guter Mann, und von denen gibt's nicht viele, wertvolle Männer gibt's nicht wie Sand am Meer. Er legte den Kopf gegen die Kopfstütze zurück und schloß die Augen. Noch nie in seiner Polizeilaufbahn hatte ihn etwas so umgehauen, und noch nie hatte er einen derart blassen Schimmer gehabt, was die Zukunft ihm und Jimmy und auch Dante bringen würde, wenn das stimmte, was er vermutete. Er ahnte nur auf eine schreckliche Weise, daß direkt hinter der nächsten Ecke ein sagenhaftes Chaos lauerte. Er schaltete das Radio aus und saß regungslos da, schaute auf die belebte Straße hinaus, als würde die Stille im Wagen eine Antwort bringen. Nur daß es keine Antwort gab.

Ray nahm eine weitere Zigarette aus dem Päckchen in der Brusttasche seines Hemdes, steckte sie an und ließ sie aus dem Mundwinkel hängen. Was wußte er denn ganz sicher? Jimmy Burns, sein Freund seit über zehn Jahren, erhielt einen Anruf von dem verfluchten Joseph Paradiso. Und am nächsten Tag waren ihre Wanzen tot. Mein Gott, es blieben viele Zweifel, zu viele Fragen offen. Ray Velasquez war es nicht gewohnt, sich so unsicher zu fühlen. Es konnte ein Zufall sein. Nur daß es seiner Erfahrung nach solche Zufälle nicht gab. In seiner gesamten Polizeilaufbahn hat er sich immer an drei eherne Grundsätze gehalten: Dreh niemals einem Gefangenen den Rücken zu, entscheide im Zweifelsfall immer zugunsten des Cops und arbeite nur mit Leuten, in die du vollstes Vertrauen setzen kannst. Er dachte darüber nach. Er dachte darüber nach und nickte dann. Er vertraute Jimmy Burns, und fertig, mehr gab es dazu nicht zu sagen. Trotzdem war er schon lange genug dabei, um zu wissen, daß es so etwas natürlich gab. Läßt man mal diese ganze Kollegialitätsscheiße beiseite, dann erkennt man, daß letzten Endes jeder nur auf den eigenen Vorteil aus war. Aber nicht Jimmy, nicht Jimmy Burns. Er weigerte sich einfach zu glauben, daß Jimmy ihn verraten konnte, sich gegen ihn und Dante und Kathy wenden konnte. Um Himmels willen, sie waren Partner.

Anders als die meisten Polizeibeamten sprach Ray mit niemand anderem außer seiner Frau, wenn er nicht mehr weiterwußte. Die Frau war intelligent und einfühlsam und verstand die Straße. Sie konnte Dinge sehen, die Cops entgingen, wo sie doch Sozialarbeiterin war und alles. Und er hatte Sarah bereits angerufen und ihr sein Dilemma geschildert. Sie zögerte nicht. »Schätzchen«, sagte sie. »Du magst diesen Mann. Du hast ihn immer akzeptiert und ihm vertraut. Ich finde, du solltest nichts unternehmen und niemandem etwas sagen, bevor du ihm nicht die Gelegenheit gegeben hast, alles zu erklären. Die gleiche Rücksichtnahme würdest du auch für dich selbst in Anspruch nehmen. Ich meine, du hast nicht gerade viele Freunde im Department. Du magst Jimmy Burns. Ich bin sicher, er hat eine vernünftige Erklärung.«

»Dann findest du also auch, daß ich mit ihm reden sollte?«

»Natürlich. Was könnte es schaden?«

Und so war es kurz nach acht, als Ray Velasquez vor

Hausnummer 250 East Eightieth Street in der Nähe der First Avenue aus seinem Wagen stieg. Unter der Markise des weißen Backsteingebäudes stand ein einsamer Portier und rauchte eine Zigarette. Er sah ihn an.

»Den Wagen sollten Sie besser vor sieben Uhr morgen früh da wegsetzen, sonst wird er abgeschleppt«, sagte er.

»Ich hab nicht vor, so lange zu bleiben«, sagte Ray.

»Sie hocken jetzt schon zwei Stunden hier rum. So was hab ich auch noch nicht gesehen.«

Ray gab ihm keine Antwort, er durchquerte die Eingangshalle und ging zu den Fahrstühlen, drückte den Rufknopf und wartete.

»Sie können nicht rauf, bevor ich oben anrufe«, sagte der Portier. »Zu wem möchten Sie denn?«

»Ich werde erwartet.«

»Welche Wohnung?«

»Ich werde erwartet, das habe ich Ihnen doch gerade gesagt.«

»Ja, schön. Ich muß aber trotzdem wissen, zu welcher Wohnung Sie wollen, okay?«

»Zehn C.«

Der Fahrstuhl kam; die Tür glitt auf, und Ray trat hinein. Aus den Augenwinkeln sah er den Portier tatsächlich zum Haustelefon laufen und hörte ihn schimpfen: »Hirnverbrannte Nervensäge.«

Er fuhr mit dem Fahrstuhl in den zehnten Stock.

»Bist du es, Ray?« Jimmy Burns' Stimme drang gedämpft durch die Wohnungstür.

»Ich bin's«, sagte Ray, und nach einem Augenblick hörte er, wie das Türschloß geöffnet wurde.

»Was gibt's?«

»Darf ich reinkommen?«

Jimmy winkte Ray herein und folgte ihm. Sie kamen an der Küche und dann am Schlafzimmer vorbei, und Ray hörte Jimmy ein- oder zweimal schnuppern. »Ich muß die Bude unbedingt mal reinigen lassen«, sagte Jimmy so leise, daß Ray vermutete, er führte Selbstgespräche. »Ich warte jetzt schon zwei Stunden auf dich, du hast mich vor zwei Stunden angerufen, hast gesagt, du wärst sofort hier. Was ist los?«

Ray zuckte die Schultern.

Das Wohnzimmer war ein großer, freundlicher Raum. Vor einem der hohen Fenster stand ein Klavier. Die Fenster standen einen Spalt offen, und der schrille Verkehrslärm von der First Avenue wehte herein. Das hier ist eine ganz besondere Wohnung, dachte Ray, hier steckt eine Menge Kohle drin. Sie setzten sich auf ein Sofa, saßen halb einander, halb dem Klavier gegenüber.

»Und, wie findest du's?« fragte Jimmy.

»Tolle Bude. Tolle Bude für einen Cop.«

»Ja, ist ganz nett. Ich wohne seit zwölf Jahren hier. Ist mietpreisgebunden. Ich zahle achtfünfzig im Monat. Kann sein, daß es in eine Eigentumswohnung umgewandelt wird, dann gibt's Probleme.«

Ray musterte Jimmy vielleicht zum erstenmal eingehender, seit sie sich kennengelernt hatten, und er kannte ihn nun schon seit vielen Jahren. Ihm fiel auf, daß er Paul Newman ähnlich sah. Nur daß er mehr Haare hatte, aber die Augen, er hatte Newmans blaue Augen. Er und Dante waren seit Jahren ein Team, waren befreundet, soweit er wußte, seit sie Kinder waren. Noch ein Grund, alles zu Jimmys Gunsten auszulegen. Ray hatte in seinem Leben niemanden wie ihn. Fast keiner hatte so einen Freund.

»Was für Probleme?« fragte Ray.

»Wie, was für Probleme?«

»Mit der Wohnung. Was für Probleme könntest du kriegen?« Ray wollte schon mehr zu der Wohnung fragen, wurde aber unterbrochen, als Jimmys Telefon klingelte. Sein Anrufbeantworter schaltete sich ein.

»Sie haben abgestimmt«, sagte Jimmy. »Ungefähr fünfzig Prozent der Leute hier haben beschlossen, das Haus in Eigentumswohnungen umzuwandeln. In einem Jahr oder so werde ich mich entscheiden müssen, ob ich mich einkaufen möchte oder nicht.«

»Hast du soviel Kohle, Jimmy?«

»Schon. Meine Leute haben mir Geld hinterlassen.«

»Mannomann. Schön für dich.«

»Es macht das Leben einfacher. Möchtest du einen Kaffee oder Tee? Ich könnte uns auch eine Pizza kommen lassen oder so.«

Ray versuchte sich zu entspannen, aber nichts machte ihn angespannter als der Versuch, sich zu entspannen. »Danke, aber ich hab keinen Hunger.«

»Also«, sagte Jimmy, »ich hätt gern ein Bier. Wie steht's mit dir?«

»Ja, ein Bier ist okay.« Rays Herz machte bumm-bumm-bumm. Er hatte das Gefühl, sein Brustkorb würde explodieren. »Was dagegen, wenn ich rauche?«

»Machst du Witze? Rauch von mir aus. Mach dich kaputt. Ab und zu rauche ich auch. Ich geh uns ein Bier holen.«

Ray begann sich zu fragen, ob er noch viel mehr verkraften konnte, denn Jimmy schien nicht das geringste bißchen beunruhigt. Und der Typ mußte doch wissen, daß er diesen Anruf überprüft hatte. Himmel, er hatte ihm gesagt, daß er den anderen Teilnehmer ausfindig machen wolle. Hatte es ihm und Dante und Kathy gesagt. Vielleicht nahm er alles auch viel zu ernst. Vielleicht war überhaupt nichts dabei. Vielleicht erhielt Jimmy dauernd Anrufe von Mafiosi, vielleicht riefen ihn die Leute, gegen die er ermittelte, ja immer an? Genau. Und vielleicht zieht sich Mutter Teresa in ihrer Freizeit Madonna-Videos rein. Was für eine bescheuerte Scheiße ist das hier? Jesus, wie soll ich ihn nur fragen? Fast wäre er aufgestanden und einfach wieder gegangen, aber er tat es nicht, und es war ein Jammer, daß er es nicht tat. Wenn man bedenkt, daß diese Entscheidung sein weiteres Leben verändern sollte.

Keine fünf Minuten später, als Ray auf Jimmys Sofa saß

und ein Beck's aus der Flasche trank, irgendeine klassische Musik aus der Stereoanlage kam, begann Jimmy leise und mit aller Klarheit zu reden.

»Du hast die Nummer überprüft, die JoJo aus dem Chaplin's angerufen hat, stimmt's?«

»Ja, hab ich.« Ray war erleichtert. War froh, daß es Jimmy war, der das Thema schließlich anschnitt.

»Und was hast du herausgefunden?«

»Du weißt, was ich herausgefunden habe.«

»Ich weiß, daß du die Nummer überprüft hast, die JoJo angerufen hat, und dabei ist mein Anschluß herausgekommen. Aber ich weiß nicht, was du herausgefunden hast.«

»Was zum Teufel redest du da?«

Rays Instinkte, all seine Erfahrung sagte ihm, daß er hier in etwas Krankes und Trübes und Bedrohliches hineinschlitterte. Geschah ihm recht, er hätte damit direkt zur Dienstaufsicht gehen sollen. Die Leute von der Dienstaufsicht sollten sich mit dieser Sache befassen. Aber das konnte er nicht, es war nicht seine Art, einen Freund zu verpfeifen.

Jimmy ließ ihn sein Grinsen interpretieren, wie immer er wollte, sagte: »Laß mal sehen, was du weißt. Du weißt, daß er mich aus dem Restaurant angerufen hat, aber du weißt nicht, worüber wir gesprochen haben oder warum er angerufen hat. Weißt du, daß ich und Dante JoJo seit unserer Kindheit kennen? Weißt du das?«

»Ich bin mit der Hälfte aller Dealer in East Harlem aufgewachsen, mein beschissener Cousin ist eine große Nummer auf der West Side. Ich rede nicht mit ihnen, und ich rede auch nicht mit meinem beschissenen Cousin. Also komm mir nicht mit dieser Scheiße, daß ihr seit Jahren befreundet seid. Das läuft bei mir nicht.«

Jimmy lachte beklommen. »Bist du sicher, daß du nichts essen willst?«

Rays Mund wurde schmal, er schüttelte den Kopf. »Meine Frau wartet mit dem Abendbrot auf mich.«

»Es ist fast neun. Wie lange will sie denn warten?«

»Bis ich da bin.« Ray stand von dem Sofa auf und begann, auf und ab zu gehen. »Es gibt da ein paar Dinge, die ich gern geklärt hätte.«

»Ich werde dir einen Scheißdreck erzählen, bevor du mir nicht etwas versprochen hast.«

»Wenn ich kann.«

»Du wirst damit nicht zur Dienstaufsicht rennen, und du wirst auch nicht eine Silbe davon Dante gegenüber erwähnen. Wir beide können das klären. Ich werde dir sagen, was du wissen mußt.«

»Gut«, sagte Ray. Dann versuchte er Jimmy etwas zu sagen, versuchte zu dem Punkt zu kommen, den er sagen wollte, wußte aber nicht, wie anfangen.

Jimmy runzelte die Stirn und senkte den Kopf. Er sah auf den Boden und sagte: »Ich werde tun, was du von mir verlangst – das heißt, innerhalb vernünftiger Grenzen. Ich werde meine Versetzung beantragen, falls es das ist, was du willst, aber du mußt mir versprechen, daß diese Sache unter uns bleibt.«

Ray hob seine rechte Hand. »Kein Problem.«

Ray taxierte ihn: das rote Polohemd, sauber und frisch, es sah brandneu aus; die Kordhose mit Bügelfalte, eine von der teuren Sorte, eine von der weichen Sorte mit dickem Kord, und ein brauner Ledergürtel; das elegante, goldene Namenskettchen am einen Handgelenk, und die Seiko mit dem Lederband am anderen. Ray dachte: Verdammt, neben diesem Kerl sehe ich aus wie der letzte Penner.

»Also«, sagte Jimmy. »Schieß los. Du fragst, ich antworte.«

Ray zuckte die Schultern. »Joseph Paradiso hat dich hier angerufen«, sagte er. »Er hat dich hier angerufen und fünfzehn Minuten mit dir gesprochen.« Er unterbrach sich. »Der Typ ist ein beschissener Mafioso. Er ist Mitglied der beschissenen Mafia.«

»Ich kenne ihn schon mein ganzes Leben.«

»Ja, ja, das weiß ich. Aber wir ermitteln gegen ihn. Ich bin ausgesprochen beunruhigt, mehr als nur ein bißchen erschrocken, das ist eine ausgesprochen üble Scheiße, Kumpel. Wenn jemand anderer das herausgefunden hätte, würdest du in Windeseile vor einer Anklagejury stehen. Und wir direkt neben dir. Du würdest mit deinem Arsch in echten Schwierigkeiten stecken, wenn die Feds oder die Staatsanwaltschaft das Telefon angezapft hätten. Weißt du eigentlich, was für ein Glück du hast, Jimmy?«

»Aber es waren nicht die Feds, und auch die Staatsanwaltschaft hat mein Telefon nicht angezapft, es war ein Freund von mir, ein Bursche, den ich seit zehn Jahren kenne, der das alles herausgefunden hat. Und da die menschliche Natur nun mal ist, wie sie ist, bin ich sicher, daß mein Freund es mich erklären läßt.«

»Die menschliche Natur ist eine komische Sache. Ich werd dir sagen, was ich von der menschlichen Natur halte«, sagte Ray. Aber er tat es nicht. Er schaute sich im Zimmer um, alles tadellos sauber, die Gardinen importiert, der Fernseher und die Stereoanlage, die Möbel, von denen die meisten auf ihn wie Antiquitäten wirkten. »Ich bitte dich, mir zu sagen, was du mit diesem Burschen zu tun hast. Ich möchte die Wahrheit hören. Ich verspreche dir, daß ich damit nirgendwohin gehen werde, ich könnte dich nie in den Knast bringen, ich könnte es einfach nicht. Aber ich will die Wahrheit wissen.«

Jimmy sah ihn an, und Ray versuchte sich vorzustellen, was er dachte, was er vorhatte. Jimmy schüttelte den Kopf, und als er das sah, nickte Ray. Sie starrten sich an, führten eine Diskussion ohne Worte.

»Geld«, sagte Ray, nickte immer noch und wurde nun ein wenig wütend. »Du arbeitest für diesen Burschen. Bezahlt er dich?«

»Solange ich ihn kenne, hat er mir noch nie auch nur einen Nickel gegeben.«

»Redest du dauernd mit ihm?«

»Ich rede oft mit ihm.«

»Über polizeiliche Angelegenheiten, über seine Geschäfte und über Polizeiangelegenheiten?«

»Niemals.«

Ray dachte beiläufig, daß es unmöglich ist, ehrlich zu bleiben, wenn man einmal angefangen hat zu lügen. »Was habt ihr zwei dann gemeinsam?« fragte er. »Ich meine, ihr lebt doch in ziemlich unterschiedlichen Welten. Ich meine, über was zum Teufel könntet ihr euch unterhalten?«

Jimmy erhob sich vom Sofa, und Ray setzte sich wieder. Jetzt war es Jimmy, der auf und ab ging. Und Ray spürte plötzlich, daß sorgfältig über ihn nachgedacht wurde. Das gefiel ihm ganz und gar nicht, es gefiel ihm nicht, daß jemand ein Urteil über ihn traf und er nicht wußte, was dabei herauskam.

Ray rührte sich nicht, Jimmy war jetzt nur ein paar Schritte von ihm entfernt, und Ray betrachtete sein Gesicht, beobachtete, wie sich der Gesichtsausdruck veränderte. Sie waren zwei sehr unterschiedliche Menschen. Jimmy war größer, aber Ray war erheblich besser gebaut, sah wie der härtere Typ aus. Jimmy hatte ein zartes, weiches Gesicht, aber seine Augen, diese blauen Augen waren jetzt eiskalt und durchdringend und gemein. Eine Seite von Jimmy Burns, die Ray noch nie zuvor gesehen hatte. Er wünschte sich, er versuchte wirklich zu glauben, daß er es sich nur einbildete, all diese Dämonen, die ihm durch den Kopf gingen und Jimmy Burns, den guten alten Jimmy, zu einem der Bösen machten. Was war er, drehte er durch oder was? Der Typ ist mein Kumpel. Aber plötzlich hatte er das Gefühl, daß es das jetzt gewesen sein könnte, dachte einen flüchtigen Augenblick daran, was er tun würde, wenn Jimmy nun eine Kanone zog. Dann dachte er: Der Typ hat keine Kanone bei sich, um Himmels willen. Was denkst du da?

»Weißt du irgendwas über Dantes Vater?« Jimmys Stimme war fast ein Flüstern.

»Ich weiß, daß er Polizist war, in Schwierigkeiten geriet und sich umgebracht hat.«

»Das stimmt und stimmt auch wieder nicht. Es steckt erheblich mehr dahinter.«

Ray saß absolut still da und erlaubte Jimmy, ihn anzustarren und mit der Geschichte fortzufahren.

»Wir waren Kinder – also, Kinder waren wir eigentlich nicht mehr, wir waren neunzehn. Ich, Dante und JoJo sind gleich alt, sind im selben Jahr geboren, drei Monate auseinander. Dantes Vater Dan O'Donnell war der Geldeinsammler der alten Public Morals Division. Man erzählt sich, daß die Bezirksstaatsanwaltschaft eine Mordanklage gegen einen Burschen namens Willy Morales vorbereitete, einer deiner Leute. Morales war schon mehrfach vorbestraft, und mit dieser Sache würde er garantiert lebenslänglich einfahren. Unter uns, der Wichser hätte niemals lebenslänglich gekriegt, aber er dachte es wenigstens. Oder man überzeugte ihn davon, daß es so kommen würde, ich weiß es nicht. Jedenfalls, er packt aus. Erzählt alles über die Bestechungsgelder und so weiter, alles über Dantes Vater und überhaupt – nichts, was diese Typen von der Staatsanwaltschaft nicht schon wußten, allerdings hatten sie es jetzt offiziell, in Gegenwart von Morales' Anwalt, also mußten sie was unternehmen. Außerdem waren da noch diese Zeitungsartikel, die einmal wöchentlich über Korruption erschienen, dieselbe alte Scheiße, die bei diesem Job alle fünf Jahre wieder aufgewärmt wird. Sie mußten irgend etwas unternehmen. Also zapften sie Dan O'Donnells Telefon an. Sie zapfen sein Telefon auf der Arbeit und zu Hause an, schießen sich richtig auf ihn ein, stoßen auf einen riesigen Haufen Scheiße, auf alle möglichen Namen, Beträge, Orte; hohe Tiere sind in die Geschichte verwickelt, bis rauf in die Polizeispitze und alles. Weißt du, Ray, ich mußte gerade daran denken, daß das Leben manchmal schon komisch ist«, sagte Jimmy geistesabwesend. »Ich und Dante waren wahrscheinlich zigmal auf Band. Mein Gott, wir haben damals fast ständig miteinander telefoniert.«

Ray sah Jimmys Lippen zucken und sein Gesicht sich

verfinstern. Er wünschte sich, nicht vorbeigekommen zu sein, wünschte sich, daß er sich nicht in diese Scheiße eingemischt hätte. Jimmy war ein anständiger Kerl, und Dante, der arme Sack, mußte es ganz schön schwer gehabt haben.

»Die Korruption reichte damals«, sagte Jimmy, »bis hinein ins Präsidium, bis ins Gericht und ins Rathaus. Also schnappen sie sich Dantes Vater, werfen ihn der Anklagejury vor, und er fragt, he, was zum Teufel macht ihr mit mir? Sie sagen ihm, du nimmst das besser wie ein Mann, nimm alles auf deine Kappe und sitz es ab. Sie sagen ihm, du hast zwei Möglichkeiten, du gehst in den Knast, nimmst alles auf deine Kappe, und wir kümmern uns dafür um deine Familie, oder aber du kannst dich umbringen. Mit Sicherheit wirst du nicht mit den Ermittlungsbehörden zusammenarbeiten und das ganze beschissene Department mit hineinreißen. Was sie nicht wissen, ist, daß Dan O'Donnell unter Spannung steht wie eine Klaviersaite. Sie wissen eine ganze Menge nicht. Wie zum Beispiel die Tatsache, daß Dan O'Donnell ein Doppelleben führt. Er hat noch eine Frau und einen anderen Sohn in der Bronx, hat eine Wohnung dort oben, und dort bewahrt er auch seine Unterlagen auf, sein Einnahmebuch und sein Bargeld. Niemand weiß, wieviel Geld er besaß, aber er hatte eine ganze Menge. Okay, in der Zwischenzeit entwickelt sich das alles zu einem gigantischen Zirkus, es wird von einer laufenden Ermittlung vor einer Anklagejury gesprochen, Leute kommen zu ihm und sagen, er soll sich hinstellen und alles auf seine Kappe nehmen. Dieser Typ dreht wirklich durch, sein Leben geht den Bach runter, und« – Jimmy kniff die Augen zusammen – »er hat dieses Doppelleben über einen langen Zeitraum geführt, und niemand weiß davon, von der Frau und dem Kind. Also bricht er zusammen. Jetzt geht er aber nicht einfach irgendwohin und ballert sich das Hirn weg. Nicht Dan O'Donnell. Er fährt rauf in die Bronx, und so wie man es erzählt, erschießt cr zuerst die Frau und dann das Kind. Dann holt er seine Unterlagen und sein Geld und verbrennt alles mitten im Wohnzimmer. Macht ein kleines Feuerchen und verbrennt alles. Dann frißt er seine Kanone.«

Unvermittelt erschien Ray sein eigener Tod vor Augen. Wie er in seiner blauen Uniform in einer großen Leichenhalle liegt, der intensive Geruch nach Blumen, seine schluchzende Frau, seine Kinder benommen und verwirrt, seine Freunde, alle gehen zum Sarg und glotzen ihn an. Er hatte Angst, hatte Angst vor dem Sterben und in einer Kiste aufgebahrt zu liegen, vor den Leuten, die herumstehen und sagen, was für eine Schande, was für eine schreckliche Schande, er war noch so jung, so mitten im Leben, hatte noch so viel, für das zu leben sich lohnte.

Jimmy trank sein Bier aus. »Sal Paradiso, JoJos Vater, er bekommt einen Anruf. Frag mich nicht wie, ich weiß es nicht. Wahrscheinlich jemand aus dem Wohnhaus, der Hausmeister oder der Vermieter, irgendwer hat irgendeinen Mafioso angerufen, der sich dann mit dem alten Mann in Verbindung setzte. Ich weiß es nicht. JoJo ist dann mit zwei seiner Leute rauf in die Bronx gefahren und hat Dantes Vater aus der Wohnung getragen, dann haben sie dort aufgeräumt. Sie haben Dan O'Donnell in seinen Wagen gesetzt und haben ihn rüber nach Queens in das Vogelschutzgebiet gefahren. Dann haben sie die Polizei verständigt. Unmittelbar nachdem sie die Polizei angerufen haben, hat JoJo mich angerufen.«

Jimmy schloß die Augen und legte die Hände übereinander auf seine Brust. »Ich sage dir die Wahrheit, Dante weiß nichts davon.« Er öffnete die Augen, atmete tief ein. »Und ich will nicht, daß er es jemals erfährt. So, die Stadt hat seinem Vater kein Inspektorenbegräbnis mit Pferden und Motorrädern gegeben, so was kriegt man nicht, wenn man sich umgebracht hat. Aber jeder Cop in der Stadt kam zu seiner Totenwache. Du hättest das sehen müssen, Dudelsäcke, Fahnen, das volle Programm eben. Was glaubst du, wie die Reaktion des Departments ausgesehen hätte, wenn durchgesickert wäre, daß Dan O'Donnells Tod ein Doppelmord-

Selbstmord war? Ich werde dir sagen, was sie dann gemacht hätten, sie hätten ihn mit Scheiße überschüttet. Und die Presse? Diese miesen Kreaturen, ich muß dir wohl nicht sagen, was sie mit so einer Story gemacht hätten. Unter dem Strich stand, daß Dantes Mutter die Pension seines Vaters beantragen konnte, die sie auch erhalten hat.«

Jimmy Burns sah Ray an, wartete, und Ray war überhaupt nicht sicher, worauf Jimmy wartete.

»Wir schulden JoJo Paradiso eine ganze Menge. Sowohl ich als auch Dante, nur daß Dante nichts davon weiß.« Jimmy machte eine Verschnaufpause, und Ray ging in die Küche und schenkte zwei weitere Bier ein.

Jimmy trank einen Schluck und fuhr fort. »Ich war derjenige, der Dante das mit seinem Vater erzählt hat. Ich bin in dieser Nacht bei ihm geblieben. War während der Totenwache und beim Begräbnis bei ihm. So schlimm es auch war, es wäre der absolute Albtraum geworden, wenn die Wahrheit rausgekommen wäre. Wahrscheinlich wären dann nur die Familie und die engsten Freunde aufgetaucht. Und die Pension, das kannst du vergessen. Dante hätte sich nie davon erholt. Er schuldet JoJo was, todsicher schuldet er ihm was. Und ich? JoJo hat mir meinen Freund erhalten. Dante ist vielleicht ein bißchen verrückt, aber das ist gar nichts im Vergleich mit dem, was aus ihm geworden wäre, wenn alles anders gelaufen wäre.«

Ray brachte es nicht fertig zu sagen, was er jetzt dachte. Er hatte eine halbe Stunde dagesessen und zugehört, und er hätte schwören können, daß Jimmy drauf und dran war aufzugeben. Vielleicht irrte er sich, mit Sicherheit irrte er sich.

Jimmy saß auf dem Sofa, reckte sich und ließ den Kopf nach hinten hängen, sein Kinn deutete zur Decke. »Natürlich«, sagte er, »sind wir in Verbindung geblieben, ich und JoJo. Manchmal erzählt er mir seine Probleme, und ich erzähle ihm von meinen. Aber wir reden nie über Geschäfte, nicht über seine, nicht über meine. Und es ist auch kein Geld im Spiel, war es nie und wird es auch nie sein.«

Ray nickte.

»Und, hast du nichts dazu zu sagen?« fragte Jimmy, starrte ihn an.

»Eine Wahnsinnsgeschichte.«

»Beruhig dich wieder. Glotz mich nicht so an.«

»Tja, ich meine«, sagte er, versuchte, überzeugend zu klingen, »das ist schon eine tolle Geschichte. Man könnte einen Spitzenfilm draus machen. ›Leben und Tod von Big Dan O'Donnell‹. Was zum Teufel willst du von mir hören?«

»Ich weiß nicht, ob ich überhaupt irgendwas von dir hören will.«

»Und ob du willst. Du willst, daß ich sage, ich bin gerührt von JoJo Paradiso und seinem alten Herrn, so wie sie ihre Hand ausgestreckt haben, um der Familie eines armen, verrückten Cops zu helfen. Das haben sie aus keinem anderen Grund getan, als daß sie diese wunderbaren, großen, gütigen Herzen haben. Ist es das, was ich deiner Meinung nach glauben soll?«

Jimmy lächelte. »Komm schon, komm schon.«

»Nein, ich hab's«, sagte Ray. »Die Paradisos haben verhindert, daß Dante ein Außenseiter der Gesellschaft und Alkoholiker wurde, und sie haben dir einen Freund fürs Leben geschenkt. Mann, das ist mal ein Ding, oder? Vergiß die arme Frau und das Kind, die dieser Irre umgelegt hat.«

Jimmy hörte auf zu lächeln, und der Blick, den er Ray jetzt zuwarf, ließ ihm das Herz erstarren.

»Hör zu«, sagte Ray bedächtig, »ich werde nichts unternehmen oder irgend etwas sagen, ganz bestimmt nicht Dante gegenüber. Ich werde ihm und Kathy sagen, daß ich nichts herausfinden konnte, was diesen Anruf betrifft. Ich werde sagen, es war ein Ortsgespräch, bei denen ist eine Identifizierung nicht möglich. Soweit es das Department betrifft, du weißt, daß ich dich nie verpfeifen würde. Also ist die Sache gegessen. Vergiß es, es ist gegessen.«

»Ich schulde dir was«, sagte Jimmy mit einem bedauernden Lächeln.

»Du schuldest mir gar nichts. Ich glaube, du hast einen Knacks weg, ich glaube, du weißt, daß du verkorkst bist, also schuldest du dir vielleicht selbst was, mein Freund, aber mir schuldest du gar nichts. Du bist mir immer ein guter Freund gewesen. Und fertig.«

Nachdem er das gesagt hatte, warf er Jimmy einen besorgten Blick zu. Jimmy schien zu lächeln, aber sicher konnte man sich bei dem Kerl nie sein.

»Wenn du noch mehr Fragen hast, werde ich sie dir beantworten«, sagte Jimmy.

»Du hast mich schon beeindruckt, heb's dir für den nächsten auf. Ich glaube deine Geschichte, vermutlich ist es die Wahrheit, klingt verdammt wahr. Vergiß nicht, Jimmy, ich bin kein Anfänger, ich muß davon ausgehen, daß noch mehr dahintersteckt, als ich überhaupt in Erwägung ziehen will.«

Ray erhob sich und ging zum Klavier hinüber, das ein ziemliches Prachtstück war. Er bemerkte ein Funkeln, ein Aufblitzen von etwas in Jimmys Augen. Er stand regungslos und verdrießlich da, er wollte gehen, verschwinden, nach Hause zu seiner Frau und seinen Kindern. An die frische Luft.

»Ich steige aus diesem Fall aus«, sagte Ray. »Ich steige aus dem Fall aus, und ich steige aus dem Team aus. Ich werde für mich behalten, was du mir gesagt hast. Von mir hast du nichts zu befürchten, aber ich bin draußen.«

»Sehr anständig von dir. Wenigstens weiß ich, wo du stehst.«

Und Ray dachte, es ist Irrsinn, diesem Burschen zu vertrauen.

Später, als er nach Hause fuhr, schnaubte Detective Raymond Velasquez verächtlich. »Ich hab dich geliebt. Dann hast du mich betrogen. Und ich werde dir keine Gelegenheit geben, das noch mal mit mir zu machen.«

Früher an diesem Abend, die Überreste von einem Sixpack auf dem Sitz neben sich, hatte Dante O'Donnell beschlossen, daß er nicht die Straße überqueren und das Haus betreten konnte. Es fehlte ihm an Courage. Der Fußweg vom Auto zu diesem Haus verlangte mehr Mut, als er aufbringen konnte. Und so saß er da, verloren, erschöpft und mit dem Gefühl, daß sein Leben einen Sturzflug in die Gosse machte.

Immerhin war es sein Haus, seine Frau und sein Sohn, seine Ehe. Überall um ihn herum gingen Ehen den Bach runter, und das hatte er für sich und Judy nie gewollt. Er hatte sich immer vorgestellt, daß sie am Ende gemeinsam am Strand von Florida spazierengingen, vielleicht nicht mehr als Liebespaar, aber doch wenigstens als Freunde, nachdem sie all die Jahre zusammengehalten hatten. Nur im Augenblick machten ihm Dinge zu schaffen, die er einfach nicht abschütteln konnte. Und so blieb er sitzen.

Gegen acht, halb neun hielt ein Streifenwagen der Suffolk County Police neben seinem Auto. »Entschuldigen Sie«, sagte der Cop, ein bißchen zu klugscheißerisch für Dantes Geschmack. »Haben Sie ein Problem oder was?« Er antwortete dem Cop, er wohne auf der anderen Straßenseite, und der Cop wollte einen Ausweis sehen. Dante zückte seine Dienstmarke, und der Cop nickte und lächelte, als verstünde er. Es war neun Uhr, als er endlich aus dem Wagen stieg und sich auf den Weg machte, an die Haustür klopfte, ganz cool, bitte sehr.

»Was willst du?« sagte Judy. Da war kein Lächeln auf ihrem Gesicht.

Ohne recht zu wissen warum, war er wütend: »Ich bin nur gekommen, um mir ein paar Klamotten zu holen.«

»Du weißt, daß du dich zum Gespött aller Nachbarn gemacht hast, wie du da drüben im Auto gesessen hast?«

Sie hatte diesen grell-rosa Frotteebademantel an, den er so widerlich fand, weil er die vierzehn Pfund nur noch betonte, die sie in den letzten zwei Jahren zugelegt hatte.

»Wer hat die Cops verständigt?«

»Ich nicht«, sagte sie.

»Darf ich reinkommen?« fragte er leise, wollte einen Streit vermeiden.

»Verdammt, nein. Du kommst hier nicht rein. Ich habe schon ein paar Sachen für dich zusammengepackt. Ich hab sie oben, du wartest hier, ich werde sie holen.«

»Wo ist Danny?«

»Als würd's dich interessieren? Er schläft bei einem Freund.«

»Bei wem?«

»Mein Gott, du hast Nerven. Du bist eine Woche weg – länger noch. Du rufst ein-, zweimal an, und jetzt kommst du her, um ein paar Sachen zu holen und dich nach deinem Sohn zu erkundigen. Du hast vielleicht Nerven, du Arsch.«

»Hör zu«, sagte er. »Ich habe gearbeitet.«

»Ach, ich bitte dich!«

»Ich muß mal auf die Toilette, laß mich einen Moment rein. Geh nicht so mit mir um, Judy, ich bin müde und sauer. Geh bitte nicht so mit mir um.«

Schließlich willigte Judy ein, und die Frau, die er geheiratet hatte, die Frau mit dem grell-rosa Morgenmantel und den weißen Hausschuhen, erlaubte ihm, sein Haus zu betreten. Dann drehte sie sich um, ging in ihr gemeinsames Schlafzimmer und kehrte mit einem Koffer zurück. Dante ging ins Bad im Erdgeschoß, um zu pinkeln und sich im Spiegel zu mustern.

Als er nun im Bad stand und das Gesicht seines Vaters im Spiegel anschaute, hörte Dante das Telefon läuten. Es klingelte und klingelte, hörte auf, dann fing es von vorne an. Er hörte, wie Judy sich meldete, hörte sie sagen: »Moment, ich hole ihn.«

Es war Kathy, sie wollte wissen, ob er Jimmy oder Ray erreicht hatte. Sie mußte wissen, was er als nächstes vorhatte.

Er hörte sie die Worte sagen, und er spürte wieder dieses Ziehen in seinem Bauch, dachte eine Sekunde an Kathys straffe, sonnengebräunte Schenkel und diese Arschbacken.

Als er an sie dachte, bekam er eine Erektion. Noch so eine Sache in seiner Ehe: Bei Judy war er in letzter Zeit nur noch Mr. Softie.

Sie saß auf dem Küchenstuhl, trank Kaffee, hob die Tasse mit beiden Händen, als wolle sie daran riechen, starrte ihn an. Sie beugte sich zu ihm vor, versuchte, die Unterhaltung mit Kathy mitzubekommen, nickte, wie sie immer nickte, wenn sie ihn wissen lassen wollte, daß sie ganz genau wußte, was hier los war, wo sie doch nicht die Bohne davon wußte, was los war.

»Ich hab niemanden erreicht«, sagte er zu Kathy.

»Und was hast du jetzt vor?«

»Ich weiß nicht.«

»Gut, dann komm zurück. Du kannst hierbleiben.«

»Gut. Sehr gut.«

Als Dante wenig später mit dem Koffer in der Hand im Flur stand, sah er noch einmal zu Judy zurück. Er hatte den Eindruck, als versuche sie einen Weg zu finden, wie sie sein Leben sabotieren konnte, sei sich jedoch noch nicht ganz klar, was dazu erforderlich war.

»Wer war diese Frau?«

»Mein Partner.«

Dante hatte es jetzt eilig zu gehen. Als Kathy sagte, du kannst hierbleiben, schossen seine Hoffnungen durch die Decke. Er war wirklich in Kathy verknallt und würde sich, was das betraf, auch nichts vormachen. »Geh«, sagte Judy. »Steig in dein Auto und verschwinde. Ist mir scheißegal.« Sie stand da, die Hände in die Hüften gestemmt, biß sich auf die Unterlippe. »Ich will dich hier nicht mehr sehen.«

Das, wußte er, stimmte nicht, und es zerrte an ihm. Er fühlte sich wie das letzte Stück Scheiße.

»Ich muß los, wir sehn uns später«, murmelte er.

»Gut«, sagte sie.

»Muß los.«

»Dann geh doch endlich, was hält dich noch. Geh, geh, geh.«

»Ich ruf an, sobald ich Zeit hab. Wir arbeiten an einem großen Fall, die Feds hängen mit drin, und die Staatsanwaltschaft auch. Die größte Sache, die ich je hatte.«

Judy kaute an ihren Fingernägeln.

»Ich bin morgen zu Hause. Wahrscheinlich werde ich morgen zu Hause sein.« Lügen, Lügen und noch mehr Lügen.

»Ruf nicht an, du mußt nicht anrufen.«

»Komm.«

»Nimm deinen Kram und geh«, sagte sie. »Ich geb dir den Laufpaß, Dante, ich hab die Nase voll von dir. Du wirst von meinem Anwalt hören. Das wirst du, du wirst sehen. Weißt du«, sagte sie, »du bist genau wie dein Vater.«

»Nett, wirklich sehr nett von dir, das zu sagen«, sagte er.

Alles, was er jetzt noch empfand, war das brennende Verlangen zu verschwinden.

Später in dieser Nacht, gegen zwei Uhr morgens, klingelte das Telefon im Paradiso-Haus an der Ocean Road in Narragansett. JoJo nahm den Hörer ab, sagte sich, es ist todsicher wie nur was, daß es ein heißer Anruf ist, also paß auf, was du sagst, paß auf, was du sagst.

»Was machst du?« fragte sein Polizeifreund.

»Am Telefon meines Bruders mit dir reden, verdammt.«

»Es ist okay, es ist okay.«

»Wenn du es sagst. Was gibt's? Wie spät ist es überhaupt?«

»Spät.« Ein langes Schweigen, und dann: »Ich hab ein gigantisches Problem.«

»Hast du oder haben wir?«

»Das ist eine gute Frage. Ich würde sagen, ich habe das Problem.«

»Es gibt kein Problem, das du haben könntest und das ich nicht in Ordnung bringen kann.«

Wieder Schweigen. »Ich habe viel darüber nachgedacht«, sagte sein Freund schließlich. »Habe wieder und wieder darüber nachgedacht. Ich glaube nicht, daß mir eine Wahl bleibt.«

»Wenn es keine Wahl gibt, dann gibt es auch kein Problem.«

»Wann kann ich dich sehen?«

»So schlimm, hm?«

»Schlimmer.«

»Glaubst du, du findest Rhode Island?«

Genau in dem Augenblick, als JoJo den Hörer des Telefons im Gästezimmer auflegte, drehte sich Detective Raymond Velasquez in seinem Bett an der Fordham Road in der North Bronx um und nahm seine schlafende Frau in die Arme und weckte sie.

»Ist mit dir alles in Ordnung?« fragte Sarah.

»Nein, ist es nicht.«

Ray berührte ihre Brust, und Sarah streckte Arme und Beine von sich. »Willst du spielen?«

Er hatte sie aus dem Tiefschlaf gerissen, und jetzt, nur einen Augenblick später, strahlten ihre Augen. Ray staunte. Es machte ihn glücklich. Sie war geschmeidig und anmutig, selbst im Halbschlaf. Sie drehte sich ihm zu und schlang die Arme um seine Taille und legte den Kopf an seine Schulter.

»Dieses Leben«, sagte er, »ich fange gerade an dahinterzukommen, wie es funktioniert. Entweder man hat's oder man hat's nicht.«

»Was hat man, Baby?«

»Harmonie, Ausgeglichenheit, Erfüllung.«

»Und? Hast du's?«

»Hatte es.«

Sie griff nach der Schnur seiner Schlafanzughose und kämpfte einen Moment mit der Schleife. Ray half ihr, und ihre Hand wanderte hinein, glitt seine Hüfte entlang, über seinen Bauch zum Penis. Er lag schlaff in ihrer Hand. »Ich werde dir all die Ausgeglichenheit geben, die du brauchst, um diese Nacht zu überstehen«, sagte sie, und ihre Lippen näherten sich seinem Schwanz.

»Vielleicht ist es schon zu spät«, sagte Ray. Und wieder spürte er das Feuer in seiner Brust, alles, was er seit dem Augenblick empfunden hatte, seit er Jimmys Wohnung verließ – rotglühende Pfeile der Angst.

Jimmy Burns warf einen Blick auf den Digitalwecker auf dem Nachttisch. Drei Uhr. Er lag hellwach da, die Hände hinter dem Kopf verschränkt, starrte auf eine Stelle an der Schlafzimmerdecke seiner Achtzehnhundert-Dollar-pro-Monat-Wohnung. Der Typ glaubt nicht, daß ich achtfünfzig den Monat für diese Bude zahle. Ray ist intelligent, ein Denker. Ich hab ein echtes Problem, dachte er, ein echtes, gottverdammtes Problem.

Er knipste die Nachttischlampe an, stieg aus dem Bett, ging in die Küche, machte sich einen Drink und trat damit ans Fenster. Er hatte Angst und war müde. Er starrte aus dem Fenster auf die Straße unten und beobachtete, wie eine endlose Reihe Taxen über die First Avenue kroch.

Raymond, du läßt mir hier überhaupt keine Wahl. Du legst mir richtig hart die Daumenschrauben an, Ray. Läßt mir keine Alternative. Mit Gänsehaut im Nacken stand Jimmy vor dem Fenster, nickte und machte Grimassen. Er versuchte sich vorzustellen, wie er es JoJo erklären sollte, er würde seine Worte sehr vorsichtig wählen müssen. JoJo ganz präzise klarmachen müssen, an was er dachte. Es durfte hier keine Unklarheiten geben, er würde es darlegen, es kristallklar erläutern. Er wollte, daß Raymond verschwand, aus seinem Leben. Er wollte nicht, daß ihm etwas passierte. »Scheiße«, knurrte Jimmy, immer noch mit einem Schrecken in den Gliedern von dem Ausdruck in Rays Augen, von der Wut darin.

Und um drei Uhr morgens stellte Dante O'Donnell Kathy Gibbons die folgenden Fragen:

»Warum hast du gesagt, ich soll herkommen und hier schlafen?«

»Woher willst du das wissen, ohne es auszuprobieren?«

»Sag mir eins, ist das hier irgendwie für immer? Ich meine, besteht die Chance, daß morgen früh, wenn du aufwachst, vielleicht dann? Wie wär's damit? Hab ich hier überhaupt eine echte Chance?«

Um drei Uhr zwei gab Kathy die folgenden Antworten:

»Ich hab nur versucht, freundlich zu sein.«

»Glaub mir, ich weiß es.«

»Schon möglich. Andererseits, möglich ist auch, daß die Sonne explodiert.«

Er sah sie an, als würde er sie am liebsten unter der Erde sehen. »Weißt du«, sagte er. »Wenn wir's endlich tun, dann wird's ein Rache-Fick, ich werd dir alles heimzahlen.«

»Dreh dich um«, sagte sie. »Ich massier dir den Rücken.«

»Massier den hier«, sagte er.

»Nein«, sagte sie. »Das kannst du selbst rubbeln, ich rubbel dir den Rücken.«

In Narragansett schlief JoJo wie ein Stein.

Little Vinny Rapino spannte seinen Bauch an und versuchte einen Rekord aufzustellen. Er füllte die linke, dann die rechte Hand mit Vaseline Intensive Care Lotion. Den Kopf voll von Bildern der Damen in seinem Leben, masturbierte er das dritte Mal in dieser Nacht. Als er kurz vor dem Orgasmus stand, erinnerte er sich an seine Klassenlehrerin im sechsten Schuljahr, und die Tatsache, daß sie eine dominikanische Nonne war und eines dieser ängstlich auf die Welt gekommenen Gesichter hatte, machte es nur noch besser.

John Paradiso hatte ebenfalls Schwierigkeiten zu schlafen; um drei Uhr fünfundvierzig machte er sich ein Glas heiße Milch mit etwas Honig und einer Prise Zimt.

In South Brooklyn, an der Ecke Fourth Avenue und Union Street, saßen vier Junkies aus Red Hook in einem Auto und warteten auf ihre Connection. Sie warteten bereits seit Mitternacht. Die Nacht war warm; Wolken verdeckten die Sterne. Ein paar Blocks westlich Ecke Carroll und Court Street checkte ein Autodieb einen parkenden BMW. Laut dem Aufkleber an der Fahrerseite hatte der Wagen eine Alarmanlage. Und, oh-oh, es stimmte. Verdammt. Er warf einen Blick über die Straße, und da war er: ein dunkelblauer gottverdammter Diamant. Jesus, dachte er, ein Volltreffer, ein Lexus. Er juchzte wie ein junger Hund. Alarmanlage oder nicht, die Karre würde er sich krallen.

Der Autodieb schnüffelte, kniff sich dann in die Nase. Schnurstracks war er auf den Lexus zugesteuert. Er konzentrierte sich auf den Wagen und achtete nicht weiter auf die Straße; so war's bei ihm schon immer gewesen, er machte das Ziel aus und ging drauf los, war eben ein geradliniger Typ, der von direkten Wegen so angezogen wurde wie Handschellen von Handgelenken. Er war sechzehnmal geschnappt worden, hatte insgesamt achtzehn Monate auf Rikers verbracht. Er war dreiundzwanzig Jahre alt, und sein Name war Bobby Watkins, auf der Straße nannte man ihn Black Robbie.

Robbie machte eine Runde um den Wagen. Aufgekratzt, mit einem Mordsherzklopfen, hörte er sie nicht kommen.

»Sieh dir den Typ an«, sagte Lilo Santamaria zu seinem Kumpan Tommy Yale.

»Der checkt unsere Karre. Kann man's fassen?«

Sie standen an der Ecke, deutlich sichtbar im weißen Lichtkegel einer Straßenlaterne. Lilo berührte seine Stirn, wie eine Mutter vielleicht die Temperatur eines fiebernden Kindes prüft.

Robbie leckte sich über die trockenen Lippen, die Karre war spitze, absolute Klasse, er würde in Jersey locker dreifünf für diesen Wagen bekommen.

Lilo sagte: »Hast du deine Pistole dabei?«

»Bist du bescheuert? Wir verscheuchen den Kerl einfach.«

»Gib mir deine beschissene Pistole.«

Sie gingen schnell, zwei Männer mit einer Mission. Robbie hörte nichts. Andere Kollegen, Straßendiebe, hatten ihm schon seit Jahren gesagt, ein Dieb muß die Ohren aufsperren, muß Augen und Ohren aufmachen, andernfalls landet er im Bau. Kein Mensch hatte was davon gesagt, daß er dabei abkratzen könnte. Es war doch nur ein Auto, um Himmels willen. Ein astreines Auto, sicher, echt teuer, absolut. Aber trotzdem nur ein Auto, Mann, nur eine beschissene Karre.

Yale und Lilo waren nur noch knapp zwei Meter von ihm entfernt, als Yale Lilo die 9-mm-S&W gab.

Robbie nickte automatisch, schließlich doch noch abgelenkt durch das Geräusch hinter sich: Metall glitt über Metall.

»Na, amüsierst du dich, Nigger?« fragte Lilo und nickte auffordernd, um eine Antwort zu bekommen.

Robbie drehte sich zu ihnen um, hatte ein verträumtes Halblächeln auf den Lippen. Er wußte nicht, was er denken sollte, vielleicht, daß er eine Ladung in den Arsch bekommen würde. Er richtete sich auf und verschränkte einfach so die Arme. Nicht so schnell, daß er sie erschreckte, hoffte wie verrückt, daß sie Cops waren.

»Ich«, sagte Lilo, »verdien meine Brötchen auch mit Stehlen, Arschloch, aber ich weiß, wen ich bestehle.«

»Wir wissen, wen wir bestehlen, Arschloch«, bestätigte Tommy.

»Halt's Maul«, sagte Lilo. Dann sagte er leise und locker: »Du bist tot, Mann.«

Robbie starrte die Kanone an, sah, daß sie echt war, und dachte, o Scheiße. »Euer Wagen, hä? Nette Karre, ich hab sie mir nur angesehen. Sind das echte Ledersitze? Bestimmt ganz schön schwer sauberzuhalten, was?«

Lilo starrte Robbie an, als wäre er ein Außerirdischer, seine Augen wurden groß, richtig groß, und seine Wangen bliesen sich auf. Tommy Yale, der Lilo seit fünfundzwanzig

Jahren kannte, sieben davon mit ihm im Greenhaven Prison gesessen hatte, kannte diesen Ausdruck.

»Lilo«, sagte er. »Es ist spät, gib diesem Wichser einen Tritt in den Arsch und fertig.«

Black Robbie war tot, er wußte, daß er tot war, denn er sah in die Augen von diesem verschissenen Irren und sah sein Ende. Diese glasigen Augen, Mann, und diese aufgeblähten Nasenlöcher von der Anstrengung zu atmen, jeder Atemzug begleitet von einem animalischen Grunzen. O Scheiße, er hatte einen erwischt, einen Typ mit Jagdschein, einen beschissenen echten Vollidioten. Robbie hatte diesen Blick schon mal gesehen, schon oft. Bei irgendeinem Tier, bei irgendeinem Raubtier.

Lilo musterte ihn von Kopf bis Fuß.

Robbie lehnte sich gegen den Wagen und überkreuzte die Beine, versuchte ganz cool zu bleiben. Der Typ bei dem Irren warf Robbie einen kurzen, nervösen Blick zu. Instinktiv vergrub Robbie das Kinn an seiner Schulter und sagte: »Seid ihr Typen Bullen?«

»Das Glück hast du leider nicht«, sagte Lilo.

Einen Moment lang sprach niemand. Die drei standen auf der Straße, als warteten sie auf einen Bus.

»Auf die Knie. Los, auf die Knie, Nigger. Wolltest meinen Wagen stehlen, was? Wolltest etwas nehmen, das mir gehört? Okay, Mann, wir werden sehen, was du nehmen kannst, wie gut du was verkraften kannst, das mir gehört.«

Robbie suchte fieberhaft nach einer Möglichkeit, nach irgendeiner Möglichkeit, wie er seinen verängstigten Arsch hier wegbringen konnte.

»Ey, Lilo, Lilo.« Tommy Yale streckte besänftigend eine Hand aus. »Was sagst du dazu, wenn wir jetzt einfach gehen, hm? Es wird echt spät, verpaß ihm einen Arschtritt, Lilo, verpaß ihm einen Tritt ins Gesicht, und dann laß uns abzischen, Mann.«

Lilo sagte: »Halt's Maul.«

»Freunde, es tut mir echt leid. Aber ihr liegt völlig daneben, ich war nur gerade spazieren, und da seh ich diesen wunderschönen Wagen hier, ein beschissener Lexus ist ein klasse Auto. Ich wollte ihn mir doch nur mal ansehen.«

»Auf die Knie, Bruder.«

Robbie schüttelte den Kopf, sank dann auf die Knie. »Was hast du vor, Mann? Komm schon, ist doch nur ein beschissenes Auto. Was hast du vor?«

Lilo schrie auf und trat ihn, Lilo, stark wie ein Bär, trat ihn fest, so erbarmungslos, daß Robbie von den Knien gehoben und gegen den Wagen zurückgeschlagen wurde.

Als er begriff, daß es ernst war, richtig ernst, versuchte Robbie zu flehen. »Bitte, Mister« – er machte eine Mordsnummer daraus, Robbie war ein meisterhafter Straßenschauspieler –, »es tut mir leid, es tut mir leid«, Rotz floß, er schrie, »bringen Sie mich nicht um, bitte, bringen Sie mich nicht um!«

»Ich bring dich nicht um«, sagte Lilo.

Robbie dachte, Gott sei Dank.

Lilo sagte: »Er tut's.« Er gab Tommy Yale die 9mm und sagte: »Erschieß das Arschloch.«

»Bist du verrückt? Ich werd den Typ nicht erschießen.« Tommy entfernte sich einige Schritte. Robbie dachte, jetzt oder nie, er sprang auf die Beine und war so schnell weg, er hätte noch Kreise um Carl Lewis laufen können.

Tommy Yale rührte sich nicht und schaute ihm nach, dachte, Mann, der Junge kann laufen, oder was? Dann drehte er sich um und suchte Lilos Blick, und er erschrak, als er sah, daß der Mann lachte, so sehr lachte, daß ihm die Tränen kamen.

»Komm«, sagte Lilo, »gehn wir irgendwo Schinken und Eier essen.«

»Du bist verrückt, weißt du das? Du bist gottverdammt bekloppt, Mann.«

»Ja, vielleicht. Aber ich sag dir was, wenn ich dir das nächste Mal sage, erschieß irgend so ein Stück Scheiße, und du tust es nicht, dann werde ich dich erschießen.«

KAPITEL FÜNFZEHN

Als Dante am Mittwoch morgen aufwachte, war die Wohnung leer. Kathy war bereits gegangen, um Ray in der Observierungswohnung gegenüber vom Club zu treffen. Er lag auf dem Bauch, im Hintergrund die sanften Klänge einer Sonate von Bach, und durch die Wohnung zog der Duft von frisch aufgebrühtem Kaffee.

Dante rollte sich aus dem Bett, tapste durch den Raum zur Stereoanlage, schaltete auf Mittelwelle und stellte die morgendliche Talkshow mit Imus ein. Und jetzt komm in die Gänge, sagte er sich. Er legte seinen Koffer aufs Bett und öffnete ihn, nahm frische Unterwäsche heraus, ein Hemd, Pullover und Socken, und ging ins Bad. Dann, ohne einen besonderen Grund, schloß er die Tür ab. Zwei Nächte Rükken-an-Rücken in Kathys Bett. Was wir hier brauchen, sagte er sich, ist eine kleine Dosis Wirklichkeit. Einerseits versuchte er daraus schlau zu werden, warum zum Kuckuck er soviel Zeit mit einer Frau verbrachte, die unmißverständlich klargemacht hatte, wo sie stand; und wo er stand war nicht der Ort, an dem er sich befinden wollte. Andererseits war es noch die große Frage, wo er denn nun sein wollte.

Dante spritzte sich Wasser ins Gesicht, putzte sich die Zähne und fühlte sich gleich besser. Aber nur für einen Moment. Plötzlich fühlte er sich schrecklich allein. Mann, du bist bekloppt. Er stützte sich auf dem Waschbecken ab und musterte das Gesicht im Spiegel. Er holte tief Luft, schluckte, richtete sich dann gerade auf. Sich die Stirn haltend, lachte er sein Spiegelbild an. »Die Frau ist lesbisch, du Penner.« Oh-oooh, es war zehn Uhr, und er sollte Jimmy um elf treffen. Er sprang unter die Dusche.

Jimmy hatte fast eine Stunde in seinem Wagen gesessen, als Dante mit einer braunen Papiertüte in der Hand auftauchte. Dante stieg ein und sah zu ihm hinüber. Jimmy saß da und las die ›Post‹, seine Verärgerung war offensichtlich.

Dante schüttelte die Tüte. »Bagel«, sagte er. »Bagel und Kaffee.«

Jimmy drehte den Kopf in Dantes Richtung, dann widmete er sich wieder seiner Zeitung.

Als greife er die Gedanken seines Partners auf, warf Dante einen Blick auf die Schlagzeilen. 10 MORDE IN 11 STUNDEN.

»Diese Stadt ist die reinste Hölle«, sagte Jimmy, »ein beschissenes Höllenloch. Wir sollten sie mit Atombomben auslöschen und noch mal ganz von vorn anfangen.« Er warf die Zeitung auf den Rücksitz und reckte sich. »Ich lese dieses Zeug, und ich denke –«

»Bagel«, sagte Dante, »ich hab Bagel und Kaffee mitgebracht, was sagst du dazu?«

Jimmy sah ihn verdutzt an. »Weißt du, was ich denke? Ich denke, Mafiosi bringen keine Taxifahrer um, keine Mütter vor den Augen ihrer Kinder, keine Tankwärter. Zehn Menschen in elf Stunden, kannst du diese Scheiße fassen?«

Dante zuckte die Schultern auf eine Weise, die bedeutete, ich versteh's nicht.

»Das ist organisiertes Verbrechen«, sagte Jimmy. »Wenn Leute über organisiertes Verbrechen reden, dann meinen sie genau das, genau davor haben sie Angst. Gleichgültige, sinnlose Gewalttätigkeit.«

»Dein Kaffee wird kalt«, sagte Dante. »Ist Lilo schon aufgetaucht?«

»Lilo ist mit Tommy Yale in dem Café an der Ecke.«

Jimmy ließ den Motor an, und sie fuhren einmal langsam um den Block, versuchten einen sicheren Platz zu finden, wo sie stehen konnten, wo sie das Geschehen auf der Straße im Auge behalten und unentdeckt bleiben konnten. Jimmy parkte hinter dem Transporter eines Anstreichers. Dort saßen sie solange, wie es dauerte, um ihren Kaffee zu trinken, und dann machten sie eine weitere Runde, parkten einen

Block weiter die Straße runter vor einer Bäckerei, in der man auch Espresso bekam.

»Du scheinst gute Laune zu haben«, meinte Jimmy.

»Mir geht's gut.«

»Du warst eine halbe Stunde zu spät.«

»Ich weiß, ich weiß. Ich bin nicht in die Gänge gekommen.«

»Bist du gestern abend nach Hause gefahren?«

»Bin rausgefahren, hab mit Judy gesprochen, bin dann zurückgekommen. Eine beschissen großartige Erfahrung.«

»Du siehst gut aus.«

»Ich fühle mich auch gut.«

»Gestern hast du dich nicht gut gefühlt. Gestern warst du drauf und dran, jemanden umzubringen. Gestern hast du noch geglaubt, uns hätte jemand verkauft, und du warst bereit, diesen Jemand zu töten. Was ist passiert, daß du deine Meinung geändert hast?« Jimmy lehnte sich gegen die Seitenscheibe.

Dante hatte keinen Schimmer, was er auf so eine Frage antworten sollte. »Nichts ist passiert«, sagte er.

»Tja, aber du bist heute ein anderer als gestern.«

»Findest du?«

Jimmy zuckte die Schultern. »Vielleicht hast du ein bißchen Sonnenschein in deinem Leben entdeckt.«

»Ich würd mich nicht drauf verlassen. Da ist unser Mann.«

Es war Zeit für seinen Nachmittagsspaziergang, und Lilo ging langsam die President Street hinauf, dann wieder hinunter, dann wieder rauf, Tommy Yale die ganze Zeit an seiner Seite. Jeder auf der Straße sah sie an, sie blieben hier und da stehen und machten bedeutungslosen Small talk mit Anwohnern. Zwei Kids spielten Fangen; Lilo nahm ihnen den Ball ab und trat ihn in den Verkehr.

»Der Typ ist ein ausgemachter Psycho«, sagte Dante.

»Von mir wirst du keine Widerworte hören. Was hast du vor? Wir können nicht einfach nur hier rumsitzen.«

Dante vermutete, daß Jimmy recht hatte, sie sollten den Wagen besser wieder bewegen, konnten nicht einfach nur rumsitzen. Sobald sie entdeckt würden, würde es sich blitzschnell auf der Straße herumsprechen, und innerhalb von Minuten, vielleicht sogar Sekunden mußten sie praktisch zwangsläufig entdeckt werden.

Wie er dort mit Jimmy saß und sie taten, was sie die letzten dreizehn Jahre so gut gemacht hatten, nämlich die bösen Jungs beobachten, hatte Dante das Gefühl, als bügle sein Verstand all jene Stellen aus, die verknittert waren. Nett, nett. Zufrieden und vergnügt beschloß er, daß Jimmy ihm ein gutes Gefühl vermittelte, ja, genaugenommen fühlte er sich sogar wahnsinnig gut. Er war nicht allein, war gesund und glücklich. Er vermutete, er gehörte nicht zu den Menschen, die ohne ihren besten Kumpel klarkamen. Er liebte Jimmy, tat er wirklich, auch wenn es langsam lästig wurde, wie der Bursche dauernd Mafiosi entschuldigte. Manchmal, dachte Dante, denkt Jimmy mit seinem Arsch. Mafiosi bringen keine Tankwärter um oder überfallen und töten Taxifahrer – richtig, sie sind viel zu beschäftigt damit, nach Wegen zu suchen, wie sie einen Berg Stoff über die Leute ausschütten können.

Als er Jimmy nun ansah, beobachtete, wie er auf seinem Daumennagel kauend aus dem Autofenster starrte, da dachte Dante, der Typ hat sich in fünfundzwanzig Jahren überhaupt nicht verändert, kein bißchen älter, dauernd weg auf seinem eigenen Planeten. Er wollte sagen, hey, Jimmy, hast du dir schon mal neugeborene, heroin- oder cracksüchtige Babys angesehen? Hast du dich schon mal gefragt, wer die ganze Scheiße in dieses Land bringt? Der gute alte Jimmy dachte schon wieder mit seinem Arsch. Dante spürte, wie er von einem merkwürdigen Schwindelgefühl übermannt wurde: hier zusammen mit Jimmy, Kaffee trinkend, Bagel essend, Lilo beobachtend, der herumhing, die Läden überwachend, wo die Mafiosi ihre Hüte aufhängten. Nur er und sein bester Freund, die ihr Ding machten. Nie hatte er sich so gefestigt und jemandem so nahe gefühlt wie Jimmy Burns.

»Scheiße«, sagte Jimmy, »heilige Scheiße, sieh dir das an.«

Er sah die Straße hinunter auf einen Mercedes, der in den Block eingebogen war. »Das ist doch JoJos Wagen«, bestätigte sich Jimmy, »und wie er das ist.«

Dante zog den Kopf ein und versuchte, etwas zu sehen, ohne gesehen zu werden.

Jimmy verzog das Gesicht, lächelte dann, und Dante hatte den Eindruck, als wäre es das erstemal seit Tagen, daß er seinen Kumpel wieder lächeln sah.

»Der abgefuckte JoJo? Ist er das?«

Jimmy schaute zu Dante hinüber, dann wieder auf die Straße. Er hob eine Handfläche. »Warte«, sagte er. »Das ist nicht JoJo.« Er klang erleichtert. »Es ist dieser Junge, wie heißt er noch schnell? Rapino. Vinny Rapino, und er fährt JoJos Wagen. Das ist ein Hammer, häh?«

»Ich geh zu meinem Wagen zurück.«

»Wozu?«

»Hast du ein Funkgerät?«

»Allerdings, und du hast auch eins. Was hast du vor?«

»Wir hängen uns an den Mercedes. Wir beschatten den Jungen und sehen mal, was er vorhat. Mann, es ist JoJos Wagen, früher oder später wird er wieder drin sitzen. Was meinst du, wir beschatten ihn ein bißchen, du und ich, wie wär's, Kumpel?«

»Gut.«

Um acht Uhr an diesem Morgen, irgendwo in der Nähe von Old Saybrook, mit dem Mercedes in südlicher Richtung auf der I-95 unterwegs bei ungefähr fünfundsiebzig Meilen die Stunde, dachte Vinny Rapino einen Augenblick über die Grundsätze der Familie nach. Er dachte daran, wie stark und geachtet Lilo auf der Straße war. Wie gut er mit den Jungs in seiner eigenen Gruppe zurechtkam. Tommy Yale, Joey, Carmine the Actor, Toto, mit diesen Typen. Er dachte und dachte und dachte, daß er nichts anderes wollte, als mit diesen Typen befreundet zu bleiben. So, jetzt kommt's. Was er jetzt machte, all die Botengänge für JoJo erledigen, vielleicht waren die Jungs am Ende womöglich sauer auf ihn. Vielleicht würden sie denken, dieser Junge, dieser Vinny, der ist ein Grenzverletzer.

Vinnys Stimmung sank, als er daran dachte, wie die Leute über ihn reden würden. Wie sie einfach Pläne mit ihm machten. Er wußte, daß JoJo nicht sonderlich viel von Lilo hielt; er hatte die letzten paar Tage genug gesehen, um sich davon zu überzeugen, daß JoJo irgendwas plante, und er machte jede Wette, daß Lilo was damit zu tun hatte. Die Wahrheit war, Lilo und JoJo haßten sich. Geh, hatte Lilo zu ihm gesagt, geh und treib dich eine Woche oder so mit dem Wichser rum. Aber vergiß nicht, wohin du gehörst. Wichser? Man nennt den Oberboss doch nicht Wichser – es sei denn, natürlich, man hat seine eigenen Pläne.

Vinny schüttelte sich, stellte sich vor, wie Lilo mit seinem Pokerface Pläne schmiedete. Plötzlich fühlte er sich von Angst verzehrt. Lilo würde es versuchen, er würde einen Versuch starten. Vinny spürte, wie ihm beim Fahren die Knie weich wurden. Wo blieb er dabei? Angenommen, Lilo versuchte, JoJo fertigzumachen, wo wäre dann sein Platz? Er saß mitten im Schwarzen, genau da würde er sitzen, er wäre ein beschissenes Ziel. Er tröstete sich mit der Vorhersagbarkeit, mit der der Vollidiot vorzugehen pflegte.

Während er so fuhr, rauchte, Kaffee trank aus einem Plastikbecher, extra mild mit sechs Stück Zucker, sich ein paar Nummern von Frankie Valli reinzog, dachte er bei sich, daß er besser auf Nummer Sicher ging und es sich mit Lilo nicht verscherzte. Dann würde er tun, worum JoJo ihn gebeten hatte, und anschließend würde er sich rar machen. Vinny beglückwünschte sich zu solchen messerscharfen Überlegungen. Aber seine Sorgen kehrten zurück wie ein bohrender Schmerz. Sophia, Lilos Tochter; im Grunde seines Herzens mußte Lilo das verstehen, wo der Kerl seine Frau doch ständig betrog, mit seiner Freundin hierhin und dorthin ging. Der bepißte Lilo sollte sich selbst an das halten, was er predigte.

Vergiß nicht, wohin du gehörst, hatte Lilo gesagt. Leg dich mit Lilo an, sagte er sich, und er schneidet dir die Zunge raus, schneidet dir den Schwanz ab und steckt ihn dir ins Ohr. Jesus, er wollte keinen Ärger mit Lilo, der Typ war ein gemeingefährlicher Irrer. Der brachte seine eigenen Leute um; das war in seiner Bande Alltag. Vor nichts sonst hatte Vinny Angst, nicht vor den Cops, nicht vor dem Knast, aber, mein Gott, die Zunge rausgerissen und den Schwanz im eigenen Arsch. *Marrone*, er hatte eine Scheißangst vor Lilo, und das, sagte er sich, war auch klug so.

Vinny verließ den Highway nördlich von New Haven und rief das Café an, in dem Lilo sich immer rumtrieb. Lilo klang komisch am Telefon, so als würde er für jemanden Theater spielen, er klang wie ein großer Bruder oder so was. Lilo hörte sich viel zu freundlich an. Das war nicht Lilo.

»Wieso kommst du nicht einfach runter? Ich brenne drauf, dich zu sehen, Junge. Warum kommst du nicht vorbei?«

»Klar«, war alles, was Vinny sagte.

Lilo fragte Vinny, wie's ihm so ging, ob er sich gut fühlte. Er fragte, wie's ihrem gemeinsamen Freund ging, womit er JoJo meinte. Fragte, ob er irgendwas brauchte. Gut, gut, erzählte Vinny, alles ist bestens. Als Vinny ihm sagte, daß er vorbeischauen würde, bevor er seine Botengänge erledigte, schien Lilo erleichtert. Was immer du für das Beste hältst, sagte Lilo zu ihm. Das war ganz klar nicht der Lilo, den er kannte.

Anderthalb Stunden später auf dem East River Drive, aus der Anlage plärrten nun Jay and the Americans, sinnierte Vinny wieder über die Regeln in der Familie und fragte sich, ob er gegen sie verstieß. »Was machst du, Witze?« sagte er laut. »Du arbeitest für Lilo, nicht für JoJo.« Sicher war JoJo der Boss der Bosse, aber Vinny gehörte zu Lilos Truppe, und Lilo war er Rechenschaft schuldig, nicht JoJo. So stand es in den Regeln. Also, was machte er dann die letzten paar Tage und intrigierte mit JoJo? Ließ sich von ihm in irgendeine krumme Geschichte mit diesem jüdischen Anwalt hineinziehen. Es war manchmal schwer, seine Fehler zuzugeben, aber er mußte es als Zeichen werten, daß er sich entwickelte und dazulernte. Und in dieser Branche wurde man entweder schlau oder tot. Wer war stärker, Lilo oder JoJo? Ganz sicher JoJo. Wer würde ihn schneller umlegen? Gar keine Frage, das war Lilo. Und wenn man es so sah, dann war er zuerst mal Lilo verpflichtet, und es war Lilo, dem gegenüber er loyal sein mußte. JoJo verstand das, natürlich tat er das. Himmel, JoJos Vater machte die Regeln, natürlich würde JoJo das verstehen.

Kurz: Vinny Rapino stand Todesängste aus und hatte keinen Schimmer, was er tun sollte. Er wünschte sich, er hätte ein bißchen Koks, Pot oder irgendwas, um die ganze Sache lockerer angehen zu können. Er wollte nicht rumschludern oder so, einfach nur irgendwas, um den Kopf freizubekommen. Alles das tun, worum JoJo ihn bat, und gleichzeitig Lilo gegenüber loyal sein, das war nicht einfach. Ey, sagte er sich, tu, was deiner Meinung nach das Richtige ist, du kannst gar nichts falsch machen, wenn du das tust, was deiner Meinung nach das Richtige ist. Diese Branche, sagte er sich, kann einen in den Wahnsinn treiben, und zwar in einen Wahnsinn, in den er sich nicht gern treiben ließ.

Dante richtete sich in seinem Wagen ein, parkte auf der anderen Straßenseite einen Block hinter Jimmy und beobachtete die geschäftige Straße. Er gab sich Mühe, aber es war unmöglich, Lilo zu sehen oder Tommy Yale oder diesen Rapino-Jungen. Einfach zu weit weg, mit einer Reihe Autos, ein paar dicken Lastern und einem blauen Transporter, die in erster und zweiter Reihe vor ihm parkten. Jimmy jedoch hatte freie Sicht auf Lilos Café und ein Funkgerät, um ihn auf dem laufenden zu halten, was da passierte.

Als Vinny aus dem Auto stieg, hob er einen Arm und winkte. Lilo klatschte in die Hände und breitete die Arme zum Gruß aus wie ein ehrwürdiger Priester.

Jimmys Wagen stand auf der Straße vor der Bäckerei; über der Bäckerei befanden sich Wohnungen. In der Wohnung im zweiten Obergeschoß saß eine Frau am Fenster, deren Name Filomena DiBuono lautete. Filomena oder ihr Mann Ralph waren ständig am Fenster im Dienst. Straßenwächter, Beobachtungsposten. Sie hatte ein Telefon neben ihrem Sitzplatz und die Nummer des Cafés im Kopf. Filomena musterte verdächtige parkende oder langsam vorbeifahrende Fahrzeuge, notierte sich die Nummernschilder und rief sofort das Café an, wenn sie etwas hatte, von dem sie glaubte, Lilo würde es interessieren.

Filomena dachte oft, wie erregend und einträglich ihre Welt doch war. Für ihre Zeit und Mühe übernahm Lilo die Miete. Sie sah nicht Jimmys Wagen unter sich oder Dante, der einen Block entfernt war. Dafür sah sie Tommy Yale, Lilo und Benny Bats, und die drei standen auf dem Bürgersteig so dicht beieinander, daß sie sich mit jedem Wort und jeder Geste schoben. Als sie Vinny Rapino mit dem Mercedes kommen und am Bordstein halten sah, bekreuzigte Filomena sich und notierte das Nummernschild.

»Blau eins«, sagte Dante in sein Funkgerät, »gibt's schon irgendwas?«

»Vergiß den Code«, sagte Jimmy. »Wir sind auf einer geschützten Frequenz, Kumpel. Bislang noch nichts, sie stehen auf der Straße rum und quatschen. Wenn sich unser Mann bewegt, melde ich mich bei dir.«

»Vergiß mich nicht.«

»Ich wär froh, wenn ich das könnte.«

Dante wechselte den Kanal und rief die Basisstation im Revier, bat darum, zu dem Funkgerät in der Observierungswohnung durchgestellt zu werden. Ray meldete sich mit den Worten: »Wo zum Teufel steckt ihr?«

»Wir observieren Lilos Café in Brooklyn. Dieser Rapino-Junge ist hier mit JoJos Wagen. Wir denken, wir hängen uns an ihn, bis er uns zu JoJo führt.«

»Ist Jimmy bei dir?«

»Für wen hältst du mich, für Batman?«

Kathy schaltete sich ein und sagte: »He, wie geht's dir?«

»Fein, fein, mir geht's blendend.«

»Was machst du später? Schon irgendwelche Pläne?«

»Ich dachte an ein bißchen Chirurgie, Chirurgie wäre heute nachmittag nicht schlecht. Wir arbeiten, Kathy, ich und Jimmy. Wir sind unterwegs und jagen die bösen Jungs.«

»O Mann«, sagte Kathy. »Ich bin beeindruckt.«

»Gut. Ich ruf dich später an. Obwohl es mir gerade nicht einfällt, warum, aber ich tu's.«

»Ruf mich an.«

»Klar. Aber warum?«

»Halt den Mund und ruf mich an. Hör zu«, sagte sie, »Ray ist gerade in die Küche gegangen.« Sie flüsterte nun; Dante hatte Mühe, sie zu verstehen. »Der Typ kommt mir leicht weggetreten vor.«

»Wer?«

»Ray, wer sonst. Ray, unser Partner.«

»Der ist nicht weggetreten, Kathy, der ist Puertoricaner.«

»Was zum Kuckuck redest du da?«

»Das ist Rays Art, so ist er. Ich ruf dich später an.«

Er unterbrach die Verbindung und fragte sich, was Ray wohl beschäftigte. Dann kam Jimmys Stimme wieder rein, sagte, die vier Dummies hätten sich von der Straße ins Café verzogen, und fragte: »Was willst du jetzt machen?«

»Bleib, wo du bist, Bruder, rühr dich nicht und warte ab. Wir werden diese Typen festnageln.«

»Ach ja, wegen was?«

»Wegen Dummheit, Verrat, weil sie mich sauer machen. Uns wird schon was einfallen.«

Dante lehnte sich zurück und beobachtete die Straße. Die Arbeit eines verdeckt ermittelnden Cops bestand darin, herumzusitzen und zu beobachten, herumzusitzen, zu beobachten und Aufzeichnungen zu machen. Die Wahrheit war, er liebte diesen Teil des Jobs. Im Gras zu liegen wie ein Leopard, die Augen offenhalten. Er schaute sich um, stellte sich vor, Leute hinter den Fenstern zu sehen. Dann sah er tatsächlich welche. Beobachtete sie, sah sie, das Phänomen, ein Seher zu sein. Überprüf sie, überprüf sie alle, die Leute atmen, essen, trinken, bewegen sich, Herzen schlagen; Leute laufen herum, plotten, planen, intrigieren, glauben, sie seien allein mit ihren Plänen und Intrigen, wissen nicht, daß er da war und sie beobachtete. Es war ein Mordsspaß. Angezapfte Telefone und Wanzen waren das Größte, schleusten einen mitten rein. Dreißig Tage ein Telefon abhören, und man wußte, was sie traurig oder glücklich machte. In diesem Fall, bei dieser Paradiso-Sache, waren die Wanzen und abgehörten Telefone vielleicht aufgeflogen. Andererseits, vielleicht auch wieder nicht. Auf jeden Fall, für ihn war bei diesem Fall die Halbzeit erreicht, und das dritte Viertel würde jeden Augenblick beginnen. Dante, sagte er sich, es gibt das College, es gibt die Schulausbildung, es gibt Buchwissen und es gibt Weisheit. Du besitzt Weisheit.

Über Funk meldete sich Jimmy. »Der Junge geht. Sattel die Hühner, er marschiert auf seinen Wagen zu. Auf geht's, Kumpel.«

Eine halbe Stunde früher, ein bißchen wacklig auf den Beinen und trotz des warmen Wetters fröstelnd, war Vinny aus dem Wagen gestiegen und auf die wartenden Arme von Lilo zugegangen. Tommy Yale und Benny Bats, der *Zip*-Schmuggler, sahen ihn mit lässigem Interesse an. Benny schmuggelte *Zips*, Nullen, Sizilianer, in die Staaten. Und er war in Lilos Truppe der Mann fürs Grobe, ein Auftragsmörder, ein Killer, ein Schläger. Eine Person, dessen Anwesenheit genügte, um Vinny eine Scheißangst einzujagen.

Sie redeten eine Weile auf der Straße. Lilo erzählte Vinny,

wie gut er aussah, ausgeruht und alles. Benny lächelte ihn an, als wollte er ihn ins Bettchen bringen.

»Wo bist du gewesen?« fragte Lilo.

»In den Karpaten, Rhode Island. Apropos tot.«

»Im Haus des Bruders?«

»Und das ist vielleicht ein Haus.«

»Diese Leute haben Geld.«

»Das haben sie todsicher.«

»Siehst du«, sagte Lilo zu Tommy Yale, »ich weiß, was los ist. Typen wie du und Benny und der Junge hier kriegen nichts mit. Bei mir ist das anders; ich weiß, was abgeht.«

Tommy Yale hob die Augenbrauen. »Ich krieg alles mit.«

Benny schürzte die Lippen und nickte, wie um zu sagen, tja, vielleicht.

»Er hat dich auf ein paar Botengänge geschickt, häh?« fragte Lilo. »Versucht, dich zu seinem Trottel zu machen, stimmt's?«

Vinny zuckte die Schultern.

»Komm her«, sagte Lilo. »Laß uns reingehen und was plaudern. Wir trinken ein Täßchen Kaffee und plaudern ein bißchen.«

Tommy Yale nickte, als spielte es keine Rolle. Benny Bats sagte: »Ich brauch einen Kaffee.«

Lilo legte einen Arm um Vinnys Schulter und führte ihn auf das Café zu. »Behandelt er dich auch respektvoll und anständig?«

Vinny gab keine Antwort.

»Ey«, sagte Lilo, »du bist einer meiner Jungs. Ich will ihm raten, daß er dich gut behandelt. Wenn er einen von meinen Jungen nicht anständig behandelt, dann sag ich ihm, he, sag ich, fick dich selbst, wir packen ein und ziehen in den Krieg.«

»Sicher, sicher«, sagte Vinny, versuchte zu denken, versuchte dahinterzukommen, was Lilo vorhatte.

In dem Café saßen vier von Lilos Leuten, Ralph, Punchy, Joey T und Tommy the Saint, an einem Tisch in der Ecke und spielten Gin. Vinny haßte Gin Rummy, er war schlecht dabei. Es war langweilig, jedes Kartenspiel war ätzend, er war ein Craps-Mann, warf gern die Würfel.

Sie setzten sich an einen Tisch an der Wand unter ein Foto von Papst Johannes und bestellten Kaffee. Dann sagte Lilo etwas, das Vinny erstarren ließ.

»Ich hab auf dich gewartet. Ich hab gewartet, um es mal sehr freundlich auszudrücken, um mit dir zu plaudern.«

»Tja, weißt du, Lilo«, sagte Vinny, »mir ist eine Menge zu Ohren gekommen. Eine Menge von diesem Typen über dieses und jenes.«

Er benutzte JoJos Namen nicht, mußte es auch gar nicht.

»Der Typ«, sagte Lilo, »bildet sich gern was auf sich ein. Vielleicht denkt er, er hat's mit einem Vollidioten zu tun.«

Zwei der vier Burschen, die Karten spielten, standen auf und postierten sich neben der Tür, die beiden anderen kamen herüber und stellten sich hinter Lilo und Benny Bats. Tommy Yale ging zur Theke und schenkte sich Kaffee nach.

Vinny hätte nicht alarmierter sein können, aber er mußte sich an dem bißchen Gelassenheit festhalten, das noch in ihm steckte. Er vermutete, daß er nur diese eine Chance hatte, er mußte übertreiben, dick auftragen und auf ein Wunder hoffen.

Er sagte: »Ich weiß, daß ich nichts falsch gemacht habe. Ich hab einfach nur versucht, hier das Richtige zu tun. Man sagt mir, was ich tun soll, und ich tu's. Ich bin kein Captain, ich bin nur ein Soldat, der tut, was ihm gesagt wird.«

»Weißt du«, sagte Lilo, »manchmal ist ein Kind eingeschnappt, wenn sein Vater ein anderes Kind in den Arm nimmt. Du verstehst, was ich meine, Vinny?«

Vinny zuckte die Schultern, er hatte keinen Schimmer, wovon Lilo redete.

Ohne Pause fuhr Lilo fort. »Eifersucht ist eine komische Sache, weißt du. Ich bin der eifersüchtige Typ.«

Er wußte, daß Lilo gern schwafelte, der Typ war ein großer Redner vor dem Herrn. Aber in ihrer Branche hieß es, je weniger gesagt wurde, desto besser. Häufig sprach Lilo der Schwätzer in Halbsätzen und seinem eigenen beknackten Code. Angenommen er glaubte, Cops seien in der Nähe, dann sagte er: »Die Sonne scheint heute besonders kräftig.« Und wenn man eine Bemerkung machte, irgend etwas zu ihm sagte, das ihm nicht gefiel oder worin er anderer Meinung war, dann sagte er: »Wer ist diese schlafende Frau neben mir?« Die Leute sagten, das liege an seinen sizilianischen Wurzeln. Vinny hielt es einfach für gottverdammt abgedreht und Punkt. Er faltete die Hände vor sich und beugte den Kopf.

»Weißt du«, sagte Lilo, »nichts für ungut, Vinny, aber Sophia hat nach dir gefragt. Was ist los?«

Er zuckte die Schultern, sah auf seine Hände. »Wenn ich tausendmal ›tut mir leid‹ sagte, würdest du mir dann glauben?« sagte Vinny und schaute immer noch nicht auf.

»Dir? Leid tun? Was soll dir denn leid tun? Ich bin derjenige, der sich entschuldigen sollte. Ich hab dich gekränkt, hab dich sauer gemacht oder irgendwas. Ich weiß, wie ich manchmal sein kann. Aber was immer ich getan hab, das möchte ich jetzt mal ganz klar sagen, ich entschuldige mich.« Lilo schaute sich im Café um, als er das sagte.

»Was passiert ist, ist passiert«, sagte Vinny. »Ich hab daran genauso schuld wie jeder andere.« Dann ließ er sich eine ganze Weile darüber aus, daß er erwachsen und reif werden mußte, besonders wenn es darum ging, wie man mit den Damen umzugehen hatte. Und Sophia war eine Dame, seine Zunge war schneller als sein Verstand, der inzwischen auf Autopilot lief. Er dachte, Scheiße, ich hab den Kerl in der Tasche. Er nahm seine Zigaretten heraus und steckte eine in den Mund, beugte sich zu Lilo, und Lilo gab ihm Feuer. Dann fuhr er fort, sich darüber auszulassen, daß er nicht richtig schlafen konnte, daß er diesen beschissen schrecklichen Schmerz in den Bauch bekam bei dem Gedanken, daß er eine echte Dame verletzt hatte, was aber gar keine Absicht gewesen war, wirklich nicht, das war nur wegen seiner Blödheit. Daß er mehr als alles andere auf der Welt hoffte, mehr als das große Los zu ziehen oder sonst was, daß er hoffte, es irgendwie wiedergutmachen zu können.

Lilo antwortete nichts. Benny Bats steckte sich ebenfalls eine Zigarette an und entschuldigte sich, sagte, er müsse mal aufs Scheißhaus. Er entfernte sich ein paar Schritte, drehte sich um und schlich auf Zehenspitzen zurück, um sich hinter Vinny zu stellen. Schnell und lautlos zog Benny ein Stück Wäscheleine aus seiner Jackentasche.

Tommy Yale kippte ein halbes Pfund Zucker in seinen Kaffee. Er nahm einen großen Schluck und beobachtete dann mit einem amüsierten, erstarrten Grinsen Vinny.

Vinny hörte ein langes, tiefes, nasales Einatmen. Zuerst dachte er, hinter ihm würde irgendwer irgendwas Schweres heben. Er drehte sich zu dem Geräusch um, und dann verließen all seine Beherrschung und sein Verstand fluchtartig die Stadt.

Einen Sekundenbruchteil später lag Vinny Rapino flach auf dem Rücken, strampelte mit den Füßen, starrte an die Decke, die Wäscheleine in einer Schlinge um seinen Hals. Versuchte verzweifelt, die Worte *Laß mich verdammt noch mal in Ruhe* herauszubekommen.

Benny hielt das Ende des Seiles, und Lilo hatte sich über Vinny aufgebaut, eine .25er Beretta in der Hand, und rieb sich das Gesicht, als hätte er einen Stein ins Auge bekommen.

»Du Stück Scheiße«, sagte er. »Du nichtsnutziger verräterischer Bastard, genau so wirst du krepieren.«

»Nein, nein, nein, warte, Boss«, krächzte Vinny heiser, vermutete, daß ihm besser in letzter Minute ein verdammt guter Kuhhandel einfiel. »Kannst du gottverdammt noch mal warten!«

Seine Kaltschnäuzigkeit überraschte ihn selbst. Er hätte vermutet, daß er sich vor Angst in die Hosen scheißen und vor panischer Angst schreien würde, wenn seine Zeit kam.

Statt dessen musterte er den durchgeknallten Kerl in seinen Arbeitsstiefeln und dem blauen Trainingsanzug, fragte sich, was zum Teufel hinter diesen irren Augen vor sich ging. Er schrie nicht, er bettelte nicht um Gnade, das alles hatte er schon miterlebt, und er wußte, daß Bitten und Betteln sowieso nichts brachte.

»Warten?« sagte Lilo. »Du willst, daß ich warte?« Und er gab Benny Bats das Zeichen. »Moment, Benny, bring ihn noch nicht um.«

Lilo sah auf dieses Arschloch von einem Jungen auf dem Boden herunter, und er wünschte sich, daß er flennte und ächzte. Lilo liebte es geradezu, Geflenne und Geächze zu hören.

Benny Bats hob erstaunt die Augenbrauen und sah Lilo, dann Vinny, dann wieder Lilo an.

»Ich bin zu dir gekommen, weil ich das Richtige tun will«, machte Vinny weiter. »Ich hab dir was zu sagen. Du solltest mir bis zum Ende zuhören.«

Plötzlich verschwand der irre Ausdruck auf Lilos Gesicht. Er starrte ihn an, ein unechter, freundlicher Blick.

»Du bekommst deine letzte Chance. Ich warte.«

Vinny lag da wie ein Stein, die Leine hing locker um seinen Hals. Er lag da und starrte Lilo an. Es lief alles anders als erhofft. Wie hatte er nur vergessen können, wie degeneriert und verrückt Lilo war. Noch vor einem Augenblick hatte er gedacht, er würde sich eine Tracht Prügel fangen, zusammengeschlagen werden. Na und, er war auch früher schon zusammengeschlagen worden, er konnte es wegstecken. Ein oder zwei Wochen, und es ging ihm wieder blendend. Aber diese Penner wollten ihn umbringen, wirklich alle machen. Er mußte einen Ausweg aus dieser Scheiße finden, eine Möglichkeit, auf zwei Beinen hier rauszugehen.

»Über was denkst du nach?« kreischte Lilo.

Möglicherweise hatte Lilo gar nicht die Absicht, ihn umzubringen. Vielleicht wollte er ihm ja nur ein bißchen Angst einjagen, mehr als ein bißchen, er wollte, daß er sich vor

Angst in die Hose pißte. Ein Punkt für den Bekloppten. Vinnys Brioni-Hose war naß bis zu den Knien.

»Rede, du mieser Wurm«, sagte Lilo allmächtig.

»Darf ich aufstehen?« Es kam zornig und leise heraus.

»Bleib unten«, sagte Lilo.

»Bleib, wo du bist«, sagte Benny Bats.

Lilo wirbelte zu Benny herum und schlug ihm ins Gesicht. »Red nicht, wenn ich denke.«

Vinny wußte nicht, was er als nächstes sagen sollte.

»Du sagst besser was Intelligentes«, sagte Lilo.

»Diese Besorgungen, diese Jobs, die ich für JoJo Paradiso gemacht habe, ich bin hergekommen, um dir davon zu erzählen.« Vinny zwinkerte Lilo zu, schenkte ihm sein bestes Lächeln. »Ich arbeite für dich, du willst mir das hier doch eigentlich gar nicht antun. Ich bin auf deiner Seite.«

Lilo verdrehte die Augen zu einem starren Blick.

Nach einer langen Pause sagte Lilo: »Dann erzähl's mir. Was ist mit diesen Besorgungen, die du machen mußtest?«

Vinny strich sich mit beiden Händen das Haar zurück. Er haßte es, schnell denken zu müssen, besonders, wenn er auf dem Rücken lag und mit Lilo und seinem Laufburschen Tommy Yale redete, ganz zu schweigen von Großinquisitor Benny Bats.

»Man hat mir gesagt, besorg einen Koffer, geh und miet einen Wagen. Und jetzt sag du mir, ob dich das nicht vom Hocker haut – JoJo sagt mir, ich soll zwanzig Fünfpfundbeutel Mehl in den Koffer packen, das Ding dann in den Kofferraum von dem Wagen legen. Die Karre soll ich midtown in einem Parkhaus abstellen.«

Scheiß doch auf die Typen, scheiß auf sie alle, JoJo eingeschlossen. Er würde in einem Stück aus dieser Scheißsituation rauskommen, und wenn es nötig war, daß er dafür Lilo von JoJos Plänen erzählte. Wenn er aus dem ganzen Schlamassel raus war, dann hieß es: bye-bye, Freunde. Er würde nach Florida gehen, nach Afrika, überallhin, nur weg von diesen durchgeknallten Wichsern. Erzähl dem beknackten

Bastard alles, über Barry Cooper, die ganze Kiste. Daß er dem Anwalt das mit dem Mietwagen im Parkhaus erzählen sollte.

Tommy Yale sah Lilo an, sie starrten sich gegenseitig an.

Tommy sagte: »Dieser Hundesohn, dieser verschissene Bastard. Er will Armond Rammino aufs Kreuz legen. Er will Armond Rammino ausschalten. Er versucht, uns alle unter die Erde zu bringen.«

Lilo lächelte. Vinny hatte ihn seit Jahren nicht so glücklich gesehen.

»Du bist klasse, Kleiner, du bist wirklich klasse.« Er half Vinny vom Boden auf und küßte ihm dann mit geübter Anmut die Wangen, zuerst die linke, dann die rechte. Der Typ war die Abgedrehtheit in Person.

»Hab dir doch gesagt, daß dich das interessiert«, sagte Vinny.

Lilo, die Hände in die Hüften gestemmt, den Kopf zurückgelegt, die Augen zur Decke des Cafés gerichtet, wanderte in kleinen Kreisen. Was, fragte sich Vinny, sieht der Typ jetzt? Der Gedanke stürzte ihn unvermittelt wieder in Panik.

Lilo schlug in die Hände, und das Geräusch ließ Vinny zusammenzucken.

»Er hat's für mich getan«, sagte Lilo. »Der Schwachkopf hat mir das Leben leichter gemacht.«

Vinny nahm die Wäscheleine vom Hals und schaute sich im Café um. Niemand hatte sich gerührt, alle standen da und beobachteten Lilo, schauten dem Hirnamputierten bei seinem Tänzchen zu. Hitler in Paris.

Lilo ging hinter die Theke und schenkte sich einen Johnnie Walker Black ein. Die Flasche ließ er auf der Theke stehen, nahm das Glas und setzte sich wieder an den Tisch.

»Du wirst jetzt verschwinden, Vinny. Du wirst gehen und alles machen, was JoJo von dir verlangt hat«, sagte er schnell. »Aber du wirst mich hier anrufen. Du wirst mich über jeden einzelnen Schritt auf dem laufenden halten, den du machst. JoJo ist außer Kontrolle. Jetzt ist es soweit, Tommy, unsere Zeit ist gekommen.«

Vinny wartete.

Lilo stand wieder auf und begann auf und ab zu gehen. Es war, als hörte er Stimmen, gleich mehrere, und wüßte nicht so genau, auf welche er hören sollte.

»Was für ein abgewichster Zug ist das?« sagte Tommy Yale. »Was für ein perverses, krankes Hirn hat dieser Mann? Weiß JoJo denn nicht, mit wem er es zu tun hat?«

Der Briefträger kam zur Tür, versuchte, sie aufzudrükken, stellte fest, daß abgeschlossen war. Er linste kurz herein, saß Punchy und Tommy the Saint Wache stehen, drehte sich um und ging.

»Vielleicht sollten wir die Tür wieder aufschließen«, sagte Benny Bats.

Lilo hörte nicht zu. »Na, mach schon, Vinny, geh und tu, was man dir aufgetragen hat. Aber du rufst mich alle vier Stunden an.«

Vinny wartete. »Was denn, ich soll zurück nach Rhode Island?«

»Natürlich, du wirst genau das tun, was man dir gesagt hat.«

Lilo ließ Vinny einen Moment nachdenken, wie er mit JoJo fertigwerden könnte. »Bruno, der Zwerg, Nicky Black – hat JoJo dir irgendwas über diese Typen erzählt?« fragte Lilo. »Hast du irgendwelche Nachrichten für sie oder so?«

»Keine Nachrichten, ich fahr sie einfach abholen, bring sie dann rauf nach Rhode Island.«

»Jesus Christus, ich faß es einfach nicht, daß dieser Penner JoJo mir so eine Chance gibt. Der liefert sich mir ja richtiggehend aus.«

Im Café herrschte Schweigen.

»Wenn Armond hört, was der vorhat, wird er ihn umlegen«, sagte Tommy Yale schließlich. »Mit so einem Mann macht man keine Spielchen.«

Lilo verzog das Gesicht. »Findest du?« fragte er.

Tommy zuckte die Schulternn. »Armond haßt ihn, haßt auch den alten Mann. Die sind immer die Opposition gewesen.« Er unterbrach sich, sah Lilo an. »Armond braucht nur einen Vorwand, der bei den anderen standhält, um die ganze Familie auszulöschen.«

Welche anderen? dachte Vinny. Wovon reden die da? Die anderen Bosse? Die anderen Familienoberhäupter? *Uffa*, das hier wächst sich ja zu einer ausgesprochen schlimmen Scheiße aus. Ein Trip nach Afrika erschien zunehmend gesünder.

»Paß auf«, sagte Lilo. »Du machst dich jetzt besser vom Acker. Mach einfach, was JoJo dir gesagt hat, und vergiß nicht, mich anzurufen. Du hast das Richtige getan, Junge, du hast mir nicht nur den Tag, sondern das ganze Jahr gerettet.«

Gegen Mittag kam Vinny schließlich von Lilo weg, und auf dem Weg von Brooklyn nach Queens dachte er über Lilo nach und begriff, daß sein *capodecina* eine blutige Meuterei inszenieren würde. *Umsturz:* Das Wort knallte förmlich auf ihn nieder, und über Vinny schwappte eine Woge des machtlosen Elends zusammen, daß ihm der Kopf nur so schwirrte. Er fuhr mit hoher Geschwindigkeit und schwor sich, bei dieser Sache auf gar keinen Fall mitzumischen. Er würde sich bei dieser Scheiße unerlaubt von der Truppe entfernen, und das war mal sicher.

Kurz bevor er den Belt Parkway am Cross Bay Boulevard verließ, beschloß er, JoJo alles zu erzählen, was bei Lilo passiert war. Als er rechts abgebogen war und nach Howard Beach hineinfuhr, änderte er seinen Plan. Als er auf den Parkplatz der Mietwagenfirma fuhr, versuchte Vinny sich vorzustellen, wie er JoJo von der Begegnung mit Lilo erzählte, aber er brachte nicht mal den Mut auf, sich die Worte zurechtzulegen, die er benutzen würde. Und er spürte deutlich, wie seine panische Angst nur darauf wartete, ihn einzufangen; sie war schon den ganzen Tag über da gewesen, mal mehr, mal weniger, und inzwischen hatte er sich dran gewöhnt. Trotzdem, er würde diese Botengänge erledigen, die Lage peilen und sich dann verpissen.

Er hielt vor dem Büro der Mietwagenfirma und parkte.

Vinny Rapino schlug sich den Handballen vor die Stirn. Du bist ein ausgemachter Könntich-würdich-sollt-ich-Experte, du Blödmann – JoJo hatte völlig recht, du bist ein Doofkopp, überhaupt bei Lilo vorbeizuschauen, zu versuchen, dir den Rücken freizuhalten. Phänomenale Arbeit, Vinny, sagte er sich. Toll gemacht, wahrscheinlich hast du jetzt einen Krieg ausgelöst. Dann sah er sich kurz im Rückspiegel an, kniff seine Unterlippe, riß Sinatra aus dem Kassettenrecorder und beschloß, verdammt, Mann, er war immer noch am Leben, immer noch munter und lebendig, und das mußte doch was bedeuten.

Dante war in Queens aufgewachsen, und selbst an seinem schlechtesten Tag würde er dort niemanden verlieren, den er beschattete. Er kannte alle Straßen, Avenues und Boulevards wie seine Westentasche, nichts war fremd für ihn in Queens. Es war ein Klacks, den Mercedes und diesen Rapino-Knaben in dem Viertel zu beschatten, in dem er geboren und aufgewachsen war. Der Typ fuhr völlig phantasielos, beschleunigte hin und wieder, sah aber nie in den Rückspiegel, als wär's sein Tag, als hätte er keinerlei Sorgen.

KAPITEL SECHZEHN

Dante und Jimmy folgten Vinny zu der Mietwagenfirma, beobachteten, wie er aus dem Mercedes stieg und einen Koffer aus dem Kofferraum nahm. Beobachteten weiter, wie er im Büro verschwand und fünfzehn Minuten später wieder herauskam. Vinny blinzelte in die Sonne, schaute sich auf dem Parkplatz um. Er hielt den Koffer unter dem Arm und ging zum Heck eines weißen Chrysler Le Baron.

»Yo, Jimmy«, sagte Dante ins Funkgerät. »Er trägt einen Koffer, und der ist leer. Er hat ihn gerade in den Kofferraum des Chrysler geworfen.«

»Ich bin nicht blind, Dante. Was meinst du, er wechselt den Wagen, oder was?«

Dante beobachtete ihn, fragte sich, was zum Teufel hat der Trottel vor?

»Er nimmt den Chrysler, Jimmy, häng du dich an ihn, ich bleib was zurück.«

Vinny bog auf die Avenue ein und fuhr an Jimmys parkendem Wagen vorbei. Jimmy wartete, bis einige Fahrzeuge zwischen ihm und dem Chrysler waren, dann fuhr er los. »Schließ weiter auf, ich will den Kerl nicht verlieren.«

»Ich bin dran«, sagte Jimmy. »Ich hab ihn.«

Vinny fuhr auf den Woodhaven Boulevard; Dante sah, wie der Verkehr dichter wurde. Jimmy war auf der Spur rechts von Vinny, ein Taxi und ein Transporter zwischen ihm und dem Chrysler, Dante direkt hinter Jimmy. An der Kreuzung Woodhaven und Liberty Avenue fuhr Vinny bei Rot über die Ampel. Jimmy blieb stehen. Dante konnte es nicht fassen. Er scherte um Jimmys Wagen aus und schoß über die Kreuzung, die Ampel immer noch Dunkelrot.

»Komm schon, komm schon, komm schon«, sagte Dante über Funk.

»Was heißt hier komm schon? Ich häng fest. Bleib an ihm dran. Ich hol wieder zu euch auf.«

Dante hatte eher den Eindruck, als versuche Jimmy wohlüberlegt zu klingen, als wäre es die vernünftigste Sache der Welt, vor einer roten Ampel zu halten, während man eine heiße Observierung durchführt.

»Will ich schwer hoffen«, knurrte Dante, klickte zweimal mit der Sendetaste. Zwischen ihm und dem Chrysler war jetzt nur ein Taxi. »Kommst du?« brüllte er. Und Jimmy antwortete: »Bin schon unterwegs.«

Vinny bog links vom Woodhaven auf die Metropolitan Avenue ein, fuhr ungefähr zehn Blocks weit und parkte dann vor einer kleinen Pizzeria mit schmuddeligen roten Vorhängen und einem Schild, auf dem stand: WIR LIEFERN AUCH MENÜS. Vinny stand jetzt auf dem Bürgersteig, und Dante hatte den Eindruck, daß er sich nur des Effektes wegen umschaute.

»Er hat vor der Pizzeria geparkt«, sagte Jimmy.

»Genau«, sagte Dante. Er konnte Jimmy in seinem Wagen sehen, der ungefähr einen Block entfernt auf dem Gelände einer Mobil-Tankstelle stand. Er sagte: »Bleib, wo du bist. Ich bin ihm gegenüber auf der anderen Straßenseite. Der Typ macht die Augen nicht auf. Bleib da, okay?«

Vinny ging zum Kofferraum des Le Baron, nahm den Koffer heraus und ging mit großen Schritten durch die Tür des Restaurants.

»Er ist jetzt mit dem leeren Koffer in die Pizzabude«, sagte Dante Jimmy.

»Woher weißt du, daß er leer ist?«

»Er hat ihn locker von einer in die andere Hand geworfen, er hat ihn sich unter den Arm geklemmt, um Himmels willen.«

Fünfzehn Minuten später sah Dante Vinny wieder aus der Pizzeria kommen und zum Chrysler gehen. Er benutzte jetzt beide Hände, um den Koffer zu schleppen, der immer wieder gegen sein Bein schlug.

»Er ist jetzt wieder draußen, geht zu dem Wagen zurück, und der Koffer ist voll, Mann.«

»Woher weißt du das?«

»Woher ich das weiß, woher ich das weiß? Ey, glaub's mir einfach, okay? Der Typ hat hier gerade was abgeholt, und was immer es ist, es wiegt eine Tonne.«

»Willst du ihn dir greifen?«

»Ich hab gerade dasselbe gedacht.«

»Vielleicht ist es ja nichts«, sagte Jimmy.

»Ich sag dir, was es nicht ist, es sind keine zehn Pizzas mit extra Käse und Zwiebeln.«

»Greifen wir ihn uns«, sagte Jimmy.

Ungefähr eine Minute verging. »Er hat den Koffer in den Kofferraum gepackt. Was meinst du, wir lassen ihn noch an der langen Leine, bleiben an ihm dran, sehen mal, was er noch vorhat?« Dante dachte: Ich bleib bis Weihnachten an dir dran, du ausgebuffter Dreckskerl.

»Du sagst, wann«, sagte Jimmy. Rapino wirkte jetzt unsicher, drehte sich um, schaute die Straße rauf und dann runter, nahm das Bild des typischen italienischen Viertels in sich auf, mit seinen Salumerias, Konditoreien, Schweinemetzgereien, Cafés, dem einen Reisebüro, in dessen Schaufenster die Wunder von Rom, Florenz und Venedig beworben wurden.

»Nur verlieren sollten wir ihn nicht«, sagte Dante.

Eine ältere, ganz in Schwarz gekleidete Frau kam langsam die Straße herunter; sie sah Dante an, der in seinem Wagen saß, drehte sich um und schaute fort. Diese Italienerinnen aus den Vierteln waren eine besondere Gattung, trennten sich von der Wirklichkeit der Leben ihrer Männer, hielten ihre Männer für Don Quichottes der Unterwelt, die ihre Paten-Nummern abzogen. Was war mit diesen Leuten nur los?

Seine eigenen Großeltern kamen aus einer armen Stadt südlich von Neapel. Sie hatten bei der ersten sich bietenden Gelegenheit das Land verlassen und mit Anfang Zwanzig die Staaten erreicht. Er hatte sie nie kennengelernt, beide starben im Abstand von einer Woche an Diphtherie, bevor seine Mutter zehn war. Eine Arme-Leute-Krankheit, erklärte seine Mutter, ihre Eltern waren an Armut gestorben. Sie hatte keine weiteren Verwandten, folglich wuchs sie in Heimen auf, und als Kind hörte er endlose Geschichten von Kummer, Leid und Verbitterung, Geschichten über die Kindheit seiner Mutter, daß sie allein in dieser Welt gelassen worden war, wo sie für sich selbst sorgen mußte. Sie ließ wenig Zweifel, daß sie unbedingt hatte heiraten wollen, um jemanden zu finden, dem sie Liebe schenken konnte und von dem sie geliebt wurde, jemand, der ihr die Familie gab, die sie brauchte.

Mit siebzehn lernte sie seinen Vater kennen, heiratete ihn und löste sich sofort von ihren italienischen Wurzeln. Anders hätte Big Dan es auch nicht zugelassen. Und so gewöhnte seine Mutter sich an ein Leben mit einem Mann, der ein bigotter Rassist war, ein Mann, der niemals ein gutes Wort über Kanaken oder Itaker verlor. Folglich gab es null Italienisches in seinem Leben, abgesehen von Dante, dem Namen seines Großvaters, ein Name, auf dem seine Mutter bestand und der ihm zu geben ihr erst nach wahren Schlachten mit Big Dan erlaubt wurde.

Der Name paßte irgendwie gar nicht zu ihm. Er war kein Italiener, hatte sich nie wie einer gefühlt, was immer es auch für ein Gefühl sein mochte, Italiener zu sein. Andererseits wuchs in letzter Zeit eine merkwürdige Neugier in ihm. Nein, eigentlich nicht merkwürdig, sondern eher unheimlich. Wenn er allein war, konnte ein Lied wie »Sorrento« ihm das Herz brechen. Dann kramte er ein Foto von seinen Großeltern heraus, warf Pavarotti auf den Plattenteller und geriet in eine so melancholische Stimmung, daß er schon glaubte, den Verstand zu verlieren. Ja, es war komisch. Dann schwebte das Gesicht seines Vaters wie eine Wolke vor seinem Kopf, und alle Verbundenheit mit Italien verschwand. Verdammt, Mann, es war sein Schicksal, der gehorsame Sohn eines Vollblut-Iren zu werden, eines zum Cop geborenen Mannes, eines Mannes, der seinen Körper und seine Seele geformt hatte, um sein Spiegelbild zu sein, um seine Vorlieben zu reflektieren und seine Härte zu propagieren, um sein Talent zu bestärken, zu trinken und hinter den Frauen her zu sein und überall Ärger zu machen. Der liebe alte Dad.

»Hey, Dante«, kam Jimmys Stimme aus dem Funkgerät, »was ist mit dem Mercedes?«

»Liest du meine Gedanken?« fragte Dante.

Er nahm das Funkgerät und stellte sich zur Observierungswohnung durch, hoffte, Ray zu erwischen, und bekam Kathy. Er schob Gedanken an seinen Vater, seine Mutter und sein Leben aus seinem überlasteten Kopf und gab Kathy den Namen und die Anschrift der Mietwagenfirma durch, wo Vinny den Mercedes hatte stehen lassen. Sagte ihr, sie solle losfahren und den Wagen im Auge behalten, bat sie, Ray zu sagen, er solle in der Wohnung bleiben.

Kathy sagte: »Ray ist weg.«

»Was meinst du damit, er ist weg?«

»Weg, er ist gegangen, hat gesagt: Bye, ich arbeite nicht mehr an dem Fall.«

»Willst du mich verarschen?«

Inzwischen folgten sie dem Chrysler auf dem Long Island Expressway Richtung Osten, durch Meilen dichten Verkehrs, inmitten von Wagen, die sich Stoßstange an Stoßstange voranquälten, die New Yorker Rush-hour. Leute auf dem Nachhauseweg, raus in die Vororte zu ihren Neubaureihenhäusern, einem Abend ausgefüllt mit Unkrautbekämpfung und Little League. Dante dachte, genau da solltest du jetzt auch hinsteuern, Kumpel, zu einem normalen, anständigen Leben. Dann dachte er, ey, du hast es versucht, aber irgendwie hat es nicht geklappt. Plötzlich fühlte er eine Woge der Hoffnungslosigkeit über sich hereinbrechen, ein Gefühl wie ertrinken, als wäre er gerade über Bord gegangen und würde fortgerissen in einem eiskalten Meer. Fetzen seines Lebens rasten vorbei und machten ihn nicht glücklich, machten ihn ganz und gar nicht glücklich. Er gab sich einen Ruck. Er funkte Jimmy an, fragte ihn rundheraus, ob er wisse, was zum Teufel mit Ray los war?

»Ich könnt's nicht mal raten«, meinte Jimmy.

Da er jetzt vorausfuhr, drei Wagen hinter dem Chrysler, sagte Jimmy: »Rapino biegt jetzt auf den Grand Central ab, Richtung City.«

»Ich hab mich gerade bei Kathy gemeldet, hab ihr gesagt, sie soll den Mercedes überwachen. Und hör dir das an, Ray ist weg.«

»Was meinst du damit, er ist weg?«

»Er hat Kathy gesagt, er macht Schluß, er ist fertig, er arbeitet nicht mehr an dem Fall. Ohne Grund, ohne Erklärung. Er war ganz ruhig, hat Kathy gesagt.«

»Hm.«

»Ist das alles, was du dazu zu sagen hast?«

»Was soll ich denn sagen?«

»Hör zu, ich raste langsam aus bei dem Kerl. Ich denke, der Bursche ist übergeschnappt oder was weiß ich. Er war in letzter Zeit ziemlich komisch.«

»Komisch, ja, genau das ist Ray«, sagte Jimmy.

Dante manövrierte seinen Wagen so, daß er sich auf einer Höhe mit Jimmy befand. Zwischen ihnen und dem Chrysler waren jetzt mehrere andere Autos. Sie wechselten einen kurzen Blick; Jimmy hob die Hände vom Steuer und zuckte die Schultern: Ich hab auch keine Ahnung.

Dante deutete auf den Chrysler, Rapino beschleunigte, gab richtig Gummi, wechselte dauernd die Spuren, machte die Fliege.

Sie folgten dem Chrysler über die Triborough, passierten die Mautstelle und fuhren weiter auf den FDR Richtung downtown. An der Fifty-third Street bog er ab, raste zur First Avenue, bog rechts ab und dann wieder links auf die Fifty-seventh, und weiter ging's quer durch die Stadt nach Westen.

Dante blieb an ihm dran, fragte sich, warum Ray das Schiff verlassen hatte, erinnerte sich dann, daß Ray nicht besonders gern mit einer Frau zusammenarbeitete. Vermutlich hatte er mit Kathy angeeckt. Vielleicht war es nur eine impulsive Reaktion, und am Ende kehrte er dann doch wieder zum Team zurück. Wenn man zehn, zwölf Stunden am Tag mit einem Partner arbeiten mußte, dann war's die reine Hölle, wenn man nicht miteinander klarkam. Dante fand, daß er Ray am besten ausfindig machte und ihn dazu brachte zurückzukommen. Himmel, sie brauchten ihn. Dieser gottverdammte Puertoricaner-Macho, kann nicht mit einer Frau zusammenarbeiten. Was für eine Scheiße war das?

Vinny fuhr die Fifty-seventh Street rauf bis zu einem Parkhaus zwischen Fifth und Sixth Avenue. Dante hielt an und parkte unmittelbar vor der Parkhauseinfahrt am Bordstein. Jimmy hielt auf der gleichen Straßenseite ein Stück weiter hinter der Zufahrtsrampe.

Dante drehte den Zündschlüssel und wartete. Was, wenn Rapino wieder die Autos wechselte und die andere Ausfahrt auf die Fifty-eighth Street nahm? Er hatte auch früher schon solche Typen beschattet, clevere Burschen, die ein zweites und drittes Fahrzeug bereitstehen hatten. Durchaus denkbar, daß dieser Rapino richtig ausgebufft war. Und er dachte, hey, Mr. Ausgebufft, was hast du in dem Koffer? Drogen? Die Paradisos hatten mit Drogen nichts zu tun. Es sah aus, als wiege das Ding eine Tonne. Und wenn es keine Drogen waren? Was dann? Geld? Maaaaann, wenn sich in diesem Koffer Geld befand, dann redeten wir hier von einem ganzen Haufen Kohle. Dante schüttelte heftig den Kopf, wie um ihn freizubekommen.

Er überlegte, was er machen würde, wenn er all den Kies hätte, den er brauchte. Reisen nach Rom, Venedig, Florenz und in die Stadt, in der seine Großeltern geboren waren. Sich irgendwo in Paris eine Mansarde suchen und die Memoiren von Big Dan O'Donnell schreiben, die Geschichte seines Vaters, die Geschichte der irischen Mafia im NYPD.

Dante wurde einen Moment von einer mageren, älteren Frau abgelenkt, die ihn durch die Windschutzscheibe anstarrte. Sie hatte eine Omabrille auf der Nase und machte ein finsteres Gesicht, und sie trug zwei Einkaufstüten gefüllt mit wer weiß was. An den Füßen hatte sie einen roten und einen schwarzen Turnschuh, über der Schulter hing, wie ein Cape, ein olivgrüner Herrenregenmantel, der ungefähr vier Größen zu groß für sie war. Sie deutete auf ein Halteverbotsschild und spuckte aus. Dante strich sich mit einer Hand über den Mund und schnaubte. Er sah an der Frau vorbei zur Parkhauseinfahrt, und, Scheiße, hier kam Vinny Rapino, marschierte genau auf ihn zu. Die Frau kam zu Dantes Wagen herübergeschlendert und schlug mit der Faust aufs Dach. Entnervt drehte er sich fort. Die Frau schlug wieder auf das Auto ein.

Dante öffnete das Fenster auf der Fahrerseite und rief nach draußen: »Kenne ich Sie, Lady?«

»Du blöder Trottel, kannst du nicht lesen? Du kannst hier nicht parken.«

Rapino war jetzt vielleicht noch zwanzig Schritte entfernt, stand am Bordstein, beobachtete den dichten Verkehr, suchte nach einer Lücke, um die Straße überqueren zu können. Als die Frau losbrüllte, drehte er sich um.

»Dummer Trottel, du kannst hier nicht parken«, Peng! hämmerte sie wieder auf das Dach. Dante sah, daß sie ziemlich angetrunken war. Er gab's auf, kurbelte die Seitenscheibe hoch und funkte Jimmy an.

»Du wirst zu Fuß weitermachen, oder soll ich das übernehmen?« fragte er.

»Ich gehe«, sagte Jimmy.

»Ich halte die Augen nach dem Chrysler auf, und falls er rausgefahren wird, hänge ich mich dran.«

»Gut, gut. Vielleicht sollten wir Verstärkung anfordern.«

»Noch nicht. Laß uns erst noch was abwarten.«

Dante suchte die Straße ab. Alle Passanten gingen flott dahin, gutaussehende Menschen, ausgezeichnet gekleidet.

Wahrscheinlich die bestgekleideten und bestaussehenden Leute in New York auf der Fifty-seventh Street unterwegs Richtung Fifth Avenue. Dann blieb sein Blick an der obdachlosen Frau hängen, die nun zum Fenster auf der Beifahrerseite marschierte, einen Arm ausgestreckt, immer noch auf das Verkehrszeichen zeigend. Plötzlich ließ sie sich auf ein Knie sinken, wie ein Priester vor dem Altar, umklammerte ihren Mantel und stürzte nach vorn, knallte mit dem Gesicht auf den Bürgersteig, zappelte herum wie ein Lachs am Strand, trat mit den Füßen und stieß einen Schrei aus, der jedem im Umkreis von fünfzehn Metern einen fürchterlichen Schrecken einjagte.

Passanten blieben stehen, aber nur Dante ging zu ihr. Die Frau gab einen empörten Zischlaut von sich und schüttelte verwirrt den Kopf.

»Ganz ruhig, keine Panik«, sagte Dante. »Ich rufe Ihnen Hilfe.«

Er klang, wie er immer klang, wenn er Cop spielte: wie ein Erwachsener, der ein kleines Kind beruhigen wollte. Er berührte ihre Schulter und legte den Kopf schief, versuchte, verschmitzt und charmant zugleich zu sein. »Das wird schon wieder«, sagte er.

»Ach, ja?« sagte die Frau. »Was wollen wir wetten?«

Ihre Stimme war angespannt und belegt. Dante hockte sich neben sie. »Wie heißen Sie? Wo wohnen Sie?«

Die Frau formte mit den Lippen: *Bitte, laß mich in Ruhe. Laß mich bitte in Ruhe.* Sie sah angespannt und irre aus, als sich nun ein schrilles Lachen aus ihrer Kehle löste. Dante ging zu seinem Wagen, rief die Zentrale der Abteilung für verdeckte Ermittlungen und bat den diensthabenden Beamten, ihn mit dem Revier Midtown South zu verbinden, sagte dem Diensthabenden in der Zentrale, er solle einen Streifenwagen und eine Ambulanz zur Ecke Fifty-seventh und Fifth schicken, vor Hausnummer 775 Fifty-seventh Street.

Die Frau starrte die Passanten an, blickte von einem Gesicht zum nächsten, dann griff sie sich Dante heraus, als der sich wieder neben sie hockte, zögerte, als kenne sie ihn von irgendwoher, sei aber nicht ganz sicher, woher. Sie sagte: »Bist du 'n Bulle? Ich kenne dich, du singst in der Oper.« Dann zog sie ein Rasiermesser aus der Tasche und fuchtelte wild damit herum. Dante zuckte zurück, als hätte ihm jemand ins Gesicht geschlagen, sprang auf die Füße. Er wirbelte herum und riß die Hand zur Wange hoch. Alle, die dort gestanden hatten, schrien auf und liefen weg, die Frau saß jetzt mit einem verdutzten, mißmutigen Gesichtsausdruck in völlig normaler Haltung da, saß einfach da, als sei sie tief in Gedanken versunken, das Rasiermesser in der Hand.

Erst als er die Sirenen näherkommen hörte, erwachte Dante aus seiner Paralyse. Er schaute sich um, hielt sich immer noch die Wange, fragte sich, ob sein Gesicht noch da war. Er bemerkte Jimmy hinter sich, den Mund sperrangelweit aufgerissen, als hätte er einen Bauchschuß abbekommen, er starrte ihn mit seinen großen, blauen Augen an, sah wirr und aufgedreht und entsetzt aus.

»Hat sie dich verletzt? Hat dich dieses Miststück mit dem Messer verletzt?«

»Nein, aber es war knapp.«

»Was hat dich überhaupt geritten, dich neben diese Irre zu hocken? Wo ist dein Verstand geblieben?«

Er beobachtete, wie die Frau auf den Krankenwagen zu schwankte, links und rechts ein Cop, und fragte sich, wo die Rasierklinge geblieben war, wer die Frau war, warum sie ihn verletzen, ihn umbringen wollte. Er hörte Jimmy reden. »Was hältst du deine Wange?« War mit Gedanken zu beschäftigt, um darauf antworten zu können.

»Hast du Rapino gesehen?« fragte Jimmy. »Hä? Ich hab ihn in dem Gebäude verloren, hast du ihn rauskommen sehen?« Dante hörte die Sirenen, dann lachte jemand, dann wieder: »Hast du ihn rauskommen sehen? Ich hab ihn verloren.« Jimmy ließ nicht locker, trotz seines Schweigens, sprach langsam und bedächtig, als sei Dante zehn Jahre alt. »Ich bin ihm in dieses Bürogebäude da gefolgt. Hab gesehen, wie er in einen Fahrstuhl gegangen ist, und dann hab ich ihn verloren. Ich hab' im Foyer gewartet, hab ihn aber nicht mehr runterkommen sehen. Ich dachte mir, du würdest ihn sofort entdecken, falls er unbemerkt an mir vorbeigekommen sein sollte. Wie bist du in diese Straßenscheiße reingeschlittert? Was hast du dir dabei gedacht? Dante! Alles in Ordnung?« Er spürte, wie Jimmy nach seinem Arm griff, ihm ins Ohr brüllte: »Hallo, irgendwer zu Hause? He, kannst du mal eine Sekunde zurück auf den Teppich kommen? Yo, Kumpel, ist alles klar?«

»Das Miststück hat versucht, mich umzubringen. Ich wollte ihr doch nur helfen, und sie hat versucht, mir das Gesicht aufzuschlitzen.«

Jimmy streckte eine beruhigende Hand aus, legte sie auf Dantes Schulter. »Ruhig, Kumpel, ganz ruhig. Du bist okay, dir geht's gut.«

»Dieses erbärmliche Miststück hätte mein Gastspiel auf diesem Planeten hier und jetzt beenden können«, fauchte Dante. Er streckte die Arme aus, als wolle er jemanden erwürgen. »Dieses durchgeknallte Miststück.«

Dann ging sein Pieper los.

Dante stieg wieder in seinen Wagen und benutzte das Handy. Er erwischte Kathy. Sie war in Queens, parkte ein Stück die Straße hoch bei der Mietwagenfirma. Er sagte, sie solle dort warten. »Rühr dich nicht von der Stelle, wir haben Rapino verloren. Sollte er auftauchen, häng dich an ihn und halt Verbindung zu uns.«

»Kommt ihr hier raus?«

»Ich oder Jimmy, einer von uns beiden.«

»Komm du.«

»Ich oder Jimmy, ich hab's dir doch gesagt. Einer von uns wird bald dort sein.«

»Hör zu, es ist nichts Weltbewegendes, aber ich will dich sehen, okay?«

»Ach ja?« sagte Dante mit unechter Heiterkeit. Er wußte nicht, was er sonst sagen sollte.

»Genaugenommen fühle ich mich beschissen.«
»Wo liegt das Problem?«
»Keine Ahnung.«
»Hat's irgendwas mit dem Fall zu tun, mit der Arbeit, oder was?«
»Ja, vermutlich – nein. Ich weiß nicht.«
»Kathy, ich rede hier von einem Handy aus. Was ist los?«
Schweigen. »Ich fühl mich nur allein gelassen«, sagte sie.
»Was zum Teufel redest du da?«
»Einsam, ich fühle mich einsam.«
Ein langes Schweigen, vielleicht dreißig Sekunden Stille.
»Paß auf, in zwanzig Minuten, einer halben Stunde, je nach Verkehr, ist einer von uns beiden bei dir. Rühr dich einfach nicht da weg, einer von uns wird zu dir kommen.«
»Du«, sagte sie. »Komm du her.«
»Ich werd's versuchen.«
Dante beendete das Gespräch und dachte, daß er nicht über diese Unterhaltung nachdenken wollte, was ihn wieder dazu brachte, über Ray nachzudenken und warum der Typ es nicht ausstehen konnte, mit Frauen zu arbeiten.

Nachdem er mit Jimmy an seiner Seite in das Parkhaus marschiert war, schnappte er sich den Parkhausmanager. Dante vermutete jedenfalls, daß der Bursche der Manager war, weil er eine graue Arbeitermontur mit dem Aufdruck *Manager* auf der Brusttasche trug. Ein junger Bursche, vielleicht fünfundzwanzig, schulterlanges Haar und unruhige Augen, mit tiefen Falten auf der Stirn und einem Klemmbrett in der Hand. Dante zeigte ihm seine Dienstmarke und sagte: »Was dagegen, wenn wir uns mal umschauen? Ich will meinem Partner den schwarzen BMW zeigen, der bei Ihnen steht.«
»Welchen?«
»Den schwarzen.«
Jimmy ging zum Treppenhaus, das in die Tiefgarage hinunter führte. »Wir werden ihn schon erkennen, wenn wir ihn sehen«, sagte er. Dante folgte ihm.

Der Manager rührte sich nicht und schmollte, wollte sie nicht vorbeilassen, hatte aber nicht den Mut einzuschreiten.

Der Chrysler stand auf der dritten Ebene, ganz für sich allein und ganz hinten in einer Ecke. Dante versuchte die Türen zu öffnen: Sie waren abgeschlossen. Er hockte sich neben den rechten Vorderreifen, nahm ein Messer heraus und stach zu. Jimmy übernahm den hinteren linken Reifen und das Rücklicht, damit sie den Wagen leicht erkennen konnten, falls sie ihm nachts folgen mußten. »Zwanzig Mäuse die Stunde fürs Parken, du kommst zurück und stellst fest, daß du einen doppelten Platten hast und dein Rücklicht zerbrochen wurde, kannst du so was fassen?« sagte Dante. »Was für eine Stadt.«

Sie kehrten zur Hauptebene zurück und gingen an dem Manager vorbei, wobei Jimmy dem Burschen zum Abschied noch einmal überschwenglich zuwinkte.

Dante stieg in seinen Wagen und rief das Büro an, während Jimmy sich durch die offene Tür hereinlehnte, die Hände auf dem Dach gefaltet. Mit einem Auge behielt er die Parkhauseinfahrt im Auge, während Dante die bisherigen Ereignisse an Inspector Martin durchgab.

Nachdem er den Inspector ins Bild gesetzt hatte, sagte Dante: »Boss, irgendwer sollte diese Karre im Auge behalten. Es könnte hier was laufen.«

»Ich will dir mal was sagen«, sagte Inspector Martin. »In diesem Koffer könnte sich buchstäblich alles mögliche befinden.«

Dante lehnte sich zurück und nickte zustimmend. »Sie haben recht«, sagte er.

»Verdammt, weißt du noch, vor fünf Jahren, da haben wir Leichenteile von diesem Rammino-*capo* in drei verschiedenen Koffern gefunden.«

»Was meinen Sie? Wie wär's mit einem Durchsuchungsbefehl?«

»Ich glaube kaum, daß ihr ausreichend Gründe für einen Durchsuchungsbefehl habt. Warum observieren wir die

Karre nicht einfach?« Der Inspector versprach, ein Team vorbeizuschicken.

»Übrigens«, sagte der Inspector, »euer Partner Velasquez hat zwei Wochen Urlaub beantragt. Hat gesagt, seine Frau und beide Kinder hätten sich einen Virus eingefangen, oder so was. Ich konnte nicht nein sagen, wir schulden ihm sechs Monate Überstundenausgleich. Wenn er frei haben will, werde ich ihm wohl frei geben müssen. Falls ihr sonst noch Hilfe bei dem Fall braucht, laßt es mich wissen. Ich hab hier drüben Leute, die tun nichts anderes als Kreuzworträtsel lösen. Wenn ihr jemanden braucht, gebt einfach Bescheid.«

»Ja, ja, vielleicht. Ich weiß nicht, wir werden sehen. Wenn wir Hilfe brauchen, werd ich Sie es wissen lassen.«

»Ist mit dir alles in Ordnung, Dante?«

»Aber immer, warum fragen Sie?«

»Keine Ahnung, hab nur gehört, daß du womöglich Ärger zu Hause hast.«

»Wer hat Ihnen das gesagt?«

»Du selbst.«

»Ich war betrunken.«

»Falls du Hilfe brauchst, laß es mich wissen, alles klar?«

»Klar, Boss. Ich geb Ihnen Bescheid.«

Jimmy steckte sich eine Zigarette an. »Ich erwähne es ja nur sehr ungern, aber wo steckt Rapino?«

Dante und Jimmy wechselten Blicke. Dante schüttelte schnell den Kopf. »Wie konntest du ihn nur verlieren?« fragte er, worauf er lediglich ein Schulterzucken von Jimmy erhielt.

»Ich sag dir was«, sagte Dante. »Warum bleibst du nicht hier, bis das Team aus dem Büro aufkreuzt. Ich fahr rüber nach Queens zu Kathy. Wir bleiben bei dem Mercedes.«

»Und wenn das Team aufgekreuzt ist?«

»Dann setzt du dich mit uns in Verbindung, wir werden bei dem Mercedes sein, wo der auch hinfährt, wir bleiben dran.«

»Ey«, sagte Jimmy. »Was, wenn in dem Koffer eine halbe Million liegt?«

Dante hob einen Finger an die Lippen. »Pssst. Ich will gar nicht erst drüber nachdenken.« Er hatte selbst schon darüber nachgedacht und sich gesagt: Vergiß es. Daß Jimmy das jetzt erwähnte, war schon ein bißchen merkwürdig, aber in letzter Zeit gab es verflucht viel, das unheimlich war an Jimmy Burns.

Jimmy ging neben Dantes offener Wagentür in die Hocke. »Hör zu«, sagte er, »ich hab da ein paar persönliche Sachen, um die ich mich kümmern müßte. Was meinst du, wenn das Team auftaucht, nehm ich mir ein paar Stunden frei, anschließend setz ich mich mit euch in Verbindung, ist das okay?«

»Jimmy, wir sind nur zu dritt, ich, du und Kathy.« Dante starrte ihn an, fragte sich, ohne es eigentlich zu wollen, was Jimmy auf den Nägeln brannte.

»Dante«, sagte Jimmy, »es sind ein paar wirklich wichtige persönliche Dinge, um die ich mich kümmern muß.«

»Ach, ja? Was denn zum Beispiel?«

Jimmy stand auf. »Ey, muß ich dir jede Kleinigkeit aus meinem Leben erzählen? Es ist was Persönliches, es hat was mit dieser Frau zu tun, mit der ich gehe. Ihre Mutter ist im Krankenhaus und liegt im Sterben. Ich hab versprochen, daß ich sie zu ihrer Mutter begleite, okay?«

»Dann geh.«

»Mein Gott.«

»Du mußt tun, was du tun mußt, wenn du's tun mußt«, sagte Dante laut, hörte selbst, wie hohl es klang, war erstaunt, daß er noch nie was von dieser Frau gehört hatte.

»Ich muß gehen«, sagte Jimmy. »Ich warte hier auf das Team, dann muß ich weg. Es wird nicht lange dauern, nur ein paar Stunden, nicht länger.«

Dante nickte, beobachtete ihn; ihn schwindelte.

»Ey, wie oft hab ich dir den Rücken freigehalten?« setzte Jimmy nach. »Es wird nicht lange dauern, ich melde mich.«

»Schön«, sagte Dante.

Anderthalb Stunden später folgte Dante dem Mercedes, nachdem er ihn am Nestor Club wiedergefunden hatte. Kathy hatte über Funk durchgegeben, daß Rapino mit einem Taxi zurückgekehrt und schnurstracks zu dem Mercedes gegangen war. Sie folgte ihm dann von der Mietwagenfirma aus. Sie hängte sich an Rapino und blieb an ihm, bis er den Nestor Club erreichte, dann suchte sie sich einen Parkplatz, von wo aus sie alles im Auge behalten konnte. Dante wartete bereits, als sie ankam.

Sie parkten an entgegengesetzten Enden des Blocks, unterhielten sich über Funk und beobachteten, wie Vinny Rapino aus dem Wagen sprang und in ziemlicher Eile über die Straße zum Nestor Club zischte. Fünf Minuten später kam er mit Bruno Greco und JoJos Schwager im Schlepptau wieder heraus. Dante rutschte auf seinem Sitz weit nach unten und drehte sich fort, beobachtete das Trio aus den Augenwinkeln heraus, als sie losfuhren und vor Kathy in ihrem blauen T-Bird großkotzig wendeten. Dann setzten er und Kathy die Beschattung fort.

Für Barry Cooper war das Leben, für das er sich entschieden hatte, wie eine Parodie von Normalität, genau wie Robin, seine Frau, mit ihren Gib-mir-zeig-mir-kauf-mir-Imperativen eine Parodie einer Ehefrau war. Robin gab aus, was er reinbrachte; er hätte es nicht für möglich gehalten, aber sie zeigte ihm, wie es ging.

Zwischen seiner zum Einkaufen geborenen Ehefrau und seinem debilen Bruder fand Barry sich in einer riesigen Klemme wieder. Und als er jetzt in der Oyster Bar des Plaza Hotel saß und Campari Soda schlürfte, eines von JoJos Lieblingsgetränken, war er zutiefst davon überzeugt, daß sich alles in Scheiße verwandelt hatte.

Um das durchzuziehen, was er ursprünglich geplant hatte, war Phantasie und Chuzpe erforderlich, und Barry begann jetzt, sechs Monate nachdem er diesen Deal mit den

Feds gemacht hatte, zu argwöhnen, daß ihm beides in ausreichendem Maße fehlte. Dieses Kooperationsabkommen war ein bißchen viel, es veränderte sein Leben auf höchst dramatische Weise.

Sicher, wenn er den Bundesagenten glauben schenkte, dann konnte er sich und Michael vor einer Gefängnisstrafe von tausend Jahren bewahren. Und vor einer Geldstrafe, vergessen wir hier nicht die Geldstrafe, eine Geldstrafe, deren Höhe der nationalen Verschuldung Polens entsprach. Er betete, daß Michael, mieser Bastard, der er war, zu würdigen wußte, was er getan hatte.

Jedenfalls, als die Bundesagenten an ihn herantraten und ihren Vorschlag machten, glaubte er, sämtliche damit verbundenen Probleme durchschaut zu haben. Seine Zulassung als Anwalt hätte sich erledigt; damit konnte er leben, seine anwaltliche Praxis war ohnehin nicht der Rede wert, er hatte keine anderen Mandanten als den Paradiso-Clan. Seine Ehe würde *fini* sein, aus, vorbei, Geschichte – was ihm das Herz brechen würde, er liebte diese Frau. Aber Robin würde die Sache mit dem Zeugenschutzprogramm schlicht und einfach nicht mitmachen. Andererseits, wenn man verlorene Liebe verglich mit fünfzig Jahren, während denen man aus großen Steinen kleine Steine machen durfte, dann erschien die Alternative gleich etwas weniger schmerzhaft. Und natürlich würde er gezwungen sein, in einen anderen Staat zu ziehen; er hatte sich sofort entschieden: Vergiß eine andere Stadt. Ein anderer Staat – nein, er würde das Land verlassen müssen, um Himmels willen. Zugegeben, die eine positive Seite war wesentlich – nein, monumental. Dennoch mußte er mit den negativen Aspekten irgendwie umgehen, und an diesem Punkt, als er in der Bar saß, den Kopf in die Hände gestützt, da hatte er keinen blassen Schimmer, wie er damit jetzt klarkommen sollte.

Er wußte nicht, was er vom FBI halten sollte. Manchmal waren sie so verständnisvoll und besorgt, wie er es sich nur wünschen konnte, besonders während der anfänglichen

Treffen. Wenn er sich nach seiner neuen Identität erkundigte, ob sie überzeugend sein würde, ob er einen Paß bekommen und reisen könnte, wohin er auch reisen wollte? Oh, sie gaben sich ganz entspannt und zuversichtlich. Er konnte hingehen, wohin er wollte. Ja, ja, sogar auf diese Insel vor der Küste Thailands. Und übrigens, sagte der verantwortliche Agent, wir haben auch eine Außenstelle in Bangkok, unser dortiger Mann wird mehr als erfreut sein, ihnen bei allem zur Seite zu stehen, was sie benötigen.

Es war sicher richtig, daß die Agenten des Bureau und der U. S. Attorney wenig taten, um ihren gemeinsamen Haß auf Michael zu verbergen. Wo er doch jahrelang mit all diesen südamerikanischen Drogenbaronen rumgemacht hatte, und Barry vermutete, daß sein Bruder auch mit dem einen oder anderen korrupten mexikanischen Regierungsbeamten Geschäfte gemacht hatte. Das mit den Drogen schien die Agenten gar nicht sonderlich zu stören, aber die Sache mit dem antiamerikanisch eingestellten Regierungsbeamten, das nahmen sie ihm krumm.

Im wesentlichen ging es natürlich um Joseph und Salvatore Paradiso. Wenn er ihnen die zwei bringen konnte, würden er und sein Bruder ungeschoren die Fliege machen können. Die Frage, die Barry Michael gestellt hatte, hätte man sie lange genug allein gelassen, so daß er eine Frage hätte stellen können, lautete: Wieso hast du denen gesagt, wir könnten die Paradisos an Land ziehen, und noch schlimmer, wieso hast du deinen eigenen Bruder in die Pfanne gehauen, als sie dich geschnappt haben? Womit, fragte sich Barry, hatte er so was verdient?

Als er sich mit den Agenten getroffen hatte, die in Zukunft seine Kontaktleute sein würden, und ihm gesagt wurde, was man erwartete, da kam Barry sich vor, als hätte man ihn bereits als Leiche abgeschrieben. Als er sie jedoch zu Ende angehört hatte, sah er für einen flüchtigen Augenblick die Chance, dieses erbärmliche Leben hinter sich zu lassen, das er führte. Er würde nur Joseph Paradiso in die

Falle locken müssen. Zu blöd. Barry mochte ihn irgendwie. Andererseits, Michael mochte er mehr, und die Wahrheit war doch, dank seinem Bruder mußte er seinen eigenen Arsch schützen.

Also saß er jetzt in der Oyster Bar und machte Anstalten, sich gründlich zu besaufen, nachdem er gerade mit dem New Yorker Büro des FBI telefoniert hatte, um seinem Kontaktmann zu sagen, daß Vinny Rapino genau an diesem Nachmittag bestätigte, was Joseph Paradiso tags zuvor Barry vertraulich mitgeteilt hatte. Tatsächlich parkten einhundert Pfund Heroin in einem gemieteten Chrysler in dem Parkhaus gegenüber von seiner Kanzlei. Das FBI konnte den Wagen gar nicht übersehen. Er präsentierte es ihnen auf dem Silbertablett.

Barry fühlte sich beschissen. O wie mies er sich fühlte, wie er so an der Theke saß und beobachtete, wie dahinter ein hagerer Typ, genau wie er selbst, zwei britischen Geschäftsleuten Martinis einschenkte. Der Barkeeper und die Geschäftsleute registrierten Barry gar nicht, waren sich keine Sekunde bewußt, daß sie sich in Gesellschaft des Mannes befanden, der drauf und dran war, eine der großen Mafia-Familien zu stürzen. Er schämte sich, ihm war übel vor Angst. Er war krank vor Wut auf seinen Bruder Michael. Aber hauptsächlich hatte er Angst.

Dann dachte er an die eine positive Sache, an die anderthalb Millionen auf einem Schweizer Nummernkonto. Das Geld war dort von Michael für Barry deponiert worden. Was für ein anständiger Bruder er sein konnte. Schon bald, sagte er sich, wird es Palmen geben, warme Sandstrände und innerhalb eines Radius von fünftausend Meilen keine Pasta weit und breit. Er mußte nichts anderes tun, als diese Sache hier durchstehen. Sicher war es seine Privatmeinung, aber Barry Cooper war überzeugt, wenn er nur einen klaren Kopf behielt, würde schon alles gutgehen.

KAPITEL SIEBZEHN

JoJo stand hinter dem Haus seines Bruders am Strand und beobachtete drei Alte, die ein Stück weiter bis zu den Knien im Wasser standen und ruhig die Angel in die Brandung auswarfen. Er stand hier schon eine halbe Stunde, versuchte seine Gedanken zu sammeln und hatte beobachtet, wie sie einen Fisch gefangen hatten. Nicht gerade viel für den Aufwand, aber dennoch schienen sie mit der Welt in Frieden zu leben.

JoJo hatte beabsichtigt, im Haus zu bleiben, hatte dann seine Bedenken in den Wind geschlagen und einige Anrufe gemacht, war unruhig geworden und zum Wasser hinunter gegangen. Er fragte sich, wie Vinny mit Barry Cooper zurechtkam, wie Lilo mit Armond Rammino weiterkam. Er glaubte keine Minute daran, daß Lilo anständig werden und das Richtige tun würde. Trotzdem sah er, daß der Typ wegen der Drogengeschichte ganz aus dem Häuschen war – das Arschloch wollte immer mehr Geld.

Nachdem Vinny fort war, fuhr er mit Johns Wagen raus zu dem Münzfernsprecher und telefonierte mit Spanien, brannte darauf, daß Luis in Gang kam, betete, daß er ihn erreichte. Er erwischte den Kubaner auf Anhieb, und es traf ihn fast der Schlag, als der Typ ihm locker und lässig erzählte, er werde morgen wieder in den Staaten sein. Ganz einfach, er würde in Boston landen, einen Wagen mieten und sich dann in Providence mit ihm treffen. Einfach so.

Jetzt ging er am Strand entlang, warf Steine ins Wasser und schaute zu, wie Seevögel herabstießen. Als John ihn fand, hob er gerade einen Stein von der Größe eines Fußballs hoch, überlegte, ihn ins Wasser zu schmeißen und die Fische zu verscheuchen, nur um mal zu sehen, ob er den Anglern eine Reaktion entlocken konnte.

»Anruf für dich«, sagte John. »Ich glaube, es war dein Freund von der Polizei. Wenn er dich hier angerufen hat, kann das Telefon doch nicht abgehört werden, stimmt's?«

»Meinst du?«

John klopfte mit dem Daumennagel auf seine Lippen, verschränkte den anderen Arm vor der Brust. »Mein Gott«, sagte er, »er ist ein Cop, oder? Er würde doch nie auf einer abgehörten Leitung anrufen.«

JoJo wollte schon die Ansicht kundtun, daß John ein absoluter Einfaltspinsel war, doch ehe er die Worte herausbekam, warf John die Arme um seinen Bruder und drückte ihn an sich.

»Wahrscheinlich hast du recht«, sagte JoJo, dachte, natürlich ist er ein Einfaltspinsel, aber immer noch mein Bruder. »Bist du sicher, daß er es war?«

»Ich habe seine Stimme schon lange nicht mehr gehört, aber ich hab sie wiedererkannt. Er hat gesagt, er würde in zwanzig Minuten wieder anrufen. Er war's doch, oder?«

»Wer?«

»Dein Cop-Freund, wie heißt er noch schnell?«

»Sag du's mir.«

»Fällt mir nicht mehr ein.«

»Gut.«

Eine Stunde später, im Kopf die Nummer, die Jimmy Burns ihm gegeben hatte, als er zurückrief, stand JoJo im Sonnenlicht vor seinem Lieblingsmünzfernsprecher. Also Jimmy – was zum Teufel war da los?

Die Nummer, die Jimmy ihm gegeben hatte, war verschlüsselt, ein Code, der mühelos zu knacken war, wenn jemand ein Interesse daran hatte. Man zog einfach jede Ziffer von zehn ab: Jimmy sagt 555-5444, er will, daß JoJo 555-5666 anrief.

»Was machst du?« fragte JoJo.

»Mit dir reden, das mach ich, aber vorhin bin ich deinem Wagen gefolgt, hab zugesehen, wie Vinny auf einen Mietwagen umgestiegen ist, und bin dann dem gefolgt.«

»Was?«

»Ja, genau, bin dem Mercedes mit Kid Rapino am Steuer gefolgt. Du weißt, ich arbeite mit Dante und allen an diesem Fall, es war total verrückt.« Eine lange Unterbrechung, und dann: »Was zum Teufel führt Rapino im Schilde? Kumpel, wir haben gesehen, wie er einen Koffer mit irgendwas drin geschleppt, ihn in den Kofferraum von diesem Mietwagen geschmissen und den Wagen dann in einem Parkhaus midtown abgestellt hat. Was ist los?«

JoJo biß sich auf die Unterlippe, drehte die Augen zum Himmel, überlegte, was er jetzt sagen sollte, wie er es sagen sollte. Verwirrt schüttelte er den Kopf. Er hatte nicht vor, Jimmy von all seinen Geschäften zu erzählen.

»Was los ist, ist mein Problem« – JoJo erinnerte sich, daß Jimmy immer noch ein Bulle war, fragte sich, ob sein Kumpel so was wie einen Schuldtrip durchmachte. Jimmy mit einem Gewissen konnte ihnen beiden Kummer ohne Ende bereiten.

»Deine Sache?« fragte Jimmy.

»Ja, meine Sache, es ist nichts, worüber du dir den Kopf zerbrechen müßtest. Es ist überhaupt nichts, das ist es.« Jimmy schwieg, und JoJo fuhr fort. »Ist das das große Problem, von dem du mir gestern abend erzählt hast?«

»Nein, nein, über das große Problem müssen wir sofort reden. Da ist dieser Cop, dieser Freund von mir. Er weiß, daß du mich neulich abends aus dem Chaplin's angerufen hast. Weißt du noch, Kumpel, weißt du noch, als du mich in meiner Wohnung angerufen hast? Dante hat gesehen, wie du telefoniert hast, und er hat's überprüfen lassen.«

»Dante hat's überprüft?«

»Nein, nicht Dante, ein anderer Typ, dieser Bursche, mit dem ich zusammenarbeite.«

»Er hat's Dante erzählt?«

»Nein, und er wird es Dante auch nicht erzählen, er hat mir sein Wort gegeben. Ich vertraue ihm. Sein Wort genügt mir.«

»Hast du ihm Geld gegeben?«

»Ray würde nie Geld annehmen. Wenn ich Ray Geld anbiete, würde er ausflippen.«

JoJo ließ einen Finger um das Schloß des Münzbehälters des Telefons gleiten. Als Kind konnte er diese Dinger im Handumdrehen knacken. An beiden Enden der Leitung Schweigen.

»Er würde ausrasten, wenn du ihm Geld anbietest, und diesem Trottel vertraust du?« sagte JoJo schließlich.

»Ja, tue ich.«

»Ich will, daß du herkommst. Komm, sobald es geht, okay?«

»Ja, ja, ich will ja, aber weißt du, die Sache ist die, Dante und diese Frau, mit der wir zusammenarbeiten, beschatten den Mercedes. Wohin fährt die Karre überhaupt?«

»Hierher, sie kommt hierher zurück. Ey, Kumpel, was zum Teufel ist los?« Sein Blick fiel auf zwei Teenies, die gerade aus einem roten, offenen Jeep stiegen. Mehr Schweigen und lautes Schnaufen. »Was ist los, mein Freund? Mir gefällt das nicht.«

»Ich will zu dir raufkommen, aber todsicher will ich den beiden anderen nicht über den Weg laufen. Wenn du verstehst, was ich meine.«

»Paß auf, du überlegst dir was. Du erreichst mich unter der anderen Nummer, im Haus meines Bruders. Aber ich will dich sehen.«

»Ich denke, wir müssen vorher noch über dieses andere Problem reden.«

»Noch eins?« JoJo hatte den Eindruck, daß die Frage Jimmy verdutzte und in Verlegenheit brachte.

»Ray. Dieses Problem, das Problem, das wir mit Ray haben.«

»Um Himmels willen, wer zum Teufel ist Ray?«

»Er ist der Typ, der deine Nummer überprüft hat.«

»Okay, okay. Also schieß los, mach schon, worauf zum Kuckuck wartest du noch? Schieß los, okay?«

»Ich bin etwas nervös, Kumpel, ich will hier keinerlei Mißverständnisse.«

»He, leck mich, okay? Wenn du mir was zu sagen hast, dann sag's mir. Was glaubst du denn, was ich mache? Ich bin nicht blöd. Komm schon, spuck's aus.«

»Weißt du, dieser Typ, mit dem wir zusammenarbeiten, dieser Ray. Ich glaube, er hat die Sache gecheckt.«

»Welche Sache?«

»Zwischen dir und mir.«

»Was?« Keine Panik, sagte JoJo sich.

»Also, er weiß, daß du mich angerufen hast und daß wir fünfzehn Minuten miteinander geredet haben.«

»Wir sind alte Freunde, um Himmels willen.«

»Richtig, genau das hab ich ihm auch gesagt. Aber, weißt du –«

»Wie heißt er? Ray wie?«

»Himmel, ich hasse es, am Telefon zu reden.«

»Ey, ich stehe hier an einem Münzfernsprecher. Wo bist du?«

»An einem sicheren Telefon.«

Schon vor Jahren hatte Jimmy ihm gesagt, daß es so etwas nicht gab, kein Telefon war sicher. Und er hatte ihm damals geglaubt, genau wie er ihm heute glaubte. Aber ihm platzte der Kopf, und er wollte diesen Anruf so schnell wie möglich beenden.

»Er heißt Ray Velasquez, ein echt guter Kumpel. Er arbeitet in unserem Büro. Wohnt oben in der Bronx, hat Frau und zwei Kinder. Ein guter Typ.«

JoJo dachte nach. Ich hab schon einen Haufen guter Typen aus erheblich geringeren Gründen den Bach runtergehen sehen.

»Wenn er so ein toller Typ ist, warum kannst du dann nicht einfach mit ihm reden? Leg ein paar Mäuse auf seinen Tisch, sag ihm, er soll sich einen neuen Fernseher kaufen oder irgendwas.«

»So ist er nicht.«

»In Ordnung, schön, was soll ich also tun?«

»Er kann nicht mehr länger in meinem Büro arbeiten. Der Bursche ist intelligent, er weiß, daß hier irgendwas nicht stimmt. Wenn er versetzt wird, weißt du, die Zeit vergeht, und er wird sich um andere Dinge kümmern müssen.«

»Kumpel, was soll ich tun?«

»Ich dachte mir, bei all den Leuten, die du so kennst, kannst du doch, du weißt schon, dafür sorgen, daß er versetzt wird, in eine andere Dienststelle kommt. Ich meine, der Typ ist ein Supertyp, aber ich will wegen ihm nicht im Knast landen.«

»Was bin ich denn, um Himmels willen, der Personaldirektor der New Yorker Polizei, oder was? Wie soll ich dafür sorgen, daß er versetzt wird?«

»Wie wär's mit deinem Anwalt-Freund? Er ist doch Ex-Staatsanwalt, hat alle möglichen Beziehungen im Department. So einer kommt an Leute ran, könnte ihn irgendwohin versetzen lassen, wo er keinen Schaden anrichten kann. Mensch, ich weiß auch nicht.«

»Gib mir noch mal seinen Namen.« JoJo zog Block und Bleistift aus der Tasche.

»Raymond Velasquez.«

»Wo wohnt er?«

»In der Bronx.«

»Ich brauche seine Adresse«, sagte JoJo.

Jimmy gab ihm Rays Adresse, seine Sozialversicherungsnummer und seine Dienstnummer, gab ihm das alles, als lese er es von einem Block ab.

»Okay, schön, schön. Ich werde sehen, was ich tun kann. Sag mir eins – und erzähl mir keinen Scheiß, okay? Wie groß ist das Problem, das dieser Bursche dir machen kann?«

»Wenn er wollte, könnte er meinen Arsch grillen.«

»Und du sagst, er ist ein Freund von dir?«

»He, der Typ kann nichts dafür, wie er ist. Ray ist ein superanständiger und gesetzestreuer Bürger, das ist alles.«

»Was fährt er?«

»Wozu willst du das denn wissen?«

»Komm schon, Jimmy, hör auf mit der Scheiße. Ich hab eine Million Sachen zu erledigen. Sag mir, was dieser Wichser fährt, ich muß alles über den Mann wissen, was ich kriegen kann. Du willst doch meine Hilfe, oder?«

»Er soll aus meinem Büro versetzt werden, aus meinem Leben verschwinden. Nicht mehr.« Es folgte eine lange Pause, bevor Jimmy sagte: »Er fährt einen roten Jeep.«

JoJo kamen die beiden Teenager in dem roten, offenen Jeep in den Sinn, und er lächelte süffisant. Er wollte Jimmy bitten, etwas genauer zu sein. Wann ging er immer zur Arbeit, wann kam er nach Hause? Hatte der Typ irgendwo eine Stammkneipe, hatte er eine Freundin? Vielleicht hatte er ja ein kleines Verhältnis? Jeder ging fremd. Er wollte so viele Informationen, wie er kriegen konnte, dachte dann aber, mit der Privatadresse und dem Wagen hatte er eigentlich genug. Ein roter Jeep, wer könnte den übersehen?

»Und JoJo«, sagte Jimmy, »und jetzt sage ich dir die Wahrheit –«

»Was denn, hast du bisher nicht die Wahrheit gesagt?«

»Du weißt, was ich meine. Ich will nicht, daß Ray irgendwas zustößt, er ist ein Freund, ein richtig guter Typ mit einer netten Familie.«

He, das interessiert mich einen Scheißdreck, hätte er am liebsten gesagt. Was er aber sagte, war: »Jimmy, für was hältst du mich eigentlich? Es ist nicht mein Ding, Cops umzulegen. Hältst du mich für geistesgestört?«

»Nein, nein, ich wollte nur sichergehen, daß du auch genau verstehst, worum ich dich bitte. Sorg dafür, daß Ray versetzt wird, daß er aus meinem Leben verschwindet.«

So sanft er konnte, sagte JoJo: »Ich verstehe dich, Jimmy, keine Angst. Ich werde mich darum kümmern, die Sache ist schon so gut wie erledigt.«

JoJo legte auf und starrte seine Schuhe an, in seinen Eingeweiden wühlte es. Jimmys gottverdammte Geschichte kommt mir so beschissen vertraut vor, was erwartete der

Kerl denn von ihm? Er faselte all die Scheiße über dieses und jenes, dieser Ray ist ehrlich wie nur was, ein richtig guter Typ, ein Familienvater. Tja, wer zum Teufel ist nicht Familienvater? Der Wichser war höchstwahrscheinlich ein Bastard ohne jeden Sinn für Humor, hatte es darauf abgesehen, Leute fertigzumachen, die lediglich versuchten, sich ihren Lebensunterhalt zu verdienen, nahm den Leuten ihre Freiheit, wollte die ganze Welt in die Mangel nehmen, nur weil er nicht den Mumm besaß, sich zu nehmen, was er brauchte, um in diesem beschissenen Leben klarzukommen. Ein Typ, der lieber einen mageren Gehaltsscheck kassierte, als sich das Leben lebenswerter zu machen. JoJo ging zum Wagen, dachte über Jimmy nach, über diesen Ray, er überlegte, daß er den Zwerg einsetzen würde, sollte doch der Zwerg sich um diesen Ray Velasquez kümmern. Bevor er in den Wagen seines Bruders einstieg, gähnte er, reckte sich, ging auf Zehenspitzen hoch, streckte die Arme in die Luft. Er warf einen Blick auf den Block, den er in der Hand hielt. Morgen würde er sich wieder mit dem Kubaner treffen, heute abend mit Bruno und Nicky. Der verfluchte Dante O'Donnell und diese Braut folgten Vinny. Was noch? *Scheiße* – was ging sonst noch ab, wovon er nichts wußte?

Er beschloß, ins Willows Restaurant zu gehen, an dem er auf dem Weg zur Telefonzelle immer vorbeikam, er würde dort reingehen und einen Fisch essen. John behauptete, es gäbe ausgezeichneten Fisch mit Fritten in diesem Willows. Himmel, er war in Rhode Island, also sollte er auch mal Fisch mit Fritten essen, und dazu wäre vielleicht ein Bier nicht schlecht. Er mochte diese Gegend, dieses Rhode Island, wie die Sonne hier aufging, das war schön, das machte alles so friedlich und sanft, so wie die Sonne über der Bucht aufging, richtig nett.

Dante folgte dem Mercedes in flottem Tempo in nördlicher Richtung auf der I-95. Kathy mit ihrem T-Bird hielt ganz gut mit und machte ihn jetzt zum drittenmal darauf aufmerksam: »Wir verlassen unseren Zuständigkeitsbereich, verlassen den gottverdammten Bundesstaat, es wird Zeit, daß wir jemanden informieren, was wir hier machen.« Es war vier Uhr nachmittags.

Als sie Westchester verließen und die Grenze nach Connecticut passierten, hatte er sich per Funk mit dem Büro in Verbindung gesetzt, und, da Inspector Martin nicht zu erreichen war, eine Nachricht bei einem Detective namens Michael Sweeney hinterlassen, einem der Verwaltungsbeamten. Er sagte dem Burschen, daß sie jemanden beschatteten und den Staat verlassen hätten.

»Wo fahren Sie hin?« wollte Sweeney wissen.

»Weiß nicht genau«, erwiderte Dante. »Ich glaube, Rhode Island.«

»Falls diese Person, der Sie folgen, sich auf dem Weg nach Kanada befindet, sollten Sie sich besser noch mal melden.«

»Wo ist der Boss?«

»Unten im Federal Building. Er hat einen Anruf erhalten und ist daraufhin wie ein geölter Blitz hier raus.«

»Richten Sie ihm was aus«, sagte Dante zu Sweeney. »Sagen Sie ihm, ich melde mich später wieder. Haben Sie eine Idee, was er bei den Feds macht?«

»Nee, wahrscheinlich ist er downtown, einen schlucken. Ich gehe nicht davon aus, daß er heute noch mal zurückkommt. Wenn Sie wollen, kann ich ihn anpiepen.«

»Ja – nein, ich piepe ihn später selbst an.«

»Ey, Sie wissen ja, daß Sie eine Erlaubnis brauchen, um den Bundesstaat zu verlassen, das wissen Sie doch, oder?«

»Beschattung bei Fluchtgefahr, Kumpel. Ich könnte diesem Typen bis zum Mond folgen, wenn ich müßte.«

Dante wechselte auf die linke Spur, holte bis zum Heck des Mercedes auf, zog dann vorbei, kehrte auf die mittlere Spur zurück, gab Gas, beschleunigte auf achtzig, um etwas Abstand zu Rapino zu bekommen. Kathy klebte jetzt hinter dem Mercedes. Dante beglückwünschte sich zu seinem Schritt, jetzt hatten sie Rapino in der Zange. Er fühlte sich ganz high von der Kameradschaft der Observierungsaktion, redete nun über Funk mit Kathy. Nach und nach wich die schiere Freude über die Verfolgungsjagd einer absoluten Konzentration; er war überzeugt, mit allem fertig zu werden, was sich womöglich noch ergeben mochte, er und Kathy zusammen.

Unmittelbar nördlich von New Haven, die drei Wagen fuhren jetzt etwa auf gleicher Höhe, schaute Dante zu Kathy hinüber; sie leckte sich über die Lippen, hatte Glotzaugen vor Aufregung. Sie zog auf die rechte Spur, fiel dann ein Stück zurück und holte dann wieder bis hinter den Mercedes auf, und Dante fiel zurück. Ein perfekter Stellungswechsel, die Frau war gut. Während er Kathy zuschaute, wurde er plötzlich von einem beklommenen Gefühl überwältigt: Er wollte Jimmy hier bei sich haben. Bei einem Job wie diesem waren sie seit, wie lange, zehn Jahren nicht mehr getrennt gewesen. Ihr Job hatte Vorrang vor allem anderen. So war's, und er dachte, so würde es immer bleiben. Schmerzhaft erinnerte er sich dann an Jimmys Verhalten in jüngster Zeit, und damit löste sich die Aufregung der Beschattung in Luft auf. Sein Kumpel, der Mann, der ihm näher stand als der Bruder, den er nie gehabt hatte, steckte bis zum Hals in der Scheiße, das wußte er, und weil er das wußte, setzte der Horror ein. Als sie Mystic Seaport hinter sich ließen und die Grenze nach Rhode Island überquerten, griff er wieder nach dem Funkgerät.

»Kathy«, sagte er, »unser erster gemeinsamer Ausflug außerhalb des Staates.«

»Genau, Dante, für Bogie war's Paris, für uns wird es immer Rhode Island sein.«

»Spiel's noch einmal, Babs.«

»Ey, ich freue mich drauf, es zum ersten Mal zu spielen.«

»Ich warte mit angehaltenem Atem. Halt, Moment, Moment ... Aufgepaßt, was ist das jetzt?« Der Mercedes bremste ab und blinkte, kaum daß sie den Highway verlassen hatten, und Vinny fuhr rechts rüber und hielt an einem

McDonald's. Er stieg aus und ging zu einer Telefonzelle. Vinny schien es eilig zu haben; Dante vermutete, daß der Typ sich telefonisch anmelden mußte, daß er demjenigen Bescheid geben mußte, in dessen Nähe sie jetzt waren.

Dante und Kathy schauten zu, wie Vinny Rapino zwei Telefonate tätigte. Er legte auf, machte eine kleine Pirouette und lief dann locker zum Wagen zurück. Dante war nahe genug, um den Ausdruck auf Rapinos Gesicht zu erkennen; der Kerl war wie vom Donner gerührt.

Nachdem er seinen Fisch mit Fritten gegessen hatte, verließ JoJo das Willows und fuhr zu seinem Münzfernsprecher zurück. Er hatte sich entschieden. Jimmy ließ ihm gar keine andere Wahl. Wie sein Vater ließ ihm auch sein Kumpel keine Möglichkeiten offen, und die Tatsache, daß es seiner Meinung nach keine Alternativen gab, machte ihm den Kopf frei und beruhigte seine Hand.

Es bereitete ihm kein großes Kopfzerbrechen, einen Cop auszuschalten. Ähnlich wie bei dem Drogenhandel galt auch hier, daß die Zeiten und die Verbote sich geändert hatten, man tat, was man tun mußte, um zu überleben, und machte sich um die Konsequenzen später Sorgen. Er versuchte, den Zwerg unter drei verschiedenen Nummern zu erreichen, fand ihn schließlich in der Wohnung seiner Freundin, gab Karl die Nummer des Münzfernsprechers und wartete auf den Rückruf.

»Wo bist du?«

»In Rhode Island, bei meinem Bruder.«

»Mit dir alles in Ordnung?«

»Mir geht's bestens, einfach prächtig. Hör zu«, sagte er dem Zwerg, »ich hab Arbeit für dich.« Er gab Karl Marx Syracusa die Informationen, die er von Jimmy erhalten hatte: die Anschrift von diesem Cop namens Ray Velasquez, die Beschreibung seines Autos, alles, was er brauchte.

»Alles klar«, bestätigte der Zwerg.

»Er ist ein Cop«, sagte JoJo.

»Alles klar«, sagte der Zwerg auf italienisch.

Wie er im Aldo's saß, einem italienischen Restaurant am Foley Square direkt gegenüber vom Federal Building, und in die braunen Augen von Frank Russo schaute, dem stellvertretenden Chef des New Yorker Büros des FBI, dabei einen Wodka-Martini on the rocks trank, ohne Olive, wünschte Inspector Martin sich drei Dinge. Er wünschte, daß Frank es nicht für nötig hielt, darauf hinzuweisen, daß er selbst niemals im Dienst trank. Er wünschte, daß sein Freund und Kollege klug genug war, ihn nicht mit diesem steinernen Blick zu fixieren, wenn *er* trank. Und er wünschte, er müßte nicht glauben, was Frank ihm gerade erzählte.

Frank redete wortreich um den heißen Brei. »Wir« wissen nichts mit absoluter Sicherheit, und »wir« können erst dann definitiv etwas sagen, wenn »wir« in der Ermittlung weiter sind. Allerdings haben »wir« einen *hombre* – Frank bevorzugte das Wort *hombre*, wenn er über seine besten Agenten sprach – einen unserer besten Undercoveragenten, keinen Informanten, darauf möchte ich ausdrücklich hinweisen, einen erfahrenen Agenten des Bureau, der sich im innersten Kreis der Paradisos befindet, und ich bete zu Gott, daß der Bursche in Sicherheit ist.

Er senkte die Stimme, als wolle er etwas preisgeben, wozu er überhaupt kein Recht hatte, was er, natürlich, wie der Inspector wußte, sehr wohl hatte. »Wir« haben einen von Joseph Paradisos wichtigsten Männern umgedreht, und jetzt arbeitet er mit uns zusammen. Diese Person sitzt wirklich im Machtzentrum, ich kann Ihnen nicht sagen, wer er ist, aber er ist an den meisten Geschäften der Familie beteiligt. Arthur, er hat uns erst kürzlich gesagt, daß Joseph einen korrupten Polizeibeamten in der Tasche hat. Es ist sehr gut möglich, daß Sie eine undichte Stelle in Ihrem Büro haben. Joseph Paradiso wurde gewarnt – zumindest hat man uns gesagt, daß er gewarnt wurde –, daß er Ziel eines laufenden Ermittlungsverfahrens ist.

Inspector Martin spürte den Martini bereits ein wenig

und mußte sich zwingen, Blickkontakt mit Russo zu halten. »Frank«, sagte er, »ich sage Ihnen das jetzt wirklich sehr ungern, aber von diesem Informanten haben Sie mir bereits erzählt. Das mit dem Agenten wußte ich noch nicht, aber über den Informanten weiß ich Bescheid.«

Ein Anflug von Entzücken breitete sich auf Frank Russos Gesicht aus. »Hab ich das?«

»Sie wissen selbst, daß Sie das haben.«

Frank kratzte sich an seiner Nasenspitze und nickte.

»Wie kommen Sie darauf, daß sich die undichte Stelle in meinem Büro befindet? Warum nicht bei Ihnen?«

Frank spreizte die Hände und lächelte. »Woher wußte ich nur, daß Sie genau diese Frage stellen werden? Unsere Quelle sprach von einem Cop, er hat nichts von einem Agenten gesagt.«

Inspector Martin erwiderte das Lächeln. »Kommen Sie, Cop, Agent, soweit es diese Trottel betrifft, ist das doch alles ein und dasselbe.«

»Okay, das ist ein Argument. Aber beantworten Sie mir folgendes: Sie ermitteln doch gegen die Paradisos, richtig?«

»Vielleicht.«

»Okay, Sie hören das Telefon des alten Mannes ab und haben eine Wanze im Nestor?«

Inspector Martin verzog keine Miene.

»Sehen Sie, ich gehe hier ein gewaltiges Risiko ein, indem ich Ihre Dienstaufsicht umgehe, meinen eigenen Dienstweg ignoriere und einen ganzen Haufen anderen bürokratischen Scheiß und jetzt hier mit Ihnen zusammensitze. Genaugenommen bin ich gar nicht hier, richtig? Und wissen Sie auch, warum ich meinen Hals riskiere?«

Nach einer langen Pause grunzte Inspector Martin.

Frank rutschte auf seinem Stuhl nach vorn und hob eine Hand, um auf einen neuen Aspekt hinzuweisen. »Weil Sie ein guter Cop sind, mein Freund, und ich mag gute Cops. Sie haben einen Maulwurf, und ich möchte, daß Sie derjenige sind, der ihn findet.«

Frank zwinkerte, und der Inspector nickte. Langsam wurde ihm schlecht.

»Wenn ich den Burschen festnagle, können Sie schon mal Ihre Pensionierung einreichen und sich auf den Weg zu einer Hunderennbahn in Fort Lauderdale machen.«

Inspector Martin atmete tief aus und rieb sich den Hinterkopf. Der Kerl hatte recht.

»Und jetzt kommt's, sind Sie soweit?« fragte Russo.

»Fahren Sie fort.«

»Die Paradisos haben in einem Parkhaus an der Fifty-seventh Street einen Wagen abgestellt. Wir wissen nicht, woher sie es haben, aber soweit wir es verstanden haben, könnten sich in diesem Fahrzeug etwa einhundert Pfund Drogen befinden.«

»Und warum schlagen Sie nicht einfach zu?«

»Diese Ehre überlasse ich Ihnen.«

»Frank, kennen Sie die Geschichte von den drei Rauschgiftspürhunden?« Inspector Martin fuhr fort, ohne auf eine Antwort zu warten. »Da gab's diese drei von der Drogenfahndung trainierten Spürhunde, der eine ein Hund der Polizei von New York City, der andere ein Hund der New York State Police und schließlich einer vom FBI. Sie bringen diese drei Hunde raus aufs Land und wollen sie auf die Probe stellen. Sie verstecken etwas Dope und lassen einen Hund nach dem anderen los. Als erster rennt der NYPD-Hund los und fängt an, um diesen großen, alten Baum herumzuschnüffeln. Er rennt immer wieder drumherum, dann fängt er an, wie verrückt im Dreck zu graben, und, Bingo, es kommt ein Beutel Dope zum Vorschein. Dann schicken sie den Hund der Staatspolizei los, er zischt sofort zu diesem riesigen Felsblock ab, attackiert das Ding wie besessen, unter dem Felsen findet sich ein weiterer Beutel Rauschgift. Jetzt ist der FBI-Hund dran. Der Hund schlendert los, zieht gemächlich seine Kreise. Zuerst läuft er zu dem Baum und dann zu dem Felsblock, er zieht seine Kreise wie ein Löwe, der jeden Augenblick Beute machen wird. Der Hund kreist und kreist, dann bespringt er den NYPD-Hund und danach den Hund der State Police.«

Frank holte tief Luft. »Das ist überhaupt nicht komisch, Arthur.«

»Weil Sie keinen Sinn für Humor haben.«

»Arthur, ich versuche nur, Ihnen einen Gefallen zu tun.«

»Warum ausgerechnet mir?«

»Weil mir vor fünf Jahren, als ich in diese Stadt gekommen bin, jeder gesagt hat, halt dich von den örtlichen Polizisten fern, die Cops in New York sind ein Haufen Haie. Dann habe ich Sie kennengelernt. Sie haben mir keinen Scheiß erzählt, Sie haben keine Spielchen mit mir gemacht, Sie haben mich nicht überschwenglich begrüßt und die typischen Wir-werden-zusammenarbeiten-Sprüche losgelassen, nur um dann nie zu Ihrem Wort zu stehen. Sie haben offen und ehrlich mit mir geredet, Sie haben mir geholfen. Ich habe Sie kein einziges Mal um einen Gefallen gebeten, nicht ein Mal. Natürlich weiß ich, daß Sie mir nicht alles erzählen, ich bin nicht dumm, Arthur. Sie verheimlichen manche Dinge vor mir.« Frank hob frustriert die Hände. »Sie halten manche Dinge zurück, weil Sie Ihre Arbeit gut machen und weil Sie Ihrer Dienststelle gegenüber loyal sind. Ich respektiere Loyalität. Das ist vielleicht das einzige, was ich wirklich respektiere. Sie sind einer der anständigsten Menschen, denen ich in dieser Branche je begegnet bin, und ich möchte nicht miterleben, wie eine großartige Karriere nur wegen einem Penner, der für Sie arbeitet, den Bach runtergeht.«

»Jeder Mann und jede Frau, die für mich arbeiten, sind handverlesen. Ich habe keine Penner.«

»Wie Sie wollen. Aber ich an Ihrer Stelle, ich würde mir so schnell wie möglich einen Durchsuchungsbefehl für diesen Wagen besorgen. Und ich würde anfangen, meine Detectives verdammt genau unter die Lupe zu nehmen.«

»Wissen Sie, Frank«, sagte Inspector Martin, »in vieler Hinsicht sind Sie etwas Besonderes. Aber trotzdem sind Sie ein typischer FBI-Agent, Sie langweilen mich zu Tode. Sie haben überhaupt nichts Handfestes. Sie haben keinen einzigen konkreten Anhaltspunkt über einen meiner Detectives.«

Der Inspector sah Frank wie nach Bestätigung suchend an, und Frank nickte.

»Okay, Sie glauben also, ich habe eine undichte Stelle in meinem Büro, weil die Information über ein abgehörtes Telefon und eine Wanze auf der Straße ist«, fuhr Martin fort. »Lassen Sie mich eins sagen, mein Freund. Wenn Telefone abgehört werden, sind eine Menge Leute daran beteiligt. Als da wären: Gerichtsschreiber, Angestellte des Richters, die Richter selbst, stellvertretende Bezirksstaatsanwälte, Leute vom Sicherheitsdienst der Telefongesellschaft. Ich kann die Liste beliebig fortsetzen. Alle möglichen Leute können sich Zugang zu vertraulichen Informationen verschaffen; das alles ist nicht besonders vertraulich, wenn Sie wissen, was ich meine.«

Frank neigte den Kopf zur Seite. »Arthur«, sagte er behutsam, »unsere Quelle spricht von einem Cop, einem Detective.«

Frank begann den Inspector allmählich zu nerven, und dieses Gefühl war alles andere als angenehm. Tatsächlich entwickelte sich das alles zu einem ausgesprochen miesen Tag für den Inspector, er fühlte sich schäbig und aufrichtig elend wegen der Geschichte, die er gehört hatte. Die Wahrheit war, er vermutete, daß Frank den Nagel voll auf den Kopf getroffen hatte, und der Nagel war ein Mann, den er liebte wie einen Sohn. Ein Mann mit allen möglichen Geld- und Familienproblemen, der Sohn eines Vaters, der ebenfalls ein Mordskerl gewesen war, der sich dann aber im Grunde seines Herzens als Dieb herausgestellt hatte. Der Gedanke, daß Dante O'Donnell korrupt sein könnte, machte ihn fertig. Der Inspector zuckte zusammen, das Wort *korrupt* kam nur halbherzig und schwach auf seine Lippen, als wäre es den Atem nicht wert, der nötig war, es auszusprechen.

Dante fuhr gemächlich eine Landstraße entlang, der Mercedes bestimmte das Tempo. Er verkündete ins Funkgerät: »Laß ihnen etwas mehr Raum, Kathy.«

Fast eine Stunde lang rollten die drei Wagen in geruhsamem Tempo über Acker- und Weideland; auf einem Schild wurden Schäferhundwelpen und frische Eier angeboten. Sie fuhren an der University of Rhode Island vorbei, der Mercedes im Schneckentempo. Dante öffnete seine Seitenscheibe und atmete die Luft ein, frisch und sauber, es duftete nach frisch gemähten Weiden. Etwas weiter bremste Rapino vor einer Ampel, bog dann rechts ab und beschleunigte. Jetzt brachte die durch das Fenster kommende Luft einen sowohl angenehmen wie vertrauten Duft herein: Sie waren in der Nähe des Meeres.

»Sieh dir nur mal diese Häuser an, Dante«, sagte Kathy mit verträumter Stimme über Funk. »Ich hab keine Ahnung, wo genau wir hier sind, aber du kannst einen drauf lassen, daß es nicht die Bronx ist.«

Die Häuser standen weit voneinander entfernt, hatten gepflegte Rasenflächen und Gärten, und Dante hatte das Gefühl, jedes müßte einen eigenen Tennisplatz haben. Die Meeresluft hier war klar und rein, anders als in seiner vergifteten und verschmutzten Jamaica Bay, wo es schon lange keine Krebse, Flundern und Muschelbänke mehr gab. Rapino bog in eine Zufahrt ein, und Dante wußte zwei Dinge ganz sicher: vom Hinterausgang dieses Hauses war es nur ein kurzer Fußweg zum Meer, und JoJo war dort.

Der Meeresgeruch weckte eine Erinnerung an eine Zeit, als er etwa elf war. Er und Jimmy und JoJo fuhren auf ihren Fahrrädern nachts zur Broad Channel Bridge. Sie warteten auf die Ebbe, und dann fischten sie mit Hilfe von Taschenlampen und einer langen Stange, an deren Ende ein Netz befestigt war, Krebse von den Pfählen in der Nähe der Brücke. Manchmal blieben sie auf der Brücke, bis die Sonne aufging, füllten einen großen Korb mit glänzenden, blauweißen Krebsen, die sie zu JoJos Haus brachten. JoJos Mutter applaudierte ihnen, und sie verbeugten sich. Irgendwann später an einem solchen Tag kehrten er und Jimmy dann zurück zu einer Mahlzeit bestehend aus gedünsteten Krebsen und Pasta und frischgebackenem Brot. JoJos Mutter hatte so eine Art, ihn von oben bis unten zu mustern und seinen Namen immer wieder zu wiederholen. Sie sprach seinen Namen auf eine Weise aus, wie er es vorher und nachher nicht mehr gehört hatte.

»Donn-tiee«, sagte sie lächelnd. »Ein wunderbarer Name.« Sie starrte ihn an und sagte: »Du hast einen Körper zum Spaßhaben und zum Kämpfen, aber dein Name verheißt lernen und lehren. Ich wünsche dir, daß du in deinem Leben den Spaß findest.«

Dante stellte seinen Wagen gegenüber der Zufahrt auf der anderen Straßenseite ab und lächelte bei diesen Gedanken.

Über Funk sagte Kathy: »Okay, und was jetzt?«

Sie hielt ihren T-Bird direkt hinter ihm und stieg mit einem schwungvollen Hüpfer aus. Aber statt direkt zu seinem Wagen zu gehen, machte sie einen Umweg zu der Einfahrt, die der Mercedes hinuntergefahren war. Nach vorn gebeugt stand sie einen Moment da, die Hände auf den Hüften und starrte den Weg hinunter. Die Zufahrt schlängelte sich dahin und war von Büschen und Zierbäumen gesäumt; das Haus selbst lag vor Blicken geschützt. Pilzförmige, niedrige Lampen brannten. Sie standen in zwei langen Reihen, waren stellenweise mit Efeu überwachsen.

»Steig wieder in deinen Wagen«, rief Dante ihr zu.

Kathy drehte den Kopf. »Komm mal her, das mußt du dir ansehen.«

»Steig wieder in den Wagen, er ist hier. Ich weiß, daß er hier ist. Wenn JoJo dich oder mich entdeckt, haben wir eine verdammt lange Fahrt umsonst gemacht.«

Dante wollte sich ein Stück von der Zufahrt entfernt postieren, weg vom Haus. Er hatte sich schon nicht sonderlich wohl dabei gefühlt, direkt vor dem Haus zu halten, und als er die Scheinwerfer entdeckte, die den Weg herauf auf sie zukamen, hatte er einen echten O-Scheiße-Moment. Kathy hatte die Scheinwerfer ebenfalls bemerkt und war wieder in ihrem Wagen; beide fuhren überstürzt los. Der Mercedes bog aus der Zufahrt nach links ab und verschwand in der entgegengesetzten Richtung. Dante wartete ein paar Herzschläge, dann wendete er.

Kathy folgte ihm und meldete sich über Funk. »Ich liebe das.«

»Ja, schön, bleib hinter mir. Unser Mann könnte jetzt in dem Wagen sitzen, und wir wollen nicht, daß er uns entdeckt.«

Bei geringem Verkehr fuhren sie die Ocean Road entlang, ein Auto, ein grüner MG, zwischen ihnen und dem Mercedes. Der MG bog in eine Seitenstraße ab, und schon bald war außer dem Mercedes, Dantes ungekennzeichnetem, blauem Dienst-Ford und Kathys T-Bird niemand mehr auf ihrer Spur.

Sie folgten dem Mercedes auf den Parkplatz eines Restaurants namens Coast Guard House, ein kleines, herrliches Schloß mit einer Veranda, von der aus man Aussicht aufs Meer hatte.

Dante war jetzt fast vierzehn Stunden im Dienst, und immer noch war er aufgedreht und voller schwindelerregender Energie. Er beobachtete, wie JoJo auf der Beifahrerseite ausstieg; Bruno Greco und Nicky Black Napoli stiegen hinten aus. Vinny Rapino blieb am Steuer des parkenden Autos. Nicky Black ging voraus, dicht gefolgt von Bruno. Nicky hielt Bruno und JoJo die Tür auf. JoJo trug Jackett und Krawatte und folgte den beiden anderen langsam. Die drei Männer bewegten sich mit einer gewissen Würde, einer Art Mafiosi-Symmetrie. Während Dante zuschaute, kehrte sein Verlangen, diese Typen wegen irgend etwas einzulochen, zurück. Er hatte so ein Gefühl, daß sich der Zeitpunkt näherte, sie wußten es noch nicht, aber diese Hohlköpfe gingen Drachenfliegen in einem Tornado, die Uhr tickte, er wollte sie alle in Ketten legen und durch die Straße schleifen. Ein Gefühl von Frieden legte sich über ihn. Ein Teil von ihm fühlte sich wie ein Priester, ein anderer Teil wie ein Scharfrichter – aber dann wiederum, war es nicht Ray, der gesagt hatte, daß Priester und Scharfrichter schon immer Seelenverwandte gewesen waren?

Dante lehnt sich in seinem Wagen zurück und fragte sich, was JoJo hier oben in Rhode Island vorhatte. Er wußte, daß JoJos Bruder John hier lebte; es war höchstwahrscheinlich Johns Haus, das sie gerade verlassen hatten. Der Kerl lebte von dem Mafia-Geld wie ein König. Er schweifte einen Moment ab, dachte, ich kann diese Observierung nicht ewig fortsetzen. Möglicherweise relaxt JoJo hier oben einfach. Nur daß sein Vater ebenfalls fort war, und die Telefone waren tot. Irgend etwas war passiert, und JoJo hätte kaum Bruno Greco und Nicky Black hier, wenn nicht irgendwas abging. Und was war mit diesem beschissenen Koffer? Er hatte sich schon damit abgefunden, daß er jetzt hier war und nicht aufgeben, bei JoJo bleiben würde, bis der Bursche etwas unternahm.

Dante war gespannt, was bei dieser Observierung herauskommen würde. Er haßte diesen Job mit einer tiefen, unvergänglichen Liebe, und er würde es richtig machen, hatte es schon immer so gemacht. Dies, wußte er, war es, was ihn von Jimmy unterschied, die Liebe zum Job. Er würde JoJo zur Strecke bringen wie ein wildes Tier, es war seine Art; früher oder später würde er auf Gold stoßen. Bei Mafiosi war's so, bei allen Mafiosi, wenn man sie lange genug beobachtete, stolperte man fast zwangsläufig über etwas. Er konnte sich jetzt schon vorstellen, wie er im Gerichtssaal neben JoJo stand, der Typ in seinem Tausend-Dollar-Anzug, die Hände in Handschellen. Ich werde all diese Typen in den Knast bringen, all diese Mafia-Schwachköpfe in Ketten legen. Dann werden wir ja sehen, wer der Schwergewichtschampion ist, JoJo, ich oder du?

Dante merkte, daß er grinste, als er an Jimmy dachte, der aus dem hinteren Teil des Gerichtssaals alles verfolgte. Bei dem Gedanken an Jimmy bekam er gleich wieder ein beklommenes Gefühl, und dieses Gefühl begann sich festzufressen. Er bemühte sich, wieder ruhiger zu werden. Was zum Teufel lief zwischen ihm, Jimmy und JoJo? Was immer es war, gesund war es nicht, das wußte er. Er war kein Dummkopf. Nur, was genau war es? Wahrscheinlich könnte er ein Jahr lang bei einem Seelenklempner auf der Couch liegen und fand es dennoch nicht heraus. Er spürte es jetzt wieder wie ein fernes Echo.

Dante hatte die letzten paar Stunden versucht, Jimmy aus dem Kopf zu bekommen, hatte sich auf die Beschattung konzentriert. Er war zu neunundneunzig Komma neun Prozent sicher, daß Jimmy etwas damit zu tun hatte, daß über die Abhöreinrichtungen nichts mehr kam. Und das Komische war, er war weniger wütend als vielmehr neidisch.

Überrascht von diesen seltsamen Gedanken befahl Dante sich, wieder ruhiger zu werden. Aber, Himmel, er wußte, daß er beinahe aus den Fugen geriet, wenn er Jimmy nicht jeden Tag sah oder sprach. Wie damals, als sie noch Kinder waren; als Teenager war sein Leben ein unaufhörliches Spiel gewesen, Jimmy zu beeindrucken. Und in letzter Zeit waren die Telefonrechnungen für die Anrufe von seinem Haus auf Long Island zu Jimmys Wohnung geradezu lächerlich. Irgendein törichtes Verständnis von Liebe oder Heldenverehrung, so oder so war es todsicher nicht gut. Er schüttelte den Kopf, war erstaunt darüber, wie verkorkst sein Leben war. Dann ging sein Pieper los.

Inspector Martin rief von zu Hause aus an.

Dante steckte sich eine Zigarette an, machte sich klar, daß er sich seit Stunden nicht im Büro gemeldet hatte. Er stellte sich vor, wie er es seinem Boss auseinandersetzte, versuchte, einen Trip nach Rhode Island zu verteidigen, sein persönliches Interesse an diesem speziellen Fall, wofür er dann Jetzt-bist-du-vollends-durchgedreht-Blicke erntete. Er ließ es sich einen Moment durch den Kopf gehen, überlegte, daß es besser wäre, den Inspector jetzt anzurufen, als bis später zu warten. Aber sein Handy hatte Mucken, vielleicht lag es an der exklusiven Atmosphäre von Rhode Island; jedenfalls war sein Autotelefon genauso unbrauchbar wie die unausgegorenen Gedanken, die ihm durch den Kopf schossen.

Die einzige Telefonzelle, die er sehen konnte, befand sich auf dem Parkplatz des Restaurants, und Rapino saß da in dem Mercedes.

Der Inspector wollte offenbar unbedingt mit ihm sprechen, denn sein Pieper ging schon wieder los. Scheiße, er parkte an einer perfekten Stelle, ein Block vom Restaurant entfernt, Eingang und Parkplatz waren gut zu sehen.

Dante funkte Kathy an. Im Flüsterton bat er sie um einen Gefallen, ob sie nicht eine Telefonzelle suchen und für ihn anrufen könne. »Sag dem Inspector, daß wir an JoJo dran sind und ich nicht weg will. Er ist selbst schon tausendmal in so einer Situation gewesen, er wird's verstehen.«

Er schaute den ruhigen, abendlichen Boulevard hinauf und hinunter, beobachtete, wie Kathy wendete und fortfuhr. Er lächelte und schüttelte den Kopf. Das beschissene Rhode Island, was für ein Spaß. Jimmy, wo zum Kuckuck steckst du? Jimmy Burns, mit seinen saublöden Gedanken und merkwürdigen Vorstellungen über Loyalität und Freundschaft, seinem einsamen Leben, allein in dieser Wohnung, von Frauen umschwärmt und doch nie verliebt, schwebte in seiner eigenen Welt und verteidigte dauernd JoJo Paradiso. Dante schnippte die Zigarette aus dem Fenster.

KAPITEL ACHTZEHN

Es war etwa halb acht, als Ray Velasquez den vollgepackten Einkaufswagen von dem A&P zu seinem Jeep schob. Er war wütend, brummte zum wiederholten Mal: »Fünfundsiebzig Mäuse, und nicht mal Fleisch.« Kein Fleisch, Lebensmittel für eine halbe Woche, Milch und Eier, ein paar Konserven, Brot und Gemüse, vier Schachteln Pasta und Tomatensoße, verschiedene Käsesorten, der verfluchte Käse ausnahmslos importiert, Zeug, ohne das Sarah nicht leben konnte. Importierte Nudeln, warum importierte Nudeln? Weil's gar kein Vergleich ist, sagte sie, die sind einfach besser. Und Obst, Obst kostete ein Vermögen, Weintrauben und Orangen, Äpfel und Mandarinen, sie mußte unbedingt Mandarinen und Birnen haben. Nichts Süßes, keine Süßigkeiten für ihre Kids, es wird erheblich mehr kosten, die Zähne der Mädchen wieder in Ordnung zu bringen, als jetzt Obst zu kaufen. Sarah war immer so schrecklich vernünftig. Und Listerine, Mundwasser, er konnte einfach nicht glauben, wieviel Mundwasser kostete, und ganz zu schweigen von Kronsbeerensaft, nicht die preiswerte Hausmarke, nein, das Markenprodukt, es war einfach besser. Ja, es war besser, sicher, es schmeckte deutlich besser als die Hausmarke, aber dafür kostete der Saft auch soviel wie eine Flasche anständiger französischer Wein, wer machte hier wem was vor? Rasierklingen, das war der absolute Hammer. Wir reden über Rasierklingen – die kosten ungefähr einen Dollar das Stück. Fünfundsiebzig Dollar im Nu ausgegeben, und nicht mal Fleisch.

Es war ja durchaus nicht so, daß sie viel Fleisch aßen, nicht bei Sarah, die ihm keine Ruhe ließ mit diesem Rotes-Fleisch-bringt-dich-um-Gequatsche. Als er die Lebensmitteltüten hinten im Jeep verstaute, versuchte Ray sich zu erinnern, wann er das letztemal ein Steak gegessen hatte, Pilze und Zwiebelringe oben drauf, dazu eine Folienkartoffel mit saurer Sahne und Schnittlauch, und ein gutes Bier dazu, einfach himmlisch. Bei seiner Schwester? Bei seiner Mutter? Oder hatte Sarah sich mal überwunden und ihm eins gemacht? Nicht, daß er sich erinnern könnte. Scheiße, wenn er so scharf auf ein Steak war, dann konnte er irgendwann während der Arbeit eins essen. Aber was das wieder kostet. Ein anständiges Steak-Dinner in einem durchschnittlichen Steakhaus, wir reden hier nicht von Peter Lugar's, einfach nur ein durchschnittliches Lokal irgendwo in der Stadt. Das würde auf dreißig Mäuse kommen, gar keine Frage, locker würde das dreißig Mäuse kosten. Verdammt, er sollte's einfach mal machen, ein Steak-Dinner, er aß in letzter Zeit soviel Hühnchen, ihm wuchsen schon Flügel.

Mit den Lebensmitteln auf dem Rückweg zu seiner Wohnung war Ray bewußt geworden, wie nahe dran er gewesen war, Jimmy Burns zu sagen, was er von dieser bescheuerten Geschichte über Dantes Vater, JoJo, all diese Scheiße, hielt. Aber der Mann war ein Bursche, den er respektiert hatte und um den er sich Sorgen machte. Wie kann nur ein Bursche wie Jimmy irgend etwas zu tun haben mit Abschaum wie Joseph Paradiso? Sarah sagte ihm, als sie darüber sprachen, daß Jimmy, so wie sie es sah, es wahrscheinlich aus Freundschaft und Loyalität tat. Aber, Scheiße, das genügte nicht. Jemand sollte Jimmy mal auf den Teppich zurückholen. Dante hätte es tun sollen, schon vor Jahren. Irgendwer sollte irgendwem über Jimmy Burns Bescheid geben, es um Jimmys selbst willen tun. Aber da war es wieder, das Problem: Wie haut man einen Freund in die Pfanne, wie macht man so was und kann sich anschließend selbst noch in die Augen sehen?

Und dann fiel es ihm ein, einfach so: Sag dem Burschen, er soll sich die Papiere geben lassen. Sag ihm, er soll seinen Abschied nehmen. Er war jetzt fünfzehn Jahre dabei, er konnte sich seine Pension auszahlen lassen. Wenigstens glaubte Ray, daß Jimmy fünfzehn Jahre dabei war.

Aber vielleicht wäre es das beste, Dante anzurufen, ihm die ganze verfluchte Geschichte über seinen Vater und alles zu erzählen, die ganze Sache. Mein Gott, das war, wie lange her, zwanzig Jahre? Das war's, geh direkt zur Quelle, bitte Dante um Hilfe. Aber Dante würde garantiert Scheiße bauen, wahrscheinlich losziehen und sich ein, zwei Wochen lang besaufen und am Ende jemanden umbringen. Dante konnte total ausrasten. Er erinnerte sich an den Tag im Woodhaven Diner, letztens, als Dante ausgeflippt war und versucht hatte, dem Griechen mit einem Aschenbecher den Schädel einzuschlagen, nur weil er geglaubt hatte, der Grieche hätte ihm einen dreckigen Blick zugeworfen.

Es wäre besser, Inspector Martin anzurufen. Morgen, sagte er sich, würde er den Inspector anrufen und sich mit ihm zusammensetzen. Der Mann war super, der beste, er liebte Dante wie einen Sohn und war ein großer Fan von Jimmy. Ray konnte sich nicht vorstellen, daß der Inspector ihn unter vier Augen nicht zu Ende anhören würde.

Als er den Jeep parkte, übte er schon mal und richtete ein paar kleine, bedeutungsvolle Sätze, die aus tiefstem Herzen kamen, an die Lebensmitteltüten. Überzeuge den Inspector, immer sachte, keine große Sache, leg dem Inspector dieses Päckchen auf den Schoß.

Er trug drei Lebensmitteltüten, als er die beiden Männer, die auf ihn zukamen, zum erstenmal bemerkte, sie gingen im Rinnstein, und, Scheiße, wären es keine Weißen, er hätte die Tüten sofort fallen lassen und nach seiner Kanone gegriffen, denn so wie sie auf ihn zukamen, mein Gott, sie sahen aus, als würden sie's gottverdammt ernst meinen. Zwei junge Burschen mit Lederjacken, deren Reißverschlüsse zugezogen waren, schwere Jacken für einen so warmen Abend. O Scheiße, sagte er sich, als sie sich ihm zuwandten, wollte die Tüten fallen lassen und nach seinem Knöchelholster greifen, dachte dann, wie kommst du auf so was, du wirst doch wegen zwei Typen, die nur spazieren gehen, keine Lebensmittel im Wert von fünfundsiebzig Dollar in den Dreck fallen lassen. Ray war gut sechs Meter von seinem Jeep entfernt und vielleicht drei Meter von dem Duo auf der Straße, als sie ihre Kanonen zogen und das Feuer auf ihn eröffneten.

Zuerst war es der Schreck, dann der Aufschlag und der Schmerz, getroffen worden zu sein, ein so scharfer und unerbittlicher Schmerz, daß Ray aufschrie, Lichtblitze hinter den Augenlidern sah. Die Lebensmitteltüten flogen in die Luft, und was er an Wachsamkeit noch besaß, wurde auf das störende Brennen in der Mitte seiner Brust gelenkt. Weitere Schüsse, und Ray spürte, wie er von den Füßen gerissen wurde; er brüllte, hörte seine Stimme in seinem Kopf, zwölf Kugeln trafen ihn in stetiger Folge, Ray sah einen Korkenzieher in seinem Kopf von Hellrot über stroboskopischem Gelbgrün zu grellem Blau wechseln, dann nichts mehr als einen pechschwarzen Kosmos, der sich spiralförmig auf einen unendlichen Punkt aus loderndem Weiß zuschraubte.

Vinny Rapino saß hinter dem Steuer des Mercedes und schaute auf ein friedliches Meer hinaus, auf dem sich die Lichter des Restaurants spiegelten. Er hatte einige Zeit zuvor Lilos Café angerufen und mit Punchy, einem von Lilos Männern, gesprochen, wobei Punchy sagte, hey, Babe, der Mann will wissen, was du machst, wo du hingehst, was diese Leute vorhaben. Vinny fragte, wo ist Lilo? Punchy sagte, das ginge ihn nichts an. Punchy war bekannt dafür, genauso ein Idiot und Schläger zu sein wie Benny Bats. Vinny sagte, er habe Bruno Greco und Nicky Black abgeholt, daß er sich jetzt in Rhode Island befände, wahrscheinlich JoJo abholen und alle in ein Restaurant namens Coast Guard House fahren würde. Er vermutete, daß er sie wahrscheinlich dorthin bringen sollte, weil Bruno pausenlos von dem Laden redete, sagte, er esse wahnsinnig gern Fisch und Fritten im Coast

Guard House und sitze gern am Fenster und schaue aufs Meer hinaus.

Punchy sagte, ja, ich kenn den Laden. Vinny dachte, ach, ja? Wieso? Punchy fragte, was meinst du, wann ihr in das Restaurant fahrt? Vinny war wie hypnotisiert, in seinem Kopf tobte es, er sagte Punchy, woher zum Teufel soll ich das wissen? Ich fahre, wohin und wann sie's mir sagen, ich werde an den Plänen hier nicht beteiligt.

Punchy sagte: »Scheiße, wenn sie woandershin gehen, mußt du eine Möglichkeit finden, mich anzurufen.«

»He«, sagte Vinny, »he! Gottverdammt, was ist hier los?«

»Bist du fertig? Bist du fertig?« sagte Punchy. »Du machst, was man dir gesagt hat, und wie kommst du überhaupt dazu, Fragen zu stellen?«

Vinny fragte sich, wie er sich in diese beschissene Situation geritten hatte. Hier ging's um einen Hit, schlicht und einfach, er sah's schon genau vor Augen, spürte es kommen. Was für eine beschissen hinterhältige Sache. Und was noch viel schlimmer war, er stand genau im Fadenkreuz, eine beschissene Zielscheibe, genau das war er. Einen Augenblick lang fragte er sich, ob es sicher war, JoJo von seinem Treffen mit Lilo zu erzählen. Nein, vergiß es, denn JoJo könnte durchdrehen und ihm von Bruno eine Kugel in den Arsch jagen lassen. Er hatte Punchy versprochen, er werde in Verbindung bleiben, und die ganze Zeit überlegte er dabei fieberhaft, wie er sich am besten schnellstens verpissen konnte. Er wußte nicht, wie er es anstellen sollte, was er tun sollte, also saß er jetzt drei Stunden später hier und fragte sich, ob Lilo bereits den Krieg erklärt hatte, ob er Tommy Yale, den irren Benny Bats und einen Haufen der anderen, wahrscheinlich Ralphie, Tommy the Saint, Joey T, die ganzen Killer – die ganzen harten Jungs, Scheiße –, herbrachte, ob sie hier auftauchen würden.

Er versuchte zu entscheiden: Sollte er sich aus dem Staub machen oder ganz locker bleiben und sich für eine Seite entscheiden, wenn die Ballerei losging. Vinny schaute den verlassenen Narragansett Boulevard hinauf und hinunter und zitterte in seinen Zweihundert-Dollar-Halbschuhen mit Troddeln. Er griff unter den Sitz und berührte den Knauf seiner Pistole, fühlte sich sofort ein wenig besser, nicht viel, nur ein wenig. Er nahm die Kanone hoch, spürte ihr Gewicht in seiner Hand und fragte sich, ob er wohl noch was älter werden würde, und: Was zum Geier machst du überhaupt hier?

Nur wenige Minuten nachdem Kathy von ihrem Telefonat mit dem Inspector zurückgekehrt und zu Dante ins Auto gekommen war, saß Dante da, starrte den Eingang des Restaurants an, sah zum Parkplatz hinüber, auf den Mercedes, hinter dessen Steuer immer noch Rapino saß, und überlegte, welche Chancen er gegen die Zeit hatte. Scheiß drauf, dachte er. Er steckte sich seine vorletzte Zigarette an und bat Kathy, ihm noch mal alles zu erzählen.

»Er hat gesagt, jetzt, nicht in einer Stunde, nicht morgen früh und verdammt noch mal nicht am Thanksgiving Day. Jetzt.«

»Hat er sich so angehört, als würde er's ernst meinen?«

»Du willst mich wohl auf den Arm nehmen! He, Dante, ich habe noch nie erlebt, daß dieser Mann Vulgärausdrücke in den Mund genommen hat. Er flucht nie, wenigstens in meiner Gegenwart nicht. Er hat gesagt: ›Jetzt, verdammte Scheiße!‹«

Kathy redete, und Dante hörte zu, versuchte, sich einen Reim auf das alles zu machen. Diese Frau und ihr Gequassel. Er warf ihr einen Blick zu, das breite Gesicht, die Knopfnase, überhaupt kein Make-up, volle, volle Lippen und dichte Augenbrauen, Augenbrauen, die sie seiner Meinung nach wenigstens ab und zu mal zupfen sollte, sah sie jetzt sehr aufmerksam an, fragte sich zum x-ten Male, wie es wohl sein würde, mit ihr richtig zusammenzuleben. Sie war so verflucht hyperaktiv, so voller Energie, eine Frau, mit der man einen Haushalt gründen wollte, wenn man in der Prärie lebte oder vielleicht tief im Wald, stark wie ein Mann, aber auch sexy, ein bißchen wie ein Junge – Korrektur, sehr. Quasseln, immer quasseln, mit diesen großen blauen Augen, die ihn anstarrten, er fragte sich gerade, was sie wohl dachte, wenn sie an ihn dachte.

»Der Inspector will wissen, was wir in Rhode Island machen. Er will wissen, wo genau Jimmy steckt«, sagte sie und klang dabei amüsiert. »Er hat gesagt, er piept dich nie an, aber wenn er es tut, dann erwartet er auch, zurückgerufen zu werden.« Kathy klopfte auf das Armaturenbrett. »Ich wollte ihm von den Autos erzählen, die ich gesehen habe. Ich wollte ihm von dem Koffer erzählen und wie Rapino Greco und Nicky Black abgeholt hat, ich wollte erklären, was wir hier machen, aber er hat mich einfach nicht gelassen.«

»Weswegen wolltest du ihm das erzählen?« fragte Dante nur leicht beunruhigt. »Über den Koffer weiß er schon Bescheid, von dem Koffer hab ich ihm heute nachmittag erzählt.«

Kathy griff nach dem Päckchen Zigaretten. »Ich hab vor zwei Jahren mit dem Rauchen aufgehört.«

»Gut, denn das ist meine letzte. Leg sie zurück. Und jetzt erzähl mir noch mal von den Autos.«

»Verdammt.« Kathy warf das Päckchen angewidert zurück aufs Armaturenbrett. »Und du wirst den Inspector nicht anrufen, richtig?«

»In ungefähr fünf Minuten könnten wir Logenplätze bei einem Mafia-Krieg haben. Ich ruf ihn später an. Die Autos, Kathy!«

»Okay, ich fahr also kreuz und quer durch die Stadt, suche eine Telefonzelle, richtig, und da bemerke ich diese Autos mit New Yorker Nummernschildern. Vielleicht vier, fünf Wagen parkten an der Avenue zwei Blocks von dem Restaurant entfernt. Ich denke, keine große Sache, jede Menge New Yorker kommen im Sommer rauf nach Rhode Island, richtig? Nur, es ist nicht Sommer, Dante, es ist Frühjahr.«

»Wo hast du Lilo gesehen?«

»Ungefähr zwei Blocks von hier, in seinem Lexus mit drei Typen. Ich hab ihre Gesichter nicht erkennen können. Lilo saß auf dem Fahrersitz, jemand saß neben ihm und zwei Typen hinten. Ich hab direkt neben seiner beschissenen Karre gehalten, hab ihm direkt ins Gesicht gesehen, der Kerl hat sich zu mir umgedreht und mich angesehen. Ich war so nervös, da hab ich ihn angelächelt, und der schmierige Drecksack hat seine Zunge rausgestreckt und mir damit rumgewackelt. Dieser schmierige Drecksack.«

Kathy machte eine Pause, und Dante wartete.

»Ich hab mir dann die Nummern von zwei weiteren Wagen mit New Yorker Nummernschildern gemerkt und sie überprüfen lassen. Der eine ist zugelassen auf Frank Catalano, eine Adresse in Sheepshead Bay –«

»Moment! Catalano, Frank Catalano? Bist du sicher?«

Kathys Augen vergrößerten sich, waren ernst und neugierig. »Warum? Was? Wer ist Catalano? Frank Catalano, das hab ich zurückgekriegt.«

»Ich erzähl's dir sofort. Jetzt erst mal weiter, was ist mit dem zweiten Wagen?«

»Der ist auf eine gewisse Mary Ricci zugelassen, Adresse an der Third Street in Brooklyn, im vierhunderter Block. Das ist South Brooklyn.«

»Mein Gott!«

»Was ist? Was ist denn? Himmel, du machst mich noch wahnsinnig, was ist hier los?«

Dante schaute sich um, er rieb sein Kinn. »Wir sind hier in was reingeschlittert.«

»Ja, ja, aber in *was* sind wir reingeschlittert?«

»Beruhig dich wieder, hörst du. Laß mich mal einen Moment nachdenken.«

Dreißig Sekunden verstrichen.

Kathy sagte: »Nun?« Sie lächelte Dante optimistisch an. Er sah ihr in die Augen, und dann, Scheiße, ging sein Pieper los. Er sah die Privatnummer des Inspectors aufblinken.

»Ich weiß nicht, wer Mary Ricci ist, aber Benny Bats Ricci ist Lilos erster Schläger, sein erster Killer. Ein totaler Irrer, ein echt beschissen durchgeknallter Kerl.« Dante hatte die Hände auf dem Schoß gefaltet. »Okay, also denkt man sich, wenn er bei Lilo ist, dann ist Lilo auf der Jagd. Der Knaller aber ist Catalano. Frank Catalano ist ein *caporegime* in der Rammino-Familie. Lilo holt hier Hilfe von außerhalb, ich vermute, daß er mit den Ramminos gemeinsame Sache macht.«

Kathy wirkte gedankenverloren und mehr als nur leicht besorgt. Sie verschränkte die Arme vor der Brust. »War das gerade wieder der Inspector?«

»Ja, es war der Inspector. Ich ruf ihn später an.«

»Später?«

»Ich rufe schon an, keine Angst. Ich rufe ihn schon noch an.«

Dante dachte über Lilo und Benny Bats nach, zwei der gefürchtetsten Leute weit und breit. Und das zu Recht. Eine Menge Mafiosi redeten wie üble Burschen – dreizehn Jahre verfolgte und belauschte er sie nun schon mit angezapften Telefonen und Wanzen, ich bring diesen Kerl um, ich leg jenen Kerl um, ich mach den Typ kalt –, aber das war nur selten echt. Lilo und Benny Bats waren echt. Er hatte Typen wie die noch nie verstanden, echte Dämonen; falls jemand fragte, wer von beiden schlimmer war, er würde sagen, unentschieden.

Aber Frank Catalano war noch eine ganz andere Sache, der Bursche war ein wichtiger *capodecina* der Rammino-Familie, eine Familie, die im Drogenhandel engagiert war, eine Familie, von der sich die Paradisos fernhielten.

Kathy lächelte, als hätte sie tolle Neuigkeiten, und streckte beide Hände vor sich aus. »Hier geht's nicht um einen Hit«, sagte sie. »Es wird hier auch keinen Krieg geben. Was hier läuft, ist einfach ein Treffen, eine Konferenz.«

»Vielleicht.«

»Nein, nein, nein – hör zu. Wenn du vorhättest, drei Typen in einem anderen Staat umzulegen, würdest du da mit deinem eigenen Wagen hinfahren? Ich meine, Lilo Santamaria ist ein absolut übler Mistkerl, aber dumm ist er bestimmt nicht.«

»Richtig, Kathy, richtig, klingt vernünftig.« Dante legte den Kopf schief, als mache er nur Spaß. »So«, sagte er, »und dreimal darfst du jetzt raten, warum deiner Meinung nach diese beiden Transporter da gerade vorgefahren sind und auf der anderen Straßenseite parken?«

Dante nahm sein Fernglas unter dem Sitz heraus und konnte ziemlich deutlich zwei Männer auf dem Vordersitz des weißen Vans erkennen, und in dem blauen Van, der direkt hinter dem weißen parkte, einen Fahrer und Benny Bats auf dem Beifahrersitz.

»O Dante, Mann, komm schon. Du willst mich auf den Arm nehmen, oder?«

»Nein, ich mach keine Witze. Benny Bats ist der Beifahrer in dem blauen Van. Die beiden anderen kann ich nicht einordnen.«

»Scheiße!«

»Ein wahres Wort.«

»Komm schon, Dante, was machen wir jetzt?« Kathys Gesicht zeigte Verwirrung und leichte Panik.

»Ich sag dir, was du tun wirst. Zuerst wirst du mir mal zuhören und dich wieder beruhigen. Hör auf, dich wie eine durchgeknallte Braut aufzuführen, du bist ein Cop, verdammt noch mal, ein erfahrener Detective.«

»Komm schon, komm schon, Dante. Was machen wir jetzt?«

»Kannst du dich abregen und eine Minute entspannen?« fuhr er sie an, während er gleichzeitig den Zündschlüssel drehte.

»Weißt du, was ich glaube?« sagte sie. »Ich glaube, wir sollten die Cops verständigen.« Ihr Tonfall änderte sich, war jetzt seltsam lässig. »Warum können wir nicht einfach die hiesigen Cops um Hilfe bitten?«

»Meinst du?«

»Warum nicht?« Kathy fuhr fort, sagte, sie sei ziemlich sicher, ohne größere Probleme Hilfe bekommen zu können, denn welche Cops wären nicht begeistert, sich eine Truppe Mafia-Killer zur Brust zu nehmen?

Dante hörte zu, und als sie fertig war, saß er schweigend da und schaute zu den Vans hinüber, die sich im Licht einer Straßenlaterne als dunkle Umrisse abzeichneten, zu der Betonmauer und dem Meer direkt dahinter. Als die Tür des blauen Vans aufging und der Fahrer ausstieg, ging Dante im Kopf eine Liste von Rhode-Island-Cops durch, die er bei einer Konferenz zum Thema Organisiertes Verbrechen kennengelernt hatte.

Scheiße, der Fahrer, der jetzt neben dem Van stand, hatte ein Walkie-talkie in der Gesäßtasche. Diese Typen meinten es todernst.

Die Rhode-Island-Cops, die er kennengelernt hatte, schienen ihren Job zu verstehen, redeten von Mafiosi, die auf einem Berg irgendwo in Providence residierten. Aber das waren Cops aus Providence, keine Hilfe in dieser Stadt. Auf der gleichen Konferenz hatte er einen Rhode-Island-State-Trooper kennengelernt, an dessen Namen er sich jedoch nicht mehr erinnern konnte. Cawley, Connelly, irgend so was. Ein riesiger irischstämmiger Bursche mit Bürstenschnitt, der sich auf der Konferenz von den anderen weitgehend ferngehalten, immer nachdenklich gewirkt hatte.

Ohne sich groß anzustrengen, erkannte Dante, daß sie hier ein ernstes Problem hatten. Sie waren allein, befanden sich außerhalb ihres Zuständigkeitsbereiches, und in diesen Transportern dort drüben konnten sich locker sechs, sieben Bewaffnete befinden. Wenn sie in der Nähe blieben und nichts unternahmen, konnte es leicht passieren, daß sie unversehens ins Kreuzfeuer gerieten. Er lehnte eine Schläfe gegen die Seitenscheibe und starrte auf den Parkplatz und zu dem Restaurant hinüber.

»Funktioniert dein Handy?«

Kathy grunzte leise, aber Dante konnte nicht sagen, ob sie damit ja oder nein meinte.

»Moment ...« sagte Kathy.

Vinny Rapino ließ den Motor des Mercedes an, verließ den Parkplatz und fuhr fort.

»Okay«, sagte Dante, »das war's dann wohl. Funktioniert dein Handy?«

»Klar.«

Dante schaltete den Motor wieder aus, öffnete die Wagentür und machte Anstalten auszusteigen.

»Wo willst du hin?« fragte Kathy. »Komm sofort wieder rein.«

»Geh zu deinem Wagen und ruf die Neun-eins-eins an, verständige die hiesige Polizei. Sag ihnen, du bist im Zusammenhang mit einer Observierung hier oben, sag ihnen, dein Partner braucht Hilfe.«

»Was glaubst du eigentlich, wo du jetzt hingehst? Du wirst mich hier nicht allein lassen!« Kathy drehte sich auf ihrem Sitz zur Seite, mühte sich ab, ihre Tür zu öffnen.

Dante spürte, wie er ungeduldig wurde. »Bitte, mach einfach das, was ich dir sage. Ich bin nur ganz kurz weg.«

Kathy verzog das Gesicht. »Bist du verrückt?«

Gerührt von ihrer Ernsthaftigkeit konnte Dante sich ein Lächeln nicht verkneifen.

»Verrückt, ja, ich bin verrückt. Das bin ich, der bekloppte Dante, bin wahrscheinlich schon immer ein bißchen übergeschnappt gewesen. Ich bin ein beschissener Vater, ein noch schlechterer Ehemann, ein schrecklicher Sohn und ein lausiger Freund. Trotzdem halte ich mich für einen guten Cop. Das ist so ziemlich das einzige, was für mich spricht. Ich werde nicht hier sitzen bleiben und tatenlos zusehen, wie JoJo – oder sonst irgendwer – abgeknallt wird. Ich muß was tun, das mache ich. Ich tue was.«

»Ich komme mit.«

»Den Teufel wirst du tun. Du machst das, um was ich dich bitte, und besorgst uns Verstärkung.«

»Klar.« Kathy nickte, als beende sie damit eine Diskussion mit sich selbst, an der Dante nicht beteiligt war. »Aber wenn dir da drinnen was zustößt, bringe ich dich um.« Sie lächelte ihn schwach an.

JoJo saß an einem runden Tisch in der hintersten Ecke des Restaurants, die Wand im Rücken, rechts von sich ein Panoramafenster, das einen sensationellen Ausblick auf das Meer bot. Ihm gegenüber saß Nicky Black, und Bruno neben ihm. Er saß nun schon fast seit einer Stunde dort und hatte seinen Hummer kaum angerührt, redete ohne Unterbrechung, ging mit Nicky und Bruno alles durch. Sowohl Nicky als auch Bruno hatte er als mögliche Verräter ausgeschlossen. Er hatte sich noch nie sonderlich viel aus Nicky gemacht, haßte es, daß er seine Schwester mit dieser kubanischen Braut betrog, sich immer wie ein beschissener Spaghettigangster anzog und wie ein Hollywood-Pate aus dem Mundwinkel heraus raunte. Aber der Typ war sein Schwager, und in Wahrheit kannte er jeden einzelnen von Nickys Schritten. Nicky würde sich nicht gegen ihn stellen, seine Welt war einfach zu klein, um sich zu verstecken, sollte er es versuchen. Und Bruno, mein Gott, Bruno war so altmodisch, der Kerl würde sich eher die Pulsadern aufschneiden, als zu einem Spitzel zu werden. Seine Liste wurde kleiner. Den Zwerg hatte er inzwischen ebenfalls ausgeschlossen, seine Arbeit mit dem puertoricanischen Cop war der Beweis. Und was diese spezielle Sache betraf, er würde sie nie mehr erwähnen. Als hätte er nie von dem Kerl gehört, würde weder mit dem Zwerg noch mit sonst jemandem darüber reden.

Als er auf Luis, ihren kubanischen Verbindungsmann, zu sprechen kam, beobachtete JoJo aufmerksam Nicky, versuchte seine Beunruhigung über ein verbotenes Drogengeschäft zu taxieren, gelangte zu dem Schluß, daß er kein Problem damit hatte, was ihn andererseits auch wieder nicht sehr überraschte, da es offensichtlich war, daß Nicky sich nur wenig Gedanken um die Regeln machte und es kaum wagen würde, ihn zu kritisieren. Er erzählte von dem für den folgenden Tag in Providence angesetzten Treffen mit Luis, von der Besprechung mit Armond Rammino, die Lilo einfädelte, und schließlich von dem Tip, den er über den Informanten erhalten hatte.

Nicky verfluchte den Spitzel, sagte, den Bastard möchte ich gern erwürgen, du weißt schon, was ich meine, eigenhändig möchte ich dem Kerl die Kehle rausreißen. Dann ließ er sich darüber aus, daß es zu viele neue Rekruten gab, nannte aber weder Namen, noch äußerte er irgendwelche Vermutungen. Als Bruno sagte, er würde nie behaupten, daß Lilo ein Verräter sei, aber trotzdem, er vertraue dem Kerl nicht, verkündete Nicky, daß er gern Lilos Kopf seiner leibhaftigen Mutter in den Arsch schieben würde. Er zischte das aus dem Mundwinkel, redete cool und gefährlich, jagte JoJo eine Gänsehaut über den Rücken. Nicky verstand es, mit Worten umzugehen, beschrieb Lilo als Schleimbeutel, Ekelpaket, nichtsnutzigen Sohn einer verräterischen Hündin.

Bruno wies darauf hin, daß es klug sei, Lilo jetzt sehr aufmerksam im Auge zu behalten. »Kannst du dir einen besseren Zeitpunkt für seinen Schachzug mit den Ramminos vorstellen? Ich meine, falls es das ist, was er geplant hat. Der Typ hat mir schon immer Sorgen gemacht, aber dann auch wieder nicht zu sehr, falls du verstehst, was ich meine.«

»Entschuldige, JoJo«, sagte Nicky Black, »kann ich mal was sagen?«

JoJo zuckte die Schultern.

Nicky rollte die Schultern und griff sich zwischen die Beine. »Bei all den Jungs, die wir haben, warum gibst du da ausgerechnet einem Bürschchen wie Vinny, Lilos Mann, die Chance, dich zu fahren? Ich meine, wir haben selbst gute Kids, die ihren rechten Arm dafür geben würden.«

»Kümmer dich um deinen eigenen Kram, Nicky«, sagte JoJo.

»Klar«, sagte Nicky und widmete sich wieder seiner Muschelsuppe.

»Er tut dem Jungen einen Gefallen, du kennst doch deinen Schwager, er tut den Leuten gern einen Gefallen«, sagte Bruno.

»Ja, laß dir mal was von mir sagen, Bruno«, sagte Nicky. »Manchmal ist es ganz schön hart da draußen, und dann ist es ganz nett, vom Boss den Kopf getätschelt zu bekommen. Du weißt schon, so was wie, he, Kid, du machst deine Sache gut, so was in der Richtung.«

»Ich geb dir gleich auch was auf den Kopf, wenn du nicht das Maul hältst«, sagte JoJo.

Dante stand unter Hochspannung, als er die Flutmauer entlang auf das Coast Guard House zuging. Ihm schwirrte der Kopf mit Bildern dessen, was alles passieren konnte. Jedesmal, wenn er über JoJo nachdachte, sah er früher oder später Jimmy, die Arme verschränkt im hinteren Teil des Gerichtssaals stehen und den Kopf schütteln, und das war so ziemlich das letzte, woran er jetzt denken wollte. Er nahm seine Kanone von der Hüfte und ließ sie in seine Jackentasche gleiten, zwang sich dazu, lockerer zu werden. Zum erstenmal registrierte Dante jetzt den Lärm der Wellen, die sich an den Felsen brachen. Es überraschte ihn, daß es so laut war, wenn er bewußt auf die Meeresgeräusche achtete.

Er ging durch die Eingangstür des Restaurants und weiter in den Gastraum, kam an einer ovalen Mahagonibar vorbei, in der sich gutgekleidete Gäste drängten, eine Gruppe stand an der Theke, Männer und Frauen, die sich leise unterhielten, nichts wußten von dem angespannten Mann mit der Pistole in der Jackentasche, der sich fragte, wie es wohl sein würde, wenn JoJo ihn bemerkte. JoJo saß dort am besten Tisch des Lokals in einem blauen Blazer und mit Seidenkrawatte, einen Hummer vor sich, plauderte mit zweien seiner Kumpane. Sag zu JoJo, ey, Kumpel, ich bin wegen dem Essen hier, das du mir versprochen hast, ach ja, und übrigens, ganz leise, damit niemand sonst es mitbekam, da draußen wartet ungefähr ein Dutzend Schmalzköppe darauf, daß du rauskommst, denn wenn du das machst, werden sie dir und deinen Freunden die Ärsche wegballern.

»Nun seht mal, wer da kommt!« sagte JoJo.

Bruno blinzelte ihn an, die Lippen zusammengekniffen, schaute sich um, als wäre Dante der erste eines Überfallkommandos, und Nicky in seinem schwarzen Rollkragenpullover, der schwarzen Hose und dem schwarzen Hemd machte ein Gesicht, als wäre er der Engel des Todes.

»Hast du Hunger?« fragte JoJo.

»Ich verhungere, ich komm einfach nie dazu, was Anständiges zu essen. Ich bin nicht du, ein Mann ohne Sorgen, der sich in netter Gesellschaft zum Plaudern hinsetzen kann, ein bißchen Wein trinken, etwas Hummer essen. Für so was hab ich leider keine Zeit.«

»Aber wer ist der Typ?« fragte Nicky.

»Ein alter Freund von mir aus dem Viertel. Dante O'Donnell, darf ich dir meinen Schwager Nick Napoli vorstellen, und das hier ist Bruno.«

»Du wirst es nicht glauben, aber ich weiß schon, wer diese Jungs sind.«

»Aus dem Viertel, hä? Ein Typ aus dem Viertel? Ich hab dich noch nie gesehen«, sagte Nicky.

»Ich dich aber.«

»Er ist ein Cop«, sagte JoJo.

»Ein Cop aus dem Viertel?« Bruno hob die Augenbrauen, als wollte er das noch einmal hören, und lächelte.

»Ja, das bin ich, nur ein Typ aus dem Viertel, der zufälligerweise Cop geworden ist.«

»Ein alter Kumpel, mit dem ich früher rumgezogen bin«, sagte JoJo.

»Das war damals, jetzt ist heute«, sagte Dante.

»Ey«, sagte JoJo. »Einmal Kumpel, immer Kumpel. Was machst du hier oben? Was führt einen Stadtburschen wie dich in die tiefste Provinz?«

Dante musterte den freudestrahlenden JoJo, seine Zähne blitzten in seinem sonnengebräunten Gesicht. Dante fühlte sich so gottverdammt unwohl, sein Magen schlug einen Salto nach dem anderen, und in seinem Kopf war ein Geräusch wie ein Hubschrauber, der zur Landung ansetzte. Er hatte gerade beschlossen, daß er JoJo nichts zu sagen hatte, warum also zum Kuckuck machte er das hier? Er sollte sich einfach wieder umdrehen und gehen, sollte Lilo ihn doch haben. Er haßte den Kerl leidenschaftlich. Aber warum genau? JoJo war ein Mafioso, aber es gab Millionen Mafiosi, und die meisten davon erheblich weiter unten auf der Leiter der menschlichen Wesen als JoJo. Vielleicht war es dieses gottverdammte Lächeln, obwohl er für soviel üble Scheiße verantwortlich war; doch dann dachte er, für irgendwas sind wir alle verantwortlich. Also verdiente JoJo seinen Haß vielleicht gar nicht.

»Ich bin gekommen, um dir einen Gefallen zu tun«, sagte Dante und schaute fort.

JoJo zuckte gleichgültig die Schultern. »Jede Wette«, sagte er.

In diesem Augenblick hörten sie die Sirenen. An anderen Tischen standen Gäste auf, um aus den Fenstern zu schauen; zwei Männer von der Theke gingen auf die Tür zu.

»Ich hoffe, der Krawall hat nichts mit mir zu tun«, sagte JoJo.

»Es hat alles mit dir zu tun.« Dante lächelte JoJo an, fühlte sich gut.

»Du willst mich verarschen, stimmt's?«

Bruno steckte sich eine Zigarette an, und Nicky stand auf. Drei Tische weiter verließ ein Mann den Raum, der aussah, als hätte er sein silbergraues Haar poliert. Er trug einen fließenden, weißen Pullover, ein älterer Mann mit sonnengebräuntem, faltenlosem Gesicht und einer hinreißenden jungen Schönheit an seiner Seite.

Dante blinzelte den Mann an, drehte sich dann langsam zu JoJo um. »Ich denke, wir haben alle einen Zeitpunkt, an dem wir gehen müssen. Aber ich glaube, heute abend ist deiner noch nicht gekommen.«

JoJo sah ihn sofort scharf an. »Ich denke, wir haben alle keinen Vertrag auf die Ewigkeit, wenn du verstehst, was ich meine.«

Bruno fixierte Dante mit einem halbirren Ausdruck auf dem Gesicht, so als würde er in ungefähr einer Sekunde aufspringen und ihm an die Kehle gehen.

»Bist du hier, um Ärger zu suchen?« fragte Bruno. »Also, wenn du Ärger haben willst –«

Auf italienisch zischte JoJo ihm zu: »Sachte, ganz sachte.« Zu Dante sagte er: »Du weißt ja, daß du hier reingekommen bist, als wären wir in Dodge City oder wo. Kein Hallo, JoJo, wie geht's dir? Was hast du so gemacht? Du bist unhöflich, Dante. Ich werd dir jetzt mal was sagen. Was gute Manieren betrifft, hat's bei dir schon immer gefehlt. Vielleicht liegt's daran, wie du erzogen worden bist. Schon mal darüber nachgedacht, daß es vielleicht nicht normal war, wie du erzogen worden bist? Höflichkeit«, sagte JoJo. »Das Wort schon mal irgendwo gehört?«

Dante richtete sich auf, schenkte ihm seine volle Aufmerksamkeit, als besäße er allein die Macht. Sein Hirn schrie: *Scheiß doch auf den Kerl, scheiß auf ihn, soll Lilo ihn doch umlegen!*

»Willst du mir sagen, was dich beschäftigt?« fragte JoJo mit gedämpfter Stimme. »Oder willst du uns beim Abendessen Gesellschaft leisten?«

Schweigen von Dante.

»Wenn du was zu sagen hast, dann solltest du es auch sagen, finde ich«, sagte JoJo.

Dante sah ihn scharf an. JoJo nickte langsam, sein Blick pendelte zwischen Bruno und Nicky Black.

»Ich hab gerade über dich nachgedacht und wie *du* erzogen worden bist.«

»Ach, ja?« sagte JoJo und schaute fort.

Wieder Schweigen von Dante.

»Und?« fragte JoJo.

»Ich denke, vielleicht hattest du keine Wahl, konntest keinen anderen Weg gehen. Man hat dir gesagt, das Leben ist wild, hat dir Kanonen in die Hände gedrückt und gesagt, genau so muß es sein. Vielleicht bist du auch nur ein Opfer, wie alle anderen. Dann denke ich mir: Nix da!«

JoJo warf ihm wieder ein Lächeln zu, dieses verfluchte Lächeln. »Du kapierst es einfach nicht, was? Genau wie dein alter Herr hast du einen Kopf wie ein beschissener Stein. Ich bin kein Opfer. Falls überhaupt was, ganz unter uns gesagt, dann mache ich Opfer.«

»Was zum Teufel weißt du schon über meinen Vater?«

»Eine Menge mehr als du, du Schwachkopf.«

JoJo starrte ihn einen langen Augenblick an, das Schweigen wurde nur noch verstärkt durch das schwere Atmen von Bruno und Nicky Black. Dante verschränkte die Arme, dachte, du weißt mehr über meinen Vater als ich? Falscher Hund. Und da fragst du dich noch, warum du diesen Dreckskerl haßt?

»Weißt du«, sagte Dante, »wahrscheinlich hast du einfach ein Opfer zuviel gemacht, Klugscheißer. Und jetzt geht es für dich den Berg runter. Heute abend hast du noch mal Glück, aber es gibt immer ein Morgen, oder ein Übermorgen, oder vielleicht auch der Tag danach. Und dein Tag wird kommen. Es ist nur noch eine Frage der Zeit.«

»Es reicht, Bulle«, sagte Bruno. »Du hast dein Sprüchlein aufgesagt, und jetzt verpiß dich.«

Dante sah in Brunos Gesicht. Die Augen des Burschen waren so groß und voller Wut, daß es über Dantes Verständnis ging. Dante lächelte ihn an, es war ein freundliches Lächeln, das bedeutete: Wetten, daß?

Bruno nahm einen tiefen Zug aus seiner Zigarette, war viel zu sauer, um noch vorsichtig zu sein. »Ey, harter Typ«, sagte er. »Bild dir bloß nicht ein, deine Marke wär so was wie eine kugelsichere Weste.«

Überrascht von der Wut, die sich in ihm zusammenbraute, wippte Dante vor und zurück, dachte über JoJo und Jimmy nach, darüber, daß JoJo seinen Vater erwähnt hatte – was konnte das Arschgesicht über seinen alten Herrn wissen? Er wandte sich an Bruno. »Weißt du was, Bruno?« sagte Dante. »Du machst mir eine Scheißangst.«

Bruno knurrte.

»He, Bruno«, sagte Dante. Bruno gab keine Antwort. Er blickte an Dante vorbei hinaus zur Bar. »Ich hoffe, du hast die Prämien deiner Lebensversicherung immer bezahlt, hast Frau und Kinder gut abgesichert, du verstehst schon. Das gleiche gilt auch für dich, Nicky. Denn ihr werdet es beide brauchen. Euer Boss hier hat sich ein paar Feinde gemacht, und ich glaube kaum, daß die Gefangene nehmen. Wenigstens nicht euch zwei Halbgescheiten.«

Dante sah den anschwellenden Zorn in JoJos Gesicht, JoJo wußte, daß Dante die zwei aufstachelte. Er seufzte, zwang sich, cool zu bleiben, fragte sich, wie weit er sich das hier gefallen lassen sollte.

»Geh jetzt«, sagte JoJo. »Verschwinde, solange du noch allein hier rausgehen kannst.«

»Ey, JoJo«, sagte Nicky Black, »warum überläßt du mir nicht einfach den Kerl? Ich bring ihm was Respekt bei.«

Das war der Tropfen zuviel. Dantes Adrenalin schoß ihm in den Kopf. »Du magerer Schmalzkopp«, sagte er, »steh auf, na los, und ich prügel dich in den nächsten beschissenen Staat.«

Nicky fletschte die Zähne und warf Dante einen tödlichen Blick zu.

JoJo verschränkte die Arme vor der Brust, lehnte sich auf seinem Stuhl zurück und lachte, zwar leise, aber dennoch war es ein Lachen. »Du Arschloch, du wirst dich nie ändern. Bleib sitzen, Nicky, steh nicht auf, denn der Kerl wird dich zusammenschlagen. Und dann muß ich meinen alten Kumpel erschießen. Dante, hör mal«, sagte JoJo beinahe bittend, »könntest du jetzt bitte verschwinden, bevor du mich noch wirklich sauer machst?«

Er schob seinen Stuhl zurück und machte Anstalten aufzustehen. Dante griff über den Tisch und gab ihm einen Stoß. Es war nur ein kleiner Stups, keine große Sache. Aber JoJo verlor das Gleichgewicht und sackte überrascht auf seinen Stuhl zurück. Bruno und Nicky sprangen auf. Dantes Hand verschwand in der Jackentasche, und einen kurzen Augenblick dachte er daran, hier und auf der Stelle alle abzuknallen. JoJo packte Brunos Jacke und Nickys Pullover und zog sie wieder auf ihre Plätze herunter.

»Setzt euch, ihr Blödmänner, genau das will er doch. Gebt ihm nicht, was er will.« Dann schien JoJo innerlich abzuheben, flog an ihnen allen vorbei, an einen Ort, in sein eigenes verrücktes Land, wo er König war. »Es wird ein anderes Mal geben, an einem anderen Ort«, zischte JoJo. »Nicht hier. Reißt euch zusammen.«

Dante hatte eigentlich weitermachen, alles rauslassen, es jetzt zu Ende bringen wollen, aber er sah den psychotischen Ausdruck in JoJos Augen und hörte auf: Andernfalls würde er ihn umbringen müssen. Wenn JoJo ausrastete, dann war er nur noch durch eine Kugel in den Kopf aufzuhalten. Und er hatte recht, JoJo hatte recht, das hier war nicht der Ort.

Dante gähnte und reckte sich. »Ich hau jetzt ab, JoJo«, sagte er.

»Wurde auch gottverdammt Zeit«, sagte JoJo.

»Aber bevor ich gehe, möchte ich dich noch mit einigen Tatsachen bekannt machen.«

»Um Himmels willen«, sagte Bruno.

»Laß ihn reden, laß ihn ausreden und dann von hier verschwinden. Das ist alles, wozu dieser Typ je getaugt hat, Scheiße, Scheiße und nochmals Scheiße. Mach weiter«, sagte JoJo. »Sag dein Sprüchlein, und dann gehst du besser, denn ich sage dir eins, Dante, ich hab bis hier die Schnauze voll von deiner Scheiße. Du ahnst ja gar nicht, was für ein Glückspilz du bist.«

»He, kein Problem«, sagte Dante und spreizte die Hände. Er genoß es. »Da draußen wartet eine Bande auf dich«, sagte er und stieß mit dem Daumen über seine Schulter. »Da draußen, draußen auf der Straße, und die überlegen sich, was sie mit deiner Asche machen sollen. Ich sag dir, JoJo, du mußt wirklich ein wichtiger Bursche sein, all diese Leute kommen extra aus New York hier rauf, nur um dich zu sehen.«

Bingo. Alle drei drehten sich auf ihren Sitzen um und glotzten, als könnten sie durch die Wände des Restaurants sehen. Dante fühlte sich gut – mehr als gut, er fühlte sich sagenhaft. Einen Moment lang dachte er schon, daß er JoJo schließlich hatte. Er liebte es zuzusehen, wie dieses aalglatte Lächeln verblaßte.

»Wer denn zum Beispiel?« fragte Nicky.

»Halt's Maul«, sagte JoJo.

»Kennt ihr drei Helden einen ekelhaften kleinen Wichser namens Lilo Santamaria? Was ist mit einem anderen Arschloch, das auf den Namen Benny Ricci hört, und – das wird euch jetzt echt vom Hocker hauen – wie steht's mit Frank Catalano? Ich vermute mal, diese Typen haben einen guten Grund, warum sie jetzt hier oben in Rhode Island sind. Stimmt's? Es ist ein freies Land, Leute können tun und lassen, was sie wollen.«

»Was zum Teufel redest du da eigentlich?« sagte Nicky Black.

»JoJo, diese Typen liegen draußen vor diesem Laden auf der Lauer. Ich würde mal sagen, es bestehen ernsthafte Zweifel, was deine Zukunft betrifft. Heute abend habe ich es mir zur Aufgabe gemacht, dafür zu sorgen, daß du nicht über die Fassade dieses Restaurants verspritzt wirst, aber nächstes Mal . . . wer weiß?«

JoJo sagte nichts, sein Mund war zu einem kleinen Lächeln erstarrt. Dante hatte das Gefühl, mit einem Mann aus Holz zu reden. »Noch etwas«, sagte Dante. »Vielleicht möchtest du den Cops da draußen was von deinem gestohlenen Mercedes erzählen?«

Nicky Black fielen die Augen fast aus dem Kopf. Er nuschelte irgendwas. Bruno und JoJo saßen wie erstarrt da.

»Dein Bursche hat sich vor zwanzig Minuten mit dem Mercedes vom Acker gemacht. Du hast keine Karre mehr – aber vielleicht weißt du das ja schon.«

»Dreckskerl«, sagte Bruno.

Nicky fauchte: »Dieser kleine Rattenarsch.« Er zitterte.

JoJo legte eine Hand auf Nickys Arm. In der Bar spielte jemand »Nature Boy« von Natalie Cole.

»Die Frau kann singen, was?« sagte JoJo, ganz cool und gelassen. Für Dante war der Kerl ein gottverdammtes Rätsel.

»Ja, aber nicht so gut wie der Vater«, sagte Dante. »Die zweite Generation hat's immer verdammt schwer, an das Original heranzukommen.«

»Ja. Genau. Wahrscheinlich hast du recht.« JoJo nickte, wartete einen Moment, lächelte ihn dann an. »Kumpel, wer wüßte das besser als du?«

»Ey, JoJo, ich bin nicht dein Kumpel.«

»Ey, Dante, das weiß ich seit dreißig Jahren. Und jetzt tu mir einen Gefallen. Dein langweiliges Spiel ist jetzt zu Ende. Geh jetzt bitte endlich und verpiß dich, ich will in Ruhe meinen Hummer essen.«

»Deine Welt fliegt in die Luft, Arschloch. Und ich bin von der Vorstellung ganz begeistert, daß ich in der Nähe sein und zusehen werde, wie alles den Bach runtergeht.«

JoJo und Dante sahen sich an.

»Was habe ich dir nur getan, daß du mir so viel Gutes tust?«

Dante zuckte zusammen und schaute fort, dachte darüber nach. Er sah JoJo wieder an, erhielt dieses raffinierte Lächeln. »He«, sagte er und hob eine Hand, »du lebst in deinem Teil des Waldes, ich lebe in meinem. In deinem Leben hast du was aus dir gemacht, aber was du gemacht hast, ist mein natürlicher Feind.« Dante merkte, daß er wieder an Jimmy dachte, daß sein Partner dieses Stück Scheiße dauernd verteidigte. Er verschränkte die Arme, sah JoJo an und spürte ein vages Gefühl der Neugier und auch etwas Neid.

Ein Exekutionskommando wartete dreißig Meter entfernt auf ihn, und der Mann knackt in aller Seelenruhe eine Hummerschere und fängt an zu essen.

»Du bist böse, ein Krimineller durch und durch, du kannst nur nehmen.« Dante seufzte. Er hatte es langsam satt, sich selbst reden zu hören. »Du hast dich in dreißig Jahren kein bißchen verändert. Du warst kein schwarzes Kid aus dem Ghetto, das ums Überleben kämpfen mußte. Du hattest Chancen, und du hast deine Wahl getroffen: Du hast dich zu meinem Feind gemacht.«

JoJo nickte, aber Dante konnte nicht sagen, was er damit meinte.

Dante sagte langsam und ruhig: »Du bist ein raffiniertes, egoistisches Arschloch, bist es schon immer gewesen. Du hattest nie den Mumm, selbst das zu tun, was du von anderen Leuten verlangst.« Dann winkte er dem Tisch noch einmal kurz zu. »Wir sehn uns im Viertel.« Drehte sich um und verließ das Restaurant.

Rotierende Lichter auf den Streifenwagen tauchten die Szenerie in Rot und Blau, und auf der Avenue wimmelte es von Cops, uniformierten Beamten und einigen in Zivil. Die Menge und der Lärm überraschten ihn. Kathy mußte einen Hilferuf an sämtliche Cops von Rhode Island abgesetzt haben. Eine Weile stand er vor dem Restaurant und registrierte einfach die ganze Party. Zwei uniformierte Cops gingen an ihm vorbei. Der eine sagte zum anderen: »Das Großmaul brauchte eins auf die Glocke.« Allerdings, das hier war eine Party.

Suchscheinwerfer waren auf die Transporter gerichtet, und die Männer aus diesen Transportern, ausnahmslos bewaffnet, waren in Handschellen gefesselt und blinzelten in die Scheinwerfer der Streifenwagen. Dante zählte zwölf gefesselte Männer. Es mochten auch mehr gewesen sein, Streifenwagen kamen, luden die Gefangenen ein, brachten sie auf das hiesige Revier. Dante vermutete, daß der diensthаbende Beamte dort wahrscheinlich im Karree sprang angesichts der Arbeit, die da auf ihn zu rollte.

Cops mit Taschenlampen suchten die Vans ab, und aus den Streifenwagen und von den Walkie-talkies kam das Knistern und Knacken von Funkgeräten. Alle Cops trugen kugelsichere Westen, manche hatten Schrotflinten und automatische Gewehre. Alles perfekt und routiniert.

Während er zwischen den Polizeifahrzeugen nach Kathy suchte, steckte er sich seine letzte Zigarette an. JoJos Worte fielen ihm wieder ein. Was zum Teufel hatte er damit gemeint, die Sache über seinen Vater: *Ich weiß mehr als du.* Dann verstummten die Funkgeräte und Walkie-talkies, und er konnte wieder hören, wie das Meer auf die Felsen einschlug. Kein Mond war da, keine Sterne standen an einem Himmel, der hell erleuchtet wurde von rotierenden Polizeilichtern.

Kathy trat aus dem Licht und rief seinen Namen, als versuche sie ihn vor einem herandonnernden Zug zu warnen. »Dante!« schrie sie. »Dante, sie haben Ray erschossen, Ray ist tot!«

Dante erstarrte, eine Hand schloß sich um die Kanone in seiner Tasche. Er flüsterte den Namen, sagte dann laut, »Raymond«, empfand nichts, wußte nichts, alles stürzte jetzt in grellem Licht auf ihn ein, JoJos Gesicht, Jimmy, sein Vater, Raymond – dieses tolle Lachen – Raymond.

KAPITEL NEUNZEHN

Vinny Rapino versuchte, seine Angst durch hohes Tempo zu vertreiben, malträtierte das Gaspedal, erreichte achtzig, dann neunzig Meilen die Stunde, fuhr mit dem Mercedes nach Norden, Richtung Boston. Die Finger einer Hand trommelten auf dem Armaturenbrett, er war wie benommen, hatte eine solche Angst, daß er meinte, kotzen zu müssen.

Er hatte sich immer für einen gewieften Burschen gehalten, einen Mann in Bewegung, einen aufgehenden Stern. »Scheiße!« brüllte er die Windschutzscheibe an, dann schlug er sich mit dem Handballen gegen die Stirn. Er war jetzt ein Einzelgänger, auf sich allein gestellt, er hatte seinen Boss sitzenlassen, und den Boss seines Bosses. Er hatte beide herausgefordert, hatte beiden gesagt, sie könnten ihn mal kreuzweise. Und jetzt würden sie ihn jagen, Lilo und auch JoJo würden ihn jagen und ihn töten. Sofern sie sich nicht vorher gegenseitig umbrachten.

Doch er hatte nicht vor, sich darauf zu verlassen. Genausowenig wie er sich darauf verlassen konnte, daß man ihm Gelegenheit gab zu erklären, warum er weggelaufen war, warum er sich verdrückt hatte. Vinnys Herz klopfte schnell, und seine Wangen brannten. Solange er sich zurückerinnern konnte, war sein Leben von Regeln bestimmt gewesen, die einfach befolgt werden mußten. Und er hatte sie ignoriert, alle, und jetzt hatte er sich einen Kopfschuß verdient. Dessen, und nur dessen, war er sich sicher. Sinatras »My Way« füllte den Wagen, er drehte die Lautstärke weiter auf, dachte darüber nach, wohin er nun gehen, was er jetzt tun sollte. Er überlegte, einfach nach Norden zu fahren und sich ein Motel, ein Hotel, irgendwas zu suchen, wo er sich verstecken und versuchen konnte, die Puzzleteile zusammenzufügen. Außerhalb von Providence reduzierte er das Tempo auf die zulässige Höchstgeschwindigkeit, fragte sich, wie weit er wohl mit dreihundert Dollar in bar und ein paar Kreditkarten kam. Ziemlich weit, vermutete er. Nur wohin, das war die große Frage: Wohin konnte er gehen?

Seit Tagen hatte er es schon kommen sehen. Und jetzt war er geflohen, und der Kopf drohte ihm in einem wirren Durcheinander mordgieriger Gesichter und erinnerter Drohungen zu platzen. Er hatte geglaubt, er könne diese Leute begreifen und sich irgendwie durchschlängeln, auf zwei Hochzeiten tanzen und irgendwie überleben. Aber alles passierte einfach zu schnell. Keine Zeit mehr, sich einen guten Schachzug auszudenken. Er wußte, daß er praktisch keine Überlebenschancen hatte, wenn er in der Nähe dieses Restaurants blieb. Vinny starrte auf den nächtlichen Highway hinaus. Wenn Lilo ihn nicht erwischte, dann eben JoJo. Alles sagte ihm, daß er sich verpissen mußte, und vielleicht, nur vielleicht, würde er aus dem Schneider sein, wenn er genügend Entfernung zwischen sich und den heraufziehenden Scheißesturm brachte. Kanada klang ganz gut, es hatte etwas Sicheres. Etwa fünfzig Meilen nördlich von Boston bog er zu einem Motel ab und freute sich, als er feststellte, daß der Laden auch eine Bar hatte. Ein knallgrünes Neonschild verkündete OBEN-OHNE-TÄNZERINNEN.

JoJo aß seinen Hummer, sagte Bruno und Nicky, sie sollten sich nicht von der Stelle rühren, ging dann zum Eingang des Restaurants und schaute hinaus. Überall Cops. Es war interessant, Cops in Dreier- und Vierergruppen unterhielten sich untereinander, gestikulierten, einer deutete auf das Restaurant. Er sah Dante und diese Polizistin, die er, in eine Unterhaltung vertieft, im Chaplin's getroffen hatte, und die Frau war erschüttert, so wirkte es wenigstens auf ihn. Dante stand mit gesenktem Kopf da, nickte, während er ihr zuhörte. Dicht neben ihnen stand ein uniformierter Cop mit

Rangabzeichen und Goldtressen wie ein südamerikanischer General, hörte ihnen zu, schaute von Dante und der Polizistin zum Eingang des Restaurants. Er schien bereit zum Kampf. Die Hände in die Hüften gestemmt, den Kopf schüttelnd, ernste Miene – Mein Gott, das ist ja schrecklich – auf dem Gesicht. Er schien darauf zu warten, etwas zu unternehmen, wollte seinen Teil an der Action.

JoJo suchte eine Telefonzelle. Er rief John an; keine Antwort. Das war kein gutes Zeichen, überhaupt kein gutes Zeichen. Er hatte John gesagt, zu Hause zu warten, um Nachrichten entgegenzunehmen. Er erwartete Anrufe von dem Zwerg und von Jimmy, und von dieser Ratte Lilo, der ihn mit Sicherheit in nächster Zukunft nicht mehr anrufen würde. Lilo, dachte er, Lilo, du hast deinen Zug gemacht, und jetzt machen wir Nägel mit Köpfen und ziehen in den Krieg. Er lehnte sich gegen die Wand und dachte nach, überlegte, wie er gegen Lilo und Yale zurückschlagen würde. Plötzlich brannte er darauf, hier wegzukommen, fort von diesem Restaurant, wollte so schnell wie möglich wieder in Johns Haus sein. Es war denkbar, daß Lilo dorthin ebenfalls Leute geschickt hatte, Leute in das Haus seines Bruders John. Er war verblüfft, wie sehr er erschrak, als er an John dachte.

JoJo kehrte in den Gastraum zurück, winkte die Kellnerin herbei und bat um die Rechnung. Fünfzig Dollar würden reichen; er gab der Frau zwei Hundertdollarscheine und sagte: »Hat das Lokal einen Hinterausgang?«

Sie war eine Frau mittleren Alters mit einem zarten, mädchenhaften Gesicht. Ein bißchen zuviel Rouge auf den Wangen und etwas zuviel Lip gloss, aber sie hatte eine sanfte, freundliche Ausstrahlung. Die Hände hielt sie vor sich gefaltet.

»Können Sie schwimmen?« fragte sie.

»Sicher, ich könnte bis nach Frankreich schwimmen, wenn's sein müßte.« Er klang, als meinte er es ernst, sprach mit mehr Selbstvertrauen, als er tatsächlich empfand. »Im

Ernst, gibt es einen Weg raus, ohne durch den Vordereingang zu müssen?«

Sie machte eine kleine, kreisende Bewegung mit dem Finger. »Die Cops sind hier überall auf dem Gelände.«

»Das sehe ich.«

Die Kellnerin starrte ihn einen langen Augenblick vorsichtig an.

»Ich muß hier raus, und ich brauche eine Fahrgelegenheit. Es sind noch drei weitere Hunderter drin, wenn Sie mir helfen können.«

Die Kellnerin antwortete nicht. Sie schaute stirnrunzelnd an sich herab und strich über ihre Uniform.

»Hören Sie, ich brauche Hilfe.«

»Sie sollten keine arbeitenden Leute belästigen, die *Sie* nicht belästigen.«

JoJo schüttelte den Kopf und schaute sich im Restaurant um. Er bemerkte einen Blick von Bruno, der eher neugierig als besorgt war.

Die Kellnerin zuckte die Schultern. »Ich kann mir keinen Ärger leisten. Außerdem haben sie den Parkplatz abgesperrt, und da steht mein Wagen.«

JoJo kniff die Augen zusammen, als täte ihm etwas weh. »Ich muß hier raus. Und ich brauche keine lange Unterhaltung mit diesen Cops, und das ist alles, was die von mir wollen, eine lange Unterhaltung. Ich gebe Ihnen mein Wort, ich habe kein Problem mit denen, die wollen sich nur ausführlich mit mir unterhalten, und dazu fehlt mir leider die Zeit. Helfen Sie mir, okay?«

»Wo ist Ihr Wagen? Und Ihre Freunde, was ist mit denen?«

»Ich habe keinen Wagen. Und was meine Freunde betrifft, die können noch eine Weile hierbleiben, sich ein paar Drinks an der Bar genehmigen, das Nachtleben genießen. Nur ich brauche Hilfe.«

Die Kellnerin hielt ihre Hände etwa fünfzehn Zentimeter auseinander. »In meinem ganzen Leben«, sagte sie mit einem netten, freundlichen Lächeln, »hatte ich bislang ungefähr soviel Ärger. Jemand, der aussieht wie Sie und sich benimmt wie Sie, kann mir ungefähr soviel einhandeln.« Sie breitete die Arme so weit wie möglich aus. »Glauben Sie mir, ich weiß es.«

JoJo war enttäuscht, aber es klang ehrlich. Er mußte aus diesem beschissenen Laden verschwinden, er mußte zurück zu Johns Haus. Sich vergewissern, daß mit seinem Bruder alles in Ordnung war. Er würde ihr mehr Geld anbieten, wenn es Geld wäre, was sie wollte, aber da war er nicht so sicher.

»Ey, von mir haben Sie keine Schwierigkeiten zu erwarten. Von mir bekommen Sie nur Dankbarkeit und Wertschätzung.«

Die Frau lachte ungläubig. »Ey«, sagte sie, »von jemandem wie Ihnen, Süßer, bekomme ich nichts als Unglück.«

»O ja, und wieso reden Sie dann immer noch mit mir?«

»Ihr Lächeln. Ich bin vielleicht nicht ganz bei Trost, aber es ist Ihr Lächeln.«

Sie musterte ihn nachdenklich, als treffe sie gerade eine Entscheidung. JoJo sah ihr in die Augen. Sie waren dunkelbraun, fast schwarz, mit langen, dunklen Wimpern. Als sie wieder sprach, strich sie sich mit der Rückseite ihres Daumens übers Kinn. Sie hatte lange, gepflegte Fingernägel. Und sie roch gut, ein vertrautes Parfum, das Parfum seiner Frau Nancy, und es war nicht billig.

»In Ordnung, gehen Sie auf die Herrentoilette«, sagte sie. »Das ist den Flur dort hinunter. Gehen Sie rein und warten Sie da auf mich.«

»Klingt nett, aber um Ihnen die Wahrheit zu sagen, ich habe keine Zeit zum Spielen. Ich muß hier weg.« Er schenkte ihr sein bestes Grinsen.

»Gehen Sie einfach auf die Herrentoilette. Schließen Sie die Tür ab. Wenn ich soweit bin, werde ich dreimal anklopfen.«

»Sie nehmen mich auf den Arm?«

Es war beinahe komisch. Wahrscheinlich könnte es ausgesprochen komisch sein. Er starrte die Frau verwundert an.

»Gehen Sie«, sagte sie. »Ich bin in einer Minute bei Ihnen.«

»Sagen Sie, wie heißen Sie?«

»Esperanza.«

»Hoffnung. Das bedeutet Hoffnung. Paßt zu Ihnen.«

»Und Sie, wie heißen Sie? Nein, warten Sie, sagen Sie's mir nicht, wahrscheinlich erkenne ich den Namen und kriege nur einen Herzinfarkt.«

»Sie haben noch nie von mir gehört, Schätzchen. Ich bin kein bedeutender Mann. Lassen Sie sich von mir etwas erklären, damit Sie das verstehen. Sehen Sie, wahrscheinlich denken Sie, ich weiß, was da draußen los ist. Ich weiß es nicht. Was immer es ist, es hat nichts mit mir zu tun. Aber ich habe eine Pechsträhne, und wenn ich einem unangenehmen Cop in die Arme laufe, der Ärger machen will, dann könnte ich tatsächlich ein kleines Problem bekommen.«

»Sicher«, sagte Esperanza nach einem Moment. Sie entfernte sich ein paar Schritte, drehte sich dann noch einmal zu ihm um.

JoJo schlenderte zum Tisch zurück, um Bruno und Nicky seine Pläne zu erklären. Nicky starrte ihn so gefährlich an, wie er nur konnte. Bruno saugte Luft durch die Zähne ein und rieb sich die Arme.

»Wir müssen schnell zuschlagen«, sagte Nicky. »Hol den Zwerg und Rudy mit seinen Leuten. Wir müssen schnell zuschlagen und sie für diesen Verrat bezahlen lassen.«

»Sie werden bezahlen«, sagte Bruno.

»Und zwar ordentlich«, sagte Nicky.

»Fertig?« sagte JoJo. »Seid ihr Jungs jetzt fertig? Gut, dann möchte ich, daß ihr mir genau zuhört.«

JoJo konnte sein Gefühl nicht erklären, nicht sich selbst, nicht Bruno und ganz bestimmt nicht diesem Dummkopf Nicky Black. Aber er fühlte sich, als stünde er kurz davor, etwas Großes zu tun, er würde Arschtritte verteilen, als hätte er einen Volltreffer im Lotto gelandet und schmiß mit Geld nur so um sich, und alle schauten zu, jubelten und riefen seinen Namen. In ihm explodierte eine eindringliche, bittere, alarmierende, unleugbar erregte Spannung, wie er es noch nie zuvor empfunden hatte. Er war ein Boss in Kriegszeiten, und er würde die Familie in die Schlacht führen. Es war einfach gottverdammt großartig.

»Ihr beide bleibt hier, bis dieses Theater sich gelegt hat. Die Cops sind noch nicht reingekommen, um uns zu greifen, aber sie werden schon noch kommen. Wenn es soweit ist, werdet ihr mit ihnen gehen, ihr werdet tun, was ihr eben tun müßt.«

Nicky gestikulierte. »Lilo ist da draußen, kannst du's fassen? Lilo und Benny Bats und wahrscheinlich auch dieser Arschlecker Tommy Yale, der ist auch da draußen.«

JoJo nickte, dachte, dieses Vinny-Bürschchen hat mich reingelegt. Konnte gar nicht anders sein.

»Und Ramminos Mann«, sagte Nicky. »Dieses Arschgesicht Catalano, der macht mit denen gemeinsame Sache. Die haben eine beschissene Armee hier auf der Straße.«

»Wird ihnen auch nichts nützen«, sagte Bruno. »Sie haben's vermasselt, und jetzt werden sie bezahlen.«

»Ich möchte dabei sein, wenn Lilo ins Gras beißt, ich will auf sein Grab pissen«, sagte Nicky, als er sich eine Zigarette ansteckte.

JoJo legte eine Hand auf sein Herz. »Gott ist mein Zeuge, beim Grab meiner Mutter, ich werde diese Bastarde ein für allemal vernichten. Ihnen zeigen, mit wem sie sich angelegt haben.«

Bruno lächelte, und Nicky ließ seine Knöchel knacken.

»Okay«, sagte JoJo. »Wir müssen Rudy erreichen. Wo ist er überhaupt?«

Der Dancer, Rudy Randazzo, war einer von JoJos *capos*. Er befehligte eine Gruppe von fünfzig Mann, und seine Basis war ein Schrottplatz in Mill Basin. Der Dancer war ein raffinierter Hund, hielt sich bedeckt und leitete eine eigene Organisation, die sich mit Buchmacherei, Entführung, Geldverleih und Autodiebstahl beschäftigte. Sein Territorium war West-Queens an der Grenze zu Brooklyn. Er war äußerst wichtig, weil seine Leute größtenteils junge, rohe und habgierige Irre aus Bensonhurst und Sheepshead Bay waren, die Lilo und Yale kannten und die Orte, wo sie sich rumtrieben. Seit einiger Zeit dachte JoJo bereits darüber nach, dem Dancer die Verantwortung für alle Glücksspielaktivitäten der Familie zu übertragen. Der Skipper setzte so großes Vertrauen in ihn, daß er dem Dancer praktisch vollständig freie Hand bei der Leitung der unter seinem Kommando stehenden Geschäfte überlassen hatte.

»Der Dancer ist in Florida. Ich werde ihn erreichen«, sagte Bruno. »Gehst du allein hier weg? Bist du verrückt oder was?«

»Ich hab das schon geklärt. Wenigstens glaube ich, daß ich einen sicheren Weg gefunden habe.« JoJo steckte ein paar von Nickys Zigaretten ein. »Ich werde selbst versuchen, Rudy zu erreichen«, sagte er.

»Willst du etwa mit dieser vollbusigen Kellnerin von hier verschwinden?« fragte Nicky.

»Ist sie ein Freund?« fragte Bruno neugierig.

JoJo drehte sich um und sah Esperanza in dem Flur stehen, der zu den Toiletten führte. Sie hielt eine Einkaufstasche in der Hand und zuckte hilflos die Schultern, als er sie ansah.

»Hab sie eben erst kennengelernt.« JoJo fühlte sich ein wenig in der Defensive.

»Und sie wird dich hier rausbringen?« fragte Nicky.

»Na und?«

Nicky zuckte die Schultern. »Die sieht ein bißchen bescheuert aus. Hat irre Augen.«

»Klar, du kennst dich natürlich aus«, sagte JoJo. »Also, ich möchte, daß ihr zwei mir jetzt genau zuhört.« Flüsternd erläuterte JoJo seinen Plan. »Ich werde versuchen, mit dieser Braut zu verschwinden . Ich laß mich von ihr zum Haus meines Bruders fahren, und wenn ich dort bin, werde ich mich mit dem Zwerg und Rudy in Verbindung setzen. Ihnen sagen, sie sollen die Zugbrücke hochziehen und die Kanonen ölen. Ihr zwei bleibt noch ein bißchen hier. Wenn die Cops abzischen, kommt ihr zu Johns Haus. Ich werde da auf euch warten.«

»Bleibt es morgen bei deinem Termin mit dem Spic?« fragte Bruno.

»Worauf du deinen Arsch verwetten kannst.«

Bruno nickte. »Gut, gut.« Er versprach JoJo, sobald die Cops die Straße von dem Pöbel geräumt hatten, würden er und Nicky ihm folgen. Sagte, sie würden sich ein Taxi rufen oder so. Mit einem ausgesprochen unheimlichen Grinsen fügte er hinzu: »Die Kacke ist am Dampfen. Ich bin bereit für einen kleinen Krieg.«

JoJo sah Nicky an, und Nicky sagte: »Die Kacke ist am Dampfen.«

Zufrieden ging JoJo schnell zu Esperanza hinüber. Sie gab ihm die Einkaufstasche, und JoJo grunzte und nickte anerkennend, fragte sich, was zum Teufel drin war. Dachte, Nicky hat recht, diese Braut hat einen irren Blick.

»Hier. Ziehen Sie sich um, dann kommen Sie in die Küche«, sagte sie.

In der Toilette öffnete er die Tasche und fand eine weiße Kochjacke und eine dazu passende Hose, die Arbeitskleidung einer Küchenhilfe. Er war erstaunt, wie ruhig er sich fühlte. Er zog sein Jackett aus, das Hemd und die Krawatte und die Hose, und die Arbeitskleidung an, faltete seine Sachen ordentlich und verstaute sie in der Tasche. Dann ging er in die Küche. Alle starrten ihn mit großen Augen an, aber niemand trat vor und stellte eine Frage oder versuchte, ihn aufzuhalten. JoJo lächelte sie an, und Esperanza gab ihm einen großen, grünen Plastikbeutel mit weiß der Teufel was darin, und keine Sekunde dachte er daran nachzusehen. Der Beutel war leicht, als sei er mit trockenen Blättern gefüllt.

JoJo folgte Esperanza durch den Hinterausgang des Restaurants auf einen kleinen Parkbereich, der von einer Lampe beleuchtet wurde. Unter dem Laternenpfahl parkten vier Autos; eine steife Brise trug den Geruch des Meeres mit sich. Das grelle, weiße Licht ließ ihn erstarren. Plötzlich fühlte er sich angespannt, nervös, an vorderster Front. Er erblickte einen blauen Müllcontainer neben dem letzten der parkenden Autos.

»Sie können den Beutel in den Container da werfen«, sagte sie beiläufig, klang ganz ruhig. »Kommen Sie, bewegen Sie sich, als würden Sie hier arbeiten.«

Dann ging sie zum ersten der Autos, schloß die Tür auf und stieg ein. JoJo fühlte sich wie der alte Custer im Indianerland, als er den Beutel in den Müllcontainer warf und dann zu ihr ging.

Esperanza hatte den Motor gerade angelassen, als, Scheiße, ein gedrungener Polizeibeamter von der Vorderseite des Restaurants auftauchte. JoJo vermutete, daß sie trotzdem losfahren würde, aber der Cop hatte seine Taschenlampe auf sie gerichtet und winkte sie zu sich herüber.

Esperanza sagte immer wieder: »Okay, bleiben Sie cool.« Sie hielt neben dem Cop, der nickend und grinsend wartete.

»Wo wollt ihr zwei hin?«

»Felipe hier hat sich einen Virus gefangen oder so was. Wir wollen nicht, daß er die ganze Küche vollkotzt, also fahre ich ihn nach Hause. Er wohnt in Wakefield. Ist doch okay, oder nicht?«

Der Cop beugte sich zum Fenster und richtete die Taschenlampe in den Wagen, ließ den Lichtstrahl über JoJo wandern und auf seinem Gesicht verharren. JoJo lächelte dünn und zuckte die Schultern.

»Dir ist schlecht, hä?« fragte der Cop mitfühlend.

JoJo richtete sich auf. Er drückte eine Hand auf seinen Bauch und schaute zu dem Cop auf.

»Habt ihr irgendwelche üblen Mafia-Typen da drinnen gesehen?« sagte der Cop, war auf einen Lacher aus.

JoJo zuckte die Schultern.

»Felipe spricht kein Englisch«, sagte Esperanza.

Der Cop sagte: »Kommt weiter«, und bedeutete Esperanza, ihm zu folgen.

Sie fuhr langsam hinter ihm her, auf die Vorderseite des Restaurants, flüsterte: »Cool bleiben, ganz cool bleiben. Ich werde weiterfahren, ganz ruhig, ganz ruhig.« Dann lächelte sie ein Klein-Mädchen-Lächeln, und JoJo begann sich Sorgen zu machen.

»Sie machen das ganz prima«, sagte JoJo. »Felipe?«

Obwohl sie aussah, als hätte sie wahnsinnige Angst, lachte Esperanza laut.

Der Cop blieb neben einem weiß-blauen Streifenwagen stehen. Darin saß der Beamte, den JoJo zuvor bei Dante und seiner Freundin gesehen hatte. Die Tür des Streifenwagens stand offen, und JoJo hatte den Eindruck, daß der Beamte dem Cop zuhörte, aber als Esperanza langsam weiterfuhr, drehte er nicht mal den Kopf oder schaute von dem auf, was er gerade las. JoJo sackte auf seinem Sitz zusammen.

»Ja!« brüllte Esperanza, und JoJo grinste. Er griff hinüber und rieb ihr den Nacken, gab ihr eine Massage und beschrieb, wie sie zu Johns Haus fahren müsse, während er sich selbst zwang, sich zurückzulehnen und sich zu entspannen.

Sie bogen auf die Ocean Road ein und folgten ihr am Stadtrand vorbei nach Norden. Johns Haus lag etwa zehn Minuten die Straße hinunter.

Während sie fuhren, überlegte JoJo, Esperanza zu fragen, warum sie ihren Hals riskiert hatte, um ihm zu helfen, entschied dann aber anders. Er dachte an John und spürte sofort diesen Knoten der Angst in der Kehle. Gedanken an seinen Bruder überschlugen sich.

Niemand würde verrückt genug sein, John was zu tun. Er nickte. Sein Bruder war ein Unschuldiger, wenn man die Unschuldigen von jemandem anrührte, dann mußte man auch bereit sein, mit seinen eigenen Unschuldigen zu bezahlen. So verrückt war nicht mal Lilo.

Und allmählich wurde er ausgesprochen sauer auf Dante. Wie respektlos er sich ihm gegenüber verhalten hatte, wie er versucht hatte, ihn vor Bruno und Nicky zum Narren zu machen. Dante war immer noch derselbe sture Bock. JoJo dachte an die Waffen, die John in seinem Haus aufbewahrte, mehr oder weniger zum Zielschießen. Er spürte, wenn es sein mußte, würde er Dante selbst erschießen, falls der Typ nicht verschwand. Er fragte sich, warum Jimmy nie in der Lage gewesen war, an den Burschen ranzukommen. Nie in der Lage gewesen war, Dante mit ins Boot zu holen. Er fragte sich, was passieren würde, wenn's drauf ankam. Wie würde Jimmy damit umgehen, falls es zum Showdown kam? Wenn Dante Jimmy hart von der falschen Seite erwischte, und wenn es hieß, JoJo oder Dante, wo würde Jimmy dann stehen? Wie eine Explosion schoß ihm Lilo in den Kopf. Irgendwie schien alles, sogar die Konfrontation mit Dante, allein Lilos Schuld zu sein. Er würde den Mistkerl umbringen, er hatte schon immer gewußt, daß es sein Schicksal war, den Bastard früher oder später wegzuputzen. JoJo war überzeugt, daß er so ruhig wie möglich bleiben mußte, locker und normal. Das war jetzt sein Augenblick, ein Boss in Kriegszeiten, also war er besser gut vorbereitet.

Esperanza blinzelte ihn an, als versuche sie, ihn einzuordnen. JoJo lächelte.

»Wissen Sie«, sagte sie. »Ich kenne Sie schon mein ganzes Leben.«

»Nicht mich.« Wirklich ausgesprochen irre Augen, dachte er.

»O ja, Sie sind es immer gewesen. Mein Leben fliegt die Straßen von Chaos und Schrecken hinauf und hinunter, ich habe immer das Gefühl zu laufen, um mein Leben zu rennen, und Sie sind immer da.«

Während sie sprach, tauchte auf ihrem Gesicht eine

schnelle Abfolge von Mienen auf, wie bei einem Psycho von der Straße.

JoJo dachte, oh-ooh.

»Ich hatte zwei Ehemänner, beide haben mich als Punchingball benutzt. Sehe ich aus, als wäre ich auf die Welt gekommen, um für irgendwen der Punchingball zu sein?«

JoJo lachte heiser. »Für mich jedenfalls nicht.«

»Lachen Sie nicht, es ist nicht komisch.«

»Ich lache nicht über Sie.«

»Ich lache nicht über Sie«, äffte sie ihn nach.

JoJo sah so etwas wie einen Schatten über ihr Gesicht huschen, und er begann, wirklich unruhig zu werden.

»Meine Mutter ist letztes Jahr gestorben, sie hatte einen Hirntumor, sagen sie. Hieß es. War nie auch nur einen Tag krank, ein Hirntumor, innerhalb von sechs Wochen war sie tot. Mein Vater, vor sechs Monaten, massiver Herzinfarkt, hieß es. Und vor zwei Monaten wurde mein einziges Kind, mein Tommy, von einem Auto auf der Boston Neck Road überfahren, direkt hier unten. Zwölf Jahre alt, die Wirbelsäule gebrochen. Es heißt, es bestünde eine gewisse Chance, daß er wieder gehen kann. Eine gewisse Chance.«

»Mein Gott«, sagte JoJo, spürte den Schmerz. Er drehte sich zu ihr um und sah sie an. Dann zwang er sich, nach vorne zu sehen. Er hielt es für das beste, seinen Mund zu halten.

Esperanza schloß ein Auge und zeigte auf ihn, ihre Hand eine Pistole. »Wollen Sie hören, was mir gestern passiert ist?«

»Nein, eigentlich nicht.«

»Sie würden mir die Geschichte meines Lebens nie glauben. Ich sollte bei *A Current Affair* oder irgend so einer Sendung auftreten. He«, sagte sie, »wissen Sie, ich kenne nicht mal Ihren Namen.«

»Joseph«, sagte er. »Joseph Paradiso.«

»Paradiso Construction?«

»Das ist mein Bruder.«

»Oh, Sie gehören allerdings zur Mafia. Das hat der Cop doch gesagt, ›Habt ihr irgendwelche bösen Mafia-Jungs im Restaurant gesehen?‹ Das hat er gesagt. Und hier sitze ich und fahre einen nach Hause.«

»Was reden Sie da?«

»Die Mafia! Soll ich's buchstabieren? M-A-F-I-A! Spaghettigangster!«

Esperanza fuhr brummelnd weiter, schüttelte den Kopf und richtete einen Finger aufs Armaturenbrett.

JoJo saß da und starrte wie ein Zombie aus der Windschutzscheibe.

Esperanza sah ihn einen Moment an, dann stieß sie einen Schrei aus wie eine beschissene Todesfee. Er meinte, er würde vor Schreck aus der Haut fahren. »Wissen Sie, wer meinen Sohn überfahren hat, wissen Sie, wer meinen Tommy zerquetscht hat?«

JoJo schüttelte den Kopf.

»Sein Name ist Pasquale DiLombardosi.«

»Kenn ich nicht.«

»Ein beschissener Spaghetti-Gangster-Krimineller. Ein Bandit, wie ihr alle.«

Sie war fuchsteufelswild, ihre Augen waren weit aufgerissen und glasig, die Zähne hatte sie zusammengebissen. Mein Gott, dachte JoJo, wird's noch schlimmer? Esperanza beugte sich herüber und gab ihm einen Kuß auf die Wange. »Das bedeutet, ich werde Sie umbringen, richtig? Wenn man jemanden küßt, dann bedeutet das, man wird ihn ermorden, richtig? Ich hab *Der Pate* gesehen, ich weiß Bescheid.«

Während Esperanza redete, versuchte JoJo die Tür zu öffnen. Sie fuhren ungefähr vierzig Meilen die Stunde; er kam nicht weiter. Er war stocksauer und hatte mehr als nur ein bißchen Angst, was er niemandem gegenüber zugegeben hätte, was er aber sich selbst offen eingestand. Er vermutete, daß er noch etwa eine Meile von Johns Haus entfernt war.

»Halten Sie an.« Seine Stimme klang beinahe wie die eines Kindes.

»Wozu?«

»Halten Sie gottverdammt noch mal an, ich muß pinkeln.«

Als sie den Wagen auf den Seitenstreifen lenkte, zischte Esperanza voller Verzweiflung: »Was haben sich diese Wichser gedacht, wer sie sind, daß sie mich, *mich*, als ihren Punchingball benutzt haben? Ich hätte beide umbringen sollen, die Mistkerle vergiften sollen. Ich werde Pasquale erwischen. Wenn sie ihn sehen, sagen Sie ihm, ich werde seine Kinder umbringen.«

Als der Wagen ausrollte und hielt, sprang JoJo hinaus und ging los. Esperanza gab Gas, zwang ihn, aus dem Weg zu springen, um sein Leben zu retten. Er machte eine Rolle im Gras und rappelte sich auf. Dann ging er weiter, das Kinn an die Brust gedrückt, wütend und verwundert über das, was ihm widerfuhr. Scheiße, er hatte seine Kleidung im Wagen vergessen. Er marschierte die Landstraße entlang, ein Traum in Weiß, keine Klamotten, keine Zigaretten. Er sagte zu sich, wieder und immer wieder, mein Gott, was für ein Kriegsherr du doch bist.

KAPITEL ZWANZIG

Dante kam aus der Toilette und ging den Gang hinunter auf den Konferenzraum zu, ein stetiges, lautes Summen im Kopf wie eine Stimmgabel, fragte sich, ob er heute abend noch irgend etwas tun konnte. Raymond, sein hübsches Gesicht, ging ihm nicht aus dem Kopf, ein Karussell von Bildern. Dante spürte deutlich, wie sich in ihm etwas löste. Raymond – der Bursche war ein Ehemann und Vater, kein gewöhnlicher Cop, sondern ein ganz besonderer Mensch. Kein knallharter Typ, aber ein hervorragender Detective, ein außergewöhnlicher Ermittler. Sicher, er war in den Straßen des Kriegsgebiets von East Harlem aufgewachsen, aber ein gewalttätiger Mann war er nicht. Ein sanfter, rücksichtsvoller Mann ist kein Gegner für zwei Killer-Bastarde. Zwei Wichser, deren Herzen er in Öl kochen würde. Welche Angst Ray gehabt haben mußte, welch beschissen schreckliche Angst. Dante ging den Flur hinunter und versuchte sich zu sammeln, seine Kräfte zu sammeln, denn er wußte, daß er bei der geringsten Provokation die Beherrschung verlieren könnte.

Inspector Martin sprach mit Jimmy und Kathy im Konferenzraum. Dante blieb einen Moment vor der Tür stehen und lauschte.

»Die Mordkommission und das Dezernat für Kapitalverbrechen haben bislang ausgezeichnete Arbeit geleistet. Sie waren sofort dran, haben sofort die Runde gemacht und dabei vier Zeugen gefunden, drei in der Bronx und einen in Manhattan. Wir haben bislang zwei Täter, beide weiß oder hellhäutige Hispanics. Sie haben ein Stück die Straße rauf von seiner Wohnung auf ihn gewartet. Sie haben ihn entdeckt und sind aus einem gestohlenen, silbernen Pontiac gestiegen, von dem wir glauben, daß er irgendwann gegen ein Uhr heute mittag auf Staten Island gestohlen wurde.«

»Was wollen Sie damit sagen, Boss?« fragte Kathy. »Wollen Sie damit sagen, es hat sich nicht um einen Straßenraub gehandelt? Sie sagen, es war eine abgekartete Sache, ein Hit?« Nachdem sie ein wenig darüber nachgedacht hatte, schien Kathy seiner Meinung zu sein und nickte. »Wie können wir mit Sicherheit sagen, daß sie auf Ray gewartet haben?«

»Wir sind nicht sicher. Aber wir haben drei College-Kids von der Fordham, einer wohnt im gleichen Haus wie Ray. Sie haben die Täter ziemlich gut gesehen. Wir können nur soviel sagen, daß die Dreckskerle direkt auf ihn zugegangen sind und kein Wort gesagt haben, bevor sie das Feuer eröffneten.«

Wütend geworden durch die Details betrat Dante den Raum. Kathy und Jimmy saßen am Tisch und machten sich Notizen, der Inspector ging auf und ab.

Dante schaute auf zwei Fotos hinab, die auf dem Tisch lagen. Das erste war eine Aufnahme von Ray. Er lag auf dem Rücken zwischen verstreuten Lebensmitteln, die Augen im Angesicht des Todes weit aufgerissen. Blutstropfen auf seinem weißen Schnauzer; Arme und Beine gespreizt. Das andere Bild, von der Straße selbst, zeigte, wo der Pontiac gestanden hatte.

»Sie haben gesagt, diese College-Kids hätten die Täter ziemlich gut gesehen. Können die sie auch identifizieren?« fragte Dante.

»Die Täter haben Hüte und Jacken mit aufgestellten Kragen getragen. Die Kids haben einen flüchtigen Blick auf ihre Gesichter werfen können, aber ob's für eine Identifizierung reicht? Das bezweifle ich.«

»Haben die sich Fotos angesehen?« fragte Kathy.

»Den ganzen Tag.«

»Welche?« fragte Jimmy.

Inspector Martin lächelte ihn gezwungen an.

»Straßengorillas, Straßenräuber. Wie auch immer, eine halbe Stunde nachdem sie Ray erschossen haben, werden sie unter der West Side Highway in Manhattan gesehen, wie die Schwachköpfe Benzin über den Pontiac kippen und ihn abfackeln. Jetzt sind es drei.«

»Sie hatten einen Fahrer«, sagte Dante.

»Hat irgendwer am Tatort einen dritten Mann gesehen?« fragte Jimmy.

»Nein – ja, wartet, wartet, bis ihr das hört. Ein Obdachloser, Philip Carr, ein Brückenpenner, der auf einem verlassenen Pier an der Twenty-third Street in einer Kiste haust, hat die ganze Sache beobachtet. Er hat gesehen, wie sie zu dritt Benzin über das Auto kippen, und jetzt paßt auf: Einer von denen ist ein kleiner Junge! Nun muß man berücksichtigen, daß er sie aus etwa einem Block Entfernung sieht, und, ja, vielleicht war er auch sturzbesoffen, aber er schwört, einer war ein etwa so großer Junge.« Der Inspector hob seinen Arm, als wollte er etwas in Taillenhöhe abmessen. Er warf Dante einen unschlüssigen Blick zu und fragte: »Na, was denken Sie?«

»Dieser Irre, dieser Philip, hat er auch einen zweiten Wagen gesehen?«

»Ein neueres Modell, groß und schwarz, mehr kann er nicht sagen. Aber hört euch das an.« Der Inspector senkte seine Stimme zu einem Flüstern. »Philip sagt, der kleine Junge wäre gefahren. Na, was sagt ihr jetzt?«

»Ein Zwerg, ein Liliputaner«, sagte Dante. Dante hörte sich sprechen, war schockiert, daß er so ruhig klang. Innerlich war er alles andere als ruhig. Er spürte, wie sich seine Vorsicht und Wachsamkeit langsam erschöpften.

Es war still im Raum. Jimmy stand auf, er ging zur Kaffeemaschine, die auf einem Aktenschrank stand, und schenkte zwei Tassen ein.

»Vielleicht wißt ihr was, was ich nicht weiß«, sagte Inspector Martin.

Jimmy gab eine Tasse Dante und die andere Kathy, erklärte ihm, daß ein abgewichster beinharter Kerl namens Karl Marx Syracusa ein *capodecina* der Paradiso-Famlie ist. Und das Komische ist, er ist ein Zwerg. Inspector Martin sagte, da bin ich euch aber schon ein paar Schritte voraus. Ich dachte heute nachmittag schon an Karl Marx, aber dann dachte ich mir, nein, das ist nicht drin. Ich bin jetzt seit zwanzig Jahren in diesem Job, und noch nie, kein einziges Mal, hab ich gehört, daß ein Mafioso einen Cop umgelegt hat. Es sei denn, der Cop macht Geschäfte mit ihm. Ich weiß, daß sich da draußen manches verändert hat, aber auch wieder nicht so viel. So was macht man einfach nicht. Und ich würde meine Hand dafür ins Feuer legen, daß Raymond Velasquez mit keinem Mafioso irgendwelche Geschäfte gemacht hat.

»Okay«, sagte Jimmy, »wenn wir einen Auftragsmord ausschalten, was haben wir dann?« Er schüttelte den Kopf. »Ein Straßenraub, sie haben seine Kanone und seine Marke und sein Geld mitgenommen. Ist das richtig?«

»Das ist richtig«, sagte der Inspector.

Dante trank seinen Kaffee aus und ging zu dem Aktenschrank, um sich eine weitere Tasse zu holen, er mußte wach bleiben, und es würde noch eine sehr lange Nacht werden. Während er den Kaffee einschenkte, erinnerte er sich an Fetzen seiner Unterhaltung mit JoJo. Irgendeine Geschichte, die der verschlagene Hund über seinen Vater erzählt hatte, Herr im Himmel. Er versuchte sich zu erinnern, ob er dem verschlagenen Hund gesagt hatte, daß er ihn für einen verschlagenen Hund hielt, oder nicht, und dachte dann, war gar nicht nötig, ihm das zu sagen, der verschlagene Hund weiß ohnehin, was ich von ihm halte. Er kehrte an den Konferenztisch zurück und setzte sich neben Jimmy.

»Denkt mal drüber nach.« Dante beugte sich vor und griff nach den Fotos von Ray. »Zwei Weiße? Ja, ich weiß, es könnten auch zwei hellhäutige Hispanics gewesen sein, allerdings mach ich jede Wette, es waren Weiße. Und ein beschissener Zwerg. Sie krallen sich eine Karre, benutzen sie für den Mord, und dann lassen sie die Karre nicht einfach irgendwo stehen, nein, sie fackeln die beschissene Karre ab. Wir reden hier von Profis, zwar über Profis, denen sie ins Hirn geschissen haben, aber nichtsdestoweniger Profis. Also schnappen sie sich Rays Kanone und Dienstmarke, nehmen ihm sein Geld ab, versuchen, daß es ganz normal aussieht, daß es wie ein Raubüberfall aussieht. Das ist Affenscheiße, das hier ist ein beschissener Auftragsmord. Ich weiß es.«

Er sah Ray noch deutlich vor sich, wie er ungefähr vor einer Woche lächelnd neben seinem Wagen stand, dann in seinen albernen Jeep sprang und ein Tape mit klassischer Gitarrenmusik reinschob. Sagte zu Dante, ey, komm her, willst du mal die Engel spielen hören, willst du mal hören, wie's sich anhört, ein Latino zu sein? Nie wieder, er würde ihn nie wiedersehen. Dante biß sich auf die Unterlippe, biß so fest zu, daß er Blut schmeckte.

Jimmy nickte. »Woher weißt du es?«

»Das sagt mir mein Bauch, und ich höre zu.«

Inspector Martin setzte sich auf einen Stuhl, stand wieder auf, trat hinter den Konferenztisch, blieb stehen und verschränkte die Hände auf dem Rücken. »Eine schreckliche Sache. Ein Albtraum«, sagte er schließlich.

Erschöpft, bewegungslos blieb Dante sitzen.

Es folgte ein langes Schweigen.

»Falls wir heute abend nicht noch irgendwas unternehmen können«, sagte Kathy, »würde ich gern nach Hause fahren.«

Der Inspector verschränkte die Arme. »Wir hatten alle einen harten Tag. Ihr drei meldet euch morgen früh wieder bei mir. Vielleicht müßt ihr nicht herkommen, aber ruft wenigstens an. Bislang gibt es noch keine Vorbereitungen für die Beerdigung. Ruft morgen an, dann sehen wir weiter. Okay?« Der Inspector stopfte die Hände in die Taschen und ging zur Tür. »Ach ja, eins noch«, sagte er und drehte sich um. »Wer von euch hat in den letzten ein, zwei Tagen mit Ray gesprochen? Hat er was von irgendwelchen Problemen erzählt, hat dem Mann irgendwas zu schaffen gemacht? Jimmy«, fragte er, »wann haben Sie das letztemal mit Ray gesprochen?«

Dante war ebenfalls neugierig, er beobachtete, wie Jimmy sich umdrehte und sich dann, wobei er sich Zeit ließ, nacheinander jeden im Raum ansah. Jimmy skizzierte ein Gespräch, das er und Ray erst kürzlich geführt hatten. Der Bursche war in seine Wohnung gekommen, um ein bißchen zu quatschen und ein Bier mit ihm zu trinken. Ray war ruhig, wirkte völlig unbefangen. Er saß in seiner Wohnung, und sie unterhielten sich. Jimmy sagte, die Belauschungsaktion hätte Ray allmählich gelangweilt. Sagte, er hätte darüber nachgedacht, vielleicht seine Versetzung zur Mordkommission zu beantragen. Ray hätte gedacht, bei der Mordkommission wär vielleicht etwas mehr Action angesagt. Jetzt mal ganz langsam, sagte der Inspector, warum ist er nicht einfach zu mir gekommen und hat mit mir darüber gesprochen? Wir haben uns dauernd unterhalten. Er hat nie auch nur mit einer Silbe erwähnt, daß er aussteigen wollte. Dante leerte seine Tasse und holte sich eine weitere, während der Inspector beschrieb, wie sehr Ray in der Arbeit bei der Intelligence Division aufging, wie sehr ihm die Tatsache gefiel, jede Menge Freizeit zu haben, seine Freizeit mit seiner Frau und den Kids verbringen zu können. Und übrigens, sagte der Inspector weiter, ich hatte ein längeres Gespräch mit Sarah, Rays Frau ist eine Heldin, man kann's gar nicht anders sagen, die Frau hält sich wie ein Fels. Dante und Jimmy und Kathy saßen da, ohne sich zu rühren oder ihn zu unterbrechen.

Schließlich meinte Kathy: »Könnte sein, daß Ray seine wahren Ansichten für sich behalten hat.« Sie schwieg einen Moment. »Ich kann euch sagen, in letzter Zeit hat Ray sich schon merkwürdig benommen. Als würde ihn irgendwas beschäftigen, und er käme einfach nicht ran, könnte es nicht klären. Er war reizbar, empfindlich, nervös. Ich hab jeden

Tag mit ihm gearbeitet, und ich sage euch, mit dem Burschen war was nicht in Ordnung. Er war überhaupt nicht ruhig und gelassen.«

Dante nickte. »Das sehe ich auch so, irgendwas hat Ray zu schaffen gemacht. Was es auch war, mir hat er jedenfalls nichts davon erzählt.«

»Vielleicht hat er ja seiner Frau was erzählt?« meinte Jimmy. »Haben Sie sie gefragt, Inspector, haben Sie Sarah gefragt, ob irgend etwas Raymond zu schaffen machte?«

Dante warf Jimmy einen kurzen Blick zu, spürte es im Bauch, daß hier irgendwo eine ausgemachte Lüge verborgen lag.

»Sarah Velasquez ist eine sehr starke Frau«, sagte der Inspector. »Dennoch war ich nicht der Ansicht, sie drängen zu können und ihr unangenehme Fragen zu stellen. Sie ist noch nicht zusammengebrochen, aber sie wird zusammenbrechen, und ich möchte nicht derjenige sein, der dafür verantwortlich ist. Wir haben Zeit. Ich werde noch einmal mit ihr sprechen.«

Dante murmelte: »Ich mache mir über Karl Marx Gedanken, ob der kleine Bastard wohl dahintersteckt. Wenn das der Fall ist, muß man kein Genie sein, um sich vorstellen zu können, wer da mit dem Kopf genickt hat. Wer die Killer geschickt hat.«

»Was hast du gesagt?« fragte der Inspector.

»Ich denke über Karl Marx nach.«

Als könnte er Dantes Gedanken lesen, sagte der Inspector ruhig: »Ich kann das nicht akzeptieren, ich kann es einfach nicht. Es ergibt keinen Sinn. Aus welchem Grund sollte ein Mafioso, egal, welcher Mafioso, einen Polizisten wie Ray ausschalten wollen?«

Dante verstummte, senkte den Kopf und zuckte die Schultern.

Jimmy Burns schaute fort.

»Ergibt doch überhaupt keinen Sinn, Dante«, sagte der Inspector. »Es sei denn, du weißt etwas, das ich nicht weiß.«

Er sah Dante scharf an, dann nahm er das Foto von Ray in die Hand. Er betrachtete die Aufnahme einen Augenblick und legte sie auf den Tisch zurück. »Ich finde heraus, wer dafür verantwortlich ist. Der Dreckskerl sieht sich besser vor. Dante«, sagte er und wechselte das Thema, »was tut sich oben in Rhode Island?«

Einen langen Moment blieb Dante stumm sitzen, überlegte hin und her, ob er seine eigene Wut rauslassen sollte, entschied dann aber anders. Er berichtete, daß er auf Nachricht von der Polizei aus Rhode Island warte, wie es dort oben ausgegangen war. Soviel war sicher: Die Paradiso-Familie zog in den Krieg.

»Und scheiß auf sie.« Dante richtete sich auf, während die Wut in ihm wieder aufstieg. »Liebend gern wäre ich derjenige, der Maschinengewehre, Granaten, vielleicht sogar den einen oder anderen Flammenwerfer ausgibt. Wir alle könnten dann zurücktreten und jubeln, während die sich gegenseitig wegpusten. Wenn der Rauch sich verzöge, gingen wir runter zur One-hundred-and-first und veranstalteten ein Fest mit Luftballons, Trillerpfeifen und Feuerwerk.«

Inspector Martin schenkte ihm ein häßliches Grinsen, als gebe es einen gemeinsamen Witz. »Okay«, sagte er. »Ihr drei seht fürchterlich aus, geht nach Hause und ruht euch aus. Dante, du bleibst bitte noch einen Moment. Ich muß mit dir reden.«

»Kein Problem«, sagte Dante und schenkte dem Inspector ein dünnes, fragendes Lächeln.

Jimmy und Kathy standen auf; Dante erhob sich ebenfalls, ging zu Jimmy hinüber, nahm seinen Ellbogen und führte ihn zur Tür. »Kumpel, wie wär's, wenn wir beide uns in einer Stunde im Park an der Eighty-third Street treffen?«

»Es ist zwei Uhr morgens.«

»Dann eben in anderthalb Stunden?«

»Was ist los, bist du bescheuert oder was?«

»Es dauert nur eine Minute, Dante«, sagte der Inspector aus dem Besprechungszimmer.

Dante hob einen Finger und setzte seine geflüsterte Unterhaltung mit Jimmy fort. »Siehst du, ich bin nur eine Minute beim Boss. Wir treffen uns in einer halben Stunde.«

Kathy stand neben dem Trinkwasserbehälter, spielte an ihren Haaren, versuchte nicht zu offensichtlich auf Dante zu warten, mußte aber sicherstellen, daß er wußte, daß sie wartete.

»In Ordnung«, sagte Jimmy. »Ich komme zum Park. Kannst du mir vielleicht schon mal verraten, um was es geht?«

»Wir sehen uns in einer halben Stunde.« Dante schaute zu Kathy hinüber, die mit verschränkten Armen wartete.

»Kann ich später mit dir rechnen?« fragte sie.

Dante empfand eine äußerst merkwürdige Mischung aus Erregung und Verzweiflung. Er lehnte sich gegen die Wand und betrachtete Kathy, spürte, wie eine diffuse Zärtlichkeit in ihm aufstieg, ein gutes Gefühl. Er lächelte.

»Ich komm, wenn ich komm«, antwortete er ihr.

»Soll ich dir den Schlüssel geben?«

»Klar.«

Als Dante in den Konferenzraum zurückkehrte, stand der Inspector vor dem Fenster, den Rücken zum Raum gewandt, die Hände in die Hüften gestemmt. Dante schwirrte immer noch der Kopf nach dem kurzen Wortwechsel mit Kathy, war nervös wegen der Verabredung mit Jimmy und fragte sich, was er sagen, was er tun würde.

»Hast du mir etwas zu sagen?« fragte der Inspector, nahm die Hände von den Hüften und strich sich durchs Haar, Dante immer noch den Rücken zugewandt. Plötzlich und wie aus heiterem Himmel war der Raum voll feindseliger Schwingungen. Dante erntete einen kurzen Seitenblick des Inspectors.

»Was?« Dante fühlte sich in die Defensive gedrängt. Was zum Teufel konnte er dem Boss erzählen? Seine verrückten Gedanken bezüglich Jimmy? Oder vielleicht wie scharf er auf Kathy war? Wie wär's mit JoJo, daß sich in ihm schon allein bei der Erwähnung seines Namens alles zusammenzog und er das Gefühl bekam, dringend pinkeln zu müssen? Oder vielleicht wollte der Boss auch etwas über sein Familienleben hören? Er war bereit, den einen oder anderen Gedanken über seine Frau Judy oder seinen Sohn Danny preiszugeben. Die Beziehung zwischen ihm und dem Inspector ging über ein reines Arbeitsverhältnis hinaus. Sie waren so etwas wie Freunde, wie Familie. Scheiße, der Inspector wußte, was er wegen Ray empfand. Also, was war's?

Dante setzte sich. »Sie möchten mich etwas fragen, Sir?«

Inspector Martin drehte sich um und fixierte ihn. »Nein, ich möchte dich nichts fragen, ich möchte dir etwas sagen.« Er begann, auf seinen Fußballen zu wippen. Dante starrte ihn schweigend an. Er fragte sich, ob der Boss sich ein Gläschen genehmigt hatte.

»Ich war heute mit Frank Russo essen.«

»Ach, ja?«

»Er ist ein anständiger Kerl.«

»Dann arbeiten wir also wieder mit den Feds zusammen?« Es war eher eine unglückliche Feststellung als eine Frage.

»Nein. Also, ich glaube, die werden eine ganze Weile nicht mit uns zusammenarbeiten. Weißt du, die Feds werden durch eine Zusammenarbeit mit uns auf keinen Fall heikle Ermittlungen gefährden.«

Gefährden. Scheiße.

»Verzeihen Sie, Boss, aber wo liegt das Problem?« Dante versuchte, gleichgültig zu klingen. »Ich habe den Eindruck, daß wir bislang den Löwenanteil der Arbeit hatten, wenn wir zusammengearbeitet haben.«

Der Inspector sah ihn ruhig an, dann drehte er sich wieder zum Fenster. Nach langen dreißig Sekunden sagte er: »Wenn ich herausfinden sollte, daß mich einer meiner Leute aufs Kreuz legt, korrupt ist und mich verkauft, seine Hand aufhält ... ich würde sie ihm an der Schulter abhacken.«

Dante ließ sich diese Worte durch den Kopf gehen. »Was

wollen Sie damit sagen? Wenn Sie mir irgend etwas vorwerfen – Inspector, ich denke, Sie sollten sich vielleicht klarer ausdrücken und klipp und klar sagen, woran Sie denken.«

»Etwas hat mich hier.« Der Inspector packte sich an die Kehle.

»Was zum Teufel soll das heißen?«

Der Inspector zuckte die Schultern. »Du weißt, wie ich zu dir stehe. Ich möchte einfach keinen Fehler machen. Ich weiß nicht, was ich tun würde, wenn ich mich in dir täusche.« Er ließ die Worte einen Moment im Raum stehen, preßte die Lippen zusammen. »Wir haben eine undichte Stelle in unserem Büro, einen Verräter. Ich frage dich nicht danach, ich sage dir einfach nur, es gibt einen.«

»Was?«

»Laß mich ausreden. Ich weiß nicht, wer es ist, aber ich werde es herausfinden. Wer immer es ist, höchstwahrscheinlich arbeitet er schon eine ganze Weile gegen uns. Ich weiß nicht, vielleicht irre ich mich, vielleicht liegen auch die Feds daneben. Aber das bezweifle ich, ich denke –«

»Was wollen Sie denn jetzt von mir hören?« fragte Dante und versuchte nicht, seine Wut zu verbergen. »Sie kennen mich jetzt seit zwanzig Jahren, länger, Sie kannten schon meinen Vater. Irgendwer sagt Ihnen irgendwas, ich weiß nicht, was, und Sie denken, Dante ist korrupt. Was wollen Sie von mir hören, gottverdammt?«

»Ich habe nicht gesagt, daß *du* korrupt bist.«

Himmel, jetzt wird er Jimmy ins Spiel bringen. Mein Gott. Er schaute zu dem Inspector auf, sah in ihm eine Sekunde lang den Feind, dachte dann, was zum Teufel denkst du da? »Fast hätten Sie mich getäuscht«, sagte er schließlich.

»Laß mich ausreden«, sagte der Inspector entschieden.

»Nein. Ich verstehe, was Sie sagen. Ich höre, was Sie sagen. Und *ich* sage Ihnen, ich hau ab. Ich muß mir diese Scheiße nicht länger anhören.« Dante stand auf.

»Setz dich.«

Dante blieb stehen. Der Inspector drehte sich um und

warf ihm einen harten unbarmherzigen Blick zu. »Dann bleib eben stehen. Nur geh nicht, treib's nicht zu weit.«

»Ich bin müde, ich hatte einen beschissen langen Tag.« Dante erwiderte den scharfen Blick, bat den Inspector stumm, ihm eine Chance zu geben und ihn gehen zu lassen. Er hatte das Gefühl, daß seine Welt, sein Leben, das einzige Leben, das er kannte, kurz davor stand, in die Luft zu fliegen.

Jimmy, dachte er. Mein Gott, es ist Jimmy. Er hat etwas gegen Jimmy in der Hand.

Der Inspector fuhr fort. »Als ich heute mit Russo zusammensaß, im Aldo's, da spürte ich, wie mir der Wind plötzlich ins Gesicht blies. Weißt du, ich arbeite seit dreißig Jahren in diesem Job, habe alle möglichen Leute kommen und gehen sehen. Winzlinge, die den Beruf nur ergriffen haben, um Geld zu machen, andere, die in Geldschwierigkeiten geraten sind, während sie diesen Job gemacht haben, kleinkarierte Typen mit geringen Ambitionen, ich habe sie alle kommen und gehen sehen. Leute, die man schnell vergißt. Dann sind da die Kriminellen, Cops, die Kriminelle wären, wären sie nicht Cops geworden. Auch von diesen Arschlöchern habe ich meinen Teil gesehen.

Letzten Endes ist alles eine Frage der Glaubwürdigkeit. Denn wenn ich herausfinde, daß jemand, dem ich vertraut habe, irgend jemand – also, ich will hier wirklich nicht rührselig klingen. Aber wenn ich feststelle, daß mich jemand wie ein Stück Scheiße behandelt, auf den ich mein Leben setzen würde, den würde ich so schnell hinter mir lassen wie ein kranker Hund seine Scheiße, ganz egal, wie sehr ich ihn mal geliebt habe. Unter uns, ich werfe dir überhaupt nichts vor. Wenn ich glaubte, daß du dich gegen mich gewandt hättest, würde ich meine Zeit nicht mit Vorwürfen verplempern. Ich sage nur, wie ich so was sehe. Ich will nur, daß du meine Einstellung verstehst.«

»Na großartig«, murmelte Dante. Er sah auf seine Uhr und hatte es plötzlich sehr eilig. Bring's hinter dich. »Irgendwer erzählt Ihnen all diese Scheiße, und Sie hören zu. Die Federales haben nichts auf die Reihe gekriegt, und Sie hören sich ihre Scheiße an und glauben es auch noch. Ist ja großartig. Also ich gehe jetzt.«

»Geh, verschwinde. Aber bevor du gehst, eines noch. Glaubst du, daß Ray euren Partner Jimmy oft besucht hat? Sie sitzen zusammen, knallen ein paar Flaschen und diskutieren über die Probleme des Lebens? Machen die das oft?«

»Inspector, Sie sind zuviel mit den Feds zusammen. Sie übernehmen ihre Angewohnheit, in Codes zu sprechen, sagen nicht, was Sie meinen. Wenn Sie mich fragen, ob es mich überrascht hat, daß Ray mit Jimmy über seinen Frust mit dem Job gesprochen hat, würde ich sagen, verdammt, nein, es überrascht mich überhaupt nicht. Dauernd reden die Leute mit Jimmy, er ist ein guter Zuhörer, gibt gute Ratschläge und ist intelligent. Ich kenne niemanden, der intelligenter ist als Jimmy.«

Inspector Martin warf ihm ein strahlendes Lächeln zu. »Ich schon«, sagte er.

»Wirklich? Den würd ich gern mal kennenlernen.«

Inspector Martin starrte ihn ruhig und verbissen an. Nach einem Augenblick sagte er: »Falls es dich interessiert, ich habe den Chrysler in diesem Parkhaus an der Fifty-seventh Street von Harris, Tomasini und Fritz auseinandernehmen lassen. Und jetzt rate mal, was drin war.«

Dante zuckte die Schultern.

»Mehl. In dem Wagen lagen hundert Pfund Mehl, und nichts sonst. Irgendwer ist ein Scherzkeks, spielt gerne Spielchen. Man muß davon ausgehen, daß hier jemand einen Beschiß abzieht.«

»Ja, das klingt einleuchtend. Die Frage ist nur, wer? Die Welt ist voller Komiker.«

Der Inspector sagte, ihm sei der Humor derzeit abhanden gekommen, daß aber jemand diesem Komiker sagen sollte, wer immer es nun ist, daß er eines auf die eine oder andere Weise herausfinden wird: Egal, wie lustig der Witz auch immer ist, es wird bestimmt jemanden geben, der einfach nicht darüber lachen kann.

Auf dem Weg zur Brooklyn Bridge und nach Queens wußte Dante nicht, was er Jimmy eigentlich genau sagen wollte; es ging eigentlich eher darum, daß er ihn allein sehen und dann vielleicht einen Spaziergang durch das alte Viertel machen wollte. So wie damals, als sie noch Kids waren, die einfach herumzogen, durchs Viertel bummelten und sich Scheiß erzählten. Als könnte es die Atmosphäre reinigen, sie zwanzig, fünfundzwanzig Jahre zurückführen.

Und er zerbrach sich auch den Kopf über den Inspector, was der Mann wußte, aber nicht sagte. Allem Anschein nach waren die Feds einer Sache auf der Spur, und wenn die jemanden ins Visier genommen hatten, war es nur noch eine Frage der Zeit. Scheiße, vielleicht hatten sie Jimmy ja schon, vielleicht warteten sie nur noch auf den richtigen Augenblick. Auf diesen Gedanken folgte sofort das Veto: Wenn die Feds einen im Sack hatten, dann kamen sie und ließen die Handschellen zuschnappen, klickediklick, fertig. Es war durchaus möglich, daß sie lediglich Gerüchte gehört hatten, Geschichten von einem bezahlten Informanten, so etwas. Genaugenommen war es sogar wahrscheinlich, daß nicht mehr dran war.

Ein Bild von Jimmy schoß ihm in den Kopf, wie er verhaftet und in Handschellen weggeschleppt wurde. Sein Kumpel wanderte in den Knast, die Sechs-Uhr-Nachrichten, all dieser Scheiß. Aber irgendwas war dran an dieser Vorstellung, daß Jimmy mit JoJo an einem Tisch zusammensaß, intrigierte, etwas ausheckte und Pläne schmiedete – und dabei lachte. Der Gedanke daran jagte ihm einen solch beschissenen Schrecken ein, daß er meinte, kotzen zu müssen. Und dann kam der krankhafte Teil, das Gefühl, ausgeschlossen und verlassen zu werden. In letzter Zeit fühlte er sich so abgekoppelt von Jimmy, daß ihm manchmal danach war, ihn anzubrüllen, *du läßt mich hängen, du läßt mich zurück.* Ich bin dein bester Freund, warum tust du mir so was an? War das krank oder was?

Irgendwo in der Nähe der Sutter Avenue, etwa einen Block vom Viertel entfernt, gingen Dante Bilder von Rays Tod so intensiv durch den Kopf, daß er zusammenzuckte bei dem Gedanken an eine Salve Schüsse, Kugeln, die auf ihn zugerast kamen, sich in ihn hineinfraßen, durch seine Kleidung brannten, seine Haut und seine Knochen, Geysire von Blut sprudelten aus seinem Kopf, Geschosse, die ihn erledigten, ihn töteten, ihn auf der Straße sterben ließen. Die Erinnerung an Rays Tod ließ ihn zu der .38er an seiner Hüfte greifen. Als seine Hand zum Steuer zurückkehrte, dachte er, daß er sich eine andere Kanone besorgen würde, eine mit mehr Wumm, mehr Schuß als die beschissenen fünf, die er hatte. Vielleicht eine Glock oder eine S&W-9-Millimeter-Automatik, alles war besser als die Erbsenpistole, die er seit Jahren mit sich rumschleppte.

Den Kopf zum Bersten hielt Dante an und ging auf den Spielplatz. Hier hatte sich seit zwanzig Jahren überhaupt nichts verändert. Dante versuchte, ein wenig herumzuschlendern, aber er war groggy, seine Beine schwach. Wieder im Wagen saß er einfach da und wartete, bevor ihm klar wurde, daß Jimmy nicht kommen würde. Mein Gott, es war wirklich schon sehr spät, fast schon Morgen. Er vermutete, daß Jimmy zehntausend Gründe nennen könnte, warum er nicht von Manhattan nach Queens und wieder zurück hatte fahren wollen. Trotzdem hatte er Dante versprochen, er werde dort sein, Jimmy sagte, er würde sich in einer halben Stunde mit ihm treffen. Jimmy kniff mal wieder.

Auf der Rückfahrt zu Kathys Wohnung fragte Dante sich, was er tun sollte. Er hatte das irrsinnige Bedürfnis, Jimmy zur Rede zu stellen, alles zur Sprache zu bringen. Vielleicht sollte er einfach zu ihm fahren und an seine beschissene Tür klopfen. Er konnte in – wieviel? – fünfundzwanzig Minuten dort sein. Mein Gott, Jimmys Geschichte von seiner Unterhaltung mit Ray, daß Ray ihm angeblich von all seinen Problemen mit der Arbeit in ihrer Abteilung erzählt hatte, Mann, was für eine ausgemachte Scheiße. Jimmy mußte doch wissen, daß er durchschaute, daß die Geschichte frei erfunden war. Okay, dann hatten sie sich vielleicht wirklich unterhalten, sich zusammengesetzt. Aber über was hatten zwei Typen miteinander zu reden, die so unterschiedlich waren wie Tag und Nacht, wenn nicht über die Arbeit? Das fügte er auch noch hinzu, eine weitere Frage, deren Antwort er aus Jimmy herausholen würde.

Dante sah auf die Uhr, fast vier. Wahrscheinlich war es eine gute Idee, Jimmy später aufzusuchen. Dante wußte, daß er nicht mehr klar denken konnte. Alles mögliche schwirrte ihm durch den Kopf. Und, Mann, er fühlte sich so ausgepowert und erschöpft nach dem gestrigen Tag, daß er kaum noch gerade gehen konnte. Was würde er also sagen, wenn er schließlich mit Jimmy allein war? He, Schmock, was zum Kuckuck ist überhaupt los? Er mußte alle Sinne beisammen haben, wenn er Jimmy zur Rede stellte.

Von der Cross Bay kommend und auf den Queens Boulevard fahrend, hielt Dante auf Kathys Wohnblock zu. Das Bedürfnis, sich auszuruhen und zu schlafen entschied die Sache endgültig. Als er ihre Straße erreichte, bremste er kaum ab. Während er über all das nachdachte, besaß die Vorstellung, eine weitere Nacht in Kathys Bett zu verbringen, mehr und mehr Reiz, auch wenn er nicht zwischen ihre Beine rutschen, nicht diese knallenge Jeans von diesem prächtigen Arsch schälen würde. Die Nähe, das Gefühl, der frische Geruch von Kathy wirkte wie Balsam auf seine Seele. Das brauchte er jetzt.

Mit einem wachsenden Gefühl der Erregung parkte er den Wagen, nahm seine Kanone von der Hüfte und schob sie in die Tasche seiner Windjacke. Er stieg aus dem Wagen und ging auf Kathys Haus zu, blieb dann in der Straßenmitte stehen, um zum Himmel aufzuschauen. Eine klare Vollmondnacht. Aus den Augenwinkeln meinte er jemanden zu bemerken, etwas, das sich in den Schatten bewegte, etwas Kleines und Schnelles, etwas ohne Gestalt oder Form, aber doch irgend etwas. Dante schob seine Hand um die Kanone, ließ den Finger in den Abzugsbügel gleiten, dachte, diese kleine fünfschüssige Erbsenpistole taugt einen Scheißdreck bei einem echten Schußwechsel. Himmel, verglichen mit den Waffen, die heutzutage auf der Straße getragen wurden, könnte er sich genausogut einen Flitzebogen umhängen.

Er ging schneller jetzt, spürte Gefahr in der Luft liegen, begann zu grübeln, dachte, du bist so gottverdammt billig, nichts wie ran, okay? Kratz ein paar Hunderter zusammen und kauf dir eine echte Kanone, mein Gott. Dann dachte er, klar, und woher die Dreihundert nehmen?

Dante wußte, wenn er um diese Uhrzeit auf den Straßen der Stadt unterwegs war, dann riskierte er, einen Arm um den Hals und ein Messer an der Kehle zu spüren. Selbst hier in Queens – besonders hier in Queens. Er fand sich in der Eingangshalle von Kathys Wohnblock wieder, hatte den Schlüssel vergessen, den sie ihm gegeben hatte und drückte auf ihre Klingel. Plötzlich hörte er hinter sich ein Geräusch. Dante wollte schon seine Pistole ziehen, als er eine leichte Berührung auf der Schulter spürte und sich umdrehte, um das lächelnde Gesicht von Jimmy Burns zu sehen.

»Mann, du hast mir eine Scheißangst eingejagt.«

»Du und Angst? Was zum Teufel könnte dir angst machen?«

»Jemand, der sich mitten in der beschissenen Nacht an mich ranschleicht, genau das. Wo zum Kuckuck warst du? Ich hab auf dich gewartet.«

Jimmy schaute fort, er war unsicher, strich sich nervös mit der Hand durchs Haar. Seine Augen waren blutunterlaufen und verschwollen.

»Ich hab dir doch gesagt, daß ich im Park sein würde«, sagte Dante. »Im Park an der Eighty-third Street. Du bist nicht aufgetaucht.«

»Ich war noch kurz in meiner Wohnung, um etwas abzuholen. Als ich dann endlich in der Eighty-third Street ankam, mußt du wohl schon wieder weg gewesen sein. Ich dachte mir schon, daß du früher oder später hier auftauchst.« Jimmy wandte sich halb ab, hielt die Hände in den Taschen seiner Jeans vergraben. Es war beinahe, als wollte er Dante nicht ansehen. »Ich bin nach Hause gefahren, um etwas für dich abzuholen.«

Der Summer am Hauseingang ertönte, Kathy meldete sich: »Dante?«

»Ja.«

»Irgendwas nicht in Ordnung?«

Er erklärte ihr, daß Jimmy hier sei und sie jetzt einen kleinen Spaziergang machen würden, er sei in einer Stunde zurück. Sie sagte, he, es ist fast fünf Uhr morgens. Ich geh jetzt schlafen, benutz deinen Schlüssel, hörst du? Er sagte, es ist nicht fast fünf, es ist noch nicht mal halb. Sie sagte, ja, jedenfalls, ich geh jetzt schlafen. Grüß Jimmy von mir.

Jimmy führte ihn am Ellbogen zurück auf den Bürgersteig. Er drückte Dante einen Schlüssel in die Hand, wanderte dann unruhig auf und ab, massierte sich die Stirn, ging mit langsamen, schweren Schritten nirgendwohin.

»Was ist das?«

»Ein Schlüssel.«

»Das sehe ich auch. Der Schlüssel für was?«

»Das ist ein Banksafeschlüssel. *Dein* Banksafeschlüssel.«

»Ich habe kein Bankschließfach.«

»Sicher hast du, du hast schon seit Jahren eins.«

Dante schlenderte zu Jimmys Wagen hinüber, der am Bordstein stand, und lehnte sich dagegen, beäugte und befingerte den Schlüssel. »He, Jimmy«, sagte er. »Was zum Teufel soll das? Was ist das für ein Schlüssel?« Jimmy machte es schon wieder mit ihm, übernahm die Kontrolle, schob all seine Wut und Fragen einfach beiseite. Jimmy Burns betrat die Bühne. Auf einem Bürgersteig in Queens standen sie sich in der warmen Nacht gegenüber.

»Was ist los, Jimmy? Willst du mir endlich sagen, was los ist?«

»Möchtest du, daß was los ist? Typisch, du willst immer, daß was los ist, machst aber nie auch nur den kleinen Finger krumm, damit was passiert.«

»Was ich will, ist im Augenblick nicht weiter von Bedeutung. Sprich Klartext«, sagte Dante. »Es ist spät, mein Gehirn hat schon abgeschaltet. Komm mir jetzt nicht mit irgendeinem Scheiß, red einfach Klartext.«

Jimmy gab keine Antwort.

»Ich krieg Kopfschmerzen, alles tut mir weh, Jimmy, wenn ich herauszufinden versuche, was mit dir nicht in Ordnung ist. Solange ich mich erinnern kann, habe ich mich dir näher gefühlt als jedem anderen auf dieser beschissenen Welt, meine Frau eingeschlossen, meinen Sohn, jeden, und du behandelst mich wie einen Fremden. Wie jemanden, den du kaum kennst.«

»Was?« Jimmy schien sprachlos.

»Es gibt nichts, absolut nichts in meinem Leben, das du nicht weißt. Ich habe vor dir keine Geheimnisse. *Du* andererseits erzählst mir Scheiße und behandelst mich wie einen beschissenen Vollidioten.«

Dante hatte Schwierigkeiten, sich einigermaßen unter Kontrolle zu halten. Er blinzelte gegen Tränen an, schüttelte den Kopf. »Verdammt, Jimmy. Weißt du, warum der Inspector wollte, daß ich noch bleibe? Willst du wissen, was er mir gesagt hat? Er hat mir gesagt, wir haben einen Spion im Büro, einen Verräter, eine Ratte. Jimmy, ich bin's nicht, *ich* weiß, daß ich es nicht bin. Und ich will hoffen, daß du es auch nicht bist. Denn wenn du's bist, Jimmy, dann bedeutet das schlicht und einfach, daß du dich für JoJo und gegen mich entschieden hast. Ich weiß nicht, was ich tun würde, wenn das so wäre. Ich glaube, vielleicht würde ich euch beide umbringen.«

»Mann, du liegst voll daneben.«

»Affenscheiße.«

»Dante, weißt du, was du bist? Was du schon bist, seit wir Kinder waren? Es gibt da ein jiddisches Wort, *díbek*, eine verlorene Seele, die herumfliegt und nicht weiß, was sie ist oder wohin sie gehört. Du bist ein *díbek*, genau das bist du.« Er hatte einen Schritt auf Dante zu gemacht, sah deutlich den Killer-Ausdruck auf Dantes Gesicht und trat wieder zurück.

»Du bist ein Scharlatan, Jimmy, ein beschissener Lügner. Ich glaube, du hast mich verraten, unsere Freundschaft, alles, was wir füreinander bedeutet haben. Sag mir, wozu dieser Schlüssel ist, sag mir lieber, was hier los ist?«

Jimmy erwiderte ruhig seinen starren Blick. »Dieser Schlüssel ist für einen Banksafe, für deinen Banksafe«, sagte er. »Du weißt es nicht, aber du hast schon seit zehn Jahren einen Banksafe. Um ehrlich zu sein, ich habe auch einen, aber deiner ist nicht angerührt worden. In deinem befinden sich zweihundertfünfzigtausend. Deine Geldprobleme sind damit Geschichte.«

Jimmy hatte Schwierigkeiten, Fassung zu bewahren, sein Gesicht verzog sich, Tränen tauchten auf. Auch das hatte Dante früher schon erlebt, Jimmy, der langsam aus den Fugen geriet. Er hatte es erlebt, nachdem Jimmys Bruder Josh in Nam gefallen war, und dann wieder, als seine Mutter in Florida gestorben war. Es war nicht gespielt.

»Du willst mich verarschen, stimmt's?« sagte Dante.

»He, ich mein's todernst. Ich habe dir einen Notgroschen zurückgelegt, du hast einen Notgroschen, Dante. Ich hab dir nie davon erzählt, weil ich dich kenne. Ich kenne dich besser, als du dich selbst kennst. Du klopfst große Sprüche, aber du steckst bis hierhin in Schuldgefühlen wegen deinem Vater und all der anderen Scheiße, die in deiner bescheuerten Birne rumfliegt. Also hab ich das für dich gemacht. Ich hab's getan, weil ich mir dachte, daß du einerseits zwar nichts dagegen hättest, andererseits aber nichts davon wissen wolltest.«

Als er Jimmy nun ansah, beschloß Dante, daß es keine

einzige Wahrheit gab, über die er sich sicher war. »Von JoJo?« fragte er.

»He, Mann, du hast mehr Schulden als Ostdeutschland, wieso zum Henker bist du sauer auf mich?«

»Bist du bescheuert? Du kannst sie ja nicht mehr alle haben.«

»Bescheuert? Ich bin nicht bescheuert. Ich bin clever, jedenfalls cleverer als du. Jeder weiß doch, daß ich cleverer bin als du.« Jimmy schlug sich auf die Brust. »Ich, ich, ich weiß, was ich tue.« Jimmys Worte verklangen zu einem leisen Seufzen. »Ich dachte immer, ich weiß genau, was ich tue. Ich wollte warten, bis du aus dem Dienst ausscheidest, bevor ich dir den Schlüssel gebe«, sagte er. »Nur scheint jetzt einiges außer Kontrolle geraten zu sein. Dante, was kann ich tun, daß es richtig rauskommt?«

Jimmy stand bewegungslos da, starrte ihn an.

»Was hast du gemacht? Du Trottel, was hast du mit uns gemacht?«

»Mit uns? Was meinst du damit, mit uns? Korrigier mich, wenn ich daneben liege, aber bist du nicht derselbe Typ, der mir erst kürzlich gesagt hat, wir sollten mal drüber nachdenken, uns ein paar Mäuse abzuzweigen, wenn sich die Gelegenheit bietet? Das warst doch du, oder? Aber vielleicht bin ich ja auch verrückt.«

»Gerede, Jimmy, das war nur Gerede. Du sagst, du kennst mich, du weißt, wie ich bin. Vielleicht, Jimmy, hast du mich nie wirklich gekannt.«

»Was redest du da?« Ein ersticktes, heiseres Geräusch löste sich aus Jimmys Kehle. »Lüg mich nicht an, Dante, bitte erzähl mir jetzt keine Scheiße. Du hast doch immer gewollt, daß ich mich für dich um alles kümmere. Du hast es nie ausdrücklich gesagt, aber genau das ist es doch, was du gewollt hast. Deshalb habe ich es getan, mein Gott. Nicht für mich, sondern für dich. Ich habe dieses Geld genommen und es für dich auf die Seite gelegt.«

»Du bist ein verfluchter Lügner.« Dante erschrak über

sich selbst. Diese Nacht im Auto, auf der Rückfahrt aus der Bronx, nachdem sie Freddie Miller bei seiner Karnickelnummer zugesehen hatten, diese Nacht. Seine eigenen Worte fielen ihm jetzt wieder ein: Wir sollten es tun, wenn sich uns die Chance bietet, sollten wir Geld einstecken. Mein Gott, das macht doch jeder, warum nicht wir? Genau das hatte er gesagt. Hatte Jimmy beinahe angefleht, ein Dieb zu werden.

»Du wolltest es doch machen, du hast mir gesagt, du wolltest es machen«, sagte Jimmy leise.

»Das war doch nur so dahergesagt, nichts weiter. Und erst vor einer Woche. Was du gemacht hast, ich vermute, das machst du jetzt schon seit Jahren. Du lügst mich an, du erzählst mir immer noch nichts als Scheiße.«

Jimmy sagte nichts, sein Blick war leer, seine Augen suchten irgend etwas, auf das sie sich richten konnte. Er zuckte die Schultern.

»Und Ray? Du erzählst mir, Ray wäre in deine Wohnung gekommen, um mit dir über seine persönlichen Probleme zu quatschen? Das sagst du mir, ohne auch nur mit der Wimper zu zucken?«

»Ray«, sagte Jimmy. »Dieser arme Scheißkerl.«

Dante lehnte sich wieder gegen den Wagen und schaute zu, wie Jimmy auf und ab ging, hörte zu, wie er sich leise verfluchte.

»Ray hätte dir nie irgendwas erzählt«, meinte Dante. »Und so was Besonderes bist du nicht – er hätte niemandem von seinem Kram erzählt, der Typ hat nie irgendwas zu irgendwem gesagt. Ich kenne den Mann, kannte ihn erheblich besser als du, also erzähl mir keinen Scheiß, versuch's erst gar nicht, ich tret dir in den Arsch, wenn du mir weiterhin nichts als Scheiße erzählst.« Dante entfernte sich von Jimmys Wagen, beschloß, wieder etwas ruhiger zu werden, beobachtete Jimmy, der nachzudenken versuchte, einen Weg suchte, sinnvolle Antworten zu geben.

»Und da kommst du mit diesem Banksafeschlüssel an«,

sagte Dante, »und mit dieser Geschichte, Geld für mich beiseite gelegt zu haben. Bildest dir ein, damit kannst du mich einfangen. Ja, stimmt, ich brauche Geld, ich hab schon immer Geld gebraucht. Wenn ich alles hätte, was ich brauch, ich weiß nicht, was ich dann tun würde. Bei uns beiden geht's aber nicht um Geld, bei uns geht's um Vertrauen, um Freundschaft.«

Jimmy strich sich durchs Haar, entfernte sich ein paar Schritte, drehte sich um und kehrte zurück. Dante hatte ihn noch nie so erschüttert gesehen. Der Bursche war ein wandelnder Nervenzusammenbruch.

»Ja. Genau«, sagte Jimmy, als wüßte er nicht, was er sonst sagen sollte. Sehr, sehr lange dreißig Sekunden sagte niemand ein Wort. »Nein«, sagte er schließlich. »Weißt du, alles fing an, den Bach runterzugehen, als wir diesen Fall übernommen haben. Dieser verschissene Fall, Dante, ich hab dir gleich gesagt, daß er uns nichts als Kummer bringt. Das hab ich dir gesagt, aber du wolltest ja nicht zuhören, gottverdammter, sturer Bastard. Du doch nicht.«

»Stimmt das?«

»Du hast uns die ganze Scheiße eingebrockt. Du bist dafür verantwortlich«, verkündete Jimmy und schüttelte den Kopf.

»Ich hab was? Was hab ich gemacht?«

»Du hast uns all diesen Ärger bereitet. Ich hab gleich gesagt, wir sollten die Finger von diesem Fall lassen, ich hab dir gesagt, wir sollten uns nicht mit JoJo einlassen. Na, kommt dir das irgendwie bekannt vor?« Er zuckte die Schultern und seufzte.

»Willst du mir etwa sagen, es hat irgendwas mit Rays Tod zu tun, daß wir gegen JoJo ermittelt haben? Sieh mich an und sag mir das. Sieh mich an, verdammt, sag mir, daß dieser Fall etwas damit zu tun hat, daß Ray auf der Straße erschossen wurde, daß er sterben mußte wie ein beschissener Mafiagangster. Sag mir das und, bei Gott, ich werd dir deine beschissene Rübe einschlagen, du Dreckskerl.«

Jimmy reagierte mit einem Schulterzucken. Dante sah ihn an und fühlte sich ausgebrannt, wußte es. Wußte nicht, was genau er wußte, war sich aber absolut sicher, daß ihm der übelste Schmerz in seinem Leben bevorstand. Es war das furchterregendste Gefühl, das er je gehabt hatte.

Jimmy lächelte ihn kurz an, sagte dann langsam, leise, fast flüsternd: »Ich hab Scheiße gebaut. Ich hab ihn umgebracht, genauso sicher, als hätte ich selbst den Abzug gezogen. Ich hab den armen Kerl auf dem Gewissen, Dante.«

Plötzlich flammten helle Lichter in Dantes Kopf auf und erloschen wieder. Er hob die Fäuste und schrie: »Du Scheißkerl, verdammter Scheißkerl!« Dante ließ es heraus, saugte Luft durch die Zähne, drehte sich Jimmy zu, während er in seinem Innern weiter *Scheißkerl – Scheißkerl – Scheißkerl* schrie.

»Jeden einzelnen Tag für den Rest meines Lebens werde ich dafür bezahlen.« Jimmys Stimme wirkte kindlich, unbekannt, fremd auf Dante. Er rieb sich über den Mund und drehte sich fort von Dante, versuchte, außerhalb seiner Reichweite zu kommen.

»Und hinter allem steckt natürlich JoJo, stimmt's?« fauchte Dante.

»Ja, du hast recht. Du hast recht. Aber ich war's, ich hab ihm das eingebrockt, ich hab den Anruf gemacht.«

Dante nickte.

Seine Ohrfeige wirbelte Jimmy herum. Blut spritzte von der aufgeplatzten Lippe. Jimmy lehnte sich gegen den Wagen, starrte Dante mit traurigen, teilnahmslosen Augen an. Er berührte seine Lippe, und Dante drehte durch, erwischte ihn wieder, dieses Mal mit einer schnellen Serie Ohrfeigen mit seiner Linken. »Du hast angerufen, du hast angerufen, du hast angerufen«, im Rhythmus der Schläge. Er schob Jimmy fort, Jimmy ließ die Hände an der Seite locker hängen, rührte sich nicht. Dante ließ einen furchtbaren Rückhandschlag los, und Jimmys Kopf knallte mit einem dumpfen Schlag gegen den Wagen. Dante meinte es todernst, riß

Jimmy zuerst zu sich, schleuderte ihn dann gegen den Wagen zurück.

Dante überlegte nicht, seine Worte flogen aus seinem Mund wie Rasierklingen. »Du bist sein Mann, du hast mit JoJo Geschäfte gemacht, du verräterischer, hinterhältiger Bastard.« Dante war außer sich, spürte nicht, wie jetzt alles über ihn hereinbrach.

Stille, dann ein leises Raunen von Jimmy: »Du hast recht. Du kannst mich umbringen, ich werde nicht gegen dich kämpfen. Vielleicht solltest du mich umbringen, vielleicht ist es genau das, was du tun solltest.«

Trotz seiner ruhigen Stimme erkannte Dante, daß Jimmy zitterte. Dante hatte das Gefühl, als würde ihm das Herz aus der Brust springen.

»Du hast dich für ihn und gegen mich entschieden.« Dante schlug auf Jimmys Brust, die jetzt feucht war von dem Blut, das ihm von Wange und Nase strömte.

»Du irrst dich, Dante«, sagte Jimmy. »In dem Punkt hast du dich schon immer geirrt. Um dich mache ich mir Sorgen, nicht um ihn.«

»Lügner!«

»Ich lüge nicht, Dante, ich belüge dich nicht.«

»Und Ray, willst du mir auch was über Ray erzählen?«

»JoJo hat Verbindungen, wir wissen beide, daß JoJo gewisse Dinge erledigen kann. Ich habe ihn gebeten, ihn angebettelt, dafür zu sorgen, daß Ray versetzt wird, daß er aus unserem Büro abgezogen wird. Ray wußte über mich und JoJo Bescheid, nicht alles, aber genug. Ich wollte ihn nur aus unserem Büro weg haben, das ist alles, mehr nicht.«

»O Gott«, sagte Dante. Er schüttelte entsetzt den Kopf.

»Er hat's mir versprochen, Dante, JoJo hat mir geschworen, daß er dem Mann kein Haar krümmen wird. Hat gesagt, er würde dafür sorgen, daß er versetzt wird, nicht mehr, nicht mehr als das.«

»Und du hast ihm geglaubt? Du hast diesem mörderischen Bastard geglaubt?«

»Mann, er hat's doch geschworen.«

Mit der linken Hand packte Dante Jimmy an der Kehle, er zog die Rechte zurück, ballte die Hand zur Faust. Verharrte. »Nein, warte, warte, warte.« Dante konnte nicht sagen, ob er die Worte aussprach oder sie nur dachte. »Wenn ich dich noch einmal schlage, bringe ich dich um. In mir ist nichts mehr, Jimmy, du hast alles rausgenommen. Ich bin fertig.« Er trat zurück. »Hier«, sagte Dante. »Hier, nimm diesen beschissenen Schlüssel und steck ihn dir in den Arsch. In diesem Safe liegt JoJos Geld, stimmt's?« Er steckte den Banksafeschlüssel in Jimmys Hemdtasche. »Es ist seins. O ja. Es ist seins.«

Dante starrte zum Himmel auf, ein blasser, orangefarbener Streifen Licht wurde allmählich breiter. Ein neuer Tag brach über Queens an. »Mr. Slicks Kohle, ja? JoJos Geld.«

»Ich werde alles tun, alles, um das wieder in Ordnung zu bringen.«

Dante und Jimmy sahen sich an.

»Vielleicht sollte ich jetzt einfach ins Büro gehen und mich verhaften lassen«, sagte Jimmy. »Dem Boss alles erzählen, mich stellen. Himmel, was immer die mit mir machen, kann nicht schlimmer sein als das hier.«

»Was bist du, bescheuert, oder was?« Dante holte tief und bebend Luft. »Hör zu, wir kriegen das schon hin. Du bist dumm gewesen, Jimmy, du hast dich wie der letzte Idiot benommen. Aber du bist nicht böse. JoJo ist böse. Er wird dafür bezahlen. Uns wird schon was einfallen.« Eine lange Pause, dann: »Der Kerl hat dir eine halbe Million gegeben?«

»Zehn Jahre lang, einen Tausender pro Woche.«

»Mann! Kein Wunder, daß du nie Geldprobleme hattest. Und was hast du für ihn getan?«

»Ehrlich gesagt, nicht besonders viel.«

»Ja, was denn zum Beispiel.«

»Ich will nicht darüber reden.«

»Red drüber.«

»Ich hab ihm in unserem Büro den Rücken freigehalten.

Dante, hör zu, ich hab gesagt, ich will nicht drüber reden, und das meine ich auch so. Ich könnte kotzen bei der ganzen verschissenen Geschichte. Paß auf, ich hab's getan, ich werde dafür bezahlen. Was kann ich sonst noch tun?«

»Du wirst JoJo anrufen. Vereinbar ein Treffen mit ihm und gib ihm das Geld zurück.«

Jimmy stand da, tupfte Nase und Lippe mit einem Taschentuch ab. Er schaute sich um, während das Licht sich weiter auf dem Morgenhimmel ausbreitete, warf Dante Blicke zu, als wolle er ihn taxieren.

»JoJo«, sagte Dante. »Dieser ekelhafte Bastard ist verantwortlich für Rays Tod, und dafür wird er bezahlen.« Zur Bestätigung nickte er. »JoJo ist ein Spieler, er macht gerne Spielchen«, sagte er bitter. »Ich werde ihm zeigen, daß ich auch spielen kann. Wenn er sein Spielchen haben will, dann soll er es kriegen.«

»Dante«, sagte Jimmy, »ich fühle mich so ausgelaugt, so kaputt und verloren. Ich wollte nie, daß irgendwem was passiert. Nicht mal JoJo.«

»Ich weiß, ich weiß, gottverdammt. Nur, es ist passiert, Jimmy, jemandem ist was passiert, einem guten Mann ist was passiert.«

»Wie konnte ich nur so blöd sein?« sagte Jimmy. Er riß sich zusammen, versuchte nicht zu weinen, lehnte sich gegen Dante, und Dante nahm ihn in die Arme, drückte ihn, bis er sein Zittern spürte.

»Du wirst ihn umbringen, stimmt's?« fragte Jimmy.

Dante gab keine Antwort.

»Du willst mich auch umbringen, stimmt's?«

Immer noch keine Antwort.

Dante hielt Jimmy noch einen Moment an sich gedrückt, empfand eine Mischung aus Wut, Panik und auch Erleichterung, sagte sich selbst, dein Kumpel sollte wissen, wer du bist, was in deinem Herzen und deiner Seele ist, überzeugte sich selbst, versuchte sich selbst davon zu überzeugen, daß Jimmy kein Killer war und ganz sicher nicht korrupt. Er würde nichts sagen, was er nicht auch meinte. Er wußte nicht, was er Jimmy antworten sollte; was er schließlich sagte, war: »JoJo Paradiso ist ein Scheißkerl, das hab ich dir schon gesagt, als wir noch Kids waren, und an meiner Einstellung hat sich in dreißig Jahren nichts geändert.«

KAPITEL EINUNDZWANZIG

»Scheiß Esperanza«, knurrte JoJo, dem immer noch der Schrecken in den Knochen saß von dieser durchgeknallten, irren Schlampe, die ihn hatte über den Haufen fahren wollen, diese Klapsmühlenmutter brauchte eine Tracht Prügel. Es war gegen acht Uhr, er kam Johns asphaltierte Zufahrt herauf, hatte die Arme vor der Brust verschränkt, den Kopf gesenkt, ließ im Gehen den Kopf von Schulter zu Schulter kreisen und fragte sich, warum er nur so viele abgefuckte Irre anzog, da bemerkte JoJo, daß das Haus seines Bruders erleuchtet war wie ein Weihnachtsbaum. Überall brannte Licht. Er kauerte sich zwischen prächtig blühenden Azaleen und Rhododendren, die von elfenbeinfarbenen, niedrigen Gartenlampen beleuchtet wurden, und linste vorsichtig durch die Sträucher und Büsche, bis er eine Bewegung wahrnahm. Jemand trat aus der Haustür auf die Veranda, die sich um das gesamte Haus zog. Sein Vater.

JoJo kniete im Gras, sondierte die Beschaffenheit des Geländes und versuchte, einen klaren Gedanken zu fassen. Sein Vater war hier, absolut super. Was sollte er jetzt tun? Was konnte er dem Mann sagen? Mein Gott, konnte es nicht zur Abwechslung mal einfach glatt laufen. Scheiße, würde er jemals Luft schnappen können? Er war also da, der alte Mann, schlich herum wie ein Löwe unter dem Rudel. JoJo vermutete, daß sein Vater irgendwann im Verlauf der letzten paar Stunden eingetroffen sein mußte. Wahrscheinlich hatte John ihn vom Flughafen abgeholt; der Grund, warum sein Bruder nicht zu Hause gewesen war, als er versuchte, ihn aus dem Restaurant anzurufen. Er fragte sich, was John dem alten Mann erzählt hatte. Viel konnte es nicht sein, da er nichts von dem wußte, was abging. Sein Bruder hatte keinen Schimmer, was los war.

JoJo verließ sein Versteck und ging langsam weiter die Zufahrt entlang, zögerte einen Moment, suchte den Leibwächter des Skippers, Monty Montana. Als sein Vater ihn entdeckte, wechselten sie Blicke, und JoJo winkte ihm zu. Der alte Mann verschränkte die Arme und nickte, ein süffisantes Sieh-dich-doch-nur-an-Grinsen auf dem Gesicht.

JoJo saß mit seinem Vater auf der Terrasse hinter dem Haus. In den Dachvorsprüngen waren Strahler angebracht, die die Felsen und die Bucht weiter unten erhellten. JoJo saß da und beobachtete drei Krebse, die wie nächtliche Einbrecher die Flanke eines riesigen, schwarzen Felsblocks hinaufkletterten, ihr Ziel ein verwesender Seevogel, der oben drauf lag, die Flügel gekreuzt über dem Kopf. Früher oder später würden die Krebse oben ankommen, es war lediglich eine Frage von Zeit und Raum, nichts konnte sie aufhalten, weder die nahende Flut noch die Kiesel, die JoJo beiläufig in ihre Richtung warf, ab und zu Glück hatte und ihren gepanzerten Rücken traf, aber nicht die geringste Reaktion erntete. Schon als Kind hatte er Krebse gehaßt, hatte es gehaßt, die gottverdammten Viecher nur anzusehen.

Er hatte fast eine Stunde mit seinem Vater gesprochen. JoJo hatte gebeichtet, alles rausgelassen, die Geschichte des Kubaners erzählt, alles eben. An der ernsten Miene seines Vaters hatte sich dabei die ganze Zeit nichts geändert, seine einzige Reaktion hatte in einem gelegentlichen Schulterzucken bestanden, als spiele es so oder so keine Rolle. Was, wie JoJo wußte, absoluter Bockmist war. Aber so war der alte Mann, er zuckte die Schultern und lächelte und hörte zu. Der Mann war wie ein Berg aus Stahl, und in seinen Augen lag ein Licht, ein Strahlen. War es Neugier oder schlicht und einfach Zorn? Konnte es sein, daß er schon die ganze Zeit wußte, was JoJo vorhatte? Sein Vater schien über JoJos Geschichte überhaupt nicht schockiert zu sein; die Geschichte über Lilos gescheiterten Überfall aus dem Hinterhalt, der Verrat des Bastards entlockte kaum mehr als gerümpfte Augenbrauen und mehrmaliges, kurzes Nikken. Daß JoJo Barry Cooper auf die Probe gestellt hatte, entlockte ihm überhaupt keine Reaktion. Daß er überlegte, gegen Lilo zurückzuschlagen und dazu den Dancer und seine Leute aus Sheepshead Bay zu benutzen, brachte ein Nicken.

Die Augen seines Vaters richteten sich auf den Tisch, an dem sie saßen. Mit leiser, monotoner Stimme erzählte JoJo ihm alles, wozu er den Mut aufbrachte, erinnerte sich selbst immer wieder daran, daß der Skipper nur zuhörte, nicht auf die Neuigkeiten bezüglich des Drogendeals, den bevorstehenden Krieg, auf gar nichts reagierte, nada. Er wollte es nicht zu weit treiben, also behielt er die Geschichte über den Hit des Zwergs gegen diesen Cop für sich.

Jetzt saßen beide da, JoJo gefühlsmäßig ausgelaugt, sein Vater ruhig. Er blickte auf das Meer hinaus und den Nachthimmel, warf JoJo immer wieder Seitenblicke zu. Was zur Folge hatte, daß JoJo sich auf seinem Stuhl wand wie eine Schlange.

Lina Santangelo tauchte von Zeit zu Zeit auf und schenkte das Weinglas seines Vaters nach. Wenn sie auf die Terrasse kam, starrte sie JoJo an, fragte kein einziges Mal, ob er auch etwas wollte oder brauchte. Lina schien sauer auf ihn zu sein. Jetzt erschien sie wieder, diesmal mit einer Schale Obst und einem Glas Wein für JoJo.

»Danke, Lina«, sagte sein Vater. Dann sah er JoJo an, fixierte ihn scharf, wartete, bis Lina die Tür wieder geschlossen hatte, bevor er sprach.

JoJo veränderte seine Haltung auf dem Stuhl und lehnte sich zurück. Er bemühte sich bewußt, den Blick nicht von seinem Vater zu nehmen.

»Dein Bruder hat mich heute morgen angerufen. Sagte, er mache sich wegen dir Sorgen. Ich hatte Glück, noch eine Maschine hierher zu erwischen. Nun, es ist Nebensaison jetzt, und so schwer war's dann auch wieder nicht. Er ist ein guter Bursche, dein Bruder. Er liebt dich. Ich hab ihn weggeschickt, hab ihm gesagt, er solle Penny abholen und bei der Gelegenheit ein paar Tage Urlaub machen.«

»Gut, gut. Ja, also, ich versuche, auf ihn aufzupassen, ihn von den Dingen fernzuhalten. John hat sich schon immer um alles mögliche übertrieben Sorgen gemacht.«

Sein Vater starrte ihn an, er wirkte verdutzt. »Weißt du«, sagte er, »vielleicht bin ich ja paranoid. Ich weiß, daß ich ein bißchen dumm bin. Aber selbst ein dummer Mensch kriegt mit, wenn er stirbt. Wann bin ich gestorben, Joseph?«

JoJo zögerte, war sich sicher, was sein Vater meinte, scheute sich aber, nun zu antworten. Er streckte die Hand aus und nahm sein Glas Wein.

Der alte Mann schüttelte den Kopf. »Was du getan hast, kann nicht mehr ungeschehen gemacht werden«, flüsterte er mit heiserer Stimme. »Jetzt müssen wir damit leben und überlegen, was zu tun ist.« Er rieb sich über die Stirn und reckte sich. »Du weißt doch, was du getan hast, oder? Du verstehst die Probleme, die du mir aufgehalst hast, das verstehst du doch, oder nicht?«

»Pop, ich habe nur versucht, das Richtige zu tun. Was anderes habe ich nicht gemacht.«

»Was ist das Richtige? Wem machst du was vor? Wir haben Regeln in dieser Familie. Warte nur, bis ich Bruno in die Finger kriege.«

»Mensch, Pop, Bruno hat nur ausgeführt, was ich ihm befohlen habe. *Ich* bin für alles verantwortlich, nicht Bruno.«

Sein Vater warf ihm einen Blick zu, der soviel sagte wie: Willst du mich auf den Arm nehmen?

JoJo schaute auf und sah Monty Montana in der Tür von der Terrasse zur Küche stehen. Monty warf JoJo unübersehbar einen schrägen Blick zu, dann wandte er sich an JoJos Vater. »Die Freunde aus Providence sind da«, sagte Monty. »Ein halbes Dutzend. Ich habe zwei auf der Straße postiert, zwei entlang der Zufahrt und zwei vor dem Haus. Der Rote läßt grüßen und ausrichten, er wird noch sechs weitere schicken, die werden in ungefähr einer Stunde hiersein.«

Der Skipper hob einen Arm und wedelte mit der Hand wie ein Bandleader. Monty stand einen Augenblick still. »Brechen wir heute abend noch auf, Boss? Falls ja, werde ich ein paar Wagen benötigen. Im Moment kein Grund zur Eile, aber wenn Sie mir eine grobe Vorstellung geben könnten –«

»Sobald Bruno und mein Schwiegersohn hier sind, brechen wir auf. Ich rechne jeden Augenblick mit ihnen. Stimmt's, Joseph, sie müßten doch eigentlich jeden Moment hiersein, häh?«

»Ja, ja, sie müßten jeden Moment hiersein.«

Für eine weitere Minute rührte JoJo sich nicht, hielt die Hände zwischen den Beinen gefaltet, den Kopf gesenkt. Er drehte sich zu Monty um. Der Leibwächter seines Vaters war fort.

»Was ist mit Lilo und Yale, Pop? Was machen wir mit den beiden Wichsern?«

»Zerbrich dir nicht den Kopf über Lilo, Lilo und seine Leute sind mein Problem. Ich werde mich selbst um diesen dummen Bastard kümmern.«

»Komm schon, Pop, du brauchst mich jetzt. Sprich mit mir, ich kann helfen. Laß mich das mit Lilo erledigen.«

Eine Art Verzweiflung wuchs in JoJo. Er dachte fieberhaft nach. Er mußte diese Sache am Laufen halten, ohne daß sein Vater explodierte. »Pop«, sagte er, »kennst du diesen Jungen, diesen Vinny Rapino, einer aus Lilos Truppe?«

»Ich habe seinen Namen schon gehört, bin ihm aber noch nie begegnet.« Er unterbrach sich, massierte mit den Handballen die Schläfen. »Wenigstens glaube ich nicht, daß ich dem Jungen schon mal begegnet bin.«

»Er hat mich die letzten paar Tage gefahren. Er war mit uns in dem Restaurant, hat draußen im Mercedes gesessen.«

»Und?«

»Sieht für mich ganz so aus, als hätte er uns verpfiffen. Andererseits könnte Lilo uns natürlich auch irgendwie anders gefunden haben, und der Junge hatte nichts damit zu tun. Ich will für Vinny hoffen, daß er die Cops entdeckt und daraufhin die Fliege gemacht hat. Wenn das stimmt, wird er sich mit uns in Verbindung setzen. Pop, er weiß, wo Lilo sich rumtreibt, er weiß alles, was es über diesen Burschen zu wissen gibt. Er könnte Lilo für uns ausfindig machen. Und, ja, wahrscheinlich auch Yale.«

»Dieser Junge hat meinen Mercedes gestohlen?«

»Er gehört mir, Pop.«

»Was meinst du mit *er gehört dir*?«

JoJo schwieg einen Moment, spreizte verdutzt die Hände. »Meiner, es ist mein Wagen. Ich lasse ihn bei dir stehen, aber es ist trotzdem mein Wagen. Um Himmels willen, ich habe ihn bezahlt.«

»Und der Junge hat ihn jetzt?«

»Ja, genau. Ich hab dir doch gesagt, daß er mich gefahren hat. Er muß die Cops entdeckt und sich mit dem Wagen aus dem Staub gemacht haben. Er ist damit weg.« JoJo begann zu schwitzen.

Der Skipper schüttelte den Kopf. »Okay«, sagte er. »Dann hat also irgend so ein Bursche deinen Wagen gestohlen. Was sagst du, der Junge kann Lilo für uns finden?«

»Wo bist du, Pop? Ich hab nicht gesagt, er hat den Wagen gestohlen, ich habe nur gesagt, dieser Vinny kann Lilo für uns finden.«

»Denkst du vielleicht, ich kann meinen eigenen Captain nicht finden?«

»Das habe ich nicht gesagt. Ich habe nur gesagt, dieser Bursche könnte uns helfen.« JoJo atmete schwer durch die Nase.

Sein Vater beugte sich vor. »Du hast gesagt, ich brauche irgendeinen Jungen, um Lilo zu finden. Lilo ist mein Captain, er ist seit zwanzig Jahren bei mir. Ich kenne dieses Arschgesicht, wie ich dich kenne. Ich werde ihn finden, keine Angst.« Sein Vater schaute zu Boden und schüttelte traurig den Kopf, als wollte er damit andeuten, JoJo sei ein hoffnungsloser Fall.

»Weißt du, als wir in Florida waren«, fuhr er fort, »bin ich mit Lina auf die Rennbahn gegangen. Sie ist noch nie auf einer Rennbahn gewesen, also habe ich sie mitgenommen. Und als wir dort waren, wem laufe ich da über den Weg? Äh, wie heißt er noch schnell? Der Biscoglia-Bruder, der ältere Bursche, du weißt schon.«

»Phil«, sagte JoJo. »Philip Biscoglia. Er war auf deiner Hochzeitsfeier, Pop.«

Philip und Carmine Biscoglia hatten praktisch den New Yorker Garment District unter sich, die Speditionen und die Gewerkschaften, waren große Kredithaie. JoJo hatte kürzlich gehört, daß gegen sie ein Bundesstrafverfahren lief. Er konnte sich auf die Brüder verlassen, wenn es um Hilfe ging; zumindest war er sicher, daß sie sich aus der Palastrevolution in der Paradiso-Familie heraushielten. Sie waren *compares*, waren aus demselben Dorf wie der alte Herr in die Staaten gekommen. Wie zum Teufel konnte sein Vater nur ihre Namen vergessen? Carmine Biscoglia war der Patenonkel seiner Schwester Patricia, um Himmels willen.

»Ey, meinst du, das weiß ich nicht? Ich hab nur den Namen von dem Burschen vergessen. Und, passiert dir so was nie? Vergißt du nie einen Namen?« fragte sein Vater traurig.

Monty tauchte wieder in der Tür auf. »Nicky und Bruno sind gerade aufgetaucht. Und sechs weitere Männer aus Providence.«

Der Skipper brachte ihn mit einer Handbewegung zum Schweigen. »Ich will dich mal was fragen, Monty. Wenn ich dir sagte, du sollst Lilo finden, was meinst du, wie lange brauchst du dazu?«

»Wissen Sie, Boss, der wird sich jetzt in irgendeinem Loch verkriechen.«

»Wie lange, Monty? Keine langen Geschichten, sag mir einfach, wie lange?«

»Anderthalb Tage, höchstens zwei.«

»Danke.« Der Skipper nickte. »Sag Bruno und Nicky, sie

sollen im Wohnzimmer warten«, sagte er. »Haben sie ein Auto?«

»Sie sind mit einem Taxi gekommen. Hatten ein kleines Problem auf der Straße mit den Jungs aus Providence. Keiner wußte, wer er war, Sie wissen schon, was ich meine? Ich glaube, Nicky hat sich vielleicht in die Hosen geschissen, er ist jetzt im Bad, ist stocksauer. Einer der Jungs aus Providence hat ihn aus dem Taxi gezogen und ist ihm an die Kehle gegangen. Der Taxifahrer ist abgezischt wie ein geölter Blitz. Wir sollten langsam drüber nachdenken, von hier zu verschwinden, Boss. Vielleicht rennt der Taxifahrer zu den Cops.«

»Haben wir genug Wagen?« Der alte Mann sah Monty fragend an. JoJo verlagerte sein Gewicht, dachte nervös, daß sein Vater ja vielleicht bei diesem Irrsinn mitmachte, aber todsicher schien er der Sache nicht gewachsen zu sein.

Monty zuckte die Schultern. »Wir brauchen nur zwei. Wir haben einen von John, und den anderen können wir uns ausborgen.«

Sein Vater legte den Kopf schief. »Was ist mit den Jungs von außerhalb? Können wir die einfach so wegschicken, oder was?«

»Der Rote hat ihnen gesagt, sie sollen bei uns bleiben, solange sie gebraucht werden. Ich wüßte nicht, wofür wir sie noch brauchen, wenn wir erst mal hier weg sind. Karl Marx wartet jetzt bereits mit seinen Leuten in Ihrem Haus, und der Dancer befindet sich auf dem Rückweg von Florida. Bruno kann zehn, fünfzehn weitere Männer erreichen. Was meinen Sie, Boss, das müßte doch reichen, oder nicht?«

»Tja, ich weiß nicht. Joseph«, sagte er, »als du hergekommen bist, um deinen Bruder zu besuchen, warst du da in Providence, um Red deine Aufwartung zu machen?«

»Das werde ich von nun an tun.« JoJo konzentrierte sich auf das Glas Wein auf dem Tisch vor sich.

»Der Mann ist ein *capo di famiglia*, er verdient deinen Respekt. Er hat was von einem Cowboy, also will man sich nicht zu sehr mit ihm anfreunden, aber das nächste Mal solltest du zu ihm gehen und deine Aufwartung machen.«

»Sicher, Pop.«

Während er seinen Wein austrank, kämpfte JoJo gegen eine verwirrende Nervosität und versuchte seine Gedanken zu ordnen. Er hatte sich so sehr darauf konzentriert, seinem Vater die Geschichte des Drogendeals zu erzählen, war so darauf bedacht gewesen, mit dem alten Mann alles in Ordnung zu bringen, daß er nicht weiter darüber nachgedacht hatte, ob sein Vater mit dem heraufziehenden Sturm fertigwerden konnte. Es machte ihm keinerlei Schwierigkeiten, sich vorzustellen, wie er selbst gegen Lilo und die anderen zurückschlagen würde, indem er den Dancer und seine Leute einsetzte, ebenfalls Bruno und Nicky Black. Aber außerdem mußte er seinen Vater schützen. Er bezweifelte, daß der alte Mann immer noch das Zeug hatte, bei einem richtigen Krieg das Kommando zu führen. Und wenn man berücksichtigte, auf welche Weise Lilo nach der Krone gegriffen hatte, dann würde der Bastard es jetzt bis zum Ende durchziehen müssen. Der Penner hatte gar keine andere Wahl, als zu versuchen, an den alten Mann heranzukommen, andernfalls war er Geschichte. Lilo würde seine Leute schicken. Der Mann verfügte über erfahrene Soldaten, kampferprobte Leute wie Benny Bats und Yale und einige weitere. Und, Scheiße, wenn es Lilo gelang, die Ramminos auf seine Seite zu bringen, und wenn die anderen Familien beschlossen, sich aus dieser Sache herauszuhalten, dann hatten die Paradisos echte Probleme.

Monty schaute an JoJos Vater vorbei, lächelte JoJo an und seufzte. »Wissen Sie, manchmal ist so was ganz gut, das gibt jedem einen ordentlichen Tritt in den Hintern, läßt alle wieder ein bißchen wachsamer werden.«

JoJo zuckte die Schultern und lächelte Monty an, spürte, wie ihm heiß wurde. Es entglitt ihm, er mußte für den alten Mann wieder zur Seite treten. Warnglocken erschallten in seinem Kopf, und er befürchtete, daß es die letzte Runde für die Paradisos sein könnte, was jetzt auf sie zukam. Trotz allem gab JoJo die Hoffnung nicht auf und spielte seinen großen Trumpf aus.

»Pop«, sagte er. »Ich habe für morgen dieses Treffen mit dem Kubaner angesetzt. Vielleicht sollte ich noch hierbleiben?«

JoJo dachte, daß er und sein Vater sich vielleicht trennen sollten. Den Großteil der Männer zum Schutz des alten Mannes abstellen, dann konnte er sich auf eigene Faust auf die Jagd nach Lilo machen. Aber vorher mußte er seinen Vater überzeugen, ihn noch ein oder zwei Tage in Rhode Island bleiben zu lassen. Zwei Fliegen mit einer Klappe schlagen, das Treffen mit dem Kubaner einhalten, dann Lilo zur Strecke bringen.

»Du hast was?«

»Dieser Kubaner, von dem ich dir erzählt hab.«

»Vergiß es, das Thema ist abgehakt.« Sein Vater winkte ab und beendete damit jede weitere Diskussion.

Dante fuhr Jimmys Wagen zum Greek's, redete weiter unaufhörlich auf ihn ein; Jimmy sagte wenig, fast gar nichts; Dante hatte den Eindruck, daß der Kerl ihn ausblendete. Sie holten sich vier Kaffee und zwei Bagels mit Munster. Dante fuhr weiter nach Rockaway Beach und stellte den Wagen an der 110th Street ab. Sie setzten sich auf die Uferpromenade, genossen die frische Meeresluft, tranken ihren Kaffee und frühstückten; als sie fertig waren, saßen sie schweigend da. Dante beobachtete die Möwen. Jimmy döste, hatte die Augen zu Schlitzen verengt, und einen Moment lang erhaschte Dante einen flüchtigen Blick von ihrer blauen Kälte. Die Brise frischte auf. Dante zitterte.

Er war zu neunundneunzig Prozent sicher, daß Jimmy nie beabsichtigt hatte, daß Ray etwas zustieß. Natürlich war er rücksichtslos und dumm gewesen, aber Jimmy Burns war kein bösartiger Mensch. Dante sagte sich, er müsse sich wieder beruhigen, müsse klar denken. Er würde seine ganze

Geduld brauchen, seine ganze Gelassenheit, um diese Sache durchzuziehen, um Jimmy zu retten und JoJo zu nageln. Die Frage war nur, wie.

Dante stand auf, gähnte, reckte sich und ging hinüber zum Geländer der Uferpromenade. Dicht am Wasser joggte ein schwarzes Pärchen in blauer Trainingskleidung. Sie liefen ungefähr zwanzig Meter und schlugen sich dann in die Hände, waren verliebt, trugen die gleiche Kleidung, nett. Er dachte an Kathy, die wie ein Teenager lief, kraftvoll und schnell.

Er kehrte dem Meer den Rücken zu und sah Jimmy an. Er saß mit ausgestreckten, übereinandergeschlagenen Beinen da, als faulenzte er unter einer Palme in der Karibik.

»He, Jimmy«, sagte er. »Sag mir eins.«

»Ja?«

»Vielleicht bin ich ja gehirnamputiert oder so, aber ich komm ums Verrecken nicht dahinter, wann diese Liebschaft zwischen dir und JoJo angefangen hat. Scheiße, wir waren doch dauernd zusammen. Ich hab's nicht mitgekriegt.«

Jimmy machte zu, er hob eine Hand und senkte den Kopf. »O Mann, ich wußte, es war nur eine Frage der Zeit. Ich wußte, du würdest es nicht auf sich beruhen lassen. Okay, du willst es hören, ich werd dir sagen, was du hören willst.«

»Hör zu, Mann, ich will dich nicht noch mehr fertigmachen, als du ohnehin schon bist. Wenn du's mir sagen willst, dann sag's mir. Wenn nicht, dann vergiß es.«

Jimmy nahm seinen Schlüsselring aus der Tasche und ließ ihn um einen Finger kreisen. »Erinnerst du dich noch, als meine Mutter vor ungefähr zehn Jahren starb? Weißt du noch, wie sauer ich damals war?«

»Natürlich erinnere ich mich.«

»Weißt du auch noch warum? Warum ich so sauer war, so außer mir, daß ich jemanden umbringen wollte?«

»Um dir die Wahrheit zu sagen, daran erinnere ich mich nicht mehr. Ich weiß, daß du auf irgendeinen Arzt sauer gewesen bist oder auf irgendwas im Zusammenhang mit dem Krankenhaus. Aber ich fand's nicht weiter wichtig, jeder wird sauer auf Ärzte und Krankenhäuser, wenn jemand stirbt, den man liebt.«

»Ja, ja, okay. Aber es war mehr als das, erheblich mehr. Meine Eltern hatten sich aufs Altenteil nach Florida zurückgezogen, aber nach Joshs Tod waren sie nicht mehr dieselben. Mein Vater hörte auf zu lachen, er hatte ein schwaches Herz, schon seit Jahren. Ich dachte immer, es läge am Streß, für diese dummen Wichser zu arbeiten, denen die Lampenfabrik gehörte. Diese Typen spielten immer mit dem Bargeld und manipulierten die Bücher. Mein Vater verbrachte Tage und Wochen damit, auf dem Finanzamt herumzusitzen. Wie auch immer, die Lampenbranche geht den Bach runter, mein Vater schmeißt die Brocken hin, nachdem er vierzig Jahre um fünf Uhr morgens aufgestanden ist, zu Fuß die zehn Blocks runter zur Liberty Avenue, im Winter wie im Sommer, weiter mit dem A Train quer durch Brooklyn, runter in die City. Die Lampenfabrik geht pleite, die Rente meines alten Herrn löst sich in Rauch auf.«

»Jimmy«, sagte Dante, »das weiß ich alles.«

»Warte, warte.« Er klang entschuldigend. »Sie haben Glück. Mein Vater hört von einem Haus in Miami Beach, ungefähr anderthalb Blocks von seiner Schwester entfernt. Er kann das Haus für ungefähr fünfzigtausend weniger haben, als er für sein Haus in Queens bekommt. Er hatte etwas auf die hohe Kante gelegt, nicht besonders viel, aber immerhin, und zusammen mit den fünfzig, die er durch den Verkauf des Hauses in Queens mehr erhält, kann er zwar nicht wie Gott in Frankreich leben, aber sie kommen zurecht, meine Mom und mein Dad können davon leben. Du verstehst, was ich meine?«

Dante gab keine Antwort, er fixierte Jimmy.

»Nun aber meine Mutter, du kanntest ja meine Mutter, also, sie haßte schon allein den Gedanken an das beschissene Florida. Sie haßte die Hitze, haßte ihre Schwägerin und hatte eine Scheißangst vor der ganzen Kriminalität, von der sie gehört hatte. Kannst du dir so was vorstellen? Die Frau ist in der Bronx aufgewachsen, hat ihr ganzes Leben in New York verbracht, und sie hatte eine Heidenangst, nach Miami Beach zu ziehen. Jedenfalls, sie sagt zu meinem Vater, ich gehe dorthin, wohin du gehst, wo immer du gehst, ich bin da. Solche Frauen gibt es heute nicht mehr. Sie liebte den Schatten, in dem mein alter Herr ging.«

Dante nickte energisch.

»Meine Eltern waren noch keine sechs Monate in Florida und glücklich wie nur was. Wie sich nämlich herausstellte, verliebte sich meine Mutter in das Haus, und mit ihrer Schwägerin kam sie auch ganz gut klar. Alles war bestens, sie fühlten sich wohl. Dann geht meine Mutter zu ihrer jährlichen Routineuntersuchung zum Arzt. In der Praxis wird ihr ein wenig schwindlig, und sie sagt so was wie, was zum Teufel mache ich hier eigentlich? Sie will nichts anderes als nach Hause, der Arzt denkt, sie flippt aus oder so, er schickt sie zur Computertomographie, und dabei finden sie einen Tumor.«

»Ich erinnere mich«, sagte Dante. »Und ob ich mich erinnere.«

»Okay, okay. Sie ist sechsundsiebzig Jahre alt, Dante. Soweit ich mich erinnern kann, ist der Frau die letzten zwanzig Jahre ab und an mal schwindlig geworden. Jedenfalls, diese Schwarzmaler, diese Quacksalber, diese Ärzte, die jagen ihr eine Scheißangst ein, und meinem Vater auch, überzeugen beide, daß meine Mutter ohne eine Gehirnoperation nicht mehr leben kann. Sie machen nicht nur eine, Dante – sie machen gleich zwei. Hundert Riesen pro.«

»Aber sie hat sie doch gebraucht, oder?«

»Diese Ärzte wußten genau, daß die Operationen nichts bringen würden. Sie konnten sie nicht retten, die wußten gottverdammt, daß es nicht mehr war als eine Übung. Sicher, meine Mutter hatte eine Krankenversicherung, aber es gibt da ein paar Dinge, die von der Versicherung nicht übernommen werden. Die zweite Operation hat sie nicht mehr überlebt. Bamm, einfach so, meine Mutter ist tot und mein Vater pleite.«

Dante massierte sein Kinn und nickte.

»Ich höre, was du sagst, Jimmy. Willst du mir jetzt auch noch verraten, wie JoJo in diese Gleichung paßt?«

Jimmy wirkte erschrocken, und der Blick, den er Dante zuwarf, schien ihn, Dante, ebenfalls erschrecken zu wollen.

Jimmy legte eine Hand über die Augen. »Pleite, Dante, verstehst du, was das heißt? Was das für einen stolzen Mann, einen Mann, der sein Leben lang gearbeitet hat, wirklich bedeutet? Ein Mann, der zwei Kinder großgezogen hat, siebzig Stunden die Woche gearbeitet hat, religiös war, das alles eben. Ein Mann, der nie einen anderen um Hilfe gebeten hat.«

»Dein Vater war ein Mordskerl, Jimmy. Ich kannte deinen Vater, er war ein toller Mann, ein ehrlicher Mann.«

Jimmy warf ihm einen dreckigen Blick zu, sagte lautlos zu Dante, ja, und was hat ihm das eingebracht?

»Zwei Monate nach dem Tod meiner Mutter hatte mein Vater einen massiven Herzinfarkt. Er starb pleite und einsam. Ich habe geschworen, daß mir das nie passieren würde. Ich würde für mich sorgen. Und auch für dich. Ich würde für uns beide sorgen, so gut ich eben konnte. Ungefähr zur gleichen Zeit bin ich dann JoJo im Sign of the Dove über den Weg gelaufen. Wir haben ein paar Gläschen getrunken, und der Typ gab mir zu verstehen, daß ich eine Chance hatte, etwas Geld nebenbei zu verdienen, allerdings galt das Angebot nicht für immer und ewig. Mehr sage ich nicht dazu. Er hat mich gebeten, damals, mit dir zu reden, hat gesagt, ich sollte dir sagen, er könne dir helfen, ein anständiges Leben zu führen, in dem du nicht von Geldproblemen verrückt gemacht wirst; wenn du wolltest, könnte er dir helfen.«

Dantes Wut schnürte ihm den Hals zu; Jimmy sah ihn an und lächelte bitter. »Scheiße, Mann«, sagte Jimmy. »Ich kannte dich besser. Kann ja sein, daß du irgendwas tun willst, oder wenigstens so redest, aber wirklich tun würdest du's nie. Also hab ich's für dich getan. Weißt du, über die Jahre habe ich deinen Namen auf Festnahmeformulare gesetzt, unter eidesstattliche Erklärungen, auf Tausende von Polizeiberichten. Und so habe ich ihn eben noch einmal geschrieben, ich habe dir unter deinem Namen einen Banksafe gemietet.«

»Weißt du eigentlich, wie sehr ich diesen Bastard hasse?« zischte Dante.

»Ja, das weiß ich. Weißt du, ich hasse JoJo nicht, nicht mal jetzt, nicht mal nach Ray. Ich hasse ihn nicht, weil ich ihn verstehe, und was ich verstehe, das verzeihe ich. Ich verzeihe Dinge, die du niemals vergeben würdest.«

»Und das Geld hat nichts damit zu tun, richtig?«

»Nicht sehr viel. Sicher, es nimmt den Druck weg; man hat einen Notgroschen, hat was gebunkert, steht weniger unter Druck. Aber in Wirklichkeit ist es doch Leckt-mich-Geld. Du kannst der ganzen Welt sagen, sie kann dich mal kreuzweise.«

»Jimmy, hörst du dir eigentlich auch mal selbst beim Reden zu? Es ist das Geld, und nichts anderes. JoJo ist Dreck, hat sein ganzes Leben lang nicht eine Sache richtig gemacht.«

Jimmy winkte angewidert ab. »Siehst du, was du machst, Dante? Du fällst immer ein Urteil über JoJo, aber über mächtige Männer werden ständig Urteile gesprochen.«

Dieser kleine Spruch landete wie eine Granate in Dantes Herz. Er verschränkte die Arme vor der Brust.

»Ein mächtiger Mann, sagst du?«

Jimmy nickte. »Du mußt zugeben, daß der Typ ein mächtiger Mann ist, Dante. JoJo kann Dinge bewirken.«

»Ich weiß nicht, warum ich mit dir überhaupt über JoJo rede. Ich weiß nicht mal, wieso es mir gottverdammt überhaupt was ausmacht.«

»He, Kumpel, hast du schon mal daran gedacht, daß alles

vielleicht nur, du weißt schon, vielleicht einfach nur Eifersucht sein könnte?«

Dante schlug sich aufs Bein. »Wenn du so weiterredest, Jimmy, so wahr mir Gott helfe, drehe ich wieder durch und schlage dich zusammen. Hörst du dich selbst reden, hörst du die Sachen, die du sagst? Der Mann hat Raymond umgebracht. Er hat ihn umgebracht.«

»Um Himmels willen, Dante, ich sage doch nicht, daß ich den Kerl liebe. Ich verstehe ihn und ich respektiere ihn für das, was er erreicht hat. JoJo ist ein Typ aus dem Viertel, ohne Bildung, ohne echte Fertigkeiten, und er ist ein gottverdammter Multimillionär.«

Es folgte ein kurzes Schweigen, das nur unterbrochen wurde von Jimmys Seufzen.

»Und wo wäre dieses Genie ohne seinen Vater?« fragte Dante. »Wo wäre er ohne sechshundert Arschlöcher, die ihm einmal wöchentlich Umschläge zustecken? Und was Dinge bewirken betrifft, da hast du völlig recht – er hat Ray erledigt, das hat er definitiv bewirkt, nicht wahr? Ray war unser Freund, hätte dir um nichts auf der Welt geschadet. Um Himmels willen, wir reden hier von Raymond.«

»Es war ein blöder Fehler, du mußt mir glauben, es war nur ein Mißverständnis, mangelhafte Kommunikation.«

»Erzähl das seiner Frau Sarah und seinen beiden Mädchen.«

»Ein beschissener Unfall«, sagte Jimmy.

»Es reicht. Hör mir jetzt zu, und hör mir gut zu. Ich hab dir diesen Schlüssel zurückgegeben. Ich möchte, daß du dieses Geld holst und es in eine Aktentasche oder was weiß ich packst. Ruf deinen Freund an und sag ihm, er soll sich morgen abend mit uns treffen, oder von mir aus auch übermorgen. Aber nicht später. Sag ihm, wir treffen uns am Vordereingang des Spielplatzes an der Eighty-third Street. Sag ihm, wenn er Schiß hat, soll er mitbringen, wen immer er will, aber sag ihm, es wäre besser, wenn er erscheint. Und du auch, du solltest auch dort sein, Jimmy.«

Dante beobachtete, wie Jimmy langsam den Kopf nach hinten fallen ließ, die Hände über die Augen legte. »Was geht in deinem beknackten Hirn vor sich? Was hast du vor? Komm schon, ich bitte dich, mach nichts Verrücktes okay?«

»Was ich vorhabe?« begann Dante, zögerte dann, war überrascht von der Angst in Jimmys Stimme. Er schwieg einen Moment, dachte an JoJo, Ray und den Zwerg, und an Inspector Martin, der Inspector sagte es zwar nicht, ließ es ihn aber deutlich wissen, daß die Feds Jimmy auf die Pelle rückten. Wenigstens glaubte er, daß es das war, was der Inspector sagte. Sagte ihm, es gibt eine undichte Stelle im Büro, wir haben einen Verräter unter uns. Und die Feds wissen das. Starrte ihn an, sah ihm direkt in die Augen und sagte, Ray und dein Partner haben doch dauernd miteinander geredet, oder? Inspector Martin wußte etwas, soviel war sicher.

»Hast du schon mal daran gedacht, in den Knast zu gehen, Jimmy? Hast du dich schon mal gefragt, wie es für einen Denker wie dich wäre, drei bis fünf Jahre im Knast zu verbringen?« Dante lächelte.

»Klar hab ich.«

»Du mußt mir helfen, dir zu helfen. Denn ich habe dieses Gefühl im Bauch, und du weißt selbst, daß sich mein Bauch niemals irrt. Mein Gefühl sagt mir, daß du nur noch einen Hauch vom Knast entfernt bist.«

»Mensch, Dante, ich würde nicht ins Gefängnis gehen. Ich nicht, ich hab meinen Notausstieg immer dabei. Niemand legt mir Ketten an, Bruder.«

»Red nicht so.«

Jimmy lachte, eine Röte war ihm ins Gesicht gestiegen. »Komisch«, sagte er, »aber ich verstehe deinen Vater von Tag zu Tag besser. Ich verstehe den Mann.«

»Tja, dann ist das wenigstens schon mal einer«, sagte Dante und fühlte sich jetzt selbst der Panik nahe.

»Tja, vielleicht siehst du hier irgendwo ein Licht, das ich

nicht sehe. Ich sehe keinen Ausweg aus diesem beschissenen Dilemma.«

Dante spürte, wie ein Schwall Säure sich in seinen Magen ergoß. Er hatte nie auch nur eine Minute gedacht, daß Jimmy der Typ war, der seine Kanone fressen würde.

»Ich kann einfach nicht akzeptieren«, sagte Dante, »daß du auch nur die Hälfte von der Scheiße glaubst, die du mir über JoJo erzählst. Ich glaube, dein Verstand war gerade auf Urlaub, als du in diesen Deal hineingestolpert bist, und vielleicht warst du zum damaligen Zeitpunkt ja sogar der Meinung, das Richtige zu tun. Und nachdem du dann einmal den Sprung gemacht hattest, bist du in diesem Zimmer ohne Türen gelandet, kein Weg mehr hinaus. Ich meine, im Grunde hast du Scheiße gebaut, und jetzt müssen wir einen Weg finden, um dich zurückzubringen, dorthin zurück, wohin du gehörst. Wir werden mit diesem durchtriebenen Bastard JoJo reinen Tisch machen, und ich weiß auch schon, wie wir das anstellen werden.«

Jimmy nickte, allerdings nicht genug, um Dante glücklich zu machen. »He, Partner«, sagte er. »Ich werde tun, worum du mich bittest, was immer du willst. Ich möchte einfach nur das Richtige tun.«

Dante entspannte sich. »Okay, das ist gut. Genau das wollte ich hören.«

Dante betrat Kathys Wohnung gegen halb zehn. Er hatte den Zustand der Erschöpfung überwunden, er war nervös und wie benommen. Er war nicht sicher, ob er Kathy auch nur einen Teil von den Vorkommnissen erzählen konnte. Wie würde sie reagieren, was würde sie tun? Er war nicht mal sicher, warum er überhaupt hier gelandet war, in ihrer Wohnung, in der er nun zu ihr hinabschaute, wie sie schlief, das Kissen über dem Kopf, eine Flasche Evian auf dem Boden neben dem Bett, Dienstmarke und Kanone auf dem Nachttisch. Es sah aus wie eine .380er PPK, eine gute, deutsche Kanone, eine verdammt große Kanone für so eine kleine Frau. Wozu das Wasser? Weil sie während der Nacht Durst bekommen hatte. Die Frau trank und pinkelte mehr als jeder andere, den er je kennengelernt hatte. In diesem Augenblick konnte er sich nur an der Tatsache festhalten, daß er schnell ins Bett und etwas schlafen mußte.

Dante schlich sich ins Bad. Er stellte sich vor, Kathy sein Leben zu erzählen, alles über JoJo und Jimmy, nur um die Meinung eines Außenstehenden zu hören. Er würde den Teil auslassen müssen, in dem Jimmy sich die Kohle krallte, unmöglich, ihr diese Geschichte zu erzählen. Aber er brauchte Rat, jemanden zum Reden. Das war immer Jimmys Rolle gewesen, sein Ratgeber zu sein, sein Priester. Es kam ihm in den Sinn, daß er gerade erst angefangen hatte zu erkennen, wieviel JoJo ihm gestohlen hatte. Während er sich das Gesicht wusch, die Zähne putzte, spielte er noch einmal die Unterhaltung mit Jimmy ab und wurde sich bewußt, daß Jimmy sich kein einziges Mal entschuldigt hatte. Vielleicht hielt der Typ das nicht für nötig, vielleicht glaubte Jimmy, daß Dante wissen mußte, es tat ihm um ihrer beider willen leid. Nur schien er weder Reue noch Bedauern zu empfinden; wenn überhaupt irgendwas, dann fuhr er fort, JoJo zu verteidigen.

»Bist du da?« rief Kathy.

Er ging zur Badezimmertür. »Hab ich dich geweckt?« fragte er sanft.

»Ich hab nicht besonders tief geschlafen, ich hab mir Sorgen um dich gemacht. Himmel«, sagte sie. »Hör sich einer das an, ich kling schon wie eine Ehefrau.«

»Genau, und ich sage dir, es hört sich gar nicht mal schlecht an. Es ist nett zu wissen, daß sich jemand um mich Sorgen macht.«

Er knipste das Licht im Bad aus und kehrte ins Wohnzimmer zurück. Kathy hatte sich aufgestützt, das Laken bis zum Kinn hochgezogen. Ihre Schultern waren nackt. Kein T-Shirt. Dante dachte sofort an diese tollen Titten, an diesen Superarsch, der sich unter ihr in die Matratze drückte. Er kniff die Augen zusammen. Das erwartungsvolle Gefühl fing an seinen Zehenspitzen an und schoß ihm direkt in den Kopf.

»Ach«, sagte er verschmitzt, »du trägst ja dein ewiges T-Shirt gar nicht. Ist das ein Zeichen, das ich interpretieren sollte? Wenn ja, dann hättest du dir keinen schlechteren Augenblick aussuchen können. Ich bin so hundemüde, ich komme mir vor wie am Rande des Todes.«

Sie erhob sich ein wenig zittrig, hielt das Laken fest umklammert.

»Willst du mir was zeigen?« fragte Dante.

»Warum, willst du was sehen? Glaubst du vielleicht, was ich hier drunter habe, ist anders als das, was du ohnehin schon gesehen hast? Wie geht's Jimmy?«

»Gut, gut. Jimmy geht's gut.«

»Wirklich? Kommt er deshalb um fünf Uhr morgens hier vorbei, um dir zu sagen, daß er gesund und munter ist? Wem machst du was vor?«

Kathy ließ mit einer Hand das Laken los und deutete auf das Fußende der Schlafcouch. »Kannst du mein T-Shirt da irgendwo sehen? Ich hab's ans Bettende geschmissen, es ist hier drin so heiß geworden, ich hab geschwitzt wie ein Türke.«

Am Fußende des Bettes lag ein zusammengeknüllter, weißer Quilt mit aufgesticktem Dreiecksmuster. Dante wühlte darin und fand ihr Unterhemd. Er warf es ihr zu, und als Kathy danach griff, rutschte das Laken herunter, und eine Titte von der Größe einer großen Birne quoll hervor, fest und an der Spitze der winzigste, dunkelbraune Nippel, den Dante je gesehen hatte.

»Oh, verdammt«, sagte Kathy, runzelte die Stirn und beugte den Kopf.

»Weißt du«, sagte er, »das macht's nicht gerade leichter.«

»Ich weiß, ich weiß. Tut mir leid. Wenn du dich wirklich entscheidest, deine Frau zu verlassen, solltest du dir vielleicht eine eigene Wohnung suchen.«

Er wollte jetzt nicht an Judy denken, an seine Ehe, seinen Sohn, aber das war etwas, über das er nachdenken mußte. Er wußte nicht warum, aber Dante war sicher, daß er nicht mehr nach Hause zurückkehren würde.

»He«, sagte er, »das einzige, was ich mir leisten könnte, ist der Rücksitz von meiner Karre.«

»Denk jetzt nicht darüber nach. Komm einfach ins Bett und schlaf dich aus. Du siehst schrecklich aus.«

Er wollte einfach nur ganz still daliegen und bei Kathy sein, doch als Dante seine Schuhe abstreifte und die Hose öffnete, Kathys Rücken beobachtete, als sie sich wegdrehte, ihre Titten vor ihm verbarg, die geschmeidigen Bewegungen sah, als sie sich das Hemd über den Kopf zog, da wurde er von einer Erregung gepackt, die ihn an den Rand des Wahnsinns trieb. Er trat aus seiner Hose und setzte sich auf die Bettkante, um die Socken auszuziehen. Als er unter das Laken rutschte, gähnte er und streckte seine Arme am Kopfteil des Bettes aus. Jesus am Kreuz. Kathy hob den Kopf, ließ ihn dann langsam in seine Armbeuge sinken. Die Begeisterung, Jimmy wieder auf seiner Seite zu haben, der Rush des bevorstehenden Showdowns mit JoJo hatte sich in Luft aufgelöst, und allmählich schwächte sich auch sein Verlangen nach Kathy zu der absoluten Überzeugung ab, daß, was immer passierte, es jetzt nicht mehr in seinen Händen lag, hier war jetzt eine andere Macht am Werk. Jimmy, JoJo, Kathy, seine Ehe, das alles lag in der Hand des Schicksals.

Kathy seufzte und rollte sich zu ihm, warf einen Arm über seine Brust.

»Darf ich dich was fragen?« sagte Dante, hörte selbst den bittenden Unterton darin.

Kathy hob den Kopf und sah ihn mit einem unglaublich ernsten Blick an. »Nicht schon wieder«, stöhnte sie.

»Können wir eine Minute drüber reden?«

»Es bringt nichts, über etwas zu reden, was man nicht versteht.«

»Darf ich dich anfassen?«

Es folgte eine lange, lange Stille. Dann: »Klar, okay. Wenn es das ist, was du im Moment brauchst, nur zu.«

Dante stand nicht auf Selbstbefriedigung, wenigstens nicht in letzter Zeit, aber es hatte was Wunderbares, wie sie »Klar, okay« sagte. Er ließ eine Hand über das Laken gleiten, spürte die Rundung ihrer Brüste. Sein Körper hallte wider von einer Mischung aus purem Genuß und Selbstmitleid. Er schob die Hand das Laken hinunter, über die Kurve ihrer Hüfte, streichelte zuerst, drückte dann eine Idee fester mit den Fingerspitzen. Sie drehte sich ein wenig, gab ihm ein wenig mehr nach. Jetzt spürte er den oberen Rand ihrer Scham, er drückte eine Sekunde, und sie zuckte zusammen. »Tut mir leid, mach weiter, ist schon okay, mach weiter.«

Ein sehr langes Schweigen. Dann: »Ich kann nicht. Du willst es nicht.« Wieder Schweigen, dann: »Ich versteh das nicht«, sagte er.

»Weißt du«, sagte Kathy und kuschelte sich an seine Schulter, »im Mittelalter hat man Frauen verbrannt, die schwarze Katzen besaßen.«

»Ich glaube, ich liebe dich«, sagte er, kam sich dumm dabei vor und versuchte es zu überspielen. »Vielleicht.«

»Genau«, sagte sie. »Kannst du jetzt schlafen?«

»Ich weiß nicht.«

»Kann ich dir helfen?«

»Wie wär's mit einer Massage?«

»Dreh dich um.«

»Wie wär's, wenn ich mich nicht umdrehe und ganz still liegenbleibe?«

Sie hatte schmale Hände mit schlanken, beweglichen Fingern. Er legte den Kopf ins Kissen zurück, beobachtete sie, fühlte sich hoffnungslos und verwirrt, und dann kehrte JoJo Paradiso zurück, wie ein stechender Schmerz, wie ein Albtraum bei geöffneten Augen. Kathy befeuchtete die Fingerspitzen und bemühte sich um ihn, begleitete sich mit einem langen, leisen Schnurren, klang, als mache es ihr Spaß. Als er kam, lachte Kathy laut, und Dante ebenfalls.

»Da«, sagte sie. »Fühlst du dich jetzt besser?«

»Wunderbar, und wie steht's mit dir?«

»Ich habe phantasiert, daß wir sehr jung wären, zwei Jungfrauen im Sommerlager, die sich ein Zelt teilen. Du hattest Angst, Angst vor dem dunklen Wald und den Geräuschen der Nacht. Ich habe dich getröstet, habe dir die Angst genommen, hab dir ein Wiegenlied mit meiner Hand gesungen.«

»Kumpel.«

»Rücken an Rücken, bis zum Ende.«

KAPITEL ZWEIUNDZWANZIG

Nichts charakterisierte Lina Santangelos Lebensphilosophie besser als die Mahlzeit, die sie am folgenden Mittag zubereitete, nach jenem Abend, an dem sie Rhode Island verließ.

Am Abend zuvor hatten sich die Paradisos für die Rückfahrt nach New York in zwei Autos gezwängt. Mehrere Stunden später schlossen sich beim Howard Johnson's am Bruckner Boulevard in der Bronx Karl Marx, sechs seiner Leute und drei weitere Wagen an. Überzeugt, daß sein eigenes Haus verwanzt war und erstes Ziel für Lilos bewaffnete Männer, führte Salvatore den Konvoi zu Linas Haus in Glendale.

Morgens irgendwann gegen neun Uhr saß Lina in einer weiß und blau gestrichenen Küche Frankie F'n Furillo gegenüber. Frankie hielt Block und Kugelschreiber, ging auf und ab und wirkte unglücklich, während er aufmerksam zuhörte, wie Lina ihm Anweisungen fürs Einkaufen gab. Sie sollte für die *capos* und die Soldaten kochen, die sich hier einfinden würden.

Ihr kleines Haus war gut eingerichtet, und in dem ausgebauten Keller befand sich eine zweite Küche mit einem ziemlich alten und großen Gasherd, der über einen ausgezeichneten Backofen verfügte. An den Wänden des Hauses hingen gerahmte Fotografien, ein Schnappschuß von Lina und Red, die sich umarmten, einer von ihren drei Kindern; Aufnahmen ihrer Eltern in der alten Heimat, ein Sohn in Militäruniform, Red hinter Jerry Vale, der irgendwo vor einem Mikrofon sang. Auf den Fotos wirkte Lina ruhig und still, eine liebenswürdige und sanftmütige Frau, aber auf Frankie F' n Furillo wirkte die Frau knallhart, eine ausgesprochen nüchterne, kühle Dame.

Das Haus war still. Lina erhob sich vom Küchentisch, ging zu einem Schrank und nahm zwei Tassen heraus. Sie schenkte Kaffee aus der Kaffeemaschine ein, schwarz für sich selbst und mit Milch und drei Stück Zucker für Frankie. »Das Zeug gehst du auf der Metropolitan Avenue einkaufen«, sagte Lina. »Geh ja nicht in irgendein A&P sonstwo. Du gehst zur Metropolitan Avenue. Es ist teurer da, aber das Zeug ist gut und frisch und es taugt was.«

Nicht wenig verärgert über diesen Auftrag stand Frankie gerade in der Ecke neben der Tür zum Wohnzimmer. Der alte Mann, JoJo, Bruno, Nicky Black, Karl Marx und Alley Boy Pinto waren unten in dem ausgebauten Keller und frühstückten an einem großen Tisch.

»Weißt du«, sagte Lina, als sie Frankie den Kaffee gab, »ich muß für all diese Leute kochen, sie werden hungrig sein, wenn sie ankommen.« Sie setzte sich auf einen Küchenstuhl, legte die Ellbogen auf den Tisch, stützte das Kinn in die Hände. »Ich werde nicht sehr viel machen, das hier ist schließlich kein Restaurant, aber ich muß tun, was ich tun muß, ein paar Hühner, ein paar Vögel und viel Pasta.«

»Ey, Lina, das ist ziemlich viel. Ich persönlich, also ich hab keinen besonders großen Hunger.«

»Es ist noch früh. Das kommt schon noch.«

Sie schlürfte ihren Kaffee, und Frankie stürzte seinen herunter und schenkte sich nach, während Lina ihm genau erklärte, was sie im einzelnen brauchte. Frankie stand da, ohne sich zu rühren oder sie zu unterbrechen, hob schließlich eine Hand, um zu fragen: »Ein Dutzend Cornwall-Hennen, was ist das denn?«

»Kleine Vögel, winzige Hühnchen. Ich werde vier Päckchen Mägen und Herzen für die Füllung brauchen. Zwei Packungen Reis im Beutel. Zwei Hühnchen, zerlegt. Ein halbes Dutzend rote Paprika, eine Flasche eingelegte italienische Peperoni, Importware. Fünf große Dosen importierte Tomaten, ganze Tomaten mit Basilikum. Vier Pfund gehacktes Filetsteak, zwei Pfund gehacktes Schweinefleisch, drei Pfund Würstchen, Halsknochen vom Schwein und Rind, jeweils ein halbes Dutzend.«

»Moment! Moment! Langsam! Ich schreibe schnell, aber es gibt schnell und es gibt vergiß es. Also, eins nach dem anderen, okay?«

Lina grinste. »Zwei große Töpfe Ricotta aus Sorrento, zwei große Mozzarella, ein Dutzend Eier, eine Schachtel Progresso-Paniermehl. Das alles bekommst du beim Schlachter«, sagte sie. »Wenn du da fertig bist, gehst du zum Gemüsestand auf der anderen Straßenseite. Da holst du mir dann frisches Basilikum, Petersilie, Zwiebeln, die roten Paprika, zwei Schachteln Pilze, ein paar Knoblauch, schöne, feste Knollen. Du weißt, was ich meine?« Frankie nickte. »Ungefähr ein Dutzend Tomaten, zwei Köpfe Endivien, zwei Chicorée, fünf Pfund Kartoffeln, ein Beutel Zwiebeln.«

»*Minchia*«, sagte Frankie. »Dafür brauch ich ja einen Laster, verdammt noch mal.«

»Komm schon, komm schon, so viel ist es auch wieder nicht, wenn du das nicht tragen kannst, nimm dir eben jemand mit. Vier oder fünf Tüten, mehr ist das nicht. Ein halbes Dutzend Brote, drei mit Körnern, drei ohne, die Hälfte von diesen Burschen hat Zahnfleischprobleme, Körner sind da nicht gut.« Sie unterbrach sich einen Moment und holte Luft. »Zwei Pfund Prosciutto, zwei Pfund Schweinebraten, zwei Pfund Roastbeef und zwei Pfund Genueser Salami. Mayo und Senf hab ich genug hier. Das wär's.«

»Das wär's?« wiederholte Frankie.

»Nein, warte.«

»*Marrone*, was noch?«

Lina stand auf und warf einen Blick in den Küchenschrank. »Drei Schachteln Penne«, sagte sie mit einem freundlichen Lächeln, »die guten, die importierten, die bekommst du im Supermarkt gegenüber vom Schlachter.«

»Das wär's?«

»Fünf Pfund Kaffee, vier Liter Milch, ein Liter Vollmilch, und dann besorgst du mir noch zwei Dutzend gemischte Teilchen aus der Bäckerei an der Ecke.«

»*Uffa*«, stöhnte Frankie. »Wen wollen Sie hier verpflegen, eine Armee?«

»Ey, was sonst? Salvatore hat gesagt, ich soll für zehn, fünfzehn Personen Mittagessen kochen. Das sind alles große, kräftige Männer, die putzen was weg. Besonders wenn sie angespannt und nervös sind, dann essen sie eine ganze Menge. Ich werde Mittagessen kochen, und es wird genug fürs Abendessen übrigbleiben. Ich hab noch mehrere Gallonen Wein, den mein Mann vor einem Jahr gemacht hat – Gott, der Stoff ist fürchterlich, davon kriegt garantiert jeder die Renneritis. Vielleicht solltest du doch noch was Wein besorgen, häh, Frankie? Ein bißchen Wein wär nicht schlecht, was?«

»Die trinken das selbstgemachte Zeugs«, meinte Frankie schnell, »die schütten Gingerale rein, und alles ist wunderbar.«

»Gut«, sagte sie. »Dann bringst du noch zehn Flaschen Gingerale mit, und auch noch ein paar Club Soda.«

»Warum kommen Sie nicht einfach mit?« fragte Frankie. »Falls Sie noch irgendwas vergessen haben oder so?«

»Nein, nein, nein, ich kann hier nicht weg. Falls –«

»Ja, ja, Sie haben recht. Falls der alte Mann irgendwas braucht.«

»Frankie, nenn Salvatore nicht alten Mann. Er ist kein alter Mann, ich wünsche dir, daß du auch so ein alter Mann bist wie er, wenn du ein alter Mann bist. In jedem Zimmer des Hauses bringt es Salvatore genauso gut oder besser als ein Mann halb so alt wie er. Also nenn ihn nicht alten Mann.«

»Entschuldigung.«

»Angenommen. Und jetzt geh einkaufen. Ich muß kochen.«

JoJo saß an einem Ende des Tisches in Linas ausgebautem Keller, hörte seinem Vater zu, der am anderen Ende saß, und dachte darüber nach, wie gründlich er es vermasselt hatte. Karl Marx und Bruno saßen gegenüber von Nicky Black und Alley Boy Pinto aus Sheepshead Bay, Rudy the Dancer Randazzos erster Mann und Killer. Der alte Mann redete über Lilo und Yale und Benny Bats, daß man ihnen die Köpfe abschlagen mußte, damit ihre Schwänze starben. »Ich bin nicht im Krieg mit allen ihren Leuten. Immerhin sind das meine Leute, im Augenblick zwar etwas verwirrt, aber sie stehen unter meiner Flagge, und ich will nicht, daß Leute herumlaufen und jeden abknallen, der ihnen ins Visier kommt. Ihr versteht, was ich meine?«

Alley Boy senkte den Kopf und sagte: »Scheiße.«

»Was?« fragte der alte Mann.

»Ich hab gestern abend einen Anruf von Rudy bekommen, nachdem er mit Ihnen geredet hat. Sie wissen, daß Rudy nicht fliegt, also kommt er mit Frau und Kindern im Auto aus Disneyland zurück. Jedenfalls, er erzählt mir, wir haben diesen Krieg und so weiter, erzählt mir, was mit JoJo oben in Rhode Island passiert ist, sagt mir, bei der ersten sich bietenden Gelegenheit, mach sie fertig. Also hab ich heute morgen schon ganz früh ein paar Leute losgeschickt, um mal in Lilos Club vorbeizuschauen, und sie haben Glück, haben auf der Straße Pauli erwischt, den, der fürs Glücksspiel verantwortlich ist, und Tommy the Saint.«

»Was?« sagte der alte Mann.

»Die sind Geschichte, Boss. Die sind Geschichte. Ich meine, ich war davon ausgegangen –«

»Siehst du, siehst du, was hier passieren kann, ja?« Eine verzweifelte Hoffnungslosigkeit stand dem alten Mann ins Gesicht geschrieben. »Siehst du, was ich meine?«

»Pop«, sagte JoJo, »wir sind im Krieg. Wir müssen Lilo so schnell wie möglich erwischen, dürfen ihm nicht Gelegenheit geben, in aller Ruhe Pläne zu schmieden.«

Salvatore Paradiso sah einen nach dem anderen am Tisch an. »Was meinst du, Bruno?« fragte er.

»Es ist ein Krieg, Sal, wir müssen diese Bastarde zertreten.«

»Karl?«

»In Lilos Truppe gibt es ein paar gute Leute, Leute, die Umsatz bringen und auch loyal sind. Auf die sollten wir achten.«

»He, he«, sagte Nicky Black. Er stand auf und zog seine Hose hoch. »Wir ölen die Kanonen und machen Jagd auf alle. Wenn wir müssen, bringen wir auch ihre Frauen und Freundinnen um, auch ihre beschissenen Kinder. Bringt sie alle um, diese verräterischen Drecksäcke.«

Stirnrunzelnd betrachtete Salvatore Nicky Black und sagte: »Setz dich, Nicky.«

Nicky sagte: »Klar.« Er setzte sich.

»Joseph?« Sein Vater sah ihn bedächtig an. »Du hast heute morgen von hier telefoniert, daher nehme ich an, es ist okay. Ich meine, so schnell könnte niemand Linas Telefon anzapfen. Hab ich recht?« Sein Vater griff über den Tisch und nahm eine Zigarette von Nicky Black, beugte den Kopf und steckte sie an. Soweit JoJo wußte, war dies seine erste seit fast fünf Jahren. JoJo sah, daß die Hände seines Vaters zitterten. »Denn ich habe ganz früh heute morgen auch telefoniert.«

»Das Telefon hier ist sicher, Pop. Ich habe vor einiger Zeit mit Sonny the Hawk gesprochen und ihm gesagt, er soll alle Anrufe, die er für mich erhält, hierher umleiten.«

»In Ordnung. Paßt auf, ich möchte, daß ihr mir alle zuhört. Lilo hat seinen Versuch gestartet, weil er dachte, er hätte die Ramminos auf seiner Seite. Aber er hat die Ramminos nicht auf seiner Seite. Er hat nur diesen Stänker Catalano, der Kerl ist ein geldgieriger Wichser. Armond Rammino wird sich nicht auf ihre Seite stellen.«

»Bist du sicher, Pop?«

»Sofern er nicht glaubt, ich sei ganz draußen, und soweit

ich weiß, bin ich das nicht. Es sei denn, ihr Jungs an diesem Tisch habt andere Pläne.« Er fixierte einen nach dem anderen scharf, lächelte dann.

Jeder Kopf, JoJos eingeschlossen, zuckte zurück. »Moooment«, sagten sie unisono, wie ein italienischer Chor.

»Mein Gott, Pop«, sagte JoJo.

»Kommen Sie, Boss«, sangen Karl Marx und Alley Boy Pinto. Bruno sagte: »Salvatore?« Aus Angst, irgendwas Falsches zu sagen, sagte Nicky Black lieber gar nichts.

»In Ordnung, paßt auf. Mein *compare*, Red in Rhode Island, hat bereits mit den Biscoglias gesprochen, die haben mit den Reninas geredet; beide Familien werden sich raushalten. Und hört euch das an, Tommy Renina läßt uns wissen, falls wir Hilfe brauchen, sollen wir ihn rufen. Das hat er gesagt, wenn ihr Hilfe braucht, ruft uns einfach.«

Wieder der italienische Chor: »Absolut super, hervorragend.«

»Also, ich frage euch, wohin sollte Lilo gehen? Zu Armond Rammino? Armond hat so viel Ärger mit seinem Scheißdrogengeschäft, er kann gut auf mehr Ärger von unserer Seite verzichten.« Er warf JoJo einen Blick zu. JoJo senkte den Kopf, dachte an den Kubaner, fragte sich, was zum Teufel er jetzt wegen Luis unternehmen sollte.

Das Telefon klingelte. Alle erstarrten. Lina rief von oben. »Salvatore, ein Freund von dir.«

»Wer?«

»Salvatore, geh ans Telefon. Er scheint ein ganz netter Mann zu sein, hat gesagt, er sei ein Freund. Wer außer einem Freund sollte diese Nummer haben?«

Lachend wieder der italienische Chor: »Salvatore, geh ans Telefon.«

JoJos Vater deutete mit dem Daumen zur Decke. »Ey«, sagte er, »wenn alle meine Leute so hart und loyal wären wie diese Lady da oben, dann hätten wir kein Problem, glaubt mir.«

»Salvatore«, sagte JoJo. »Geh ans Telefon. Und wenn du fertig bist, kannst du den Müll rausbringen.«

»Werd nicht unverschämt«, sagte sein Vater leise. Er ging zu einem Telefon auf einer selbstgemachten Theke in der hinteren Ecke des Kellers. Über der Theke hing ein Gemälde von Neapel. Er sprach zwei, drei Minuten, und als er fertig war, lehnte er sich gegen die Theke, als sei dies sein Stammlokal.

JoJo atmete besorgt aus. »Und?« fragte er.

»Lilo, Yale und Catalano haben heute abend eine Besprechung. Und zwar um acht Uhr, in einem Laden namens Parkway Pizza in White Plains. Das war Armond.«

»Ich kenne den Laden«, sagte Bruno.

»Der gehört Lilos Cousin«, sagte Karl Marx.

»Wunderbar«, sagte Alley Boy.

»Ich geh hin, ich werde dort sein«, sagte Nicky Black. »Ich werde auf die Löcher in ihren Herzen pissen.«

Alle drehten sich zu Nicky um, der den Kopf senkte und die Stirn runzelte. »Okay, okay, aber ich will hin. Ich will dabeisein.«

»Wir werden alle dort sein«, sagte Bruno.

»Nein, nicht alle«, sagte Salvatore. »Joseph, mein Sohn, du suchst die Leute aus. Geh und kümmer dich darum.«

Nicky Black zupfte an JoJos Ärmel. »Vergiß mich nicht«, sagte er.

Zwei Stunden später saß JoJo mit verschränkten Armen neben Karl Marx auf dem Rücksitz von Brunos Wagen, während ihm die Worte seines Vaters immer wieder durch den Kopf gingen: *Mein Sohn, geh und kümmer dich darum.* Auf der Fahrt in dem Buick, wie sie durch Queens rauschten, tauchten vor seinem inneren Auge immer wieder Bilder von Lilo auf, das Gesicht verzerrt vor Angst und Schmerz. In seiner Vorstellung hielt JoJo zwei Kanonen und ballerte auf den Kopf des dummen Hundes. JoJo träumte mit offenen Augen von Mord.

Bruno fuhr den Woodhaven Boulevard entlang, warf JoJo immer wieder im Rückspiegel Blicke zu; Bobby Pumps Apulia, einer von Brunos Kein-Scheiß-ich-leg-dich-auf-der-Stelle-um-Typen saß auf dem Beifahrersitz. Er war ein stiller, kaltblütiger Bastard, einer von denen, die Spaß am Töten hatten. Mit einem Eispickel war Bobby wie ein Chirurg, und er zielte immer aufs Herz, die Pumpe. JoJo hatte sich nie weiter für Bobby Pumps interessiert, aber jetzt war er froh, ihn dabeizuhaben.

Bruno fuhr gut zehn Minuten schweigend. Als er vom Woodhaven auf die 101st Avenue abbog, sagte er: »Machen wir einen Abstecher in den Club und sehen, wer da ist.«

»Gut«, erwiderte JoJo, zu sehr mit seinen eigenen Gedanken beschäftigt, um große Gespräche zu führen. Er saß in der Stille des Wagens und fragte sich, ob Sonny the Hawk aus dem Süßigkeitenladen wohl irgendwelche Nachrichten für ihn hatte, überlegte, daß sein Bruder John ausgesorgt hatte, nichts mit all dieser Scheiße zu tun hatte, dachte sich, daß er vielleicht darüber nachdenken sollte, sich mit Luis dem Kubaner in Verbindung zu setzen, der arme Bursche hatte den Trip von Spanien nur gemacht, um sich mit ihm zu treffen.

Karl Marx saß lässig neben ihm und las die ›Post‹. Seine kleinen Füße baumelten in der Luft, die feurige Schlagzeile acht Zentimeter groß, schwarz und fett: DETECTIVE IN DER BRONX ERSCHOSSEN. JoJo warf einen Blick auf die Schlagzeile, schaute dann fort, wollte nichts davon lesen, wollte vergessen, daß es diesen Mord überhaupt gegeben hatte, fragte sich einen Moment, was wohl aus Jimmy Burns geworden war.

»Bin ich heute abend dabei?« fragte Karl Marx beiläufig. »Willst du mich dabeihaben?«

JoJo nickte, schloß die Augen, er konnte es nicht ausstehen, daß ihm jetzt Fragen gestellt wurden. Was, wenn Lilo clever genug war oder genug Glück hatte, wieder irgendwie einen Verräter in seiner Nähe zu plazieren? Als Bruno den

Wagen einparkte, wischte JoJo diesen Gedanken beiseite: Du wirst es früh genug erfahren.

Es bestand keine echte Notwendigkeit, in den Club zu gehen. Der Laden war verwanzt und wurde abgehört, und wahrscheinlich lungerten dort mehr Cops als Mafiosi herum, und überhaupt: Welchen Sinn sollte es haben, jetzt auf den Straßen herumzulaufen und sich zu einem leichten Ziel zu machen? Trotzdem, Bruno hatte ihn überzeugt, daß einerseits jeder erwartete, er würde sich weitgehend verborgen halten, andererseits war er aber ein Anführer in Kriegszeiten, und Anführer in Kriegszeiten versteckten sich vor gottverdammt niemandem.

Allerdings wollte er sich aber den jungen Sonny aus dem Süßigkeitenladen schnappen, mal hören, ob es irgendwelche Nachrichten gab, mal sehen, ob jemand in der Nähe gewesen war. Er rechnete damit, von Jimmy Burns zu hören, und vielleicht auch von dem Kubaner. Er hoffte, irgend etwas von Vinny Rapino zu hören, diesem verfluchten Mistkerl, der einfach so mit seinem Mercedes auf und davon war. Im Club würde nichts los sein. Der Krieg unterbrach die Geschäfte. Später am Abend würde er den Krieg beenden. Später am Abend würde er mit Lilo und Yale abrechnen, und auch mit Catalano. Er dachte, daß er unbedingt einen schönen, langen Urlaub brauchte.

Karl Marx war der erste, der die Wagentür öffnete und ausstieg, gefolgt von Bobby Pumps und Bruno. Bobby hielt JoJo die Tür auf.

Sonny kam aus dem Süßigkeitenladen und stürzte sich sofort auf JoJo. »Joseph, ich hab Nachrichten für Sie. Ich hab die Nummer angerufen, die Sie mir gegeben haben, man hat mir gesagt, Sie wären fort. Ich hab mir Sorgen gemacht, Mann, diese Nachrichten, ich hab sie. Hab all Ihre Nachrichten, Joseph.«

»Gut, Sonny, gut, das hast du gut gemacht. Beruhige dich wieder. Ist irgendwer hiergewesen, du weißt schon, hat nach mir gefragt oder so?« JoJo fragte sich, ob es sicher war,

Sonny davon zu erzählen, was passiert war, dann dachte er, zum Teufel wozu, was hätte er davon? Der Typ ist ein Dummkopf, Ex-Junkie, Nachrichtenempfänger, was denkst du eigentlich?

Es waren vier Telefonnummern, drei verschlüsselt, eine normal. Die normale Nummer hatte eine Vorwahl, mußte Boston sein. Aber sicher war er nicht. Wahrscheinlich Luis der Kubaner, der anrief, um ihn wissen zu lassen, daß er in der Stadt war. Luis, der wissen wollte, was zum Teufel los war.

JoJo betrat den Süßigkeitenladen, ging zu dem Münzfernsprecher, von dem Jimmy gesagt hatte, er sei sicher, und tippte die erste der verschlüsselten Nummern ein. JoJo nickte Sonny the Hawk zu und fragte: »Diese erste Nummer hier, kannst du mir irgendwas über den Anrufer sagen?«

»Sicher, sicher«, sagte Sonny. »Die erste hab ich von einem Typ in einem Parkhaus.«

JoJo legte auf. »Ja«, sagte er.

»Das ist seine Nummer, er hat gesagt, Sie können ihn anrufen, wenn Sie wollen, Sie können ihn dort erreichen. Jedenfalls, er hat die Nachricht hinterlassen.«

»Was für eine verdammte Nachricht, Sonny? Was zum Teufel redest du da?«

»Er hat gesagt, die Cops sind gekommen. Mehr hat er nicht gesagt, nur ›Die Cops sind gekommen‹, das hat er gesagt. Das ist die Nachricht, Joseph.«

Bobby Pumps und Karl Marx standen an der Tür des Süßigkeitenladens Wache. Bruno war in den Club gegangen, um zu pinkeln.

JoJo wählte die zweite Nummer. »Hat der zweite Anrufer auch eine Nachricht hinterlassen, Sonny?«

»Keine Nachricht, nur die Nummer.«

Das Telefon klingelte einmal, und Barry Cooper meldete sich. »Jesus, Joseph, ich hab versucht, dich zu erreichen. Alles okay?«

»Bestens. Was gibt's?«

»Die Kiste Wein, die du aus Spanien bestellt hast, du weißt schon, welche, die ist angekommen. Sie ist in Boston, Joseph. Ich bin nicht sicher, wie sie da oben gelandet ist, aber da ist sie jetzt jedenfalls, in Boston.«

»Wirklich?«

»Ja, richtig, in Boston. Du solltest sie nicht zu lange warten lassen. Vielleicht solltest du darüber nachdenken, einen kleinen Abstecher nach Boston zu machen, um sie abzuholen. Es ist ein guter Wein, Joseph.«

»Welche Nummer rufe ich an, Barry?«

»Meine Privatnummer.«

»Ich kenne deine Privatnummer, das hier ist sie nicht.«

»Ich hab sie gewechselt. Ich wollte dir ohnehin schon sagen, daß ich meine Privatnummer gewechselt habe.«

»Bist du jetzt eine Weile im Büro?«

»Ich habe einen Außentermin um drei. Ich werde den ganzen Morgen über hier sein.«

»Okay.«

»Kommst du vorbei?«

»Vielleicht. Ich rufe aber vorher noch an.«

»Willst du die Nummer von dem Lagerhaus in Boston? Ich hab sie hier.«

»Klar.«

Barry las eine Nummer vor, JoJo dachte, gottverdammter Hurensohn, der Bastard – *er* ist es. JoJo legte auf. »Karl«, sagte er, »komm mal her, okay?«

Danach gefragt, hätte JoJo nicht sagen können, warum genau, aber er war absolut sicher, daß sein Anwalt, der ehrenwerte Barry Cooper, der Verräter an seiner Seite war, das gottverdammte Geschwür im Magen seiner Familie. Alarmiert knallte JoJo den Hörer gegen das Telefon. Er wirbelte auf dem Absatz herum und marschierte zur Tür. Was aber noch über die schlimmste Möglichkeit hinausging, war der entsetzliche Gedanke, wenn du Barry für die Ratte hältst, was war dann Luis? Luis der abgefuckte Kubaner war ein

Agent, mußte einer sein. Er legte eine Hand auf Karl Marx' Schulter. Sie gingen die 101st Avenue hinunter und redeten. Es war nicht der intelligenteste Schritt, besonders solange Lilo noch frei herumlief und seine Killer durch die Gegend streiften, ein Ziel suchten, aber da schlenderte er mit Karl, Bobby Pumps dicht hinter ihnen. Bruno stand vor dem Club, die Hände in den Hüften, schaute ihm nach.

Vielleicht hoffte JoJo insgeheim, daß ein Wagen herangerollt kam und ihn auf seiner eigenen Straße wegputzte, vor all diesen ehrlichen Menschen, die ihn mit kurzem Kopfnikken und kleinem Lächeln begrüßten. In diesem Moment hatte er das bedrückende, erbärmliche und beschissene Gefühl, daß er tot besser dran war, als dreißig, vierzig Jahre in irgendeinem Bundesknast zu sitzen. Mein Gott, Barry Cooper war ein Singvogel. War das fair, war das legal, den eigenen Anwalt umzudrehen, daß er einen verpfiff? Beschissene Regierung, ein Haufen raffinierter, skrupelloser Bastarde, der Rechtsanwalt der Familie, um Himmels willen.

Scheiße, Barry hatte das Drogengeschäft eingefädelt, und Luis der Agent legte ihn rein. Sie hatten ihn, er war sehenden Auges hineingelatscht, jetzt hatten sie ihn kalt erwischt. Er wußte genug von den Gesetzen, um zu wissen, daß ihn eine lange Haftstrafe erwartete, eine Verurteilung wegen Verabredung zum Drogenschmuggel würde ihn irgendwann im nächsten Jahrtausend wieder nach Hause zurückkehren lassen. Die Erinnerung an das Treffen mit dem Kubaner schoß ihm in durch Kopf, dieser aalglatte Hurensohn. Was hatten sie denn? Mitgeschnittene Unterhaltungen, ernste, intensive Gespräche darüber, Hunderte Pfund Koks ins Land zu bringen, Koks gegen Heroin zu tauschen, Scheiße, Scheiße und nochmals Scheiße. Bastarde. Konnten mitgeschnittene Gespräche allein ihm dreißig Jahre einhandeln? Verdammt, ja, er war ein Paradiso, ein *uomo d'onore*, gehörte zur Mafia. Er würde, um es noch gelinde auszudrücken, ein Medienereignis werden. Die eine Hand auf Karl Marx' Schulter, die andere flach auf die

Stirn gelegt sagte er: »Karl, ich habe eine wichtige Aufgabe für dich.«

»Gut, gut«, sagte Karl Marx. »Wann?«

»Wie wär's in einer Stunde?«

»Hm, hab ich soviel Zeit?«

»Es ist mein Anwalt.«

»Scheiße.« Der Zwerg zwinkerte. »Für einen Anwalt finde ich immer Zeit.«

Als JoJo zwanzig Minuten nachdem Karl Marx und Bobby Pumps aufgebrochen waren, zum Süßigkeitenladen zurückkehrte, sagte Sonny the Hawk langsam und beiläufig, irgendwie cool und lässig: »Was immer Sie brauchen, Joseph, stets zu Ihren Diensten. Ich nehm den ganzen Tag Nachrichten für Sie entgegen, wenn's das ist, was Sie brauchen. Ich bin stolz, das für Sie tun zu können.«

»Das ist gut, Sonny, freut mich zu hören.«

JoJo tippte die letzte verschlüsselte Telefonnummer ein, und nach dreimaligem Klingeln meldete sich Jimmy Burns.

»He, Kumpel«, sagte Jimmy. »Was steht an, was machst'n so?«

JoJo starrte blicklos zur Tür des Süßigkeitenladens hinüber, wo Bruno jetzt Wache stand. Er hielt den Hörer an sein Kinn. »Mit dir reden, was denkst du, was ich mache?«

»Hör zu, Kumpel, wir haben ein echtes Problem.«

»Kein Scheiß. Was für eine Überraschung.«

»Ich muß dich sprechen, und es muß bald sein.«

»Hmh«, grunzte JoJo. »Ich hab zu tun, bin beschäftigt. Was willst du mir sagen?«

»Ich sage dir, ich muß dich so bald wie möglich sehen. Wie wär's mit heute abend, später?«

JoJo hörte, daß Jimmy angespannt war, darauf brannte, ihn zu sehen. Nur wann? Er hatte keine Zeit. »Heute abend hab ich zu tun.«

»Und ziemlich spät? Du weißt schon, sagen wir, ein, zwei Uhr morgens? Wie wär's damit? Du sagst wann.«

JoJo biß die Zähne so fest zusammen, daß es ihm in den

Ohren weh tat. Er brauchte das hier nicht. »Willst du mir vielleicht mal verraten, worum es geht?« Er wollte sagen, he, Jimmy, laß mich gottverdammt in Ruhe, ich stecke hier mitten in einem Krieg, aber er wollte ihn nicht so abfertigen.

»Es geht um den anderen Burschen.«

»Tu mir einen Gefallen, Jimmy, ich stehe hier an einem Münzfernsprecher, wo bist du? Bei deinem Nachbarn, richtig?«

»Ja, stimmt.«

»Okay, dann red nicht in Rätseln. Das macht mich wahnsinnig. Welcher andere Bursche, verdammt?«

»Dante, Dante. Der andere Bursche.«

»Ach, um Himmels willen. Was will diese Nervensäge jetzt schon wieder?«

»Er will dich sprechen.« Das kam wie ein glatte Forderung heraus, und es zog JoJos Magen zusammen.

»Und wegen was?«

»Vielleicht solltest du das besser ihn selbst fragen.«

»Jimmy, ich frage dich.«

»Ich weiß nicht, um dir die Wahrheit zu sagen, ich hab nicht die geringste Ahnung. Aber ich werde dabeisein, und so wie er sich ausgedrückt hat, JoJo, solltest du wirklich versuchen, dir die Zeit zu nehmen.«

»Wo und wann?«

»Der Eingang zum Spielplatz an der Eighty-third Street. Du sagst wann.«

Ein scharfes Lachen von JoJo. »Sagen wir, heute abend, gegen elf, halb zwölf.«

»Wir werden dort sein.«

»Ich kann's kaum erwarten.«

»Bis später.« Jimmy legte auf.

JoJo hängte den Hörer in die Gabel und hatte das Gefühl, als sei soeben das World Trade Center auf seinen Rücken gekracht. Er ging auf die Straße hinaus, wo Bruno wartete. Bruno legte ihm einen Arm um die Schulter und zog ihn an sich.

»Alles klar, *compare*. Komm schon, wir müssen unsere Kanonen ölen, uns mit Leuten in Verbindung setzen. Bist du soweit?«

Sie stiegen in Brunos Wagen, und Bruno deutete mit dem Kopf auf eine braune Papiertüte vor JoJos Füßen. Darin lagen zwei Pistolen, automatische Waffen, neue Kanonen, eingewickelt in Stoff. Während Bruno sich umdrehte, in den Verkehr einfädelte, sagte er: »Ich komm mir vor wie ein beschissenes Kind, oder als wär's mein Hochzeitstag.« JoJo nickte, ohne zu antworten. Am Ende dieses Tages würde es Tote geben, und vielleicht war er einer von ihnen.

An diesem Nachmittag regnete es zum erstenmal seit einer Woche. Der Himmel über Manhattan war ein Meer von grimmig wogenden grauen und schwarzen Wolken. Um zwanzig vor eins ließ Karl Marx seinen babyblauen Monte Carlo von einem Parkservice wegfahren, und er und Bobby Pumps gingen einen Block nach Westen, dann einen Block nach Norden zu dem Bürohochhaus an der Ecke Fifth und Fifty-seventh Street. Die beiden ersten Telefone am Eingang waren zerstört, aber das dritte funktionierte. Karl tippte die Nummer ein, und eine Frauenstimme meldete sich: »Anwaltskanzlei.«

»Mein Name ist Robert Tracy. Mein Bruder Richard hatte für zwölf Uhr einen Termin mit Mr. Cooper, ich muß mit ihm sprechen. Ich muß mit meinem Bruder sprechen.«

»Wir haben hier keinen Richard Tracy.«

»Belügen Sie mich nicht, Lady«, sagte Karl und schaute sich auf der belebten Straße um. »Ich weiß, daß er da oben bei ihnen sitzt. Sagen Sie ihm, ich bin's, Bob.«

Die Frau klang, als hätte sie nun die Nase voll. »Mr. Tracy, ich habe keinerlei Veranlassung, Sie anzulügen. In diesem Büro befindet sich kein Richard Tracy.«

»Wissen Sie«, sagte Karl, »ich mache jede Wette, ich hab mich im Datum vertan, tut mir leid. Sagen Sie, ist Mr. Cooper da?«

»Möchten Sie ihn sprechen?«

Karl Marx hob seinen kleinen Daumen, und Bobby Pumps nickte. »Im Moment nicht, ich muß wieder los. Ich ruf in einer Stunde oder so noch mal an.«

»Ganz wie Sie wünschen.«

Sie fuhren mit dem Fahrstuhl in den sechzehnten Stock. Bobby Pumps bemerkte, daß Karl immer wieder diese kleinen Geräusche mit der Zunge machte. Sie gingen den Flur hinunter zu Suite 1651-A, Karl voran, Bobby hinterher. Karl warf einen Blick über die Schulter, und Bobby sah, daß der kleine Kerl die Zunge rausgestreckt hatte. Vor Barrys Büro griff Bobby in seine Jackentasche und zog eine Skimaske und einen .357er Colt Python heraus. Er streifte die Skimaske über den Kopf und betrat das Büro. Hinter der Rezeption saß eine junge Schwarze von etwa fünfundzwanzig Jahren, die Haare so kurz geschnitten, daß er sie im ersten Moment für einen Mann hielt. Aufgemacht in einem roten, sehr langen und lockeren Fummel, jede Menge Gold, Halskette, Ohrringe so groß wie die Fäuste eines Babys, Armreifen auf beiden Armen. Sie sagte irgendwas wie »Ooooohhh, Scheiiiiiiße« und wollte schon losbrüllen, als Bobby einen Finger an seine Lippen legte wie der Weihnachtsmann; er stand jetzt vor ihrem Schreibtisch, dessen Kante sich ihm in die Taille drückte. Er richtete die .357er in Augenhöhe genau auf das Gesicht der Frau. Sie hieß Lee Ann McCrey, und sie hielt sich an der Goldkette um ihren Hals fest, war drauf und dran zu schreien, bereit, alles herzugeben, was sie besaß, als Bobby Pumps ruhig zischte: »Ein Wort und du bist gottverdammt tot.«

Lee Ann saß mucksmäuschenstill da, hatte den Mund zu einem perfekten Kreis geöffnet. Bobby verklebte ihr nicht sonderlich vorsichtig oder behutsam Augen und Mund mit Klebeband, legte ihre Hände übereinander und klebte sie zusammen. Zog sie auf die Beine, grabschte einmal kurz eine ihrer winzigen Titten, tätschelte ihren Arsch und drückte sie dann auf den Boden hinunter. Anschließend ging er schnell zur Bürotür, öffnete sie und sagte: »Okay, okay.« Karl Marx kam, noch immer schnalzend, herein.

Vielleicht hätte Barry Cooper etwas gehört, wenn er nach seinem Mittagessen bestehend aus drei Wodka-Martini nicht halb zu gewesen wäre. Irgendein Geräusch aus dem Vorzimmer. Aber er war halb zu und er hörte nichts. Vielleicht, wenn er sich nicht Mama Cass mit ihrer hippiemäßigen Version von »Bye-Bye Blackbird« angehört hätte, vielleicht wenn er mal eine gottverdammte Minute lang nicht telefoniert hätte, hatte er aber nicht, er hatte fünfundzwanzig Minuten wie ein Schnellfeuergewehr gequatscht, hatte versucht, seinen Kontaktmann beim FBI zu überzeugen, daß er auf gar keinen Fall einen oder mehrere ihrer Agenten mit ihren billigen, grauen Anzügen in seinem Vorzimmer herumlungern haben wollte und sie auch nicht brauchte. Er hörte allerdings, wie sich seine Tür öffnete, und wollte Lee Ann schon anfahren, daß sie gottverdammt die Gegensprechanlage benutzen sollte, denn dafür war sie schließlich da, wollte ihr zum sechsmilliardsten Mal sagen, seine beschissene Bürotür geschlossen zu halten.

»Entschuldigen Sie mich einen Moment«, sagte er ins Telefon, und dann, »was zum Teufel wollen Sie jetzt schon wieder von mir, Lee Ann?«

Die Tür schwang ganz auf, und er bekam einen guten Blick auf den Zwerg, der dort stand, einfach da stand und ihn ansah, dann seinen Blick langsam über den Raum wandern ließ und ihn schließlich wieder auf ihn richtete. Barry saß angespannt da, spürte, wie die Gänsehaut seine Beine hinaufkroch, über seinen Bauch. Der kleine Bastard stand einfach da, hielt die Hände in den Jackentaschen vergraben. Er hörte den FBI-Agenten, seinen Agenten, sagen: »He, he, Barry, sind Sie noch da?«

»Legen Sie auf«, sagte Karl. Und er tat es, legte das Telefon auf, verabschiedete sich nicht von dem Agenten, nichts. Der kleine Scheißer sah ihn ausdruckslos an, stand da, als wäre es sein Büro. Barry beobachtete, wie er die Kanone aus der Jackentasche zog, eine kleine Kanone mit einem langen Lauf, einem Schalldämpfer. »He, jetzt warten Sie aber mal einen Moment«, war das letzte, was Barry Cooper sagte.

Karl hob die Kanone, hielt sie mit beiden Händen, die Arme ausgestreckt.

Als Barry die Hände vor die Augen riß, drückte Karl fünfmal ab. Die Wucht der Schüsse schlug Barry zuerst gegen die Rückenlehne seines Schreibtischsessels und schleuderte ihn dann auf den Boden.

Karl Marx zog einen Stuhl zum Schreibtisch. Kletterte hinauf, kniete sich auf die Sitzfläche und verpaßte Barry Cooper, nur um sicherzugehen, noch zwei weitere Ladungen.

Im Fahrstuhl auf dem Weg ins Foyer fragte Karl Bobby Pumps, ob er Hunger habe, fragte, ob er schon mal im Russian Tea Room gewesen sei. Bobby antwortete: »Ich könnte ein Sandwich vertragen, aber Tee kann ich nicht ausstehen, also sollten wir vielleicht lieber nach Queens zurück. Wie ich höre, macht Lina ein Mordsfestessen.«

Lina war guter Laune, ihr kleines Haus voller großer, kräftiger und vor allem hungriger Männer.

»Weißt du, seit der Hochzeit von meinem Sohn Guido hatte ich nicht mehr so viele Leute hier. Es ist nett, Menschen um sich zu haben.« Lina lächelte Salvatore glücklich an, der mit Hühnchenzerlegen beschäftigt war. Salvatore tat, als höre er Lina nicht, und hackte weiter munter auf das Hühnchen ein.

Lina beugte sich über die Arbeitsfläche, schnitt rote Paprika, Pilze und Zwiebeln, hackte den Knoblauch. Salvatore war der bestaussehende und liebenswürdigste Mann, mit dem sie je zusammen gewesen war. Nicht daß ihr verstorbener Ehemann Red unfreundlich gewesen wäre; er war rauh, ein grober und ungebärdiger Bursche, das war ihr Red. Außerdem war Salvatore groß, während Red irgendwie eher klein gewesen war, und er war dünn, nicht, daß Red ein Fettkloß war, er war schwer, stämmig, man konnte stämmig sagen, man würde nie fett sagen. Und gutaussehend, irgendwie schon gutaussehend. Aber Salvatore rasierte sich jeden Tag, und duschte und puderte sich, und roch ja so gut. Und dann diese blauen Augen, diese Augen.

Als Salvatore das Hühnchen zerteilt hatte, stemmte er die Hände in die Hüften und marschierte in der Küche herum. Kleine Kreise. Ein wirklich wichtiger Mann.

»Hast du schon mal daran gedacht, noch mal zu heiraten?« fragte er Lina. Lina hörte auf zu arbeiten und drehte sich zu ihm um.

»Nein, als Red gestorben ist, da hab ich mir geschworen, nie mehr die schmutzige Unterwäsche eines anderen Mannes zu waschen.«

Salvatore nickte. »Ja, als meine Frau gestorben ist, da habe ich bei dem heiligen Antonius geschworen, nie wieder Unterwäsche für eine andere Frau zu kaufen.«

»Warum bei dem heiligen Antonius?«

»Warum nicht?«

»Okay, ich vermute, ein Heiliger ist so gut wie der andere.«

»Wer sagt das? Das stimmt nicht.« Salvatore ging zur Verbindungstür zwischen Küche und Eßzimmer. Bruno Greco, Frankie F'n Furillo, Bobby Pumps, Karl Marx und Nicky Black saßen am Eßzimmertisch und pokerten. Im dahinter liegenden Wohnzimmer sahen Alley Boy Pinto und fünf seiner Jungs fern. Alle aßen Sandwiches, tranken Bier. Eine Party.

Salvatore täuschte ein Gähnen vor. »Die Heiligen sind nicht alle gleich. Tatsächlich unterscheiden sie sich sogar erheblich.«

»Du sagst mir, du hättest dies und das bei dem heiligen Antonius geschworen. Ey, wozu? Sankt Antonius findet Dinge wieder. Er ist der Schutzheilige der verlorenen Gegenstände. Erinnerst du dich nicht mehr an die Schulzeit, du verlierst irgendwas, die Nonnen sagen dir, bete zum heiligen Antonius.«

Salvatore betrachtete seine versammelten Männer. Sein Sohn Joseph war in dem ausgebauten Keller und telefonierte, sprach mit Rudy the Dancer Randazzo oder weiß der Teufel mit wem noch. Salvatore interessierte es nicht weiter.

»Vielleicht fühle ich mich verloren, vielleicht bin ich der Verlorene, den nicht mal der heilige Antonius von Padua finden kann.« Seine Stimme drohte zu versagen, was Lina überraschte und ihr angst machte.

»Komm schon, Salvatore, komm schon. Ich weiß, es ist nicht leicht, aber du trägst Verantwortung. Du bist der *capo di famiglia*.«

»Ja, ja, *capo di Scheiße*, das bin ich.«

Lina versuchte das Thema zu wechseln. »Und wer ist dein Lieblingsheiliger? Der heilige Antonius?«

Er drehte sich in der Tür um und stand einen Moment mit verschränkten Armen da. »Mein Lieblingsheiliger, du willst wissen, wer mein Lieblingsheiliger ist?« Zum erstenmal bemerkte Lina nun so etwas wie ein Stocken in Salvatores Stimme. »Für mich ist das der heilige Thomas Becket.«

»Aber der ist kein Italiener.«

»Nein, er war ein Brite, er ist in seinem eigenen Haus ermordet worden. Sie sind gekommen, vier Männer, und haben ihn in seiner eigenen Kathedrale ermordet.«

»Salvatore«, sagte sie, »weißt du was? Ich glaube, es ist Zeit, daß wir uns aufs Altenteil zurückziehen. Ich bin die Kocherei müde, ich habe in meinem Leben genug gekocht, genug ist genug. Und vielleicht bist du auch müde, müde, ein *capo di famiglia* zu sein. Vielleicht gilt auch für dich: Genug ist genug.«

»In seinem eigenen Haus haben sie ihn ermordet. Kannst du dir so was vorstellen?«

Lina Santangelos Haus, von den Schlafzimmern im ersten Stock bis zu dem ausgebauten Keller, war erfüllt von den Wohlgerüchen ihrer Kochkunst. Zwölf Cornwall-Hühner, sechs in jedem ihrer beiden Backöfen. Die Vögel zum Bersten gefüllt mit einer Mischung aus gekochtem Reis, gerösteten Zwiebeln, Knoblauch, gehackten Hühnchenherzen und -mägen, Paniermehl, einem Ei, etwas Petersilie, die Vögel dann in große Bräter gelegt, umgeben von geschälten und geviertelten Kartoffeln und Zwiebelstücken, lange Zweige Petersilie unter jedem Bein, eine Tasse Wasser pro Bräter, dann wurden sie in den Ofen geschoben, bis sie honigbraun waren. Diese Brataromen vermischten sich ausgezeichnet mit dem intensiven Duft einer kräftigen, gesunden Soße aus Tomaten, Basilikum und Fleischbrühe, die in Töpfen auf beiden Herden vor sich hin köchelte.

JoJo reckte sich, strich sich durchs Haar. Er ging zu dem Herd im Keller, nahm den Deckel von dem brodelnden Topf und rührte mit einem Holzlöffel Linas Soße um, dachte dabei an Jimmy und was er gesagt hatte: Dante will dich sehen, wir haben ein Problem. Er konnte nicht sagen, welches Wort ihn wütender machte, *Problem* oder *Dante*. Beide gleich wütend. Wenn er mit Lilo fertig war, würde er rüber in den Park düsen und hören, was Dante wollte. Dante O'Donnell, der verrückte Bastard, er würde diesen Typen nie verstehen, hatte es schon vor Jahren aufgegeben. Er fragte sich, ob Jimmy sich für eine Seite entschieden hatte, für ihn oder für Dante.

Plötzlich dachte er an Lilo. Wie viele und wen sollte er heute abend mit zu dieser Pizzeria nehmen? Sicher Bruno, und auch Nicky Black, Dummfick Nicky konnte er nicht außen vor lassen. Karl und Alley Boy, mit ein paar seiner Leute aus Sheepshead Bay. Er würde es Alley Boy überlassen, ein paar Walkie-talkies zu besorgen. Kanonen? Scheiße, sie hatten genug Kanonen, um eine ganze Revolution zu bewaffnen, Kanonen war das geringste seiner Probleme.

JoJo rührte Linas Soße um, leckte den Holzlöffel ab und stellte sich vor, er wäre in einem Film. Ein General allein in seinem Bunker, der einen nächtlichen Sturmangriff durch den Stacheldraht plante. Schummeriges Licht und ein gespenstischer Soundtrack. Keine Gefangenen, wir machen heute abend keine Gefangenen, ich will Leichen sehen, was anderes will ich nicht. Barry Cooper und der verschissene kubanische Agent schossen ihm durch den Kopf. Seine Augen irrten über Wände und Decke des Kellers, während er auf die Stimmen über sich lauschte, das Gelächter, das Herumalbern seiner Leute. Dachte an Jimmy, hoffte, daß sein alter Kumpel nichts Dummes gemacht hatte.

KAPITEL DREIUNDZWANZIG

Um sieben Uhr an diesem Abend fuhren Bruno, Nicky Black und Bobby Pumps mit JoJo raus auf den Grand Central Parkway und über die Triborough Bridge. Bruno saß hinterm Steuer. Sie folgten dem Major Deegan nach Norden, schossen am Yankee Stadium vorbei weiter rauf zum Cross Westchester und dann in östlicher Richtung nach White Plains. Ihnen folgte Karl Marx mit drei seiner Leute, und auf Karl folgte Alley Boy Pinto mit zwei weiteren Typen aus Sheepshead Bay, Zwillingsbrüdern mit dem Namen Della Femina. Die elf waren besser bewaffnet als israelische Kommandoeinheiten.

Um Viertel vor acht holperte die Karawane der Killer über eine ausgefahrene Straße im westlichen Teil von White Plains, vorbei an einem Kino, in dem *Der Terminator* und *Der Terminator* 2 liefen, einem Bekleidungsgeschäft, einem Thai-Restaurant und einer Pool-Halle. Zwei Blocks von der Pizzeria entfernt, die Lilos Cousin Vincent Santamaria und seiner Frau Paula gehörte, hielten die drei Wagen einer nach dem anderen am Bordstein. Sie blieben noch einen Moment sitzen.

JoJo saß neben Bruno, der die Patronen seiner Schrotflinte überprüfte und sich zwei weitere in die Brusttasche seines Hemdes steckte, und ging noch einmal den Plan durch. Einer der Della-Femina-Brüder würde die 911 anrufen und den hiesigen Bullen melden, daß ein Cop, einer der ihren, am anderen Ende ihres Zuständigkeitsbereiches von einer Bande durchgeknallter Dreckskerle zusammengeschlagen und niedergestochen werde. Jeder Cop in Funkreichweite würde denken, er werde gebraucht. Dann würde JoJo mit zwei Gruppen à vier Mann einen Überraschungsangriff auf das Restaurant durchführen, wobei die erste

Gruppe Lilos Wächter am Eingang ausschaltete, und die zweite Gruppe, bestehend aus ihm selbst, Bruno, Nicky Black und Karl Marx, würde sofort nachstoßen, in das Restaurant eindringen und mit Ausnahme von Armond Rammino alle an Lilos Tisch töten.

Nachdem sie Waffen und Masken noch einmal kontrolliert hatten, schickte JoJo Billy Della Femina los, der an dem Restaurant vorbeischlendern, es auschecken und sich vergewissern sollte, daß jeder war, wo er sein sollte. Billy war schon mehrere Male in Lilos Zockerkneipe gewesen und kannte den Mann vom Sehen. Er war sicher, daß keiner aus Lilos Gruppe ihn wiedererkennen würde. Der Zwilling rückte die zwei Blocks vor, überquerte die Straße, ging in die Pizzeria und kam fünf Minuten später mit einer Coke in der Hand wieder heraus. Er lief schnell zurück zu JoJo.

»Sie sitzen direkt hinter der Tür. Wir sollten vielleicht noch ein paar Minuten warten, im hinteren Teil des Ladens sitzt ein schwarzes Pärchen, ißt Pizza und trinkt Bier. Ein paar Kids.«

»Alles klar«, sagte JoJo, »wenn die sich um ihren Kram kümmern, sollen sie.« Er nahm das Handy, wählte 911 und gab Billy Della Femina das Telefon. Nachdem die Cops verständigt worden waren, benutzte JoJo das Walkie-talkie, um Karl Marx durchzugeben: »Bringen wir's hinter uns.«

Karl fuhr los, gefolgt von Bruno. JoJo spürte, wie er auf Touren kam, einen Schub echten Wahnsinn hatte, nichts anderes mehr im Kopf hatte als nur noch Lilos lachendes Gesicht.

Lilos Wachen standen mit verschränkten Armen herum, drehten immer wieder den Kopf, suchten die Straße ständig ab. Sie sahen zwei Wagen anhalten, Türen auffliegen und entflohene Gäste einer Halloween-Party in einer Irrenanstalt herausspringen. Alley Boy Pinto sprang vom Rücksitz des ersten Wagens, eine abgesägte, halbautomatische Schrotflinte in den Händen, und schrie: »Nicht sterben, nicht sterben, wenn ihr vernünftig seid, müßt ihr nicht sterben!« Lilos Leute rissen die Hände in die Luft, auf ihren Gesichtern nichts als der blanke Horror.

JoJo war als erster durch der Tür, gefolgt von Bruno und Nicky Black. Karl Marx folgte ihnen, wirkte wie genau das, was er auch war, ein gut neunzig Zentimeter großer Albtraum mit King-Kong-Maske und einer Pistole in jeder Hand.

Wie aufs Stichwort sprang das schwarze Paar im hinteren Teil des Restaurants, wo sie eine Pizza aßen, von der sie noch ihren Enkeln erzählen würden, unter den Tisch. JoJo war auf Armeslänge von Lilo entfernt, der dasaß und ein Stück Pizza in der einen und ein Glas Wein in der anderen Hand hielt. JoJo streckte seine Automatik aus, die Mündung auf das goldene Medaillon um Lilos Hals gerichtet. Der Ausdruck auf dem Gesicht des Bastards war eine Mischung aus Wissen und Unglauben. In dem Sekundenbruchteil, bevor die Explosionen sich aus seiner Pistole lösten, meinte JoJo, Lilo etwas sagen zu hören wie: »Alles klar, alles klar.« Lilo kniff die Augen zusammen, sein Mund verzog sich zu einem angedeuteten Lächeln. JoJo schoß, und Lilo stürzte nach hinten vom Stuhl. Nicky Black sprang auf eine Seite, vollführte einen Freudentanz und gab seine Schüsse auf Lilo ab, der sich auf dem Boden rollte, versuchte, in Deckung zu gehen. JoJo rutschte auf irgend etwas Eßbarem aus, rappelte sich schnell auf, richtete die Automatik wieder auf Lilo und feuerte acht weitere Male, bis der Verschluß seiner Kanone blockierte.

»Nicht mich, nicht mich!« schrie Armond Rammino, warf die Hände in die Luft, fiel nach hinten von seinem Stuhl. Lilos Cousin Vincent kam aus der Küche hereingelaufen, stieß mit dem schwarzen Paar zusammen, das versuchte, auf dem Boden wegzukriechen, und machte einen Köpper in den Automaten mit Erfrischungsgetränken. Bruno, die Augen weit aufgerissen, feuerte seine Zwillingsschrotflinte aus der Hüfte ab, erwischte Tommy Yale, als der seinen Kopf wegdrehte. Karl Marx, dessen Zunge aus dem Schlitz in der Gorillamaske herausragte, fegte Benny Bats weg, der es vorgezogen hatte zu stehen und jetzt nach hinten flog, die Arme über dem Kopf, die Hände zur Decke ausgestreckt wie ein Priester, der den Raum segnete. Der Zwerg bewegte sich zwischen verschüttetem Essen und Wein und umgestürzten Stühlen und verpaßte allen, nur um sicherzugehen, den finalen Schuß; er schoß Lilo mit der Kanone in der linken Hand in den Hinterkopf, mit der in der rechten Hand schoß er Tommy Yale durchs Jochbein.

In dreißig Sekunden war alles vorbei.

Eine Stunde und zehn Minuten später war der ganze Trupp zu Kaffee und Gebäck wieder zurück in Linas Haus.

Sie hatte alles zu einem Buffet hergerichtet, Plastikbecher, Teller und Untertassen bereitgestellt. Lina dachte gar nicht daran, für all diese Personen das Geschirr abzuwaschen. Sie fuhr ungefähr fünf Pfund *struffoli* auf, mit Honig überzogene Gebäckbällchen, ein Dutzend *zeppole*, im schwimmenden Fett ausgebackene neapolitanische Windbeutel, die, wie Salvatore sie erinnerte, die Sizilianer *sfinge* nannten, und einen großen Ricotta-Käsekuchen mit Kirschen.

Lina sah, wie die jungen Männer – manche kamen ihr noch wie Jungs vor – zu Salvatore und JoJo marschierten, um Hände zu schütteln und ihren Respekt zu erweisen. Dann nahmen sie sich ein Stück Kuchen, einen Becher Kaffee und setzten sich ins Wohnzimmer; manche gingen auch runter in den Keller zu dem dort stattfindenden Kartenspiel. Sie lachten laut und schlugen sich gegenseitig auf die Schultern. Es war gegen zehn, als sie sah, wie Salvatore JoJo am Arm nahm, als wäre er ein Cop oder so, und mit ihm nach oben in ihr Schlafzimmer verschwand.

Sein Vater verschränkte die Arme und setzte sich auf die Bettkante, während JoJo auf und ab ging, eine Hand über dem Handgelenk, und immer wieder auf die Uhr schaute.

»Mußt du noch irgendwo hin? Du siehst dauernd auf die Uhr?«

»Ja, ich hab um elf eine Verabredung.«

JoJo bemerkte den prüfenden Blick seines Vaters. »Es ist nichts, Pop. Ich treff mich mit meinem Freund Jimmy Burns.«

»Der Cop, richtig?«

»Du kennst Jimmy Burns, Pop. Ja, er ist immer noch ein Cop.«

»Dann ist Lilo jetzt also weg.«

»Ja, und die beiden anderen Wichser auch, Yale und Benny Bats. Catalana war nicht dort.«

»Glaubst du, Armond Rammino hätte dich einen seiner Captains umbringen lassen? Glaubst du vielleicht, wir haben Weihnachten?«

JoJo lachte, ein kleines Lachen nur, aber dennoch ein Lachen.

Sein Vater richtete einen Finger auf JoJos Gesicht. »Die Leute, die du umgelegt hast, das waren meine Leute. Ich habe heute fünf Männer verloren. Ich finde das überhaupt nicht komisch.«

JoJo nickte, war überrascht festzustellen, daß er ein wenig Angst hatte. »Wer ist schuld, Pop? Diese Typen hatten es auf uns abgesehen.«

Sein Vater blinzelte ihn an. »Erinnerst du dich noch, wie du wegen dieser Drogengeschichte zu mir gekommen bist?«

»Hm-hm.«

»Ich habe dir gesagt, niemals, ich habe dir gesagt, vergiß es.«

»Ich weiß, Pop, ich weiß. Ich hab's dir erklärt, ich hab dir gesagt, was passiert ist, wie es passiert ist. Du hattest recht, es war ein Fehler. Was willst du jetzt tun, mich umbringen? Ich habe einen Fehler gemacht, um Himmels willen. Menschen machen Fehler.«

Sein Vater sah ihn an und zuckte die Schultern. »Jeden anderen, aber nicht meinen Sohn, ich meine, wenn du jemand anderer wärst, dann wärst du ein toter Mann.«

JoJo setzte sich ans Fußende des Bettes, faltete die Hände zwischen den Beinen und senkte den Kopf. »Es tut mir leid, Pop.«

»O ja, ich weiß, daß es dir jetzt leid tut. Aber wenn dein Verrat funktioniert hätte, dann hätte es dir nicht leid getan.«

JoJo begann zu schwitzen.

»Du hast mich erledigt«, sagte sein Vater.

»Sag so was nicht.«

»Hast meinen *consigliere* gegen mich aufgebracht. Zwischen Bruno und mir ist es aus, fini. Wie sollte ich ihm je wieder vertrauen können?« Salvatore Paradiso holte tief Luft. »Was ich dir damit sagen will: Ich weiß, daß meine Zeit vorbei ist. Ich weiß es, du weißt es, Bruno weiß es. Himmel, sogar Lina weiß es. Und die Wahrheit ist, es ist gar nicht so schlecht. Ich bin ein glücklicher Mann, ich kann dieses Geschäft hinter mir lassen, dieses Leben. Ich meine, ich kann genießen, was mir noch bleibt.«

In diesem Augenblick war JoJo so verdutzt über seinen Vater, daß er ihn einfach nur anstarrte, nicht wagte, etwas zu sagen.

»Nehmen wir also einfach mal an, ich mach Schluß, was dann?«

»Du wirst nach Florida ziehen, in der Sonne sitzen, ein bißchen angeln. Zur Rennbahn gehen, mit Lina jeden Abend in ein neues Restaurant gehen. Nicht schlecht.«

»Nein, ganz und gar nicht schlecht. Und was ist mit dir? Was würdest du tun, wenn ich ginge?«

»Ich denke, als erstes würde ich wahrscheinlich versuchen, mit Lilos Leuten Kontakt aufzunehmen, sie wissen lassen, daß es vorbei ist. Sie können jetzt wieder nach Hause kommen.«

»Und dann?«

»Dann mache ich mit dem Geschäft weiter wie gewohnt«, sagte JoJo, mied den direkten Blickkontakt mit seinem Vater. »Ich meine, was sollte ich sonst tun? Ich werde ganz bestimmt kein Restaurant oder eine Bar aufmachen, Pop. Ich werde tun, was ich tun muß, ich werde überleben.«

Salvatore legte sich aufs Bett zurück und faltete die Hände hinter dem Kopf. »Joseph, Joseph, Joseph«, sagte er. In seiner Stimme lag nicht die geringste Herzlichkeit. Unvermittelt richtete er sich wieder auf, massierte mit den Handballen seine Schläfen. »Warum hast du mir nicht von Barry Cooper erzählt?«

»Da gibt's nichts zu erzählen«, sagte JoJo, spürte Säure in seinem Magen aufsteigen.

»Der Mann kann dich ins Gefängnis bringen.«

»Entschuldige bitte, Pop, der Mann wird gar nichts mehr tun, außer er frißt sich durch zwei Meter Erde.«

»Er kann dich immer noch in den Knast bringen. Du triffst schlechte Wahlen, Joseph, schreckliche Entscheidungen. Ich meine, ich weiß wirklich nicht, was ich mit dir machen soll.«

»Hör zu, Pop, werd nicht sauer, aber ich muß dir was sagen. In dieser Branche muß man Entscheidungen treffen, sich bewegen. Die Zeiten ändern sich, es ist einfach nicht mehr so wie früher. Es ist hart geworden da draußen, es ist mörderisch auf der Straße. Ich will wirklich nicht respektlos sein, aber du weißt nicht mehr, was da draußen wirklich los ist.«

Er war angespannt, wartete auf einen Angriff und war überrascht, als sein Vater sich langsam vom Bett erhob und ihm in gelassenem, herzlichem Ton antwortete.

»Vielleicht hast du recht.« Er zögerte, warf JoJo einen ernsten Blick zu. »Vermutlich. Scheiße, ich weiß, daß du recht hast, ich weiß es, ich weiß es.« Sein Vater schüttelte den Kopf, stieß die Luft aus. »Da draußen gibt es Dinge, die ich nicht mehr verstehe. Ich meine, jeder will mit Drogen handeln, Unterbosse, ja sogar *consiglieres* laufen zu den Cops über. Was kommt als nächstes, Familienoberhäupter, die für die Regierung in den Zeugenstand treten? Es ist bekloppt, es ist verrückt, ich will nichts mehr damit zu tun haben.«

Sein Vater spreizte die Hände in einer ausladenden Willkommensgeste. »Willst du, daß ich dir dies alles übergebe, diese Familie, alles?«

JoJo strich sich durch die Haare, hatte plötzlich gleichzeitig Angst und Hoffnungen. Er ließ sich einen Moment Zeit mit der Frage, dann antwortete er, bevor er es bis zum Ende durchdacht hatte. »Wenn nicht mir, wem dann?«

»Nun, darüber müßte man eine Weile nachdenken. Wer bleibt noch? Laß mal sehen. Da ist mein Schwiegersohn, Nicky.«

»Pop –«

»Nicht Nicky, natürlich nicht Nicky. Wie wär's mit Bruno? Nee, Bruno will's gar nicht. Karl Marx oder der Dancer? Sicher, Rudy wäre gar keine so dumme Wahl. Er ist clever und zäh, hat diese ganzen harten Typen um sich.«

JoJo schaute zu ihm auf, als versuche er, die Gedanken des alten Mannes zu lesen.

»Der Dancer ist ein *uomo di pazienza, uomo che sa pensare alla sua casa.*«

JoJo begann zu vibrieren wie die Saiten eines Klaviers. Wütend und verlegen brüllte er: »Und ich, was bin ich?«

Er stand wieder auf, war kurz davor durchzudrehen. Seine Augen wurden feucht. So weit konnte sein Vater ihn bringen, er konnte ihm beschissene Tränen der Wut in die Augen treiben. Er wollte ihm sagen, er wollte es herausbrüllen: Ich leite diese beschissene Familie, ich allein! Ich treffe hier die Entscheidungen. Wem zum Teufel willst du was vormachen? Ich nehme das Schlimmste auf mich, ich bin's, ich bin der Boss, verdammt noch mal! Aber bevor er die Worte herausbrachte, stürzte sich sein Vater auf ihn. Den Kopf erhoben, die Hände in die Hüften gestemmt, wie ein echter Zip von der anderen Seite, der *capo di famiglia.*

»Du, du wirst alles in die Scheiße reiten, du wirst den Weg der Drogen wählen.« JoJos Vater kehrte der Diskussion den

Rücken und marschierte durch den Raum. »*E di tutte cose*. Bei dir ist es immer das gleiche. Du suchst stets nach dem einfachen Weg. Manchmal, es tut mir leid, das sagen zu müssen, bist du so clever, daß du schon wieder ausgesprochen dumm bist.«

JoJo grunzte und wandte den Kopf ab von diesem starren Blick, fort von diesen kalten, toten blauen Augen.

»Es ist dumm, sich auf das Drogengeschäft einzulassen, wo du ohne mich zu fragen genau wußtest, daß ich es verbiete.« Sein Vater betrachtete ihn einen langen Moment. »Es ist dumm, sein Leben einem Anwalt anzuvertrauen, einem Mann, der Angst hatte und noch dazu ein Trinker war.«

JoJo war überrascht, wie gefaßt er sich fühlte, während er sich das alles anhörte.

»Aber das Dümmste, das du gemacht hast, und das tust du nun schon seit Jahren, ist, dich einem Cop auszuliefern.«

»Er ist mein Freund, Pop. Das weißt du. Mein Gott, was ist das alles, eine Überraschung für dich? Hast du nie mit Cops Geschäfte gemacht?«

»Eins kann ich dir sagen, du wirst eines Tages noch herausfinden, was für eine Art Freund ein Cop für Leute wie uns ist. Natürlich habe ich Geschäfte mit Cops gemacht, natürlich habe ich immer bezahlt, was ich bezahlen mußte, aber niemals habe ich sie an meinem Tisch sitzen lassen, niemals habe ich einen von denen in meine Nähe kommen lassen. Ich habe dir schon vor Jahren gesagt, Anwälte interessieren sich immer nur für sich selbst, für ihre Brieftaschen. Und ein Cop ist ein Cop ist ein Cop. Meiner Meinung nach kann man niemandem jemals vertrauen, der auch nur daran denkt, diesen Job zu ergreifen, den Menschen die Freiheit zu nehmen, Leute ins Gefängnis zu schicken. Hörst du mir zu?«

JoJo zuckte die Schultern.

»Ich liebe dich, Joseph, du weißt, daß ich dich liebe, aber du machst mir eine Scheißangst.«

Dante parkte an der Bushaltestelle neben Monahan's Bar and Grill, ließ den Motor laufen, wartete auf Jimmy, dachte über JoJo nach, fragte sich, ob er Kathy überhaupt etwas hätte erzählen sollen, wußte sehr wohl, daß er ihr ohnehin schon viel zuviel erzählt hatte. Sie hatten den Tag im Bett verbracht, die meiste Zeit geschlafen, miteinander geredet, hatten sich chinesisches Essen bringen lassen, hatten über das Leben als Lesbe gequatscht, ihr Leben, was ihm wiederum gottverdammte Kopfschmerzen bereitete.

Er hatte eigentlich auf die Insel rausfahren und vielleicht sein Kind sehen wollen, aber er fühlte sich so erschlagen, daß er beschloß, in Kathys Wohnung zu bleiben, in der Hoffnung, vielleicht doch noch ihre Meinung ändern zu können. Nachdem sie ihm einen mit der Hand runtergeholt hatte, war er scharf auf mehr, es war der beste Sex, den er seit einem Jahr gehabt hatte. Was ziemlich viel darüber aussagte, wie es um sein Sexleben bestellt war. Er hätte schwören können, daß sie kurz davor war nachzugeben. Sie lag sehr lange still, schien nachzudenken, sagte dann, daß sie über Jimmy nachdenke. »Ray hatte ein echtes Problem mit Jimmy. Ich brauchte nur seinen Namen zu erwähnen, und der Typ lachte spöttisch.« Kathy hatte ganz klar einen Verdacht. Also fühlte Dante sich genötigt, ihr etwas zu erzählen, Jimmy irgendwie zu verteidigen. Dann würde sie ihn vielleicht etwas besser verstehen.

Er dachte nicht eine Minute, daß sie nicht wußte, was er vorhatte. Besonders als er JoJo erwähnte und daß er sich mit ihm treffen wollte. Himmel, er hätte ihr nie etwas erzählen sollen. Kathy hatte ihm ihre Kanone aufgeschwatzt, hatte ihm gesagt, er solle ihre Automatik mitnehmen, nicht seine fast schon antike Kanone. Und zur Krönung sagte sie dann noch, daß sie mitkommen wollte, bestand darauf, ließ nicht locker, sagte, sie sei schließlich sein Partner und sie sollte dabeisein, sagte ihm schließlich, daß sie ihn liebte, nun, vielleicht nicht so, wie er es gern hätte, aber sie liebte ihn trotzdem. Verrückte Braut, Wahnsinnsmädel. Trotzdem hatte er ihr zuviel erzählt. Ein gottverdammtes Großmaul war er, dachte mit seinem Schwanz, wollte, daß sie wußte, was für ein zuverlässiger, senkrechter Typ er war, wie er für einen Freund Rücken an Rücken kämpfen würde.

Als er nun nicht mehr im Wagen saß und den Bürgersteig zum Monahan's runterging, hoffte er, daß sie nicht auftauchen würde.

In dem Lokal war die Hölle los. Halb Queens war da, die Musik dröhnte, alle Tische waren besetzt, an der Theke drängte man sich Ellbogen an Ellbogen. Dantes erste Reaktion bestand darin, sich zu fragen, ob Jimmy wohl aufkreuzen würde, doch als er durch den Lärm watete, sah er ihn an ihrem Tisch sitzen, ein Bier vor sich. Jimmy winkte ihn mit einem Finger rüber. Aus der Musikbox kam Elvis mit seinem »Cold Kentucky Rain«. Plötzlich fühlte Dante sich so angespannt, daß er es kaum noch wagte, Jimmy anzusehen. Dann sah er Freddie Miller und lächelte. Freddie kam von der Toilette gedampft wie ein Schlachtschiff, erspähte Dante, breitete die Arme aus und steuerte auf ihn zu. »Dante«, brüllte er, »Dante, ich hab das von deinem Partner gehört. Versprich mir, schwör mir, daß du sie zu mir bringen wirst. Bring mir das Arschloch, das mir das angetan hat. Ich saug ihm mit einem Strohhalm die Augen aus. Versprich's mir, Dante. Ich hab diesen kleinen Spic geliebt, ich schwör's, ich hab ihn geliebt.« Freddie nahm ein Glas von der Theke, schnupperte einmal kurz daran, und schon war das Glas leer. Der Besitzer des Drinks, ein ziemlich kräftiger und großer Bauarbeiter in einem schwarzen T-Shirt, orangem Schutzhelm und Stiefeln starrte Freddie an, musterte ihn von oben bis unten. Als er blitzschnell erkannte, daß er hier zweihundertfünfzig Pfund betrunkenen Wahnsinn vor sich hatte, drehte er sich fort und bestellte sich noch einen.

»Ich muß mit dir reden, Dante«, sagte Freddie. »Wir müssen reden.«

»Später«, erwiderte Dante und schob sich weiter in Jimmys Richtung. Die Menschenmasse engte ihn ein, er konnte nicht richtig hören, die Disco war ohrenbetäubend laut, er kam nicht zu Jimmy durch. Es gab jede Menge Bewegung, aber niemand kam irgendwo hin. Er begegnete Jimmys Blick und winkte, formte mit den Lippen: *Laß uns von hier verschwinden*, stieß mit dem Daumen über die Schulter. Das hier war sein Lokal, seine Kneipe, und er kannte nicht mehr als vier oder fünf Leute hier. Er kam sich vor wie in einer Schlangengrube.

Jimmy ragte aus der Menge auf, drängte sich zu ihm durch, rempelte ihn an, sagte: »Wer sind diese beschissenen Leute, woher kommen die alle?«

»Raus hier«, brüllte Dante zurück. »Wir müssen hier raus, es wird spät.«

Jimmy stand direkt neben ihm, ließ grimmig seinen Blick über den Mob wandern. »He«, brüllte er. »He, ich hab hier einen Freund, der kann jedem Spaghetti in diesem Schuppen die Scheiße aus dem Leib treten.«

»Es reicht, Jimmy, es reicht, das hat uns jetzt gerade noch gefehlt.«

Jimmy Burns kniff ihm in die Wange. »Mein Kumpel, der knallharte Typ.«

Sie walzten aus dem Lokal, Dante hielt die Hände über den Ohren, Jimmy rief über die Schulter Freddie Miller zu, der es irgendwie geschafft hatte, ihnen bis zur Tür zu folgen: »Diesmal nicht, Freddie. Ich und der große Dante, wir haben noch was Wichtiges zu erledigen.«

Freddie torkelte aus der Bar und folgte ihnen zu Dantes Wagen. »Jimmy, Dante«, sagte er, »hört mir zu, Jungs. Ihr müßt mir versprechen, daß ich den Penner auch in die Finger krieg, der Ray umgelegt hat, versprecht mir das.«

Plötzlich hämmerte Dantes Herz so fest, daß ihm das Gesicht brannte. »Ja, ja, Freddie, ich hab's dir doch schon gesagt, du kriegst deine Chance.«

Freddie Miller streckte die Hand aus, und Dante schlug zögernd ein. »Ein Mann legt einen Cop um, also muß er bezahlen. Ich laß ihn bezahlen, ich und das Karnickel, wir revanchieren uns ein bißchen.«

»Sicher, Freddie«, sagte Jimmy. »Revanche ist alles, worum's letzten Endes geht.«

Dante wartete neben dem Wagen, während Jimmy zu seinem eigenen trottete, den Kofferraum öffnete und eine Aktentasche herausnahm. Als er zurückkam, stellte er sich vor Dantes Beifahrertür und keuchte wie ein Verteidigungsspieler zur Halbzeit. Dante warf Jimmy seine Schlüssel über das Dach zu.

Freddie blinzelte und rieb sich die Augen. Er lallte: »Ich wette, ihr Jungs wißt nicht, daß amerikanische Frauen jede einzelne Minute vierzehnhundert Lippenstifte kaufen.«

»Stell dir vor«, sagte Jimmy, öffnete die Tür und stieg ein. »Du hast recht, das wußten wir nicht.«

»Wollt ihr noch was wissen?«

»Was denn?« fragte Dante.

Freddie fuhr sich mit dem Unterarm übers Gesicht. »Echte Gewalttätigkeit ist ein Ausdruck von Intimität. Es ist sexy, Mann.«

»Ich glaube, das wußte ich irgendwie schon«, sagte Dante. Er mußte erst gegen die Seitenscheibe klopfen, damit Jimmy seine Tür entriegelte.

Auf dem Weg zum Spielplatz an der Eighty-third Street, auf dem Weg zu ihrer Verabredung mit JoJo, empfand Dante ein zwanghaftes, bitteres, grauenerregendes, unleugbares Gefühl der Erregung, wie er es seit seiner ersten Festnahme als frischgebackener Polizist nicht mehr empfunden hatte. Er war so aufgedreht, daß er zuerst gar nicht bemerkte, wie verängstigt und still Jimmy war. Vorhin hatte er noch in Ordnung gewirkt, jetzt schnappte er nach Luft wie ein Tiefseetaucher. Als sie um die Ecke Eighty-sixth und 133rd Avenue kamen, bemerkte Dante Scheinwerfer hinter sich. Er beschleunigte und bog rechts auf die Eighty-fifth ab. Das Licht folgte ihnen. »Scheiße«, sagte er.

»Was ist denn, was ist denn?« Jimmy drehte sich auf seinem Sitz um. »Folgt uns jemand? Wer sollte uns folgen?«

Dante gab keine Antwort, er bog in eine Einfahrt ein und wartete, ihr Schatten raste vorbei, hielt an, setzte dann zurück.

»O Scheiße, ich glaub's einfach nicht«, sagte Dante.

»Ist das Kathy?«

Mit merkwürdig schlechtem Gewissen sagte Dante: »Scheint so.«

»Was zum Kuckuck macht sie hier? Ist die bescheuert? Was hast du ihr erzählt?«

»Beruhige dich wieder, ja? Ich hab ihr gesagt, ich würde auf einen Drink ins Monahan's gehen, wahrscheinlich ist sie gerade angekommen, als wir los sind.« Dante dachte kurz daran, Jimmy zu sagen, was er Kathy erzählt hatte. Jimmy würde ausflippen, und Dante hätte anschließend erst recht ein Nervenbündel am Hals.

Kathy stieg aus dem Wagen und kam auf sie zu. Dante kurbelte seine Seitenscheibe herunter. »Kannst du mir vielleicht mal verraten, was du hier zu suchen hast?«

»Ich komme mit«, sagte sie rundheraus.

»Wo kommt sie denn hin?« fragte Jimmy.

Kathy beugte sich durch das offene Fenster, steckte den Kopf in den Wagen. »Ich komme mit euch beiden mit. Versucht erst gar nicht, mich daran zu hindern, ich komme mit, und fertig. Seht zu, wie ihr damit fertig werdet.«

»Wir gehen einen draufmachen, fallen in ein paar Schuppen ein, schleppen vielleicht ein paar Bräute ab. Wenn du trotzdem mitkommen willst, bitte sehr«, sagte Jimmy.

»Ihr trefft euch mit JoJo Paradiso, und ich komme mit. Wir sind Partner, ich komme mit.«

Plötzlich kam Dante ein bedrückender Gedanke. »Du hast doch niemanden angerufen, irgendwas unternommen, irgendwas zu irgendwem gesagt?«

»Über was, was soll sie wem sagen, was zum Teufel ist hier überhaupt los, Dante?«

»Willst du mich verarschen?« sagte Kathy. »Wie seh ich aus? Seh ich für dich wie ein Idiot aus?«

Jimmy beugte sich über den Sitz, schob sein Gesicht auf ungefähr dreißig Zentimeter an Kathys heran. »Du siehst aus, als wüßtest du nicht, wie man sich um seinen eigenen Scheiß kümmert.«

Dante wurde unruhig, wollte los, wollte JoJo sehen und diese Sache ein für allemal beenden, die an ihm fraß wie ein Raubtier. »Komm schon, Kathy«, sagte er. »Halt dich da raus.«

»Was ist mit dem Aktenkoffer auf dem Rücksitz?« fragte sie. »Was ist da drin?«

»Fahr, Dante«, sagte Jimmy.

»Nein, wart, wart, wart! Einen Augenblick! Ihr zwei wartet jetzt mal. Hör zu, Kathy, was willst du?«

»Mitkommen.«

»Vergiß es. Was willst du sonst noch?«

»Euch beiden folgen, euch den Rücken freihalten.«

»Warum?« brüllte Jimmy. »Wozu?«

»Für den Fall, daß euer Kumpel aus der Kindheit mit einem halben Dutzend Killern auftaucht. Habt ihr schon die Neuigkeiten gehört? Es gab eine Schießerei in White Plains, Lilo Santamaria und zwei seiner Spießgesellen sind heute abend umgelegt worden. Mal angenommen, Joey-boy will reinen Tisch machen, sich sämtliche Kopfschmerzen auf einmal vom Hals schaffen. Vielleicht lauft ihr zwei Helden schnurstracks in einen Hinterhalt. Ich hab eine Kanone und ein Funkgerät. Glaubt mir, diese Typen machen mir keine Angst. Ich kann euch helfen.«

Dante warf einen Blick auf die Uhr. »Wir sind schon zehn Minuten zu spät dran«, sagte er. »In Ordnung, Kathy, fahr uns hinterher, aber bleib außer Sicht.«

»Ich halte mich zurück, ich werde mich nicht sehen lassen. Aber ihr zwei paßt auf eure Ärsche auf. Ich vertraue diesem Wichser Paradiso nicht. Wieso ihr ihm vertraut, geht einfach über meinen Verstand.«

»Unternimm nichts, verstehst du mich?« sagte Dante. »Bleib auf Distanz. Wenn die Sache schiefläuft, benutzt du dein Funkgerät.«

Er gab Gas, dachte, daß er einerseits nicht wollte, daß Kathy in diese Sache mit hineingezogen wurde und am Ende selbst noch Probleme bekam; er ging ganz schön weit, wußte, daß er sich an der Grenze bewegte, genug Gesetze übertrat, um am Ende selbst in Handschellen zu landen, wenn er nicht verdammt aufpaßte. Andererseits hatte Kathy vielleicht recht, und er war am Ende tot. JoJo schoß ihm durch den Kopf, er stellte sich sein dümmliches Grinsen vor, wie er vielleicht darüber nachdachte, ihm eine Falle zu stellen. JoJo würde niemals allein kommen. Besser, wenn er vorbereitet war, nur für alle Fälle. Dante hatte nicht die geringste Ahnung, was er tun würde, wenn er JoJo sah. Warum den Bastard nicht einfach abknallen, einfach so, bamm-bamm, und weg war der Wichser. Er begann eine weitere Frage auszuschwitzen: Wenn es schlecht lief und die Kacke am Dampfen war, auf welcher Seite würde Jimmy dann stehen, auf seiner oder auf JoJos? Dante merkte, wie er durch die Windschutzscheibe starrte, wie ein Irrer fuhr, dachte, daß es womöglich nicht das Klügste gewesen war, was er je getan hatte, diesen beschissenen Fall zu übernehmen. Er warf einen Blick in den Rückspiegel, sah, wie Kathy sich abrackerte, an ihnen dranzubleiben.

»Was meinst du damit, wenn die Sache schiefläuft?« fragte Jimmy. »Was sollte schieflaufen?«

»Vielleicht weißt du ja, was dein Kumpel JoJo denkt. Ich jedenfalls nicht.«

Jimmy gab keine Antwort, er saß da und stierte ihn an. »Du hast doch nichts Dummes vor, oder?« fragte Jimmy schließlich. »Du willst doch nicht . . .« Jimmy ließ den Satz unvollendet.

Dante sah ihn kurz an und stellte sich genau dieselbe Frage.

»Warte mal einen Moment«, sagte Jimmy. Er sah Dante

an, als seien seine ganzen Probleme allein Dantes Schuld. »Einen Moment mal«, sagte er. »Du hast mir doch gestern gesagt, daß du JoJo sehen wolltest, um ihm sein Geld zurückzugeben und ihm zu sagen, daß ich mit ihm fertig bin. Ich meine, du willst dieses Problem doch nicht noch schlimmer machen, als es ohnehin schon ist, oder? Du hast doch keine anderen Pläne? Dante, ich rede mit dir, hörst du mich?«

»Ist das Geld in dem Koffer?« fragte Dante.

»Klar, alles, zweihundertfünfzig Riesen.«

Dante hielt vor dem Eingang des Spielplatzes an der Eighty-third Street am Bordstein, schaltete die Zündung aus und schaute sich um. Er sah weder Kathy noch irgendeinen anderen Wagen, überhaupt niemanden.

Jimmy packte Dantes Arm. Dante dachte, ganz ruhig jetzt, nicht die Nerven verlieren, okay? Er schüttelte Jimmys Hand ab.

»Schwör mir, Dante, daß du hier nichts von deiner verrückten Scheiße abziehen willst. Schwör's.« Jimmy atmete durch den Mund. Dante hatte ihn noch nie so fertig gesehen.

Dante verschränkte die Arme vor der Brust. »Ich schwör's«, sagte er. Seine Wut hatte jetzt kein anderes Ventil mehr als seinen Mund. »Wo ist der Dreckskerl?«

Der Spielplatz erstreckte sich über die Fläche von zwei Wohnblocks und wurde von einem sechs Meter hohen Maschendrahtzaun eingefaßt. Das Tor wurde abends um acht abgeschlossen. Die Rampe, die zum Haupttor führte, konnte man entweder von der Eighty-third oder von der Eighty-first Street betreten. In manchen Nächten, wenn Dante eines seiner verrückten Bedürfnisse überkam zu schaukeln, kletterte er über diesen Zaun. Er kletterte seit dreißig Jahren über diesen Zaun. Es gab ein paar Flecken Gras, ungefähr ein halbes Dutzend dürre Ahornbäume, ein paar halbtote Eichen, aber hauptsächlich war da nur Beton.

KAPITEL VIERUNDZWANZIG

JoJo saß in Brunos Wagen am Eingang an der Eighty-first Street, nur für alle Fälle mit Bruno hinter dem Steuer und Karl Marx und Bobby Pumps auf dem Rücksitz. »Und was machst du jetzt?« wollte Bruno wissen.

»Ich warte noch ein, zwei Minuten, dann gehe ich runter in den Park.«

»Was, wenn das hier eine Falle ist, ein Hinterhalt, irgend so was Verrücktes?« fragte Karl Marx.

»Wer will mir eine Falle stellen, die Cops vielleicht? Mein Gott!«

»Das wär nichts völlig Neues«, sagte Bruno, zog eine Pistole aus dem Gürtel, lud durch und sicherte sie.

»Ich kenne diese beiden Typen, seit ich ein Kind war. Hier wird's kein Problem geben.«

»Ich kannte Lilo seit fünfundzwanzig Jahren«, sagte Karl Marx.

»Was zum Teufel wollen die überhaupt?« fragte Bruno empört.

»Woher soll ich das wissen? Laßt mich gehen und die zwei sehen, bringen wir's hinter uns. Ich bin gottverdammt müde.«

»Paßt auf«, sagte Bobby Pumps, »wir brauchen ein Signal oder irgendwas, damit wir wissen, ob mit dir alles okay ist oder nicht. Du verstehst, was ich meine? Wir brauchen irgendein Zeichen oder so.«

»Er hat recht, JoJo«, sagte Karl Marx. »Wozu sind wir überhaupt hier, wenn wir nicht auf dich aufpassen können?«

JoJo stellte sich eine große Schießerei vor, alle ballerten wie wild um sich. Das war idiotisch, das wollte er todsicher nicht.

»In Ordnung, in Ordnung. Hört zu. Nur, und ich meine *nur*, wenn ich meine Arme in die Luft reiße, als würde ich mich ergeben, nur dann kommt ihr und holt mich da raus. Die zwei sind Cops. Ich will nicht, daß einer von euch irgendeine Dummheit macht.« JoJo schwieg, dachte nach. Mein Gott, was machen wir hier überhaupt? Er fühlte sich diffus unwohl, es bestand eine gewisse Möglichkeit, daß er tatsächlich in eine Falle lief. Aber diese Wahrscheinlichkeit war wirklich gering. Was aber, wenn Jimmy Burns die Lage nicht mehr unter Kontrolle hatte? Was, wenn sich bei dem Burschen so was wie ein schlechtes Gewissen gemeldet hatte? Dann begann JoJo, über Dante und Jimmy nachzudenken, als wären sie wieder Kinder, die wegen einer Gefälligkeit zu ihm kamen. Vielleicht war Dante am Ende doch noch zur Vernunft gekommen. Ja, das mußte es sein. Scheiße, nach all den Jahren war dem durchgeknallten Irren möglicherweise endlich ein Licht aufgegangen.

»Dieser Typ, dieser beschissene O'Donnell, der hat sie doch nicht mehr alle auf der Kappe, das ist ein absoluter Irrer«, sagte Bruno. »Wenn du den Kerl siehst, Karl, weißt du sofort, daß du einen Bekloppten vor dir hast.«

Karl Marx drehte den Kopf, um aus dem Fenster zu schauen, wandte sich dann wieder JoJo zu und berührte seinen Arm. »Joseph, diese beiden Typen ziehen hier kein Polizeiding ab. Du weißt nicht, was sie vorhaben, wir wissen es auch nicht. Sei vorsichtig. Paß da draußen auf deinen Arsch auf.«

Jesus Christus, dachte JoJo. Als er sich auf den Weg machte, sagte Bruno noch: »He, he! Hast du eine Pistole?«

JoJo antwortete, er solle um Gottes willen endlich aufhören, aus dieser Sache eine große Geschichte zu machen, diese Typen sind meine Freunde. Bruno warf ihm einen schrägen Blick zu. Okay, sie waren früher mal meine Freunde. Jedenfalls, die zwei sind beschissene Cops, was werden die schon groß tun?

Er trat auf die Rampe zum Park und sah die zwei auf sich

zukommen. Jimmy hatte etwas in der Hand, es sah aus wie ein winziger Koffer. Dante bewegte sich langsam, schaute sich ständig um. Der Kerl hielt sich wahrscheinlich für Wyatt Earp, eine Hand auf Jimmys Schulter, die andere in der Jackentasche. Machte dieser Typ Witze oder was?

JoJo schlenderte die Rampe hinunter und versuchte, aus der Situation schlau zu werden. Er machte das hier für Jimmy. Jimmy hatte ihn um einen Gefallen gebeten, und er würde es für ihn tun. Es gefiel ihm nicht, aber genau das machte er, Leuten Gefälligkeiten erweisen. Jimmy hatte ihn um die Gefälligkeit gebeten, den puertoricanischen Cop umzulegen. Er hatte es nicht wortwörtlich gesagt, aber genau das wollte der Bursche letzten Endes, wer machte hier wem was vor? Und jetzt gab es vielleicht eine Gefälligkeit, die Dante erledigt sehen wollte. Er hoffte, daß es bei diesem Treffen darum ging, um einen weiteren kleinen Gefallen. Aber er hatte allmählich die Schnauze gestrichen voll von all diesen beschissenen Gefälligkeiten. Wie wär's, wenn zur Abwechslung mal ihm einer einen Gefallen tat, wie zum Beispiel, ihm mal eine beschissene Verschnaufpause zu gönnen oder ihn einfach eine Weile entspannen zu lassen.

Er drehte sich um und schaute zurück, sah Bruno jetzt auf der Straße stehen, die Arme verschränkt, mit dem Rükken an den Wagen gelehnt, neben sich Bobby Pumps. Wo zum Teufel steckte Karl Marx? Das Licht war beschissen, und der kleine Schleicher konnte praktisch überall sein. Aus den Augenwinkeln erkannte er Karl, der sich langsam den Maschendrahtzaun entlang schlich, versuchte, ins Dunkle zu kommen. Okay, wenn er unbedingt mitkommen will, dann soll er das tun. Solange er außer Sicht bleibt.

JoJo verlangsamte sein Tempo, ging aber weiter. Die Unterhaltung mit seinem Vater ging ihm wieder durch den Kopf, *ein Cop ist ein Cop ist ein Cop*, und dann wurde ihm plötzlich bewußt, daß der Skipper sich kein einziges Mal bei ihm dafür bedankt hatte, daß er den Schlamassel mit Lilo geklärt hatte. Himmel, er hätte dabei draufgehen können.

Der alte Mann kapierte es einfach nicht. Lilo war eine gottverdammt tickende Zeitbombe in den Eingeweiden der Familie gewesen. Sein Mund fühlte sich trocken an. Er fuhr sich mit dem Handrücken über die Lippen, drückte die Hand gegen die Zähne. JoJo erinnerte sich, daß es ein gutes Gefühl gewesen war, Lilo umzulegen. Alles in allem war Lilo eine mörderische Bestie, deren Zeit gekommen war, und fertig.

Er war nah jetzt, nah genug, um die malmende Wut auf Dantes Gesicht zu sehen. Was war nur los mit diesem Burschen?

Sein Ziel war ein sechs Quadratmeter großes Stück Asphalt vor dem verschlossenen Spielplatztor, auch nicht bemerkenswerter als jedes andere Stück Asphalt irgendwo sonst in der Stadt. Trotzdem hatte JoJo das Gefühl, auf einer Bühne zu stehen, sein Publikum zwei Cops, zwei alte Freunde. Ich bin hier, dachte er, ich bin hier. Wenn sie mich haben wollen, jetzt haben sie mich.

»He, Jimmy«, sagte er, »wie zum Teufel geht's dir? Dante, du siehst genauso aus wie neulich abends: schlampige Klamotten und bekloppt wie immer.«

Dante beobachtete JoJo, als er näher kam. Er ging leicht vornübergebeugt und bewegte sich langsam wie die streunende Katze, die er auch war. Sein Kopf bewegte sich hin und her, er drehte sich um, kontrollierte, wer hinter ihm war. Dieser raffinierte Bastard. Er hatte Verstärkung mitgebracht. Dante konnte zwei von ihnen sonnenklar neben dem Wagen auf der Rampe sehen.

»Mir geht's gut, JoJo, mir geht's gut«, antwortete Jimmy.

Dante beobachtete, wie sie sich anlächelten, sein Verstand verabschiedete sich in einem plötzlichen Chaos aus Wut und Eifersucht und todernstem Haß. Wie festgenagelt stand er da, als Jimmy Burns und JoJo Paradiso sich mit Handschlag begrüßten, und einen schrecklichen Augenblick lang dachte er, du solltest beide einfach umlegen. Kette sie aneinander und gib's ihnen, behandle sie wie die zwei beschissenen Kriminellen, die sie sind. Er sah, daß diese zwei Typen zusammengehörten, zwei vom gleichen Schlag. Mein Gott, dachte er, wie konnte ich das so lange übersehen, was ist los mit mir?

»JoJo, alter Kumpel, wir haben hier ein kleines Problem, wir drei«, sagte Jimmy jetzt. »Wir müssen die Sache klären. Verdammt, Mann, wir kennen uns jetzt seit dreißig Jahren. Wir müssen irgendwie einen Weg finden, das Richtige zu tun.«

Für Dante klang Jimmy wie ein verfluchter Mafioso. Sein Magen begann Purzelbäume zu schlagen, und ein Muskel an seinem Kinn spielte Preßlufthammer.

»Soll mir recht sein«, erwiderte JoJo. »Gute Idee. Ich hatte schon gehofft, daß wir eine Gelegenheit finden, uns mal zu unterhalten, nur wir drei, wenn möglich. Nicht durchdrehen oder so was, versteht ihr, einfach nur miteinander reden. Wie steht's mit euch?«

Dante trat einen Schritt von Jimmy zurück und schaute sich um. »Nur wir drei, sagst du? Und was ist mit den zwei Idioten oben auf der Rampe? Was ist mit denen, JoJo?«

»Das sind Freunde, Dante, besorgte Freunde, die wollten mich auf gar keinen Fall allein gehen lassen. Wir leben in einer gefährlichen Stadt, Mann.« Während er zum Zaun um den Park hinüberging, sagte JoJo: »He, Dante, erinnerst du dich noch an das Spiel, das wir hier gegen diese Typen aus Howard Beach gespielt haben? Ich hatte zweihundert Dollar bei diesem beschissenen Spiel gesetzt. Erinnerst du dich noch dran? Wie alt waren wir damals, fünfzehn, sechzehn? Ich habe geworfen, du hast gefangen, und Jimmy, du hast den Shortstop gespielt.«

Dante ging zum Zaun hinüber, ließ es völlig normal wirken. Er nickte. »Ja«, sagte er. »Natürlich erinnere ich mich an JoJo den Crack. Wir lagen im letzten Inning zwei Punkte in Führung. Der erste Schläger hat's bis zum dritten Base geschafft. Die beiden nächsten wirfst du aus. Dann wirfst du drei unglaublich beschissene Bälle, du Penner. Ich hab ein gutes Gedächtnis, ich denke oft an damals. Stimmt's nicht, Jimmy? Genau das tue ich, ich denke oft zurück.«

Jimmy nickte. Er sah hundserbärmlich aus.

»Penner? Penner? Ich war absolut spitze drauf an diesem Tag, die alte Windmühle hat nur so geschnurrt. Ich hab diesem Ball Pfeffer gegeben.« JoJo warf sich in Positur, ließ die Schultern kreisen, machte sein JoJo-Ding. »Ich hab den Ball losgefetzt, Mann, ich hab's diesen Versagern nach Strich und Faden gezeigt. Ich kann mich nicht mehr erinnern, aber ich muß es auf wieviel, fünfzehn, sechzehn Strikeouts gebracht haben?«

»Im letzten Inning hast du die anderen gottverdammt locker punkten lassen, nur damit du am Ende zeigen konntest, was für ein affengeiler Typ du bist. Du hast gedacht, du könntest drei Schlagmänner hintereinander ausschalten und dann als großer Star dastehen. Na, hab ich recht?«

»Ja, vielleicht. Und ich hätt's auch geschafft, wenn mein Catcher den beschissenen Ball nicht ins Centerfield versägt hätte. Komm schon, jetzt kannst du's zugeben, erzähl keinen Scheiß. Das hast du absichtlich gemacht, hast den beschissenen Ball absichtlich ins Centerfield geworfen, damit wir das Spiel verlieren.«

Jimmy lehnte sich gegen den Spielplatzzaun, sah JoJo an und lächelte. »Weißt du«, sagte er, »es ist schon irgendwie beruhigend zu wissen, daß ihr zwei ganz die alten bleibt, wo sich um uns herum alles verändert.«

Dante und Jimmy sahen sich einen langen Augenblick an.

»Das siehst du völlig richtig, Jimmy«, sagte Dante, »dieses Sprüche klopfende Großmaul von einem Arschloch hat sich nicht ein bißchen geändert.«

»Dante«, sagte JoJo, »du gibst mir immer die Schuld an Sachen, die ich gar nicht getan habe. Wie nennst du so was? Nur ein Irrer macht so was, schiebt immer und immer wieder jemandem die Schuld für Scheiße in die Schuhe, mit der er gar nichts zu tun hatte.«

Dante nickte sich selbst zu, spürte deutlich die Wut in sich anschwellen, dachte an Ray, wußte in diesem Augenblick genau, wie das alles hier ausgehen mußte.

»Du hast den Ball ins Centerfield geworfen. Das ist eine schlichte Tatsache.« JoJo deutete mit dem Kinn auf Jimmy. »Sag's ihm, Kumpel, sag diesem verlogenen Bastard, daß wir's alle wußten, ganz genau wußten, was er gemacht hat.«

Jimmy zuckte die Schultern.

»Komm schon, Dante«, sagte JoJo, auf dessen Gesicht dieses verfluchte Lächeln jetzt wieder breiter wurde. »Gib's doch zu, du hast den Ball und zwei gewonnene Runs absichtlich verspielt. Es war deine Schuld, daß wir dieses Spiel verloren haben, nicht meine.«

Dante sah von einem Gesicht zum anderen, JoJos blödes, beschissenes Grinsen, Jimmys Kinn, das ihm auf die Brust sackte.

»Es ist deine Schuld, daß mein Freund tot ist«, sagte Dante langsam. »Du redest hier von Softballspielen, und morgen wird ein anständiger Kerl beerdigt.«

Dante drehte sich Jimmy zu, sah ihn süffisant lächeln und ungeduldig den Kopf schütteln.

»Es spielt überhaupt keine Rolle, wer bei Ray den Abzug gedrückt hat. Ich weiß, daß du dafür verantwortlich bist, JoJo. Hab ich recht, Jimmy?«

Jimmy nickte nur ganz leicht, auch nicht annähernd deutlich genug, um Dante zufriedenzustellen. Dann zuckte er die Schultern. Dante schreckte zurück, fragte sich, wie er sich nur so lange so sehr getäuscht haben konnte.

»Na los, Dante, nicht so schüchtern, sag uns, was du denkst«, forderte JoJo heraus.

»Du hast mich gehört.«

»Ich hab Scheiße gehört, ich habe gehört, wie du mich beschuldigst, irgendwas getan zu haben. Ich, ich weiß nicht mal, wovon du überhaupt redest. Weißt du, wovon er redet, Jimmy? Denn wenn du's weißt, dann könntest du mir hier vielleicht weiterhelfen.«

Jimmy Burns zuckte nur wieder die Schultern.

»Gib ihm die Tasche, Jimmy«, sagte Dante.

Jimmy bückte sich und hob die Aktentasche auf.

»Was ist das?« fragte JoJo. »Was ist hier los, Jimmy? Was ist in der Tasche? Wollt ihr mich reinlegen, oder was?«

»Frag ihn«, sagte Jimmy.

»Ich frage *dich*, Jimmy. Was geht hier ab?«

Dante streckte die Hand aus und riß Jimmy die Tasche aus der Hand und warf sie JoJo zu. JoJo wich geschickt seitlich aus, ließ die Tasche auf den Boden fallen.

Dante verharrte. Er richtete einen Finger auf Jimmy. »Laut Jimmy befinden sich in dieser Tasche zweihundertfünfzig Riesen.« Dann stach er mit dem Finger auf JoJos Brust. »An dem Geld klebt Blut. Dein Gestank und das Blut meines Freundes kleben dran.«

»He, he, he«, sagte JoJo. »Vielleicht habt ihr eine dieser Wanzen dabei, ein Tonband oder irgendwas. Ich weiß überhaupt nicht, worauf du hinaus willst, Dante. Aber das da ist nicht mein Geld. Soll ich's noch mal wiederholen, sicherzugehen, daß du's auch ja kapierst? Das Geld gehört mir nicht. Und soweit es unseren Freund betrifft, er hatte einen gefährlichen Beruf. Cops werden dauernd getötet, Mann.«

JoJo starrte Dante fassungslos an. Hier stand er und lavierte sich schon wieder in eine Scheißsituation. Traf sich mit zwei Cops, dachte, sie hätten irgendein Problem, bei dem er vielleicht helfen könnte, sagte sich, helfen, meine Fresse, diese Typen wollen mich fertigmachen und in die Zange nehmen. Hatte sein alter Herr recht oder was? Ein Cop ist ein Cop ist ein beschissener Cop.

»Ich weiß nicht, was ihr zwei vorhabt. Aber ich hau jetzt ab.« JoJo dachte an seinen Vater, der angeblich mit dem Gedanken spielte, Dancer die Zügel zu übergeben. Was war mit seinem eigenen Sohn? Was denn, hatten es alle darauf abgesehen, ihn zu ficken, alle?

»Warte, JoJo, warte einen Moment«, sagte Jimmy Burns. »Du verstehst das alles falsch.«

»Nimm dein Geld und geh«, sagte Dante. »Wenn du mit ihm gehen willst, Jimmy, bitte, nur zu, und scheiß auf euch zwei. Ich sag dir nur eins, JoJo, ich hoffe, daß wir beide uns nie mehr über den Weg laufen. Das ist meine letzte Warnung.«

»Na, ist ja großartig«, sagte Jimmy. »Das ist absolut super. Was hast du vor, Dante, hä? Willst du mich einsperren, willst du mich auch erschießen? Vielleicht hat JoJo ja recht, vielleicht bist du wirklich nur ein beschissener Idiot.«

Dante stieß Jimmy zur Seite und machte einen Schritt auf JoJo zu. JoJo dachte, okay, jetzt geht's los.

»Verpiß dich, du Arschloch«, sagte JoJo. »Ich sag's dir, deine Scheißmarke ist keine kugelsichere Weste. Verpiß dich doch einfach.«

JoJo funkelte Dante an, kochte, fragte sich, was der verrückte Bastard tun würde. Dante schrie jetzt, sah aus, als hätte er beschissene Tränen in den Augen. JoJo dachte, die Kacke ist am Dampfen, der Typ ist hinüber, ein absoluter Fall für die Klapsmühle. Mein beschissenes Pech.

»Wenn ich dich das nächste Mal treffe«, brüllte Dante ihn an, »jage ich dir eine Kugel in deinen beschissenen Kopf und drück dir die Kanone anschließend in die Hand. Die geben mir einen Orden und eine Woche Urlaub.«

JoJo dachte wieder an seinen Vater. Vielleicht sollte er besser aufpassen und mehr auf den alten Mann hören. Er fragte sich, was er wohl gerade machte. Saß wahrscheinlich in Linas Küche und trank Kaffee.

Dante fuhr ihn wieder an. »Hast du mich verstanden, JoJo? Wenn ich dich das nächste Mal sehe, bist du tot.«

JoJo wich zurück, dachte, okay, nichts als große Worte, er ist ein Großmaul, ein Schreihals, und Schreihälse schießen nicht. Auch diese Scheiße wird vorübergehen. Ich muß nur zusehen, daß ich meinen Arsch von hier wegbewege.

»Dante«, sagte er, »ich wünsche dir jetzt eine gute Nacht. Ich gehe. Laß es uns nicht auf die Spitze treiben. In Erinnerung an alte Zeiten, laß mich jetzt einfach gehen.«

Erleichtert zu sehen, daß Dante die Arme verschränkte und nickte, fühlte JoJo sich, als hätte er noch einmal einen Strafaufschub erhalten. Er kehrte Dante den Rücken zu und setzte sich in Bewegung. Er fühlte sich, als würde er einen langen, dunklen Flur mit einem Fenster am Ende hinuntergehen, und durch dieses Fenster fiel Sonnenlicht und wehte eine frische Brise, ein Vorhang flatterte, und auf der anderen Seite des Fensters lag die Sicherheit. Er hatte ungefähr drei vorsichtige Schritte gemacht, als aller Sinn und Verstand ihn und sie alle hier auf dem Spielplatz an der Eighty-third Street verließ, und wie mit einem Donnerschlag hatten die alten Schlangenaugen noch einen letzten Auftritt in JoJos Leben.

Jimmy Burns lief JoJo nach und legte eine Hand auf seine Schulter, drehte ihn um. »Vielleicht ist es besser so«, sagte er. »Früher oder später mußte es aufhören. Du sollst nur wissen, daß ich überhaupt nichts damit zu tun habe.«

Dante stand mit steinerner Miene da und schaute zu, begriff, daß dies das Ende der Geschichte war. Er konnte beide begraben und damit leben. Jimmy war auf die andere Seite gewechselt. Er hatte ihn vor zehn Jahren betrogen, und das war's, mehr steckte nicht dahinter. Ach, Jimmy, dachte er, was zum Teufel hast du uns angetan? Jimmy Burns legte einen Arm um JoJos Schulter und zog ihn an sich. Diese einfache Geste bereitete Dante mehr Schmerzen als alles andere, was er in dreißig Jahren erlebt hatte, mehr als der Tod seines eigenen Vaters.

Er betastete die schmalen Konturen der Automatik in seiner Tasche und war über sich selbst erschrocken. Dante stieß einen tiefen Seufzer aus, hörte sich selbst, wie er Jimmy Kathy gegenüber verteidigt hatte, wie Kathy ihn immer wieder fragte: Und was ist mit Ray? Wie erklärst du Ray? Er stellte sich vor, wie Ray auf der Straße stand und die Killer ansah, die wegen ihm gekommen waren, wie der Typ seine Lebensmitteltüten hielt und sich fragte: Warum ausgerechnet ich? Er dachte an sich selbst, wie er versuchte, Rays Frau den Grund zu erklären, warum ihr Mann auf der Straße gestorben war.

Jimmy redete wie ein Maschinengewehr, und JoJo nickte, stimmte zu, beugte den Kopf und grinste. Dante konnte den Anblick der beiden nicht länger ertragen. Als er sich umdrehte, bemerkte er einen Schatten in der Nähe des Zaunes, einen kleinen Schatten, der sich schnell bewegte. Sein Finger glitt in den Abzugsbügel der Automatik. Ein Gedanke kam ihm in den Kopf: Erschieß den Schatten, es muß dieser kleine Killerbastard Karl Marx sein, erschieß ihn. Er hat Ray auf dem Gewissen, erschieß den kleinen Bastard.

Wütend zog sich JoJo von Jimmy Burns zurück, hatte es satt, sich sein bescheuertes Gequatsche noch länger anzuhören, hatte die Schnauze gestrichen voll von jedem, der was von ihm wollte. Er schrie, rastete aus, seine Gelassenheit verabschiedete sich nach Kalifornien, seine Beherrschung ging in die Erdumlaufbahn, all sein Glück verwandelte sich in Scheiße, wieder diese verfluchten Schlangenaugen. Er schrie jetzt. »Ihr bescheuerten Typen macht mich wahnsinnig! Ihr habt mich schon immer wahnsinnig gemacht!«

Jimmy Burns sah ihn fassungslos an.

»Ja, du auch, Jimmy, du redest dauernd in beschissenen Rätseln zu mir, sagst nie geradeheraus, was du wirklich meinst. Es ist, als würde man mit jemandem vom Mars reden. Ich weiß nie, was du wirklich denkst. Was zum Teufel willst du von mir?« Ohne nachzudenken, völlig außer Kontrolle, warf er die Arme in die Luft, griff nach dem Mond. Dann wirbelte er auf dem Absatz herum, wollte nur noch so schnell wie möglich weg – und dann kam es wie ein Güterzug auf ihn zugerast. Er hatte die Hände in die Luft geworfen. »Halt!« brüllte er in panischem Entsetzen. »Wartet! Moment!«

Dante und Jimmy verharrten in ihren Bewegungen und starrten ihn an.

Nein, dachte JoJo, nein. Wartet, das hab ich nicht gemeint. Sein Kopf wirbelte herum. JoJo drehte sich jetzt um, hielt die Arme ausgebreitet, schrie in die Nacht. »Beruhigt euch alle wieder! Es war nicht so gemeint. Es war ein gottverdammter Irrtum!«

Die ersten dreißig Sekunden war jeder innerhalb und außerhalb des Spielplatzes völlig verdutzt.

Bruno und Bobby Pumps sahen sich kurz an. Bruno sagte: »Er hat die Hände hochgerissen.« Bobby sagte: »Ich glaub schon, ja, hat er, heilige Scheiße. Die wollen ihn umbringen.«

Beide zogen ihre Kanonen und begannen, die Rampe hinunterzulaufen, brüllten JoJo dabei zu, wollten etwas tun, irgend etwas unternehmen, um ihrem Mann zu helfen, aber sie konnten nicht, denn JoJo, Jimmy und Dante standen an einer Stelle, wo die Rampe so dunkel war, daß sie nur Schatten sehen konnten, wer wer war, das konnten sie nicht ausmachen. Also rannten Bobby und Bruno blindlings los. Ihre Stimmen vereinigten sich zu einem unheimlichen Gebrüll, womit sie einem Liebespaar eine Scheißangst einjagten, das zwei Autos hinter ihnen auf der Straße geparkt hatte.

Karl Marx hatte alles beobachtet. Er sah, wie sich JoJo mit den beiden Cops unterhielt. Zuerst schien alles blendend zu laufen, drei Typen quatschten über Scheiße miteinander. Dann wurde einer der beiden Cops ganz aufgeregt, der schmale. Er umarmte JoJo, was zur Folge hatte, daß JoJo – der arme Sack, er mußte sich all diese Scheiße von zwei verschissenen Cops anhören – der Faden riß, und dann, da war's ja, gibt JoJo das Zeichen. Karl Marx zog wie gewohnt über Kreuz, zog zwei Pistolen aus der Hose, er liebte das, Pistolen aus der Hose zu ziehen. Mit Kanonen in den Händen wurde er einen Meter größer. Nur, Moment mal, jetzt brüllte JoJo los, er schrie: »Beruhigt euch alle wieder! Es war nicht so gemeint.« Also, was zum Henker war das jetzt wieder?

Kathy, die auf einem schmalen Rasenstück auf der anderen Seite der Rampe kniete, hielt Dantes beschissenen fünfschüssigen Colt Detective Special in der einen und ein Funkgerät in der anderen Hand. Als sie sah, wie Dante seine Kanone zog – ihre Kanone –, gab sie einen 10-13er-Code durch, Beamter braucht Hilfe, was bedeutete, daß sich jeder Cop im Umkreis von zehn Meilen innerhalb von Sekunden auf den Weg hierher machen würde. Als sie die ersten Schüsse hörte, ließ Kathy das Funkgerät fallen, und auch sie begann, die Rampe hinunterzulaufen.

Dante zog Kathys Automatik aus seiner Jackentasche und hatte genug Zeit, um den Zwerg zu sehen, der kleine Bastard stand da mit zwei Pistolen. Dante hatte den Eindruck, daß er verwirrt aussah. Dante feuerte drei Schüsse ab, pop, pop, pop, war erstaunt, überhaupt keinen Rückschlag zu spüren, die Kanone arbeitete sanft wie Seide. Sah, wie Karl Marx von den Füßen gerissen wurde.

JoJo wirbelte jetzt herum, fummelte an seinem Gürtel. Von weiter oben und hinter sich hörte Dante Schüsse krachen, ein ausgewachsener, gottverdammter Krieg war das. Er richtete die Automatik auf JoJo. JoJo sah ihn verwundert an, in seiner Hand eine eigene Kanone, und jetzt kein hübsches Lächeln mehr auf den Lippen. Dante betätigte den Abzug, betätigte ihn noch mal und noch mal. Scheiße! *Scheiße!* Kathys Automatik machte, was Automatikwaffen eben so machen, sie blockierte.

Dante hob den Kopf und sah JoJos ausgestreckten Arm, die Pistole genau auf sich gerichtet. JoJo schrie. »Du dummer Scheißkerl!« Immer und immer wieder, holte es aus seinem tiefsten Inneren hoch, knurrte wie ein Pitbull, krümmte die Schultern, legte auf ihn an. Dante dachte, jetzt ist es soweit. Er schloß die Augen.

Jimmy krachte gegen ihn, packte ihn und schleuderte ihn zu Boden. JoJos Kanone bellte, und Jimmy stieß einen überraschten, lauten Schmerzensschrei aus. Dante schrie: »Bist du okay? Jimmy, alles in Ordnung?« Stürzte unter Jimmy zu Boden, hielt ihn fest, das Gesicht nur zwei, drei Zentimeter von Jimmys entfernt, sah seinen erstaunt aufgerissenen Mund, hörte weitere Schüsse und schaute an Jimmys Kopf vorbei, sah Kathy jetzt, die auf ihn zugelaufen kam, auf JoJo, und mit seiner fünfschüssigen Antiquität ballerte. JoJo sah noch verwirrter aus als Karl Marx, schüttelte den Kopf, drehte sich um, fiel dann wie ein Stein.

Dante rappelte sich auf die Knie hoch und nahm Jimmys Hände in seine, kniete auf dem Gras, streckte den Rücken, das Kinn zum Himmel gestoßen, drückte Jimmys Hände, als versuchte er, den Blutstrom zu unterdrücken, der sich aus Jimmys Seite ergoß.

Kathy lehnte sich erschöpft gegen den Zaun. Sie wußte, daß sie JoJo erwischt hatte, ihn richtig erwischt hatte, so wie der Typ zusammengebrochen war, wie er flach auf den Rükken gefallen war. Sie warf Bruno und Bobby Pumps einen Blick zu, sah, daß die zwei praktisch wie angewurzelt stehenblieben, sich dann umdrehten und zurück die Rampe hinaufliefen, in ihren Wagen sprangen und davonfuhren. Die beschissenen Helden verpißten sich in einer Staubwolke.

Schließlich hörte sie in der Ferne die Sirenen.

Sie holte tief Luft, hielt sie lange an, atmete dann ruhig und entspannt aus und ging zu Dante und Jimmy hinüber, bückte sich kurz, als sie an JoJo vorbeikam, um seine Kanone vom Boden aufzuheben. JoJo lag mit dem Gesicht nach oben, und auf sie wirkte er, als sei er tot, der Blutfleck auf seinem Hemd wurde schnell größer, aber er konnte noch sprechen. Joseph Paradiso hatte immer noch etwas zu sagen.

»Kannst du mir mal sagen, warum das alles passiert ist?« fragte er traurig. Und auch wenn Kathy deutlich den Schmerz hören konnte, klang JoJos Stimme doch ruhig und besonnen.

Kathy zuckte die Schultern und ging weiter zu dem knienden Dante, während ihre Augen den Park absuchten, die Straße dahinter, während sie die Sirenen näher kommen hörte, und dann fiel ihr Blick schließlich auf Dante und Jimmy.

Dante sah zu, wie das Blut in einem stetigen Strom aus Jimmy lief. Er wußte, daß er irgendwas tun mußte, aber was, was konnte er tun? Du mußt es abdrücken, dachte er, drück das Blut ab. Er legte eine Hand unter Jimmys Hals, die andere drückte er gegen seine Flanke. »Halt durch«, sagte er. »Sie sind schon da, sie sind schon da. Du wirst schon wieder. Du kommst wieder auf die Beine, Kumpel. Halt einfach durch.«

Jimmy begann so stark zu zittern, daß Dante all seine Kraft aufbringen mußte, um ihn festzuhalten und zu beruhigen. Dante spürte Kathys Hand auf seiner Schulter, und er schaute zu ihr auf. »Er hat sich zwischen mich und die Kugel geworfen!«

Kathy nickte stumm, biß sich auf den Finger.

»Er hat sich für mich entschieden, für mich«, sagte Dante. »Am Ende, als es drauf ankam, da hat er sich für mich entschieden.«

Das In-Schach-Halten des Schmerzes war für JoJo keine große Sache, und es überraschte ihn. Als sein Schmerz zunahm, begriff er, daß er es wegstecken konnte, alles verkraften konnte. Scheiße, er war ein Paradiso. Man weiß es erst, wenn es soweit ist, und jetzt war der Augenblick da, und es war bestens, vielleicht nicht bestens, aber okay. Er wollte seinen Vater jetzt neben sich haben. Er würde verstehen, der alte Knabe verstand alles, er wäre jetzt stolz auf ihn, wie er den Schmerz wegsteckte. Er drehte den Kopf und sah, wie Dante Jimmy hielt, dort kniete und den Burschen in den Armen hielt, neben ihm diese Braut biß sich auf einen Finger. Dante, was für ein verrückter Hund. Der Kerl hatte ihn schon immer betrogen. Sie hätten sich zusammensetzen und miteinander quatschen sollen, irgendwie mochte er den Typ. Bekloppter Hund. Er wollte seinen Vater. Heilige Mutter Gottes voller Gnade – ach, scheiß drauf.

Die Polizistin kam zu ihm, blieb stehen und blickte zu ihm hinab. Die Sirenen waren jetzt ganz nah, vielleicht noch einen, zwei Blocks entfernt.

»Was meinst du, mich hat's übel erwischt, hm?« fragte JoJo.

Kathy zuckte die Schultern. »Woher zum Teufel soll ich das wissen? Seh ich aus wie ein Arzt, oder was?« Sie drehte sich um und ging, um den Aktenkoffer aufzuheben. Kathy öffnete ihn und warf einen Blick hinein, steckte ihre Hand hinein und sagte: »Heilige Scheiße!« Das, dachte sie, würde einiges an Erklärungen verlangen. Sie richtete sich auf und schaute sich um, versuchte, Ordnung in ihre Gedanken zu bringen. In der einen Hand hielt sie ihre Kanone, in der anderen den Aktenkoffer.

Die Sirenen waren jetzt auf der Rampe, Streifenwagen kamen von beiden Seiten des Spielplatzes.

»He, Kathy«, sagte Dante. »Er atmet nicht mehr. Kathy, mein Jimmy ist tot.«

Dante beobachtete sie. Sie strich sich mit einer Hand über den Mund, drehte sich um und ging zum Eingang des Spielplatzes. Das Tor war mit einer Kette gesichert. Da war die große Öffnung eines Abwasserkanals, ein großes schwarzes Loch. Sie schob den Aktenkoffer in die Kanalöffnung, und er hörte, wie er weiter unten ins Wasser fiel.

»He, Kathy«, rief Dante. »Mein Kumpel ist gestorben, mein Jimmy ist tot.« Er hielt Jimmys Hand fest umklammert.

Zwei uniformierte Cops, Kanonen in der einen, Hüte in

der anderen Hand, kamen die Rampe herunter auf Dante zugelaufen.

»Notarzt«, schrie Dante, »wir brauchen hier einen Notarzt. Um Himmels willen, beeilt euch, ja? Das hier ist mein Partner, mein Partner ist erschossen worden«, rief er den beiden Cops zu, als sie sich links und rechts von ihm knieten. »Wir sind Cops, das hier ist mein Partner, mein Kumpel.« Mit dem Kinn auf JoJo deutend sagte er: »Der Penner da drüben, der Penner, er hat ihn erschossen.«

Einer der Cops stand auf, zog das Walkie-talkie von seiner Hüfte und entfernte sich ein Stück, sah nach Karl Marx und JoJo, forderte im Gehen einen Krankenwagen an, beschrieb den Tatort. »Wir haben hier einen, vielleicht zwei Tote, einer davon ein Polizeibeamter auf der Rampe zum Spielplatz Eighty-third Street.« Er stand jetzt neben JoJo, schaute zu ihm hinunter, wie er mit über der Brust gekreuzten Armen dalag. Da war jede Menge Blut.

»Hast du einen Krankenwagen gerufen?« fragte JoJo. »Holst du Hilfe?«

Der Cop beugte sich über ihn. »Warum solltest du leben, Arschloch, wenn da drüben ein toter Cop liegt?«

JoJo drehte den Kopf fort und schaute die Rampe hinauf. Dutzende Cops jetzt, die blitzenden Blaulichter ihrer Streifenwagen erhellten die Nacht.

Der Cop wandte sich zum Gehen, und JoJo rief ihm nach: »Warte, warte einen Moment. Weißt du«, sagte er, »es war alles nur ein Irr–« Er sah in das Gesicht des Cops, sah all den Haß darin. Der Cop entfernte sich, JoJos Blick folgte ihm, JoJo dachte, ich werde nichts sagen, was ich nicht auch meine, jetzt nicht, niemals. Er sah, wie Dante zu ihm herüberschaute, also warf er ihm ein nettes Lächeln zu, warum nicht.

JoJo wurde ohnmächtig. Er hörte die Krankenwagen nicht mehr eintreffen, auch nicht die Cops, die sich über ihm und um ihn herum bewegten, seinen Namen verfluchten. Er träumte von Softballspielen und Liebe auf Hausdächern, mit Freunden zusammen high werden. Er hatte süße Träume von gestern, die Chancen für morgen waren miserabel.

Von seinem Platz neben Jimmys Leiche sah Dante den uniformierten Cop mit JoJo sprechen. Nach einem Moment entfernte sich der Cop, ging nicht schnell, aber marschierte die Rampe hinauf zu dem Krankenwagen.

Allein jetzt ging Dante zu JoJo hinüber. Er stand über ihm und schaute hinab, die Arme verschränkt, den Kopf auf die Seite gelegt. Kannten sie sich jetzt wirklich schon dreißig Jahre? Dantes Blicke wanderten über den Spielplatz, auf dem wieder Ruhe eingekehrt war, und es machte ihm angst. Er spürte eine plötzliche Sehnsucht nach Jimmy, eine Sehnsucht so stark, daß sie an Panik grenzte, nicht nach dem Jimmy, der von JoJos Geld verbogen worden war, sondern nach dem Jimmy Burns in seiner Erinnerung. Selbstbewußt, liebenswürdig, clever. Sein Hals schnürte sich zu, er kämpfte mit den Tränen. JoJo auf der Erde schlug mit einem Seufzer die Augen auf, es hatte ihn, immerhin, übel erwischt.

»Du bist ein Schwachkopf«, sagte Dante. »Ein gottverdammter, beschissener Schwachkopf.«

DIE RARARARABENSTARKEN

RABEN-KRIMIS

IM HAFFMANS VERLAG

Raben-Krimi № 1

THOMAS ADCOCK

Der Himmel des Teufels

Roman.
Aus dem Amerikanischen
von Jürgen Bürger.
Deutsche Erstausgabe

Neil »Hock« Hockaday, verlassen von seinem treuen Freund Johnnie Walker, gerät in die phantastische Welt der großen Perversion.

Raben-Krimi № 2

BILL BLUM

Vorsätzlicher Irrtum

Roman.
Aus dem Amerikanischen von Ulrich Hoffmann und Lothar Strüh.
Deutsche Erstausgabe

Irrtum und Irrsinn des US-amerikanischen Justizsystems, erzählt von einem Anwalt.

Raben-Krimi № 3

ALFRED HELLMANN

Zeuss

Roman.
Erstausgabe

Von den fatalen fraulichen Folgen einer Trunksucht.

Raben-Krimi № 4

BOB LEUCI

Abtrünnige

Roman.
Aus dem Amerikanischen
von Jürgen Bürger.
Deutsche Erstausgabe

Das Mafia-Epos von Freundschaft, Ehre, Geld, Liebe und – davon ganz viel – Tod.

Raben-Krimi № 5

DAMON RUNYON

Schwere Jungs & leichte Mädchen

Geschichten vom Broadway.
Aus dem Amerikanischen von
Georg Albrecht von Ihring.
Neuausgabe

Von Geldschrankknackern, Schnapsbrennern, Bierschiebern, Buchmachern, kleinen Gaunern und großen Ganoven, dazu jede Menge Puppen.

Raben-Krimi № 6

CLAUDIA ZAMEK

Das Unschuldslamm

Roman.
Erstausgabe

Ein pikanter Statansbraten nach überliefertem Rezept à la Hera Lind sec an Ingrid Noll douce.

KRIMINELLE LITERATUR

IM HAFFMANS VERLAG

WALTER SATTERTHWAIT
Eskapaden

»Satterthwait kann absolut hervorragend schreiben: historisch genau und doch modern.«
Claude Chabrol

DAVID M. PIERCE
Schreib mal wieder

»Eines der komischsten Bücher, die das Genre zu bieten hat.«
Buchkultur

KARR & WEHNER
Hühnerherbst

»Die Erwartungen an den neuen Roman waren hoch. Gleich vorweg: Gonzo-Fans werden nicht enttäuscht.«
Regula Venske, Tagesspiegel

KINKY FRIEDMAN
Greenwich-Village-Trilogie:
Lone Star / Greenwich Killing Time / Wenn die Katze weg ist...

»Lieber Kinky! Ich habe alle Deine Bücher gelesen. Mehr, bitte. Ich brauch dringend was zu lachen.«
Bill Clinton, Weißes Haus

CONNY LENS
Blutspur

»Conny Lens benutzt schamlos all unsere kleinen Träume vom großen, leicht verdienten Geld, bedient nebenbei noch Häme und Rachegelüste, ist amüsant und abgebrüht genug für eine nette kleine Gemeinheit. Es ist die Leichtigkeit, die so fasziniert. Das können nicht viele deutsche Schriftsteller.«
Rosemarie Altenhofer, Hessischer Rundfunk

STEPHEN GREENLEAF
Kreuz des Südens

»Ein Krimi mit Tiefgang. Man wünscht Marsh Tanner noch viele weitere Einsätze.«
Wolfgang Rumpf, Radio Bremen

HUGH LAURIE
Der Waffenhändler

»Was sich zweifellos nach einer typischen Agenten-Schmonzette anhört, präsentiert sich – obwohl perfekt gebaut – in Wirklichkeit als Parodie des Genres. Bei Laurie sind die Männer so hart, die Frauen so schön und die Sprüche so cool, daß man einfach drüber lachen muß.«
Holger Krebs, GIG/Münster